Mes années BAC

Les 220 fiches

Tle

Enseignements communs

Dominique Boissier
Professeur de philosophie

Laurent Coulomb
Agrégé d'histoire

Magali Domain
Agrégée d'histoire

Loïc Hamandjian
Agrégé d'histoire-géographie

Sébastien Piecuch
Certifié d'histoire-géographie

Bénédicte Zielewski
Certifiée d'histoire-géographie

Fabien Aoustin
Agrégé de mathématiques

Pascal Chauvel
Agrégé de SVT

Sandrine Schreyeck
Agrégée de physique-chimie

Claire Vittecoq-Laurelli
Agrégée d'anglais

Alejandra Chuliá Jordán
Agrégée d'espagnol

Fabrice Malkani
Agrégé d'allemand

bordas

Crédits photographiques: p. 22 © BIS / Ph. DR Coll. Archives Larbor; p. 30 BIS / Ph. S. Guiley-Lagache © Archives Bordas; p. 143 © Shutterstock / Everett Historical; p. 346 © Eric Isselée / Adobe Stock; © liskam / Adobe Stock; © Krakenimages.com / Adobe Stock; © algre / Adobe Stock; © voren1 / Adobe Stock; © Eric Isselée / Adobe Stock

Édition: Agnès Jemain, Elsa Jourdan, Laura Pesci
Création maquette: Véronique Lefebvre
Mise en pages: IDT, Fabienne Le Bihan
Cartographie: Légendes Cartographie
Schémas: Sébastien David, STDI

ISBN 978-2-04-735907-5

N° projet : 10267898
Dépôt légal : janvier 2021
Imprimé en France par
Estimprim, en décembre 2020

MIXTE
Papier issu de sources responsables
FSC® C022030

Bordas est un éditeur qui s'engage pour la préservation de l'environnement et utilise du papier issu de forêts gérées de manière responsable et d'autres sources contrôlées.

SOMMAIRE GÉNÉRAL

LES ÉPREUVES DU NOUVEAU BAC

1 Les 2 modes d'évaluation

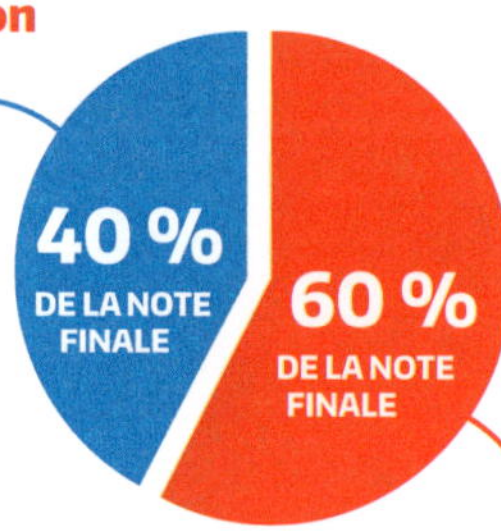

CONTRÔLE CONTINU

10 % de la note finale :

- 5 bulletins scolaires de première et de terminale

30 % de la note finale :

Évaluations communes

- 2 sessions en première
- 1 session en terminale

ÉPREUVES FINALES

2 épreuves anticipées en première

- Français écrit et oral

4 épreuves finales en terminale

- 2 enseignements de spécialité
- Philosophie
- Grand oral

2 Le calendrier des épreuves

	2e trimestre	3e trimestre	Juin
1re	**ÉVALUATIONS COMMUNES DU CONTRÔLE CONTINU** ▪ Histoire-géographie ▪ LVA et LVB	**ÉVALUATIONS COMMUNES DU CONTRÔLE CONTINU** ▪ Histoire-géographie ▪ LVA et LVB ▪ Enseignement scientifique ▪ Enseignement de spécialité non poursuivi en terminale	**ÉPREUVES DE FRANÇAIS** ▪ Écrit ▪ Oral
Tle	**ÉPREUVES FINALES** ▪ Enseignement de spécialité A ▪ Enseignement de spécialité B	**ÉVALUATIONS COMMUNES DU CONTRÔLE CONTINU** ▪ Histoire-géographie ▪ LVA et LVB ▪ Enseignement scientifique	**ÉPREUVES FINALES** ▪ Philosophie ▪ Grand oral

L'EPS est évaluée tout au long de l'anné de terminale

PHILOSOPHIE

SOMMAIRE

Présentation des épreuves

À revoir
OK

1

1 ÉPREUVE OBLIGATOIRE ÉCRITE

> **Durée : 4 heures**

a Objectifs

- Les objectifs de l'épreuve de philosophie du baccalauréat sont conformes aux finalités de l'enseignement formulées par le programme de l'enseignement commun de philosophie de la classe de terminale de la voie générale défini dans l'arrêté du 19 juillet 2019 publié au BOEN spécial n° 8 du 25 juillet 2019.

Il s'agit d'évaluer l'aptitude du candidat à :

– construire une réflexion dont le programme précise qu'elle n'est jamais séparable des connaissances (notions, auteurs, repères) et des savoir-faire acquis en classe de philosophie ;

– identifier, poser et formuler un problème lié à une ou à plusieurs notions du programme, relativement à une question posée (dissertation) ou à un texte proposé à l'étude (explication de texte) ;

– lire avec attention et expliquer avec précision un texte proposé à l'étude, et susceptible d'être progressivement intégré à un raisonnement et à une réflexion conduits par lui-même ;

– conduire un raisonnement de manière rigoureuse, en analysant et en élaborant les concepts mobilisés, en appréciant la valeur d'un argument et en discutant une thèse de manière pertinente, en rapport avec les notions du programme qu'elle met en jeu ;

– composer avec méthode un travail écrit : poser et formuler un problème, organiser sa réflexion en étapes différenciées en analysant les exemples, les termes ou les formulations qu'elle mobilise, enchaîner logiquement ses idées en établissant une transition entre elles, argumenter sur la base de raisons explicites, proposer et justifier une conclusion.

- Ces aptitudes sont évaluées, non comme des éléments indépendants les uns des autres, mais dans leur ensemble au travers de la démarche de chaque candidat, confronté à une question ou à un texte philosophique singulier.

La clarté et la correction de l'expression sont requises.

b Structure

- Trois énoncés de sujet sont proposés au choix du candidat.

Deux de ces énoncés, dits « sujets de dissertation », sont, chacun, constitués par une question simple qu'il est demandé aux candidats de traiter.

- Les sujets proposés aux candidats tiennent compte des conditions et des exigences formulées par les programmes en vigueur. Ils donnent aux candidats l'occasion de mobiliser la culture philosophique acquise par leur travail, dans le cadre de leur année de terminale sans pour autant exiger des connaissances approfondies, une familiarité avec telle ou telle tradition philosophique.
- Le troisième énoncé de sujet est constitué par un texte d'une longueur raisonnable dont l'auteur figure dans la liste des auteurs au programme, qu'il est demandé au candidat d'expliquer. Le texte se rapporte explicitement à une ou à plusieurs notions du programme.
- Le candidat n'est tenu de connaître, ni la doctrine de l'auteur, ni son œuvre, en totalité ou en partie. Il doit rendre compte d'une compréhension précise du texte et du problème dont il est l'expression ou la solution.

C Évaluation et notation

L'évaluation de la copie du candidat est globale et utilise tout l'éventail des notes de 0 à 20.

2 ÉPREUVE ORALE DE CONTRÔLE

> **Durée : 20 minutes**
> **Temps de préparation : 20 minutes**

- L'épreuve consiste en une explication de texte présentée par le candidat, suivie d'un entretien avec l'examinateur.
- Le texte est choisi dans l'œuvre philosophique ayant fait l'objet, au cours de l'année, d'une étude suivie, selon les modalités prévues par le programme.
- Le candidat présente à l'examinateur une note écrite ou dactylographiée visée par le chef d'établissement du lycée d'origine, dans laquelle est indiquée l'œuvre philosophique (titre, auteur, édition) dont l'étude, obligatoire, a été conduite en classe au cours de l'année.
- L'examinateur choisit un extrait de l'œuvre présentée. Cet extrait est d'une longueur raisonnable (20 à 25 lignes au maximum). Le candidat dispose de 20 minutes pour en préparer l'explication. Il présente à l'examinateur un exposé d'une durée maximale de 10 minutes. Un entretien avec l'examinateur d'une durée maximale de 10 minutes permet de compléter et de développer l'explication initiale.

La dissertation

À revoir
OK

2

1 LE JOUR DE L'ÉPREUVE

Comprendre un sujet de dissertation

- Commencer par noter au brouillon toutes les idées qui vous viennent, les références ou les auteurs auxquels il vous fait penser. Avant toute ébauche de construction de thèses, il faut d'abord décortiquer la question posée, car c'est de cette manière que vous trouverez votre problématique et la structure de votre dissertation.

2 QUEL PLAN POUR VOTRE DISSERTATION ?

a Le plan progressif

- Ce type de plan, comme son nom l'indique, se structure en s'appuyant sur une progression ou un approfondissement des thèses. Il s'agit donc ici d'élever votre réflexion en la faisant accéder à une vision universelle.

b Le plan dialectique

- Le second type de plan, sans doute le plus utilisé, est le plan dialectique. Si vous le choisissez, c'est d'abord parce que le sujet implique légitimement et non artificiellement des thèses opposées (si cela ne semble pas possible, privilégiez alors le plan progressif).

3 L'INTRODUCTION DE VOTRE DISSERTATION

a Dégagez une problématique

- La problématique d'un devoir est le fil conducteur qui le traverse de part en part et justifie donc les différentes thèses. C'est l'axe central qui donne à votre devoir sa cohérence. Aussi, la problématique s'apparente-t-elle à un fil d'Ariane qui permet de créer une cohérence dans l'ensemble du devoir, bien que des réponses différentes et opposées y soient apportées.

b La structure de l'introduction

- De même qu'il n'y a pas de type de plan officiel, il n'y a pas de forme imposée pour l'introduction. Cependant, il convient d'éviter une erreur regrettable et facile à éviter qui consiste à contredire la fonction même d'une introduction en apportant dès sa rédaction une réponse à la question posée.

4 STRUCTUREZ VOTRE DISSERTATION

a L'élaboration des parties

● En règle générale, une dissertation de philosophie du baccalauréat est organisée en trois parties. Cette structure, si elle est habituelle, n'est pas obligatoire et votre devoir peut contenir plus (pas moins afin d'éviter une approche schématique ou simpliste d'un sujet du type « pour-contre » ou « oui-non ») de parties (4, voire 5).

b Veillez à soigner vos transitions

● On ne peut passer d'une partie à une autre sans explication : c'est précisément la fonction de la transition de montrer la nécessité de la thèse qui sera défendue dans la partie suivante.

5 COMMENT ILLUSTRER VOTRE ARGUMENTATION ?

a Les exemples

● Une réflexion philosophique doit nécessairement être illustrée par des exemples afin d'être mieux comprise et montrer qu'elle n'est pas une construction intellectuelle sans lien avec la réalité.

b Les citations

● Notons que les citations ne sont pas indispensables et que leur absence dans votre devoir n'est en aucun cas blâmable. Malgré tout, si l'absence de citations n'est pas condamnable, leur présence ne l'est évidemment pas non plus, surtout lorsqu'elles sont pertinentes et bien amenées.

6 CONCLUEZ VOTRE DEVOIR

● Rédiger une conclusion est une étape obligée. Pour que le lecteur-correcteur ait une vision claire, vous pouvez commencer par préciser que vous en arrivez à votre conclusion, rappelez ensuite rapidement votre démarche, c'est-à-dire vos différentes thèses (5-6 lignes maximum). Vous pouvez ensuite achever votre conclusion en « glosant » sur la dernière partie puisque, comme nous l'avons souligné précédemment, elle est celle que vous estimez être la plus décisive et donc la meilleure.

L'explication de texte

- À revoir
- OK

3

1 LA PRISE DE CONNAISSANCE DU TEXTE

a Comprendre le sens implicite du texte

- Si vous avez décidé d'expliquer le texte, la première étape, et sûrement la plus importante, est sa lecture attentive et répétée. Il convient de « s'imprégner » du texte, si l'on veut éviter les contresens et saisir ce qu'il dévoile en filigrane.

b Identifiez sa structure argumentative

- Votre dernière lecture doit être pratique. Munissez-vous d'un crayon de papier et découpez le texte en identifiant les différentes étapes argumentatives pour faire ressortir sa structure. Pour ce faire, fiez-vous aux passages à la ligne qui constituent les premiers repères faciles à identifier. En leur absence et même leur présence, vous devez continuer votre exploration du texte en identifiant les connecteurs logiques, à savoir les conjonctions (mais, cependant, et, ou, etc.) qui marquent une séparation, alternative, opposition ou des perspectives différentes.

2 LA RÉDACTION DE VOTRE DEVOIR

a La rédaction de l'introduction

- Pour cet exercice, s'il n'y a pas de formes imposées, il y a des exigences qui s'appuient simplement sur le texte lui-même. Vous pouvez commencer votre introduction en indiquant, en une phrase, le thème général du texte, à savoir ce sur quoi il porte et qui correspond, en toute logique, à l'un des thèmes à votre programme. Il peut arriver qu'un texte porte sur deux thèmes ou sur leur relation (ex. la liberté et l'État). Puis, développez ensuite, plus longuement l'idée générale du texte, ou bien lorsque cela est clair, la thèse qu'y soutient l'auteur.

b Les différentes parties de votre explication de texte

- Avant tout, il vous faut comprendre que l'explication d'un texte se distingue radicalement d'une dissertation. En effet, c'est le texte qui importe avant tout et légitime la structure de votre devoir, et non votre approche personnelle comme cela est le cas pour une dissertation. Aussi, organisez votre devoir en fonction du texte lui-même. Si vous avez repéré trois moments dans le texte, votre devoir sera constitué, en toute logique, de trois parties. Pour résumer, cet exercice se présente de la manière suivante : à la suite de l'introduction, laissez quelques lignes, puis débutez l'explication en allant également à la ligne à la fin de chaque moment. Une fois l'explication achevée, vous pouvez commencer la conclusion critique.

- Vous pouvez naturellement citer le texte. Il faut le faire de manière subtile, en intégrant les citations dans l'une de vos phrases pour que celle-ci ne semble pas tomber comme un cheveu sur la soupe. Il ne faut donc pas commencer une phrase par une citation, l'ensemble ressemblerait à une succession de citations et couperait la dynamique, à la fois du texte, et de votre explication. En intégrant des citations dans votre argumentation, vous valoriserez votre explication en la rendant plus vivante.

C La conclusion : une étape cruciale

- On peut commencer par affirmer que si la conclusion d'une dissertation n'est pas essentielle, c'est tout le contraire ici. Elle est l'objet d'une longue réflexion critique sur la thèse défendue par l'auteur. C'est donc le moment où vous allez montrer que vous avez bien compris le texte lui-même dans toute sa portée philosophique et que vous êtes capable de développer une opinion personnelle, critique et argumentée sur sa thèse.

- Vous pouvez aussi, dans cette conclusion, affirmer votre désaccord avec l'auteur, défendre une thèse opposée et montrer ainsi votre indépendance d'esprit. Pour ce faire, nous vous encourageons tout de même à être assez prudent au moins dans la forme. Pour s'opposer à une thèse, il faut d'abord être certain d'en avoir bien compris toutes les subtilités, car n'oubliez jamais que si vous êtes novice en philosophie, le texte que vous étudiez a été écrit par un philosophe dont la pensée a traversé les siècles, qu'il est extrait d'une de ses œuvres, nécessairement riche et complexe.

La conscience

- À revoir
- OK

4

1 LA CONSCIENCE HUMAINE

- On distingue la conscience spontanée ou directe, premier niveau de conscience, et la conscience réfléchie, qui revient sur elle-même comme un miroir et permet d'évaluer sa conduite. C'est la conscientisation qui permet de passer d'un niveau de conscience à l'autre. La pensée véritable est ainsi toujours consciente d'elle-même, menée par un Je conscient.

- Selon **E. Husserl**, la conscience est par essence « intentionnalité », ouverte à l'infinie variété du monde. Toute conscience correspond ainsi à une manière singulière, personnelle, de saisir la réalité.

- Pour **F. Hegel**, la conscience est ce qui distingue l'homme de l'animal car elle lui permet de poser des valeurs, d'être responsable de sa vie et de son histoire.

Citation

« Ce qui élève l'homme par rapport à l'animal, c'est la conscience qu'il a d'être un animal. Et du fait qu'il sait qu'il est un animal, il cesse de l'être. » F. Hegel.

- La question de la conscience renvoie à celle de la moralité et de la responsabilité. D'abord, cette conscience morale dépend principalement de règles qui varient selon les époques, les cultures et les sociétés. Pour autant, selon **Aristote**, c'est parce qu'il a une conscience qu'un homme est libre et donc responsable de ses actes. L'irresponsabilité signifie une conscience immature (enfant) ou défaillante (malade mental).

2 L'UNIFICATION DU RÉEL

- Pour **R. Descartes**, l'âme est le siège de notre pensée, ou conscience, à savoir de « ce que nous percevons immédiatement par nous-même » (*Les principes de la philosophie*). La conscience qui doute amène à l'évidence de l'existence d'un *cogito* (je pense). Descartes distingue alors le moi psychologique, individuel et en constante interaction avec le corps, et le moi métaphysique ou transcendantal qui n'est pas lié au corps.

- Dans sa lignée, **E. Kant** affirme l'existence du moi métaphysique, qui transcende les origines individuelles et témoigne d'une capacité universelle à penser, condition nécessaire à toute activité théorique et pratique. Pour **F. Nietzsche** au contraire, « le vrai *cogito* est un *cogito* corporel ».

3 LES CONSÉQUENCES EXISTENTIELLES

- **J. P. Sartre** tire les conséquences des distinctions cartésiennes. Les individus se cachent souvent derrière des excuses sociales, familiales et psychologiques (moi psychologique), préfèrant jouer un rôle social pour ne pas assumer leur liberté de choix (moi transcendantal), leur capacité à changer et à réinventer leur vie. Cette excuse illusoire rassure, mais ne permet pas d'assumer sa propre vie.
- Dans la troisième partie du *Discours de la méthode*, **R. Descartes** illustre, par la métaphore des voyageurs égarés dans une forêt, l'obligation cruciale de prendre une décision tranchée pour survivre dans le monde. L'absolue nécessité du choix (politique, etc.) donne ainsi du sens à notre vie et montre l'impossibilité d'échapper à notre responsabilité fondamentale en se dissimulant derrière des déterminismes sociaux ou familiaux.

Citation

« Est transcendantal dans le sujet ce qui rend possible a priori sa manière d'être au monde. » E. Kant, *Critique de la raison pure.*

4 PRENDRE LA CONSCIENCE DE SOI-MÊME

- Le rapport à autrui forme notre conscience. **F. Hegel**, montre que tout homme souhaite toujours être reconnu comme l'égal de l'autre et non pas simplement objectivé (considéré comme un objet). Ainsi, à des degrés divers, le jugement d'autrui joue un rôle sur la conscience et l'image que nous avons de nous-même.
- Dans *Réflexions sur la question juive*, **J. P. Sartre** explique que l'antisémitisme est « un choix libre et total de soi-même ». La conscience n'est pas seulement un instrument de connaissance, elle permet aux êtres humains d'élever leur humanité ou au contraire de l'abaisser.
- On pourrait croire que la capacité d'introspection (*introspicere*, regarder à l'intérieur) permet à l'homme de se connaître parfaitement. Une telle approche écarte l'ambiguïté fondamentale de nos relations et de nos sentiments puisque notre conscience peut se tromper sur la réelle signification de nos sentiments. Par exemple, les relations familiales montrent que l'on peut facilement passer de l'amour à la haine et inversement.
- De plus, la conscience de soi est toujours rétrospective et ne peut s'observer au moment exact où elle agit ou est troublée par des sentiments, ce qui suppose la reconstruction et la transformation du passé.
- La conscience de soi est toujours en devenir. S'il nous est possible de connaître plus ou moins notre moi d'hier, il est difficile de connaître notre moi actuel qui désire, choisit, s'invente à tout moment un avenir.

En perspectives

Auteurs

Descartes, Kant, Nietzsche, Husserl, Sartre, Freud

Notions liées

liberté, devoir, justice, inconscient, temps, bonheur

La conscience

1. L'existence humaine et la culture

- La conscience n'est jamais figée et est toujours ouverte sur le réel.
- Descartes distingue le moi psychologique, lié à notre histoire propre, et le moi métaphysique qui permet de s'ouvrir et de penser le monde.
- Il est difficile d'assumer notre moi métaphysique (ou transcendantal) car il montre notre radicale liberté.
- C'est par le regard de l'autre que je prends conscience de moi-même.

2. La morale et la politique

- C'est parce qu'il a une conscience que l'homme est moralement responsable.
- Si, dans le domaine théorique, on peut en rester au doute, dans l'action, il faut choisir.

3. La connaissance

- Il existe deux degrés de conscience : la conscience spontanée et la conscience réfléchie.
- C'est par la démarche du doute radical que Descartes aboutit à la certitude de la conscience.
- Jamais un individu n'aura une connaissance parfaite de lui-même par sa seule conscience.

Pour réussir le jour J !

Œuvres

- Descartes, *Méditations métaphysiques*, 1641.
Comment s'assurer qu'une vérité soit absolument certaine ? Nos sens nous trompent, un bâton dans l'eau paraît brisé, alors que ce n'est pas le cas. Descartes expose, ainsi, le cheminement progressif et spécifique de la pensée, afin de tenter d'accéder à une vérité qui soit certaine. Cette sensation d'un moi métaphysique (ou transcendantal) revêt une portée universelle puisque nous pouvons tous l'éprouver.

- Husserl, *La crise des sciences européennes et la phénoménologie transcendantale*, 1954.
Husserl montre clairement dans cet ouvrage que l'intersubjectivité (les relations entre les consciences) est une donnée fondamentale pour l'expérience au monde. En effet, la conscience de soi et du monde ne peut se réaliser sans le rapport aux autres.

Vocabulaire

- **Perception** et **aperception** : la perception est une opération de l'intelligence ou de la pensée qui forme une représentation du monde extérieur. À l'inverse, l'aperception peut être rapprochée de l'acte par lequel un sujet prend conscience de lui-même, de son état intérieur.

- **Âme** et **conscience** : l'âme (du grec *anemos*, souffle) est ce qui anime ou donne vie à un corps. Aristote montre les diverses manifestations plus ou moins complexes de l'âme, ce qui lui permet de les hiérarchiser (sensitive, motrice, intellectuelle) et de hiérarchiser les êtres vivants (végétaux, animaux inférieurs et supérieurs). La conscience peut être rapproché du mot âme. À partir du XVIIe siècle, elle devient une condition nécessaire et préalable de tout savoir (*cogito, ergo sum*).

- **Doute méthodique** et **doute sceptique** : on distingue le doute radical de Descartes et celui de Montaigne : le premier est méthodique et le second sceptique. Le paradoxe est le suivant : si le doute de Descartes est bien radical, puisqu'il remet en cause toute certitude, il n'est qu'une méthode pour fonder un véritable savoir et prend fin avec la certitude du *cogito* (je pense) ; si le doute sceptique de Montaigne n'est pas aussi radical et demeure seulement théorique, il ne prend jamais fin, car il ne trouve aucun critère de certitude pouvant le faire disparaître.

Je me teste sur...

LA CONSCIENCE

1 La conscience est-elle ?

- ▢ **a.** Un savoir.
- ▢ **b.** Une expérience.
- ▢ **c.** Un objet.

2 Le doute cartésien est-il ?

- ▢ **a.** Psychologique.
- ▢ **b.** Métaphysique.
- ▢ **c.** Sceptique.

3 Quelles sont les deux formes d'application de la conscience ?

- ▢ **a.** Scientifique et littéraire.
- ▢ **b.** Culturelle et sociale.
- ▢ **c.** Théorique et pratique.

4 La conscience nous permet de ... :

- ▢ **a.** supprimer nos émotions.
- ▢ **b.** faire varier nos manières d'exister.
- ▢ **c.** accepter notre destin.

5 Lorsque Descartes dit : « *cogito, ergo sum* » (je pense, donc je suis), ce « je » ou moi est-il ?

- ▢ **a.** Psychologique (ou empirique).
- ▢ **b.** Métaphysique (ou transcendantal).
- ▢ **c.** Personnel.

6 La « mauvaise foi » sartrienne est ... :

- ▢ **a.** un mensonge fait à soi-même.
- ▢ **b.** un refus de croire.
- ▢ **c.** un mensonge fait aux autres.

7 Sur le plan pratique, la conscience oblige à ... :

- ▢ **a.** rester neutre.
- ▢ **b.** ne rien faire.
- ▢ **c.** choisir.

8 Les jugements d'autrui nous permettent de ... :

- ▢ **a.** prendre conscience de nous-même.
- ▢ **b.** mieux nous aimer.
- ▢ **c.** réfléchir.

Corrigés au verso

Corrigés

1 > **a.** et **b.** Comme l'étymologie l'indique, la conscience est un savoir sur le monde et sur soi. Toutefois, elle est avant tout une expérience parce qu'elle n'est jamais déterminée ou fixée définitivement comme un objet, mais toujours ouverte à l'infinie variété du monde réel ou imaginaire.

2 > **b.** Le doute que développe Descartes surtout dans ses *Méditations Métaphysiques* n'a rien d'une réaction psychologique. Il est volontaire et radical, puisqu'il décide de remettre en cause sa propre démarche de réflexion et va plus loin que le doute théorique des sceptiques, car il interroge l'existence même de toute réalité et de toute vérité.

3 > **c.** La conscience est d'abord intellectuelle et donc théorique : elle permet de comprendre ou donner du sens au monde et donc à la réalité. Mais elle est aussi, comme le montre remarquablement Hegel, pratique : en agissant et en transformant la réalité, l'homme se transforme lui-même et prend ainsi conscience de ses capacités à déterminer son histoire.

4 > **b.** La conscience n'est pas un état encore moins un objet, mais bel et bien une façon d'être au monde et de toujours pouvoir faire varier indéfiniment notre façon d'être et de nous comporter.

5 > **b.** Ce « je » n'a rien de psychologique. Ce n'est pas Descartes comme individu singulier qui est mis en acte ici mais une conscience capable de dépasser son histoire personnelle pour accéder à une pensée universalisable.

6 > **a.** Cette mauvaise foi répond à une peur ou difficulté à accepter sa liberté transcendantale, celle-ci permettant de modifier son existence en la changeant ou en lui donnant un autre sens. Il est plus facile de se mentir et de se rassurer en refusant d'assumer la responsabilité d'un choix.

7 > **c.** Si, sur le plan de la connaissance, on peut douter de la vérité d'une thèse ou d'une théorie et rester sceptique en suspendant son jugement, dans la pratique, une attitude passive ou dubitative est impossible puisque, décider de ne pas choisir est déjà un choix celui de la passivité, et c'est, selon Descartes, le plus bas degré de la liberté.

8 > **a.** Selon Sartre, les jugements d'autrui déclenchent le processus de prise de conscience de soi. Il ne faut donc pas prendre ces jugements d'emblée comme des vérités ou, à l'inverse, des mensonges, mais avoir la lucidité de les accepter lorsqu'ils sont objectifs et nous permettent de progresser.

L'inconscient

À revoir
OK

6

La question de l'inconscient renvoie à celle de l'identité du sujet et interroge la liberté de penser et d'agir.

1 LES FORMES DE L'INCONSCIENT

- Dans les *Nouveaux Essais sur l'entendement humain*, **G.-W. Leibniz** parle de phénomènes qu'il qualifie d'inconscients. Il s'agit de petites perceptions, qui, bien qu'imperceptibles, nous animent. Ainsi, le bruit de la mer que nous entendons est celui des vagues dans leur globalité, par lequel nous percevons inconsciemment chaque gouttelette d'eau.

- **F. Nietzsche** s'interroge, dans la *Généalogie de la morale*, sur les causes cachées ou non avouées des principes et interdits moraux. Ces derniers proviendraient de la difficulté des faibles à assumer leur désir de puissance, difficulté qui les pousserait à restreindre les désirs des autres en les encadrant par des règles morales.

- **K. Marx**, de son côté, explique que les conditions matérielles façonnent inconsciemment un homme en modelant sa conception du monde, ses relations sociales et morales. La classe sociale dominante impose des représentations sociales et politiques afin de faire inconsciemment accepter des relations de domination à la communauté.

Citation

« Ce n'est donc pas la conscience des hommes qui détermine leur être ; c'est inversement leur être social qui détermine leur conscience. »
Marx, Préface de la *Contribution à la critique de l'économie politique*.

- Enfin, **C. Lévi-Strauss** montre que chaque homme est structuré par un inconscient culturel qui détermine ses comportements et ses sentiments.

2 L'INCONSCIENT FREUDIEN

- Dans *Métapsychologie*, **S. Freud** démontre que son hypothèse de l'inconscient est nécessaire, car elle explique certains phénomènes comme les rêves et les actes manqués ; légitime, car elle permet une meilleure compréhension de l'homme ; et vraie, car l'expérience prouve son existence.

- Le psychisme humain est soumis au principe de plaisir et au principe de réalité. La réalité limite ou empêche la réalisation des plaisirs recherchés par l'homme. Les pulsions du ça (désirs inconscients) aspirent à des satisfactions qui ne peuvent être obtenues immédiatement, ce qui peut causer des dommages psychiques. Le moi est une instance psychique qui agit comme intermédiaire entre les prétentions du ça et les oppositions qu'il rencontre.

- Les désirs qui ne peuvent se réaliser sont refoulés dans l'inconscient et se manifestent par les rêves, les actes manqués et les névroses.

- Lors du travail de psychanalyse, qui permet de réduire l'écart entre notre identité apparente (conscience) et notre identité réelle (inconscient), le patient effectue un travail d'anamnèse (évocation volontaire du passé) pour faire émerger les exigences du ça. Le thérapeute aide le patient à déjouer la censure du surmoi (interdits moraux intériorisés depuis l'enfance et transmis par les parents), qui peut bloquer l'expression des désirs enfouis.

Freud
1856-1939

- La cure psychanalytique doit permettre de se libérer des conflits douloureux et d'atteindre une compréhension plus juste de soi-même et de ses actions. Pour autant, notre inconscient ne cessera jamais de fonctionner. Aussi le travail de maîtrise et d'interprétation du je (sujet) est toujours à renouveler.

3 CRITIQUES DE L'INCONSCIENT

- À la suite de Freud, **J. Lacan**, dans son *Séminaire*, démontre que l'inconscient est structuré comme un langage. La psychanalyse intervient ainsi sur le patient par la communication, le ça étant comme une parole censurée qu'il faut tenter de retrouver.

- Le philosophe rationaliste **Alain**, dans une perspective morale, considère l'inconscient comme une « tromperie objective » qui enlèverait à l'homme tout contrôle de lui-même, masquant ainsi sa responsabilité d'être pensant. Pour Alain c'est au contraire la raison, la volonté et aussi la lucidité qui expriment notre humanité.

- Dans *L'Être et le Néant*, **J.-P. Sartre** déclare que « l'inconscient est la mauvaise foi chosifiée ». L'inconscient porterait ainsi atteinte à la liberté en expliquant ou en excusant toutes les bonnes et mauvaises actions, comme si notre conscience était le résultat de quelque chose d'extérieur à elle.

En perspectives

Auteurs

Leibniz, Freud, Nietzsche, Lacan, Marx, Alain, Lévi-Strauss, Sartre

Notions liées

liberté, conscience, devoir, bonheur, justice, langage

L'inconscient

1. L'existence humaine et la culture

- Il y a un inconscient culturel qui structure nos sentiments et nos comportements (Lévi-Strauss).
- Tout homme doit vivre avec les principes de plaisir et de réalité (Freud).
- La cure analytique vise à l'émancipation par la connaissance de soi (Freud).
- La notion d'inconscient implique une approche antihumaniste de l'homme (Alain).
- L'inconscient serait une expression de la mauvaise foi (Sartre).

2. La morale et la politique

- Les conditions sociales et matérielles inégales conditionnent inconsciemment les conceptions politiques des hommes (Marx).

3. La connaissance

- Certains phénomènes sont imperceptibles, car inconscients et pourtant connus parce qu'assemblés (Leibniz).
- L'hypothèse de l'inconscient psychique est nécessaire, légitime et vraie (Freud).
- L'inconscient se manifeste par les rêves, les actes manqués et les névroses (Freud).
- La psychanalyse permet à l'homme de mieux se connaître (Freud).
- Le langage permet de donner du sens à notre identité et par conséquent à notre inconscient (Lacan).

Pour réussir le jour J !

Œuvres

- Freud, *Introduction à la psychanalyse*, trad. S. Jankélévitch, 1917.
Cet ouvrage explique et approfondit les trois expressions de notre inconscient que sont les rêves, les actes manqués et les névroses.
- Alain, *Éléments de philosophie*, 1916.
Dans le livre 2 de cet ouvrage, Alain réalise une critique de l'inconscient freudien.
- Laplanche J. et Pontalis J-B., *Vocabulaire de la psychanalyse*, 1967.
Connaître les mots utilisés par la psychanalyse permet de mieux comprendre leur signification et les perspectives théoriques qu'ils indiquent.
- Bettelheim B., *La psychanalyse des contes de fées*, 1976.
L'auteur illustre l'importance des contes de fées et plus globalement de l'imaginaire pour la construction psychique de l'enfant.

Vocabulaire

- **Refoulement** : processus visant à occulter une émotion, une pensée, une pulsion inconsciente que l'on ne veut ou peut accepter.
- **Névrose** et **psychose** : deux concepts à ne pas confondre, car bien qu'ils expriment tous les deux des troubles, leurs causes et leurs manifestations ne sont pas identiques.
→ **la névrose** : trouble d'origine psychique qui a pour cause un traumatisme enfantin, elle est l'expression d'un manque, d'une insatisfaction.
→ **la psychose** : elle regroupe plusieurs maladies mentales qui peuvent aller jusqu'à la démence.
- **Libido** : pulsion sexuelle plus ou moins forte selon les individus.
- **Hystérie** : vient du latin *hustera*, qui signifie utérus, jusqu'au début du XXe siècle on pensait que cette névrose était réservée aux femmes.
- **Complexe** : ensemble structuré d'affects, partiellement ou totalement inconscients qui se constitue dès l'enfance (ex. : complexe d'Œdipe).
- **Phobie** : forme de névrose exprimant une peur plus ou moins forte.
- **Interprétation** : interprétation des rêves par exemple pour y identifier le contenu latent ou caché.

L'INCONSCIENT

1 Selon Freud, l'hypothèse de l'inconscient est ... :

☐ **a.** indispensable, scientifique et cohérente.
☐ **b.** contestable, non prouvée et illusoire.
☐ **c.** légitime, nécessaire et vraie.

2 Quels sont les deux principes fondamentaux qui font agir l'homme ?

☐ **a.** Le principe de plaisir.
☐ **b.** Le principe de justice.
☐ **c.** Le principe de réalité.

3 Selon C. Lévi-Strauss, il y a un inconscient ... :

☐ **a.** psychique.
☐ **b.** culturel.
☐ **c.** passionnel.

4 La thérapie ou analyse permet au patient de ... :

☐ **a.** s'échapper de la réalité.
☐ **b.** d'être heureux.
☐ **c.** mieux se connaître.

5 Il y a 3 manifestations du refoulement (des désirs inconscients d'un homme) :

☐ **a.** la raison, la passion et les émotions.
☐ **b.** les rêves, les névroses et les actes manqués.
☐ **c.** la soumission, la haine et la sexualité.

6 Comment Freud désigne-t-il l'ensemble des interdits moraux intériorisés depuis la petite enfance ?

☐ **a.** Le surmoi.
☐ **b.** Le préconscient.
☐ **c.** La libido.

7 La cure va réduire l'écart entre l'inconscient et ... :

☐ **a.** la raison.
☐ **b.** les passions.
☐ **c.** la conscience.

Corrigés au verso

Corrigés

1 > **c.** Freud a tenu à répondre à ceux qui reprochaient à sa théorie de n'être pas scientifique. Si elle n'est pas une science exacte mais humaine, il montre qu'elle s'appuie sur une démarche justifiée, rigoureuse et qui obtient des résultats. À une époque où le scientisme était encore puissant, il a souligné qu'une science humaniste était possible. La psychanalyse tente, en effet, de mieux comprendre l'homme et de le libérer des obstacles qui l'empêchent d'être lui-même.

2 > **a** et **c.** La difficulté est de trouver un équilibre entre ces deux principes pour ne pas vivre malheureux ou résigné. C'est un combat perdu d'avance car l'équilibre n'est jamais trouvé et c'est la raison pour laquelle l'homme peut réussir à accepter ses limites objectives grâce à son inconscient qui les repousse constamment.

3 > **b.** Lévi-Strauss montre que des structures culturelles déterminent le comportement des hommes et qu'elles influencent leurs pensées. On peut même parler d'inconscient culturel.

4 > **c.** La psychanalyse ne promet aucun bonheur à bon marché comme le disent certaines publicités qui vantent de simples recettes trompeuses. Le bonheur est une affaire personnelle qu'aucune science ou technique ne pourra jamais engendrer. En revanche, la psychanalyse peut aider à diminuer ses souffrances par une meilleure connaissance de soi sans pour autant en avoir une connaissance parfaite.

5 > **b.** Ces trois expressions de notre inconscient sont toutes importantes, mais Freud considère le rêve comme la plus essentielle parce qu'elle ne repose sur aucune contrainte extérieure et est donc son expression la plus libre.

6 > **a.** Ces interdits transmis par les parents sont essentiels car ils préparent un enfant à accepter les interdits sociaux qui s'imposeront nécessairement à lui à un moment ou un autre. Sans ces interdits, l'enfant ne verra aucune limite à ses désirs, imaginera que tout lui est permis et devenu adulte sera malheureux de ne pouvoir tous les assouvir.

7 > **c.** La cure ou analyse cherche à réduire l'écart entre notre conscience et notre inconscient sans jamais nier cet écart. Il s'agit de mieux connaître notre inconscient car il structure au moins autant notre psychisme que notre conscience. Ces deux instances font l'histoire d'un homme, et grâce à une cure psychanalytique un patient aura une meilleure compréhension de leur relation et donc de lui-même.

Le temps

À revoir
OK

8

1 APPROCHES SCIENTIFIQUES

- Dès la haute Antiquité, l'homme subdivise l'année solaire en unités de temps. Il élabore ensuite des instruments de plus en plus précis (gnomon, sablier, horloge mécanique, puis électrique, etc.) pour mesurer le temps et le maîtriser.
- Selon **I. Newton**, l'univers est conçu tel un mécanisme réglé comme une horloge. Le temps est un absolu qui s'écoule indépendamment des choses, mais sert de référence pour mesurer le mouvement des corps. Il n'appartient ni au monde sensible et matériel, ni à notre esprit. Dans cette conception, le sens du temps est réversible.
- Au XIXe siècle, les expériences de **S. Carnot** sur des machines à vapeur prouvent que la transformation de la chaleur en énergie mécanique est limitée par son irréversibilité, le transfert de chaleur s'effectuant toujours du chaud vers le froid. Ce processus signifie qu'il y a bien ce qu'on appelle une « flèche du temps ».
- Selon la théorie de la relativité restreinte formulée par **A. Einstein**, le temps est relatif. Cela n'a pas d'effets apparents à l'échelle humaine, mais à l'échelle de l'univers, si un événement se déroule à une vitesse proche de celle de la lumière (300 000 km/h), sa durée sera perçue de manière différente selon la position de l'observateur.
- Plus tard, la théorie du chaos, la physique quantique, la physique des particules vont apporter un nouveau regard sur le temps et un renouvellement de sa perception.

Citation

« Le temps absolu, vrai et mathématique, en lui-même et de sa propre nature, coule uniformément sans relation à rien d'extérieur. »
Newton, *Principes mathématiques de philosophie naturelle*.

2 COMMENT VIVONS-NOUS LE TEMPS ?

- Les anthropologues **M. Mauss** et **B. Malinowski** remarquent que les sociétés d'une même époque ne conçoivent pas le temps de la même manière selon leur religion ou leur régime politique.
- Pour le sociologue **É. Durkheim**, il y a un temps social dominant pour chaque époque qui influence chaque individu. À l'inverse, pour

M. Halbwachs, il existe une « multiplicité, [une] diversité et [une] hétérogénéité des temps sociaux ».

- Le temps peut par ailleurs être considéré comme celui de l'activité des hommes. Au XIXe siècle, il est ainsi segmenté par la division du travail, puis au XXe siècle par la consommation.
- Le pédopsychologue **J. Piaget** démontre que la perception de l'écoulement du temps n'est pas immédiate mais requiert un apprentissage. Ainsi, un enfant vit d'abord dans l'immédiateté, puis parviendra progressivement à se projeter dans l'avenir.
- Pour **E. Kant**, le temps est une « idéalité transcendantale ». Chaque homme le perçoit différemment mais il possède un caractère transcendantal car il préexiste à notre expérience, il est la condition subjective de notre rapport au monde.

3 LE TEMPS : UNE SUCCESSION D'INSTANTS ?

- Cité dans la *Physique* d'Aristote, **Zénon de Zélée** montre que notre conception d'un temps découpé en une suite d'instants séparés aboutit à des paradoxes. Dans le paradoxe d'Achille, ce dernier fait la course avec une tortue, à qui il laisse de l'avance. Chaque fois qu'il atteint le lieu déjà franchi par la tortue, cette dernière a elle aussi avancé. Vu sous cet angle théorique, il ne la rattrapera jamais.
- Néanmoins, selon **Aristote**, il ne faut pas confondre le temps découpé en micro-unités et le résultat de l'addition de ces micro-unités, qui correspondrait à la somme totale finie : une minute découpée en secondes reste une minute. Le temps est une donnée objective.
- Selon **H. Bergson**, le temps réel est la durée, « donnée immédiate de la conscience », qui ne se mesure pas mais est éprouvée intuitivement.
- Dans la même perspective, **E. Husserl** montre que c'est l'intentionnalité de notre conscience qui donne vie à la temporalité de nos existences.

4 L'EXISTENCE ET LE TEMPS

- Pour **F. Nietzsche**, certains hommes envient l'animal attaché au « piquet de l'instant », qui ne croule sous le poids ni du passé ni de l'avenir. Le choix de l'oubli peut apparaître comme une condition au bonheur.
- Dans *Être et Temps*, **M. Heidegger** décrit au contraire l'homme comme un *Dasein*, un « être là », qui, par sa conscience de la mort, sait qu'il existe (se tenir hors de soi) dans le temps. L'anticipation de la mort nous permet d'être nous-mêmes, et l'angoisse qu'elle provoque exige d'être à la hauteur de sa liberté et d'être soi.

9

En perspectives

Auteurs

Newton, Einstein, Durkheim, Pascal, Saint Augustin, Kant, Zénon, Aristote, Bergson, Heidegger

Notions liées

science, conscience, liberté, nature

Le temps

1. L'existence humaine et la culture

- La conception du temps varie selon les cultures et les sociétés.
- Le temps est une forme a priori de notre sensibilité qui fait que notre rapport au monde est singulier.
- Le temps ne se mesure pas : il est une durée vécue.
- La mort donne du sens au temps, et par conséquence à notre existence.

2. La morale et la politique

- Le temps social influence les activités des individus.

3. La connaissance

- La mesure du temps varie selon les époques et les moyens techniques.
- Selon les théoriques scientifiques, le temps peut être réversible ou non.
- Avec Einstein, le temps devient relatif à notre perception.
- Notre appréhension évidente du temps en instants successifs aboutit à des paradoxes théoriques qui peuvent, malgré tout, être résolus.

Pour réussir le jour J !

Œuvres

- *Les confessions*, Saint Augustin, entre 397 et 401.
À partir d'une réflexion sur le livre de la Genèse, St Augustin tente de définir le temps. Il montre ici toute la subtilité et la profondeur de sa réflexion qui inspira notamment Bergson.

- *De la brièveté de la vie*, Sénèque, 49 ap. J.-C.
Sénèque se moque des hommes qui se plaignent de la brièveté de la vie et ne s'attachent pas à vivre une vie de qualité.

Sénèque
~4 av. J.-C.-65 ap. J.-C.

Vocabulaire

- **Distension** : cette expression, utilisée par St Augustin, exprime l'idée que c'est notre conscience qui fait le trait d'union entre les différents moments. Il y a donc étirement ou allongement des moments par la conscience qui les transforme ainsi en temps.
- **La durée** : Bergson insiste sur le fait que le temps véritable est la durée parce qu'elle est vécue et ne peut être assimilée à un déplacement dans l'espace.
- **La finitude** : Kant démontre que l'homme ne peut connaître l'au-delà du réel, à savoir l'infini ou l'absolu. La finitude est donc l'indépassable, ce que l'homme peut penser ou imaginer, mais non éprouver. Sartre renvoie même l'homme à la seule contingence de son existence.

LE TEMPS

1 Selon le sociologue Émile Durkheim, il y a un temps ... :

- ☐ a. social.
- ☐ b. perdu.
- ☐ c. indescriptible.

2 Pour Piaget, que suppose la perception du temps ?

- ☐ a. Une culture.
- ☐ b. De l'intelligence.
- ☐ c. Un apprentissage.

3 À quoi sert une montre selon Pascal ?

- ☐ a. Unifier les différents temps vécus.
- ☐ b. Organiser ses activités.
- ☐ c. Programmer l'avenir.

4 Le découpage du temps en instants aboutit selon Zénon à ... :

- ☐ a. des paradoxes.
- ☐ b. des illusions.
- ☐ c. mieux le comprendre.

5 L'erreur classique selon Bergson est de confondre le temps et ... :

- ☐ a. la mort.
- ☐ b. l'espace.
- ☐ c. la nature.

6 Pour Bergson, à quoi le temps réel est-il réductible ?

- ☐ a. Un cycle naturel.
- ☐ b. Un artifice humain.
- ☐ c. Une durée.

7 Selon Heidegger, le temps est ... :

- ☐ a. imprévisible.
- ☐ b. du plaisir.
- ☐ c. achevé.

Corrigés au verso

Corrigés

1 > **a.** Dans le domaine privé, il y a un temps personnel, mais qui est lié étroitement au temps social, c'est-à-dire à celui que nous vivons en société par nos diverses activités (travail, études, etc.).

2 > **c.** Piaget montre que le temps ne relève pas d'une conception théorique ni même d'une perception immédiate, mais qu'elle se fait progressivement grâce à un apprentissage par lequel le bébé, puis l'enfant commence à donner du sens à son rapport au monde.

3 > **a.** La montre est un critère objectif permettant de dépasser la simple sensation du temps qui passe. Pascal se moque ainsi de ceux qui discutent sans fin de la durée d'une activité quelconque en s'appuyant sur leur seule sensation car pour lui, seule une horloge peut indiquer objectivement combien de temps celle-ci a duré précisément.

4 > **a.** Lorsqu'on découpe le temps en instants successifs, on aboutit à des paradoxes insurmontables selon Zénon notamment celui du mouvement. Si vous tirez une flèche vers une cible, cette flèche devra nécessairement faire la moitié de la distance, puis la moitié de cette moitié (un quart) et cela indéfiniment puisque vous pourrez toujours diviser en deux la distance restant à parcourir. Ce faisant, vous n'arriverez jamais à atteindre la cible. Aristote montre qu'aborder le temps comme s'il était une simple addition d'instants ne permet pas de le comprendre.

5 > **b.** Bergson reproche aux sciences de confondre le temps passé dans un espace parcouru car ce faisant, on compare le temps à une sorte de ligne toujours identique. On assimile le temps à l'espace parcouru. Or, le temps n'a rien d'objectif et sera vécu différemment par chacun. Ce n'est donc qu'artificiellement qu'on l'associe à une ligne délimitée précisément.

6 > **c.** Le temps des horloges n'est qu'une convention arbitraire permettant des relations communes mais n'est pas le véritable temps qui, lui, est vécu différemment par chacun d'entre nous.

7 > **a.** Selon Heidegger, grâce à sa conscience, l'homme est le seul être capable de s'arracher au monde, à la réalité et donc capable de ne pas vivre dans l'instant comme un animal. Il peut penser à ce qui n'est plus et ce qui n'est pas encore et reste de l'ordre de l'imprévisible. Si la mort est notre horizon temporel, elle est présente surtout comme un possible imprévisible donnant du sens à notre existence.

Le langage

À revoir
OK

10

1 LA SCIENCE DU LANGAGE

- Depuis **F. de Saussure**, la langue est abordée comme un système dont on analyse les relations. Le langage devient un fait social, il est ce patrimoine commun qui introduit d'emblée l'expression intime dans un monde de sociabilité.

- D'après la linguistique moderne, le langage est systématiquement structuré selon une double articulation :
– le monème, c'est-à-dire l'unité minimale de sens (« travaillons » est constitué de « travail », désignant l'action, et de « -ons », désignant les acteurs) ;
– et le phonème, c'est-à-dire l'unité minimale de son.

2 LA CONVENTION DU LANGAGE

- Dans son dialogue *Cratyle*, **Platon** montre que les mots sont des conventions pour désigner ou identifier les ressemblances ou dissemblances entre les phénomènes, et ce faisant généraliser des propriétés mettant en ordre la réalité. La désignation langagière est ainsi le premier stade de l'objectivité pour un enfant.

- Pour **É. Benveniste**, le langage n'est pas naturel car les animaux en sont dépourvus. Par exemple, les abeilles émettent des signaux visant à une action, ce signal étant un élément du monde physique, tout comme l'action qu'il annonce. Le langage, au contraire, peut se faire métalangage, objet d'analyse en ce qu'il exprime une pensée complexe.

3 LE LANGAGE : UNE TRADUCTION DE LA PENSÉE ?

- Selon **H. Bergson**, il y a un ineffable, objet d'intuition, que les mots déforment. En ce sens, si les mots ne sont pas toujours fidèles à nos pensées, ils le sont encore moins à nos émotions.

- Pour **G. W. Leibniz**, le langage est un obstacle à la recherche de la vérité, car les mots ou expressions utilisés sont souvent inappropriés ou non conformes à la rigueur grammaticale. Pour y remédier, il imagine un langage logico-mathématique. Le langage informatique en est l'apogée, mais il ne remplace pas le langage ordinaire, car il fonctionne sans référence individuelle.

- La transparence totale du langage peut être source de violence. Ainsi, pour **La Rochefoucauld**, « le malentendu est la condition de la sociabilité ». C'est par ailleurs tout l'art de la diplomatie que de savoir dire les choses sans vexer son interlocuteur afin d'éviter les conflits.

- Le sens mystérieux, équivoque, incertain des mots constitue une condition à l'inventivité, une matière pour la littérature ou la poésie. La capacité infinie de l'homme à utiliser des symboles pour penser le monde, à créer de nouveaux mots ou expressions, exprime sa liberté, tandis que l'imperfection du langage oblige à préciser ses pensées et à mieux décrire ses émotions.

- Le langage est également la condition du surgissement de la pensée. Ce faisant, il la fait accéder à la conscience et devenir objet de réflexion. Ainsi, pour **Hegel**, « c'est dans les mots que nous pensons ».

Citations

« Nous échouons à traduire entièrement ce que notre âme ressent. » H. Bergson, *Essai sur les données immédiates de la pensée.*

« Il faut ramener le désordre rhétorique de la parole usuelle aux signes communs de la rigueur logique » G. W. Leibniz, *Nouveaux essais sur l'entendement humain.*

4 LA RHÉTORIQUE

- Le langage est aussi ce par quoi nous subissons ou exerçons le pouvoir sur autrui. **Platon** excluait ainsi la rhétorique dans l'organisation de la vie morale et politique, considérant que seule la vérité suffit à convaincre. Observant les sophistes, il constate que la rhétorique cherche à se confondre avec la vérité pour abuser l'interlocuteur ou le peuple.

Mot-clé

La **rhétorique** (du grec *rhêtorikê tekhnê*, technique, art oratoire) se caractérise comme étant l'art de l'éloquence, de bien parler, de persuader en usant avec subtilité du langage.

- Le dialogue socratique, au contraire, ne vise pas à la détention de la vérité mais à sa recherche. L'art de la maïeutique (art d'accoucher les esprits) implique ainsi une position neutre de l'interlocuteur. La contradiction ou l'impasse (aporie) issue du dialogue amène au doute, préférable à une certitude personnelle non fondée.

- Pour autant, la rhétorique peut aussi être l'alliée de la philosophie si l'acte de parler avec éloquence permet de dire la vérité. Elle peut devenir bonne ou mauvaise selon les intentions du locuteur et la lucidité de l'interlocuteur.

En perspectives

11

Auteurs

Saussure, Platon, Benveniste, Hegel, Bergson, Montaigne

Notions liées

vérité, raison, art, liberté

Le langage

1. L'existence humaine et la culture

- Le langage est un fait social et provient d'une convention humaine.
- Le langage est impuissant à traduire la complexité de notre intériorité.
- L'imperfection du langage est aussi ce qui fait sa richesse.
- Il ne peut y avoir de pensée sans langage.
- La manière dont nous exprimons notre pensée est intimement liée à la qualité de notre langage.

2. La morale et la politique

- Les sophistes utilisent le langage pour dominer et asseoir un certain pouvoir.
- La rhétorique peut être utilisée à bon escient : la maïeutique socratique permet de prendre conscience de l'inconsistance de certaines théories.

3. La connaissance

- L'étude du langage peut être scientifique et il peut être étudié comme un système puisqu'il est structuré à partir de monèmes et de phonèmes.
- Les animaux émettent des signaux qui permettent d'établir une adéquation naturelle entre l'objet et le son : ils communiquent seulement.
- Les dialogues socratiques ne cherchent pas à persuader ni à dominer, mais uniquement à l'émergence de connaissances pour la recherche de la vérité.

Pour réussir le jour J !

Œuvres

- Platon, *Cratyle*, entre le Ve et le IVe av. J.-C.

En s'interrogeant sur l'origine naturelle ou conventionnelle du langage, Platon se demande si les noms n'expriment pas la nature même des choses, à savoir les Idées ou formes intelligibles qui sont les modèles des objets sensibles.

- Saussure, *Cours de linguistique générale*, 1916.

Cet ouvrage a été écrit grâce à la prise de notes de ses étudiants. Il est fondateur si l'on veut comprendre l'origine de la linguistique et les problèmes qu'elle soulève.

- Orwell, *1984*, 1949.

Ce roman est célèbre pour avoir exposé la manière dont un régime totalitaire peut asseoir son pouvoir en mettant au point une autre langue, dont la particularité est de faire en sorte que tous les citoyens de ce régime détournent leurs regards de la réalité.

Vocabulaire

- **Signe** et **signal** : si un signe peut concerner plusieurs domaines, en linguistique on précise qu'il est arbitraire et conventionnel. Le signal, quant à lui, ne possède pas ces deux caractéristiques puisqu'il n'évoque rien mais implique simplement un comportement prédéterminé.
- **Signifié** et **signifiant** : le signifié d'un mot est sa signification, mais aussi le concept auquel il renvoie. Le signifiant est le son ou plus précisément l'image acoustique du même mot.
- **Ineffable** : si Jankélévitch distingue l'ineffable de l'indicible, Bergson, exprime l'idée que l'ineffable est ce que le langage ne peut exprimer, parce qu'il est toujours trop général.

Je me teste sur...

LE LANGAGE

1 L'approche linguistique du langage est ... :

- ☐ a. diachronique.
- ☐ b. synthétique.
- ☐ c. synchronique.

2 Pour communiquer, les abeilles émettent des ... :

- ☐ a. signes.
- ☐ b. bruits.
- ☐ c. signaux.

3 Selon Bergson, le langage exprime mal notre ... :

- ☐ a. vie intérieure.
- ☐ b. raison.
- ☐ c. intimité.

4 Qui a affirmé « c'est dans les mots que nous pensons » ?

- ☐ a. Bergson.
- ☐ b. Chomsky.
- ☐ c. Hegel.

5 Pour Platon, la rhétorique est ouvrière de ... :

- ☐ a. conviction.
- ☐ b. persuasion.
- ☐ c. soumission.

6 Que signifie le verbe « persuader » ?

- ☐ a. Appeler la raison.
- ☐ b. Toucher la sensibilité.
- ☐ c. Traverser de part en part.

7 En voulant définir les grands principes, le dialogue socratique est ... :

- ☐ a. une interrogation d'essence.
- ☐ b. une démonstration approfondie.
- ☐ c. une vaine recherche.

8 La rhétorique est l'art de ... :

- ☐ a. de mentir.
- ☐ b. de tromper.
- ☐ c. de bien parler.

Corrigés au verso

Corrigés

1 > **c.** Il ne s'agit plus pour Saussure, fondateur de la linguistique moderne, de chercher l'origine du langage mais de l'étudier tel qu'il est dans sa structure ou organisation actuelle

2 > **c.** Les abeilles n'émettent que des signaux ayant une seule signification devant entrainer un comportement déterminé.

3 > **a.** Pour Bergson, notre vie intérieure est singulière et complexe. Le langage l'appauvrit pour la rendre compréhensible par les autres.

4 > **c.** Hegel montre ainsi qu'on ne peut jamais séparer la pensée et le langage, puisqu'une pensée est d'emblée un langage mis en forme.

5 > **b.** La rhétorique vise en effet à persuader un interlocuteur et pas seulement à partager des idées ou encore expliquer une idée.

6 > **c.** Lorsqu'il est persuadé, l'interlocuteur est complètement séduit et touché par les mots sans avoir conscience de la manipulation qu'il subit.

7 > **a.** Le dialogue socratique vise toujours à chercher la nature ou essence universelle de choses, des pensées particulières pour mieux les comprendre et parfois montrer leur vanité

8 > **c.** C'est en effet un art qui s'apprend et permet de mieux faire passer ses idées. La rhétorique suppose une technique qui n'est pas en soi négative à partir du moment où l'interlocuteur n'est pas dupe.

Le travail

À revoir
OK

12

1 L'HOMME SE DISTINGUE DE L'ANIMAL

- La capacité de l'homme à se représenter une finalité (un plan de maison) et à organiser ses actions d'après celle-ci distingue le travail humain des réactions instinctives des animaux.
- L'homme anticipe ce qu'il va faire, peut modifier et imaginer des projets à l'infini. Parce qu'il est une activité consciente, le travail repose sur un savoir-faire qui peut être transmis, changé, amélioré.

2 L'HOMME CONSTRUIT SON HUMANITÉ

- Notre conception morale du travail puise sa source dans la culture judéo-chrétienne. Selon la *Genèse*, en goûtant au fruit défendu de la connaissance, Adam et Ève provoquent la malédiction divine et l'apparition du travail comme une condamnation.
- Selon **Hegel**, le travail est un moyen de libération. Grâce à son travail, l'homme se libère de sa servitude en produisant des œuvres (maisons, institutions politiques, livres, etc.). Il ne subit plus passivement la nature et fait son histoire.

À savoir

Selon la **dialectique du maître et de l'esclave**, la mort distingue d'abord ceux qui, la craignant, choisissent de se soumettre à la force naturelle et ceux qui sont prêts à perdre leur vie. Le travail auquel est soumis l'esclave renverse ce premier rapport. En satisfaisant les attentes de son maître, l'esclave se transforme et prend conscience de ses capacités. Ainsi, le devenir historique a pour agent véritable l'esclave travailleur et non le maître guerrier. Par son travail, l'homme se libère de sa servitude.

3 L'ALIÉNATION DES TRAVAILLEURS

- En distinguant la valeur d'usage (utilité d'un bien) et la valeur d'échange, **Aristote** montre la nécessité de l'argent pour les échanges de produits d'inégales valeurs. La chrématistique (art d'acquérir des richesses) est un simple moyen pour acquérir des choses utiles à notre survie (économie domestique) et non comme une fin en soi ou source de profit. L'argent devenu fin en soi réduit la liberté des individus, qui en deviennent dépendants, et pervertit les relations sociales.

● **K. Marx** va montrer que l'exploitation de l'homme pour le profit d'un autre et l'organisation technique du travail aliènent le travailleur. La division du travail a pour effet d'engendrer un homme inutile à lui-même qui se voit dans l'obligation de vendre ses capacités.

Mot-clé

L'**aliénation** correspond au fait de perdre ou de céder un droit ou un bien naturel. Dans ce cas précis, l'aliénation concerne les travailleurs privés des bénéfices de leur force de travail. Le temps passé à travailler est soustrait au temps consacré à la culture, au rêve, à la critique de la société et de ses injustices.

4 TRAVAIL ET LOISIR, DEUX IDÉOLOGIES ?

● Pour **F. Nietzsche**, le lien entre le travail et l'argent conduit les hommes à travailler sans limite pour gagner plus sans s'interroger sur la finalité de leur vie. Derrière la morale des sociétés marchandes se cache une peur de l'individuel et de l'indépendance des hommes, car en imposant des contraintes, le travail socialisé est « la meilleure des polices ».

Citations

« La plus laborieuse des époques, la nôtre, ne sait pas quoi faire de son labeur et de son argent, si ce n'est toujours plus d'argent, toujours plus de labeur. » F. Nietzsche, *Le Gai Savoir.*

● Le stoïcien **Sénèque** faisait déjà en son temps (Ier siècle av. J.-C.) l'éloge de la sagesse des *otiosi* vivant à l'écart des *occupati* absorbés par les affaires publiques, afin de penser et de travailler sans aucune contrainte, produisant, créant ce qu'ils désirent et connaissant la valeur relative des biens matériels.

● Pour le sociologue **H. Marcuse**, la société du XXe siècle a façonné de « nouvelles formes de contrôle des individus ». L'intégration sociale ne se résume plus seulement au travail, elle s'effectue également via les loisirs et désirs des consommateurs.

5 REVALORISER LE TRAVAIL

● Le travail permet à un individu d'être reconnu socialement. L'exercice d'un métier a permis aux femmes de ne plus être réduites à la seule fonction de mère, d'acquérir des droits sociaux et politiques.

● **B. de Jouvenel** a démontré que la véritable raison du rejet du travail est sa réduction à sa rentabilité. En enlevant tout plaisir celui-ci est alors associé au loisir. Il faut donc changer le rapport de l'homme au travail en l'organisant de telle façon que l'épanouissement de soi et le plaisir y trouvent une place essentielle.

En perspectives

Le travail

Auteurs

Aristote, Sénèque, Marx, Nietzsche, Hegel, Marcuse, Jouvenel

Notions liées

liberté, technique, conscience, bonheur

1. L'existence humaine et la culture

- Le travail est spécifique à l'homme, car contrairement à un animal guidé par son instinct, celui-ci possède la capacité de s'interroger sur son travail et d'ajuster son savoir-faire en fonction de son expérience (Aristote).
- Le travail libère l'homme de son état de nature.
- Le travail devient aliénant, lorsqu'il sert une classe sociale supérieure dont le but est de faire du profit aux dépens des travailleurs (Marx).
- On peut revaloriser le travail en le réconciliant avec la notion de plaisir (Jouvenel).

2. La morale et la politique

- Les hommes construisent et élèvent leur humanité en produisant des œuvres, sources de leur travail.
- Le travail devient moral, lorsque la rémunération pour celui-ci ne sert que les besoins vitaux des hommes.
- À l'inverse, « l'art d'acquérir des richesses » uniquement pour le plaisir de posséder de l'argent et des biens est immoral.
- Le travail socialisé montre une peur de l'individuel et de l'indépendance des hommes.

3. La connaissance

- La connaissance de l'histoire de l'humanité nous aide à comprendre l'évolution du travail et de ses conceptions. On peut d'ailleurs noter à ce propos que, comme nous l'avons vu dans la présentation, ces conceptions ont toujours été liées à la valeur que l'on a pu donner à la vie des hommes.

Pour réussir le jour J !

Œuvres

- Lafargue, *Le droit à la paresse*, 1883.
Dans ce petit livre, le gendre de Marx y développe une critique acerbe, non seulement du travail, mais également des travailleurs amoureux d'un travail qui use leur corps et abîme leur esprit.
- Chaplin, *Les temps modernes*, 1936.
Ce film fortement inspiré d'un film de René Clair illustre jusqu'à l'absurde les méthodes et l'organisation du travail des sociétés modernes. Vous pouvez naturellement y faire référence car c'est, comme toute grande œuvre, devenu un classique.

Vocabulaire

- **Aliénation** : l'étymologie (*alienus*, autre que soi ou étranger à soi) suppose une séparation ou une rupture. Ce terme fut d'abord utilisé en droit, il indique, en effet, une vente ou cession d'un bien ou d'un droit. Il est aussi utilisé en psychiatrie pour caractériser une personne malade mentalement.
- **Loisir** : pour les Grecs et les Romains, ce terme (du latin *licere*, permettre) ne signifiait pas l'absence de travail, n'était pas lié aux vacances (vacuité, vide), mais à l'activité d'un homme travaillant librement, sans aucune contrainte extérieure. Il s'agissait d'une activité réservée à une élite.
- **Œuvre** : ce concept désigne la fin d'une activité, même si elle est à l'origine du mot ouvrier. On parle d'œuvre, lorsque le travail n'est pas morcelé, mais effectué du début jusqu'à la fin de la fabrication de l'objet. La parcellarisation des tâches a presque fait disparaître les œuvres, les ouvriers devenant des techniciens. Peut-être n'y a-t-il plus que les artisans qui font encore des œuvres.
- **Métier** : un métier suppose une formation assez longue qui permet d'acquérir une compétence notamment technique pouvant se transmettre et se parfaire. On peut en ce sens le distinguer d'un emploi interchangeable qui ne demande qu'une petite expérience.

LE TRAVAIL

1 Les activités animales sont ... :

- ▢ **a.** méthodiques.
- ▢ **b.** conscientes.
- ▢ **c.** instinctives.

2 Par son travail, l'esclave ... :

- ▢ **a.** se transforme.
- ▢ **b.** se libère.
- ▢ **c.** s'humilie.

3 En produisant des œuvres, l'homme réalise ... :

- ▢ **a.** son bonheur.
- ▢ **b.** son histoire.
- ▢ **c.** son rêve.

4 Selon Aristote, il y a une bonne et une mauvaise ... :

- ▢ **a.** production.
- ▢ **b.** économie.
- ▢ **c.** chrématistique.

5 Qui a théorisé l'exploitation de l'homme par l'homme ?

- ▢ **a.** Hegel.
- ▢ **b.** Marx.
- ▢ **c.** Nietzsche.

6 Selon Nietzsche, le travail dans nos sociétés est ... :

- ▢ **a.** utile.
- ▢ **b.** libérateur.
- ▢ **c.** la meilleure des polices.

7 Selon Jouvenel, pour quelle raison faut-il travailler ?

- ▢ **a.** Pour gagner plus.
- ▢ **b.** Pour avoir plus de loisirs.
- ▢ **c.** Pour mieux vivre.

Corrigés au verso

Corrigés

1 > **c.** On ne peut confondre l'activité instinctive des animaux avec le travail volontaire et conscient des hommes. Si en apparence c'est la même activité, il faut noter que les animaux font depuis des millénaires la même chose sans améliorer leurs procédés simplement parce qu'ils n'ont pas conscience de ce qu'ils font. Ils répètent donc nécessairement les mêmes gestes instinctifs.

2 > **a.** et **b.** Hegel a montré en quel sens l'esclave transforme la réalité par son travail contraint et se transforme lui-même car ce travail l'oblige à réfléchir, à inventer, plus globalement à donner une forme personnelle à la réalité, à la nature.

3 > **b.** Lorsqu'il transforme la réalité, l'homme réalise une idée qui lui est propre et qui va porter sa marque. Que ce soit par une constitution politique, une découverte scientifique ou une prouesse technique, l'homme ne subit plus le cycle naturel mais lui impose sa marque en l'orientant volontairement. Il fait donc son histoire.

4 > **c.** La mauvaise chrématistique consiste à vouloir acquérir des biens sans limite aucune, c'est-à-dire pour en faire un commerce lucratif et donc pour s'enrichir. Ce faisant, on devient sans le savoir dépendant de l'argent et on perd sa vie à vouloir la gagner. La bonne chrématistique reste au contraire proche des besoins naturels et utilise l'argent simplement pour vivre heureux sans dépendre des autres.

5 > **b.** Marx a montré que lorsque l'artisan et le paysan ne peuvent plus vivre de leurs propres forces de travail à cause d'un système dominé par quelques-uns, ce système les appauvrit pour ensuite les faire disparaître en les rendant inutiles à eux-mêmes. Ils deviennent alors des prolétaires travaillant au service d'une minorité d'hommes qui les exploite pour s'enrichir.

6 > **c.** Le travail organisé suppose des horaires fixes, des comportements similaires, l'acceptation de la hiérarchie, tout cela engendrant un ordre social, voire une paix civile. En ce sens, le travail est certainement plus efficace qu'une police.

7 > **c.** L'homme ne pourra jamais vivre sans travailler à construire un monde à sa mesure. Pour que son travail soit vécu comme épanouissant, il faut l'organiser de telle façon que son travail soit pour lui l'occasion de parfaire son humanité en développant ses capacités.

La technique

À revoir
OK

14

● **Pour appréhender la notion de technique, il convient d'en comprendre la portée morale, ontologique et métaphysique.**

1 LA TECHNIQUE, LA SCIENCE ET L'ARTISANAT

● La technique est une activité méthodique visant à la fabrication et à l'entretien d'objets matériels. Elle est liée à la fois à la connaissance (théorie), car elle implique une représentation préalable d'opérations à effectuer pour obtenir un effet, et à l'action (production), soumise à un principe d'efficacité économique et de rendement, qui ne doit pas être confondu avec un savoir pur comme les mathématiques par exemple.

● L'artisanat est empirique et implique un savoir-faire qui peut se transmettre de génération en génération. C'est d'ailleurs ce qui distingue en partie l'artisanat du bricolage car, comme le met en lumière **C. Lévi-Strauss**, le bricoleur n'a pas de véritable méthode mais se « débrouille » avec les outils qu'il a.

2 LA RATIONALITÉ TECHNIQUE

● La rationalité technique ne se préoccupe pas de la finalité bonne ou mauvaise d'un outil. Cela n'empêche pas les hommes de s'interroger et de contrôler le bien-fondé moral de l'usage des techniques. S'ils pensent le contraire, c'est qu'ils se laissent abuser par l'outil.

● Un outil est caractérisé par sa permanence : il est fabriqué pour remplir une certaine fonction et peut être utilisé plusieurs fois. Sa fabrication suppose que l'homme soit capable d'anticiper la fin recherchée et de différer la satisfaction de ses besoins immédiats.

3 LA TECHNIQUE TRANSFORME L'HOMME

● Dans *Sociologie et Anthropologie*, **M. Mauss** consacre un chapitre aux techniques du corps pour parler de nos gestes quotidiens assignés à un but, notre corps étant considéré comme un instrument pour agir sur le monde.

● La technique conditionne nos comportements, nos attitudes, nos habitudes, notre façon d'habiter l'espace. La télévision, les ordinateurs et les téléphones portables ont par exemple bouleversé nos relations, notre manière d'évaluer les distances et l'intimité.

- Selon **G. Tarde**, dans *Les Lois de l'imitation*, la technique a tendance à neutraliser et à uniformiser nos comportements, notre manière de penser. La langue notamment, s'appauvrit de plus en plus, ce qui a en retour un impact sur notre manière de penser.
- Selon **M. Heidegger**, la technique répond en apparence seulement à nos interrogations morales et existentielles. Ces dernières étant préjugées, déjà réglées par la technique, l'usager n'a plus qu'à consommer sans s'interroger sur ses besoins, désirs ou valeurs.
- L'histoire nous rappelle l'usage dangereux de la technique par l'homme (bombe atomique par exemple). Les biotechnologies nous permettront peut-être demain de sélectionner des gènes pour créer un être considéré comme parfait, conséquence d'une idéologie de la normalité et du refus des écarts ou de l'originalité.

4 LA TECHNIQUE EST NÉCESSAIRE À L'HOMME

- L'idée d'asservissement à la technique peut être nuancée. L'homme a en effet nécessairement recours à la technique pour aménager son territoire, créer des infrastructures ou concevoir des maisons tout en respectant son environnement.
- L'intelligence artificielle, souvent présentée dans la littérature de science-fiction comme un élément de domination de l'homme, pourrait au contraire nous sauver la vie. Des chercheurs finlandais ont ainsi mis au point une intelligence artificielle capable de prédire les arrêts cardiaques à 90 %.
- Pour **N. Grimaldi**, dans *Le désir et le temps*, « la technique est la vocation de toute conscience humaine ». L'insatisfaction de la conscience face à la nature engendre une « procédure de conflit » (**O. Spengler**, *L'Homme et la technique*). La technique, la capacité de l'homme à envisager autrement le réel, à imaginer un objet absent, sous-tendent ainsi la liberté de sa conscience.

En perspectives

Auteurs

Lévi-Strauss, Mauss, Tarde, Flam, Heidegger, Grimaldi, Spengler

Notions liées

art, nature, science, travail, conscience, liberté

La technique

1. L'existence humaine et la culture

- La technique transforme l'existence de l'homme.
- La technique peut asservir l'être humain.
- Tout conditionnement technique n'est pas asservissement.
- La technique est l'expression des désirs humains et parfois de leur médiocrité.

2. La morale et la politique

- La technique ne fixe pas de fins morale ou politique.

3. La connaissance

- La technique se distingue de la science et de l'artisanat.

Pour réussir le jour J !

Œuvres

- ELLUL J., *La technique ou l'enjeu du siècle*, 1954.

Cet ouvrage s'interroge sur les conséquences politiques et sociales de la technique que les hommes créent eux-mêmes avec les concepts d'efficacité et de rentabilités, engendrés nécessairement par la technique.

- HEIDEGGER, « La question de la technique » in *Essais et Conférences*, 1954.

Dans cette conférence sur la technique, Heidegger s'interroge, non seulement sur ce qu'est la technique, mais aussi sur son essence. Il la présente comme un danger pour l'homme, à cause de sa portée ontologique fondamentale qui lui cacherait la vérité originelle. La technique change, en effet, le rapport de l'homme avec la réalité. Elle est une médiation entre l'homme et le réel, elle empêche l'homme de s'interroger sur le monde, sur ce qu'il y fait et *in fine* sur le sens véritable de son existence.

Vocabulaire

- **Technocratie** : c'est une entité qui symbolise un pouvoir d'experts au service des politiques et dont la légitimité provient de leur compétence reconnue ou supposée.
- **Machinisme** : cette formule a été utilisée d'abord par les sociologues pour montrer la généralisation de l'utilisation de machines et donc le remplacement de la main-d'œuvre ouvrière.
- **Outil** : c'est un instrument fabriqué par l'homme pour accomplir un travail, peu importe ce dernier. Il est perçu comme le prolongement du corps et de la conscience. Il a, en effet, été fabriqué par l'homme. Il vise, cependant, à faire ce que l'homme conçoit, imagine et permet de faire ce que le corps ne peut faire : il le prolonge. En ce sens, il est inséparable de l'esprit humain.

LA TECHNIQUE

1 Quelle est l'exigence première de toute technique ?

- ▢ **a.** La rentabilité.
- ▢ **b.** L'efficacité.
- ▢ **c.** L'économie.

2 Le bricoleur ... :

- ▢ **a.** improvise.
- ▢ **b.** applique.
- ▢ **c.** conçoit.

3 Quel type de rationalisme montre la technique ?

- ▢ **a.** D'invention.
- ▢ **b.** De principes.
- ▢ **c.** De fonctionnement.

4 Pour l'homme, la technique est la condition de ... :

- ▢ **a.** sa survie.
- ▢ **b.** son bonheur.
- ▢ **c.** son progrès.

5 La technique uniformise ... :

- ▢ **a.** les imaginations.
- ▢ **b.** les façons de penser.
- ▢ **c.** les comportements.

6 En plus d'être utile, une voiture est ... :

- ▢ **a.** un marqueur social.
- ▢ **b.** un signe de progrès.
- ▢ **c.** un objet de prestige.

7 Selon Spengler, la technique exprime une procédure ... :

- ▢ **a.** d'apaisement.
- ▢ **b.** de régulation.
- ▢ **c.** de conflit.

Corrigés au verso

Corrigés

1 > **b.** La qualité première d'une technique est son efficacité car si elle peut être fondamentalement inutile pour vivre ou bien vivre, elle doit impérativement bien fonctionner pour accomplir ce pour quoi elle est faite, c'est-à-dire ce qu'on attend d'elle.

2 > **a.** Comme le montre Lévi-Strauss, le terme bricolage a d'abord une origine militaire puisqu'une bricole était d'abord une catapulte permettant de projeter des pierres par-dessus les murailles. Il désigne aussi un coup de billard synonyme de bande. Ces deux exemples montrent un moyen de contourner un objet pour atteindre un but. Le bricoleur n'a ni les instruments ni souvent la connaissance pour faire quelque chose ou résoudre un problème directement, il va alors contourner la difficulté en improvisant.

3 > **c.** Si une technique suppose une méthode pour s'appliquer et réussir, cela signifie qu'elle est rationnelle. Pour autant, contrairement à un pur savoir, elle a pour but d'intervenir sur la réalité et de la modifier efficacement. Son rationalisme est donc de fonctionnement puisqu'elle doit trouver les meilleurs moyens pour la réussite souhaitée.

4 > **a.** L'homme est probablement le moins bien adapté à la nature et à ses dangers. Il lui a donc fallu inventer des moyens techniques pour chasser, cultiver et plus globalement construire un monde à sa mesure et dans lequel il a d'abord pu survivre.

5 > **b.** et **c.** Les pays dans lesquels les techniques les plus performantes envahissent la vie quotidienne sont souvent présentés comme des modèles de vie heureuse inspirant les pays les plus pauvres. Les techniques ne se limitent pas à être des moyens pour mieux vivre, elles impliquent des façons identiques de concevoir le monde et d'y vivre.

6 > **a.** Une voiture comme beaucoup d'objets techniques n'est pas seulement utile mais, comme le montrent les sociologues, a un rôle social de représentation puisque son propriétaire affiche aussi et parfois sa classe sociale.

7 > **c.** La technique montre simplement que l'homme n'est pas adapté à la nature et son incapacité à vivre dans une sorte d'harmonie ou d'osmose avec elle. Il y a donc un conflit au sens propre entre la nature et l'homme celui-ci étant obligé de la transformer par des instruments pour inventer un monde à sa mesure.

L'art

À revoir
OK

16

1 L'ART, UNE IMITATION DE LA NATURE ?

● Dans *La République*, **Platon** explique que la nature est la plus grande des artistes, la représentation même de la perfection. L'artiste est un faussaire de la réalité, son travail s'apparente à une simple imitation qui ne permet aucunement d'atteindre l'essence de l'objet représenté.

Définition

Selon Platon (uniquement), l'**imitation**, ou ***mimèsis***, s'apparente à un simulacre. Il s'agit d'une copie de l'apparence du modèle et non pas d'une copie qui reprendrait les mêmes proportions que le modèle et se situerait donc dans une continuité entre le modèle et l'image.

● Dans sa *Poétique*, **Aristote** considère au contraire la *mimèsis* comme premier moyen d'accès à la connaissance des objets. Il écrit ainsi que « les premières connaissances que [l'être humain] acquiert, il les doit à l'imitation, et tout le monde goûte les imitations. »

2 RESTITUER LA PERFECTION DE LA NATURE

● Pour **Aristote**, la beauté résulte de la perfection des œuvres naturelles que l'artiste tente d'imiter par sa précision sans la copier pour autant. La précision se situe entre l'esquisse et le tableau finalisé. L'artiste travaille alors jusqu'à ce que l'on ne voit plus les traces de son travail, ce qui donne une impression de facilité naturelle.

● L'art saisit donc le mouvement de la vie sans le figer. Une copie arrête la nature, lui enlève le mouvement de la vie (comme une photo sur laquelle on pose).

3 UN REGARD ATTENTIF SUR LE MONDE

● Selon **Hegel**, l'art est toujours transfiguratif. L'artiste utilise l'apparence, mais « elle sert à éveiller en nous le sentiment et la conscience de quelque chose de plus élevé » (*Introduction à l'esthétique*). L'intérêt d'une grande œuvre, c'est l'originalité ou la pénétration du regard de l'artiste sur le monde et sa capacité à en déceler la réalité cachée.

- **H. Bergson** pense que l'art se situe à l'origine de notre monde. Il est un regard naïf, primitif, amenant une expérience fondatrice, poussant chaque homme à rechercher la naissance des choses.

- L'artiste est ainsi un médiateur nous aidant à regarder la réalité au-delà des apparences trompeuses, et montrant, comme le faisait le cinéaste **J. Renoir**, l'illusion des valeurs sociales.

Citation

« L'art ne reproduit pas le visible, il rend visible. » P. Klee, *Théorie de l'art moderne.*

4 PLAISIR ESTHÉTIQUE

- La particularité du plaisir esthétique, selon **E. Kant**, est qu'il consiste en un « libre jeu de nos facultés » que sont l'imagination, la sensibilité et l'entendement.

- Le plaisir esthétique demande une éducation car n'est pas beau ce qui simplement plaît, est agréable ou encore émouvant. Le jugement esthétique se doit d'être à la fois personnel et prétendre à l'universalité, comprise ici comme idéal et non comme unanimité car « il n'existe pas de jugement esthétique qui pourrait légitimement prétendre à l'assentiment de tous » (*Critique de la faculté de juger*).

- On ne pourra jamais démontrer la qualité esthétique d'une œuvre mais seulement la montrer, la justifier par une compétence basée sur des connaissances (histoire de l'art, formation musicale ou littéraire, etc.). Les goûts esthétiques d'un individu en disent souvent plus sur sa culture personnelle que sur les œuvres elles-mêmes.

5 L'ART ET LES VALEURS MORALES

- Il convient de séparer l'art et le moralisme si l'on refuse un art fait de bons sentiments, détaché de la réalité du monde. Les artistes n'ont pas de messages à donner mais une vision lucide de la complexité du monde à exprimer.

- Cela ne veut pas dire pour autant qu'aucune valeur morale n'existe dans l'art. En pouvant, grâce à l'art, combattre sa nature et ses instincts, un homme élève ses goûts et entre spirituellement en accord avec tout homme, à savoir avec ce que l'humanité a de plus élevé.

17

En perspectives

Auteurs

Platon, Aristote, Kant, Hegel, Bergson, Jankélévitch

Notions liées

nature, travail, conscience, liberté

L'art

1. L'existence humaine et la culture

- L'art est une création spirituelle et un regard attentif et singulier sur le monde.
- Le plaisir et le jugement esthétique sont propres à chacun.
- Le jugement de goût suppose une éducation.

2. La morale et la politique

- L'art ne connaît aucune morale, son but n'est pas de délivrer des messages.
- L'art permet tout de même une élévation morale de l'humanité.

3. La connaissance

- Une reproduction fidèle de la nature ne peut retranscrire l'essence même de cette nature et nous apporter une connaissance pleine et entière de cette dernière.
- L'art n'est pas la réalité : il transmet le regard singulier de l'artiste sur le monde.

Pour réussir le jour J !

Œuvres

- GOMBRICH E., *Histoire de l'art, 1950.*
Il n'y a pas d'art sans histoire, en effet pour comprendre les évolutions de styles, il faut nécessairement revenir en arrière pour identifier les sources d'inspiration ou d'opposition. Cet ouvrage est sur ce plan tout à fait intéressant par ses mises en perspectives.

- VAN GOGH, *Vincent Van Gogh : Correspondance générale, 1914.*
Si Van Gogh a beaucoup peint, il a aussi beaucoup écrit, notamment à son frère Théo pour lui exposer sa vision du monde. Cette correspondance permet d'entrer au cœur de la création et d'en comprendre l'origine essentielle.

- PLATON, « Livre X » (596b-598c), *République*, IVe siècle av. J.-C.
Dans ce livre, Platon y explique la dangerosité de l'art imitatif, qui en imitant la nature, nous détournerait de l'essence de la vérité et nous plongerait dans l'illusion.

- ARISTOTE, « Chap. XXV », *Poétique*, IVe siècle av. J.-C.
Dans ce chapitre, Aristote évoque la technique et l'importance pour le poète de la maîtriser pleinement s'il souhaite atteindre son but.

Vocabulaire

- **Figuratif** et **abstrait** : l'art dit « figuratif » essaie de représenter le réel, à l'inverse l'art abstrait peut s'en inspirer sans du tout le représenter. Pour autant, cette distinction ne peut aboutir à une opposition radicale car jamais une œuvre d'art n'est la figure exacte de la réalité : elle exprime toujours le regard particulier de l'artiste sur celle-ci. De même, un art dit « abstrait », sans aucune émotion, ni imaginaire ou ni un monde vécu, ne pourrait atteindre le public.

- **Agréable** et **le Beau** : ce qui est agréable est ce qui satisfait le plaisir des sens et se limite au goût d'un individu. Le Beau essaie au contraire de dépasser le simple plaisir sensuel pour juger uniquement la valeur esthétique d'une œuvre.

- **Jugement de goût** : ce type de jugement n'est pas à mettre en lien avec la connaissance de l'art ou de l'objet jugé, mais avec une sensibilité propre à chacun. Pour exprimer un jugement, il n'est pas nécessaire d'être un spécialiste, il nous est possible d'émettre un jugement de goût en fonction de nos inclinations personnelles.

Je me teste sur...

L'ART

1 **Les grecs distinguaient l'imitation et ... :**

- ▢ **a.** l'imagination.
- ▢ **b.** la copie.
- ▢ **c.** la mémoire.

2 **Pour Hegel, l'œuvre d'art permet à la conscience de ... :**

- ▢ **a.** vivre.
- ▢ **b.** se réaliser.
- ▢ **c.** s'extérioriser.

3 **Selon l'artiste Klee, l'art rend le monde ... :**

- ▢ **a.** triste.
- ▢ **b.** meilleur.
- ▢ **c.** visible.

4 **Le plaisir esthétique vient du libre jeu de ... :**

- ▢ **a.** notre imagination.
- ▢ **b.** nos facultés.
- ▢ **c.** notre sensibilité.

5 **En esthétique, on distingue le Beau et ... :**

- ▢ **a.** le complexe.
- ▢ **b.** le réel.
- ▢ **c.** l'agréable.

6 **Le plaisir esthétique suppose que l'on distingue la fiction et ... :**

- ▢ **a.** le réel.
- ▢ **b.** la vie.
- ▢ **c.** le rêve.

7 **Un artiste ne donne pas un ... :**

- ▢ **a.** regard sur le monde.
- ▢ **b.** jugement personnel.
- ▢ **c.** message.

8 **L'art n'est au service d'aucune ... :**

- ▢ **a.** idéologie.
- ▢ **b.** idée.
- ▢ **c.** morale.

Corrigés au verso

Corrigés

1 > **b.** La copie constitue une sorte d'arrêt de la vie, du mouvement de la nature et n'imite nullement celle-ci. Le peintre ou le photographe qui veut imiter la nature en l'exprimant dans tout ce qu'elle a de vivant doit donner l'impression du mouvement et donc du temps qui passe et ne s'arrête jamais.

2 > **c.** L'artiste exprime dans ses œuvres son regard personnel sur le monde ou la réalité et plus sa conscience est ouverte, attentive et curieuse aux objets (du latin *objectum*, placé devant), plus ses œuvres seront originales.

3 > **c.** L'artiste exprime le monde et oblige ainsi le spectateur, l'auditeur à être attentif à ce qu'il voyait ou entendait, mais ne regardait ou n'écoutait pas vraiment. Les impressionnistes par exemple ont superbement fait découvrir les couleurs infinies de la nature rendant celle-ci plus visible.

4 > **b.** C'est bien un jeu complétement libre et non contraint qui se fait entre nos facultés sans qu'aucune ne se fasse dominante. Une œuvre d'art fait appel à notre sensibilité puisqu'elle nous touche, nous séduit ou nous effraie, à notre imagination parce qu'elle ne peut être appréhendée comme un simple objet, à notre raison aussi car elle impose une réflexion qui laisse toujours sa signification problématique. C'est bien cet heureux mélange de nos facultés qui rend tout à fait particulier le plaisir esthétique.

5 > **c.** On peut aimer, être amusé ou séduit par un film et reconnaître sa mauvaise qualité cinématographique. On l'a donc trouvé agréable à voir pour des « raisons » personnelles, mais si on essaie d'avoir un jugement plus objectif, détaché de notre sensibilité propre, on acceptera de voir ses défauts.

6 > **a.** Le plaisir esthétique suppose qu'on ne confonde pas une œuvre d'art avec la réalité. Un film ou une pièce de théâtre ne répond ni dans son fond ni dans sa forme aux exigences du réel. Toute forme d'art implique nécessairement une distance avec la réalité.

7 > **c.** Si tout artiste porte, comme tout un chacun, des jugements personnels sur le monde, ses œuvres ne sont pas des prétextes pour exprimer ses pensées. Il ne s'agit donc pas pour l'artiste de communiquer un message, mais d'exprimer son regard sur notre monde.

8 > **a.** et **c.** L'art ne sert à rien et est en ce sens révolutionnaire puisqu'on ne peut pas l'enfermer dans des règles morales ou idéologiques dont il serait le chantre.

La religion

À revoir
OK

18

1 LA RELIGION COMME FAIT SOCIAL UNIVERSEL

● La religion est d'abord un phénomène social organisé qui semble, selon **H. Bergson**, être commun à toutes les sociétés humaines. Elle est ainsi à la fois *religio*, lien, et *religiosus*, soin particulier à faire quelque chose, ce qui renvoie à l'idée de déférence devant le divin.

● Sous cet angle, la religion assure la permanence de dogmes, le respect de règles de conduite, et d'un culte (liturgie, cérémonies, rites) impliquant une unité spirituelle entre ses membres et le divin.

2 RELIGION ET MYSTICISME

● Selon **É. Benveniste**, « religion » pourrait également provenir du latin *re-legere* signifiant « relire », « revoir avec soin », « redoubler d'attention et d'application », ce qui renvoie davantage à une forme de sagesse, un mode de vie éclairé par une éthique.

● Aussi la religion est-elle aussi une expérience personnelle. Cette seconde signification amène **H. Bergson** à penser le mysticisme comme antérieur à l'organisation structurée des religions monothéistes, les mystiques étant pour lui des modèles pour pratiquants.

3 LA CROYANCE EN UNE RÉALITÉ ABSOLUE

● Les périodes de rite impliquent un temps et un espace spécifiques (autels, temples pour les offrandes par exemple), qui se distinguent du temps et de l'espace profanes. En tant qu'acte de commémoration d'un événement originel (baptême par exemple), le rite symbolise les grandes étapes de la vie d'un homme et d'une communauté (naissance, entrée dans l'âge adulte, mort).

● Le sentiment religieux est à distinguer des croyances. Conceptualisé par le théologien **R. Otto** dans *Le Sacré* sous le terme de numineux (*numen*, la divinité), il s'agit d'une pure émotion supposant une situation d'effroi face à une puissance cosmique, invisible et dominatrice (*mysterium tremendu*), qui engendre malgré tout adoration et vénération (*mysterium fascinans*).

- La croyance en Dieu s'appuie ainsi sur trois composantes : la fascination pour un absolu inaccessible, la crainte du jugement divin et le respect de la toute-puissance divine.

4 L'EXISTENCE DE DIEU

- L'organisation parfaite du vivant aurait été créée d'après une intentionnalité ordonnatrice, une cause intelligente : Dieu. Pour **Voltaire**, la présence du mal sous ses formes physique et morale remet en cause cette intentionnalité.

- La contingence de l'Univers, qui, à première vue, ne possède aucune raison d'être, ne nous permet pas d'en saisir la cause. C'est pourquoi, **Thomas d'Aquin** affirme que la cause première ne peut être que Dieu, car selon lui, seule une première cause nécessaire et inconditionnée peut expliquer ce qui paraît contingent.

- La preuve ontologique de l'existence de Dieu, d'abord développée par **Saint Anselme**, est reprise par **R. Descartes** dans la cinquième des *Méditations Métaphysiques*. L'idée de perfection ne peut venir que d'un être ayant toutes les qualités de bonté, puissance, immortalité. L'existence de Dieu est donc nécessairement comprise dans son essence ou définition. Selon **E. Kant**, cette preuve est illégitime, car l'existence ne peut se déduire d'une idée et un être parfait ne sera jamais aussi véritable que de le voir se tenir devant soi.

5 LA CROYANCE : UNE ILLUSION

- Pour **B. Pascal**, l'existence de Dieu ne se prouve pas mais s'éprouve. Sans Dieu, l'existence est absurde. La mort, par exemple, est un phénomène auquel seule la destinée humaine et l'immortalité de l'âme donnent un sens. **Voltaire** estime cyniquement que si « Dieu n'existait pas, il faudrait l'inventer » pour s'assurer du respect de la morale et des lois. Pour **S. Freud**, ce besoin de croire permet de lutter contre la dureté de la vie et la crainte de la mort. Pour **K. Marx**, « la religion est l'opium du peuple » lui permettant de supporter sa condition sociale.

- **L. Feuerbach** montre que par sa foi en Dieu, l'homme abaisse ses propres capacités, les propriétés divines (toute puissance, bonté, etc.) n'étant que des qualités humaines.

- **F. Nietzsche**, enfin, lorsqu'il déclare dans le *Gai savoir* que « Dieu est mort », affirme que l'idéal pour l'homme est de se suffire à lui-même et non d'inventer une réalité fictionnelle l'empêchant d'accomplir son humanité.

19

En perspectives

Auteurs

Durkheim, Bergson, Pascal, Descartes, Kant, Freud, Feuerbach, Nietzsche, Otto

Notions liées

justice, vérité, conscience, temps, liberté, nature

La religion

1. L'existence humaine et la culture

- La religion est d'abord un fait social et culturel.
- Toute religion suppose des rites qui donnent du sens à l'existence des croyants.
- Une religion suppose une réalité transcendante dont on peut voir des signes dans notre monde.
- Toute croyance religieuse s'appuie sur une fascination, une crainte et un respect
- Dieu donne du sens à l'existence humaine.
- Les hommes ont créé les dieux par faiblesse.

2. La morale et la politique

- L'existence d'un dieu justicier justifie la morale.

3. La connaissance

- Il y a eu au moins trois types de preuves de l'existence de Dieu.
- Selon Pascal, Dieu ne se prouve pas mais s'éprouve.

Pour réussir le jour J !

Œuvres

- DURKHEIM, *Les formes élémentaires de la vie religieuse*, 1912.
Dans cet ouvrage, Durkheim réalise une description objective des pratiques religieuses. Il démontre que toute religion crée une cohésion au sein de la société.

- KANT, *La religion dans les limites de la simple raison*, 1793.
Cet ouvrage aborde le concept de religion dite « naturelle », à savoir une religion rationnelle et raisonnable. Cette dernière serait fondée sur la raison : il s'agirait d'une foi choisie librement par l'homme, en adéquation avec ses valeurs morales.

- SPINOZA, *L'Éthique*, 1677.
Dans cet ouvrage, Spinoza soustrait tous attributs anthropomorphiques à Dieu, qu'il considère davantage comme étant une substance infinie désignant l'ensemble du réel (de tout ce qui est contenu dans la nature). Il s'agit d'une approche panthéiste du divin, une doctrine associant Dieu à la totalité du réel.

Vocabulaire

- **Foi** et **superstition** : dans la philosophie classique, la foi (du grec *pistis* et du latin *fides*) signifie « avoir confiance » et ne possède pas nécessairement une connotation religieuse. Chez Platon, la foi permet d'avoir accès à une certaine réalité du monde.

- **Monothéisme** et **polythéisme** : une religion monothéiste défend l'existence d'un seul Dieu souverain, tandis que les religions polythéistes soutiennent l'existence de plusieurs dieux.

- **Profane** et **sacré** : dans toutes les religions le domaine du sacré est celui lié au divin et qui transcende notre monde profane, dans lequel il a le pouvoir de se manifester.

- **Hérésie** et **orthodoxie** : une opinion orthodoxe est une opinion droite ou juste, à savoir qui ne déroge pas à la règle officielle d'une religion ou à ce qu'elle prétend être vrai. L'hérétique ou l'hétérodoxe est précisément celui qui soutient une autre opinion.

- **Herméneutique** : c'est une science qui a pour objet l'exégèse (l'interprétation des textes religieux) et qui peut être considérée comme une méthode efficace pour accéder aux sens multiples que peut revêtir un texte religieux, afin de ne pas se contenter d'une première lecture naïve.

Je me teste sur...

LA RELIGION

1 **Quelles sont les premières marques de religiosité ?**

- ☐ a. Les églises.
- ☐ b. Les monastères.
- ☐ c. Les sépultures mortuaires.

2 **Outre la fascination et le respect, quelle est la composante de la croyance en Dieu ?**

- ☐ a. L'amour.
- ☐ b. La crainte.
- ☐ c. La charité.

3 **Quel nom a-t-on donné à la preuve de l'existence de Dieu développée par St Anselme ?**

- ☐ a. Mathématique.
- ☐ b. Ontologique.
- ☐ c. Causale.

4 **Selon Pascal, Dieu ne se prouve pas mais ... :**

- ☐ a. se conçoit.
- ☐ b. s'invente.
- ☐ c. s'éprouve.

5 **Pour respecter les lois morales et civiles, les hommes ont besoin d'un Dieu :**

- ☐ a. justicier.
- ☐ b. vengeur.
- ☐ c. charitable.

6 **Selon Freud, qui Dieu remplace-t-il ?**

- ☐ a. La famille.
- ☐ b. Le père.
- ☐ c. Le juge.

Corrigés au verso

Corrigés

1 > c. Outre des activités culturelles, les premières marques d'un rapport avec une transcendance sont, selon les préhistoriens, les restes de rites funéraires. Cela signifie que la mort n'était pas comprise seulement comme un phénomène naturel et que les vivants avaient le désir de la relier à une entité supérieure lui donnant une signification spirituelle.

2 > b. Le dieu auquel on croit n'est pas seulement une entité abstraite mais il est omniscient, transcendant, il voit donc tout et n'a pas de limites temporelles. Il est surtout capable d'agir non seulement dans le monde terrestre, mais de juger les hommes après leur mort, en punissant les fautes qu'ils auront commises au cours de leur vie. La crainte de Dieu est celle de son jugement qui oblige chaque croyant à respecter ses commandements.

3 > b. À côté de la preuve physico-théologique et de la preuve cosmologique, la preuve ontologique développée par St Anselme (XIe s.) repose sur l'idée qu'on peut prouver a priori l'existence de Dieu à partir seulement de son essence ou de son concept. En s'appuyant sur sa définition qui implique sa perfection, Anselme aboutit alors logiquement et nécessairement à l'existence de Dieu. Or, d'abord Kant et ensuite tout un courant existentialiste montreront que l'existence n'est pas un concept et qu'on ne peut la démontrer puisqu'elle ajoute quelque chose d'imprévisible à la réalité. Ce n'est pas parce qu'une chose est conceptuellement possible qu'elle existe réellement.

4 > c. Pascal montrera la vanité d'une preuve théorique de l'existence de Dieu et donc aussi de sa remise en cause. En effet, la foi en un Dieu tout-puissant relève d'une expérience existentielle personnelle qui se suffit à elle-même et donne du sens à la vie.

5 > a. Comme Platon en son temps le montrait grâce au mythe de Gygès, les hommes ne sont pas d'emblée bons. La croyance en un Dieu justicier les obligera à respecter les valeurs essentielles car si la justice humaine est parfois faible ou aveugle celle de Dieu est infaillible.

6 > b. Les hommes se sentent souvent faibles ou impuissants devant leur destin et ont l'impression d'être seuls pour subir toutes les difficultés de l'existence. Dieu est alors, pour Freud, une sorte de père protecteur qui rassure et permet de supporter tous les malheurs que l'on rencontre dans sa vie en leur donnant un sens. Les prières adressées à son dieu seraient même selon Alain des demandes infantiles et égoïstes d'aide et de protection paternelles lorsqu'on se sent fragile ou désespéré.

La nature

À revoir
OK

20

1 DE LA NATURE À L'ILLUSION NATURALISTE

- Pour **Aristote**, la nature (*phusis* en grec) désigne en premier lieu la poussée des plantes et est un principe de mouvement et de repos.

- **Lucrèce** pensait que les lois physiques permettaient de comprendre la réalité. Pour **Descartes**, la nature s'organise selon un mécanisme technique dont Dieu, ayant fixé les lois, est l'artisan parfait, seul l'homme ayant la capacité de les comprendre et de la maîtriser.

- Selon les théories comportementalistes tout comportement n'est que réaction à une stimulation extérieure pouvant être conditionnée. Un auteur propose même une éducation fondée sur le conditionnement du comportement. Pour qu'un enfant apprenne les valeurs de sa communauté, on va les lui faire aimer grâce à des récompenses.

À savoir

L'**expérience du chien de Pavlov** : le médecin et psychologue Ivan Pavlov associe de façon systématique le repas d'un chien à un signal sonore. Il constate alors que le signal seul suffit à provoquer la salivation de l'animal, même s'il n'est pas suivi d'un repas. Il en conclut qu'il a conditionné la salivation.

- La nature n'est cependant pas une norme satisfaisante pour penser le comportement humain. Les stoïciens rappellent que l'usage de notre raison nous permet d'exercer librement notre jugement. Par ailleurs, la tendance anthropomorphique à comparer qualités humaines et comportements animaux n'est pas pertinente épistémologiquement.

2 UNE NATURE IDÉALISÉE

- L'éloge de la nature provient souvent de la nostalgie illusoire d'une nature dans laquelle l'homme aurait vécu heureux sans artifice. Or, le retour à la nature conduit à découvrir une ancienne culture cachée : les vestiges du travail, de la technique, des activités humaines. Ainsi, la campagne est le résultat historique de la culture des hommes.

- L'humanité ne peut se résumer au processus biologique. L'homme peut s'émanciper, voire se révolter contre sa nature, accédant aux sphères de la culture, du droit et de la moralité. La nature, au contraire, est amorale.

S'il est dans la nature du gros poisson de manger les petits, il le fait par instinct et non par une volonté de faire le mal (**Spinoza**).

3 UNE NATURE HUMAINE DÉFINITIVE ?

- Les théories racialistes du XIXe siècle reposent sur la distinction entre l'inné et l'acquis. Par exemple, **A. de Gobineau** établit une corrélation entre le niveau de culture des peuples et le patrimoine génétique des individus ou races pour justifier l'inégalité entre les hommes et légitimer la domination de certains peuples. Cette théorie, immorale et erronée, suppose que les différences culturelles soient d'emblée des déficiences.

- Au XXe siècle, des recherches ont montré que des enfants vivant dans un foyer familial violent subissent une altération de leur ADN. C'est leur vie sociale qui a déformé le génome de ces enfants et non celui-ci qui aurait déterminé irrémédiablement leur vie. Notre capacité universelle à donner du sens au monde ne s'actualise pas spontanément, elle a besoin pour s'épanouir du support de la culture.

Citation

« Comme tout organisme vivant, l'être humain est génétiquement programmé mais il est programmé pour apprendre. Tout un éventail de possibilités est offert par la nature au moment de la naissance. Ce qui est actualisé se construit peu à peu pendant la vie par l'interaction avec le milieu. » F. Jacob, *Le Jeu des possibles*.

4 DE LA NATURE À LA CULTURE

- Pour **J. J. Rousseau**, l'état de nature est une hypothèse permettant de poser le naturel et le culturel face à face, alors que dans la réalité ils sont imbriqués. La nature est un état d'innocence dans lequel l'homme n'est ni bon ni mauvais. Elle va servir de critère neutre pour juger l'évolution de l'homme et sa culture, qui est artifice, désordre, violence.

- En étudiant les structures des relations familiales, **C. Lévi-Strauss** montre qu'elles concernent à la fois des relations naturelles et culturelles. La prohibition de l'inceste est tout à fait remarquable pour comprendre cette intrusion du culturel dans ce qui semble naturel. La cause de cet interdit ne se situe pas dans l'instinct ni dans les dangers des croisements endogamiques, puisque l'homme dit primitif ignore les lois de la génétique moderne. La véritable raison est l'utilité première de l'échange entre les peuples. La prohibition de l'inceste, en instituant une règle, permet le passage de la nature à la culture en évitant le hasard de la nature.

21 En perspectives

Auteurs

Aristote, Descartes, Lucrèce, Laborit, Gobineau, Rousseau, Lévi-Strauss

Notions liées

liberté, art, technique, science

La nature

1. L'existence humaine et la culture

- L'approche behavioriste considère que l'éducation peut être conditionnée.
- La nature n'a jamais été un paradis.
- La nature humaine est un ensemble de capacités s'actualisant différemment selon les cultures.
- La nature comme modèle théorique permet de comprendre l'évolution de l'homme et de sa culture (Rousseau).
- Les structures familiales sont à la fois naturelles et culturelles (Lévi-Strauss).

2. La morale et la politique

- La nature est amorale et le monde animal ne reconnaît aucune valeur.
- Les théories raciales sont à la fois fausses et dangereuses.

3. La connaissance

- Les êtres naturels ont le principe du mouvement et du repos (Aristote).
- La nature est organisée selon des lois physiques.
- On peut tenter de comprendre les êtres vivants par leur comportement.
- Une comparaison homme-animal n'est pas satisfaisante épistémologiquement.

Pour réussir le jour J !

Œuvres

- Aristote, *Physique*.

La thématique de la nature est un sujet récurrent dans l'œuvre d'Aristote, il l'évoque sous des angles divers (art, morale, politique, technique, métaphysique, etc.), toutefois cet ouvrage apparaît comme fondateur, il permet, en effet, de justifier sa conception dans les autres domaines.

- Levi-Strauss, *Race et histoire*, 1952.

Cet ouvrage rend accessible la pensée de l'auteur et illustre parfaitement la complémentarité de la nature et de la culture.

Vocabulaire

- **Artifice** : un artifice ou artéfact est tout ce qui n'est pas naturel, tout ce qui se situe entre l'homme et la nature et qui a été produit par l'homme.
- **Inné** et **acquis** : l'inné correspond à ce qui est donné à l'homme à sa naissance ; à l'inverse l'acquis concerne ce qu'il va acquérir au contact de la culture, par l'éducation et le travail notamment.
- **Anthropomorphisme** : c'est une tendance quasi naturelle à attribuer des qualités ou vertus humaines aux animaux (la méchanceté du requin, la gentillesse du dauphin, etc.) en leur prêtant des intentions qu'ils ne peuvent avoir. Si un requin en vient à attaquer un homme, c'est simplement par instinct.
- **Paradigme** : il s'agit d'un modèle théorique sur lequel on se propose de réfléchir parce qu'il semble conforme à ce que nous savons de la réalité. Si le paradigme ne permet pas de rendre compte de nouvelles observations ou de nouveaux savoirs, il sera remplacé.
- **Universel** et **relatif** : ce qui est universel est valable en tout lieu et de tout temps, alors que ce qui est relatif est par principe singulier et possède une portée plus limitée.
- **Prohibition de l'inceste** : c'est, selon Lévi-Strauss, une des règles fondamentales et universelles de toute culture humaine : elle s'est toujours imposée (même si, de fait, ce n'est pas toujours le même parent qui représente l'interdit) dans toutes les sociétés.

LA NATURE

1 Comment nomme-t-on cette tendance à attribuer des qualités humaines aux dieux et aux animaux ?

- ▢ **a.** Zoologisme.
- ▢ **b.** Anthropomorphisme.
- ▢ **c.** Humanisme.

2 La nature est ... :

- ▢ **a.** amorale.
- ▢ **b.** mauvaise.
- ▢ **c.** bonne.

3 Parmi d'autres, quels sont les deux domaines fondamentaux inconnus des animaux ?

- ▢ **a.** Morale.
- ▢ **b.** Désir.
- ▢ **c.** Droit.

4 La nature humaine est ... :

- ▢ **a.** faite de potentialités.
- ▢ **b.** complètement déterminée.
- ▢ **c.** sans qualités.

5 Quel état n'a probablement jamais existé selon Rousseau et Hobbes ?

- ▢ **a.** Paix.
- ▢ **b.** Bonheur.
- ▢ **c.** Nature.

6 Qu'est-ce qui, selon Lévi-Strauss, permet le passage de la nature vers la culture ?

- ▢ **a.** L'intelligence.
- ▢ **b.** La norme.
- ▢ **c.** L'éducation.

Corrigés au verso

Corrigés

1 > b. La tendance est forte particulièrement dans nos rapports avec les animaux de leur attribuer des qualités ou propriétés humaines telles que la gentillesse, la méchanceté, l'intelligence ou encore la bonté. L'animal agit par instinct et si celui-ci peut être doux pour l'homme et même dressé par ce dernier, cela ne signifiera jamais que l'animal est capable d'agir au nom de valeurs et en étant pleinement conscient de sa responsabilité.

2 > a. De même qu'il ne faut pas attribuer de qualités humaines aux animaux, de même plus généralement on ne peut dire que la nature soit bonne ou mauvaise et qu'elle doive être considérée comme une valeur à défendre absolument et dans toutes les situations.

3 > a. et **c.** Les animaux ne peuvent jamais être jugés responsables de ce qu'ils font puisqu'ils n'en ont pas conscience et ne peuvent en assumer la responsabilité. On ne fera pas un procès à un chien et un requin qui auront mordu et tué un homme. Si le chien est domestiqué c'est son maître qui sera jugé pour ne l'avoir pas surveillé et retenu. Quant au requin, son seul désir est de se nourrir et d'accomplir ce que sa nature le contraint à faire.

4 > a. On ne peut parler de nature humaine achevée et déterminée mais bien de potentialités ou capacités qui peuvent s'actualiser grâce à la culture et à l'éducation. Ainsi, l'homme a, sauf exceptions médicalement explicables, la capacité naturelle de parler, mais ne parlera pas s'il n'apprend aucune langue.

5 > c. Selon Rousseau et Hobbes, l'état de nature n'est qu'un modèle rationnel ou paradigme permettant de poser la nécessité d'un État et d'une société civile. Contrairement à Locke, ils n'ont pas une approche historique et ne pensent pas que cet état de nature a existé. C'est un simple modèle comme la mathématique et l'économie en construisent pour tenter de mieux comprendre les progrès ou régressions de l'homme grâce à la culture et aux institutions politiques.

6 > b. Les normes, règles ou encore prohibitions sont universelles puisqu'elles permettent aux hommes de faire société et de vivre en respectant des valeurs communes. Ces règles sont évidemment culturelles puisqu'elles n'existent pas dans la nature et elles conditionnent ou limitent les relations que les hommes vont avoir entre eux notamment entre hommes et femmes, parents et enfants. On peut ainsi montrer que si ces normes sont universelles puisqu'elles ont toujours existé dans toutes les sociétés, elles sont pourtant relatives au sens où elles sont différentes selon les époques et cultures.

La science

À revoir
OK

22

1 LA CONNAISSANCE SCIENTIFIQUE

- La connaissance scientifique s'appuie sur la raison et repose sur une exigence d'objectivité qui oblige à écarter toute opinion personnelle. La science étudie des phénomènes (ce qui apparaît) et non des choses que nous percevons par nos sensations. Les phénomènes scientifiques sont interchangeables, ils font l'objet d'une mesure ou quantification et sont décrits à l'aide de concepts uniques pour éviter l'ambiguïté du langage ordinaire.

- On explique scientifiquement un phénomène notamment par ses causes et ses effets. Si l'expérimentation d'un phénomène scientifique ne permet pas d'en retirer une loi universelle, aucune autre conclusion ne pourra être déduite. Les rapports de causalité universels permettent alors d'anticiper l'avenir par la déduction d'un effet.

Citation

« L'opinion pense mal, d'ailleurs elle ne pense pas : elle traduit des besoins en connaissance [...]. On ne peut rien fonder sur l'opinion, il faut d'abord la détruire, elle est le premier obstacle à surmonter. » G. Bachelard, *La formation de l'esprit scientifique*.

2 LA DÉMARCHE SCIENTIFIQUE

- **G. Bachelard**, relève trois obstacles épistémologiques à une démarche scientifique :
– l'anthropomorphisme, qui projette des propriétés humaines sur les animaux ou les choses ;
– l'empirisme naïf, qui croit que l'apparence des choses reflète leurs propriétés réelles ;
– le langage, qui amène à prendre des métaphores pour des explications et des images pour des concepts.

- L'approche scientifique suppose une catharsis ou une purification intellectuelle et affective qui permet, selon **A. Koyré**, « de distinguer le monde de la vie et le monde de la science ».

- Par ailleurs, aucune observation n'est suffisante car l'observateur doit l'interpréter à la lumière de ses connaissances. Selon la formule de **G. Canguilhem** « le fait n'est pas ce dont la science est faite mais ce que fait la science en se faisant. »

3 L'APPROCHE SCIENTIFIQUE DU MONDE

- Selon **E. Kant**, dans toute démarche scientifique, la raison intervient à la fois sur les principes de pensée (catégories de l'entendement) et sur les questionnements. Si l'expérience fait émerger de nouvelles connaissances, il faut en effet des connaissances *a priori* prêtes à accueillir une observation pour lui donner un sens.

Citation

« Comment est-il possible que les mathématiques, qui sont un produit de la pensée humaine et sont indépendantes de toute expérience, puissent s'adapter d'une si admirable manière aux objets de la réalité ? La raison humaine serait-elle capable, sans avoir recours à l'expérience, de découvrir par la pensée seule les propriétés des objets réels ? » A. Einstein.

- **J. Locke**, au contraire, affirme que la connaissance vient de l'expérience seule. L'induction (conclure des lois à partir d'observations de faits) ne peut cependant être garante de véracité. Par exemple, on a longtemps observé la blancheur des cygnes et on en concluait que tous l'étaient. Or, certains sont noirs.

- Pour valider une théorie scientifique, il faut d'abord tenter de la réfuter, en montrant ses anomalies ou insuffisances. Si l'hypothèse résiste à la réfutation, elle est validée (pour un temps). Cette méthode permet de se prémunir des illusions et des croyances.

4 PEUT-ON APPRÉHENDER LA RÉALITÉ ?

- La loi de la gravitation universelle démontrée par **Newton** n'a par exemple pas été invalidée par la physique quantique, qui démontre pourtant qu'au niveau microscopique, les lois de la physique classique ne s'appliquent plus. Ainsi, deux conceptions scientifiques légitimes de la réalité cohabitent.

- L'expérience des fentes de **T. Young** nous montre par ailleurs que le monde quantique est celui de possibilités infinies : des particules de matière sont projetées à travers deux fentes sur un panneau qui recueille les impacts. L'expérience est menée selon deux contextes expérimentaux. En fonction des contextes, les impacts montrent que les particules se comportent soit comme une onde, soit comme des particules.

- Les tests expérimentaux portent sur le rapport entre l'hypothèse théorique et le dispositif expérimental et selon **W. Heisenberg**, les conditions de l'expérience modifient en permanence la réalité étudiée.

23

En perspectives

Auteurs

Platon, Bachelard, Kant, Koyré, Popper, Canguilhem, Einstein, Young, Heisenberg

Notions liées

raison,
vérité,
technique

La science

1. L'existence humaine et la culture

- Avoir un esprit scientifique implique de dissocier le travail analytique de l'opinion.
- L'esprit humain est structuré de telle façon qu'il puisse saisir les enjeux d'un phénomène scientifique avant d'en recueillir les résultats (Kant).
- La physique quantique, de par ses phénomènes déconcertants, nous amène à envisager que nous avons une perception incomplète de notre réalité.

2. La morale et la politique

- Les questions morales et philosophiques, voire religieuses obligent à passer de la question scientifique « comment ? », au « pourquoi ? ».

3. La connaissance

- La connaissance scientifique implique une exigence d'objectivité.
- La science classique est rationnelle, elle étudie les phénomènes et dégage des rapports universels et nécessaires.
- Pour mettre en place les conditions nécessaires à toute démarche scientifique, il convient d'écarter les obstacles épistémologiques.
- Seule l'expérience permet de faire émerger des connaissances scientifiques (Locke).
- La science décrit des phénomènes physiques en accord avec la réalité (physique newtonienne).

Pour réussir le jour J !

Œuvres

- POINCARÉ, *La Science et l'Hypothèse*, 1902.
Ce très grand mathématicien s'interroge sur le rapport entre la science et la réalité et souligne que la science n'aborde que les rapports entre les choses réelles et non les choses mêmes. Ainsi, il démontre qu'une expérience scientifique vise seulement à vérifier la validité d'une hypothèse théorique.

- BACHELARD, *Le Nouvel Esprit scientifique*, 1934.
En s'intéressant à plusieurs théories physiques, Bachelard va montrer le caractère novateur de l'esprit scientifique du XXe siècle.

- TRINH XUAN THUAN, *Désir d'infini*, 2013.
Dans cet ouvrage, l'astrophysicien y aborde le concept d'infini, son histoire et sa portée mathématique, physique et astrophysique. L'auteur explique de quelle manière la science s'est emparée d'un concept, a priori métaphysique et religieux, pour faire progresser la problématique de l'infini.

Vocabulaire

- **Expérimentation** : ce terme est réservé à l'expérience scientifique, une expérimentation suppose, en effet, une méthode précise et différente selon les disciplines afin de pouvoir être expliquée, comprise et recommencée.

- **Induction** et **déduction** : l'induction consiste à partir d'expériences ou de faits multiples pour en tirer une conclusion au moins générale. La déduction, quant à elle, concerne un raisonnement qui, comme l'a démontré Descartes, s'appuie d'abord sur une prémisse (une proposition) pour parvenir progressivement à une conclusion grâce à des règles logiques.

- **Hypothèse** : c'est une proposition admise ou encore une conjecture qui demande toujours à être confirmée par des expériences.

- **Falsifiabilité** et **vérifiabilité** : s'inspirant de Bachelard, Karl Popper a théorisé l'idée selon laquelle une thèse est scientifique seulement si on peut la remettre en cause en essayant d'en montrer les anomalies. Au lieu de vérifier la validité de son hypothèse de départ (vérifiabilité), le scientifique essaie de l'invalider. Si elle résiste aux tests qui visent à la réfuter, dès lors elle est considérée comme provisoirement valide.

LA SCIENCE

1 Qu'est-ce que l'épistémologie ?

- ☐ **a.** L'étude du vivant.
- ☐ **b.** Une partie de la physique.
- ☐ **c.** L'étude de la science et de sa démarche.

2 Qu'étudie la science ?

- ☐ **a.** Des phénomènes.
- ☐ **b.** La réalité.
- ☐ **c.** Le mystérieux.

3 De quoi distingue-t-on généralement une prévision ?

- ☐ **a.** D'un rêve.
- ☐ **b.** D'une nécessité.
- ☐ **c.** D'une prédiction.

4 Pour prouver la validité d'une théorie, le scientifique tente de la ... :

- ☐ **a.** démontrer.
- ☐ **b.** simplifier.
- ☐ **c.** réfuter.

5 En science, de quel type de vérités pouvons-nous parler ?

- ☐ **a.** De vérités approchées.
- ☐ **b.** De vérités définitives.
- ☐ **c.** De vérités relatives.

6 Quelle question est proprement scientifique ?

- ☐ **a.** Pourquoi ?
- ☐ **b.** Comment ?
- ☐ **c.** Quand ?

Corrigés au verso

Corrigés

1 > **c.** L'épistémologie est une discipline philosophique qui étudie les sciences, leur fonctionnement, leurs critères de validité et essaie de comprendre sur quels principes elles reposent pour distinguer les sciences dites exactes, les sciences humaines et les pseudo-sciences.

2 > **a.** Une science doit tout faire pour ne pas s'appuyer sur des préjugés, c'est-à-dire commencer une étude en ayant déjà caractérisé son objet. Pour écarter cette approche, elle va au contraire construire progressivement son objet au cours de son étude. Cela implique qu'au départ celui-ci soit considéré comme un simple phénomène, c'est-à-dire au sens propre une apparition sans propriétés définies et définitives.

3 > **c.** Une prédiction s'appuie simplement sur l'interprétation de signes dans un cosmos arrêté et immuable, signes auxquels elle donne abusivement une valeur prédictive déterminant à l'avance les comportements et faits humains. La science au contraire essaie de prévoir en cherchant notamment des relations de cause à effet et en vérifiant expérimentalement la validité d'une hypothèse de départ.

4 > **c.** La démarche scientifique ne vise pas à confirmer une hypothèse de départ car ce faisant, le risque est grand d'orienter une démonstration pour qu'elle ne fasse qu'invariablement la confirmer. Des méthodes comme la randomisation, les tests en aveugle sont ainsi faits pour tenter de contredire une hypothèse c'est-à-dire la réfuter. Si tous les moyens utilisés ne montrent pas d'erreurs, elle sera considérée comme valide jusqu'à ce que l'on prouve ses faiblesses.

5 > **a.** La science oblige à la modestie car un savant sait que toute théorie sera un jour remise en cause et que c'est précisément ainsi que la science avance sans s'enfermer dans des certitudes dogmatiques comme elle a pu le faire au XIXe siècle. Cela ne veut pas dire pour autant que toute théorie soit fausse ou même simplement relative. En effet, lorsqu'une théorie est renversée par une autre, elle l'est seulement en partie et a contribué à la naissance de celle qui sera aussi remise en cause ultérieurement. La science approche donc sans cesse de la vérité sans jamais la toucher.

6 > **b.** Les questions métaphysiques, religieuses ou même morales ne sont pas du ressort de la science, celle-ci cherchant à comprendre comment fonctionne par exemple un système ou une organisation. En tant qu'homme ou citoyen, un savant peut se demander pourquoi les choses sont ainsi et au nom de quoi, mais en tant que savant, il doit se limiter à des questions scientifiques sur lesquelles il peut tenter par son travail de trouver des réponses.

La vérité

À revoir
OK

24

1 UNE QUÊTE DE LA VÉRITÉ

- Dans le mythe d'Er le Pamphylien (*La République*, **Platon**), les âmes, après avoir choisi le modèle de leur vie à venir boivent l'eau du fleuve Léthé pour oublier leur vie précédente. L'enjeu de ce mythe est l'*alètheia* (dévoilement de la vérité), dont l'accès passe par la réminiscence (souvenir des idées contemplées dans l'au-delà).

À savoir

Dans *Le Ménon*, Socrate fait une leçon de géométrie à un esclave pour démontrer que « la vérité de toute chose est en nous » et qu'il suffit d'être guidé pour s'en souvenir.

- Bien orienté, l'homme procède, par la quête philosophique, à la redécouverte de savoirs déjà appris. **Platon** montre ainsi que tous les hommes ont la capacité à parvenir à une connaissance véritable.

2 DU PARAÎTRE À L'ÊTRE

- Dans l'allégorie de la caverne (« Livre VII » de *La République*), **Platon** montre qu'il y a une coexistence entre le monde des apparences sensibles et toujours changeantes et le monde des Idées immuables et éternelles. La vérité suppose une interrogation ontologique, une réflexion sur l'être des choses (*ontos*, être). L'être est mesure et condition du vrai, par delà le changement.

À savoir

Dans l'**allégorie de la caverne**, Platon compare la situation de l'homme à celle de prisonniers enchaînés dans une caverne à qui on aurait fait croire que les ombres de marionnettes projetées sur le mur en face constituent la réalité. Or, la véritable réalité n'est accessible qu'en se détournant des apparences sensibles pour accéder, grâce à l'éducation, au monde des Idées.

3 UN DISCOURS VÉRITABLE

- La distinction entre être et paraître est à la base du principe de non-contradiction selon lequel « il est impossible que le même attribut appartienne et n'appartienne pas en même temps au même sujet et sous le même rapport » (**Aristote**). Ce principe permet notamment de réfuter un discours incohérent.

- Lorsque le sophiste **Protagoras** affirme que « l'homme est la mesure de toutes choses », il prétend que « ce qui paraît à chacun est la réalité même ». Autrement dit, toutes opinions même contraires seraient bonnes. Ce qui aurait pour conséquence d'anéantir le concept de vérité.
- **Épicure**, puis **Lucrèce** montrent que nos sens ou impressions (*phantasiai*) avec nos rêves et nos visions, « ne se trompent jamais ». Aussi posent-ils que nos perceptions sont le reflet de la réalité. Ce ne sont pas nos perceptions qui sont fausses, mais nos opinions sur celles-ci.

4 LA VÉRITÉ EST UNE IDÉE INNÉE

- **R. Descartes**, s'inspirant de **Platon**, décrit la vérité comme « en droit antérieure à son acceptation » et donc à sa reconnaissance. Ce faisant, il s'appuie également sur la définition médiévale selon laquelle la vérité est l'adéquation de la chose et de l'intellect ou de l'esprit . Le vrai nous apparaît ainsi par « la lumière naturelle ou intuition de l'esprit », entendue comme connaissance rationnelle et immédiate.
- La première vérité est celle du *cogito* (je pense), qui échappe au doute le plus radical. Même si mes pensées n'étaient qu'erreurs ou illusions, c'est en elles que résident le vrai et le critère du vrai. C'est dans l'intuition de l'évidence des idées claires et distinctes que **Descartes** situe le critère du vrai.

5 LE SCEPTICISME

- Depuis les Grecs, les sceptiques (**Hume**, **Montaigne**, etc.) ont tous considéré qu'il n'y avait aucun critère assez fort permettant d'affirmer une vérité, ce doute ne concernant que le domaine théorique et non l'action. Toutes les thèses ne sont pas pour autant défendables, certaines sont meilleures que d'autres sans être définitivement vraies.

6 UNE IDÉE PRAGMATIQUE DE LA VÉRITÉ

- Pour le pragmatique, seule l'application d'une théorie, sa réussite expérimentale, sert de critère de vérité. Ainsi, pour **W. James**, dans *Le Pragmatisme*, « posséder des pensées vraies, c'est, à proprement parler, posséder de précieux instruments pour l'action. »
- En ce sens, une théorie est un instrument de recherche et la vérité se définit par la totalité de ses conséquences (théorique, affective, sociale, etc.). Le vrai est ce qui satisfait l'ensemble des besoins humains, l'utilité devenant le seul critère pour les valeurs humaines.

En perspectives

25

Auteurs

Platon, Aristote, Épicure, Lucrèce, Descartes, Montaigne, Hume, James, Pascal

Notions liées

science, religion, langage, raison

La vérité

1. L'existence humaine et la culture

- Le premier désir de la philosophie est une quête de la vérité.
- Nous sommes tous égaux face à cette recherche de vérité.
- Toute opinion n'est pas légitime.
- Nos perceptions sont le reflet de la réalité, car elles ne sauraient engendrer un faux témoignage.
- Selon Descartes, la vérité est une idée innée : nous cherchons à reconnaître des idées dont nous avons une connaissance intuitive.

2. La morale et la politique

- On peut avoir une conception pragmatique de la vérité.

3. La connaissance

- La recherche de la vérité suppose de détourner le regard des apparences sensibles.
- Il n'y a pas de vérité sans identités stables.
- La cohérence de la pensée est indispensable pour parvenir à la vérité.
- Il faut douter pour espérer accéder à la vérité.
- Le sceptique n'a pas de critère certain lui permettant d'affirmer une vérité, mais il continue à chercher.

Pour réussir le jour J !

Œuvres

- Platon, *La République*, 315 av. J.-C.

– « Livre X (614 b - 621 d) »

Le Livre X de *La République* clôture l'ouvrage. À la toute fin de celui-ci se trouve évoqué le mythe d'Er le Pamphylien qui fait le récit de son voyage dans l'au-delà et réalise une description détaillée du processus de réincarnation des âmes.

– « Livre VII »

Dans le Livre VII, Platon expose sa théorie sur le monde des apparences à travers l'explication de l'allégorie de la caverne.

- Descartes, *Règles pour la direction de l'esprit*, 1684.

Dans cet ouvrage inachevé, Descartes s'interroge sur le concept de vérité en soulignant le fait qu'aucune vérité n'est possible si l'on s'appuie uniquement sur des opinions. Aussi se demande-t-il si la vérité la plus certaine n'est pas mathématique.

Vocabulaire

- **Vérité** : si, comme nous l'avons vu, la vérité se définit comme l'accord entre la chose ou réalité et l'esprit, cela signifie qu'elle n'est ni d'un côté ni de l'autre, et que la difficulté est de trouver la juste mesure entre les deux.

- **Doute** et **certitude** : **le doute** peut être considéré comme une insuffisance, il indique, en effet, un manque de certitude. Mais, à l'instar de Descartes, nous pouvons le considérer comme un élément propice à la recherche : en remettant en cause **les certitudes** non interrogées (dogmes, préjugés), il oblige à chercher des fondements ou des certitudes plus solides.

- **Opinion** et **savoir** : si, selon Platon, il ne faut surtout pas confondre une opinion subjective avec un savoir objectif et universel, une opinion peut tout de même être accompagnée d'un savoir, elle peut se justifier par un raisonnement valide, argumenté et s'appuyer sur des faits non-scientifiques.

- **Préjugé** : au sens propre, il s'agit d'un jugement porté avant tout exercice de la raison et s'appuyant seulement sur une idée préconçue ou répétée.

Je me teste sur...

LA VÉRITÉ

1 Selon Platon, à quoi les âmes réincarnées sont-elles confrontées ?

- ☐ **a.** L'oubli.
- ☐ **b.** La misère.
- ☐ **c.** La souffrance.

2 Pour que des propriétés changent, il faut ... :

- ☐ **a.** des identités invariables.
- ☐ **b.** un monde stable.
- ☐ **c.** un temps arrêté.

3 Qui a dit que « l'homme est la mesure de toutes choses » ?

- ☐ **a.** Socrate.
- ☐ **b.** Montaigne.
- ☐ **c.** Protagoras.

4 Quel principe établit la condition formelle de toute pensée vraie ?

- ☐ **a.** Le principe de non-contradiction.
- ☐ **b.** Le principe suprême.
- ☐ **c.** Le principe hypothétique.

5 Dans la pensée classique, la vérité est l'adéquation de la chose et de ... :

- ☐ **a.** La sensibilité.
- ☐ **b.** L'intellect.
- ☐ **c.** L'imagination.

6 Le doute de Montaigne est ... :

- ☐ **a.** méthodique.
- ☐ **b.** sceptique.
- ☐ **c.** psychologique.

7 Quel est le critère de vérité pour les pragmatistes ?

- ☐ **a.** La cohérence.
- ☐ **b.** L'universalité.
- ☐ **c.** L'utilité.

Corrigés au verso

Corrigés

1 > **a.** Dans une approche mythique, Platon nous dit qu'avant d'être incarnées, les âmes contemplaient les idées éternelles. Il ajoute que « le corps est le tombeau de l'âme » puisqu'à son contact elle a perdu ce qui lui donnait un sens. Il s'agit donc grâce à l'enseignement de la philosophie d'orienter les âmes vers les idées qu'elles ont oubliées pour qu'elles comprennent que la vérité n'a rien de relatif et est un universel qui prévaut sur les opinions subjectives des hommes.

2 > **a.** Pour qu'on puisse parler de changement de propriété d'une chose ou d'un être, il faut nécessairement que cette chose ou cet être soit une identité stable et définie ou encore qu'elle ait une présence ontologique, autrement dit qu'elle existe en tant qu'être.

3 > **c.** Lorsque le sophiste Protagoras affirme cela, il signifie que toutes les opinions individuelles se valent et peuvent être affirmées légitimement vraies.

4 > **a.** Le principe de non-contradiction impose à la pensée une simple cohérence. Deux thèses contraires ne peuvent être vraies en même temps et sous le même rapport. Par exemple, un tissu peut être blanc d'un côté et noir de l'autre en même temps, entièrement blanc après une teinture et noir après une autre et donc pas en même temps. Dans le domaine de la pensée, une telle cohérence est exigée comme condition d'un discours vrai.

5 > **b.** La vérité n'est donc pas du côté de la chose ou de la réalité seulement, du côté de l'esprit ou de l'intellect, mais dans leur relation ou rapport. L'adéquation est leur juste rapport et c'est naturellement là que se situe toute la difficulté pour caractériser la vérité.

6 > **b.** Si le doute de Descartes est méthodique et radical, celui de Montaigne est sceptique puisqu'il se limite au domaine théorique pensant qu'il n'y a jamais de critère assez fort pour pouvoir affirmer la vérité d'une thèse.

7 > **c.** Nous sommes ici éloignés d'une conception classique de la vérité puisque c'est sa réussite qui importe. Une théorie est bonne non parce qu'elle vraie mais parce qu'elle montre son efficacité par rapport à ce qu'on recherchait.

La raison

À revoir
OK

26

1 LE DISCOURS DE LA MÉTHODE

- **R. Descartes** définit la raison comme « la puissance de bien juger et de discerner le vrai d'avec le faux ». La raison coïncide avec le bon sens qui serait « la chose la mieux partagée du monde ». Plusieurs conditions sont indispensables à son bon usage :
– Ne pas assimiler l'intelligibilité et la vérité. La cohérence, l'efficacité, le consensus ne sont pas des critères de vérité, et pour **F. Nietzsche**, « une chose qui convainc n'est pas vraie pour autant, elle est seulement convaincante ».
– Distinguer l'exigence ou désir de vérité et l'existence de la vérité. L'exigence de vérité est une qualité subjective qui nous invite à dépasser notre ignorance pour connaître le monde, d'où l'affirmation de **Socrate** : « Je sais que je ne sais rien ».
– Élaborer des mises en ordre vérifiables et accepter de voir ses thèses rejetées.

- La méthode cartésienne enjoint les hommes à se prémunir contre la précipitation et la présomption, qui risqueraient de les égarer. Descartes propose quatre préceptes pour y parvenir :
– Le principe d'évidence : éliminer le probable au profit du clair et du distinct.
– Le principe d'analyse : décomposer un phénomène en éléments plus simples et examiner la manière dont les éléments se combinent.
– Le principe d'ordre : les pensées suivent un ordre argumentatif allant du plus simple au plus complexe.
– Le principe de révision : vérifier les étapes de la déduction avant d'achever la démonstration.

2 UNE CONNAISSANCE RATIONNELLE

- Toute rationalité prétend à l'objectivité. Elle doit donc écarter l'histoire personnelle du sujet qui cherche à connaître.

- Une connaissance rationnelle doit prétendre à l'universalité. La méthode doit pouvoir être comprise et reprise par tous. La rationalité se soumet à un contrôle intersubjectif : les raisonnements se basent sur des concepts univoques et des règles de déduction universelles et nécessaires.

- La raison demande des efforts de lucidité et une distance critique pour ne pas tomber dans le scientisme (foi aveugle en la science) et rester un « rationalisme ouvert » (**G. Bachelard**), à savoir non dogmatique, capable d'autocritique.

3 LES DIFFÉRENTS TYPES DE RATIONALITÉ

- La rationalité technique est l'usage calculé et systématique de moyens en vue d'une fin. Il s'agit de trouver des moyens performants pour atteindre un but. L'efficacité est ici le critère déterminant.

- La rationalité scientifique se soumet à l'objectivité et aux principes logiques de la pensée. Elle s'appuie sur des démonstrations expérimentales, porte sur des portions délimitées de la réalité et, comme le dit **K. Popper**, ne prétend pas, comme une idéologie, à une conception globale du monde.

- La rationalité philosophique ne cherche ni le calcul, ni l'efficacité ni même la découverte. Elle évalue les opinions, écarte les préjugés et illusions en clarifiant les pensées. Elle suppose une exigence de lucidité, de rigueur et vise une autonomie de la pensée et des actions.

- La rationalité morale suppose une action désintéressée. Pour **E. Kant**, pour être heureux l'homme utilise parfois sa raison pour satisfaire ses besoins ou instincts, et ce, en dépit de l'exigence d'universalité de la raison. C'est par sa capacité à se donner des principes universels d'action que l'homme se distingue des animaux et non par son intelligence.

4 RAISON ET SENTIMENTS

- Selon **Hegel**, l'intelligibilité rationnelle est le reflet de l'ordre du monde et ce qui semble irrationnel (hasard, désordre, passions) ne l'est qu'en apparence.

- **Spinoza** explique que les affects peuvent engendrer des comportements irrationnels. Il faut donc lutter contre ses propres affects négatifs grâce à des affects positifs plus puissants. Il s'agit d'un processus de rationalisation des affects, qui nous permet d'accéder au bonheur par un contrôle de nos passions.

- Pour **B. Pascal**, il faut veiller à ne pas faire de la raison l'unique source de la vérité et accepter avec humilité l'origine mystérieuse, voire divine de cette dernière.

Citation

« Nous connaissons la vérité non seulement par la raison, mais encore par le cœur. [...] C'est de cette dernière sorte que nous connaissons les premiers principes et c'est en vain que le raisonnement, qui n'y a point de part, essaie de les combattre ».
B. Pascal, *Pensées*.

En perspectives

27

Auteurs

Descartes, Pascal, Hegel, Kant, Nietzsche, Bachelard, Spinoza, Popper

Notions liées

science, vérité, religion

La raison

1. L'existence humaine et la culture

- Chaque homme peut s'orienter vers le chemin qui lui correspond en prenant son temps et en adoptant une attitude méthodique.
- Il convient de distinguer le désir de vérité avec le fait de posséder la vérité.
- Une conception rationnelle du monde peut être ouverte et critique.
- La rationalité peut être technique, scientifique, philosophique.
- Nous pouvons maîtriser nos affects ou passions par la raison, et ainsi tendre vers plus de sagesse.
- Il faut veiller à ne pas uniquement s'en remettre à la raison dans notre quête de vérité et savoir écouter notre intuition.

2. La morale et la politique

- La morale suppose aussi des principes et un comportement rationnels.
- Une démarche rationnelle peut être reconnue et contrôlée.

3. La connaissance

- La raison est d'abord une capacité à bien juger et à avoir une réflexion ordonnée.
- Une connaissance rationnelle est objective, méthodique et critique vis-à-vis d'elle-même.
- Un rationalisme absolu est réducteur et discutable sur le plan épistémologique.

Pour réussir le jour J !

Œuvres

- Descartes, *Discours de la Méthode*, 1637.
Cet ouvrage est d'une grande richesse conceptuelle, Descartes y élabore les quatre préceptes de sa méthode pour ordonner clairement et distinctement ses pensées ; et ainsi parvenir à une pleine autonomie de l'esprit et de l'existence de chacun.

- Locke, *Essai sur l'entendement humain*, 1689.
La pensée de Locke s'oppose à celle du rationalisme cartésien. Locke défend, en effet, une conception empiriste de la connaissance : selon lui la raison de l'homme est, avant tout, une « table rase » et c'est de l'expérience seulement que viennent ses connaissances.

- Pascal, *Pensées*, 1670.
Dans cet ouvrage, Pascal incite notamment le lecteur à ne pas négliger les vérités du cœur, à accepter les limites d'un raisonnement impliquant seulement un enchaînement argumentatif.

Vocabulaire

- **Cohérence** : la cohérence d'un propos, d'une démonstration ou d'une démarche est visible lorsqu'il existe un lien clair entre les différents éléments de l'argumentation et que cette dernière est l'aboutissement d'une conséquence logique.
- **Principe** et **précepte** : un principe est une cause ou proposition première et non déduite qui permet de débuter une réflexion et d'en déduire des conséquences. Un précepte a une finalité plus pratique.
- **Nécessaire** et **suffisant** : ce qui est nécessaire ou apodictique, quel que soit le domaine, implique qu'on ne puisse s'en passer pour aboutir à une fin ou avoir un effet quelconque. Mais ce qui est indispensable ou nécessaire peut ne pas être suffisant pour parvenir au but recherché.
- **Rationnel** et **raisonnable** : si ces deux termes se rapportent à la raison, leurs champs d'application ne sont pourtant pas identiques. Le rationnel porte sur le domaine de la connaissance, tandis le raisonnable renvoie à l'action humaine.
- **Dogmatisme** : (*dogma* en grec, opinion) ce terme consiste à affirmer la validité certaine d'une conception scientifique.

Je me teste sur...

LA RAISON

1 Selon Kant, pourquoi les hommes n'usent pas de manière appropriée de leur raison ?

- ▢ **a.** Parce qu'ils veulent seulement satisfaire leurs besoins.
- ▢ **b.** Parce qu'ils vivent dans l'oisiveté.
- ▢ **c.** Parce qu'ils manquent de courage.

2 Quel philosophe a évoqué le concept de « rationalisme ouvert » ?

- ▢ **a.** Pascal.
- ▢ **b.** Bachelard.
- ▢ **c.** Descartes.

3 Il ne faut pas confondre l'exigence ou le désir de vérité avec ... :

- ▢ **a.** la possession de la vérité.
- ▢ **b.** la négation de la vérité.
- ▢ **c.** l'affirmation de la vérité.

4 Quel est le critère déterminant de la rationalité technique ?

- ▢ **a.** La rentabilité.
- ▢ **b.** La nécessité.
- ▢ **c.** L'efficacité.

5 À quoi le scientisme correspond-t-il ?

- ▢ **a.** Un type particulier de preuve.
- ▢ **b.** Un désir de vérité.
- ▢ **c.** Une foi aveugle en la science.

6 La rationalité prétend à l'objectivité et à ... :

- ▢ **a.** l'universalité.
- ▢ **b.** la vérité.
- ▢ **c.** l'efficacité.

7 Socrate affirme : « je sais que ... :

- ▢ **a.** je peux savoir. »
- ▢ **b.** je saurai tout en cherchant. »
- ▢ **c.** je ne sais rien. »

Corrigés au verso

Corrigés

1 > **c.** La raison n'est pas une entité constitutive de notre corps mais une capacité que l'on peut mettre en acte, que l'on doit développer, approfondir pour parfaire notre humanité d'être rationnel et libre. Kant montre ainsi que c'est bien par lâcheté que les hommes préfèrent souvent se contenter de ce qu'ils croient savoir pour n'avoir pas à affronter des vérités dérangeantes.

2 > **b.** Bachelard n'a pas du tout une conception figée de la raison puisqu'il considère que celle-ci doit toujours être ouverte sur le monde et donc toujours capable de se remettre en cause.

3 > **a.** On ne possède pas la vérité comme on possède un bien matériel. Elle est une notion d'emblée problématique qui suppose la mise en acte de sa raison et qui doit lui servir d'idéal et de guide.

4 > **c.** La technique n'est pas une valeur mais une façon d'être au monde et d'y être le mieux possible. Elle suppose donc une sorte de conflit ou opposition entre la nature ou la réalité et l'homme celui-ci essayant d'inventer des techniques pour survivre à ce conflit.

5 > **c.** Le scientisme est un courant de pensée né au XIXe siècle qui considère que seule la science peut parler de connaissance et même de vérité, toutes les autres disciplines comme l'art, la religion ou la philosophie n'étant que des croyances illusoires.

6 > **a.** Toute démarche rationnelle se voulant objective utilise des méthodes qui peuvent être comprises et reprises par tout individu respectant la rigueur de cette démarche. Cela signifie qu'une démonstration ou expérience n'est pas l'expression d'une simple opinion subjective mais qu'elle a une valeur objective et universelle pouvant être approuvée par tout homme par sa seule raison.

7 > **c.** Socrate a conscience de son ignorance, il sait les limites de ses connaissances et est donc capable de les repousser en continuant à chercher. Le véritable ignorant a réponse à tout et ne cherche plus rien, convaincu qu'il est d'avoir la science infuse. C'est naturellement une vanité terrible et surtout une des formes courantes de la bêtise.

L'État

À revoir
OK

28

1 QU'EST-CE QUE L'ÉTAT ?

- L'État est une entité impersonnelle incarnée par des symboles et des représentants exerçant un pouvoir qui varie selon le régime (démocratie, monarchie ou dictature) mais reposant toujours sur un rapport hiérarchique entre gouvernants et gouvernés.

- **B. Pascal** distingue alors les « grandeurs d'établissement », instituées par les hommes pour organiser la société, et les « grandeurs naturelles », ou qualités des individus. Il convient de distinguer l'homme et la fonction en respectant celle-ci et en méprisant celui qui s'en rend indigne.

- Dans son ouvrage *Le savant et le politique*, **M. Weber** a identifié différentes formes de pouvoir :
– le pouvoir traditionnel, qui cherche sa justification dans la filiation.
– le pouvoir charismatique, fondé sur « la grâce personnelle et extraordinaire d'un individu ».
– le pouvoir légal (celui de l'État), qui se fonde sur le statut juridique de l'autorité politique et sur l'idée que ceux qui exercent le pouvoir ont la compétence pour cela.

- Pour que l'État apparaisse, il faut aussi des conditions pratiques d'existence dont un territoire, avec des frontières définies. L'organisation de l'Etat correspond à l'histoire de chaque pays et à la conscience du peuple de son identité collective (nation).

Citation

« Le patriotisme, c'est l'amour des siens ; le nationalisme, c'est la haine des autres. » Romain Gary, *Éducation européenne*.

- Le mot nation vient de « nature », « naissance ». Il revêt un caractère biologique lorsque les nazis l'associent au concept de « race », tout autre race devient un corps étranger dangereux pour l'unité du groupe. Dans une perspective rationnelle et légaliste, la nation est « un corps d'associés vivant sous une loi commune et représentée par une même législature » (**Sieyès**). Elle implique une unité spirituelle d'individus libres ayant la volonté de partager un bien commun.

2 LES FONDEMENTS DE L'ÉTAT

- **N. Machiavel** démontre dans *Le Prince* que la prise et l'exercice du pouvoir sont affaire de technique. Le prince doit être habile, rusé (renard), voire cruel (lion) selon les situations. Il distingue ainsi politique et morale. Toutefois, dans les *Discours sur la première décade de Tite-Live* (1513-1520), il souligne que pour ne pas devenir tyrannique, le prince doit tenir compte des intérêts de l'État et de la souveraineté du peuple.

- Les philosophes du contrat s'interrogent quant à eux sur la source instituant la légitimité de l'État. **T. Hobbes**, dans le *Léviathan*, décrit un contrat de soumission, par lequel l'homme cède volontairement sa liberté, afin de sortir d'un état de nature où « l'homme est un loup pour l'homme » et d'accéder à la paix civile. **J.-J. Rousseau**, prône plutôt un contrat d'association préservant la liberté et l'égalité des hommes. Néanmoins, pour que le droit soit respecté, il faut des consciences éclairées, les hommes éduqués.

Citation

« Un peuple libre obéit, mais il ne sert pas, [...] il obéit aux lois mais il n'obéit qu'aux lois, et c'est par la force des lois qu'il n'obéit pas aux hommes. » J. J. Rousseau, *Lettres écrites de la montagne*.

3 L'ÉTAT RÉPUBLICAIN

- Pour **K. Marx**, la liberté et l'égalité restent des principes formels qui laissent les inégalités sociales et économiques exister et croître. Les « bourgeois », en donnant aux « prolétaires » le statut de citoyens ne font que renforcer leurs propres privilèges économiques.

- Selon **A. de Tocqueville**, la « passion de l'égalité » est dangereuse pour la démocratie et la liberté. L'égalitarisme donne un monde uniforme car au nom de l'égalité, l'État peut obliger les hommes à nier leurs différences pour ne devenir qu'une seule entité sans singularité. Ainsi, pour **F. Hölderlin**, « ce qui fait de l'État un enfer, c'est que l'homme essaie d'en faire un paradis ».

- La devise de l'État républicain « Liberté, Égalité, Fraternité » n'est pas un fait mais une exigence. Chacun a sa conception des trois termes, ce qui implique des oppositions, voire des affrontements nourrissant l'esprit démocratique. L'État n'a pas pour fonction d'imposer ces trois principes, mais doit garantir leur existence.

- Il faut donc se méfier de toute conception irénique (sans conflit) de l'État visant le bonheur de chacun. Le bonheur est une idée subjective qui ne doit être imposée par un État voulant tout régir et tout savoir de chacun.

Citation

« Quand dans un État, vous ne percevez le bruit d'aucun conflit, vous pouvez être sûr que la liberté n'y est pas. » Montesquieu, *Grandeur et décadence des Romains*, VIII.

En perspectives

29

Auteurs

Pascal, Hobbes, Weber, Rousseau, Marx, Sieyès, Montesquieu, Machiavel, Tocqueville

Notions liées

liberté, justice, bonheur, nature, devoir

L'État

1. L'existence humaine et la culture

- L'homme à la tête de l'État peut ne pas s'en montrer digne, il faut distinguer l'homme et la fonction (Pascal).
- Les hommes signent un contrat de soumission avec l'État pour que ce dernier assure leur protection (Hobbes).
- À l'inverse, selon Rousseau, les hommes peuvent signer un contrat d'association leur garantissant leur liberté des droits.

2. La morale et la politique

- L'État est représenté par divers administrations (mairies, préfectures, etc.).
- Pour gouverner efficacement, il faut faire fi de la morale (Machiavel).
- Pour Marx, l'État républicain est une tromperie objective.
- La passion de l'égalité peut conduire à un égalitarisme dangereux.

3. La connaissance

- Il existe différentes formes de pouvoir : le pouvoir légal et le pouvoir charismatique (Weber).
- La devise de l'État républicain est un idéal vers lequel tendre, pas une obligation imposée par l'État (Montesquieu).

Pour réussir le jour J !

Œuvres

- TOCQUEVILLE, *De la démocratie en Amérique*, 1835.
Dans cet ouvrage fondateur, l'auteur (considéré comme un penseur libéral) analyse la naissance de la démocratie américaine. Il y décrit lucidement les risques d'égalitarisme qui peuvent être engendrés par un puissant idéal démocratique.

- ARENDT, *Le système totalitaire. Les origines du totalitarisme (3)*, 1951.
Cet ouvrage est le troisième et dernier d'une œuvre portant sur les origines du totalitarisme. L'auteure y distingue un État totalitaire et une dictature. Pour ce faire, elle décortique les fonctionnements de l'Allemagne nazie et de la Russie stalinienne, et met en évidence le fait que l'individualité y était niée au profit de la masse ou du groupe avec une police omniprésente pour surveiller les comportements déviants.

Vocabulaire

- **Anarchie** : c'est une doctrine politique qui postule la bonté des hommes et refuse les pouvoirs politique et religieux qui la pervertissent à cause des rapports hiérarchiques qu'ils impliquent nécessairement.

- **Libéralisme** : il faut bien distinguer le libéralisme politique (Tocqueville, Constant) qui défend les libertés fondamentales (juridique, presse, expression, etc.) contre un pouvoir qui voudrait les limiter et le libéralisme économique qui refuse toute intervention de l'État hormis son domaine régalien (justice, police, armée).

- **Pouvoir totalitaire** et **pouvoir dictatorial** : le pouvoir totalitaire n'a existé qu'au XXe siècle (nazisme et stalinisme) et, comme son nom l'indique, il montre une mainmise totale du pouvoir sur la société et les individus. Il n'y a plus de séparation entre le privé et le public, le pouvoir politique voulant tout régir, tout réglementer et tout surveiller. Ce pouvoir se distingue d'une dictature (ou despotisme) dans laquelle un seul gouverne directement en réduisant au maximum les corps intermédiaires. Dans une dictature, les relations politiques sont quasi inexistantes.

Je me teste sur...

L'ÉTAT

1 **Selon Weber, les origines du pouvoir peuvent se trouver dans la tradition, la loi et ... :**

- ▢ **a.** la force.
- ▢ **b.** le charisme.
- ▢ **c.** la naïveté.

2 **Quel type d'États distingue-t-on communément des États centralisés ?**

- ▢ **a.** Communautaires.
- ▢ **b.** Fédéraux.
- ▢ **c.** Régionaux.

3 **Selon Machiavel, la politique est à distinguer ... :**

- ▢ **a.** du droit.
- ▢ **b.** de la ruse.
- ▢ **c.** de la morale.

4 **Dans l'état de nature, l'homme est, selon Hobbes ... :**

- ▢ **a.** bon avec son prochain.
- ▢ **b.** totalement innocent.
- ▢ **c.** un loup pour l'homme.

5 **Pour Rousseau, comment est le contrat social ?**

- ▢ **a.** D'association.
- ▢ **b.** De protection.
- ▢ **c.** De soumission.

6 **Comment est perçu par Marx l'État républicain ?**

- ▢ **a.** Un idéal louable.
- ▢ **b.** Une universalité illusoire.
- ▢ **c.** Un principe à défendre.

7 **Quel danger peut engendrer l'égalitarisme ?**

- ▢ **a.** L'élection d'un tyran.
- ▢ **b.** Le renversement de l'État.
- ▢ **c.** La disparition des singularités.

Corrigés au verso

Corrigés

1 > **b.** Si pour les grecs les héros ont la faveur des dieux, l'histoire nous montre que malheureusement cette faveur ou grâce a pu être mise au service des pires dictateurs ne cherchant aucunement le bien.

2 > **b.** Les États fédéraux comme l'Allemagne ou les U.S.A. ont en leur sein des Länders ou États autonomes ayant des pouvoirs législatif, exécutif et judiciaire particuliers. Ils sont davantage décentralisés que la France, même si le pouvoir central peut intervenir partout et reste la base de l'unité politique de l'ensemble.

3 > **c.** Machiavel sépare bien la morale et la politique en montrant que cette dernière n'est qu'une technique qui peut être apprise et transmise. Cela veut dire que la politique suppose essentiellement des intérêts, des ambitions personnelles même s'ils peuvent être mis au service de tous.

4 > **c.** Cette formule de Plaute vise à montrer que sans règles communes les hommes vivent pour eux-mêmes en craignant pour leur vie qui est toujours menacée par les plus forts. C'est par la création des États que tous les hommes ont pu voir leur sécurité assurée et vivre dans ce qu'on a alors appelé une société (*socius*, associé) avec des valeurs communes.

5 > **a.** Si pour Hobbes, le contrat fondateur de la société suppose la soumission de tous au Léviathan pour assurer la paix civile, Rousseau considère au contraire que ce contrat est une association volontaire de tous pour le bien de chacun et qu'il a pour effet la liberté de tous les citoyens.

6 > **b.** L'État républicain pose des droits valables pour tous mais a le défaut aux yeux de Marx de ne pas changer les conditions sociaux-économiques qui sont les causes fondamentales des inégalités entre les hommes. Les citoyens sont égaux en droits mais, pas dans les faits et cette égalité formelle entretient l'illusion d'une véritable égalité.

7 > **c.** Si l'égalité républicaine est de droit, l'égalitarisme consiste à rechercher une égalité partout et ce faisant, à vouloir effacer toutes les différences entre les individus. S'appuyant sur un universalisme mal compris, cette approche nie les différences culturelles à tous les niveaux pour chercher une sorte de nivellement par le bas des niveaux de conscience. Les hommes doivent penser, agir de manières semblables et devenir identiques.

La justice

À revoir
OK

30

1 LA JUSTICE COMME INSTITUTION SOCIALE

● Selon **E. Kant**, « l'insociable sociabilité » des hommes, ruse de la nature pour parvenir à ses fins (développement de toutes les potentialités humaines) est à l'origine de rapports nécessairement conflictuels. La justice est l'institution régulatrice de ces rapports.

● Le droit est aussi un art du partage s'exerçant par le biais d'un juge indépendant. La puissance de sa parole vient de la reconnaissance de son rôle d'arbitre.

● La justice s'incarne dans des règles de réciprocité. Si un sujet est titulaire d'un droit, tout autre sujet dans la même situation aura le même, et les autres sujets leur sont redevables du devoir correspondant, la transgression impliquant une réparation symétrique.

● L'équilibre entre les pouvoirs exécutif et législatif est établi comme principe de toute société démocratique. Les parlementaires votent les lois, les jugent les interprètent et les font respecter. Le droit est extérieur au pouvoir politique car il s'applique également aux gouvernants.

● Le droit agit comme une législation externe au sujet agissant et s'appuie sur la force publique. La morale suppose une législation interne au sujet agissant, qui s'oblige de lui-même à bien agir.

À retenir

Les **fondements du droit** peuvent s'expliquer par plusieurs critères.

- La **norme transcendante** (Platon) : la justice du monde des Idées est un idéal de justice parfaite et universelle.
- La **raison humaine** (les Lumières) : le droit est l'expression de la capacité de l'être humain à se situer du point de vue de la rationalité universelle.
- La **volonté générale** (Rousseau) : les règles juridiques expriment la volonté générale définie par le contrat social ; les causes et effets sont la liberté et l'égalité.
- La **paix civile** (Épicure) : il est dans l'intérêt de chacun de respecter les lois pour la sécurité et la tranquillité de tous.
- La **nature** (Calliclès) : il est naturel de se soumettre au plus fort qui dicte sa loi, puisque la nature fonde toute justice.
- L'**intérêt d'une classe sociale** (Marx) : le droit positif n'a aucune légitimité, il n'est que l'expression des intérêts de la classe sociale dominante.

2 LA JUSTICE ENVERS UN CITOYEN JUSTE

- Pour **Aristote**, et plus tard **T. Hobbes**, le citoyen juste est celui qui respecte les lois et la répartition des biens, sans chercher à obtenir plus que ce qu'il doit posséder. La justice est morale car il est moral de souhaiter une société où les biens sont répartis de manière égale.

- Afin que la justice s'emploie à être juste envers les hommes, il lui faut les traiter avec équité. Les droits subjectifs dits naturels (droit à la santé, à l'éducation, au logement, etc.) sont ainsi assurés par le droit objectif (lois), les droits subjectifs précédant et orientant le contenu des lois.

3 QUEL TYPE D'ÉGALITÉ EST LE PLUS JUSTE ?

- La justice distributive s'appuie sur le constat que les hommes sont inégaux. Être juste consiste à donner à chacun ce qui est conforme à sa condition ou à son mérite. La justice vise une certaine harmonie fondée sur la proportionnalité entre les individus.

- La justice commutative reconnaît l'inégalité naturelle, mais cette dernière ne légitime ni l'inégalité institutionnelle, ni l'égalité proportionnelle, car :
  - chacun peut choisir, user de sa raison et de sa liberté (non déterminées par l'origine) ;
  - l'égalité proportionnelle est rarement acceptée et menace la paix sociale.

4 JUSTICE LÉGALE ET JUSTICE MORALE

- **B. Pascal** constate l'impossibilité de définir la justice morale par l'observation des droits existants dans les différents pays. En effet, « la coutume fait toute l'équité par cette seule raison qu'elle est reçue ». Les conceptions juridiques des pays proviennent de leur histoire.

- Selon **K. Marx**, la justice morale ne relève pas du droit, il est une illusion vitale permettant la domination de classe sous couvert de cohésion sociale et d'intérêt général.

- Le respect de la loi n'est pas la preuve d'un désir d'égalité ou de moralité. Grâce au mythe de l'anneau de Gygès, **Platon** se demande si l'obéissance aux lois n'est pas souvent motivée par la lâcheté, la puérilité ou la peur des sanctions.

- L'égalité est le critère fondamental de la légalité. Les lois favorisant un ordre juste sont celles qui se rapprochent le plus de l'impératif pratique kantien (*cf.* devoir) et c'est sans conteste l'égalité indistincte qui l'exprime vraiment.

31 En perspectives

Auteurs

Aristote, Platon, Pascal, Kant, Rousseau, Alain, Marx

Notions liées

L'État, Le devoir, La liberté, La nature

La justice

1. L'existence humaine et la culture

- Il n'y a pas de justice morale universelle.
- La justice morale doit orienter le droit.

2. La morale et la politique

- Le droit est garant de la cohésion sociale.
- Il y a séparation des pouvoirs dans les régimes démocratiques.
- Le droit n'est pas de la morale.
- Un citoyen juste respecte les lois.
- Distinguer les droits subjectifs et objectifs.
- Distinguer les justices distributive et commutative.

3. La connaissance

- Une des origines du droit est la science juridique, à savoir une science humaine permettant de mieux connaître et comprendre le fonctionnement du droit et les principes qui le renouvellent sans cesse.

Pour réussir le jour J !

Œuvres

- *Gorgias*, Platon.

Dans ce dialogue portant sur la justice, Socrate se demande s'il vaut mieux commettre ou subir une injustice.

- *Éthique à Nicomaque*, Aristote.

L'élève de Platon s'interroge ici sur les fondements et l'exercice de la morale, pour ce faire, il se doit d'aborder les problèmes de droit et de justice.

Vocabulaire

- **Norme, règle, axiome** : ces trois concepts, même s'ils peuvent provenir de domaines différents, (mathématique, logique, morale) s'appliquent tous au droit et montrent des contraintes objectives fixées par la justice.

- **Jurisprudence** : ce sont des décisions prises par des juges à l'issue d'une interprétation spécifique d'une loi, et sur lesquelles d'autres juges peuvent s'appuyer pour rendre un jugement. Faire jurisprudence signifie qu'un jugement d'un tribunal est repris, appliqué par d'autres tribunaux, et qu'un avocat peut légitimement s'y référer pour sa plaidoirie.

- **Législateur** : c'est l'institution qui vote les lois. En France, c'est le parlement : l'Assemblée nationale et le Sénat.

- **Droit subjectif** et **droit objectif ou positif** : le droit subjectif, aussi appelé naturel, considère que tout homme a naturellement des droits (liberté, santé, éducation, etc.) qui doivent être reconnus. Le droit positif ou objectif est celui que fixe, énonce la loi, que nul n'est sensé ignorer mais qui évolue, change selon les époques.

- **Justice distributive** et **justice commutative** : la justice distributive circonscrit ce que chacun doit recevoir ou donner proportionnellement selon ses mérites ou sa condition sociale. La justice commutative se base sur le principe d'égalité qui implique qu'à chacun est due la même chose de manière indistincte malgré les différences naturelles existantes entre chaque individu.

LA JUSTICE

1 Qui fait la loi dans notre société ?

- ▢ **a.** Les juges.
- ▢ **b.** Les policiers.
- ▢ **c.** Les parlementaires.

2 Sur quoi le mythe de l'anneau de Gygès permettait-il de s'interroger ?

- ▢ **a.** L'origine de l'égalité des droits.
- ▢ **b.** La légitimité de la justice.
- ▢ **c.** Les causes de l'obéissance.

3 Quel philosophe fait référence à la notion de droit de classe ?

- ▢ **a.** Hobbes.
- ▢ **b.** Épicure.
- ▢ **c.** Marx.

4 Les droits subjectifs se distinguent ... :

- ▢ **a.** des lois.
- ▢ **b.** de la force.
- ▢ **c.** des droits objectifs.

5 Quel est le symbole de la justice ?

- ▢ **a.** Le sabre.
- ▢ **b.** La balance.
- ▢ **c.** Le chêne.

6 Outre la paix sociale, qu'est-ce qui justifie l'égalité indistincte ?

- ▢ **a.** L'égale dignité des hommes.
- ▢ **b.** La nature.
- ▢ **c.** Le bon sens.

7 Sur quoi repose le droit des hommes selon Pascal ?

- ▢ **a.** L'autorité politique.
- ▢ **b.** La morale.
- ▢ **c.** La coutume.

Corrigés au verso

1 > c. Dans une démocratie ce sont naturellement les représentants du peuple qui font la loi, les policiers et les magistrats ayant pour rôle essentiel de la faire respecter, les juges ne faisant au mieux que l'interpréter. En France, ce sont les sénateurs et les députés qui discutent un projet de loi, l'amendent ou le corrigent et votent ensuite son rejet ou son application.

2 > c. Un anneau permettant de devenir invisible supposerait que l'on puisse faire n'importe quoi sans risque d'être condamné(e). Ce mythe existe dans de nombreuses cultures et oblige à s'interroger sur la valeur morale des actions légales. Platon va jusqu'à se demander s'il vaut mieux bien agir et être jugé coupable ou mal agir et être reconnu innocent.

3 > c. Pour Marx, la justice dans nos sociétés défend essentiellement les intérêts de la classe dominante. Mais pour paraître neutre, le droit se fait formel et pose comme principe que tous les hommes sont égaux en droits sans jamais s'interroger sur les inégalités économiques et leurs conséquences sociales néfastes entraînant la violence.

4 > c. Le droit objectif ou positif est celui que la loi reconnaît et qui varie selon les États, les pays et les sociétés. Le droit subjectif qu'on a appelé aussi naturel repose quant à lui sur des valeurs que l'on peut estimer universelles.

5 > b. C'est bien la balance qui symbolise la justice : elle cherche un équilibre pour juger des faits et reconnaître *in fine* les coupables et victimes. Le juste équilibre du procès ne consiste jamais à favoriser l'un aux dépens de l'autre.

6 > a. L'égalité indistincte part du principe fondamental d'une égalité de dignité entre les hommes quelles que soient leurs différences intellectuelle, physique, morale ou sociale. Ainsi, les inégalités naturelles ne justifient pas une inégalité juridique ou institutionnelle qui serait une forme de mépris.

7 > c. Pascal a recherché un droit universel et donc valable dans tous les pays du monde. Il est obligé, selon lui, de constater qu'il y a autant de droits que de pays, la conception et la pratique du droit provenant essentiellement de leur histoire et donc de la coutume transmise.

Le devoir

À revoir
OK

32

1 LE RESPECT DES INTERDITS ORIGINELS

- Le meurtre est, selon **S. Freud**, l'un des deux interdits judéo-chrétiens fondateurs de nos sociétés. Avec les Grecs et les Romains, la vie humaine n'avait de valeur que pour les citoyens. Avec le christianisme, le non-respect de cet interdit remet en cause la légalité, il constitue surtout un crime contre l'humanité.

Citation

« Ce qui fait que l'homicide est aujourd'hui prohibé sous la menace des peines les plus fortes dont disposent nos codes, c'est que la personne humaine est l'objet d'un respect religieux qui, jadis, s'attachait à tout autres choses. » É. Durkheim, *Leçons de sociologie*.

- Le second interdit est l'inceste. Selon **C. Lévi-Strauss**, son origine n'est ni naturelle ni liée à une connaissance des dangers des croisements endogamiques, mais s'appuie sur l'utilité première de l'échange, base de l'institution matrimoniale et condition de survie du groupe s'ouvrant ainsi à l'altérité. En outre, l'inceste rompant la chaîne des générations, le respect de son interdit est un devoir universel fondateur de l'humanité.

2 OBLIGATIONS SOCIALE ET POLITIQUE

- Dans les sociétés archaïques, l'échange est présenté par **M. Mauss** comme un « fait social total » engageant la totalité de l'être. Au sein de ces sociétés, les droits, les biens et même les personnes circulent selon un mécanisme de prestations et de contre-prestations. Ce système est obligatoire aussi bien pour le don, que pour le contre-don, tout manquement à ce devoir entraînant un conflit. L'obligation de recevoir est aussi contraignante. Enfin, le devoir de rendre le don est impératif car qui ne s'y soumet pas perd son rang et sa condition d'homme libre. Il y a donc un triple devoir : donner, accepter de recevoir, rendre.

- En 1961, lors du procès du criminel nazi Adolf Eichmann, **H. Arendt** explique pourquoi l'obéissance conçue comme devoir absolu engendre l'absence d'interrogation sur les fins visées, et permet d'accepter des actes immoraux. Lorsque le groupe prévaut sur l'individu, celui-ci a tendance à obéir aux ordres et ne se sent responsable de rien, même pas des crimes les plus odieux.

- Selon **T. Hobbes**, ce qui légitime le respect des lois au sein d'un État est l'assurance que ce dernier saura préserver la vie et la sécurité de tous ses citoyens. Si dans l'état de nature l'homme est « un loup pour l'homme » (Plaute), il devient un demi-dieu lorsqu'apparaît une société où chacun est un citoyen protégé. Comme le dit **J.-J. Rousseau**, la loi libère les hommes des rapports de force, les citoyens vivant alors libres grâce aux lois votées démocratiquement.

- C'est pourquoi, toute forme de désobéissance semble intolérable dans un État légitimement institué. Le principe de désobéissance civile, théorisé par **H. D. Thoreau**, n'est pas un droit reconnu au sein d'un système démocratique, même s'il peut se justifier par des valeurs que l'on estime supérieures (voir Antigone). Si cet État ne protège plus la vie de ses citoyens en privilégiant ses seuls intérêts, la rébellion devient justifiée selon Hobbes.

Info

Antigone est un personnage de fiction issu de la tragédie grecque, qui s'oppose à son souverain en enterrant son frère à qui on refuse toute sépulture digne de ce nom.

3 AGIR SELON LE DEVOIR MORAL (KANT)

- Un homme ne doit pas attendre l'injonction d'une règle venant de l'extérieur (loi civile ou règle sociale), mais se donner à lui-même une maxime (principe subjectif) rationnelle ayant une valeur universelle. Pour qu'un devoir soit moral, il est nécessaire, selon **E. Kant**, que la volonté de l'accomplir soit l'unique source de l'action humaine. La volonté déterminée par elle-même est la volonté déterminée par la loi morale qui découle de la raison. Ainsi, « la majesté du devoir », c'est la possibilité de nous considérer comme indépendants d'un déterminisme naturel ou d'une règle sociale : il s'agit d'une action libre.

Citation

« Agis uniquement d'après la maxime qui fait que tu peux vouloir en même temps qu'elle devienne une loi universelle. » E. Kant, *Fondements de la métaphysique des mœurs.*

- Par son caractère intelligible, le sujet moral agit librement à partir des lois de sa seule raison. L'impératif catégorique (loi morale) impose au sujet moral d'agir comme un sujet universel. À l'inverse, l'impératif ou devoir hypothétique n'a rien de moral, il n'est qu'une condition pratique pour atteindre un but (si je veux quelque chose, je dois faire cela). Le devoir moral est un impératif indiscutable (« tu dois »), universalisable (tout homme devrait en faire autant) et désintéressé.

En perspectives

33

Auteurs

Freud, Arendt, Durkheim, Hobbes, Lévi-Strauss, Kant, Mauss, Plaute, Rousseau, Thoreau

Notions liées

justice, bonheur, conscience, liberté, État

Le devoir

1. L'existence humaine et la culture

- Le meurtre et la prohibition de l'inceste sont les deux interdits fondamentaux de toute société.

2. La morale et la politique

- Le devoir peut être une obligation sociale et politique.
- L'obéissance à des ordres immoraux peut être malheureusement pris comme un devoir catégorique.
- Les lois votées démocratiquement libèrent l'homme d'un état de nature où prévalent les rapports de force.
- Le devoir moral est la plus haute expression de la liberté humaine.
- Ne pas confondre un acte conforme à un devoir (extérieur ou imposé) et un acte fait par devoir qui, lui, est moral.

3. La connaissance

- Il nous faut avoir connaissance des lois du pays dans lequel nous vivons pour les respecter.

Pour réussir le jour J !

Œuvres

- Kant, *Les fondements de la métaphysique des mœurs*, 1785.
C'est une œuvre essentielle pour comprendre le devoir moral et notamment la distinction entre une action conforme à un devoir et celle faite par devoir, seule action morale véritable selon l'auteur.
- Arendt, *Eichmann à Jérusalem : Rapport sur la banalité du mal*, 1963.
Dans cet ouvrage, qui a alimenté de nombreuses polémiques, Hannah Arendt tente de comprendre comment un devoir moral a pu être complètement perverti au point que de nombreux hommes en ont oublié leur responsabilité personnelle.

Vocabulaire

- **Déontologie** : c'est l'ensemble des devoirs et des règles liés à une profession. Elle concerne les médecins ou avocats par exemple et les oblige à respecter certaines règles au risque d'être sanctionnés par leur pairs (ordre des médecins et avocats), voire par l'institution judiciaire.
- **Maxime** : il s'agit d'un principe subjectif et moral, c'est-à-dire personnel, que nous nous imposons à nous-mêmes. Elle doit pouvoir être universalisée et appliquée par chaque homme. Par exemple, je peux m'imposer à moi-même d'apporter de l'aide à toute personne qui semblerait en avoir besoin et qui me solliciterait ou non. Aucune loi ne m'y impose (excepté le principe de non-assistance à une personne en danger physiquement), toutefois il peut s'agir d'une maxime, d'un devoir moral que tout à chacun peut s'approprier, devenant ainsi un principe universel.
- **Impératif** : il ne faut pas confondre un impératif hypothétique qui n'est finalement qu'utilitaire ou intéressé (si je veux ça, alors je dois faire ça) et un impératif catégorique, seul impératif vraiment moral et universalisable qui oblige sans condition (« tu dois ! »).

Je me teste sur...

LE DEVOIR

1 Selon Marcel Mauss, le système des dons réciproques est ... :

- ▢ **a.** un fait social total.
- ▢ **b.** un impératif économique.
- ▢ **c.** une obligation juridique.

2 Aux yeux de Hannah Arendt, Eichmann est ... :

- ▢ **a.** un soldat ignorant.
- ▢ **b.** un bureaucrate banal.
- ▢ **c.** un assassin pervers.

3 Qui a théorisé la formule de Plaute : « l'homme est loup pour l'homme » ?

- ▢ **a.** Aristote.
- ▢ **b.** Kant.
- ▢ **c.** Hobbes.

4 Quelle est, selon Hobbes, la première raison justifiant la création d'un État ?

- ▢ **a.** Le bonheur du plus grand nombre.
- ▢ **b.** La sécurité de tous.
- ▢ **c.** La liberté pour chacun.

5 Quel philosophe a théorisé la désobéissance civile ?

- ▢ **a.** Rousseau.
- ▢ **b.** Hobbes.
- ▢ **c.** Thoreau.

6 Qu'est-ce qu'un principe subjectif d'action ?

- ▢ **a.** Une maxime.
- ▢ **b.** Une règle imposée.
- ▢ **c.** Un ordre donné.

7 De quoi se distingue un impératif hypothétique ?

- ▢ **a.** D'un désir immédiat.
- ▢ **b.** D'un souhait.
- ▢ **c.** D'un impératif catégorique.

Corrigés au verso

Corrigés

1 > **a.** Mauss montre grâce à son étude du fameux potlatch des amérindiens que tout échange de biens n'est pas seulement économique mais a une valeur psychologique, sociale, juridique, politique et même religieuse au sens d'un lien magique entre le bien et l'individu qui donne ou reçoit.

2 > **b.** Eichmann n'avait pas le pouvoir de prendre des décisions politiques engageant l'Allemagne. S'il était tout de même responsable de toute l'organisation des transports vers les camps de la mort, sa responsabilité se limitait à son aspect administratif. S'il savait où les victimes allaient et pourquoi, il n'a tué personne et comme des millions d'autres, n'a fait qu'obéir aux ordres en confondant son devoir de soldat avec un devoir moral. Si le mal auquel il a participé n'a rien de banal, la banalité était celle d'un homme faisant chaque jour son travail sans se sentir responsable de ses conséquences.

3 > **c.** L'état de nature peut être caractérisé par l'absence d'État et donc d'un pouvoir pouvant imposer des règles communes. C'est donc une situation terrible où les plus forts dominent les plus faibles et dans laquelle la vie de chacun est sans cesse menacée.

4 > **b.** C'est bien la sécurité de tous qui justifie la création des États selon Hobbes puisque sans État chacun vit dans la peur constante de mourir.

5 > **c.** La désobéissance civile n'est possible que dans un régime démocratique et si elle peut parfois être moralement légitime, elle ne peut jamais être un droit puisqu'une loi démocratique suppose par principe son respect.

6 > **a.** Une maxime est une règle d'action que l'on se donne à soi-même et qui, pour être morale doit pouvoir être respectée et appliquée par tout homme. Une maxime est donc morale seulement lorsqu'elle est universalisable.

7 > **c.** Un principe hypothétique repose simplement sur l'hypothèse (si…) d'un but et du moyen (alors…) pour l'atteindre. Un principe devient au contraire catégorique lorsqu'il repose sur une loi qui s'impose quels que soient mon désir ou mon intérêt. Nous ne sommes plus dans une simple hypothèse mais dans un devoir ("tu dois") que l'on se donne à soi-même et qui devrait être respecté par tout homme dans la même situation.

La liberté

À revoir
OK

34

1 AUCUNE LIMITE À LA LIBERTÉ

- **R. Descartes** affirme que la volonté humaine est infinie. À l'inverse, notre entendement est limité et n'est donc pas capable d'expliquer notre volonté, qui le dépasse. S'il essaie de la saisir en la fragmentant, comme il le ferait d'un problème théorique, il s'éloigne de toute possibilité de la comprendre, car cette dernière, parce qu'elle est infinie, est indivisible.
- Ce décalage entre volonté infinie et entendement limité est à l'origine d'erreurs. Notre volonté peut refuser la vérité, malgré ce que l'entendement lui présente. Cette erreur est ainsi la preuve de notre liberté. À l'inverse, un animal ne se trompe pas grâce à son instinct et n'est donc pas libre.
- **Descartes** décrit, par ailleurs, le doute systématique comme une puissance infinie de résistance et une façon pour l'homme d'exercer sa liberté de penser. Aucune manipulation (malin génie), illusion, séduction idéologique, ne seront assez puissantes pour égaler et surpasser la liberté d'un esprit qui doute.
- Notre libre arbitre exprime un pouvoir absolu de décision, qui s'éprouve dans le choix. **Descartes** utilise la métaphore des promeneurs égarés dans une forêt pour montrer les choix nécessaires dans la vie des hommes, la liberté d'indifférence étant, pour l'auteur, le plus bas degré de liberté.

2 UNE LIBERTÉ ILLUSOIRE

- Pour **P. Bourdieu**, nos choix semblent libres mais sont influencés par nos origines sociales et notre éducation. Le choix des études supérieures, d'une profession, nos goûts esthétiques sont le produit d'un déterminisme social (habitus de classes).
- Selon **Spinoza**, l'orgueil pousse l'homme à se croire « dans la nature comme un empire dans un empire » (*Éthique*, III), comme si sa volonté était toute-puissante. Pourtant, on peut consentir à quelque chose par nécessité, par faiblesse et non par choix délibéré. Par exemple, on peut travailler uniquement par nécessité vitale et sociale. Ainsi, pour **Freud**, ce que nous estimons être un choix libre n'est que le résultat d'un principe de réalité qui restreint nos possibilités.

3 LES DÉTERMINISMES : ABSENCE DE FATALITÉ

- Un déterminisme est une relation plus ou moins nécessaire entre une cause et un effet. Il permet d'exercer notre liberté : puisque si nous avons connaissance d'une cause, nous pouvons essayer d'en modifier les effets. Le déterminisme s'oppose en cela au fatalisme, sous l'angle duquel nous subissons notre destin et sommes incapables de le changer.

- Dans le domaine intellectuel, l'approche déterministe est obligée de laisser place à la liberté du penseur, sous peine de faire émerger des contradictions insurmontables. Si tout était déterminé, un scientifique ne pourrait justifier l'existence de ses théories. L'enseignement reçu par **Einstein** et ses rencontres ont été essentiels pour l'élaboration de sa théorie.

4 UN ESPRIT ÉCLAIRÉ EST LIBRE

- Grâce à son entendement, l'homme peut orienter sa liberté dans la recherche de la vérité et du bien. Si l'erreur est signe de liberté, ce n'est cependant qu'une preuve négative de celle-ci et il faut incontestablement lui préférer un jugement valide. La modestie et l'honnêteté du scientifique qui préfère se taire que d'affirmer une chose fausse expriment ainsi son exigence intellectuelle et sa liberté de conscience.

- Il serait par ailleurs naïf de penser que nous pouvons agir sans raison. L'acte gratuit décrit par **A. Gide** dans *Les Caves du Vatican*, n'est autre que l'acte d'un faible : son personnage tue un vieillard pour se prouver qu'il est libre, alors que son acte révèle son impuissance à savoir pourquoi il agit et devient un prétexte inconscient. Ainsi, tout acte est d'autant plus libre que le sujet agissant en a conscience et l'assume lucidement.

5 LES VALEURS MORALES

- S'il ne peut y avoir de liberté sans responsabilité, l'inverse est également vrai. La responsabilité suppose un choix volontairement assumé. Il n'y aurait en effet ni morale ni justice, ni devoir, ni droit pour un être dont les actes seraient complètement déterminés et lui échapperaient nécessairement.

- Pour **E. Kant**, la possibilité de respecter une loi morale détache l'homme de sa nature et montre sa liberté. Toutefois, il n'y a pas d'évidence pour une volonté morale, ce qui suppose une exigence envers soi. Chaque situation exprime la qualité morale de nos décisions, pour que la liberté ne soit pas uniquement de principe mais effective : c'est toute la vie d'un homme qui doit être bonne.

35

En perspectives

Auteurs

Descartes, Kant, Spinoza, Bourdieu, Freud, Gide

Notions liées

conscience, nature, devoir, état, art

La liberté

1. L'existence humaine et la culture

- La volonté des hommes est infinie, mais leur entendement est limité (Kant).
- Le fait de douter est une preuve de la liberté humaine (Descartes).
- Le libre-arbitre permet aux hommes de choisir.
- Nos choix sont influencés par des déterminismes sociaux (Bourdieu).
- Nos choix doivent faire face à un principe de réalité (Freud).
- Toute action peut avoir une cause ignorée, inconsciente.

2. La morale et la politique

- La liberté implique d'être responsable.
- Aucune valeur morale n'est possible sans une liberté fondatrice (Kant).

3. La connaissance

- La limite de l'entendement humain est source d'erreurs.
- Le déterminisme n'est pas le fatalisme, il nous permet de choisir, car nous avons connaissance de la cause et pouvons en modifier les effets.
- Toute pensée suppose la liberté du penseur.
- Lorsque notre volonté est éclairée, elle renforce notre liberté.

Pour réussir le jour J !

Œuvres

- Épictete, *Manuel*, 125 av. J.-C.
Épictète est un esclave affranchi qui a fortement influencé la pensée de tous les stoïciens, notamment leur conception de la liberté, et l'exigence rationnelle et morale qu'elle suppose.

- Descartes, *Correspondance avec Élisabeth et autres lettres*, 1649.
Descartes a beaucoup correspondu dans sa vie notamment avec des reines, des jésuites et des savants. Dans ses lettres, il répond souvent à ses interlocuteurs en s'interrogeant lui-même sur la portée morale et pratique de sa philosophie.

Vocabulaire

- **Déterminisme** : c'est une relation de cause à effet. Dans les sciences exactes, la relation est nécessaire car une loi la rend universelle, alors que dans les sciences humaines, l'homme empêche souvent toute nécessité car sa liberté le rend imprévisible.

- **Contingence** : c'est ce qui n'est pas nécessaire et est donc aléatoire. Un rapport contingent est un rapport qui aurait pu être autre et n'a donc aucune nécessité.

- **Responsabilité** : la responsabilité concerne à la fois l'action d'un individu et les conséquences de celle-ci. Un individu est libre parce qu'il assume ses actes et tous leurs effets.

- **Fatalisme** : c'est une doctrine philosophique ou religieuse qui affirme que tout ce qui arrive est inéluctable. On ne peut que subir passivement ce qui arrive et arrivera, puisque l'homme n'a aucune possibilité, aucun pouvoir pour changer le monde et la réalité.

- **Autonomie** : l'autonomie est la possibilité qu'a l'homme de se donner lui-même des règles de conduite et donc d'orienter sa propre vie.

- **Aliénation** : en philosophique, il désigne une absence de liberté (*alienus*, autre que soi) puisqu'un individu aliéné par exemple dans son travail est traité comme une chose. Le summum de l'aliénation est lorsque l'on ne s'aperçoit pas de son aliénation, un peu comme un aliéné mental qui n'a pas conscience de sa démence.

Je me teste sur...

LA LIBERTÉ

1 L'erreur est ... :

- ☐ **a.** une faute.
- ☐ **b.** impossible.
- ☐ **c.** humaine.

2 Dans la pratique, ne pas choisir est ... :

- ☐ **a.** un choix.
- ☐ **b.** un plaisir.
- ☐ **c.** possible.

3 Pour Spinoza, l'homme se croit comme un empire dans ... :

- ☐ **a.** un bocal.
- ☐ **b.** un empire.
- ☐ **c.** une prison.

4 Qu'est-ce qui se rattache (illusoirement) à la perfection du libre-arbitre ?

- ☐ **a.** La soumission.
- ☐ **b.** L'acte gratuit.
- ☐ **c.** L'opposition.

5 Pour que notre volonté avance plus sûrement, elle doit être ... :

- ☐ **a.** accompagnée.
- ☐ **b.** précédée.
- ☐ **c.** éclairée.

6 La liberté implique nécessairement ... :

- ☐ **a.** l'absence de contraintes.
- ☐ **b.** le refus de tout principe.
- ☐ **c.** la responsabilité de ses actes.

Corrigés au verso

Corrigés

1 > **c.** Toute erreur est l'expression d'un mauvais jugement et provient donc de notre volonté qui s'est précipitée et n'a pas été attentive à la raison. L'erreur est donc profondément humaine, ce qui ne veut pas dire qu'elle soit toujours négative puisqu'on sait que de nombreuses erreurs ont permis des découvertes dans de multiples domaines.

2 > **a.** Dans la pratique ou l'action, il est impossible d'être neutre et de n'être responsable de rien. Un homme qui par exemple ne prend parti pour aucune idée ou décision politiques et croit ainsi n'avoir pas à assumer les conséquences d'un mauvais choix se trompe profondément : son refus de choisir est bien un acte de sa volonté. Le choix de la neutralité est toujours un choix libre.

3 > **b.** Pour Spinoza, c'est une attitude à la fois vaine et orgueilleuse de se croire libre dans un monde complétement déterminé.

4 > **b.** L'acte gratuit n'existe pas puisqu'il repose sur l'idée naïve selon laquelle on peut agir sans raison assumée ou même sans cause inconsciente lui donnant un sens. Or, lorsqu'on cherche les raisons d'une mauvaise action, on trouve toujours une cause sociale ou familiale inavouée ou non reconnue. En ce sens, Sartre dirait qu'un acte gratuit est l'expression de la mauvaise foi.

5 > **c.** Descartes montre d'abord que la volonté des hommes est cause et même preuve de leur liberté. Pour autant, affirmer que $2 + 3 = 7$ est d'une certaine façon un acte de liberté mais d'une liberté négative et incapable de se justifier. Descartes montre clairement qu'il y a des degrés de liberté et que la liberté la plus haute est bel et bien éclairée par la raison.

6 > **c.** Si l'on peut légitimement parler de liberté avec les droits qui l'accompagnent, il est tout aussi nécessaire logiquement de parler de devoir c'est-à-dire de l'obligation qu'a tout homme d'assumer les conséquences de ses actes libres. Il serait incohérent d'affirmer sa liberté et en même temps de refuser sa responsabilité.

Le bonheur

À revoir
OK

36

1 LE BONHEUR COMME SOUVERAIN BIEN

- Selon **Aristote**, toute l'activité humaine ne vise que le bonheur, mais seul le sage, qui veut élever son esprit, représente le bonheur le plus louable pour l'humanité. Il ne poursuit aucun intérêt extérieur et n'utilise pas son intelligence pour dominer les autres.

Citation

« Ce qui est propre à l'homme, c'est donc la vie de l'esprit, puisque l'esprit constitue essentiellement l'homme. Une telle vie est également parfaitement heureuse. »
Aristote, *Éthique à Nicomaque*.

- Si la vie pratique et politique est inférieure à la vie contemplative, elle est aussi la condition du bonheur de l'érudit. L'étude désintéressée n'est possible que dans une société apaisée. Il y a donc un lien entre la société et la vie contemplative, entre la paix sociale et le bonheur du penseur. C'est pourquoi, pour **A. Camus**, le sage est « solitaire et solidaire ensemble ». L'activité intellectuelle personnelle est une participation à ce que l'humanité a de plus élevé.

2 LE STOÏCISME

- Pour les stoïciens, être heureux signifie désirer les choses telles qu'elles sont. Ce consentement n'est pas une résignation, mais la prise de conscience que le bonheur dépend du jugement de notre volonté. Les stoïciens estiment qu'il n'y a pas de bonheur possible sans vertu (accomplissement parfait d'une fonction naturelle ou pratique). La vertu d'un homme est de faire bon usage de sa raison pour bien penser et agir.

- Pour les stoïciens, nous possédons une liberté intérieure qui s'appuie sur le bon usage des représentations s'offrant à notre esprit, mais n'en dépendant pas (par exemple, le temps qu'il fait). Au lieu de subir ces représentations, il s'agit de les accepter, de les juger librement et d'y être indifférent(e). Mon assentiment est libre et peut me rendre heureux.

3 *LETTRE À MÉNÉCÉE* (ÉPICURE)

- Pour **Épicure**, le bonheur est essentiel : « lorsqu'il est à nous, nous avons tout, et quand il nous manque, nous faisons tout pour l'avoir ». L'épicurisme est une invitation à faire un usage raisonnable de notre pensée pour identifier ce qui nous rend heureux, et ce qui nous permettra d'atteindre l'ataraxie (absence de troubles pour l'âme). La philosophie n'est qu'une étape vers la découverte du plaisir.

- Toutefois, si la philosophie enseigne l'apprentissage du plaisir, elle nous apprend avant tout le bon usage de ce dernier. Pour cela, il faut essayer de se contenter de peu de choses. L'absence d'excès amène à une juste mesure du plaisir celui-ci permettant la stabilité de l'âme.

4 LE BONHEUR : UN IDÉAL DE L'IMAGINATION

- En opposition aux conceptions eudémonistes du bonheur (le bonheur considéré comme but universel), **E. Kant** montre que ce dernier ne peut être défini et appliqué de manière identique pour tous. Chaque homme n'aspire pas à la même chose, et il n'est pas l'unique résultat de notre volonté. Il est donc « un idéal, non de la raison mais de l'imagination ».

- Si la vertu est une qualité appartenant à la volonté morale, le bonheur est régi par les lois de la nature. Aussi, être vertueux n'engendre aucune promesse de bonheur. Cependant, vertu et bonheur ne sont pas incompatibles. Ainsi, il ne faut pas rechercher le bonheur par pur égoïsme, au risque de devenir « un salaud heureux » (**J.-P. Sartre**). Pour **Kant**, en agissant bien, un homme peut ressentir un certain contentement à se sentir digne de son humanité.

5 LA VIE COMME CRÉATION JOYEUSE (BERGSON)

- Pour **Bergson** la création au sens large engendre la joie, parce qu'elle est cause et conséquence d'elle-même et n'a aucun besoin d'être justifiée. Elle est associée à la vie comme création incessante de soi. Si la naissance est déjà une création, continuer à inventer, à imaginer sa vie, c'est poursuivre un « élan vital » (Bergson). La joie est en elle-même créatrice, ouverture à l'autre, au monde, capacité infinie à le comprendre, à le transformer.

> **Citation**
>
> « si [...], dans tous les domaines, le triomphe de la vie est la création, ne devons-nous pas supposer que la vie humaine a sa raison d'être dans une création qui peut, à la différence de celle de l'artiste et du savant, se poursuivre à tout moment chez tous les hommes ? »
> H. Bergson, *L'Énergie spirituelle*.

- Quand il n'y a pas de joie, il y a parfois des petits plaisirs qui sont souvent mesquins et destructeurs. Un désir, au contraire, ne connaît pas de limite et demande toujours à se diversifier. Une âme joyeuse est donc créatrice de joie. C'est vrai pour la création artistique, mais aussi pour la vie elle-même qui peut devenir joyeuse.

En perspectives

37

Auteurs

Aristote,
les stoïciens, Épicure,
Kant, Bergson

Notions liées

désir, art,
nature, liberté,
temps, devoir

Le bonheur

1. L'existence humaine et la culture

- Le sage aristotélicien est un modèle spirituel de bonheur.
- Le bonheur dépend de mon jugement sur la réalité.
- Le bonheur peut être compris comme un plaisir sobre provenant d'un désir naturel.
- La vie comme création de soi engendre la joie : celle-ci n'étant pas réductible à un simple plaisir.

2. La morale et la politique

- Le bonheur se distingue de la morale.

3. La connaissance

- Le savoir désintéressé rend heureux.

Pour réussir le jour J !

Œuvres

- Sénèque, *De la vie heureuse*, 58 ap. J.C.
Le stoïcien Sénèque s'interroge dans cet ouvrage sur le bonheur que recherchent tous les hommes. Il leur reproche de confondre le souverain bien et les plaisirs immédiats, peu louables.

- Mill J-S, *L'utilitarisme*, 1863.
Dans cet ouvrage, Mill défend une thèse que beaucoup d'auteurs, considérés comme libéraux, vont reprendre et généraliser notamment dans le domaine de l'économie : le principe de moralité et de bonheur est l'utilité.

Vocabulaire

- **Hédonisme** : conception qui considère le plaisir comme une valeur morale. Si l'on peut considérer les épicuriens comme des hédonistes, il faut tout de même se rappeler qu'ils n'acceptaient pas tous types de plaisirs (surtout ceux qui ne sont ni naturels, ni nécessaires). Ils rejetaient aussi les plaisirs immédiats et sans limite. À l'inverse, Aristippe de Cyrène les prônait.

- **Eudémonisme** : doctrine qui considère le bonheur comme finalité ou valeur suprême de la vie. C'est une conception assez générale chez les Anciens et qui a été remise en cause par Kant. Ce dernier considère, en effet, que la valeur morale prime sur le bonheur.

- **Vertu** : pour les Grecs, c'est une force et la qualité essentielle d'un être. Toute chose a alors sa vertu propre, la terre sa fertilité, le couteau son tranchant. La vertu est donc l'accomplissement parfait de la fonction d'une chose ou d'un être vivant. Pour un homme, être vertueux consiste à faire un bon usage de sa raison, puisque c'est ainsi qu'il peut vraiment mettre en action ses capacités d'homme.

- **Souverain bien** : c'est le bien considéré comme un absolu, ne dépendant de rien d'autre et ayant donc sa valeur en lui-même. Si l'on pense que le bonheur est un souverain bien, cela signifie qu'il ne dépend pas de causes matérielles ou extérieures, mais qu'il est un état de bien-être intérieur se suffisant à lui-même.

LE BONHEUR

1 Que faut-il au sage selon Aristote pour exercer son activité ?

- ▢ **a.** De l'argent.
- ▢ **b.** Du loisir.
- ▢ **c.** Du pouvoir.

2 Le sage est un ... :

- ▢ **a.** contemplatif.
- ▢ **b.** rêveur.
- ▢ **c.** décideur.

3 Comment les stoïciens appellent-ils ce qui ne dépend pas de moi ?

- ▢ **a.** L'infortune.
- ▢ **b.** Les indifférents.
- ▢ **c.** Le manque.

4 Comment, avec d'autres, Épicure nomme-t-il l'absence de trouble ou d'excès ?

- ▢ **a.** La piété.
- ▢ **b.** La félicité.
- ▢ **c.** L'ataraxie.

5 Quelle est selon Épicure la vertu nécessaire au plaisir quotidien ?

- ▢ **a.** La prudence.
- ▢ **b.** La méfiance.
- ▢ **c.** La patience.

6 Pour Kant, le bonheur est un idéal de ... :

- ▢ **a.** la raison.
- ▢ **b.** la sensibilité.
- ▢ **c.** l'imagination.

7 Pour Kant, il faut être ... :

- ▢ **a.** content de vivre.
- ▢ **b.** parfaitement heureux.
- ▢ **c.** digne d'être heureux.

Corrigés au verso

Corrigés

1 > b. Il ne faut surtout pas donner au loisir la signification qu'on lui donne de nos jours car les grecs ne l'associaient pas à l'absence de travail, mais à l'absence de contrainte extérieure. Autrement dit, le sage travaille, c'est-à-dire a une activité de réflexion qui demande beaucoup de temps et qui ne peut se développer sous une contrainte quelconque.

2 > a. Là aussi il faut se méfier d'une forme d'anachronisme en donnant au terme de contemplatif une signification actuelle. Le sage aristotélicien n'est ni un religieux ni un rêveur, mais un penseur qui réfléchit et essaie de comprendre le monde de façon désintéressée. Il ne doit pas alors non plus être confondu avec un intellectuel engagé parce qu'il reste volontairement un peu en retrait de la société.

3 > b. Ce qui dépend de moi, c'est l'usage rationnel de ma volonté, ce qui signifie que tout ce sur quoi je n'ai aucune influence m'est indifférent. En revanche, mon jugement sur eux m'est tout à fait propre et dépend donc bien de moi, ce qui montre ma liberté même lorsque l'objet sur lequel porte mon jugement m'échappe complètement.

4 > c. Cette absence de trouble de l'âme repose non pas sur l'excès et encore moins sur le refus des désirs, mais sur leur juste mesure. Il s'agit de trouver une harmonie spirituelle (ataraxie) et un bien-être corporel (aponie) afin d'exprimer au mieux notre plaisir de vivre.

5 > a. La prudence dans la vie quotidienne est une vertu tout à fait pratique qui vise à choisir ce qui est bon pour notre humanité et à écarter ce qui la rabaisse.

6 > c. On ne peut définir le bonheur en lui donnant des propriétés universalisables puisque chacun l'imaginera différemment selon sa culture, ses aspirations et ses désirs. On ne peut donc le définir et donc lui donner un contenu précis valable pour tous.

7 > c. Si le bonheur n'est pas définissable conceptuellement et restera toujours un idéal de notre imagination, la conséquence est que mon idéal peut n'avoir rien de moral et viser simplement mon intérêt propre au détriment de celui des autres. On peut même être un salaud heureux et donc immoral. Du point de vue moral, il s'agit toujours de bien agir, la bonne action n'entraînant pas nécessairement le bonheur.

FOCUS SUR LES CONCEPTS

1 *COGITO, ERGO SUM* (DESCARTES)

> **La conscience, p. 15**

- La **métaphysique cartésienne** est indissociable d'une première distinction entre l'**âme** et le **corps**. Par âme, il faut comprendre «**pensées**», ou bien encore «**conscience**». Pour **Descartes**, l'âme est le siège de notre pensée, à savoir ce «que nous percevons immédiatement par nous-même» (*Les principes de la philosophie*). Ainsi, imaginer, affirmer, nier, souhaiter quelque chose, ou encore **douter**, tout cela relève de notre pensée, et donc de notre conscience. C'est donc à partir du doute que l'on peut parvenir à une première **certitude fondatrice**: pour douter, il faut nécessairement un «je» qui doute. Cela implique donc la certitude d'une conscience pensante: douter, c'est penser. Dès lors, l'évidence du *cogito* (je pense) est inébranlable et ne peut être remis en question.

- Toutefois, le *cogito* ne relève pas d'une simple **certitude psychologique**, mais est bel et bien d'ordre **métaphysique**. Le **moi psychologique** (ou **empirique**) est personnel, changeant et dépend des origines, de la culture, de l'éducation de chaque individu. Au contraire, le moi métaphysique (ou **transcendantal**) transcende les origines individuelles et témoigne d'une **capacité universelle à penser**, condition nécessaire à toutes activités théorique et pratique. En ce sens, la conscience est une activité de **synthèse** permettant d'unifier, de rendre cohérent la diversité infinie du monde pour mieux le comprendre.

2 LES PETITES PERCEPTIONS (LEIBNIZ)

> **L'inconscient, p. 21**

- Si la notion d'**inconscient psychique** est propre à **Freud**, certains auteurs avaient déjà mis au jour des phénomènes qualifiés d'inconscients. Aussi **Leibniz** parle-t-il des **petites perceptions** qui nous parviennent sans cesse, si infimes et si nombreuses qu'on ne les perçoit pas distinctement, et qui, cependant, nous animent. S'accumulant, les petites perceptions de même nature peuvent cependant nous laisser une impression telle, qu'elles **s'impriment dans notre conscience**, alors même qu'elles sont **imperceptibles**. Leibniz illustre sa thèse, en nous invitant à faire l'expérience du mugissement de la mer. Lorsque nous entendons le bruit de la mer, affirme-t-il, c'est l'entrechoquement des vagues dans leur globalité qui nous parvient. Toutefois, pour que la perception de cette globalité ait lieu, nous percevons inconsciemment chaque gouttelette d'eau (à savoir les petites perceptions), qu'il nous serait, néanmoins, impossible de percevoir sans la **pluralité des vagues**, qui quant à elles, ne pourraient être audibles, sans l'**assemblage des petites perceptions** (*Nouveaux Essais sur l'entendement humain*).

3 L'ART CONSIDÉRÉ COMME UN SIMULACRE : LA *MIMÈSIS* (PLATON)

> **L'art, p. 51**

● Dans le livre X de la *République*, **Platon** met en scène une discussion entre Glaucon et Socrate, dans laquelle ce dernier pose la question suivante : « Quel but se propose la peinture relativement à chaque objet ? Est-ce de représenter ce qui est tel qu'il est, ou ce qui paraît tel qu'il paraît ; est-ce l'imitation de l'apparence ou de la réalité ? » Et Glaucon de répondre : « De l'apparence ». Aussi, « l'art d'imiter est donc bien éloigné du vrai [...] », selon Socrate. Pour Platon, la nature est la plus grande des artistes, elle est la représentation de la **perfection.** Aussi, dans de telles circonstances, comment l'artiste pourrait-il reproduire la réalité, atteindre la perfection ? Il semble que l'enjeu soit perdu par avance : un peintre peut reproduire le travail d'un menuisier, peut représenter un lit, mais jamais il ne sera en mesure de maîtriser cet art. Le résultat de son travail s'apparente à une simple **imitation** (ou ***mimèsis***) qui ne permet aucunement d'atteindre l'**essence** de l'objet représenté, ce dernier n'étant qu'un **moindre-être** (et non pas un non-être, puisqu'il existe malgré tout), le peintre s'apparente, dès lors, à un **faussaire de la réalité**.

4 L'HOMME EST LIBRE, CAR CRÉATEUR DE PRINCIPES MORAUX (KANT)

> **La liberté, p. 105**

● **Kant** explique, en effet, que c'est précisément la possibilité qu'a l'homme de poser et respecter une **loi morale** qui montre sa liberté en donnant du sens à celle-ci. Ce faisant, un homme se détache de sa nature, à savoir de ses instincts, et agit à la suite d'une décision rationnelle et libre. Un tel homme n'est pas asservi par sa propre nature mais exerce sa liberté en se fixant des **maximes** qui guident ses actes. Toutefois, l'homme est un être de raison et de sensibilité, aussi peut-il croire qu'il agit à la suite d'une décision rationnelle et lucide, alors qu'il a pu être séduit. En effet, **Kant** précise qu'il est improbable qu'un acte soit purement moral et désintéressé : il est difficile pour un homme d'agir simplement par devoir. Il n'y a jamais d'évidence, de certitude pour une volonté morale, ce qui suppose une exigence et une lucidité vis-à-vis de soi. Notre **libre arbitre** n'est pas défini ou déterminé à l'avance. C'est, en effet, dans chaque situation qu'il exprime la qualité morale de nos décisions et pourra peut-être nous faire regretter nos décisions. C'est toute la difficulté de la liberté, car d'un point de vue moral ce n'est pas seulement l'existence de notre libre arbitre qui soulève un problème mais son usage : le passage d'une intention bonne à une action louable. Il faut absolument les deux (intention bonne et passage à l'acte) pour que la liberté ne reste pas celle d'une « belle âme » (Hegel), nourrie par d'honnêtes idées ou valeurs, mais n'agissant pas pour les rendre effectives. Les principes moraux ne possèdent aucune valeur s'ils restent à l'état de principe sans être respectés par une volonté tenace et exigeante envers elle-même. C'est tout ce qui donne du sens à la liberté d'un homme, car une action morale n'est jamais suffisante, c'est toute sa vie qui doit être bonne, ce qui est loin d'être une tâche facile.

5 LE MYTHE D'ER LE PAMPHYLIEN

> La vérité, p. 75

- Le mythe d'Er le Pamphylien, mythe sur la **réincarnation des âmes**, vient clôturer le Livre X de la *République* : Er, soldat mort au combat, est mandaté par les dieux pour faire le récit aux mortels de la manière dont s'effectue le choix des vies suivantes dans le processus de réincarnation des âmes. Une fois le choix des vies effectué, les âmes « se mirent en route vers la plaine du Léthé, par une chaleur terrible et étouffante. [...] Et là, au bord de ce fleuve Amélès, dont aucun récipient ne peut contenir l'eau, elles établirent leur campement, car la nuit approchait. Toutes devaient boire une certaine quantité de cette eau, mais celles qui n'étaient pas protégées par l'exercice de la raison réfléchie, en buvaient plus que la mesure prescrite. Celle qui buvait, à chaque fois oubliait tout le passé. » Aussi, tout l'enjeu de ce mythe platonicien est la volonté de dépasser et de vaincre le Léthé, cette plaine de l'oubli, et de reconstituer l'***aletheia*** : la vérité, l'absence d'oubli par la **réminiscence**. Puisque l'être humain se retrouve plongé dans une reconquête de la vérité, quoi de mieux que de mener cette recherche par une **quête philosophique**.

6 « LE CŒUR A SES RAISONS QUE LA RAISON NE CONNAÎT PAS. » (PASCAL)

> La raison, p. 81

- **Pascal**, bien que mathématicien et physicien, et étant convaincu par les vertus de la raison, **souhaite tempérer une raison orgueilleuse, toute puissante**, supérieure à la raison du cœur. La seule raison ne saurait pleinement expliquer les vérités ineffables dont l'unique origine reste mystérieuse et que l'**intuition** peut permettre de percer à jour. En effet, dans son ouvrage les *Pensées*, Pascal estime que « nous connaissons la vérité non seulement par la raison, mais encore par le **cœur** » et que « c'est de cette dernière sorte que nous connaissons les premiers principes et c'est en vain que le raisonnement, qui n'y a point de part, essaie de les combattre ». Pour Pascal, il faut veiller à ne pas faire de la raison, à savoir l'enchaînement sec de causes et de conséquences, l'unique source de la vérité, mais accepter avec humilité l'**origine mystérieuse**, voire **divine** de cette dernière, et ainsi **conserver une part d'instinct** dans son élucidation.

● En ce sens, on peut dire que Pascal nous pousse à écarter **deux approches** en apparence contraires : d'abord la paresse intellectuelle que représente à ses yeux tout **scepticisme** aboutissant logiquement au doute, c'est-à-dire à l'acceptation de l'ignorance ; mais aussi l'**orgueil stoïcien** d'une raison « **superbe** » ne s'apercevant pas des limites humaines. Cette approche a le mérite de distinguer l'**apologie de la raison et son éloge**, permettant de garder la **distance critique**, historique, suffisante pour ne pas être pas aveuglés par les productions intellectuelles ou scientifiques de notre époque.

7 LA VIE COMME CRÉATION JOYEUSE (BERGSON)

> **Le bonheur, p. 111**

● Si **Bergson** souligne souvent, comme nous le verrons, la **vacuité des plaisirs**, il évoque assez peu le bonheur, comme s'il était inaccessible à l'homme, alors que, sous l'influence de Spinoza, il parle à plusieurs reprises de la **joie**. Il s'agit probablement d'une notion davantage à la portée des hommes, à la seule condition que nous attachions à être nous-même et créateurs de notre propre vie. Ainsi, la **création** au sens large (non circonscrite à la création artistique) engendre la joie, parce qu'elle ne se fixe aucune limite objective et utilitaire. Elle est cause et conséquence d'elle-même et n'a donc aucun besoin d'être justifiée par une forme quelconque de profit immédiat. La création est alors associée à la vie, au fait **d'être et de donner du sens au monde** et à ce qu'on y fait. La joie est sans limite : la vie comme création incessante de soi repousse par nature tout ce qui l'enferme et l'oblige à se contenir en elle-même. Si la naissance est déjà une création et non une duplication, continuer à inventer, à imaginer sa vie, c'est poursuivre ce que Bergson appelle un « **élan vital** ». On peut alors affirmer que la joie est en elle-même **créatrice**, elle est une ouverture à l'autre, au monde, une capacité infinie à le comprendre, à le transformer et à partager cette activité de compréhension et de transformation.

● C'est donc lorsqu'un homme est lui-même, à savoir lorsqu'il met en **œuvre son humanité** que sa vie peut devenir joyeuse. Il n'a alors nul besoin de trouver des **substituts** à la joie que sont les éloges, les honneurs ou encore l'argent, car ces derniers ne peuvent que lui cacher ou lui enlever la valeur de ce qu'il fait. Aussi, le grand artiste n'a pas besoin d'éloges (même si le jugement critique peut lui importer). Le **désir de créer** fait tout son bonheur et chacune de ses œuvres constitue une sorte de renouvellement de lui-même et de son regard sur le monde. Il «se sent au-dessus de la gloire, parce qu'il est créateur, parce qu'il le sait» (Bergson, *L'Énergie spirituelle*). On comprend dès lors pourquoi le fait de n'avoir jamais vendu une seule œuvre n'a pas empêché Van Gogh de continuer à peindre jusqu'à la fin de sa vie. C'était sa vie qu'il créait et recréait dans ses œuvres.

8 LE *DASEIN* (HEIDEGGER)

> **Le temps, p. 27**

● Selon Heidegger, l'homme est un «**étant**» possédant une relation privilégiée avec «l'**être**». Par étant, nous entendons tout ce qui peut exister, à savoir l'espace, la vie, le langage ou encore l'homme lui-même par exemple, et c'est par ce biais que le philosophe souhaite percer les mystères de l'être. L'homme est décrit comme étant un ***Dasein***, c'est-à-dire un «être-là», un «être présent», capable d'apporter une réflexion sur la problématique de l'être, et même d'en avoir une compréhension intuitive: chaque être humain sait ce que signifie le verbe être et sait l'utiliser. Toutefois, à la question «qui suis-je ?», saurais-je répondre parfaitement, sans me heurter à la difficulté de me définir clairement en tant qu'être. Là se trouve tout le paradoxe de ce dernier. Par ailleurs, le rapport le plus fondamental à l'être est l'**existence**, et c'est ce lien qui caractérise le plus le *Dasein*. Ainsi, il a la particularité d'ouvrir sur l'imprévisible et d'être, pour cette raison, fondamentalement «temps» : l'homme ne vit pas dans une réalité uniforme comme un animal emprisonné dans sa nature. Il existe au sens étymologique d'*ex-sistere,* c'est-à-dire se tenir hors de soi. Pour autant, il est vrai que certains hommes «ex-sistent» plus que d'autres, vivent plus pleinement et se projettent plus activement vers un possible à venir.

9 LA DIALECTIQUE DU MAÎTRE ET DE L'ESCLAVE (HEGEL)

> Le travail, p. 39

- Si le travail est pensé comme une condamnation, il apparaît aussi comme un **moyen de libération** de l'homme. Il lui permet, en effet, de produire quelque chose de nouveau : pour Ève, il s'agit d'un enfant et pour Adam, d'œuvres. En effet, derrière la fatalité du travail se cache la possibilité pour l'homme de faire l'histoire et de se réaliser. **Hegel,** à partir de ce que la tradition philosophique a nommé la **dialectique du maître et de l'esclave** illustre en quoi la création d'œuvres libère progressivement les hommes. Si la genèse des rapports humains est celle des rapports de force, la mort apparaît comme le maître suprême. C'est en effet elle qui crée la distinction entre ceux qui la craignent, qui refusent de risquer leur vie dans une lutte à mort, préférant la soumission à la force naturelle, et ceux qui, au contraire, sont prêts à perdre leur vie et devenir alors les maîtres des premiers. Mais le travail auquel va être logiquement soumis un esclave va progressivement renverser les premiers rapports. En effet, si le maître n'a plus à se soucier des contingences liées à la réalité, l'esclave, quant à lui, est obligé d'affronter pleinement son existence et d'élaborer des stratégies pour satisfaire au mieux les attentes de son maître. À cause de cela, il se doit d'être patient, intelligent, pugnace et dévoué à sa tâche. Ce faisant, il se forme, se transforme lui-même alors que son maître ne fait rien, stagne et surtout, ayant perdu le contact avec le réel, subit passivement l'activité de ce dernier. Ainsi, le devenir historique a pour agent véritable l'esclave travailleur et non le maître guerrier. Grâce à son travail, un homme se libère de sa servitude.

GLOSSAIRE DES REPÈRES

Les repères fonctionnent par groupe de mots associés.

A

Absolu/ Relatif : ▪ **Absolu** : sans lien, ce qui existe indépendamment de toute condition, en dehors de toute relation, qui ne dépend de rien. ▪ **Relatif** : ce qui implique une relation, un rapport (ce qui est relatif à, ce qui a rapport à), ce qui dépend d'autre chose.

Abstrait/ Concret : ▪ **Abstrait** : qualifie ce qui est « tiré » ou « extrait » d'un être ou d'un objet (une propriété, une qualité) par une opération intellectuelle qui permet de l'isoler, de la séparer et de la considérer à part. ▪ **Concret** : qui désigne un être ou un objet réel.

En acte/En puissance : ▪ **En acte** : qui existe effectivement, qui est accompli ou déjà réalisé. ▪ **En puissance** : virtuellement, potentiellement, qui existe à l'état de simple possibilité ou de virtualité.

Analyse/ Synthèse : ▪ **Analyse** : opération intellectuelle par laquelle on décompose un objet en ses éléments constitutifs pour parvenir à sa connaissance. Décomposition d'un tout en ses parties. L'analyse va du complexe au simple. ▪ **Synthèse** : opération intellectuelle par laquelle on réunit en un tout cohérent, structuré et homogène divers éléments. Recomposition ou composition d'un tout à partir de ses parties. La synthèse va donc du simple au complexe.

C

Concept/Image/Métaphore : ▪ **Concept** : idée, abstraction ayant une portée générale, permettant d'approfondir des notions, de les différencier et de les articuler entre elles. ▪ **Image** : (figure de style) elle sert de support pour exprimer une idée neuve, expliciter une idée, que seuls les mots ne peuvent traduire, elle permet donc une meilleure compréhension de l'idée imagée. ▪ **Métaphore** : figure rhétorique qui consiste à désigner une réalité par un terme pouvant correspondre à un autre, en raison d'une analogie entre les deux notions qui autorise une substitution.

Contingent/ Nécessaire : ▪ **Contingent** : ce qui peut être ou ne pas être, ce qui peut arriver ou ne pas arriver (ce dont le contraire n'implique aucune impossibilité ou contradiction). ▪ **Nécessaire** : en philosophie, c'est ce qui ne peut être autrement que tel que cela est (ce dont le contraire est impossible ou implique une contradiction) ; ce qui est inéluctable, qui ne peut pas ne pas se produire (comme le résultat ou l'effet dans un processus physique déterminé).

Croire/Savoir : ▪ **Croire** : estimer véritable ou tenir quelque chose pour vraie en l'absence de garanties parfaitement certaines et objectives (c'est le contraire de «savoir»). Les «croyances» sont l'ensemble des jugements pas, peu ou insuffisamment fondés rationnellement. ▪ **Savoir**: tenir quelque chose pour vraie avec pour garantie objective la connaissance de la chose (en opposition à «croire). Le savoir suppose des jugements suffisamment fondés rationnellement.

E

Essentiel/Accidentel: ▪ **Essentiel**: ce qui appartient ou est relatif à l'essence, à la nature intime d'une chose ou d'un être, l'essence étant ce qui définit la nature ou l'être d'une chose. ▪ **Accidentel**: ce qui peut appartenir ou ne pas appartenir à une chose ou un être, lui arriver ou ne pas lui arriver. Les modifications superficielles ou les qualités contingentes d'un être sont dites «accidentelles» ou forment ce que l'on appelle en philosophie ses «accidents» (rien à voir avec le sens courant).

Exemple/Preuve: ▪ **Exemple**: personnes ou actes considérés comme un modèle pouvant servir de référence à une conduite ; cas antérieur semblable ou comparable à ce dont il s'agit ; citations ou exemples philosophiques pouvant illustrer une thèse ou un concept. ▪ **Preuve**: ce qui sert à attester qu'un phénomène est vrai (en science notamment), ce qui sert d'exemples probants.

Expliquer/Comprendre: ▪ **Expliquer**: rendre intelligible par la connaissance des causes, selon un raisonnement causal. ▪ **Comprendre**: rendre intelligible par la saisie du sens, de la signification.

F

En fait/En droit: ▪ **En fait**: ce qui est effectif, conforme aux faits observés. ▪ **En droit**: ce qui est légitime ou conforme à la loi, peut être remplacé par légitimement, légalement.

Formel/Matériel: ▪ **Formel**: qui est relatif à la forme. ▪ **Matériel**: qui est relatif au contenu, à l'objet (à «la matière»).

Formel/Matériel (en logique): le «formel» se dit de la forme logique du raisonnement ; si le raisonnement est correct sur le plan logique, on dit qu'il est «valide» (on parle de «vérité formelle», ou mieux, de validité). La «vérité matérielle» (ou vérité tout court) concerne le «contenu» d'un raisonnement, exemple: l'éléphant est plus grand que l'âne, et ce dernier plus grand que l'hirondelle, donc l'éléphant est plus grand que l'hirondelle.

G

Genre/Espèce/Individu: ▪ **Genre**: division fondée sur un ou plusieurs caractères communs rassemblant un ensemble d'êtres vivants. Concept de classification situé entre la famille et l'espèce, et groupant des espèces très voisines. ▪ **Espèce**: division fondée sur un ou plusieurs caractères communs rassemblant un ensemble d'êtres vivants et permettant de les distinguer à l'intérieur d'un même genre. Les individus d'une même espèce sont féconds entre eux, mais ordinairement stériles avec tout individu d'une autre espèce. ▪ **Individu**: chaque spécimen vivant d'une espèce animale ou végétale. Le genre animal comprend plusieurs espèces dont l'espèce humaine.

H

Hypothèse/Conséquence/Conclusion: ▪ **Hypothèse**: c'est une possibilité d'explication d'un phénomène scientifique par exemple, on la formule pour la vérifier grâce à l'expérimentation ; dans un sens plus large, l'hypothèse est une supposition, une tentative d'explication. ▪ **Conséquence**: ce qui découle d'un phénomène ou d'une proposition. ▪ **Conclusion**: conséquence suite à un raisonnement.

I

Idéal/Réel: ▪ **Idéal**: modèle de perfection dans un domaine (intellectuel, moral, esthétique) qui sert d'étalon ou de norme pour juger le réel. Au sens courant, l'idéal signifie «ce qu'il y a de mieux» (un appartement idéal) et un but élevé (avoir un idéal politique). Ce dernier sens est très proche du sens philosophique: l'idéal comme «modèle» de perfection permettant d'orienter l'action. ▪ **Réel**: ce qui existe effectivement (et pas seulement à l'état d'idée ou d'idéal). Pour autant, on peut défendre, avec Platon, la thèse d'un réalisme des idées. Les idées (morales, mathématiques, etc.) existeraient alors réellement indépendamment des sujets qui les (re)découvrent.

Identité/Égalité/Différence: ▪ **Identité**: ce qui fait qu'une chose est exactement de même nature qu'une autre (en ce sens, équivaut à l'égalité mathématique) ; ensemble de caractères permanents ou fondamentaux spécifiques à un individu ou un groupe d'individus, permettant de les identifier, de les caractériser. ▪ **Égalité**: rapport entre les choses (ou quantités) qui sont égales ; principe moral, juridique et politique selon lequel tous les hommes, malgré leurs différences si nombreuses, doivent être considérés comme égaux en dignité (égale dignité ou égalité morale) et égaux en droits (égalité civile, politique et sociale). ▪ **Différence**: Ce qui distingue une chose, une personne d'une autre; ce par quoi des êtres ou des choses ne sont pas semblables. Les hommes sont inégaux de fait, il existe des différences physiques (de taille, de force, etc.) des différences de talents, de capacités, des différences de cultures, etc.

Impossible/Possible : ▪ **Impossible** : caractère de ce qui contredit l'ordre logique ou physique. ▪ **Possible** : ce qui peut correspondre à la réalité.

Intuitif/Discursif : ▪ **Intuitif** : qui procède de « l'intuition », c'est-à-dire d'une connaissance directe et immédiate, sans l'aide du raisonnement. On appelle intuition « sensible » la saisie directe du réel ou d'une vérité par « les sens » (permet d'accéder aux « évidences » dites sensibles). L'intuition « rationnelle » ou « intellectuelle » est la saisie immédiate du réel ou d'une vérité par l'intellect ou la raison. ▪ **Discursif** : qui repose sur le raisonnement, qui exige la médiation d'un raisonnement pour être établi ou connu.

L

Légal/Légitime : ▪ **Légal** : ce qui est conforme aux règles juridiques existantes, conforme à la loi ou à la « justice » au sens du droit existant. La légalité d'une action est sa conformité à la règle juridique. ▪ **Légitime** : philosophiquement, c'est ce qui est conforme aux exigences de l'idée de justice, d'équité, de la morale et aussi de la raison.

M

Médiat/Immédiat : ▪ **Médiat** : qui est un intermédiaire ou qui suppose un intermédiaire (le discursif est médiat). ▪ **Immédiat** : sans intermédiaire, directement (l'intuitif est immédiat).

O

Objectif/Subjectif/Intersubjectif : ▪ **Objectif** : qui ne fait pas intervenir d'éléments affectifs ou personnels dans ses jugements, dont les jugements sont fondés « objectivement » : la science (comme ensemble de jugements sur le réel) est dite « objective » en ce sens par opposition aux opinions. ▪ **Subjectif** : se dit de ce qui est individuel, susceptible de varier en fonction de la personnalité de chacun (ne pouvant valoir pour tous). On dit qu'un jugement (ou un propos) est subjectif s'il est influencé par la personnalité du sujet et non de l'objet. ▪ **Intersubjectif** : ce qui est relatif à autrui, l'intersubjectivité suppose que les individus sont capable de prendre en considération la pensée d'autrui pour l'intégrer dans leur propre jugement.

Obligation/Contrainte : ▪ **Obligation** : « lien » moral ou juridique par lequel une personne est tenue/se sent tenue de faire ou de ne pas faire quelque chose ; ce lien prend la forme d'un « devoir » (synonyme d'obligation). ▪ **Contrainte** : violence ou pression, morale ou physique, exercée sur quelqu'un pour le forcer à agir (ou l'en empêcher).
L'obligation s'oppose à la contrainte en ne supprimant pas la liberté car elle vient de soi (on se sent obligé) : on obéit librement à l'obligation (puisqu'on pourrait décider de ne pas obéir), mais on cède à la

contrainte, « contraint et forcé » (là, on n'a pas le choix). (Problème : les obligations ne sont-elles pas des contraintes intériorisées ?)

Origine/Fondement : ▪ **Origine** : ce qui est à la source, la provenance d'un phénomène, d'une idée, d'une personne, d'un groupe (l'origine de la vie, d'une guerre ou d'un préjugé). ▪ **Fondement** : en philosophie, la recherche du fondement est la recherche du ou des principes (les « raisons » ultimes) sur lesquels on peut faire reposer une thèse, une théorie.

P

Persuader/Convaincre : ▪ **Persuader** : amener (qqn) à croire, à faire, à vouloir quelque chose non par la raison (ou de bonnes « raisons ») mais par divers procédés de « persuasion » (sophismes, belles paroles ou éloquence, séduction, etc.). ▪ **Convaincre** : amener (qqn) par de bonnes raisons (par raisonnement, preuves, argumentation rationnelle) à reconnaître la vérité, l'exactitude d'un fait ou sa nécessité.

Principe/Cause/Fin : ▪ **Principe** : ce qui est premier et fondement du reste ; proposition qui sert de fondement ou de point de départ à un raisonnement (je pars du principe que). ▪ **Cause** : ce par quoi une chose existe ou ce qui produit quelque chose (causes antécédentes ou matérielles) ; ce pourquoi on fait quelque chose, la raison, le motif. ▪ **Fin** : but, objectif vers lequel on tend, ce pourquoi on fait quelque chose, la raison, le motif « cause finale »).

Public/Privé : ▪ **Public** : ce qui concerne le peuple, ce qui est relatif à la nation, à l'État. ▪ **Privé** : propre à chaque individu, le public n'y trouve pas sa place, n'y est pas admis.

R

Ressemblance/Analogie : ▪ **Ressemblance** : rapport entre deux ou plusieurs objets ayant certains éléments communs. ▪ **Analogie** : rapport de ressemblance établi par l'intelligence ou l'imagination entre deux ou plusieurs objets différents et connus comme différents. L'analogie s'appuie sur un procédé rationnel établissant une identité de « rapport » entre des termes différents.

T

Théorie/Pratique : ▪ **Théorie** : correspond à un ensemble de propositions cohérentes liées à un domaine déterminé de phénomènes. Elle vise à comprendre, expliquer, interpréter ou prédire des phénomènes. ▪ **Pratique** : activités visant à des résultats concrets, mise en application de manière concrète d'une théorie.

Transcendant/Immanent : ▪ **Transcendant** : ce qui dépasse un certain ordre de réalités, qui est au-delà du domaine où on se place et d'une autre nature, ce qui est radicalement extérieur (on parle en ce sens de la transcendance de Dieu pour affirmer qu'il n'appartient pas au monde, qu'il est d'une tout autre nature ; pour Kant, c'est qui est au-delà de toute expérience possible, et qui échappe donc à toute vérification empirique. ▪ **Immanent** : ce qui est contenu dans un être, inhérent à sa nature, qui résulte de la nature même de cet être.

U

Universel/Particulier/Général/Singulier : ▪ **Universel** : ce qui vaut pour tous en tout lieu et en tout temps. ▪ **Particulier** : propre à une personne ou une chose, à un seul groupe (un usage particulier d'un peuple ou d'un homme). ▪ **Général** : ce qui s'applique à un ensemble de personnes, de choses (idées générales) ou qui concerne l'ensemble d'un groupe (intérêt général ; grève générale). ▪ **Singulier** : ce qui ne vaut que pour un individu et un seul (« single »), ne s'applique qu'à une seule chose, une seule personne.

V

Vrai/Probable/Certain : ▪ **Vrai** : ce qui est en conformité avec le réel. ▪ **Probable** : ce qui a l'apparence de la réalité, ce qui est donc raisonnable de supposer. ▪ **Certain** : qui possède une réalité effective, qui est assuré de se produire.

CHRONOLOGIE DES AUTEURS

	Principaux philosophes	Contexte culturel	Événements politiques
GRÈCE ANTIQUE	**Socrate** (470-399), philosophe grec. **Platon** (428-348), philosophe grec. **Aristote** (384-322), philosophe et physicien grec, précepteur d'Alexandre. **Épicure** (341-270), philosophe grec.	**Pythagore** (570-500), mathématicien, géomètre. **Hippocrate** (vers 460), médecin. En 387 à Athènes, Platon fonde l'Académie (école philosophique). **Euclide** (330-270), géomètre, les *Éléments*.	Au ve siècle, à Athènes, règne la démocratie. En 399, sous la tyrannie des trente, Socrate est condamné à boire la ciguë. En 323, mort d'Alexandre. Début de la décadence de la Grèce.
EMPIRE ROMAIN	**Lucrèce** (98-55), philosophe latin épicurien. **Cicéron** (106-43), orateur et philosophe latin. **Sénèque** (4 av. J.-C.-65 apr. J.-C.), philosophe stoïcien. **Épictète** (50-130), philosophe grec stoïcien. **Marc Aurèle** (121-180), empereur, philosophe stoïcien.	**Tite-Live** (59 av. J.-C.-17 apr. J.-C.), historien. **Tacite** (55-120), historien.	27 av. J.-C. : avènement de l'empereur Auguste. 14-69 apr. J.-C. : Tibère, Caligula, Claude, Néron. 96-192 : les Antonins, Trajan, Hadrien. 395 : partage de l'Empire.
MOYEN ÂGE	**Saint Thomas d'Aquin** (1225-1275), théologien et philosophe italien. **Guillaume d'Ockham** (?-1349 ?), philosophe anglais.	1253 : à Paris, fondation de la Sorbonne. Fabrication du papier en Europe. Construction des cathédrales.	En 1200, l'université, en France, s'affranchit de la tutelle de l'Église. En 1228, le pape Grégoire IX interdit l'enseignement d'Aristote.
XVe – XVIe SIÈCLE	**Machiavel** (1429-1527), philosophe et penseur politique italien. **Montaigne** (1533-1592), philosophe français. **Bacon** (1561-1626), philosophe anglais.	1440, invention de l'imprimerie. 1450-1455, **Gutenberg** imprime la Bible. 1492, **Christophe Colomb** découvre l'Amérique.	1337-1453 : guerre de Cent Ans. 1429 : Jeanne d'Arc fait sacrer le roi Charles VII à Reims. 1431 : condamnation de Jeanne d'Arc.

	Principaux philosophes	Contexte culturel	Événements politiques
XVIe-XVIIe SIÈCLE	**Hobbes** (1588-1679), philosophe anglais. **Descartes** (1596-1650), philosophe français. **Pascal** (1623-1662), écrivain et philosophe français. **Locke** (1632-1662), philosophe anglais. **Spinoza** (1637-1677), philosophe hollandais.	**Copernic** (1473-1542), astronome polonais, fait l'hypothèse du mouvement de la Terre et des autres planètes autour du Soleil. **Galilée** (1564-1642), astronome et physicien italien, prouve l'héliocentrisme de Copernic.	Début du XVIe siècle : la Réforme. 1520 : rupture de Luther avec l'Église. 1536 : Calvin s'installe à Genève. 1542-1563 : la Contre-Réforme. 1542 : réorganisation de l'Inquisition.
XVIIe-XVIIIe SIÈCLE	**Malebranche** (1638-1715), philosophe français. **Leibniz** (1646-1716), philosophe allemand. **Berkeley** (1685-1753), évêque et philosophe irlandais. **Hume** (1711-1776), philosophe écossais. **Rousseau** (1712-1778), écrivain et philosophe français. **Diderot** (1713-1784), écrivain et philosophe français. **Montesquieu** (1689-1755), philosophe français.	**Newton** (1642-1727), physicien anglais. 1751-1768 : *Encyclopédie*. **Smith** (1723-1790), économiste anglais.	1752 : première condamnation de l'*Encyclopédie*. 1759 : seconde condamnation de l'*Encyclopédie*.
XVIIIe-XIXe SIÈCLE	**Kant** (1724-1804), philosophe allemand. **Hegel** (1770-1831), philosophe allemand. **Schopenhauer** (1780-1860), philosophe allemand. **Comte** (1798-1857), philosophe français. **Kierkegaard** (1813-1855), philosophe et théologien danois.	**Malthus** (1766-1834), économiste anglais. **Saint-Simon** (1760-1825), économiste français, socialiste utopiste. **Fourier** (1772-1837), socialiste utopiste français. **Darwin** (1809-1882), biologiste anglais, théoricien de l'évolution.	1789 : ouverture des états généraux (5 mai). Le tiers état se proclame Assemblée nationale (17 juin). Prise de la Bastille (14 juillet).

	Principaux philosophes	Contexte culturel	Événements politiques
XVIIIe-XIXe S.	**Marx** (1818-1883), philosophe allemand. **Tocqueville** (1805-1859), théoricien français. **Durkheim** (1858-1917), sociologue français.	**Claude Bernard** (1813-1878), physiologiste français, initiateur d'une réflexion sur la méthode expérimentale.	
XIXe-XXe SIÈCLE	**Nietzsche** (1844-1900), philosophe allemand. **Husserl** (1859-1938), philosophe allemand. **Bergson** (1859-1942), philosophe français. **Russell** (1872-1970), mathématicien et philosophe anglais. **Bachelard** (1884-1962), philosophe français. **Sartre** (1905-1980), écrivain et philosophe français. **Arendt** (1906-1975), philosophe et spécialiste de théorie politique. **Alain** (1868-1951), philosophe français. **Heidegger** (1889-1976), philosophe allemand. **Popper** (1902-1994), philosophe autrichien. **Merleau-Ponty** (1908-1961), philosophe français. **Levinas** (1905-1995), philosophe né en Lituanie. **Foucault** (1926-1984), philosophe français.	**Freud** (1856-1939), neurologue autrichien, fondateur de la psychanalyse. **Einstein** (1879-1955), physicien allemand naturalisé américain, théoricien de la relativité. **Saussure** (1857-1913), linguiste suisse. **Jakobson** (1896-1982), linguiste russe. **Lacan** (1901-1981), psychiatre et psychanalyste français. **Lévi-Strauss** (1908-2009), anthropologue et ethnologue français.	Révolution de 1848. 24 février 1848 : Louis-Philippe abdique. 18 mars-28 mai 1871 : commune de Paris. 1914-1918 : Première Guerre mondiale. 1917 : Révolution russe. 1939 : Deuxième Guerre mondiale.

HISTOIRE-GÉO

SOMMAIRE

Géographie

Réponse à une question problématisée

- À revoir
- OK

1

1 COMPRENDRE LA QUESTION PROBLÉMATISÉE

● Un travail d'analyse de la question problématisée doit être fait au brouillon avant de commencer à rédiger. À cet effet, il est nécessaire de réécrire la question sur une feuille et identifier les mots-clés en les entourant ou en les soulignant. Ensuite, il faut définir ces termes ou expression.

● Que ce soit en histoire ou en géographie, il est impératif de préciser les limites chronologiques et spatiales du sujet. De façon à éviter le hors sujet. Il faut porter une attention particulière aux mots de liaisons (et, dans, ou), qui peuvent être essentiels pour le traitement de la question. Par exemple, « et » invite à comparer deux éléments et non à les traiter l'un après l'autre.

2 MOBILISER SES CONNAISSANCES

● Une fois le sujet analysé, il est nécessaire de mobiliser ses connaissances. Au brouillon, inscrire les idées et les connaissances que le sujet suscite et établir les liens possibles entre les différents éléments relevés (causes, conséquences, manifestations...).

● Il est impératif de mobiliser des exemples précis pour étayer l'argumentation.

3 ORGANISER LA RÉPONSE

● C'est la problématique, fournie par la question, qui conduit la réflexion et permet d'organiser la réponse. En effet, il faudra répondre à cette question par étapes.

● Il est primordial de bâtir un plan au brouillon avant de se lancer dans la rédaction. Utilisez la feuille de brouillon sur laquelle vous avez inscrit vos connaissances et rassemblez-les en deux ou trois thèmes majeurs. Numérotez les parties (I, II, III...) et donnez-leur des titres explicites. Dans chaque partie, précisez les arguments et indiquer l'idée et les exemples qui serviront à étayer la démonstration.

● Les titres des parties ne doivent pas apparaître sur la copie. Ils sont transformés en phrases de façon à indiquer au correcteur l'idée générale de la partie.

4 RÉDIGER LA RÉPONSE

a Rédiger l'introduction

- La première phase de l'introduction consiste à accrocher le lecteur et justifier le fait de s'interroger sur ce sujet. Pour cela, vous pouvez utiliser un fait historique ou une citation pour un sujet d'histoire. Des statistiques ou des événements d'actualité pour un sujet de géographie.

- Dans un 2e temps, présentez le sens de la question en définissant ses termes, pour cela il faut utiliser le travail fait au brouillon au début de l'épreuve. C'est la partie la plus longue de l'introduction. Il ne s'agit pas de définir les termes les uns après les autres, il faut les mettre en relation pour aboutir logiquement à poser la problématique. Enfin, vous annoncez le plan, de la façon la plus habile possible.

b Construire le développement

- Chaque partie du développement est constituée d'un paragraphe. Chaque paragraphe débute par une phrase qui annonce l'idée générale. Ensuite, vous développez vos différents arguments en rédigeant vos exemples. Il ne s'agit pas de l'évoquer en deux mots entre parenthèse (exemple : la mer de Chine méridionale) mais de rédiger deux ou trois phrases qui viennent étayer la démonstration.

c La conclusion

- La conclusion doit répondre à la problématique formulée dès l'introduction et ouvrir sur d'autres perspectives.

d L'expression écrite

- La qualité de l'expression écrite est primordiale. Il faut privilégier les phrases courtes et simples. Utiliser des connecteurs logiques, choisir les termes adaptés à l'idée et rédiger l'ensemble de la réponse en bannissant les tirets, les abréviations, les ratures, la multiplication des parenthèses. Il faut consacrer un temps à la relecture du travail, pour éviter les fautes d'orthographe, de conjugaison et de syntaxe.

Réponse à une question problématisée : exercice résolu

À revoir
OK

2

1 SUJET DE QUESTION PROBLÉMATISÉE

Quel est le bilan de la Seconde Guerre mondiale ?

2 CORRIGÉ

- **[Introduction]** Le 2 septembre 1945, l'Empire du Soleil Levant capitule face aux États-Unis, mettant fin à la guerre dans le Pacifique, quatre mois après la capitulation de l'Allemagne nazie en Europe. Ce conflit sans précédent par son ampleur a mobilisé la quasi-totalité de la planète et a donné lieu à des combats sur de très nombreux théâtres d'opération. Jamais dans l'histoire de l'humanité autant de soldats se sont affrontés. Une des particularités de ce conflit est l'implication massive des civils comme acteurs de la guerre et comme victimes. En 1945, la Seconde guerre mondiale laisse une planète profondément meurtrie. Quel est le bilan de la Seconde Guerre mondiale ? Le bilan catastrophique de ce conflit a une dimension humaine, matérielle et morale.

- **[1re partie]** Tout d'abord, la Seconde Guerre mondiale a un impact humain considérable. Elle a causé plus de 60 millions de morts. Les civils, et c'est une nouveauté, représentent plus de la moitié des victimes de la Seconde Guerre mondiale. Ceci s'explique à la fois par les intenses bombardements sur les villes, les pénuries qui fragilisent les organismes et les massacres de masse ainsi que les déportations massives qui font plus de 15 millions de victimes. C'est surtout en Europe de l'Est et en Asie que l'essentiel des victimes est dénombré. On compte, en 1945, également 30 millions de personnes déplacées (prisonniers, déportés, populations déplacées.)

- **[2e partie]** Ensuite, le bilan humain effroyable s'accompagne de destructions matérielles et de difficultés économiques considérables. De très nombreuses infrastructures sont détruites au cours de la guerre. Les logements, les réseaux de transports et les unités de productions sont largement endommagés. Selon les États, la production agricole et industrielle chute de 30 à 70 % par rapport au niveau de 1939. Les populations ont d'importantes difficultés à s'approvisionner en produits de première nécessité. De plus, le bilan financier de la guerre est catastrophique. Les États se sont fortement endettés pour financer le conflit et pour financer la reconstruction. Entre 1939 et 1945, les dettes du Royaume-Uni triplent. À la fin de la guerre la plupart des États sont touchés par l'inflation. En France, le taux d'inflation atteint 38 % en 1945, 63 % en 1946. À la sortie de la Seconde Guerre mondiale, l'immense majorité des États impliqués connaît une situation économique catastrophique, qui accentue le désarroi des victimes.

● **[3e partie]** Enfin, ce conflit hors norme provoque également un traumatisme psychologique chez les contemporains. En effet, cette guerre a atteint un degré de violence et de barbarie inégalé. La découverte des camps nazis provoque un véritable choc moral. Le monde prend conscience des horreurs subies par les victimes, en particulier par les populations juives et tsiganes exterminées en masse lors du génocide. Des tribunaux internationaux sont constitués pour juger les principaux responsables. En Europe, le procès de Nuremberg de novembre 1945 à octobre 1946, juge les responsables nazis accusés de « crimes contre l'humanité ». En Asie, le procès de Tokyo entre janvier 1946 et novembre 1948 est chargé de punir les criminels de guerre japonais. De surcroit, l'utilisation de la bombe atomique par les États-Unis contre le Japon et sa formidable capacité de destruction suscite également de nouvelles angoisses pour l'avenir de l'humanité.

● **[Conclusion]** À la fin de la Seconde Guerre mondiale, l'humanité est bouleversée et aspire à l'établissement d'une nouvelle ère pour éviter de revivre une telle catastrophe. Dans de nombreux pays et à l'échelle planétaire la reconstruction tente d'apporter davantage de bien-être et de protection aux populations. À ce titre, la création de l'ONU le 26 juin 1945, est une première étape vers un nouvel ordre mondial.

Analyse de document(s)

À revoir
OK

3

1 COMPRENDRE LA CONSIGNE

● L'analyse de(s) document(s) est accompagnée d'une consigne. La première étape de l'exercice consiste à comprendre la consigne et à déterminer en fonction de quelle problématique il faut étudier le ou les document(s). Pour cela, il faut réécrire la consigne sur un brouillon et identifier les mots-clés, les limites chronologiques et spatiales.

2 ÉTUDIER LE(S) DOCUMENT(S)

● Le document est au cœur de la réponse. Il faut donc consacrer du temps à sa lecture et sa compréhension. La nature des documents proposés est variée : publicité, loi, extrait d'ouvrage scientifique, photographie, affiche, « Une » de journal, statistiques, carte...

● Au brouillon, présenter le(s) document(s) : nature, auteur, contexte, destinataire et thème.
– Pour des documents en histoire insistez particulièrement sur le contexte historique de leur production.
– Pour des documents en géographie, portez un intérêt particulier aux échelles, aux espaces et aux acteurs qui sont abordés.

● Ensuite, il faut extraire les informations du document qui apportent une réponse à la problématique posée par la consigne et les compléter par des connaissances personnelles (définitions, explications, dates, faits...)

● Pour cela vous pouvez élaborer un tableau avec deux colonnes, une avec les éléments du ou des documents et l'autre avec les éléments issus de vos connaissances. Pour chaque élément relevé dans les documents vous devez avoir un élément pour expliquer ou préciser.

● Si deux documents sont proposés à l'analyse, il s'agit alors, après les avoir étudiés séparément, de montrer quel lien les unit. Ils peuvent :
– se compléter : l'un des documents apporte des informations qui permettent de mieux comprendre et étudier l'autre document ;
– s'opposer : ils posent deux regards différents sur un même espace géographique ;
– comparer deux situations géographiques à des échelles différentes.

● Deux erreurs sont à éviter :
– répondre à la consigne en oubliant le(s) document(s) proposé(s) ;
– étudier le(s) document(s) sans répondre explicitement à la consigne.

3 ORGANISER LA RÉPONSE

- À partir du travail précédent, regrouper les informations dans deux ou trois thèmes. Ils vont constituer les parties de la réponse.
- Faire une introduction pour présenter le ou les document(s) et la consigne qui sera la problématique. Pour cela, utiliser le travail fait au brouillon. Il est possible d'indiquer son plan.
- Rédiger le développement à l'aide du plan. Chaque partie fait l'objet d'un paragraphe et développe des arguments. Chacun est composé de connaissances et d'éléments extraits des documents (citations, descriptions, localisations...).
- Rédiger une conclusion pour répondre à la problématique.
- La qualité de l'expression écrite est primordiale. Il faut privilégier les phrases courtes et simples, utiliser des connecteurs logiques, choisir les termes adaptés à l'idée et rédiger l'ensemble de la réponse en bannissant les tirets. Il faut également consacrer un temps à la relecture du travail, pour éviter les fautes d'orthographe et de syntaxe.

Analyse de document(s) : exercice résolu

À revoir
OK

4

1 SUJET DE L'ANALYSE DE DEUX DOCUMENTS

En analysant et croisant les documents, vous montrerez les méthodes communes au nazisme et au stalinisme, puis vous préciserez ce qui les différencie.

Document 1 : La grande terreur en URSS

L'ordre « secret » de lancement de l'opération koulak, le 2 juillet 1937, considéré comme le début de la Grande Terreur de 1937-1938.

« Il est remarqué qu'une grande partie des ex-koulaks et criminels, exilés dans les régions du Nord et de la Sibérie, et rentrés par la suite, à l'issue de leur peine, chez eux, sont les principaux instigateurs des crimes antisoviétiques aussi bien dans les kolkhozes, les sovkhozes[1] que dans les transports et certaines branches de l'industrie. Le Comité central propose à tous les secrétaires régionaux et républicains du Parti, ainsi qu'à tous les responsables régionaux du NKVD de ficher tous les koulaks et criminels retournés chez eux afin que les plus hostiles d'entre eux puissent être immédiatement arrêtés et fusillés à l'issue d'une procédure administrative simplifiée devant une troïka[2], les autres moins actifs, mais néanmoins hostiles, étant exilés dans des régions éloignées du pays sur l'ordre du NKVD. Le Comité central vous invite, dans un délai de cinq jours, à lui proposer la composition des troïkis, le nombre d'éléments à fusiller ainsi que le nombre d'éléments à exiler. Le Secrétaire du Comité central, J. Staline. »

Nicolas Werth, *L'ivrogne et la marchande de fleurs*, Tallandier, Paris, 2009, p.75.

1. Les kolkhozes et les sovkhozes sont des fermes collectives.
2. Une troïka désigne, entre 1937 et 1938, un organisme du NKVD chargé de poursuivre les individus considérés comme antisoviétiques.

Document 2 : La nuit de Cristal en Allemagne

Vitrine d'une imprimerie appartenant à des Juifs détruite pendant la nuit de Cristal à, Berlin. 9-10 novembre 1938.

2 CORRIGÉ

● **[Introduction]** Les deux documents portent sur la fin des années 30 et présentent à travers un ordre « secret » de Staline et une photographie d'une vitrine brisée à Berlin, les caractéristiques du nazisme et du stalinisme. Ces documents portent sur le début de la Grande Terreur en URSS et sur la Nuit de Cristal en Allemagne. Cette confrontation nous interroge sur l'existence de points communs entre le nazisme et le stalinisme, mais aussi sur ce qui les différencie.

● **[1re partie]** Staline et Hitler installent la terreur et utilisent la violence. Des prétextes sont utilisés pour justifier cette politique, « des crimes antisoviétiques » en URSS et la mort d'un conseiller de l'ambassade d'Allemagne à Paris. Les individus sont à la merci de choix arbitraires. La police politique, le NKVD en URRS ou les SS en Allemagne, est utilisée par le pouvoir pour surveiller, arrêter, déporter et exécuter les individus. Dans son ordre « secret », Staline demande que les criminels « antisoviétiques » soient « arrêtés et fusillés ». Le document 2 est la trace d'une action punitive menée contre la communauté juive allemande, la nuit de Cristal. Le bilan est d'une centaine de morts et de 7 500 magasins pillés et vandalisés comme l'imprimerie présentée sur la photo. L'usage de la déportation est largement répandu. Staline demande que les individus les moins dangereux soient « exilés dans des régions éloignées du pays ». Dès 1933, les nazis créent des camps de concentration, le premier à Dachau.

● **[2e partie]** Ces documents permettent de différencier ces régimes. Les victimes ne sont pas les mêmes. Dans le cas de la Grande Terreur en URSS, Staline vise les « koulaks et les criminels ». Les premiers sont une catégorie de paysans disposant de quelques biens et qui se sont opposés au début des années 30 à la collectivisation des terres. Ils sont considérés comme des ennemis du peuple par Staline. En Allemagne, les victimes sont la communauté juive allemande. Au nom de la pureté du sang aryen, les nazis veulent chasser les juifs d'Allemagne, pour que le Reich devienne enfin « judenrein » (sans aucun Juif). La seconde différence porte sur l'ampleur de la terreur. La Grande Terreur en URSS est un massacre hors-norme puisqu'en l'espace d'un an, 750 000 soviétiques vont être exécutés. La terreur exercée par les nazis avant la Seconde guerre mondiale contre les populations juives est moins importante mais d'autres catégories sont également visées par le régime (asociaux, homosexuels, Tsiganes...).

● **[Conclusion]** Ces deux documents mettent en évidence des pratiques communes au stalinisme et au nazisme. Cependant, on constate que les victimes et l'ampleur de la violence varient d'un régime à l'autre.

Réalisation d'une production graphique

À revoir
OK

5

1 COMPRENDRE LE SUJET

● Il faut lire attentivement le titre et le texte pour identifier le sujet et la partie du cours auquel ils se rattachent. Comme pour les exercices précédents, il faut définir et identifier les mots clés du titre (limites géographiques). Le texte doit être lu à plusieurs reprises de façon à relever, au brouillon, les informations importantes et leurs localisations.

2 ÉLABORER LA LÉGENDE

● À partir de la liste d'informations relevées, les classer dans deux ou trois thèmes, qui formeront les parties de la légende. Il est possible de faire des sous parties (intertitres) dans chacune des parties.

● Une fois la légende organisée, il faut attribuer à chaque idée de la légende, un figuré qui servira à la localiser sur le croquis.

● Le figuré doit être adapté à l'information qui va être cartographiée. Par exemple, la dimension et l'intensité des couleurs doivent être proportionnelles à l'importance du phénomène étudié.

● En fonction de l'information à cartographier, il faudra choisir parmi trois types de figurés :
– de surface (aplat de couleurs, hachures) pour représenter l'intensité et l'extension d'un phénomène (zone de piraterie, principale puissance maritime) ;
– ponctuels (point, carré, triangle...) : pour représenter la localisation d'un phénomène ou d'un site (port, métropole...) ;
– linéaire (lignes, flèches, tirets...) : pour indiquer des limites, des réseaux, des flux, des dynamiques... (routes maritimes, façade maritime).

● Par convention les couleurs chaudes (jaune, orange, rouge) sont utilisées pour représenter des informations « positives » ou dynamiques et les couleurs froides (bleu, vert) pour des informations « négatives », des déclins.

3 LA RÉALISATION GRAPHIQUE

● Il est conseillé de commencer par les figurés de surface puis ajouter les figurés ponctuels et linéaires et finir par inscrire les noms de lieux (nomenclature). Les crayons de couleur sont indispensables pour réaliser les aplats de couleur. Les feutres fins servent pour les hachures, la nomenclature, les figurés linéaires et ponctuels.

4 UNE PRODUCTION GRAPHIQUE RÉUSSIE

- La production doit-être lisible et esthétique. Elle est démonstrative, c'est-à-dire qu'elle répond au sujet. Elle doit être précise, notamment pour les localisations.
- Chaque production doit comprendre un titre, une nomenclature, c'est-à-dire les noms des éléments présents (villes, fleuves, États...) et ceux qui permettent de situer les phénomènes représentés (mer, océans...).

5 LE CAS PARTICULIER DU SCHÉMA

- La réalisation d'un schéma cartographique reprend la même méthode et les mêmes éléments que pour un croquis. Il comporte une légende, un titre et une nomenclature.
- À la différence du croquis, vous devez réaliser les contours de l'espace concerné, aucun fond de carte n'est fourni. Dans ce cas, les contours sont très simplifiés. Ils peuvent même être des formes géométriques, hexagone pour la France, rectangle horizontal pour les États-Unis, un cercle pour le territoire d'une métropole...

Réalisation d'une production graphique : exercice résolu

À revoir
OK

6

1 SUJET DE LA PRODUCTION GRAPHIQUE

À partir du texte, réaliser un croquis sur Le détroit de Malacca : un point de passage majeur et stratégique.

Le détroit de Malacca

Le détroit de Malacca se situe en Asie du Sud-Est. C'est une longue bande de mer entourée par la péninsule Malaise à l'Est, l'île indonésienne de Sumatra à l'Ouest et la cité-État de Singapour, qui est le 3e port mondial pour le trafic de conteneurs au Sud. Le détroit de Malacca relie l'océan indien au Nord à la mer de Chine méridionale au Sud. Ce détroit est emprunté par une des routes maritimes les plus importantes au monde. Elle se trouve au carrefour des lignes transocéaniques entre l'Océan Indien et le Pacifique. Cet axe relie l'Europe et le Moyen-Orient à l'Ouest à l'Asie et l'Amérique à l'Est. Le détroit de Malacca est une artère vitale pour de nombreux États qui dépendent du commerce maritime. Ainsi 90 % du commerce chinois emprunte cette route.

Le trafic très élevé, plus de 200 navires par jour, et l'étroitesse du passage, notamment dans sa partie Sud, font du détroit un goulet d'étranglement, qui risque en cas d'incident d'interrompre ou de ralentir le trafic maritime. Le détroit est aussi le lieu d'une importante piraterie. En effet, des groupes de petites embarcations indonésiennes ou malaises s'attaquent aux bateaux de commerce pour les détourner ou les piller.

Ce passage stratégique attire la convoitise des grandes puissances. Les États-Unis et la Chine exercent une présence militaire importante dans la région. Les États-Unis disposent d'une base aux Philippines et la Chine renforce sa présence dans la région, en installant des bases maritimes au Nord du Détroit au Myanmar (Birmanie) et au Sud en mer de Chine Méridionale.

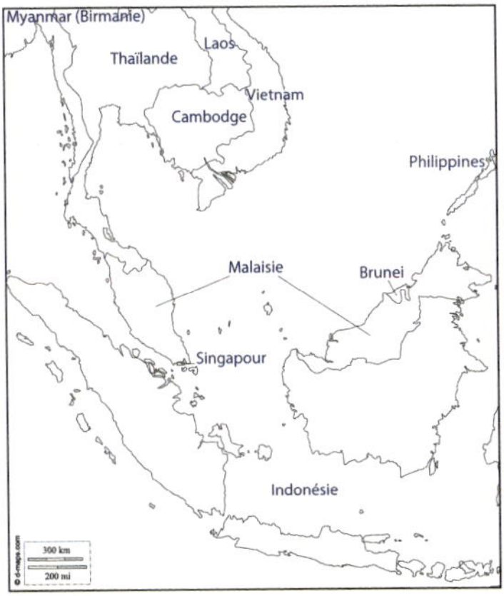

2 CORRIGÉ

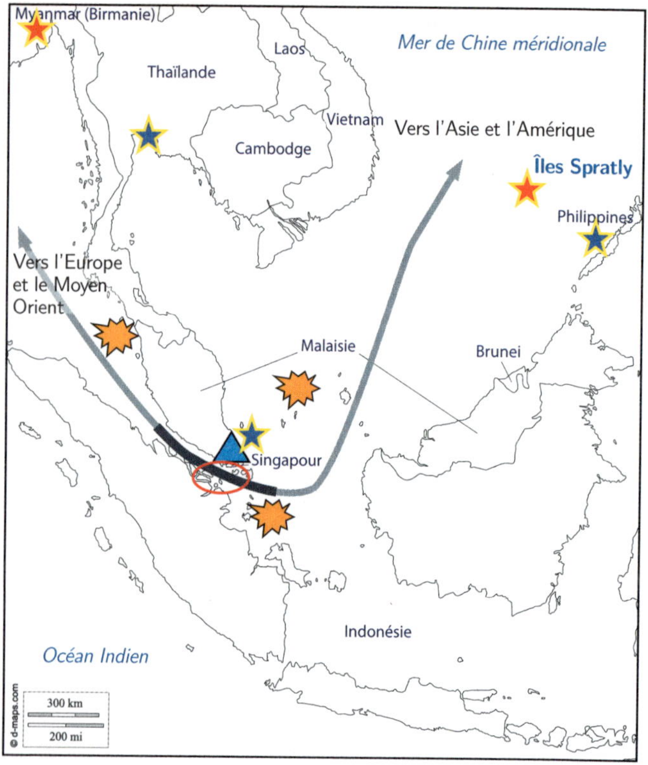

Le détroit de Malacca : un point de passage majeur et stratégique.

I. Un seuil majeur du commerce maritime mondial

- Une route maritime majeure qui assure 90% du commerce chinois.
- 3e port mondial
- Un trafic intense de plus de 200 navires/jour.

II. Un détroit convoité et stratégique

- Un goulet d'étranglement, risque de collision.
- Actes de piraterie
- Présence militaire des États-Unis
- Présence militaire chinoise

Repères chronologiques en histoire

À revoir
OK

7

1 LES GRANDS ÉVÉNEMENTS : ACTEURS ET DATES

- Il est absolument nécessaire de mémoriser les grands événements du programme en les associant aux acteurs qui jouent un rôle dans leur déroulement et aux dates et périodes auxquelles ils prennent place.

- Pour faciliter la mémorisation des dates et des acteurs, il peut être utile de réaliser une frise chronologique qui précise pour le thème étudié les grands événements, les périodes et les principaux personnages historiques.

- L'identification et la contextualisation d'une date, d'un acteur et d'un événement permettent de soutenir son argumentation lors de la réponse à une question problématisée, ou de procéder à l'essentiel de l'analyse d'un document ou d'une image.

- Dans le cadre de l'analyse de documents, on peut par exemple se poser les questions suivantes :
– À quel événement cette image ou ce document fait-elle ou fait-il allusion ?
– Quand a-t-il eu lieu ? (Rappeler le contexte historique en évoquant la situation politique, économique, sociale, militaire...)
– À quels acteurs l'image ou le document fait-elle ou fait-il allusion ?
– En quoi cet événement met-il fin ou ouvre-t-il une nouvelle ère ?

2 LA MISE EN PERSPECTIVE DES ÉVÉNEMENTS

- Pour bien cerner un événement ou une figure historique, il est indispensable de les replacer dans une dimension temporelle permettant de prendre en compte leurs complexités.

- Pour l'analyse d'un document, on peut ainsi se poser les questions suivantes : Dans quel contexte l'événement décrit ou illustré prend-il place ? Le passé d'un ou des acteurs traités dans le document permet-il de rendre ses actes ou l'événement décrit plus intelligibles ?

3 LA MISE EN RELATION DES ÉVÉNEMENTS

● Dans l'histoire, tous les événements sont étroitement intriqués. Par rapport à un fait majeur, ils peuvent s'analyser comme étant des causes ou des effets, selon qu'ils se déroulent en avant ou en après. Il est donc nécessaire de maîtriser leur date.

● Il est possible que les faits se déroulent à des endroits très éloignés les uns des autres, par exemple lorsqu'il s'agit d'un fait d'importance mondiale. Il faut alors les localiser pour montrer les interactions qui se nouent entre des événements en apparence très éloignés.

4 LES CONTINUITÉS ET RUPTURES HISTORIQUES

● Il est difficile de comprendre une évolution historique sans la relier à des acteurs qu'il faut savoir identifier et nommer. Leur action se déploie dans le temps de manière régulière et continue mais connaît parfois des ruptures plus ou moins brutales.

● Certains événements historiques constituent de véritables ruptures chronologiques. C'est-à-dire que leur portée est telle, qu'ils changent le fonctionnement des sociétés et des relations internationales. C'est le cas de la Seconde Guerre mondiale, de l'effondrement du bloc soviétique ou encore du 11 septembre 2001.

● Ces événements peuvent ainsi faire l'objet d'un récit, celui d'un fait avec ses causes et ses conséquences, mais aussi avec ses protagonistes (personnes, États, organisations, opinion publique, etc.).

La démarche historique

À revoir
OK

8

1 RÉALISER UNE CARTE MENTALE

- Une carte mentale montre sous forme graphique la façon dont votre esprit se représente les divers éléments d'une situation. Elle peut être réalisée à partir d'un document, mais aussi à partir de votre cours pour en faciliter la révision, puis la mémorisation.
- Relevez les éléments essentiels : ils constitueront les points clés de votre carte. Commencez par placer la notion essentielle au centre. Les notions liées se placeront tout autour : celles-ci auront leurs propres éléments liés si besoin et ainsi de suite.
- Choisissez un type de représentation pour chaque élément clé : un rectangle, un cercle, etc.
- Définissez les types de relation qui relient chaque élément (les divers points de la carte mentale ne sont pas forcément reliés à tous les autres) et représentez-les par une flèche, un trait, un cadre, etc.

2 FAIRE L'ANALYSE CRITIQUE D'UN DOCUMENT

- L'analyse d'un document suppose de prendre du recul par rapport à ce qui est dit ou montré. Vous devez vérifier :
  – La nature : document public ou privé, texte de loi, article de presse, œuvre artistique ou commerciale, etc. Est-il objectif ou partiel ?
  – L'auteur : ses compétences sur la question évoquée, son engagement politique, ses fonctions au moment où il produit le document. Est-il neutre par rapport aux thèmes abordés ?
  – Le contexte : ce qui se passe au moment où le document est produit influence-t-il le contenu ?

3 ANALYSER UNE IMAGE DE PROPAGANDE

- Pour ce type de document, il faut commencer par une analyse critique de l'image (voir le point précédent). Vous pouvez arriver à l'hypothèse que celle-ci non seulement n'est pas neutre, mais cherche même directement à influencer le lecteur. C'est le cas lorsque le message va dans un seul sens et de façon excessive (exagération, violence). Vous avez affaire alors à une image de propagande.

- Dans ce cas-là, tout d'abord, repérez le message diffusé par l'image. Pour cela, appuyez-vous sur l'analyse de l'image elle-même mais aussi, s'il y a un texte (slogan, légende), sur les mots employés.
- Ensuite, présentez le point de vue explicite ou implicite qui est mis en avant. Expliquez-le à l'aide de vos connaissances et montrez en quoi il s'agit d'une contre-vérité ou plutôt d'une exagération ou d'une déformation des faits.

4 EMPLOYER LE LEXIQUE HISTORIQUE

- Afin d'apporter des réponses précises et montrer que l'on maîtrise son sujet, il est nécessaire d'employer des mots de vocabulaire spécifiques (lexique), renvoyant à des idées (notions) ou à des faits historiques précis en lien avec la thématique à traiter.
- Lors de l'apprentissage des mots et expressions décrivant les situations historiques étudiées, bien s'assurer d'en maîtriser la définition afin de les utiliser de façon pertinente.

5 ANALYSER UNE SÉRIE STATISTIQUE

- L'analyse de chiffres et de tableaux statistiques ne consiste pas à les commenter les uns à la suite des autres.
- Il faut tout d'abord mettre en évidence des tendances générales sur la période concernée. Pour cela, le vocabulaire utilisé doit être précis.
- Puis, il faut expliquer les spécificités, les évolutions, les ruptures, par ligne ou par colonne grâce à des connaissances factuelles.

Les repères spatiaux en géographie

- À revoir
- OK

9

1 CONNAÎTRE LES REPÈRES GÉOGRAPHIQUES

a Que sont les grands repères géographiques ?

● Il existe une grande variété de repères géographiques. Ce sont soit des lieux, soit des espaces qui ont un intérêt particulier.

● On peut distinguer :
– des repères physiques (continents, océans, fleuves, grands reliefs, principales zones climatiques, etc.) ;
– des repères liés à la présence humaine (foyers de peuplement, métropoles, États, régions, etc.) ;
– des repères liés aux activités humaines (port, espaces touristiques, espaces agricoles, etc.).

● Nommer les repères, c'est les identifier, mettre en évidence les éléments distinctifs d'un lieu ou d'un espace. Ce qui permet de le singulariser, de les différencier. La localisation des repères peut se faire sur une carte ou dans un développement.

b Pourquoi maîtriser les grands repères géographiques ?

● Ces repères sont indispensables pour se situer dans l'espace, pour avoir une meilleure connaissance des territoires.

● Ils ont également une importance pour réussir les exercices de géographie. Les repères servent à la réalisation de croquis, à donner des exemples dans une réponse problématisée et à comprendre les documents proposés en analyse.

c Comment maîtriser les grands repères géographiques ?

● L'apprentissage des repères est réalisé au fur et à mesure de la scolarité. C'est un processus cumulatif.

● On peut améliorer sa maîtrise des repères en observant attentivement les cartes qui accompagnent les cours. En refaisant certaines cartes sous forme de schémas simplifiés. À chaque fois qu'un lieu ou un espace est abordé, il faut rechercher sa localisation si elle n'est pas indiquée. Ainsi, progressivement, on peut se constituer une banque de repères chapitre par chapitre.

2 ANALYSER À DIFFÉRENTES ÉCHELLES

- Le terme « échelle » est polysémique. En géographie, il signifie le rapport entre un espace réel et sa représentation sur une carte. Cette échelle peut-être plus ou moins grande.

- Plus une échelle est grande, plus l'espace représenté est de petite dimension (échelle locale) plus elle est petite plus cet espace est vaste (échelle planétaire).

- Les échelles s'emboîtent les unes dans les autres en allant de la plus grande à la plus petite ou inversement (ville, région, pays, continent, monde).

À savoir

Il existe deux manières de représenter une **échelle** sur une carte ou un croquis. Une échelle graphique très visuelle (un segment sur la carte représente une distance dans la réalité) ou une échelle arithmétique, qui est exprimée par un rapport 1/200 000 (1 cm sur la carte représente 200 000 cm sur le terrain).

- L'analyse multiscalaire sert à bâtir un plan de réponse à une question problématisée, chaque partie abordant l'analyse du phénomène à une échelle différente. Elle peut également aider au moment de l'analyse de document, en identifiant les différentes échelles abordées par l'auteur.

3 IDENTIFIER CONTRAINTES ET RESSOURCES

- Contraintes et ressources sont souvent liées. Une contrainte est un élément qui limite une activité humaine. Elle peut être naturelle mais pas seulement. La fermeture d'un pont peut être une contrainte pour les flux routiers.

- Une ressource désigne la mise en valeur d'un élément naturel ou encore matériel par une société donnée.

- Une contrainte peut devenir une ressource si elle est mise en valeur et si elle correspond à un besoin. Longtemps la neige a été une contrainte dans les milieux montagnards, depuis un siècle elle est devenue une ressource avec le développement des sports d'hiver.

- En géographie, les ressources et les contraintes sont envisagées en fonction de leur répartition spatiale, de leur gestion.

- Un même territoire peut associer des ressources et des contraintes. Il s'agit alors de les identifier et de comprendre les jeux d'acteurs et l'analyse des conflits qui leur sont liés.

La démarche géographique

- À revoir
- OK

10

1 TRANSPOSER UN TEXTE EN CROQUIS

- L'exercice du croquis consiste à passer d'un texte à une production cartographique, c'est-à-dire en localisant les phénomènes présentés dans le texte.
- Il faut lire attentivement le sujet et le texte pour identifier les limites géographiques et la nature du sujet. Au brouillon, relever les informations importantes et leurs localisations.
- À partir de la liste d'informations relevées au brouillon, il faut les classer dans deux ou trois thèmes, qui formeront les parties de la légende.
- Le nombre d'informations est volontairement limité, rarement plus d'une dizaine, un trop grand nombre d'informations peut réduire la lisibilité de la production graphique. Pour chaque idée de la légende, il faut choisir un figuré.
- Il est préférable de commencer par les figurés de surface puis ajouter les figurés ponctuels et linéaires.

2 LIRE, COMPRENDRE ET CRITIQUER UNE PHOTO

- Présenter et localiser la photographie : préciser le territoire présent sur la photo (situation dans le pays ou le continent), l'objet de la photo, le type de photographie (au sol, aérienne oblique, aérienne verticale), la date et l'auteur s'ils sont précisés.
- Prendre connaissance de la consigne, pour comprendre la manière dont la photo doit être exploitée.
- Observer et prélever les informations qui permettent de traiter la consigne. Relever dans la photo des éléments précis en utilisant les différents plans (1er plan, arrière-plan, etc.) ou ensembles.
- Expliquer les informations prélevées en fournissant des éléments du cours et des connaissances. Dégager l'intérêt du phénomène abordé et mettre en évidence les limites de la photo.

3 LIRE, COMPRENDRE ET CRITIQUER UNE CARTE

- Repérer le territoire représenté et son échelle (planisphère, continent, État, région), la nature de la carte (analytique, par anamorphose, synthèse), le titre, l'ancienneté des données et leur source, éventuellement l'auteur et les destinataires.
- Relever la nature des données : quantitative (taux de chômage, PIB) ou qualitative (aéroport, mégalopole), les figurés utilisés (ponctuels, de surface ou linéaires), l'organisation de la légende.
- Partir du plus général au plus précis. Par exemple, pour une carte de la présence de l'armée française dans le monde, relever l'inégale répartition des troupes françaises à l'échelle planétaire, puis localiser les zones qui accueillent les effectifs les plus significatifs et celles où les troupes françaises ne sont pas.
- Tout d'abord, définir les données présentées. Par exemple, pour une carte sur les investissements directs étrangers (IDE), définir cet indicateur. Ensuite, il faut apporter des connaissances pour comprendre les localisations. Par exemple, l'importance des IDE dans le Nord-est de la France s'explique par la proximité de pays européens qui investissent en France notamment l'Allemagne et la Suisse.
- Mettre en évidence l'objectif de l'auteur. La critique peut être externe, c'est-à-dire porter sur le mode de représentation (choix des figurés, des couleurs) ou interne (nature des données, des seuils retenus, des sources).

L'impact de la crise de 1929

- À revoir
- OK

11

● **En quoi la crise née aux États-Unis marque-t-elle un tournant dans les domaines non seulement économique et social, mais aussi politique et idéologique ?**

1 LA GRANDE DÉPRESSION

a De la crise étatsunienne à la crise mondiale

● Dès 1925, la spéculation boursière fait gonfler la valeur des actions par rapport à la santé réelle des entreprises. Or, à partir du 24 octobre 1929, le cours des actions s'effondre : c'est le krach boursier de Wall Street.

● Les États-Unis rapatrient alors les capitaux investis à l'étranger et limitent leurs importations : la crise se répercute ainsi dans le monde (Europe, Amérique latine).

Ouverture

La crise en Amérique latine : les États latino-américains vivent de l'exportation de produits agricoles. Quand les États-Unis limitent leurs importations, ces produits perdent leurs débouchés et leurs prix s'effondrent. Touchés par la crise, plusieurs de ces pays voient la mise en place de dictatures dès 1930.

b Une conséquence immédiate : le chômage de masse

● Les faillites industrielles et bancaires s'enchaînent : en 1932, la production industrielle mondiale a perdu 40 % par rapport à 1929.

● Le chômage explose : en 1932, 40 millions de chômeurs dans le monde industrialisé sont plongés dans la misère. Le niveau de vie s'effondre.

c L'échec des solutions traditionnelles

● Les gouvernements commencent par se conformer au « laissez-faire » libéral (les déséquilibres économiques se corrigeront tous seuls), ce qui aggrave la crise (baisse des prix et des salaires).

● Certains États se tournent vers le protectionnisme (comme le repli sur les empires coloniaux), ce qui restreint encore les échanges. Ces échecs remettent en question les analyses traditionnelles.

2 LES CONSÉQUENCES POLITIQUES DE LA CRISE

a Une critique croissante du libéralisme économique traditionnel

- Face à ce qui semble être une crise profonde du capitalisme, certains proposent une troisième voie entre capitalisme et communisme, comme le Belge Henri de Man avec le recours à la planification (intervention de l'État pour orienter la production économique au gré des besoins collectifs).

- Certains économistes, comme le Britannique J. M. Keynes, valorisent l'intervention économique de l'État, contredisant les théories libérales dominantes, et inspirent ainsi certains gouvernements (Grande-Bretagne, États-Unis).

b Une tentative de renouveau aux États-Unis : le *New Deal*

- En 1932, Franklin D. Roosevelt est élu président avec un programme d'aides sociales, de réforme bancaire et de grands investissements (industrie, agriculture) inspiré en partie de Keynes. Ce *New Deal* (« Nouvelle donne »), lancé entre 1933 et 1938, vise à relancer la consommation par des financements publics.

- Ce programme, plus pragmatique qu'idéologique, donne des résultats réels mais limités. Il contribue cependant à donner une légitimité à l'interventionnisme économique de l'État.

c Entre crise de la démocratie et progrès sociaux

- La démocratie libérale est de plus en plus contestée, car jugée inefficace face à la crise. La revendication d'un État fort peut conduire à l'installation de régimes autoritaires : en Allemagne, Hitler, profitant du mécontentement de la population, confisque le pouvoir en 1933.

- Dans les démocraties occidentales, l'État s'engage dans la gestion des conditions de vie de la population : c'est le début d'une démocratie sociale. Ainsi, en France, les tensions liées à la crise poussent les partis de gauche à l'union : ce Front populaire parvient au pouvoir en 1936 et tente d'améliorer la vie des salariés (accords Matignon).

Ouverture

Les accords Matignon (7 juin 1936) : ces accords de hausse des salaires montrent le choix de la négociation entre patronat et syndicats plutôt que de la tension, après la victoire du Front populaire. Ils montrent aussi le nouveau rôle d'arbitre joué par l'État dans la vie économique et sociale.

Les régimes totalitaires

À revoir
OK

12

Dans l'entre-deux-guerres, trois dictatures d'un nouveau genre s'imposent en Europe : communisme, fascisme et nazisme. En quoi ces régimes bouleversent-ils les équilibres politiques européens ?

1 DE NOUVELLES IDÉOLOGIES POLITIQUES

a Des projets idéologiques anti-libéraux

- Les totalitarismes se mettent en place avec l'installation de partis uniques dans des contextes de crise globale : en 1917 en Russie (qui devient peu après URSS), en 1922 en Italie et en 1933 en Allemagne.

- Opposés à la démocratie libérale, ils veulent créer un « homme nouveau », mais selon des objectifs différents : destruction du capitalisme (communisme en URSS), supériorité d'un État tout-puissant (fascisme en Italie) ou défense d'une race prétendue supérieure (nazisme en Allemagne).

b Des systèmes fondés sur une violence extrême

- De redoutables polices politiques sont créées (NKVD en URSS, SS en Allemagne nazie) : les opposants sont poussés à l'exil, internés dans des camps (dès 1933 en Allemagne) ou exécutés (Grande Terreur en URSS).

- Des groupes sociaux ou politiques sont persécutés comme ennemis de l'intérieur : c'est le cas des juifs allemands, face à l'antisémitisme nazi, notamment lors de la Nuit de cristal (1938).

Ouvertures

- **La Grande Terreur en URSS (1937-1938)** : vague d'arrestations et d'exécutions ordonnée par Staline contre ses opposants présumés en URSS, y compris à l'intérieur du Parti communiste. On compte 750 000 victimes.

- **La Nuit de cristal (9-10 novembre 1938)** : vague de persécutions contre les juifs allemands et leurs biens. Censé venger l'assassinat d'un diplomate allemand, cet épisode préparé en fait de longue date par les nazis fait une centaine de morts.

c Une volonté d'encadrement total de la société

- Le parti unique contrôle la vie quotidienne par les associations professionnelles, mouvements de jeunesse (les Komsomol en URSS), associations culturelles, etc. Les médias modernes (radio, cinéma) sont mis au service d'une propagande intense et la vie économique est placée sous l'influence de l'État.

- Le culte du chef est mis en avant : Staline en URSS dès 1928, Mussolini en Italie, Hitler (le Führer) en Allemagne. Mais en réalité, les décisions concrètes découlent souvent d'initiatives diverses, venues de services ou d'échelons parfois mal coordonnés qui poussent à la surenchère.

- Les populations restent dans l'ensemble passives (la résistance est limitée car difficile), mais n'adhèrent pas entièrement au projet totalitaire. Malgré certains progrès (industrialisation en URSS), les inégalités se creusent et le régime doit parfois négocier avec les structures traditionnelles (comme l'Église catholique en Italie).

2 LES CONSÉQUENCES SUR L'ORDRE EUROPÉEN

a L'URSS mise au ban de la diplomatie européenne

Même si Staline opte pour la consolidation intérieure de l'URSS plutôt que pour son expansion, les Occidentaux redoutent une contagion communiste.

b La guerre civile espagnole, un révélateur des équilibres géopolitiques

- Rejeté par les démocraties occidentales pour sa politique d'expansion agressive (guerre d'Éthiopie en 1935), Mussolini se rapproche de l'Allemagne nazie.

- La guerre civile espagnole (1936-1939) est l'occasion pour l'Allemagne et l'Italie de coopérer en soutien aux nationalistes du général Franco, tandis que l'URSS n'intervient que timidement du côté républicain.

c La multiplication des agressions allemandes

- Hitler veut conquérir un « espace vital » aux dépens des peuples slaves. Développant l'armée allemande, il remilitarise la Rhénanie (1936) malgré le traité de Versailles, puis annexe l'Autriche (1938).

- Encouragé par la passivité franco-britannique (conférence de Munich, 1938), il dépèce la Tchécoslovaquie (1939) puis, assuré de la neutralité soviétique, attaque la Pologne (1er septembre 1939). La France et le Royaume-Uni déclarent alors la guerre à l'Allemagne : c'est le début de la Seconde Guerre mondiale.

La Seconde Guerre mondiale (1939-1945)

☐ À revoir
☐ OK

13

> Voir carte p. 253

● Née de l'expansionnisme nazi, la Seconde Guerre mondiale marque un tournant dans l'histoire du XXe siècle : en quoi a-t-elle été exceptionnelle ?

1 UN CONFLIT D'UNE RARE VIOLENCE

a De la guerre européenne à la guerre mondiale (1939-1942)

● Entre 1939 et 1940, les forces de l'Axe (l'Allemagne et ses alliés) connaissent des succès qui soumettent rapidement l'Europe. Seul le Royaume-Uni poursuit la lutte malgré les bombardements en s'appuyant sur son Empire.

● En 1941, le conflit s'étend. Hitler attaque l'URSS en juin, lançant une guerre d'anéantissement à l'est. Les États-Unis, attaqués à Pearl Harbor par le Japon allié de l'Allemagne, entrent en guerre en décembre.

Ouverture

L'arme atomique : pour hâter la capitulation japonaise, les États-Unis l'utilisent sur Hiroshima et Nagasaki, les 6 et 9 août 1945, faisant environ 250 000 victimes.

b Le recul progressif des forces de l'Axe (1942-1945)

● Autour des États-Unis, du Royaume-Uni et de l'URSS, la Grande Alliance progresse dès 1942 : débarquement en Afrique du Nord, en Italie (1943), échec allemand devant Stalingrad (1942-1943).

● Les avancées décisives ont lieu en juin 1944 : débarquements anglo-saxons à l'ouest (Normandie, Provence), opération Bagration menée par l'URSS à l'est, reconquêtes en Asie. L'Allemagne doit capituler en mai 1945 et le Japon en septembre 1945.

c L'implication des civils : guerre totale et génocides

● Les populations civiles sont directement concernées par la guerre, ciblées par la propagande, victimes des privations et impliquées dans les combats (actes de résistance, victimes de bombardements, etc.).

● Contre les juifs d'Europe de l'Est, le régime nazi passe peu à peu des persécutions au génocide organisé : confinement dans des ghettos insalubres en 1940, puis massacres dès 1941 par des troupes d'extermination, les *Einsatzgruppen* (« Shoah par balles »).

- En janvier 1942, une « solution finale » est décidée par les responsables nazis (conférence de Wannsee) : des camps d'extermination sont construits en Europe de l'est (Treblinka ou Auschwitz) pour une mise à mort massive des Juifs, mais aussi des Tsiganes de toute l'Europe.

2 UNE FRANCE DIVISÉE PAR LA GUERRE

a De la défaite à la collaboration

- Après la « drôle de guerre », longue période d'inaction militaire, la « guerre éclair » allemande met en déroute l'armée française. Le gouvernement français dirigé par le maréchal Pétain accepte un armistice le 17 juin 1940. La France, qui cesse officiellement les combats, est divisée.

- À partir de juillet, Pétain organise alors en zone sud un nouveau régime dirigé depuis Vichy, qui lance une politique antisémite et anti-républicaine et propose la collaboration avec l'Allemagne nazie.

b L'essor des mouvements de résistance

- Le 18 juin 1940, le général De Gaulle lance depuis Londres un appel à continuer les combats. Il crée ainsi la France libre avec le soutien du Premier ministre britannique Churchill.

- Sur le sol français, la population cherche surtout à échapper aux difficultés quotidiennes. Mais des réseaux de résistance apparaissent, contre l'occupant allemand ou le régime de Vichy. Ces réseaux sont unifiés à partir de 1943 sous l'autorité de De Gaulle et du Conseil national de la Résistance (CNR).

Ouverture

La France libre : le terme désigne dès 1940 les forces françaises organisées hors du territoire national pour continuer le combat militaire contre l'Allemagne nazie.

c Vers la libération

- Un temps séduite par Pétain, l'opinion se détourne du régime de Vichy à partir de 1942, face à la collaboration croissante avec l'Allemagne (mise en place du Service du travail obligatoire [STO] en 1942) et aux persécutions antisémites (rafle du Vél d'Hiv de juillet 1942).

- Malgré la répression, la résistance gagne du terrain : grâce aux débarquements alliés de 1944, le territoire est libéré peu à peu. Le CNR devient le Gouvernement provisoire de la République française (GPRF) et remplace le régime de Vichy dont les principaux responsables sont jugés et parfois exécutés.

CAUSES DE LA SECONDE GUERRE MONDIALE

1 De quel phénomène le krach d'octobre 1929 est-il le résultat ?

- ☐ a. La Première Guerre mondiale.
- ☐ b. La limitation brutale des échanges commerciaux mondiaux.
- ☐ c. Une phase de spéculation boursière qui s'achève par une brutale crise de confiance.

2 Quel économiste anglais propose de renforcer l'intervention économique de l'État ?

- ☐ a. John M. Keynes.
- ☐ b. Franklin D. Roosevelt.
- ☐ c. Henri de Man.

3 Dans quel État la démocratie disparaît-elle des suites de la crise économique de 1929 ?

- ☐ a. Les États-Unis à partir de 1932.
- ☐ b. L'Allemagne à partir de 1933.
- ☐ c. La France à partir de 1936.

4 Dans quel pays se produit la Nuit de Cristal (1938) ?

☐ a. L'Allemagne. ☐ b. L'Italie. ☐ c. L'URSS.

5 Quel événement marque le début de la Seconde Guerre mondiale en Europe ?

- ☐ a. L'annexion de l'Autriche par l'Allemagne nazie.
- ☐ b. L'attaque de la Pologne par l'Allemagne nazie.
- ☐ c. L'attaque de la France par l'Allemagne nazie.

6 Que décident les responsables nazis lors de la conférence de Wannsee ?

- ☐ a. Le mise à mort des Juifs par enfermement dans des ghettos.
- ☐ b. La mise à mort des Juifs par balles.
- ☐ c. La mise à mort des Juifs dans des camps d'extermination.

7 Quand les combats de la Seconde Guerre mondiale prennent-ils fin définitivement ?

☐ a. En mai 1945. ☐ b. En août 1945. ☐ c. En septembre 1945.

8 Quel militaire dirige le régime de Vichy ?

- ☐ a. Le général Pétain.
- ☐ b. Le maréchal Pétain.
- ☐ c. Le général De Gaulle.

Corrigés au verso

Corrigés

1 De quel phénomène le krach d'octobre 1929 est-il le résultat ?

> **c.** Une phase de spéculation boursière qui s'achève par une brutale crise de confiance et l'effondrement des actions.

Voir **Fiche 11**

2 Quel économiste anglais propose de renforcer l'intervention économique de l'État ?

> **a.** John M. Keynes. Ses idées vont à l'encontre des théories libérales dominantes, mais inspirent certains pays.

Voir **Fiche 11**

3 Dans quel État la démocratie disparaît-elle des suites de la crise économique de 1929 ?

> **b.** L'Allemagne à partir de 1933. Hitler profite du mécontentement de la population pour prendre le pouvoir.

Voir **Fiche 12**

4 Dans quel pays se produit la Nuit de Cristal (1938) ?

> **a.** L'Allemagne. Dans la nuit du 9 au 10 novembre 1938, les nazis persécutent les Juif allemands et leurs biens.

Voir **Fiche 12**

5 Quel événement marque le début de la Seconde Guerre mondiale en Europe ?

> **b.** L'attaque de la Pologne par l'Allemagne nazie. Le 1er septembre 1939, la France et le Royaume-Uni déclarent la guerre à l'Allemagne.

Voir **Fiche 12**

6 Que décident les responsables nazis lors de la conférence de Wannsee ?

> **c.** La mise à mort des Juifs dans des camps d'extermination. Ils sont construits principalement en Europe de l'est et destinés aux Juifs et aux Tsiganes.

Voir **Fiche 13**

7 Quand les combats de la Seconde Guerre mondiale prennent-ils fin définitivement ?

> **c.** Les combats prennent fin définitivement en septembre 1945 avec la capitulation du Japon. L'Allemagne capitule en mai.

Voir **Fiche 13**

8 Quel militaire dirige le régime de Vichy ?

> **b.** Le maréchal Pétain qui accepte l'armistice avec l'Allemagne, le 17 juin 1940.

Voir **Fiche 13**

La fin de la Seconde Guerre mondiale

À revoir
OK

14

Après la Seconde Guerre mondiale, le monde, profondément bouleversé, se reconstitue sur de nouveaux fondements. Sur quelles bases se construit le nouvel ordre mondial ?

1 UN BILAN DÉSASTREUX

- La Seconde Guerre mondiale a fait plus de 50 millions de morts. Les civils ont été très touchés notamment en raison du génocide perpétré à l'encontre des Juifs et des Tziganes (5,1 millions de victimes).
- Les destructions matérielles sont massives. Frappées par la bombe atomique, Hiroshima et Nagasaki (Japon) ont été rasées.
- Les crimes contre l'humanité commis lors de la Shoah par 22 dirigeants nazis sont jugés lors du procès de Nuremberg en 1946 par un tribunal international. La même année, de grands criminels de guerre japonais sont jugés par le tribunal militaire de Tokyo.

2 UN NOUVEL ORDRE ÉCONOMIQUE ET SOCIAL

- Si l'économie des États-Unis a été stimulée par la guerre, de nombreux pays sont très endettés. La mise en place d'un État-providence apparaît nécessaire pour éviter de nouvelles crises potentiellement génératrices de conflits.
- En juillet 1944, la conférence de Bretton Woods dessine les grandes lignes du système financier international d'après-guerre. Tout s'organise autour du dollar. Le Fonds monétaire international (FMI) est chargé de veiller à la stabilité du système.

Mot-clé

L'État-providence : Après 1945, est mis en place au Royaume-Uni et en France une forme d'organisation sociale dans laquelle l'État joue un rôle central de régulation de l'économie et de redistribution des richesses et des revenus, pour la protection et la justice sociale : c'est l'État-providence.

Ouverture

Le Conseil national de la résistance (CNR) : création de la Sécurité sociale et garantie d'une retraite pour les vieux travailleurs : tous ces principes appliqués dans la France d'après-guerre ont été définis dans le programme du CNR de mars 1944. Nationalisation des grandes usines, rétablissement des droits au travail et au repos.

3 LA SÉCURITÉ MONDIALE : UNE MISSION DE L'ONU

- Afin de maintenir durablement la paix, les 51 pays vainqueurs de l'Axe signent la charte des Nations Unies à San Francisco le 26 juin 1945 qui donne le jour à l'Organisation des Nations Unies (ONU). Cette organisation compte de nombreux organes, visant le développement économique et social : Unicef, OMS, CNUCED, FAO, etc.

- Au sein de l'Assemblée générale, tous les pays membres de l'ONU disposent d'une voix. Ils y votent des recommandations et des résolutions, qu'un secrétaire général est chargé de faire exécuter.

- Le Conseil de sécurité peut siéger à tout moment en cas de crise grave. Il est composé de 11 États membres, dont 5 permanents (États-Unis, URSS, Chine, France, Royaume-Uni), qui disposent d'un droit de veto sur les décisions adoptées à la majorité simple.

4 DE NOUVELLES MENACES SUR LA PAIX

- Après la capitulation allemande, les États-Unis, seuls détenteurs de l'arme atomique, dominent l'Europe de l'ouest, tandis que l'Europe de l'est est sous la coupe de l'URSS. En 1946, Winston Churchill évoque un « rideau de fer » les séparant pour traduire les tensions existant en Europe.

- En 1947, les États-Unis veulent contenir l'expansion du modèle communiste grâce au plan Marshall, un programme d'aide économique proposé à tous les pays européens. Ceux dominés par l'URSS le rejettent.

- Au Moyen-Orient, l'ONU propose un plan de partition de la Palestine accordant aux Juifs et aux Arabes deux États, Jérusalem demeurant sous contrôle international. Des Juifs sionistes se sont en effet établis en Palestine, notamment des rescapés de la Shoah. Mais les Arabes, déjà présents sur ce territoire rejettent le plan de l'ONU.

- En février 1948, le mandat britannique prend fin en Palestine et l'État d'Israël est proclamé. À la suite de la guerre gagnée contre les États arabes qui lui sont hostiles, Israël augmente son territoire et s'affirme comme une puissance militaire majeure dans la région. Le Moyen-Orient devient un foyer de tensions durable.

Ouverture

Le coup de Prague : En février 1948, grâce à des manœuvres politiques destinées à consolider définitivement l'influence soviétique, un régime communiste se met en place durablement en Tchécoslovaquie.

La bipolarisation du monde

À revoir
OK

15

> Voir carte p. 254

● La guerre froide conduit à une structuration du monde en deux blocs, tandis qu'un troisième émerge à la faveur de la décolonisation. Quels sont les nouveaux acteurs de la scène internationale ?

1 DEUX BLOCS FACE À FACE

● En 1945, les vainqueurs de la guerre ont fixé le sort de l'Allemagne vaincue. Après les conférences de Yalta (URSS) et de Postdam (Allemagne), le territoire allemand est divisé entre quatre secteurs d'occupation, de même que sa capitale.

● La question de Berlin apparaît très vite au coeur de la rivalité entre les États-Unis et l'URSS. La capitale allemande se trouve dans la zone est du pays, régie par l'URSS, mais est elle-même divisée en deux blocs, dont l'un est sous domination occidentale. Les Soviétiques organisent le blocus terrestre de Berlin-ouest à partir de juin 1948, mais les Américains continuent de ravitailler l'enclave par voie aérienne.

● L'échec de l'opération menée par les Soviétiques précipite la division de l'Allemagne entre République fédérale d'Allemagne (RFA) à l'ouest et République démocratique allemande (RDA) à l'est. Les deux parties de l'Allemagne et de Berlin évoluent désormais séparément. En 1961, l'URSS fait ériger un mur empêchant toute communication entre Berlin-Ouest et Berlin-Est. L'URSS et la RDA ne tiennent aucun compte des protestations internationales critiquant cette décision brutale.

● Les deux superpuissances se dotent chacune d'un dispositif d'alliances militaires : l'Organisation du traité de l'Atlantique Nord (OTAN) regroupe le camp occidental, tandis que le pacte de Varsovie cimente le camp communiste. Ce dernier s'enrichit en 1949 d'un nouveau membre : la Chine.

À savoir

La Chine de Mao : La Chine devient communiste après une révolution opérée sous la conduite de Mao. Ce pays ne tarde pas à suivre sa propre voie avec sa politique du Grand Bond en avant destinée à stimuler la production par la collectivisation de l'agriculture. Cette orientation menant le pays à la famine est critiquée par l'URSS, qui refuse que la Chine se dote de l'arme nucléaire. Les relations entre les deux pays se rompent dans les années 1960.

2 PROPAGANDE ET ARME ATOMIQUE

- Le monde se polarise dès lors autour des deux Grands, tous deux porteurs d'un modèle idéologique à prétention universelle : la démocratie libérale et le capitalisme pour les Américains, la dictature du prolétariat et le communisme pour les Soviétiques.

- Chaque camp utilise la propagande pour séduire les opinions publiques. Le cinéma est un vecteur idéal. L'Occident vante son modèle d'abondance et de liberté. À l'est, la soumission au pouvoir est exaltée car elle garantirait le bonheur du peuple.

- États-Unis et URSS sont au centre de deux blocs en capacité de déclencher une guerre nucléaire, les Soviétiques possédant l'arme atomique à partir de 1949. Une confrontation directe déboucherait sur une destruction mutuelle. Elle est évitée en déplaçant l'affrontement sur des territoires périphériques en employant des armes conventionnelles comme en Corée.

> **À savoir**
>
> **La guerre de Corée** : Entre juin 1950 et juillet 1953, un conflit oppose la République de Corée (Sud), soutenue par les États-Unis et la République populaire démocratique de Corée (Nord) soutenue par la Chine et l'URSS. Au début de la guerre, les Américains envisagent puis renoncent à utiliser l'arme atomique. Les combats, menés avec des armes classiques, causent au moins 2 millions de morts et aboutissent à une séparation définitive des deux Corées.

3 LA CRISE DE CUBA

- La crise des missiles à Cuba mène le monde entier au bord du gouffre. Depuis 1959, la plus grande île des Antilles est devenue communiste à la suite de la révolution menée par Fidel Castro. En octobre 1962, les Américains repèrent que des rampes de lancement pour missiles à moyenne portée, pouvant donc atteindre leur territoire, sont en cours d'installation par les Soviétiques.

- Le président J.-F. Kennedy exige le retrait immédiat de ces dispositifs militaires, faute de quoi il se réserve le droit d'employer l'arme atomique. Le leader de l'URSS, Khrouchtchev, ouvert à la négociation, finit par démanteler les rampes de lancement à condition que les Américains renoncent à tout débarquement à Cuba.

- Un « téléphone rouge » reliant directement la Maison-Blanche au Kremlin est installé après la crise afin de pouvoir établir une communication directe entre l'exécutif des deux superpuissances. Le but est d'éviter qu'une impasse diplomatique ne débouche sur une troisième guerre mondiale.

Une donne géopolitique complexe

À revoir
OK

16

1 LA DIFFICILE ÉMERGENCE DU TIERS-MONDE

● Après la crise de Cuba, les deux Grands inaugurent une période de détente en s'efforçant de multiplier les contacts. Dans un contexte d'équilibre de la terreur, les tensions subsistent mais elles se déplacent dans le tiers-monde, qui s'affirme politiquement.

● De nombreux pays d'Asie, d'Afrique et d'Amérique latine proclament leur indépendance à partir de 1955. Ils déclarent cette année-là, lors de la conférence de Bandung, qu'ils ne veulent s'affilier à aucun de deux blocs et rester neutres pour former un troisième bloc.

● Cette position de non-alignement, réaffirmée lors de la conférence de Belgrade en 1961, est très difficile à tenir, car la pauvreté de la plupart de ces pays les amène à accepter l'aide économique proposée par l'un des deux Grands.

À savoir

L'expression « tiers-monde » : En 1952, le démographe Alfred Sauvy invente l'expression « tiers-monde » pour désigner « l'ensemble des pays sous-développés [...] ignoré, exploité, méprisé [qui] veut être quelque chose ». Cette formule, adéquate pour évoquer une volonté d'affirmation de ces pays en tant qu'acteurs indépendants des deux blocs, désigne une réalité très complexe. Son usage n'est plus adapté à la réalité actuelle des PMA (Pays les Moins Avancés).

2 DES CONFLITS RÉCURRENTS AU MOYEN-ORIENT

● Le Moyen-Orient, riche en pétrole et voies de passages stratégiques, devient un terrain d'affrontement entre l'Est et l'Ouest. C'est le cas de l'Égypte dirigée par Nasser, qui nationalise le canal de Suez en 1956, ce qui entraîne un conflit avec le Royaume-Uni et la France qui détiennent une grande part du capital du canal, mais aussi avec Israël.

● L'Égypte a prouvé que les puissances européennes ne dominent plus la région. L'URSS entame alors une coopération avec ce pays tout en soutenant le nationalisme arabe et la cause palestinienne, notamment l'Organisation de libération de la Palestine (OLP) fondée en 1964 et qui commet des attentats terroristes.

● Israël, poste avancé du camp occidental, déclenche une « attaque préventive » pour faire face aux menaces que font planer sur lui ses voisins arabes : la guerre des Six Jours de 1967 permet à l'État hébreu de quadrupler la surface de son territoire et de renforcer ses liens avec les États-Unis.

3 LA GUERRE DU VIÊTNAM ET L'ANNÉE 1968

- En 1968, les Américains s'enlisent au Viêtnam : face à un ennemi invisible qui mène une guérilla, et malgré leur supériorité aérienne, ils ne parviennent pas à emporter la victoire. Aux États-Unis, une grande partie de la jeunesse se révolte contre sa participation à un conflit perçu avant tout comme un massacre de civils par armes chimiques.

- La fracture raciale s'accroît aussi en Amérique (assassinat de Martin Luther King, émeutes dans les ghettos noirs). Une vague de contestation déferle sur tout l'Occident, prenant différentes formes (participation à des concerts, mouvement hippie rejetant les valeurs traditionnelles, affrontements parfois violents avec la police).

- En France, la jeunesse, qui s'ouvre à de nouveaux horizons culturels et qui est éprise de liberté, supporte de plus en plus mal une société qui ne prend pas assez en compte ses aspirations. La contestation est sociale mais aussi politique : le régime du général de Gaulle, atteint par un phénomène d'usure, ne semble plus adapté à des changements qui paraissent indispensables.

- Le mécontentement des jeunes se traduit par des manifestations parfois violentes à Paris autour de l'université de la Sorbonne occupée par les étudiants. Des dizaines de milliers d'ouvriers se mettent en grève, ce qui paralyse pendant quelques semaines le pays. De Gaulle se maintient au pouvoir mais quitte la présidence en 1969. Les secousses générées par la révolte de mai 1968 aboutiront à des réformes sociétales en France dans les années 1970.

- Au Mexique, un mouvement de jeunes revendique la démocratie et les libertés politiques en se rassemblant dans la capitale, sur la place des Trois Cultures. Ils condamnent les abus policiers. Contrairement à ce qui se passe en France, la révolte est réprimée dans le sang : l'armée fait feu sur les étudiants. Mais la domination politique du PRI (Parti Révolutionnaire Institutionnel) est ébranlée.

- Une tentative de libéralisation du régime, prônée par le parti communiste tchécoslovaque, a pour leader Alexander Dubček qui souhaite voir éclore un « socialisme à visage humain ». Mais des blindés du Pacte de Varsovie font irruption dans la capitale, mettant fin au Printemps de Prague.

Ouverture

La guerre du Vietnam : Après une guerre commencée en 1946, où la France lutte contre le Viêt-Minh d'Hô-Chi-Minh soutenu par le camp communiste, les accords de Genève marquent en 1954 l'indépendance de l'Indochine. Le Viêtnam est séparé en deux zones par le 17e parallèle. L'influence communiste, nette dans la partie nord, pourrait s'étendre à la partie sud. Pour l'éviter, les États-Unis s'engagent massivement dans une guerre au Viêtnam à partir de 1965.

La France, une nouvelle place dans le monde

À revoir
OK

17

1 L'UNION EUROPÉENNE ET LA FIN DES COLONIES

a Se positionner sur l'échiquier mondial

- Libérée par les Anglo-Américains, la France fait partie de la zone d'influence des États-Unis et bénéficie pleinement de l'aide économique du plan Marshall. Elle adhère à l'OTAN et s'engage dans le projet de construction européenne, qui représente à la fois un gage de paix stable sur le continent et l'assurance pour elle d'y conserver une place éminente.

- Le ministre français des Affaires Étrangères Maurice Schuman est à l'origine de la création de la Communauté européenne du charbon et de l'acier (CECA) en 1951 ; Jean Monnet apparaît comme l'un des principaux initiateurs du Traité de Rome de 1957 qui fonde la Communauté économique européenne (CEE).

- Le projet de Communauté européenne de défense (CED), prévoyant la création d'une armée européenne sous la supervision du commandant en chef de l'OTAN, est rejeté par le Parlement en 1954.

b Gérer la décolonisation

- À partir de 1946, une guerre difficile s'engage en Indochine qui obtient son indépendance après la bataille de Diên Biên Phu. Les accords de Genève sont signés par le président du Conseil Pierre Mendès-France, qui prépare aussi l'indépendance pacifique du Maroc et de la Tunisie, effective en 1956.

- En Algérie, le Front de libération national (FLN) entame une lutte armée contre la France pour recouvrer sa souveraineté à partir de 1954. Le conflit s'enlise. Un groupe de partisans du maintien de l'Algérie française s'empare de bâtiments administratifs à Alger pour faire sécession le 13 mai 1958.

- Cette crise aboutit à la nomination du général de Gaulle à la présidence du Conseil le 1er juin 1958. Devenu chef de l'État, il négocie l'indépendance de l'Algérie, proclamée par les accords d'Évian en 1962 et approuvée par référendum.

À savoir

Les mémoires de la guerre d'Algérie : L'affrontement menant à l'indépendance de l'Algérie, qui a duré huit ans, reste un épisode historique toujours difficile à aborder. En France, l'État n'a reconnu la réalité de la guerre que dans les années 1980-1990, tandis que l'usage de la torture continue de faire débat. En Algérie, la mémoire officielle reste la seule autorisée, car elle cimente l'unité nationale.

2 SE RÉFORMER ET SE MODERNISER

a Un nouveau régime politique

- La IVe République, née en octobre 1946, est un régime parlementaire assez instable. Le président du Conseil ne reste souvent en fonction que quelques mois et a peu de pouvoirs.

- Devenu président du Conseil, de Gaulle charge les députés de préparer une nouvelle Constitution ouvrant la voie à la Ve République qui est approuvée par référendum. En septembre 1958, de Gaulle devient le premier président de la Ve République. En 1962, il instaure le suffrage universel pour l'élection du président.

Ouverture

La **Constitution de 1958** est le texte fondateur de la Ve République. De Gaulle met en œuvre sa vision d'un régime privilégiant le pouvoir exécutif, en contraste avec le système parlementaire de la IVe République. Ainsi, le gouvernement n'est plus investi par l'Assemblée nationale, il est désigné par le chef de l'État. De plus, il partage l'initiative des lois avec le Parlement.

b Indépendance nationale et modernisation

- De Gaulle souhaite rendre à la France sa splendeur passée. De grands projets industriels sont lancés et l'équilibre financier est rétabli par une politique de dévaluation, la création du nouveau franc et une hausse des impôts.

- Si l'alliance avec les États-Unis est maintenue, la France sort du commandement intégré de l'OTAN en 1966. De Gaulle veut que la France recouvre une véritable indépendance sur la scène internationale. Dotée de l'arme nucléaire en 1960, elle mène une politique d'ouverture vers les pays communistes (reconnaissance de la Chine, visite dans les pays de l'est).

- La construction européenne se poursuit, même si de Gaulle s'oppose à l'entrée du Royaume-Uni, qui ne sera effective qu'en 1973. La signature du traité de l'Élysée en 1963 renforce le rapprochement franco-allemand.

UN MONDE BIPOLAIRE

1 Qu'est-ce que l'État-providence ?

- ▢ a. Un État intervenant dans les domaines économique et social.
- ▢ b. Un État qui protège ses citoyens contre la guerre.
- ▢ c. Un État qui accorde le suffrage universel.

2 Quel texte donne naissance aux Nations Unies en 1945 ?

- ▢ a. La charte de San Francisco.
- ▢ b. Le traité de l'Atlantique.
- ▢ c. Les accords de Bretton Woods.

3 Quels sont les membres permanents du Conseil de Sécurité de l'ONU ?

- ▢ a. L'URSS, les États-Unis, l'Allemagne, la Chine, la France.
- ▢ b. L'URSS, la Chine, le Japon, la France, le Royaume-Uni.
- ▢ c. L'URSS, la Chine, les Etats-Unis, la France, le Royaume-Uni.

4 Quel pays devient communiste suite à une révolution en 1949 ?

- ▢ a. La Tchécoslovaquie.
- ▢ b. Cuba.
- ▢ c. La Chine.

5 Quel est le leader soviétique qui a négocié avec Kennedy lors de la crise des missiles de Cuba ?

▢ a. Khrouchtchev. ▢ b. Brejnev. ▢ c. Gorbatchev.

6 Quel type de conflit correspond à la guerre du Viêtnam ?

- ▢ a. Une guerre d'indépendance typique de la décolonisation.
- ▢ b. Une lutte menée par le Viêtnam pour agrandir son territoire.
- ▢ c. Un conflit mené par les États-Unis pour endiguer le communisme.

7 Quel projet relatif à la construction européenne est rejeté par la IVe République ?

▢ a. La CECA. ▢ b. La CEE. ▢ c. La CED.

8 Quel équilibre institutionnel prévoit la Constitution de la Ve République ?

- ▢ a. Le législatif a plus de pouvoir que l'exécutif.
- ▢ b. L'exécutif a plus de pouvoir que le législatif.
- ▢ c. Législatif et exécutif ont des pouvoirs équivalents.

Corrigés au verso

Corrigés

1 Qu'est-ce que l'État-providence ?

> a. Un État intervenant dans les domaines économique et social afin d'éviter les crises qui pourraient générer de nouveaux conflits.

Voir **Fiche 14**

2 Quel texte donne naissance aux Nations Unies en 1945 ?

> a. La charte de San Francisco signée par les pays vainqueurs de l'Axe le 26 juin 1945.

Voir **Fiche 14**

3 Quels sont les membres permanents du Conseil de Sécurité de l'ONU ?

> c. L'URSS, la Chine, les États-Unis, la France, le Royaume-Uni. En 1945, ils représentaient 50 % de la population mondiale.

Voir **Fiche 14**

4 Quel pays devient communiste suite à une révolution en 1949 ?

> c. La Chine devient communiste à la suite de la révolution menée par Mao.

Voir **Fiche 15**

5 Quel est le leader soviétique qui a négocié avec Kennedy lors de la crise des missiles de Cuba ?

> a. Khrouchtchev. Il parvient à faire démanteler les rampes de lancement pour missiles.

Voir **Fiche 15**

6 Quel type de conflit correspond à la guerre du Viêtnam ?

> c. Un conflit mené par les États-Unis pour endiguer le communisme entre 1955 et 1975.

Voir **Fiche 16**

7 Quel projet relatif à la construction européenne est rejeté par la IVe République ?

> c. La CED qui prévoyait la création d'une armée européenne sous la supervision de l'OTAN.

Voir **Fiche 17**

8 Quel équilibre institutionnel prévoit la Constitution de la Ve République ?

> b. L'exécutif a plus de pouvoir que le législatif. Le gouvernement est désormais désigné par le chef de l'État.

Voir **Fiche 17**

Les chocs pétroliers de 1973 et 1979

À revoir
OK

18

1 1973 : RALENTISSEMENT DE LA CROISSANCE

- En octobre 1973, l'attaque de l'Égypte et de la Syrie contre Israël tourne court. Les pays arabes faisant partie de l'Organisation des pays exportateurs de pétrole (OPEP) montrent leur force en faisant tripler le prix du baril de pétrole.
- Le choc sur les économies des pays industriels est énorme : la production, très dépendante du pétrole comme source d'énergie, chute brutalement dès 1974, de même que les taux de profit et les investissements. Le chômage et les prix grimpent.
- L'Occident connaît toujours une croissance économique positive dans les années suivantes, mais son rythme est considérablement ralenti par rapport à la période des Trente Glorieuses.

2 1979 : RÉPERCUSSIONS MONDIALES

- Le monde doit affronter en 1979 les conséquences d'un nouveau choc pétrolier qui éclate dans le contexte de la révolution iranienne, suivie de la guerre entre l'Iran et l'Irak. En raison des bouleversements affectant l'un des principaux pays producteurs de pétrole, le prix du baril fait plus que doubler.
- L'Occident s'enfonce dans la stagflation (faible croissance de l'économie combinée à l'inflation) et son chômage est désormais structurel. Les pays en développement qui n'ont pas de ressources pétrolières sont aussi touchés. Leur croissance est sensiblement freinée par le coût d'une énergie devenue chère.

À retenir

La révolution islamique d'Iran : depuis le début des années 1970, le régime monarchique du Shah, allié des États-Unis, est contesté dans un pays qui se modernise. Des religieux chiites menés par l'ayatollah Khomeiny, appellent à l'avènement d'un nouveau pouvoir fondé sur les principes de l'islam. Le Shah est destitué au début de l'année 1979. Une « République islamique » est mise en place : elle s'appuie sur l'autorité d'un clergé formé de mollahs et d'une milice armée. Toute trace d'occidentalisation des mœurs est éradiquée. Le nouveau régime iranien inspire de nombreux courants se réclamant du fondamentalisme islamique qui rejettent l'Occident.

3 DES MUTATIONS ÉCONOMIQUES ET POLITIQUES

a Le triomphe de la dérégulation

- La fin du plein emploi, augmentant les dépenses de l'État-providence en même temps qu'il réduit ses ressources, conduit dans les années 1980 au triomphe de la doctrine néo-libérale aux États-Unis, par laquelle Ronald Reagan assouplit les règlementations encadrant le développement industriel. C'est la dérégulation : l'État se met en retrait, les mécanismes du marché jouant librement.
- La Chine, quant à elle, se modernise économiquement sous la direction de Deng Xiao Ping, qui réhabilite le profit, permet l'émergence d'un secteur privé et l'ouverture de zones économiques spéciales (ZES) ouvertes aux investissements étrangers. Le pays expérimente ainsi une autre forme de capitalisme, où l'État reste omniprésent.

b Démocratisation de l'Europe méridionale

- Alors que le Portugal s'efforce de maintenir sa domination sur ses anciennes colonies, un groupe de jeunes officiers réussit à renverser le régime dictatorial de Caetano. Le 24 avril 1974, un coup d'État pacifique permet de restaurer la démocratie (« La révolution des œillets »).
- La crise chypriote entraîne, en Grèce, la chute du régime dictatorial des colonels. En juillet 1974, un gouvernement d'union nationale fait baisser la tension avec la Turquie qui a envahi une partie de Chypre et initie une transition vers une démocratie pluraliste. Un plébiscite abolit la monarchie au profit de la République.
- La mort du général Franco, en 1975, annonce la fin de la dictature en Espagne. Proclamé roi, Juan Carlos libéralise peu à peu le pays. En 1977, tous les partis d'opposition participent aux premières élections libres depuis 1936. En 1978, une nouvelle Constitution affirme l'orientation démocratique du pays. En 1981, une tentative de coup d'État fomentée par des militaires nostalgiques de l'ancien régime reste sans lendemain.

c Élargissements de la CEE

- L'adhésion de la Grèce à la CEE en 1981 suivie de celle de l'Espagne et du Portugal en 1986 fait passer le nombre des membres du marché commun de 9 à 10, puis à 12.
- Ces trois pays présentent des retards économiques mais leur intégration à la CEE scelle durablement leur basculement en démocratie.
- En raison de leur pauvreté relative, ces trois pays bénéficient d'importantes aides communautaires. Mais des disparités régionales se creusent.

L'effondrement du bloc soviétique

À revoir
OK

19

1 LES RÉFORMES ÉCONOMIQUES ET POLITIQUES

- Mikhaïl Gorbatchev, secrétaire général du Parti nommé en 1985, veut régénérer le système communiste, à bout de souffle économiquement. Il souhaite ressusciter l'esprit d'initiative en autorisant les entreprises privées individuelles dans le cadre de la politique de Perestroïka.

- Le commerce extérieur est peu à peu libéré, la création de sociétés mixtes avec des capitaux étrangers autorisée. Mais les difficultés se multiplient dans le pays et Gorbatchev doit renoncer à une transition rapide vers une économie de marché.

- D'un point de vue politique, la censure est supprimée et de nombreux dissidents sont libérés : c'est la Glasnost (« transparence »). Un nouveau parlement est mis sur pied et Gorbatchev est élu Président de l'URSS, le « rôle dirigeant du Parti » ayant été aboli.

- Gorbatchev renoue le dialogue avec les États-Unis. L'URSS est incapable de relever le défi technologique et financier de l'Initiative de Défense Stratégique (IDS) concocté par les Américains. Les deux puissances s'engagent dans un processus de désarmement nucléaire et chimique.

2 LA FIN DU BLOC DE L'EST

- La possibilité laissée aux démocraties populaires d'Europe centrale de se doter de gouvernements réformateurs favorise leur émancipation de la tutelle soviétique. Face à la fissuration du bloc de l'Est qui se fait jour en 1989, Gorbatchev refuse d'employer la force.

- En République populaire de Pologne, le syndicat libre Solidarność, longtemps interdit, est à nouveau autorisé en avril 1989 et remporte les élections législatives semi-libres. Le seul candidat autorisé par le parti communiste, Wojciech Jaruzelski, est élu Président de la République par le parlement, mais doit accepter un membre du syndicat comme premier ministre : Tadeusz Mazowiecki.

- Des milliers d'habitants de RDA gagnent la RFA via la Hongrie qui a ouvert ses frontières. Le pouvoir est fragilisé et une foule de Berlinois de l'Est réclament de passer à l'Ouest. Le mur de Berlin est démantelé dans la nuit du 9 au 10 novembre 1989 sans heurt. La chute du mur marque symboliquement l'effondrement du bloc communiste.

- En décembre 1989, des manifestations non-violentes permettent en Tchécoslovaquie la chute du parti communiste inféodé à l'URSS. Cette « révolution de velours » intervient 21 ans après le « printemps de Prague » durant lequel les aspirations à la liberté de la population avaient été réprimées dans le sang.

3 LA DISLOCATION ET LA MORT DE L'URSS

- En juin 1990, la Russie, la plus grande des républiques soviétiques, proclame sa souveraineté sous l'impulsion de Boris Eltsine, député de Moscou. Ce dernier apparaît de plus en plus comme le grand adversaire politique de Gorbatchev. L'acte, sans conséquence pratique immédiate, apparaît rétrospectivement comme le début de l'émancipation de la Russie et de la dislocation de l'URSS.

- Face au désir d'indépendance vis-à-vis de l'URSS manifesté par les pays baltes, Gorbatchev organise en mars 1991 un référendum sur le maintien de l'URSS. Mais 9 républiques sur 15 y participent, la Lituanie, l'Estonie, la Lettonie, l'Arménie, la Géorgie et la Moldavie se proclamant souveraines.

- En juin 1991, la Russie elle-même se dote d'un président élu au suffrage universel, Boris Eltsine, dont la légitimité est bien supérieure à celle de Gorbatchev. Un putsch fomenté par des communistes conservateurs précipite la dissolution de l'URSS, remplacée par la CEI (Communauté des États Indépendants) en décembre 1991.

- Les pouvoirs de Gorbatchev sont transférés à Eltsine. Gorbatchev quitte la direction du parti communiste, lequel est dissous en novembre 1991. Le drapeau antérieur à la révolution bolchévique de 1917 remplace le drapeau rouge orné de la faucille et du marteau, emblème de l'URSS.

- Le Pacte de Varsovie est dissous en 1991. Dans les années qui suivent, d'anciens pays du bloc de l'Est adhèrent à l'OTAN. La Russie demeure une grande puissance nucléaire mais elle connaît une grave crise économique dans les années 1990.

Ouverture

L'année 1989 voit se dérouler des événements géopolitiques majeurs dans le monde. L'Armée Rouge se retire définitivement d'Afghanistan (février) après y avoir mené une guerre de dix ans. La domination soviétique s'avère un échec, elle est rejetée par les démocraties populaires d'Europe centrale. La chute du mur de Berlin (9 novembre) symbolise le triomphe du bloc de l'Ouest face au bloc de l'Est. Lors d'une rencontre avec Gorbatchev, le président américain Bush déclare que la guerre froide est terminée. Mais le communisme tient bon en Chine où la révolte des étudiants et du peuple réclamant plus de liberté a été réprimée dans le sang, place Tian-an-Men (juin).

Des réformes qui transforment la société

À revoir
OK

20

1 DES DROITS POUR LES JEUNES ET LES FEMMES

- La France connaît dans les années 1970 une libéralisation de la société dans le domaine des mœurs. En 1974, l'Assemblée nationale abaisse l'âge de la majorité civile de 21 à 18 ans. Le tout nouveau président Valéry Giscard d'Estaing tient ainsi la promesse qu'il avait faite aux jeunes lors de sa campagne. 2,4 millions de Français s'émancipent alors de leurs parents, qui n'ont plus ni autorité ni responsabilité sur eux, et obtiennent le droit de vote.
- En 1974, Giscard crée un secrétariat d'État à la Condition féminine pour favoriser l'accès des femmes à des postes de responsabilité et pour lutter contre les discriminations qui les frappent, mais ses moyens d'action sont très limités. L'influence du Mouvement de libération des femmes (MLF) n'est pas étrangère à l'intérêt porté par le pouvoir à cette question.

Mot-clé

Féministe : personne qui lutte pour l'amélioration et l'extension du rôle et des droits des femmes dans la société.

- Les femmes, de plus en plus indépendantes, occupant souvent un travail salarié et ayant droit à la contraception depuis la loi Neuwirth de 1967, deviennent pour certaines féministes.

Ouverture

La loi autorisant l'interruption volontaire de grossesse (IVG) est un tournant dans l'évolution du droit des femmes. C'est la ministre de la Santé, Simone Veil, qui défend devant les députés le projet de loi dépénalisant l'IVG. Le vote suscite d'âpres débats. Le droit à l'avortement, autorisé dans un délai de grossesse inférieur ou égal à 10 semaines, est adopté en janvier 1975, grâce essentiellement aux voix de gauche et du centre. Cette loi, jamais remise en cause, fait toujours l'objet de certaines contestations dans la société.

2 UNE POLITIQUE CULTURELLE AMBITIEUSE

- Le mouvement de démocratisation de l'enseignement secondaire se poursuit. L'objectif de conduire 80 % d'une classe d'âge au niveau du baccalauréat est formulé en 1985 par le ministre de l'Éducation nationale Jean-Pierre Chevènement. Cela conduit à une élévation du taux d'accès aux classes terminales du second cycle général, professionnel ou technologique.

- Quant à l'enseignement supérieur, il continue sa voie vers la massification. Le projet de loi présenté en 1986 par le ministre Alain Devaquet, prévoyant la possibilité de sélectionner les étudiants à l'entrée des universités et mettant celles-ci en concurrence est abandonné suite à de nombreuses manifestations. Les Français, en moyenne plus éduqués, se tournent plus facilement vers des pratiques culturelles diverses.

- L'État défend le principe de l'exception culturelle face à la domination des productions américaines s'imposant notamment sur les écrans de cinéma. Il aspire à promouvoir la culture auprès du plus grand nombre, soutient des expositions attirant les foules et finance l'aménagement du Grand Louvre, la création de l'Opéra Bastille, du musée d'Orsay.

- Le 21 juin 1982, le ministre de la Culture, Jack Lang, donne le coup d'envoi de la première édition de la Fête de la musique. En 1984, il lance ce qui deviendra par la suite les Journées du patrimoine (devenues les Journées Européennes du Patrimoine). Ces deux manifestations seront promises à une popularité durable. Les collectivités locales subventionnent de leur côté festivals, médiathèques, animations de rues, etc.

3 UN PAYSAGE MÉDIATIQUE ÉLARGI

- En 1974, 82 % des ménages français possèdent un téléviseur (contre 40 % en 1965). C'est l'année où l'Office de radiodiffusion-télévision française (ORTF) laisse la place à plusieurs sociétés dont TF1, A2, FR3 et Radio France. Toutes restent sous monopole d'État.

- De 1984 à 1986, trois chaînes de télévision privées sont lancées : Canal+, La Cinq et TV6 (devenue M6). En 1987, TF1 est privatisée : elle est achetée par un consortium mené par le groupe Bouygues. Avec l'accès possible à un réseau câblé, le choix de programmes s'élargit. Mais la course à l'audience dépouille souvent les émissions de toute ambition culturelle. Les espaces publicitaires ont tendance à augmenter.

- L'offre radiophonique s'enrichit également. Suite à la fin du monopole d'État, les radios dites « radios pirates » se transforment en radios libres. Elles émettent sur la bande FM. Elles ont pour noms NRJ (la Nouvelle Radio des Jeunes), Radio Nova, Radio Contact (devenue Nostalgie), RFM ou encore Cité Future (devenue Skyrock). Leur existence et leur prolifération sont le signe d'une grande libéralisation des médias.

De nouvelles questions sur la scène politique

À revoir
OK

21

1 LES DROITS DES FEMMES

- Les femmes ont encore des combats à mener dans les domaines de la famille et du travail. En 1975, le divorce par consentement mutuel est instauré sous le mandat de Giscard d'Estaing.

- La crise économique, qui sévit en France depuis 1973, favorise l'arrivée à l'Élysée du socialiste François Mitterrand en mai 1981. Après une longue période où la droite a été au pouvoir en France, cette alternance politique augure de nombreux changements.

- En 1983, la loi Roudy œuvre pour l'égalité professionnelle entre les femmes et les hommes : toutes les entreprises de plus de 50 salariés ayant signé un contrat avec l'État doivent s'efforcer d'assurer une parité entre hommes et femmes en matière d'embauche, de promotion, de conditions de travail et de rémunération. Mais les progrès restent modestes.

- La question du droit des femmes devient récurrente en politique. En effet, leur représentation reste faible en regard de leur importance dans la société. Il faut attendre 1991 pour que la France se dote d'une femme Premier ministre, Édith Cresson.

2 L'ÉVOLUTION DE LA POLITIQUE D'IMMIGRATION

- Durant les Trente Glorieuses, la France a eu recours à une forte immigration pour répondre à ses besoins de main-d'œuvre. Mais avec la crise économique cette politique est remise en cause.

- Après avoir mis fin à l'immigration pour motif économique en juillet 1974, l'État autorise le regroupement familial (autorisation pour la famille d'un immigré restée dans le pays d'origine de s'installer en France). Une loi de 1980 rend plus strictes les conditions d'entrée sur le territoire et autorise expulsions et reconduites à la frontière des clandestins.

- La gauche assouplit ces dispositions en 1981 avant que la droite ne les rétablisse en 1986. Le Front National (FN) émerge en s'emparant du thème de l'immigration, qu'il lie avec l'accroissement du chômage afin d'attiser des sentiments xénophobes.

● Dans le même temps, de nombreux immigrés ou enfants d'immigrés sont victimes de ce chômage et de discriminations. Ils aspirent à une véritable intégration. Une marche pour l'égalité et contre le racisme (« marche des Beurs ») rassemblant environ 100 000 personnes est organisée fin 1983 à la suite de la victoire du FN aux municipales à Dreux.

Mots-clés

- **Intégration** : processus par lequel des immigrés trouvent leur place dans la société d'accueil, participent à la vie sociale et civique.
- **Immigré** : personne qui vient d'un pays étranger. Un immigré peut avoir la nationalité française.

3 L'ÉPIDÉMIE DE SIDA SECOUE LA SOCIÉTÉ

● La question du Sida agite l'opinion publique dans les années 1980. Le Sida (acronyme pour syndrome d'immunodéficience acquise) se traduit par un ensemble de symptômes graves conduisant généralement à la mort.

● En 1983, le virus de l'immunodéficience humaine (VIH) est isolé : c'est lui qui cause la destruction de cellules du système immunitaire chez les malades. Le sang et le sexe sont les deux voies de transmission identifiées. Les seringues sont en vente libre à partir de 1986 pour éviter la contamination entre toxicomanes et l'usage du préservatif est préconisé. Les chercheurs mettent au point l'AZT, un traitement porteur d'espoir.

● Dans le même temps, des doses de sang infecté par le VIH sont transfusées par négligence à des patients hémophiles. L'affaire, révélée en 1991, provoque un énorme scandale. Des ministres impliqués comparaissent devant la Cour de justice de la République.

● La société reste globalement sourde aux souffrances des malades ou stigmatise la communauté la plus touchée, les homosexuels masculins. Il faudra le militantisme d'une association comme Act Up-Paris qui n'hésite pas à recourir à des manifestations spectaculaires pour faire évoluer les consciences.

Ouverture

L'abolition de la peine de mort en 1981 est une question qui a fortement agité l'opinion publique. Pendant sa campagne électorale, Mitterrand s'était ouvertement déclaré contre la peine de mort au risque de perdre des voix. En août 1981, le Conseil des ministres approuve le projet de loi abolissant la peine de mort, qui est défendu avec passion par l'avocat Robert Badinter. L'Assemblée Nationale vote en septembre 1981 l'abolition, avec 363 voix pour, 117 contre. Cela représente une inflexion humaniste du système judiciaire français qui, en septembre 1977, avait fait guillotiner le dernier condamné à mort.

Je me teste sur...

ANNÉES 1970-91 : LES REMISES EN CAUSE

1 Quand a lieu le premier choc pétrolier ?

☐ a. 1971.
☐ b. 1973.
☐ c. 1979.

2 Qui prend le pouvoir en Iran lors de la révolution de 1979 ?

☐ a. Le Shah d'Iran.
☐ b. Deng Xiao Ping.
☐ c. L'ayatollah Khomeiny.

3 Quelle politique symbolise bien la volonté de la Chine de se tourner vers le capitalisme dans les années 1980 ?

☐ a. L'affaiblissement de l'État-Providence.
☐ b. La création de ZES.
☐ c. Le renforcement du secteur primaire.

4 Quelle est l'année de la révolution des Œillets au Portugal ?

☐ a. 1974. ☐ b. 1975. ☐ c. 1986.

5 Par quelle structure politique l'URSS a-t-elle été remplacée en 1991 ?

☐ a. L'OPEP. ☐ b. La CEE. ☐ c. La CEI.

6 La loi dépénalisant l'IVG date de :

☐ a. 1974. ☐ b. 1975. ☐ c. 1981.

7 La disparition de l'ORTF a eu, entre autres, pour conséquence :

☐ a. La création de Canal+.
☐ b. La création de Radio France.
☐ c. La privatisation de TF1.

8 Quelle loi incite les entreprises à assurer une parité entre hommes et femmes en matière d'embauche et de rémunération ?

☐ a. La loi Veil. ☐ b. La loi Roudy. ☐ c. La loi Lang.

9 En quelle année le virus du SIDA est-il identifié ?

☐ a. 1981. ☐ b. 1983. ☐ c. 1986.

Corrigés au verso

Corrigés

1 Quand a lieu le premier choc pétrolier ?

> b. En octobre 1973, les pays de l'OPEP font tripler le prix du baril de pétrole.

Voir **Fiche 18**

2 Qui prend le pouvoir en Iran lors de la révolution de 1979 ?

> c. L'ayatollah Khomeiny prend le pouvoir en Iran. Il prône un nouveau pouvoir fondé sur les principes de l'islam.

Voir **Fiche 18**

3 Quelle politique symbolise bien la volonté de la Chine de se tourner vers le capitalisme dans les années 1980 ?

> b. La création de ZES permet à la Chine d'expérimenter le capitalisme même si l'État reste omniprésent.

Voir **Fiche 18**

4 Quelle est l'année de la révolution des Œillets au Portugal ?

> a. En 1974 ce coup d'État pacifique met fin aux guerres coloniales et permet la restauration de la démocratie.

Voir **Fiche 18**

5 Par quelle structure politique l'URSS a-t-elle été remplacée en 1991 ?

> c. La CEI remplace l'URSS à la suite d'un putsch fomenté par les communistes conservateurs.

Voir **Fiche 19**

6 La loi dépénalisant l'IVG date de :

> b. 1975. La loi est défendue devant les députés par Simone Veil, ministre de la Santé.

Voir **Fiche 20**

7 La disparition de l'ORTF a eu, entre autres, pour conséquence :

> b. La création de Radio France en 1974.

Voir **Fiche 20**

8 Quelle loi incite les entreprises à assurer une parité entre hommes et femmes en matière d'embauche et de rémunération ?

> b. La loi Roudy de 1983 s'applique à toutes les entreprises de plus de 50 salariés ayant signé un contrat avec l'État.

Voir **Fiche 21**

9 En quelle année le virus du SIDA est-il identifié ?

> b. Le virus du SIDA est identifié en 1983 ainsi que deux de ses voies de transmission.

Voir **Fiche 21**

Un monde de plus en plus instable

À revoir
OK

22

> Voir carte p. 255

• La fin de la guerre froide ne marque pas la fin des conflictualités. En effet, très vite, la suprématie américaine va être contestée. Quelles sont les nouvelles tensions qui en découlent ?

1 LE MONDE DEVIENT MULTIPOLAIRE

a L'hyperpuissance américaine

• Après l'effondrement du bloc communiste, les États-Unis apparaissent comme une puissance complète. À l'échelle mondiale, ils dominent dans les domaines politique, économique, technologique et culturel.

• Ils deviennent alors les « gendarmes du monde » intervenant, par exemple, lors de la première guerre du Golfe, en 1990-1991, à la suite de l'invasion du Koweït par l'Irak où ils prennent la tête d'une coalition internationale.

À savoir

Une **puissance complète** se doit à la fois de posséder le « ***hard power*** » (des critères coercitifs comme, par exemple, la puissance militaire) et le « ***soft power*** » (des moyens d'influence comme l'*American Way of Life* dans le cas des États-Unis).

b L'affirmation progressive de nouveaux pôles

• L'Union européenne (UE), mise en place en 1992, est sans conteste un pôle de puissance commerciale et économique qui peut rivaliser avec les États-Unis.

• À partir des années 2000, dans le cadre de la mondialisation, les pays émergents cherchent également à concurrencer la domination américaine. C'est notamment le cas des BRICS (acronyme anglo-saxon pour : Brazil, Russia, India, China, South Africa).

À savoir

Un **pays émergent** peut se définir comme un pays en forte croissance économique et qui devient attractif pour des investisseurs. Toutefois cette augmentation du PIB ne signifie pas nécessairement un développement pour la population puisque l'IDH demeure moyen voire faible.

2 LES NOUVELLES FORMES DE CONFLITS

a La multiplication des conflits intraétatiques

- Ces conflits prennent la forme de guerres civiles pour des raisons territoriales, ethniques et/ou religieuses. Par exemple, à partir de 1991, les nations qui composent la Yougoslavie proclament successivement leur indépendance.

- Cela débouche également sur des crimes de masse. Par exemple, en 1994, au Rwanda, on parle même d'un génocide des Tutsi par les Hutu.

b Le 11 septembre 2001, un tournant

- Le territoire américain est frappé par des attentats islamistes faisant près de 3 000 morts. Ils ont pour objectif de déstabiliser le nouvel ordre mondial et, en particulier, les États-Unis et leurs alliés.

- Depuis deux décennies, le terrorisme prend ainsi de l'ampleur afin de frapper les opinions publiques, notamment en Europe (Espagne, Royaume-Uni, Allemagne, Belgique, France).

- En réponse, les États-Unis définissent un « Axe du mal » formé d'États « voyous » accusés de soutenir le terrorisme à l'échelle mondiale. Ils multiplient alors les interventions militaires souvent unilatérales au Proche et Moyen-Orient comme en Irak entre 2003 et 2011.

À savoir

Le **terrorisme** est une forme de guerre asymétrique. La violence employée cherche à déstabiliser les opinions publiques et les États concernés. Or les terroristes ne possèdent pas la même puissance, comme une armée régulière, que le camp auquel ils s'opposent.

À savoir

Depuis les années 1990, la politique étrangère américaine oscille, selon le président au pouvoir, entre l'**unilatéralisme** et le **multilatéralisme**. Dans le premier cas, elle défend ses propres intérêts de manière autonome. Dans le second cas, elle coopère avec des institutions internationales comme l'ONU.

La difficile coopération internationale

À revoir
OK

23

● Un monde multipolaire nécessite de repenser sa gestion au regard des nouveaux enjeux planétaires. À quels défis doit répondre la mise en place d'un nouvel ordre mondial ?

1 MISE EN PLACE D'UNE GOUVERNANCE MONDIALE

a La nouvelle place de l'Organisation des Nations Unies

L'ONU cherche à prendre toute sa place. Ainsi, face à la résurgence des crimes de masse et des génocides dans les années 1990, elle met en place une justice internationale avec pour objectif de poursuivre les responsables de crimes de guerre et surtout de crimes contre l'humanité dans le cadre de la Cour pénale internationale (CPI) et des tribunaux pénaux internationaux (TPI).

À savoir

La mise en place de **tribunaux pénaux internationaux** (TPI) est dans la lignée des procès de Nuremberg et de Tokyo en 1945-46. À la différence de la CPI, les TPI ont donc des compétences réduites dans le temps et dans l'espace (exemples : Yougoslavie en 1993, Rwanda en 1994).

b L'apparition d'autres organisations intergouvernementales

- L'Organisation mondiale du commerce (OMC) a été créée en 1995 sous l'impulsion des États-Unis. Elle cherche à instaurer des règles de libre-échange entre les 164 pays membres.

- Le Fonds monétaire international (FMI), créé après la Seconde Guerre mondiale, voit son rôle s'accentuer lors des crises financières des années 2000 et 2010.

- Le G20, à partir de 1999, cherche à prendre en considération la nouvelle hiérarchie des puissances puisqu'aux traditionnels pays riches et développés du G7 (Allemagne, Canada, États-Unis, France, Italie, Japon, Royaume-Uni) s'ajoutent les pays émergents (dont les BRICS).

2 LES DÉFIS CONTEMPORAINS

a Le réchauffement climatique et la gestion des ressources naturelles

Même si leurs effets se mesurent souvent à l'échelle locale, ce sont des problèmes mondiaux. En 1992, la Conférence des Nations unies sur l'environnement et le développement organisée à Rio de Janeiro précise la notion de développement durable. Dès lors, se décline à travers diverses actions (ex. : Agenda 21) une transition à la fois environnementale, économique et sociale discutée notamment lors de conférences internationales (exemple : la COP 21 à Paris en 2015).

Pour aller plus loin

- Le **développement durable** a été défini en 1987 comme un « développement qui répond aux besoins du présent sans compromettre la capacité des générations futures à répondre aux leurs. »
- En 2015, les Nations Unies ont établi un programme de 17 objectifs de développement durable (ODD) à atteindre à l'horizon 2030. Ils se veulent une réponse globale aux défis contemporains et à leurs conséquences. Il y a donc par exemple la fin de la pauvreté et la réduction des inégalités, la lutte contre la faim et le développement d'une agriculture durable, la justice et la paix dans le cadre d'institutions internationales ou encore la mise en oeuvre de villes résilientes.

b La question des migrations

Dans le contexte de la mondialisation, les flux humains sont en forte croissance pour des raisons politiques, économiques, religieuses, ethniques voire climatiques.

À savoir

Tous les migrants ne sont pas des réfugiés. Selon l'ONU, un réfugié est une personne qui a fui un conflit armé ou une persécution. À ce titre, il a un statut international. Un migrant choisit de quitter son pays non pas en raison d'une menace directe mais pour améliorer sa vie.

La fondation de l'Union européenne

À revoir
OK

24

En 1989, la chute du mur de Berlin nécessite de repenser la construction européenne. Comment va-t-elle à la fois s'accélérer et s'approfondir ?

1 LE *TRAITÉ DE MAASTRICHT* (1992)

a La nécessité d'un nouveau traité

- La fin de la guerre froide modifie profondément la géopolitique européenne avec la réunification de l'Allemagne en 1990 et la volonté affichée par les pays européens de l'ancien bloc communiste de rejoindre la construction européenne.
- Le cadre institutionnel de la CEE, né du *traité de Rome* en 1957, n'est plus adapté. Les douze pays membres vont donc accélérer les négociations afin de réformer pour intégrer.

À savoir

En 1957, lors de la mise en place de la **Communauté économique européenne (CEE)**, il y a six pays fondateurs : l'Allemagne (de l'Ouest, ou RFA), la Belgique, la France, l'Italie, le Luxembourg et les Pays-Bas. Ils sont rejoints en 1973 par le Danemark, l'Irlande et le Royaume-Uni. En 1981, c'est au tour de la Grèce. Enfin, en 1986, l'Espagne et le Portugal adhérent.

b Les approfondissements du nouveau traité

- L'Union européenne peut se définir comme une association économique et politique supranationale car ses pays membres délèguent une partie de leurs compétences régaliennes à des institutions européennes.
- Le *traité de Maastricht* crée une citoyenneté européenne et approfondit la coopération avec par exemple la mise en place en 2002 d'une monnaie unique, l'euro.

À savoir

La **citoyenneté européenne** ne remplace pas la citoyenneté nationale. On parle de citoyenneté de « superposition ». Elle permet de voter dans un autre État membre lors des élections municipales et européennes et de circuler librement dans les États de l'UE.

2 LES ÉLARGISSEMENTS SUCCESSIFS

a L'intégration de nouveaux pays

En 1995, l'Union européenne intègre l'Autriche, la Finlande et la Suède pour lesquelles le processus était déjà engagé depuis longtemps. En 2004, dix nouveaux États, essentiellement d'Europe de l'Est, rejoignent l'Union européenne : Chypre, l'Estonie, la Hongrie, la Lettonie, la Lituanie, Malte, la Pologne, la République tchèque, la Slovaquie et la Slovénie. En 2007, la Bulgarie et la Roumanie y adhèrent à leur tour. En 2013, la Croatie devient le 28e pays membre de l'UE.

b La réforme de la gouvernance européenne

- Le système de gouvernance mis en place montre pourtant très vite ses limites d'autant qu'il est très complexe. Il convient alors de simplifier le fonctionnement des institutions européennes.

- En 2005, une synthèse est proposée dans le cadre d'un *traité établissant une constitution pour l'Europe*. Mais ce texte, voulant établir une confédération européenne, est rejeté par référendum en France et aux Pays-Bas.

- À défaut, en 2009, les États européens mettent en œuvre le *traité de Lisbonne* qui se veut une solution pérenne mais toujours complexe à la crise de gouvernance de l'Union européenne.

À savoir

Le ***traité de Lisbonne***, signé en 2007, accorde à l'UE une personnalité juridique propre qui lui permet de signer des traités internationaux. Il définit aussi un nouveau mode de fonctionnement comme la majorité qualifiée.

Les institutions européennes

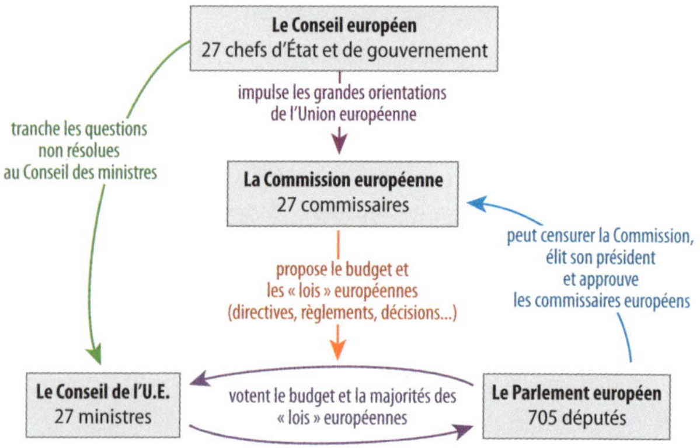

Les difficultés de l'Union européenne

À revoir
OK

25

À partir des années 2000 et surtout 2010, la construction européenne semble marquer le pas. Comment peut-on expliquer cette rupture dans le processus ?

1 UNE CONSTRUCTION EUROPÉENNE EN CRISE(S)

a La crise de la zone euro

- Seuls 19 pays membres de l'Union européenne utilisent cette monnaie unique. Ainsi, le Danemark, le Royaume-Uni, la Suède n'ont pas souhaité y adhérer. D'autres pays comme la Hongrie ou la Roumanie sont en attente car, pour pouvoir l'adopter, il faut respecter des critères de convergence (comme la maîtrise de l'inflation et du déficit public).

- À la suite du non-respect de ces critères, la Grèce entre en crise financière, économique et sociale en 2010 avant d'entraîner d'autres pays européens (Chypre, Espagne, Irlande, Portugal).

- Plus généralement, tout le système financier et bancaire européen est affecté dans le cadre de la crise systémique mondiale de 2007-2009.

À savoir

En 2007, aux États-Unis, une bulle spéculative immobilière (les *subprimes*) va entraîner une fragilisation du système bancaire aux échelles américaine et européenne.

b L'euroscepticisme grandissant

- L'Union européenne apparaît souvent comme une Europe des États contre une Europe des citoyens. L'abstention aux élections européennes est un symptôme : en moyenne, un citoyen européen sur deux ne vote pas à cette occasion.

- Le *Brexit*, voté au Royaume-Uni en 2016 et effectif en 2020, peut être considéré comme l'acmé de cette europhobie. D'ailleurs, dans tous les pays européens, les partis nationalistes et souverainistes progressent.

À savoir

Il existe dans d'autres pays européens des mouvements favorables également à la sortie de l'Union européenne pour leur propre pays ou pour d'autres. Cela a donné naissance à des néologismes comme « Frexit » pour la France, « Nexit » pour les Pays-Bas ou encore « Grexit » pour la Grèce.

2 LES DÉFIS À RELEVER

a La voix de l'Europe dans le monde

- Les grandes puissances européennes ont des intérêts divergents notamment dans les questions militaires et géopolitiques. Très souvent, la France porte une forme d'indépendance diplomatique alors que le Royaume-Uni affiche son soutien aux États-Unis. Ce fut notamment le cas lors de la seconde guerre du Golfe en 2003. De même, dans les années 1990, lors des guerres dans l'ex-Yougoslavie, la France et l'Allemagne n'affichent pas leur unanimité face aux revendications des Serbes et des Croates.

- C'est également le cas face à la crise migratoire de 2015. Alors que la Grèce ou l'Italie sont contraints, notamment par leur situation géographique, d'ouvrir leurs frontières maritimes, la Hongrie ou la Pologne refusent d'accueillir les réfugiés notamment syriens.

b À l'interne : réconcilier les Européens avec l'UE

- Les institutions européennes sont accusées d'être technocratiques et éloignées des préoccupations quotidiennes des Européens. En effet, ces institutions ont un mode de fonctionnement très complexe qui ne facilite pas leur lisibilité par l'opinion publique. Elles sont aussi accusées d'être très influencées par des lobbies (groupes de pression) qui cherchent à faire passer des intérêts particuliers au détriment de l'intérêt de l'ensemble des citoyens.

- Deux visions de la construction européenne se font face : une Europe des coopérations et une Europe fédéraliste. La seconde, mise en œuvre depuis 1992, semble davantage en échec.

À savoir

L'**Europe fédéraliste** est le projet défendu par les partisans d'une Europe aux pouvoirs supranationaux élargis. Ce projet est en opposition de celui défendu par les souverainistes. Ces derniers ne souhaitent pas un renforcement du pouvoir politique européen mais plutôt son affaiblissement voire sa disparition.

Les évolutions constitutionnelles de la Ve République

À revoir
OK

26

- Mise en place en 1958, la constitution de la Ve République a été révisée à 24 reprises dont 19 fois depuis les années 1990. Comment peut-on expliquer cette accélération ?

1 DES RÉFORMES INSTITUTIONNELLES

a Une mise en adéquation de la gouvernance en France avec le droit supranational

- Les évolutions institutionnelles de la construction européenne ont nécessité des adaptations du droit français depuis le *traité de Maastricht*.

- Dans la perspective d'une gouvernance mondiale face aux défis contemporains, la République française reconnaît la Cour pénale internationale (1999) ou constitutionnalise la *Charte de l'Environnement* (2004).

À savoir

La *Charte de l'Environnement* a une valeur constitutionnelle : elle impose des droits et des devoirs. Elle dérive du droit international (la *Déclaration de Rio* de 1992) et a une portée internationale.

b Une volonté de moderniser la vie politique française

- L'évolution de la constitution la plus importante est sans aucun doute, en lieu et place du septennat, l'instauration du quinquennat (2000). Cette réduction du mandat présidentiel à cinq ans se veut être un moyen de limiter le risque de cohabitation.

- L'élection d'un président de la République a été limitée à deux mandats consécutifs (2008).

- Il est également interdit de cumuler une fonction exécutive locale avec un mandat de parlementaire (2014).

- Cette volonté de moderniser la vie politique française se veut une réponse à la crise de la démocratie représentative dont les signes sont la montée de l'abstention et le vote de plus en plus important pour les extrêmes.

2 LA RÉAFFIRMATION DU PRINCIPE DE LAÏCITÉ

a La laïcité menacée

- Selon sa Constitution, la France est une République laïque. Cela signifie que la République française respecte la liberté de conscience et toutes les croyances de manière égale mais sans en reconnaître aucune.

- À partir de la fin des années 1980, le regard en France sur la religion musulmane change d'autant plus que l'islamisme politique progresse à l'échelle mondiale. La République cherche donc à réaffirmer le principe de laïcité en votant, en 2010, une loi qui interdit de dissimuler son visage dans l'espace public, donc le voile intégral.

b L'exemple de la laïcité à l'école

- Des polémiques souvent très médiatisées mettent en exergue le cas de jeunes filles de religion musulmane exclues de leurs établissements scolaires pour le port d'un « voile islamique ».

- En 2004, une loi sur les signes religieux dans les écoles publiques est votée. Sans interdire le port de signes religieux discrets, elle interdit leur manifestation ostensible dans les établissements scolaires. En 2013, une *Charte de la laïcité à l'école* vient confirmer ce principe républicain.

À savoir

La ***Charte de la laïcité*** s'adresse aux élèves, aux personnels et à l'ensemble des membres de la communauté éducative. Elle explique le sens et les enjeux du principe républicain de laïcité.

La République face aux transformations de la société française

À revoir
OK

27

Face aux mutations sociales, la République française tente également de s'adapter. Quels sont les nouveaux droits mis en place ?

1 APPROFONDISSEMENT DE LA DÉCENTRALISATION

a La République française, une organisation décentralisée

- Initiée en 1982, la décentralisation se veut un moyen de rapprocher les citoyens de la décision dans une période où l'action politique est de plus en plus discréditée.
- En 2003, elle devient même un principe constitutionnel.
- En 2015, la décentralisation est de nouveau renforcée avec la réduction du nombre de régions métropolitaines (de 22 à 13) et une redéfinition du rôle des intercommunalités.

b Les compétences décentralisées aujourd'hui

Nom de la collectivité territoriale (nombre en 2019)	Commune (34 968)	Département métropolitain (95)	Région métropolitaine (13)
Assemblée délibérative (composition)	Conseil municipal (conseillers municipaux)	Conseil départemental (conseillers départementaux)	Conseil régional (conseillers régionaux)
Élections au suffrage universel direct	Élections municipales (tous les 6 ans)	Élections départementales (tous les 6 ans)	Élections régionales (tous les 6 ans)
Personne élue par l'assemblée délibérative	Maire	Président du Conseil départemental	Président du Conseil régional
Quelques exemples de compétences	Construction et rénovation des écoles primaires Transports urbains Police municipale	Construction et rénovation des collèges Action sociale (ex : RSA) SDIS	Construction et rénovation des lycées TER Apprentissage

À savoir

- La **décentralisation** peut se définir comme un transfert de certaines compétences de l'État centralisé vers ses territoires de proximité : les régions, les départements et les communes.
- L'**intercommunalité** est un regroupement de communes en vue de gérer en commun certaines services publics locaux (exemple : le ramassage des ordures) et ainsi de faire des économies d'échelle.

2 LES COMBATS POUR L'ÉGALITÉ

a Le combat pour la parité hommes/femmes en politique

- Dans les années 1990, la place des femmes reste encore extrêmement minoritaire tant dans les institutions gouvernementales que parlementaires.

- Des révisions de la Constitution (1999 et 2008) et le vote de la *loi sur la parité* (2000) donnent toutefois des résultats mitigés selon les élections. Le principe est mieux appliqué dans la composition des gouvernements mais les femmes occupent souvent des fonctions moins importantes.

À savoir

La *loi sur la parité* se veut à la fois incitative et contraignante. Par exemple, un parti politique doit présenter autant d'hommes que de femmes lors des élections sous peine de pénalités financières.

b Le combat pour l'égalité civile

- Instauré en 1999, le PACS (pacte civil de solidarité) est toutefois différent du mariage notamment pour les questions liées à la filiation, à l'adoption et à la succession.

- Le vote de la loi dite du « mariage pour tous » en 2013 instaure donc une égalité en droits pour les homosexuels.

- En 2020, la PMA (procréation médicalement assistée) est ouverte à toutes les femmes, en couple ou seules.

À savoir

Le **PACS** est un contrat conclu entre deux personnes majeures de sexe différent ou de même sexe pour organiser leur vie commune.

Je me teste sur...

ANNÉES 1990, COOPÉRATIONS ET CONFLITS

1 Quels pays émergents sont nommés par l'acronyme anglosaxon « BRICS » ?

- ▢ **a.** Brazil, Russia, Indonesia, China, South Africa.
- ▢ **b.** Brazil, Rwanda, India, China, South Africa.
- ▢ **c.** Brazil, Russia, India, China, South Africa.

2 Par qui est mis en place une justice internationale dans les années 1990 ?

▢ **a.** L'ONU. ▢ **b.** L'OMC. ▢ **c.** Le FMI.

3 Comment se nomme le traité qui crée l'Union européenne en 1992 ?

- ▢ **a.** Le *Traité de Rome*.
- ▢ **b.** Le *Traité de Maastricht*.
- ▢ **c.** Le *Traité de Lisbonne*.

4 En quelle année est mise en circulation l'Euro, la monnaie unique européenne ?

▢ **a.** 1992. ▢ **b.** 1999. ▢ **c.** 2002.

5 Après le départ du Royaume-Uni, combien de pays membres compte l'Union européenne ?

▢ **a.** 27. ▢ **b.** 28. ▢ **c.** 30.

6 Qu'est-ce que le principe constitutionnel de laïcité en France ?

- ▢ **a.** L'interdiction des religions.
- ▢ **b.** La neutralité de l'État.
- ▢ **c.** Une forme d'athéisme.

7 Comment peut-on définir le processus de décentralisation en France ?

- ▢ **a.** La déconcentration de services de l'État dans les communes, les départements et les régions.
- ▢ **b.** Le renforcement des pouvoirs de l'État.
- ▢ **c.** Le transfert de compétences de l'État vers les collectivités territoriales.

8 De quand date la loi dite du « mariage pour tous » en France ?

▢ **a.** 2013. ▢ **b.** 2004. ▢ **c.** 1999.

Corrigés au verso

Corrigés

1 Quels pays émergents sont nommés par l'acronyme anglosaxon « BRICS » ?

> c. Brazil, Russia, India, China, South Africa. Ces pays cherchent à concurrencer la domination américaine.

Voir **Fiche 22**

2 Par qui est mis en place une justice internationale dans les années 1990 ?

> a. La justice internationale est rendue par la CPI et les TPI, organes de l'ONU.

Voir **Fiche 23**

3 Comment se nomme le traité qui crée l'Union européenne en 1992 ?

> b. Le *Traité de Maastricht* est signé par les douze États membres le 7 février 1992.

Voir **Fiche 24**

4 En quelle année est mise en circulation l'Euro, la monnaie unique européenne ?

> c. L'Euro circule depuis 2002 dans seulement 19 pays de l'UE.

Voir **Fiche 24**

5 Après le départ du Royaume-Uni, combien de pays membres compte l'Union européenne ?

> a. Après le *Brexit*, voté en 2016, les pays de l'UE seront au nombre de 27.

Voir **Fiche 25**

6 Qu'est-ce que le principe constitutionnel de laïcité en France ?

> b. La neutralité de l'État. La France respecte toutes les croyances sans en reconnaître aucune.

Voir **Fiche 26**

7 Comment peut-on définir le processus de décentralisation en France ?

> c. La décentralisation c'est le transfert de compétences de l'État vers les collectivités territoriales.

Voir **Fiche 27**

8 De quand date la loi dite du « mariage pour tous » en France ?

> a. La loi autorisant le « mariage pour tous » à été promulguée le 18 mai 2013.

Voir **Fiche 27**

Carte mentale

Les causes de la Seconde Guerre mondiale

L'impact de la crise de 1929

- **Grande dépression**
Recul de la production, chômage de masse et protectionnisme
- **Nouvelles conceptions économiques**
Recherche d'un nouveau rôle économique pour l'État
- **Conséquence politique**
Critique de la démocratie libérale

Les régimes totalitaires

- **Idéologies antilibérales**
Communisme, fascisme, nazisme
- **Contrôle de la société**
Répression, propagande et culte du chef
- **Poids diplomatique inégal**
URSS tenue à l'écart et Italie et Espagne : politique expansionniste

La Seconde Guerre mondiale

- **1940-1941**
Expansion allemande et en France, occupation, collaboration et régime de Vichy
- **1942-1943**
La grande Alliance, la défaite allemande à Stalingrad et l'organisation de la Résistance française
- **1943-1944**
Débarquement Normandie (capitulation allemande), libération de la France, bombes nucléaires (capitulation japonaise)

Guerre totale

Implication des civils, génocides juifs et tsiganes

Carte mentale

Un monde bipolaire

Le bilan de la guerre
- **Bilan humain** 50 millions de morts
- **Bilan matériel** infrastructures routières, industries et villes ruinées
- **Bilan moral** bombe atomique et génocide

Le nouvel ordre mondial
- **Assurer la paix dans le monde** Création de l'ONU
- **Rétablir l'équilibre financier** Accords de Bretton-Woods et FMI
- **Affirmation l'État-providence** en France et au Royaume-Uni

La guerre froide

Risque d'une guerre nucléaire
- Crise de Cuba
- Équilibre de la terreur

Au moyen-Orient
- Création de l'État d'Israël
- Guerre des Six Jours

Guerre du Viêtnam
Reflet des rivalités est/ouest

La décolonisation

Non alignement
Conférence de Belgrade (1961)

Indépendances
- 1950-60 : en Afrique et Asie
- 1962 : fin de la Guerre d'Algérie (Accords d'Évian)

Carte mentale

Années 1970-91 : les remises en causes

Dans le monde

Deux chocs pétroliers en 1973 et 1979

- **Augmentation** des prix du pétrole, des coûts de production et des prix de vente des marchandises
- **Chômage** structurel, **inflation** continue et **croissance ralentie**

Évolution démocratique et intégration économique en Europe

- **Fin des dictatures** en Grèce et au Portugal (1974) et en Espagne (1975)
- **Intégration** de ces pays dans la CEE (Grèce 1981, Espagne et Portugal (1986)

La fin de la guerre froide

- Dislocation du **bloc soviétique**
- **Effondrement** de l'URSS et création de la CEI (1991)

En France

Une société qui se modernise

- Politique en faveur de la **jeunesse** (majorité à 18 ans)
- Plus de droit pour les **femmes** (loi Veil, 1975)

De nouvelles questions politiques

- **L'immigration** : fin de l'immigration de travail, regroupement familial
- **Le Sida** : difficile reconnaissance de la souffrance des malades, militantisme d'Act Up

Nouvelles orientations culturelles

- Culture ouverte au plus grand nombre
- Libéralisation des médias

Carte mentale

Années 1990, coopérations et conflits

Les nouveaux enjeux mondiaux

- **Un monde multipolaire** : hyperpuissance américaine, affirmation de l'UE, BRICS
- **La diversité des conflits** : guerre civile, terrorisme
- **Une gouvernance mondiale ?** ONU, institutions intergouvernementales...

La construction européenne

- Le **traité de Maastricht (1992)**
- **Citoyenneté** européenne, euro, politiques **supranationales**
- Intégration de **nouveaux pays**
- **Crises** de la gouvernance et de la zone euro, euroscepticisme (*Brexit*)

La République française

Réaffirmation des grands principes républicains

Réaffirmation des **grands principes républicains** (laïcité)

Évolutions institutionnelles

- Le passage au **quinquennat** présidentiel
- L'approfondissement de la **décentralisation**
- Les adaptations constitutionnelles à la construction européenne

Évolutions de la société

- La **parité hommes/femmes** en politique
- Du PACS (1999) au « mariage pour tous » (2013)

Le rôle des mers et océans dans la mondialisation

À revoir
OK

28

1 MERS ET OCÉANS, SUPPORT DES ÉCHANGES

a Un mode de transport essentiel à la mondialisation

- Les mers et océans couvrent 71 % de la surface terrestre et mettent en relation les différents territoires. Le transport maritime est le seul mode de transport de dimension planétaire adapté pour transporter des marchandises en grande quantité et à moindre coût.

À savoir

Il existe 5 **océans** (Atlantique, Pacifique, Indien, Arctique et Austral) et un peu moins de cent mers dans le monde.

- Les mers et océans assurent environ 90 % du trafic de marchandises dans le monde. En 20 ans, les échanges maritimes ont doublé, pour atteindre en 2017, 11 milliards de tonnes de marchandises.

- Ces marchandises très diverses sont acheminées par environ 50 000 navires de commerce. Il est possible de distinguer deux types de marchandises, celles qui circulent en vrac (céréales, minerais, hydrocarbures...) et celles circulant dans des conteneurs (produits textiles, produits manufacturés...).

b Ports et routes maritimes

- De nombreuses routes maritimes parcourent les mers et océans de la planète. Les principales routes maritimes relient les grands centres intégrés à la mondialisation, qui correspondent aux principales aires de puissances : l'Amérique du Nord, l'Europe et l'Asie orientale.

- Les routes maritimes empruntent des seuils qui constituent des passages stratégiques du transport maritime. Ce sont des détroits, c'est à dire d'étroits passages naturels comme le détroit de Malacca. Ce sont aussi des canaux creusés par les hommes pour réduire les routes maritimes comme le canal de Suez ou celui de Panama. Ces seuils peuvent provoquer des goulets d'étranglement.

À savoir

Les **seuils** sont des points de passage qui relient deux espaces maritimes différents, par exemple le détroit de Gibraltar qui met en relation la mer Méditerranée et l'océan Atlantique.

- Les ports servent à charger et décharger les cargaisons. Le transport maritime est fortement polarisé car actuellement, 25 ports assurent

50 % des flux mondiaux. Les ports qui assurent le trafic le plus important se trouvent en Asie, sur les 10 premiers ports mondiaux 9 sont asiatiques et 7 chinois !

● Certains littoraux forment de véritables façades maritimes compte tenu de la concentration des ports, de l'importance des routes maritimes qui les bordent et de la présence d'importants foyers de population comme la Northern range en Europe qui s'étend du Havre à Hambourg.

2 DES ESPACES RICHES EN RESSOURCES

a Les ressources énergétiques et minérales

● Les mers et océans abritent environ un tiers des réserves découvertes d'hydrocarbures. Actuellement, l'exploitation des gisements offshore représente le tiers de la production mondiale. Avec les progrès techniques, des gisements de plus en plus profonds peuvent être exploités au delà de 2 000 mètres de fond.

● Les fonds marins représentent également 84 % des réserves de minerais. Elles prennent la forme de nodules polymétalliques déposés au fond des principaux océans.

● Les espaces maritimes offrent d'importantes potentialités en matière de production d'énergies renouvelables : champs d'éoliennes en mer, hydroliennes, exploitation des courants, des marées et de sa chaleur.

b Les ressources halieutiques

● Les mers et océans fournissent une part importante de l'alimentation mondiale. Plus d'un quart de l'humanité vit des produits de la mer. Les ressources halieutiques sont un enjeu majeur de l'alimentation mondiale. Les quantités pêchées ont été multipliées par 5 en 50 ans.

● La pêche est une activité économique importante qui crée des richesses et des emplois. Selon la FAO chaque travailleur en mer génère 4 à 5 emplois à terre.

● Les principales zones de pêche sont dans l'Atlantique Nord, l'océan Indien, sur la côte ouest de l'Amérique. Elles sont fortement convoitées par les pêcheurs ce qui peut créer des conflits.

● Actuellement, les mers et océans sont victimes de la surpêche et partout les stocks d'espèces diminuent. Les techniques de pêche industrielle ont un effet destructeur sur les écosystèmes maritimes. Des solutions alternatives, comme l'aquaculture se développent.

Appropriation, protection et liberté de circulation

À revoir
OK

29

1 MERS ET OCÉANS, APPROPRIATION ET CONFLITS

a Établir une gestion internationale des espaces maritimes

- En 1982, la conférence des Nations unies de Montego Bay (Jamaïque), aboutit après 10 ans de travail à la signature d'une convention qui définit les régimes juridiques des espaces maritimes. (Convention des Nations unies sur le droit de la mer : CNUDM).

- Elle distingue trois types d'espaces maritimes différents :
– La mer territoriale s'étend de la côte jusqu'à une distance maximale de 12 milles nautiques (22 km). Dans cet espace, l'État côtier exerce une souveraineté totale.
– La zone économique exclusive (ZEE) est une création de la conférence. Dans une zone comprise entre la côte et au maximum 200 milles nautiques (370 km) mer territoriale comprise, un État côtier peut exercer une souveraineté et une exploitation des eaux, des sols et du sous-sol marins. Il est possible de demander une extension de la ZEE en cas de prolongement du plateau continental (partie de la mer la moins profonde et la plus riche en ressources).
– Les espaces maritimes internationaux, correspondent aux eaux situées au-delà des 200 milles nautiques (eaux internationales). La règle est le principe de liberté (de pêche, de navigation, de recherche...).

- À ce jour, seulement 157 pays ont signé cette convention sur 193.

b Les mers et océans à l'origine de conflits

- Environ 70 conflits dans le monde concernent la délimitation de la ZEE. Ces tensions sont liées à la volonté de maîtriser les ressources des mers et des fonds marins, comme en mer de Chine méridionale.

- Les litiges peuvent être réglés par la Cour Internationale de Justice (CIJ). Un tribunal spécifique a été créé en 2007 par la convention de Montego Bay, le Tribunal International du Droit de la Mer (TIDM).

À savoir

Le **Tribunal International du Droit de la Mer** est compétent pour tous les différends liés à la Convention des Nations Unies du droit de la mer. Il est ouvert à tous les États ayant ratifié la Convention.

2 UNE IMPORTANCE GÉOSTRATÉGIQUE

a Les mers et océans comme moyen de puissance militaire

- Les mers et océans sont le moyen par lequel un État peut projeter sa puissance militaire. Les porte-avions et les sous-marins nucléaires sont les éléments clés de cette capacité à intervenir loin de son territoire.

- Dans ce domaine, les États-Unis ont une avance considérable. Ils possèdent 18 sous-marins, 11 porte-avions et disposent de flottes présentes sur toutes les mers et océans.

- Les puissances maritimes militaires de second rang, la Chine, la France, la Russie et le Royaume-Uni, possèdent également des sous-marins nucléaires et des porte-avions mais en moins grand nombre.

b Assurer la sécurité des mers et océans

- Les principales puissances navales contrôlent et surveillent les grandes routes maritimes pour assurer la liberté de circulation et garantir la sécurité des flottes commerciales.

- Certains passages stratégiques comme le canal de Suez ou le détroit d'Ormuz, sont proches de zones de conflits et d'instabilité et font l'objet d'une présence militaire permanente.

- La piraterie maritime se développe avec le commerce maritime. Trois zones principales concentrent l'essentiel des attaques : l'Asie du Sud-est, le golfe d'Aden et le golfe de Guinée. Les navires sont interceptés, détournés pour obtenir une rançon ou pillés.

À savoir

Le **canal de Suez** a été creusé dans la seconde moitié du XIXe siècle en Égypte. Il permet de relier la Méditerranée à la mer Rouge et d'éviter le contournement de l'Afrique pour aller de l'Europe à l'Asie.

c Protéger les mers et océans

- La pollution des mers et des littoraux est extrêmement importante. Régulièrement des marées noires souillent les littoraux (en 2010, l'explosion d'une plate-forme pétrolière dans le golfe du Mexique provoque la pire marée noire de l'histoire des États-Unis).

- L'essentiel de la pollution provient des activités terrestres et des déchets produits sur les continents. Cette pollution ainsi que la surpêche sont responsables d'une diminution des ressources des océans.

- L'Organisation maritime internationale, créée en 1948 dans le cadre de l'ONU et regroupant 172 États, tente avec des conventions de préserver les milieux marins et d'assurer la sécurité en mer. Toutefois, cette agence a peu de moyen face aux enjeux économiques et commerciaux.

La France : une puissance maritime ?

À revoir
OK

30

1 LE DEUXIÈME DOMAINE MARITIME MONDIAL

a Un vaste domaine en extension

- La France dispose d'un domaine maritime de 11 millions de km² et de 18 500 km de côtes. Elle détient le 2e domaine maritime mondial derrière les États-Unis et devant l'Australie.
- Le domaine maritime français se compose des eaux territoriales et surtout d'une vaste zone économique exclusive.
- En 2015, la France a agrandi son domaine maritime d'environ 500 000 km², soit une étendue équivalente à la superficie de la métropole.

À savoir

DROM et COM : Il existe 5 Drom : la Martinique, la Guadeloupe, la Guyane, la Réunion et Mayotte. Les collectivités d'outre-mer (COM) sont des territoires français qui disposent d'un statut et d'institutions spécifiques. C'est le cas de la Polynésie française, Saint-Barthélemy, Saint-Martin, Saint-Pierre-et-Miquelon et Wallis-et-Futuna.

b Un domaine maritime hérité du passé colonial

- L'importance du domaine maritime est liée à l'histoire coloniale de la France et aux territoires qui sont restés français après la décolonisation, les 5 départements et régions d'outre-mer (Drom) et les collectivités d'outre-mer (Com).

2 UNE PRÉSENCE SUR TOUS LES OCÉANS

a Quatre façades maritimes en Europe

- Le domaine maritime de la France hexagonale (Corse comprise) représente 345 000 km² soit 3 % du domaine maritime total.
- La France dispose d'un accès à la mer du Nord, la Manche, l'Atlantique et la mer Méditerranée.

b Une présence sur quatre océans

- L'immense majorité du domaine maritime public (97 %) se situe en outre-mer.
- La plus grande partie des territoires maritimes est dans le Pacifique. La Polynésie (40 % de la ZEE française), complétée par la Nouvelle Calédonie, Wallis et Futuna et Clipperton.

- L'océan indien est le 2e ensemble, il se compose de la Réunion, Mayotte et des terres australes (Iles Kerguelen, Crozet ...).

- L'océan atlantique et la mer des Caraïbes complètent le domaine avec les Antilles (Martinique, Guadeloupe ...) et Saint-Pierre-et-Miquelon à proximité des côtes canadiennes.

- La Terre Adélie permet également à la France d'avoir une présence dans l'océan Austral.

3 UN ENJEU POUR LA FRANCE

a Un enjeu économique

- L'économie bleue représente 14 % du PIB français et emploie environ 800 000 personnes. Les secteurs les plus importants sont le tourisme balnéaire, la pêche, l'industrie nautique, la construction et les activités navales.

- Malgré la concurrence de l'Asie, certains chantiers navals restent dynamiques. Saint Nazaire est spécialisé dans la construction de navires de croisière de grandes tailles, Cherbourg, des navires militaires notamment des sous-marins.

- Les activités touristiques et de loisir présentent également un très grand intérêt économique. À titre d'exemple, Marseille est devenue une escale pour les bateaux de croisière qui sillonnent l'ouest de la Méditerranée.

- La France ne dispose pas de très grands ports, les volumes traités sont faibles par rapport aux concurrents européens (Anvers Rotterdam, Hambourg...) ou asiatiques.

- Les deux premiers ports français sont Le Havre et Marseille, respectivement 56e et 107e au rang mondial en 2018.

b Un enjeu stratégique

- L'étendue du domaine maritime permet à la France d'avoir une présence planétaire et de pouvoir intervenir loin de son territoire.

- En plus de ses territoires d'outre-mer, la France dispose de bases navales installées dans d'autres pays. Djibouti au Sud de la mer Rouge, est sur une des routes maritimes les plus importantes au monde, qui relie la mer Méditerranée à l'océan Indien. Une seconde plus récente à Abu Dhabi dans le golfe persique, lieu stratégique de production d'hydrocarbures.

- La France est dotée d'une marine de guerre moderne et opérationnelle. Les sous-marins atomiques et un porte-avion, sont essentiels pour projeter sa puissance loin de son territoire.

Je me teste sur...

MERS ET OCÉANS DANS LA MONDIALISATION

1 **Quelle est la part des mers et océans à la surface de la terre ?**

☐ a. 61 %. ☐ b. 71 %. ☐ c. 81 %.

2 **Quelle est la part du trafic de marchandises réalisée par les mers et océans ?**

☐ a. 70 %. ☐ b. 80 %. ☐ c. 90 %.

3 **Quel pays compte 7 ports parmi les 10 premiers ports mondiaux ?**

☐ a. La Chine.
☐ b. Les États-Unis.
☐ c. Le Japon.

4 **Lequel de ces seuils maritimes n'est pas un détroit ?**

☐ a. Gibraltar.
☐ b. Malacca.
☐ c. Panama.

5 **À quelle distance de la côte la limite de la ZEE est-elle fixée ?**

☐ a. 20 milles nautiques.
☐ b. 200 milles nautiques.
☐ c. 2000 milles nautiques.

6 **Quelle est la superficie du domaine maritime français ?**

☐ a. 1 million de km^2.
☐ b. 11 millions de km^2.
☐ c. 22 millions de km^2.

7 **Quel océan abrite la part la plus importante du domaine maritime français ?**

☐ a. L'océan Pacifique.
☐ b. L'océan Atlantique.
☐ c. L'océan Indien.

8 **Quel est le 1er port français pour le traitement des conteneurs ?**

☐ a. Marseille.
☐ b. Le Havre.
☐ c. Saint Nazaire.

Corrigés au verso

Corrigés

1 Quelle est la part des mers et océans à la surface de la terre ?

> **b.** Les mers et océans couvrent 71 % de la surface terrestre et permettent de mettre en relation les différents territoires.

Voir **Fiche 28**

2 Quelle est la part du trafic de marchandises réalisée par les mers et océans ?

> **c.** 90 %, soit 11 milliards de tonnes de marchandise en 2017.

Voir **Fiche 28**

3 Quel pays compte 7 ports parmi les 10 premiers ports mondiaux ?

> **a.** La Chine faisant de l'océan Pacifique le centre de gravité du commerce maritime mondial.

Voir **Fiche 28**

4 Lequel de ces seuils maritimes n'est pas un détroit ?

> **c.** Le Panama est un isthme.

Voir **Fiche 28**

5 À quelle distance de la côte la limite de la ZEE est-elle fixée ?

> **b.** La limité de la ZEE est situé 200 milles nautiques de la côte, l'État y exerce sa souveraineté.

Voir **Fiche 29**

6 Quelle est la superficie du domaine maritime français ?

> **b.** La superficie du domaine maritime français est de 11 millions de km^2 pour 18 500 km de côtes.

Voir **Fiche 30**

7 Quel océan abrite la part la plus importante du domaine maritime français ?

> **a.** La part la plus importante du domaine maritime français se situe dans l'océan Pacifique et notamment la Polynésie qui représente 40 % de la ZEE française.

Voir **Fiche 30**

8 Quel est le 1er port français pour le traitement des conteneurs ?

> **b.** Le premier port français est Le Havre (56e rang mondial) devant Marseille (107e).

Voir **Fiche 30**

La hiérarchie des centres de décision mondiaux

À revoir
OK

31

1 UNE MODIFICATION DES CENTRES D'IMPULSION

a Les pays développés dominants mais en perte de vitesse

- Les pays développés regroupent les pays anciennement développés d'Europe, d'Amérique du Nord, du Japon et d'Océanie (Australie, Nouvelle Zélande) et les Nouveaux pays industrialisés (NPI) la Corée du Sud, Taiwan et Singapour.
- Ces pays restent des pôles importants de la mondialisation. Économiquement, ils assurent une part importante de flux de marchandises, sont à l'origine de nombreuses innovations, contrôlent les trois principales monnaies mondiales (dollar, euro, Yen), possèdent le plus grand nombre de firmes transnationales. Politiquement, ils président et accueillent les grandes institutions internationales (OMC, ONU, FMI, Banque mondiale...).
- Cependant, ils ne produisent plus que 45 % de la richesse mondiale, alors qu'ils en assuraient 66 % avant 2008.

b Le poids grandissant des pays émergents

- La mondialisation a permis l'affirmation de nouvelles puissances. Les pays émergents connaissent une croissance économique soutenue et une amélioration de leur niveau de développement.
- Une trentaine d'États sont considérés comme émergents et bénéficient des investissements (IDE), des délocalisations industrielles des pays développés. Ils exportent des produits agricoles, énergétiques et manufacturés.
- Parmi les pays émergents, les BRICS font figure de puissances émergentes. Le Brésil, la Russie, l'Inde, la Chine et l'Afrique du Sud produisent environ 30 % du PIB mondial.
- La montée en puissance du G20, forum qui réunit les 19 pays les plus puissants du monde plus l'UE, témoigne de l'affirmation de nouveaux centres de décision.

2 LA RUSSIE DANS LA MONDIALISATION

a Le renouveau de l'économie russe ?

- La Russie est passée en trente ans d'une économie communiste, planifiée et collective à une économie libérale et capitaliste.

- La privatisation de l'économie lancée dans les années 90 provoque une crise importante. Depuis le début des années 2000, la croissance économique repart à la hausse mais elle connaît un nouveau ralentissement depuis 2013.
- La Russie est actuellement la 11e puissance économique de la planète.
- Sa croissance repose largement sur l'exportation de matières premières, en particulier les hydrocarbures et sur un important secteur public qui assure un tiers du PIB.
- Aujourd'hui, la Russie occupe une situation intermédiaire, entre les pays développés et les pays émergents.

b Les territoires russes intégrés à la mondialisation

- 75 % de la population vit dans la partie européenne de la Russie à l'ouest de l'Oural. Moscou, la région de Rostov et le Caucase méridional sont les espaces avec les plus fortes densités humaines.

À savoir

L'**Ouest de la Russie** représente près du tiers de la richesse produite sur le territoire russe.

- Le centre économique de la Russie s'étend de Saint Pétersbourg aux rives de la Volga en passant par Moscou. C'est l'espace le plus riche, le plus dynamique et qui attire l'essentiel des investissements directs étrangers (IDE).
- Moscou est la métropole la plus active du pays. Elle compte 12 millions d'habitants et concentre le pouvoir politique et économique du pays.
- La 2e métropole du pays Saint Pétersbourg (5 millions d'habitants) est un centre touristique et culturel majeur en Russie.
- Les frontières occidentales, sont également des zones de contacts avec l'UE ; elles sont des interfaces dynamiques avec les voisins européens.

c Les territoires russes en périphérie ou en marge de la mondialisation

- Les régions de l'Oural et le long du transsibérien jusqu'à Novossibirsk ont des densités de population moyennes (10 à 50 habitants par km^2).
- Les activités économiques sont variées. Mais, les industries lourdes, développées à l'époque soviétique, connaissent d'importantes difficultés économiques.
- À l'est de l'Oural, les densités humaines sont très faibles, c'est un peuplement en archipel, les zones habitées correspondent aux gisements exploités.
- Dans cette partie du pays, les conditions naturelles sont extrêmes et la mise en valeur très limitée.

L'inégal accès des territoires à la mondialisation

À revoir
OK

32

1 TERRITOIRES TRÈS INTÉGRÉS

a Les centres urbains

- Les métropoles et en particulier les villes mondiales polarisent l'essentiel des flux (marchandises, données, capitaux et population). Elles concentrent les activités tertiaires supérieures, les infrastructures de transport et de communication et les pouvoirs de décision.

- Le nombre de villes mondiales varie en fonction des analyses, entre 20 et 50. Elles fonctionnent en réseau et forment l'archipel métropolitain mondial (AMM).

- Dans certaines régions, de véritables régions urbaines se sont constituées, les mégalopoles. Ces mégalopoles sont de vastes ensembles urbains composés de plusieurs métropoles, étendus sur plusieurs centaines de kilomètres, peuplés de plusieurs dizaines de millions d'habitants et dont le rayonnement est planétaire.

- Il existe trois mégalopoles principales : la mégalopolis au Nord-Est des États-Unis ; la mégalopole européenne et la mégalopole japonaise.

b Les interfaces

À savoir

En géographie, **une interface** est un espace qui met en relation deux ensembles géographiques différents. On peut distinguer les interfaces littorales et frontalières.

- Les façades maritimes sont des interfaces littorales qui mettent en relation un avant pays océanique et un arrière-pays plus ou moins profond, l'hinterland.

- Les façades maritimes profitent de la croissance du commerce de marchandise et de l'utilisation massive des transports maritimes. La mondialisation a renforcé le phénomène de littoralisation et de maritimisation.

- Il existe trois façades principales, en Amérique du Nord-est sur la côte atlantique, en Europe du Nord-Ouest et en Asie orientale de Tokyo à Singapour.

- Les frontières sont également des interfaces. Elles mettent en contacts des territoires ayant des différences de réglementation et de niveau de développement. La frontière devient alors un lieu d'échanges et d'activités économiques.

c Des territoires fortement spécialisés

- Certains territoires sont intégrés à la mondialisation en raison de leur spécialisation productive. Une spécialisation financière pour les paradis fiscaux, industrielle pour les zones franches, technologique pour les technopoles, agricoles pour les vignobles ou touristiques pour quelques littoraux ou territoires insulaires.

2 TERRITOIRES MOINS INTÉGRÉS OU EN MARGE

a Un accès difficile pour des raisons économiques

- La pauvreté limite les échanges et la présence des acteurs économiques. Les PMA par exemple ont un très faible accès à la mondialisation, seuls des territoires limités et des populations réduites y participent.

- À une échelle plus grande, la marginalisation économique s'observe dans une ville ou un quartier, y compris dans les pays du nord. Toutes les métropoles sont confrontées à la ségrégation socio spatiale, comme les ghettos dans les villes des États-Unis.

b Une marginalisation pour des raisons politiques

- Quelques États recherchent un isolement politique volontaire à l'image de la Corée du Nord. D'autres en raison des tensions ou des conflits sont exclus de la mondialisation par les acteurs (FTN, organismes internationaux, États...) qui estiment que la sécurité est insuffisante pour développer des activités, par exemple la Somalie.

- Des espaces fragiles ou considérés comme menacés sont volontairement mis à l'écart de la mondialisation pour les protéger. Par exemple, la communauté internationale a décidé en 1991 avec le protocole de Madrid d'interdire l'exploitation et les activités militaires en Antarctique.

c Une marginalisation du fait des contraintes géographiques

- Certains territoires ou sociétés sont à l'écart des réseaux de communication, qui sont fondamentaux pour être intégrés à la mondialisation. Par exemple, l'enclavement, c'est à dire, l'absence d'accès à la mer (Bolivie/Mongolie) demeure une contrainte à l'intégration dans l'économie mondialisée.

- À l'intérieur même d'États très bien intégrés à la mondialisation, des territoires subissent la contrainte de la distance et souffrent d'isolement : zone de montagnes, espaces ruraux, zones de forêt...

Des coopérations à différentes échelles

À revoir
OK

33

1 DES FORMES DE COOPÉRATION VARIÉES

a Une coopération internationale dans le cadre de l'ONU

- L'ONU, créée le 26 juin 1945 avec la signature de la charte de San Francisco, est la principale structure de coopération à l'échelle planétaire. Elle est chargée de maintenir la paix et la sécurité ; développer les relations amicales entre les nations ; favoriser la coopération internationale et harmoniser les efforts des nations dans des objectifs communs.

À savoir

L'**ONU** est une organisation intergouvernementale qui compte aujourd'hui 193 États membres.

- 15 agences spécialisées sont chargées de favoriser la coopération sur des thématiques précises : la santé (OMS), la culture et l'éducation (UNESCO), l'enfance (UNICEF)...

b Les associations régionales

- Les États se regroupent également par continent, sous-continent ou par région pour coopérer dans des domaines bien précis. Par exemple l'Union africaine est un forum politique réunissant les 55 États du continent.
- Les principales associations régionales sont l'Union européenne, l'AEUMC, le Mercosur, l'Asean... Si elles ont vocation à favoriser le libre-échange, elles servent également à régler des problèmes politiques, environnementaux, judiciaires...

c Les groupes et sommets informels

- Les États cherchent également à se regrouper par affinité. Ainsi en 1964, le groupe des 77 (G77) est créé à l'ONU par des pays en développement pour promouvoir leurs intérêts économiques et politiques.
- En 1975-1976, le G7 qui réunit les 7 premières puissances industrielles est fondé pour définir des politiques communes. Depuis 1999, le G20, composé des 19 premières économies mondiales plus l'UE, se retrouve tous les ans pour aborder les problèmes de la planète. Ces groupes de discussion servent à définir des actions communes et à les proposer dans les organisations internationales. Ainsi, après la crise économique de 2008, le G20 a proposé de mieux encadrer les banques et les paradis fiscaux.

2 LES ÎLES DE LA CARAÏBE ET DES ANTILLES

a Une très forte diversité

- Cet espace insulaire se compose de deux ensembles principaux les Grandes Antilles au nord et les Petites Antilles au Sud. Ces îles séparent à l'ouest le golfe du Mexique et la mer des Caraïbes et à l'Est l'Océan Atlantique.
- C'est un espace fragmenté politiquement qui regroupe 28 entités politiques, soit des États indépendants comme Cuba ou la Jamaïque, soit des territoires sous tutelle comme les Antilles françaises (Guadeloupe, Martinique), britanniques (Iles Caïman) ou néerlandaises (Curaçao).
- Les îles de la Caraïbe et des Antilles sont très diverses économiquement. En effet, des territoires pauvres et peu développés comme Haïti, seul PMA du continent américain, côtoient des espaces insulaires à haut niveau de vie comme la Barbade, les Bahamas, Antigua et Barbuda, la Martinique...
- Il existe également une grande variété culturelle et linguistique. Les Iles du bassin caraïbe regroupent des territoires créolophones, hispanophones, anglophones, francophones et néerlandophones. Ces langues sont des héritages de la présence amérindienne, africaine et européenne.

b Une volonté d'intégration régionale

- De nombreuses structures d'intégration régionales existent dans le bassin caraïbe.
- L'Association des États de la Caraïbe (AEC) est une organisation internationale créée en 1994. Sa fonction est de promouvoir la coopération et l'action concertée entre ses participants. Elle compte 25 États membres, dont des États d'Amérique centrale et du Sud et 10 États associés (territoires sous tutelles européennes).
- CARICOM est l'abréviation de *Caribbean Community* (Communauté caribéenne) qui a été fondée en 1973 et compte 15 membres, essentiellement des pays anglophones, sauf Haïti qui est francophone. Elle a pour objectifs de créer un marché commun et de favoriser des politiques communes (santé, prévention des risques naturels, agriculture...).
- Certaines îles appartiennent à des associations internationales, qui sortent du cadre régional. Par exemple, les îles sous tutelles européennes (Martinique, Guadeloupe...) sont intégrées à l'UE. D'autres comme Antigua et la Dominique sont membres de l'ALBA (Alliance bolivarienne) fondée par le Venezuela et Cuba. Treize îles de la Caraïbe font partie du groupe des États d'Afrique, de la Caraïbe et du Pacifique (ACP) lié par des accords commerciaux à l'Union Européenne.

Tensions et régulation au sein de la mondialisation

À revoir
OK

34

1 LA MONDIALISATION À L'ORIGINE DE TENSIONS

a Des tensions économiques

- La mondialisation accroît la concurrence entre les États et génère des tensions. Les pays émergents sont accusés par les pays développés d'obtenir des coûts de production très faibles car leurs réglementations sociales ou environnementales sont réduites ou inexistantes.

- Les pays en développement accusent les pays développés d'aider leurs entreprises et leurs agriculteurs par des subventions ce qui introduit une concurrence déloyale.

- Le commerce est à l'origine de nombreux différends.

À savoir

La « **guerre de la banane** » est un conflit commercial qui a opposé l'Europe aux pays d'Amérique latine et aux États-Unis. Elle a duré de 1993 à 2009

- Depuis 2018, la Chine et les États-Unis se livrent une guerre commerciale, chacun taxant les produits de l'autre en représailles.

b Des tensions géopolitiques

- Les guerres intra ou interétatiques génèrent des tensions internationales car les grandes puissances s'opposent sur la résolution des conflits.

- Par exemple, dans la guerre civile syrienne, plusieurs pays interviennent et soutiennent des camps différents. La Russie est l'alliée du régime de Bachar el Assad, alors que la Turquie s'y oppose et que les occidentaux veulent combattre les groupes djihadistes et arment les Kurdes syriens opposés au régime et ennemis des Turcs.

c Des tensions migratoires

- La mondialisation favorise les mobilités humaines et notamment les flux migratoires des régions en crise (Amérique centrale, Moyen Orient, Afrique subsaharienne...) vers les États plus stables et plus riches (Europe, Amérique du Nord, Australie...).

- Pour des raisons économiques et politiques les principaux pays d'accueil ferment leurs frontières et limitent les entrées. Certains États renforcent leurs frontières pour éviter les migrations clandestines (Hongrie, États-Unis).

2 LA RÉGULATION DE LA MONDIALISATION

a La régulation financière

- Après avoir connu une période de déréglementation financière dans la 2nde moitié du XXe siècle aboutissant à une globalisation financière, la crise de 2008 a rappelé la nécessité de contrôler les flux financiers.

- Deux institutions internationales, le Fonds monétaire international (FMI) et la Banque Mondiale, créés en 1944, ont vocation à encadrer le système financier mondial. Ces deux institutions regroupent 189 pays et ont leur siège à Washington.

- Le FMI est chargé d'assurer la stabilité du système monétaire international (SMI) et d'intervenir dans des pays en difficulté comme en Grèce (2010).

- La Banque mondiale accorde des prêts aux pays en développement. C'est le premier prêteur d'argent public au monde. En 2018, elle a prêté 67 milliards de dollars dans le monde.

b La régulation commerciale

- La mondialisation se caractérise par l'intensification du commerce dans le monde et par la diffusion du libre-échange. De 1945 à 1995, le GATT est chargé de réduire les tarifs douaniers entre pays membres. Il est remplacé par l'Organisation mondiale du commerce (OMC) en 1995.

- Aujourd'hui, l'OMC dont le siège est à Genève compte 164 États membres. Elle est chargée de réduire les obstacles au libre-échange, et d'arbitrer les différends commerciaux entre États.

c La régulation environnementale

- En 1972, le Programme des nations unies pour l'environnement (PNUE) est créé. La même année, l'ONU organise le 1er sommet de la Terre à Stockholm. Dorénavant, tous les 10 ans, les dirigeants de la planète se retrouvent pour évoquer les questions écologiques et instaurer un développement durable.

- Le sommet de Rio (Brésil) organisé en 1992 a mis en avant la question climatique et depuis 1995, la communauté internationale se réunit tous les ans lors de la Conférence des parties (COP) pour mettre en place des solutions. La COP 21, à Paris en 2015, a permis de trouver un accord universel pour limiter le réchauffement climatique à 2 degrés.

Le rayonnement international de la France

À revoir
OK

35

1 UNE PUISSANCE ÉCONOMIQUE MONDIALE

- La France dispose d'une agriculture puissante au 1er rang européen avec une production estimée à 73 milliards d'euros en 2019.

À savoir

La France a un **PIB** de 2 762 milliards de dollars en 2019, soit le 7e rang mondial, entre le Royaume-Uni et l'Italie.

- L'industrie française subit de profondes transformations mais reste puissante et innovante. Elle est classée au 6e rang en termes de pourcentage du PIB consacré à la recherche.
- Le secteur des services domine l'activité économique française, il exporte et dégage un excédent important. Parmi les services les plus dynamiques, les banques, les assurances, les transports, le commerce, le tourisme...
- Le rayonnement économique de la France est lié à des firmes transnationales dynamiques. Au total, on compte 29 FTN françaises dans les 500 premières FTN mondiales.

2 UNE INFLUENCE GÉOPOLITIQUE

a Une puissance militaire

- La France est une puissance militaire importante détenant, depuis 1960, l'arme nucléaire. Ses dépenses militaires la placent au 5e rang mondial et au 3e rang pour les exportations d'armement. Elle participe à des opérations extérieures (Mali, Syrie, Irak...) dans le cadre de l'OTAN ou sous mandat de l'ONU.
- Grâce à ses territoires d'outre mer, la France dispose de bases militaires réparties à travers le monde.

b Une diplomatie active

- La France s'appuie sur un réseau d'ambassades et de consulats étendu, le 3e au monde derrière celui des États-Unis et de la Chine. Elle fait également partie des cinq membres permanents du Conseil de sécurité de l'ONU et dispose à ce titre d'un droit de véto.
- Plusieurs organisations internationales ont leur siège en France : l'UNESCO à Paris, Interpol à Lyon, l'Organisation mondiale de l'eau à Marseille.

- La France est active dans les principales institutions internationales (OMC, G8, G20...). Elle est l'une des principales contributrices au budget des organisations internationales.

3 LE RAYONNEMENT CULTUREL DE LA FRANCE

a Un soft power important

- En 2017 comme en 2019, la France occupe la 1re place en termes de soft power. Son influence politique passe par une importante aide au développement. L'action humanitaire de la France est aussi le fait de nombreuses ONG tricolores comme Médecins sans Frontières ou Médecins du Monde.
- Grâce à l'importance de son patrimoine, la France noue des relations avec des pays, et développe des partenariats. Par exemple, en 2017, le Louvre Abu Dhabi ouvre ses portes, la moitié des 600 œuvres exposées sont prêtées par la France pour 10 ans.
- De plus, la France organise de nombreuses manifestations internationales, dont la COP 21 en 2015, l'Euro de football en 2016, et les JO en 2024.

b La francophonie

- Le rayonnement culturel du français est ancien. Il est une langue officielle à l'ONU, à l'Union européenne et au Comité international olympique. Aujourd'hui, le français est la cinquième langue la plus parlée au monde avec près de 274 millions de locuteurs (4% de la population mondiale).
- L'OIF (Organisation Internationale de la Francophonie) compte 88 États membres ainsi que 27 pays observateurs. Cette organisation permet de promouvoir la langue française et les valeurs que la France entend porter : droits de l'homme, paix, démocratie...
- Pour promouvoir le français dans le monde il existe l'Alliance Française qui est présente dans 132 pays, avec plus de 800 sites et près de 500 000 étudiants. Le français profite d'un réseau de 520 établissements scolaires à l'étranger et de médias internationaux francophone tels que la radio RFI et les chaînes de télévision TV5 Monde et France 24.
- Enfin, deux millions de français vivent à l'étranger et contribuent également à diffuser la langue et la culture française. De la même manière, les étrangers installés en France sont des relais de la culture et des valeurs françaises.

L'inégale attractivité de la France dans la mondialisation

À revoir
OK

36

1 UN TERRITOIRE ATTRACTIF

a Pour les entreprises étrangères

- En 2018, 28 600 entreprises étrangères sont implantées en France et emploient 2,2 millions de salariés.
- Les investissements directs étrangers (IDE) en France connaissent une croissance régulière depuis 2016. 1 323 projets d'investissements étrangers ont été réalisés en 2018. Ce qui place la France au 2e rang européen derrière l'Allemagne.
- Les principaux pays à l'origine des IDE en France sont le Royaume-Uni, les Pays-Bas, les États-Unis et l'Espagne.
- La qualité des infrastructures, le niveau de formation de la main-d'œuvre, la qualité de la recherche et sa situation en Europe font de la France un territoire attractif pour les entreprises étrangères.

b Pour les touristes internationaux

- La France est très attractive pour les touristes. L'hexagone a accueilli près de 90 millions de touristes en 2018, ce qui le place au 1er rang des pays pour le nombre de visiteurs.
- Cette fréquentation s'explique par la diversité de l'offre touristique : diversité des paysages, patrimoine culturel (architecture, mode, gastronomie), stations balnéaires variées, stations de sports d'hiver, métropoles attractives...

c Pour les migrants internationaux

- La France attire les étrangers, en 2018 elle a accordé 255 000 titres de séjours et près de 120 000 demandes de statut de réfugiés ont été déposées.
- La France est également attractive pour les étudiants étrangers. En 2018, ils étaient 343 400 soit une augmentation de 4,5 % par rapport à l'année précédente.
- Un tiers des migrants provient d'Afrique, un tiers d'Europe et un tiers d'Asie, Amérique et Océanie.
- À ces flux légaux, il faut ajouter les flux de migrants illégaux. Selon des estimations, il y aurait en France environ 300 000 personnes en situation irrégulière.

2 UNE INÉGALE ATTRACTIVITÉ

a L'importance de la région Ile de France

● L'Ile de France est de loin la région la plus attractive du territoire national.

À savoir

L'**Ile de France** est la région la plus peuplée avec 12 millions d'habitants et la plus riche avec un PIB équivalent à celui des Pays-Bas.

● D'un point de vue économique, l'Ile de France capte la part la plus grande des IDE en France. En 2018, la région a accueilli 409 investissements directs en provenance de l'étranger (IDE). Elle accueille 8 000 entreprises étrangères. La capitale française profite notamment du Brexit et du redéploiement d'activités d'entreprises installées à Londres. L'Ile-de-France est devenue en 2018 la première destination mondiale des investissements en R&D.

● Sur un plan politique, l'Ile de France accueille le siège d'institutions internationales : l'OCDE et l'UNESCO.

● Dans le domaine culturel, la région organise de grands évènements internationaux : sportifs (Jeux olympiques de 2024), mode (fashion week), technique (salon international du Bourget)... Paris est la première ville touristique mondiale avec près de 29 millions de touristes étrangers en 2019. C'est également, la 1re ville de salons et de Congrès en Europe.

b D'autres territoires attractifs

● Les métropoles sont des territoires qui attirent davantage les investisseurs et les entreprises étrangères. À ce titre les métropoles de Lille, Lyon, Toulouse, Marseille, Nantes, Strasbourg sont celles qui attirent le plus d'IDE notamment pour l'installation de sièges sociaux.

● Les territoires périurbains et les villes moyennes attirent la majorité des projets industriels ou logistiques comme la plateforme Amazon de Brétigny sur Orge inaugurée en octobre 2019.

● Les territoires frontaliers constituent des espaces attractifs, notamment le Nord-est de la France qui profite de la proximité de l'Allemagne, du Luxembourg et de la Suisse.

● Les pôles de compétitivité sont des territoires qui servent à favoriser la recherche et l'innovation en réunissant au même endroit des entreprises, des laboratoires et des établissements de formation travaillant dans un même secteur. Comme le pôle de compétitivité de La Cosmetic Valley dans la région centre ou Aerospace Valley en Occitanie.

Je me teste sur…

DYNAMIQUES DE LA MONDIALISATION

1 À quelle catégorie de pays la France appartient-elle ?

- ☐ **a.** Pays en développement.
- ☐ **b.** Pays développé.
- ☐ **c.** Pays émergent.

2 Quelle est la part de la richesse mondiale assurée par les pays développés en 2019 ?

- ☐ **a.** 45 %.
- ☐ **b.** 55 %.
- ☐ **c.** 65 %.

3 Quelle est la part du PIB réalisée par les BRICS ?

☐ **a.** 15 %. ☐ **b.** 30 %. ☐ **c.** 45 %.

4 Comment s'appellent les grands centres urbains qui dominent la mondialisation ?

- ☐ **a.** Ville internationale.
- ☐ **b.** Mégalopole.
- ☐ **c.** Ville mondiale.

5 Qu'est-ce que l'enclavement ?

- ☐ **a.** Un territoire sans accès à la mer.
- ☐ **b.** Un territoire isolé.
- ☐ **c.** Un territoire dont les frontières sont fermées.

6 Sur quel continent trouve-t-on le plus grand nombre de PMA dans le monde ?

- ☐ **a.** Amérique.
- ☐ **b.** Asie.
- ☐ **c.** Afrique.

7 Quel organisme est chargé de régler les conflits commerciaux ?

☐ **a.** ONU. ☐ **b.** FMI. ☐ **c.** OMC.

8 Où s'est déroulé le premier sommet de la Terre organisé par l'ONU en 1972 ?

- ☐ **a.** Stockholm.
- ☐ **b.** Rio de Janeiro.
- ☐ **c.** Paris.

Corrigés au verso

Corrigés

1 À quelle catégorie de pays la France appartient-elle ?

> **b.** La France appartient à la catégorie des pays développés qui regroupent les pays d'Amérique du Nord, du Japon, de l'Océanie et les NPI.

Voir **Fiche 31**

2 Quelle est la part de la richesse mondiale assurée par les pays développés en 2019 ?

> **a.** 45 % de la richesse mondiale est assuré par les pays développés, ce chiffre est en baisse (60 % avant 2004).

Voir **Fiche 31**

3 Quelle est la part du PIB réalisée par les BRICS ?

> **b.** 30 % du PIB est réalisé par les BRICS (Brésil, Russie, Inde, Chine et Afrique du Sud).

Voir **Fiche 31**

4 Comment s'appellent les grands centres urbains qui dominent la mondialisation ?

> **c.** Ces grands centres urbains s'appellent des villes mondiales, on en compte une trentaine.

Voir **Fiche 32**

5 Qu'est-ce que l'enclavement ?

> **a.** L'enclavement désigne un territoire sans accès à la mer. Ces territoires sont peu intégrés à la mondialisation car isolés.

Voir **Fiche 32**

6 Sur quel continent trouve-t-on le plus grand nombre de PMA dans le monde ?

> **c.** On trouve le plus de PMA en Afrique.

Voir **Fiche 32**

7 Quel organisme est chargé de régler les conflits commerciaux ?

> **c.** L'OMC est chargée de régler les conflits mondiaux, 164 États en sont membres.

Voir **Fiche 34**

8 Où s'est déroulé le premier sommet de la Terre organisé par l'ONU en 1972 ?

> **a.** Le premier sommet de la Terre est organisé à Stockholm.

Voir **Fiche 34**

Entre compétitivité et cohésion des territoires

À revoir
OK

37

> Voir carte p. 256

● Depuis sa fondation, la construction européenne cherche à concilier la compétitivité et la cohésion de ses territoires. Pourquoi et comment cherche-t-elle à unifier son territoire ?

1 UNE GRANDE DIVERSITÉ DE TERRITOIRES

a Un espace globalement riche et développé malgré des différences importantes

● À l'échelle mondiale, l'Union européenne peut être considérée comme un pôle de puissance au PIB important et à l'IDH élevé.

● À l'échelle européenne, les États membres ont toutefois des situations très différentes : les États d'Europe centrale et orientale sont moins intégrés dans les domaines économiques et sociaux que les États d'Europe de l'Ouest.

Attention

Il ne faut pas confondre le **PIB** (produit intérieur brut) qui mesure l'ensemble des richesses produites dans un pays et l'**IDH** (indice de développement humain). Le second est un indice statistique (entre 1 et 0) qui se calcule à partir de trois critères : le PIB par habitant, l'espérance de vie à la naissance et le taux de scolarisation.

b Des inégalités socio-spatiales à l'échelle régionale

● Un tiers des régions européennes concentre les deux tiers du PIB européen. Outre la mégalopole européenne, les régions les plus riches sont donc généralement les métropoles et, en particulier, les capitales et leurs périphéries.

● À l'inverse, les zones rurales ainsi que les bassins industriels en reconversion sont très en retard. Il en est de même pour les territoires ultramarins qui sont très marginalisés notamment à cause de leur situation géographique.

À savoir

L'**Allemagne**, première puissance continentale, est inégalement intégrée dans la mondialisation. Les territoires à l'Est concentrent peu d'activités industrielles et de production. On les retrouve plutôt à l'Ouest et, au Sud avec les principales métropoles.

2 LES OBJECTIFS DES POLITIQUES EUROPÉENNES

a La réduction des inégalités territoriales

- La plus ancienne politique communautaire est la PAC (politique agricole commune). Mise en place à partir des années 1960, elle a permis d'assurer la sécurité alimentaire du continent et de moderniser son agriculture.

- Avec la PAC, l'Union européenne est devenue le premier exportateur et le premier importateur dans le domaine agricole. Elle doit maintenant s'adapter aux nouveaux enjeux environnementaux tels que l'interdiction discutée du glyphosate.

- L'Union européenne a également mis en place une politique de cohésion territoriale à partir des années 1970. Elle se traduit essentiellement par des aides financières appelées fonds structurels européens tels que le FEDER.

b La valorisation des atouts des territoires des États membres

- L'Union européenne peut aussi contribuer à l'ouverture, à la solidarité et à la compétitivité des territoires. C'est notamment le cas avec la politique des transports qui doit contribuer au désenclavement des régions périphériques et améliorer les communications entre les régions européennes.

À savoir

L'un des grands projets de cette **politique des transports** est la mise en place d'un réseau « Seine-Escaut » comme premier réseau européen de transport fluvial. Il a pour objectif de relier les ports français du Havre, Rouen, Dunkerque aux ports belges de Gand et Anvers.

- Une agglomération industrielle ou technologique peut également être valorisée. Ce sont souvent des métropoles frontalières qui cherchent à s'adapter à la fois par une rénovation urbaine et une reconversion industrielle. En France, il y a notamment Grenoble ou Mulhouse.

À savoir

En s'ouvrant ainsi sur l'Europe voire sur le monde, une agglomération cherche à devenir un pôle de compétitivité en liant des entreprises de haute-technologie, des centres de recherche et des universités.

Un espace plus ou moins ouvert sur le monde

À revoir
OK

38

Malgré des atouts non négligeables, l'Union européenne peine à s'affirmer comme une puissance sur la scène mondiale. Comment peut-on l'expliquer ?

1 UN ESPACE TRÈS INTÉGRÉ À LA MONDIALISATION

a Le premier pôle commercial au monde

- L'Union européenne est la première puissance commerciale du monde, devant la Chine et les États-Unis. Les principaux partenaires sont ceux de la « Nouvelle Triade » et des pays émergents.
- Le départ du Royaume-Uni de l'Union européenne en 2020 aura toutefois des conséquences puisque son PIB pesait plus de 15 % du total communautaire.

b Des atouts non négligeables

- L'Union européenne est un espace productif majeur avec son agriculture très productiviste et un secteur industriel très diversifié : raffinage des hydrocarbures (Total), automobile (Volkswagen), aéronautique (Airbus), nucléaire (Areva).
- Des facteurs culturels peuvent également participer à son rayonnement à l'échelle mondiale. L'anglais, l'espagnol, le français et le portugais sont parmi les langues les plus parlées au monde.
- Le continent européen est la première zone touristique au monde.

2 DES TENSIONS EXTERNES ET INTERNES

a L'exemple des frontières : entre effacement et renforcement

- L'Union européenne forme un marché unique : dans cet espace sans frontières douanières, chacun peut librement vendre, acheter ou investir.
- Il ne faut toutefois pas le confondre avec la zone euro puisque seuls 19 des 27 États de l'Union européenne ont adopté cette monnaie commune et unique.

● Depuis 1995, il existe également l'espace Schengen qui permet une libre circulation des personnes mais il ne recouvre pas non plus les frontières de l'Union européenne.

● Dans le même temps, on assiste à une consolidation des frontières extérieures. Ainsi, les entrées dans l'espace Schengen sont très contrôlées afin de limiter les migrations clandestines.

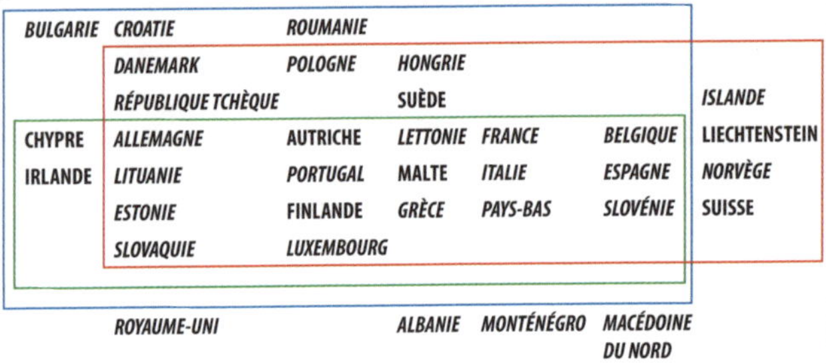

Dans le cadre bleu, les pays membres de l'Union européenne.

Dans le cadre rouge, les pays membres de l'espace Schengen.

Dans le cadre vert, les pays membres de la zone euro. Les micro-États européens (Andorre, Monaco, Saint-Marin, Vatican) utilisent l'euro avec l'accord de l'UE.

En lettres italiques, les pays européens membres de l'OTAN.

b Des défis à relever

● Dans le domaine politique et militaire, l'Union européenne peine à parler d'une seule voix malgré l'instauration d'une politique de sécurité et de défense commune (PSDC). En effet, on retrouve ici l'opposition traditionnelle entre les partisans d'une Europe fédérale et indépendante et les partisans d'une Europe plus atlantiste, c'est-à-dire qui s'appuie sur les États-Unis.

● Dans le domaine fiscal, les disparités entre les États membres sont très importantes (exemple : l'impôt sur les sociétés). Or la question de l'harmonisation nécessite une unanimité des pays membres.

● Il en est de même pour les questions migratoires où s'opposent des États favorables à un « mécanisme de solidarité » entre pays membres et d'autres qui sont opposés au principe même de quotas d'accueil. De plus, cela nécessite aussi des accords avec des pays frontaliers comme la Turquie.

Les territoires transfrontaliers français (1)

À revoir
OK

39

Longtemps symbole de la séparation entre deux États, avec l'intégration, européenne, les territoires transfrontaliers sont devenus des territoires de coopération. En quoi, pour la France, sont-ils caractéristiques des flux de la mondialisation ?

1 DU FRONTALIER AU TRANSFRONTALIER

a Les espaces frontaliers français

- Un espace frontalier peut se définir comme la partie d'un État à la limite d'une frontière avec un autre État. À ce titre, on peut dire que la France métropolitaine possède des espaces frontaliers terrestres avec huit autres États : la Belgique, le Luxembourg, l'Allemagne, la Suisse, l'Italie, Monaco, l'Espagne et Andorre. On peut y ajouter, en outremer, la Guyane, qui a des frontières avec le Suriname et surtout avec le Brésil.
- Cela représente près de 25 millions de personnes dont l'emploi se trouve à moins d'une heure de voiture du pôle français ou étranger.

b Le rôle moteur de l'Union européenne

- La construction européenne avec le marché unique et l'espace Schengen a intensifié les échanges à la fois de marchandises, de services et de personnes. Les populations et les États concernés se sont donc appropriés ces espaces.
- L'objectif de l'Union européenne est d'apporter aux territoires transfrontaliers un cadre institutionnel qui permet de surmonter des obstacles liés aux inégalités socio-économiques et aux différences de législation.
- Financés essentiellement par le FEDER, ce sont précisément les programmes de coopération territoriale européenne transfrontaliers (Interreg A).

Pour aller plus loin

Consulter la **fiche 40** qui détaille l'ensemble des programmes Interreg A pour la période 2014-2020.

2 TYPOLOGIE DES TERRITOIRES TRANSFRONTALIERS

- Ces programmes favorisent sans aucun doute les recompositions spatiales avec des échanges structurés et durables. Pour la France, comme ailleurs, cela ne signifie pas que tous les territoires transfrontaliers en profitent de la même manière. Il peut y avoir des relations inégales, de réciprocité voire très peu de relations.

a Un exemple d'intégration par polarisation

- C'est le cas pour le programme « Grande Région » qui favorise la concentration des flux transfrontaliers humains et financiers vers un pôle, un centre, en l'occurrence ici le Luxembourg. Le Grand-Duché domine en attirant les travailleurs et les investissements.

b Un exemple d'intégration par osmose

- Le programme « France – Wallonie – Flandres » a permis l'émergence d'une vaste Eurométropole, Lille – Courtrai – Tournai. Même si c'est la capitale des Hauts-de-France, le centre, les flux sont bidirectionnels dans une logique de complémentarité en trois tiers : le travail et les études, les achats et les services, les loisirs et les autres activités.

c Un exemple d'intégration par spécialisation

- Nous pouvons ici citer le programme « POCTEFA ». Il a permis l'ouverture d'un hôpital commun transfrontalier, côté Pyrénées espagnol. Mais, dans le même temps, de manière autonome, sans lien de cause à effet, comme à Perpignan, des projets européens essayent de renforcer l'attractivité de cette ville française.

Les territoires transfrontaliers français (2)

À revoir
OK

40

1 LES PROGRAMMES INTERREG A

- Les programmes Interreg A présentés ci-dessous correspondent à la période 2014-2020. De nouveaux programmes sont actuellement en discussion pour tenir compte des nouvelles priorités de la politique régionale mais également du départ de l'Union européenne du Royaume-Uni.
- Ainsi la France a participé à 9 projets métropolitains et 5 projets ultramarins aux objectifs variés.

2 TABLEAU SYNOPTIQUE DES PROGRAMMES

Nom du programme	Territoires concernés	Objectif principal
« POCTEFA »	entre la France, l'Espagne et Andorre	Favoriser l'intégration économique et sociale des territoires pyrénéens
« Rhin supérieur »	entre la France et l'Allemagne	Développer une région économique intégrée
« Italie – France maritime »	entre les littoraux français et italiens	Accessibilité et valorisation des ressources naturelles et culturelles
« ALCOTRA »	entre la France et l'Italie	Améliorer la qualité de vie des populations
« Deux-mers »	entre la France, la Belgique, les Pays-Bas et le Royaume-Uni	Unifier les régions littorales de la Manche et de la Mer du Nord
« France – Suisse »	entre la France et la Suisse	Développer le partenariat dans l'arc jurassien
« France – Wallonie – Flandres »	entre la France et la Belgique	Améliorer et soutenir la collaboration transfrontalière
« France (Manche) – Angleterre »	entre la France et le Royaume-Uni	Faire émerger un espace de citoyenneté commune à l'identité spécifique

Nom du programme	Territoires concernés	Objectif principal
« Grande Région »	entre la France, le Luxembourg, la Belgique et l'Allemagne	Favoriser les projets locaux et régionaux entre les différents acteurs de ses territoires
« Mayotte – Comores – Madagascar »	entre la France, les Comores et Madagascar	Utiliser les ressources de manière responsable et préserver la biodiversité
« Saint-Martin »	entre la France et les Pays-Bas	Assurer à la population de l'île franco-néerlandaise les infrastructures de base et une gestion des risques majeurs
« Caraïbes »	entre la Guadeloupe, la Guyane, la Martinique, Saint-Barthélemy et Saint-Martin	Favoriser la coopération dans la zone et l'intégration dans la région
« Amazonie »	entre la Guyane, le Brésil, le Suriname et le Guyana	Cofinancer des projets d'innovation, de cohésion sociale et de développement durable
« Océan indien »	entre l'île de la Réunion, les Comores, Madagascar, l'île Maurice et les Seychelles	Répondre aux enjeux de co-développement dans la zone

Je me teste sur...

UNION EUROPÉENNE ET MONDIALISATION

1 Où se situent dans l'Union européenne les territoires les plus intégrés ?

- ☐ a. En Europe de l'Ouest.
- ☐ b. En Europe centrale et orientale.
- ☐ c. Dans les territoires ultramarins.

2 À l'échelle régionale, quels sont les territoires les plus intégrés ?

- ☐ a. Les métropoles et les régions capitales.
- ☐ b. Les zones rurales.
- ☐ c. Les bassins industriels en reconversion.

3 Qu'est-ce que la PAC ?

- ☐ a. La politique administrative commune.
- ☐ b. La politique agricole commune.
- ☐ c. La politique agricole concertée.

4 En comptant le Royaume-Uni, quelle place occupe l'Union européenne dans le commerce mondial ?

☐ a. La première. ☐ b. La deuxième. ☐ c. La troisième.

5 Qu'est-ce que le Marché unique européen ?

- ☐ a. Un espace de libre circulation des marchandises.
- ☐ b. Un espace de libre circulation des capitaux.
- ☐ c. Un espace de libre circulation des marchandises et des capitaux.

6 Comment peut-on définir l'Espace Schengen ?

- ☐ a. Une libre circulation des personnes dans tous les pays membres de l'Union européenne.
- ☐ b. Une libre circulation des personnes dans certains pays membres de l'Union européenne.
- ☐ c. Une libre circulation des personnes dans certains pays membres de l'Union européenne et quelques autres.

7 Avec combien d'Etats européens la France a-t-elle une frontière commune ?

☐ a. 6. ☐ b. 8. ☐ c. 10.

8 Que permet un territoire transfrontalier ?

- ☐ a. Un développement égal des deux côtés de la frontière.
- ☐ b. Une concentration des activités productives.
- ☐ c. Une augmentation des flux.

Corrigés au verso

Corrigés

1 Où se situent dans l'Union européenne les territoires les plus intégrés ?

> a. Les territoires les plus intégrés sont ceux situés en Europe de l'Ouest.

Voir **Fiche 37**

2 À l'échelle régionale, quels sont les territoires les plus intégrés ?

> a. Les métropoles et les régions capitales sont plus riches et donc mieux intégrées que les zones rurales et les bassins industriels en reconversions.

Voir **Fiche 37**

3 Qu'est-ce que la PAC ?

> b. La politique agricole commune qui a été mise en place dans les années 1960.

Voir **Fiche 37**

4 En comptant le Royaume-Uni, quelle place occupe l'Union européenne dans le commerce mondial ?

> a. L'UE occupe la première place dans le commerce mondial. Le départ du Royaume-Uni aura des conséquences sur ce classement.

Voir **Fiche 38**

5 Qu'est-ce que le Marché unique européen ?

> c. Le Marché unique est un espace de libre circulation des marchandises et des capitaux, sans frontières douanières.

Voir **Fiche 38**

6 Comment peut-on définir l'Espace Schengen ?

> c. L'espace Schengen permet une libre circulation des personnes dans certains pays membres de l'Union européenne et quelques autres.

Voir **Fiche 38**

7 Avec combien d'Etats européens la France a-t-elle une frontière commune ?

> b. La France a une frontière commune avec 8 pays : la Belgique, le Luxembourg, l'Allemagne, la Suisse, l'Italie, Monaco, l'Espagne et Andorre.

Voir **Fiche 39**

8 Que permet un territoire transfrontalier ?

> c. Un territoire transfrontalier permet une augmentation des flux grâce à des échanges structurés et durables.

Voir **Fiche 39**

Les lignes de force du territoire français

À revoir
OK

41

L'Union européenne et la mondialisation sont deux processus qui impactent fortement l'organisation du territoire français. Quelles évolutions peut-on mettre en évidence ?

1 L'INTÉGRATION EUROPÉENNE ET MONDIALE

a L'intégration par la métropolisation

- Les métropoles jouent un rôle majeur car elles sont attractives et prennent les décisions. Elles concentrent la population, la richesse mais surtout des activités économiques, financières, culturelles, scientifiques et politiques. En d'autres termes, elles organisent le territoire français.
- Les métropoles sont inégalement réparties sur le territoire. Hormis Paris et Lyon, les plus dynamiques se localisent en général sur les littoraux (comme Marseille, Nantes ou Bordeaux) ou dans les régions frontalières (comme Lille, Strasbourg ou même Toulouse).
- Paris est la seule ville mondiale en France. Ses fonctions de commandement et son poids démographique lui permettent d'avoir une influence mondiale. On parle même de macrocéphalie parisienne.

b L'intégration par les réseaux

- L'axe PLM (Paris, Lyon, Marseille) est sans aucun doute le plus structurant. Facilité par l'existence de vallées, ce couloir de circulation majeure combine les voies fluviales (Seine, Rhône), les axes autoroutiers et les lignes ferroviaires à grande vitesse.
- Les métropoles bénéficient d'une meilleure accessibilité à la fois par des gares, des ports et des aéroports. Ces nœuds de transports sont également des hubs car ils permettent une répartition des personnes et des marchandises de manière multimodale sur des territoires plus vastes.

À savoir

Il faut toutefois éviter le **déterminisme géographique**. La présence d'atouts naturels favorables (aménités) peut faciliter des aménagements mais ne les conditionne pas nécessairement.

2 LES CONTRASTES ENTRE LES TERRITOIRES

a Des contrastes démographiques

- La répartition des 67 millions d'habitants en France n'est pas homogène sur le territoire. Il faut distinguer une population jeune, plutôt au Nord et à l'Est ainsi qu'en Outre-mer, d'une population plus vieillissante au Centre et au Sud.

- Dans les dynamiques de peuplement, on peut opposer une France du plein à une France du vide. D'une part, il y a le « Grand Paris » : 2 % du territoire métropolitain concentre 20 % de la population. D'autre part, on peut opposer les régions littorales ou métropolisées aux vieilles régions industrielles en reconversion où le solde migratoire est négatif.

À savoir

En démographie, le **solde migratoire** est la différence entre les entrées et les sorties sur un territoire donné. Il ne faut pas le confondre avec le **solde naturel** qui est la différence entre les naissances et les décès.

b Des contrastes socio-économiques

- La désindustrialisation du Nord et de l'Est s'effectue souvent au bénéfice d'une littoralisation et d'une métropolisation des activités liées à de nouvelles formes d'industrie (technopôles) ou à une tertiarisation de l'économie dans le cadre de la mondialisation.

- À une échelle locale, il convient de distinguer les dynamiques des espaces urbains de celles des espaces ruraux. Ces derniers sont en transition et connaissent une fragmentation. Les espaces périurbains ont des liens forts et directs avec la ville tandis que les espaces hyper-ruraux apparaissent comme plus oubliés, plus pauvres, plus isolés.

Des recompositions territoriales à toutes les échelles

- À revoir
- OK

42

● En France, cette double intégration, européenne et mondiale, peut et doit se lire à toutes les échelles. Quels sont les acteurs et les conséquences territoriales de ces mutations ?

1 À L'ÉCHELLE MONDIALE

a Les FTN (firmes transnationales), acteurs majeurs de la mondialisation

● La puissance des FTN repose sur leur capacité à mettre des territoires en concurrence. L'économie française est ouverte sur le monde : elle est la 10e destination mondiale des flux d'IDE (investissements directs à l'étranger). On retrouve ces FTN essentiellement en région parisienne, et notamment dans le quartier des affaires de La Défense.

● Les intérêts français dans le monde ne sont pas négligeables : la France demeure le troisième investisseur mondial (IDE sortants), derrière les États-Unis et la Chine.

b Des répercussions sur les recompositions du territoire français

● Des systèmes productifs très compétitifs se sont développés. Ce sont essentiellement des pôles de compétitivité qui associent, sur un territoire donné, souvent des métropoles donc, des entreprises, des centres de recherche et des universités afin de développer des productions innovantes.

● Cela accentue souvent la fragmentation socio-spatiale au sein des espaces urbains, ou entre les espaces urbains et les espaces ruraux.

2 À L'ÉCHELLE EUROPÉENNE

a L'Union européenne, un acteur structurant de l'économie française

● La France représente 20 % de la production industrielle du continent et y réalise 60 % de ses exportations. Dans de nombreux domaines, la France a choisi l'échelle européenne pour se développer.

b La France, une interface entre l'Europe du Nord et l'Europe du Sud

- Malgré sa position d'isthme européen, les élargissements successifs à l'Est de l'Union européenne ont pour conséquence de faire basculer le centre de gravité vers l'Europe centrale.

- Dès lors, les politiques européennes prennent en France tout leur sens avec leur double objectif : rendre les territoires plus compétitifs et réduire les inégalités territoriales.

À savoir

Un **isthme** est un espace resserré de terre entre deux mers. La France correspond parfaitement à cette définition puisqu'en Europe de l'Ouest, avec ses quatre façades maritimes, elle relie l'Europe du Nord à l'Europe du Sud.

3 À L'ÉCHELLE FRANÇAISE

a Le rôle croissant de la décentralisation

- À côté du rôle centralisateur de l'État, des collectivités territoriales ont progressivement émergé depuis les années 1980. Ces territoires de proximité sont devenus des acteurs de l'aménagement des territoires. Cette politique décentralisatrice vise à assurer l'égalité des territoires tout en favorisant le développement économique.

À savoir

Les **territoires de proximité** sont les espaces que les hommes se sont appropriés et ont aménagé en vue de satisfaire leurs besoins. Ils sont dits « de proximité » quand il correspondent à la vie quotidienne des habitants.

b Comprendre le rôle des territoires de proximité

- Au nombre de 34 968, les communes sont le territoire de proximité préféré et identifié des Français. Mais elles ne possèdent pas les ressources financières nécessaires à leur développement.

- Au nombre de 9 711, les intercommunalités sont des regroupements de communes. Elles ont pour objectif de faire des économies d'échelle et de mettre en œuvre des aménagements locaux.

- Au nombre de 101, les départements sont un échelon territorial ancien mais dont les fonctions sont de plus en plus « diluées » entre les échelons inférieur et supérieur.

- Au nombre de 18 (hors l'outre-mer), les régions apparaissent donc comme le territoire de proximité le plus pertinent pour faire la liaison entre les logiques d'intégration européenne et mondiale et la cohésion du territoire national.

Je me teste sur...

LA FRANCE ET SES RÉGIONS

1 Quels sont les territoires décisionnaires en France ?

- ☐ a. Les espaces ruraux.
- ☐ b. Les métropoles.
- ☐ c. Les littoraux.

2 Pourquoi parle-t-on de macrocéphalie parisienne ?

- ☐ a. Car c'est la capitale.
- ☐ b. Car elle a une influence mondiale.
- ☐ c. Car elle est bien plus peuplée et bien plus riche que toutes les autres métropoles françaises.

3 Quel est l'axe majeur qui structure le territoire français ?

☐ a. PLM ☐ b. TGV ☐ c. LGV

4 Quels sont les éléments qui déterminent la constitution d'un réseau de transport ?

- ☐ a. L'environnement naturel.
- ☐ b. La politique d'aménagement du territoire.
- ☐ c. Les conditions naturelles et la politique d'aménagement du territoire.

5 Où la population est-elle plutôt vieillissante en France ?

- ☐ a. Dans le Centre et au Sud.
- ☐ b. En Outre-mer.
- ☐ c. Au Nord-Est.

6 Comment se nomment les entreprises qui structurent un territoire dans le cadre de la mondialisation ?

☐ a. Les FTN. ☐ b. Les PME. ☐ c. Les TPE.

7 Quels sont les acteurs publics de l'intégration européenne et mondiale de la France ?

- ☐ a. L'État.
- ☐ b. L'État et l'Union européenne.
- ☐ c. L'État, l'Union européenne et les collectivités territoriales.

8 Combien la France compte-t-elle au total de régions administratives ?

☐ a. 6. ☐ b. 13. ☐ c. 18.

Corrigés au verso

Corrigés

1 Quels sont les territoires décisionnaires en France ?

> **b.** Les métropoles ont un rôle décisionnaires car elles concentrent la population, la richesse et les activités (économiques, financières, politiques…).

Voir **Fiche 41**

2 Pourquoi parle-t-on de macrocéphalie parisienne ?

> **c.** Paris est bien plus peuplée et bien plus riche que toutes les autres métropoles françaises. Son influence est mondiale.

Voir **Fiche 41**

3 Quel est l'axe majeur qui structure le territoire français ?

> **a.** PLM : Paris-Lyon-Marseille. Il combine les voies fluviales, les axes autoroutiers et les lignes de TGV.

Voir **Fiche 41**

4 Quels sont les éléments qui déterminent la constitution d'un réseau de transport ?

> **c.** Les conditions naturelles et la politique d'aménagement du territoire déterminent la constitution d'un réseau de transport.

Voir **Fiche 41**

5 Où la population est-elle plutôt vieillissante en France ?

> **a.** La population est vieillissante dans le Centre et au Sud alors qu'elle est plutôt jeune au Nord, à l'Est et en Outre-mer.

Voir **Fiche 41**

6 Comment se nomment les entreprises qui structurent un territoire dans le cadre de la mondialisation ?

> **a.** Il s'agit des FTN, les firmes transnationales qui mettent des territoires en concurrence.

Voir **Fiche 42**

7 Quels sont les acteurs publics de l'intégration européenne et mondiale de la France ?

> **c.** L'État, l'Union européenne et les collectivités territoriales.

Voir **Fiche 42**

8 Combien la France compte-t-elle au total de régions administratives ?

> **c.** Les 18 régions font la liaison entre les logiques d'intégration européenne et mondiale et la cohésion du territoire national.

Voir **Fiche 42**

Carte mentale

Mers et océans dans la mondialisation

Des espaces essentiels à la mondialisation

- Le mode de transport privilégié des marchandises.
- Ils fournissent des ressources importantes.

Des espaces de libertés convoités

- Une multiplication des conflits pour la ZEE.
- Un moyen de projeter la puissance des États-Unis.
- Des espaces difficiles à sécuriser et à protéger.

En France : un vaste domaine maritime et une puissance maritime

- Essentiellement situé en outremer.
- Avec des enjeux économiques et géostratégiques.
- Permettant une présence planétaire.

Carte mentale

Dynamiques de la mondialisation

Inégale intégration des territoires dans la mondialisation

Des territoires très intégrés
- pays développés, pays émergents
- interfaces, villes mondiales, mégalopoles…
- territoires fortement spécialisés

Des territoires peu intégrés ou en marge
- pays en développement et PMA
- territoires en guerre, zones enclavées
- quartiers pauvres, espaces protégés

Coopérations, tensions et régulations aux échelles mondiale, régionale et locale

- Coopération internationale (ONU, UE, G20…)
- Tensions économiques et géopolitiques
- Régulation économique (FMI), politique (ONU) et environnementale (COP)

La France

Un rayonnement international différencié
- Économie diversifiée, FTN
- Puissance militaire, rôle diplomatique
- Le rôle du français, francophonie

Une inégale attractivité dans la mondialisation
- Forte attractivité pour les entreprises étrangères, les touristes, les migrants
- Des territoires plus attractifs que d'autres : Île-de-France, grandes métropoles, territoires frontaliers

Carte mentale

Union européenne et mondialisation

Un espace plus ou moins ouvert sur le monde

- L'UE est le premier pôle commercial mondial (incidence du Brexit ?)
- Les frontières intérieures sont gommées (zone euro, espace Schengen...)
- Création de l'agence Frontex pour lutter contre les migrations clandestines
- Les défis à relever : harmonisation des fiscalités, PSDC...

Politiques européennes : compétitivité et cohésion des territoires

- Pour lutter contre les inégalités entre Europe de l'Ouest et Europe centrale et orientale et entre mégalopoles et espaces ruraux.
- En valorisant les atouts des territoires et grâce à la politique agricole commune et aux Fonds structurels européens

Les territoires transfrontaliers français

- Les territoires transfrontaliers sont intégrés à l'Union européenne
- Les territoires transfrontaliers sont intégrés par polarisation (dominant/dominé), par osmose (complémentarité) ou par spécialisation (autonomie)

Les territoires français et leur intégration dans l'Union européenne et la mondialisation

Des contrastes territoriaux liés aux transformations du système productif

- Espaces attractifs et fortement intégrés
- Espaces dynamiques
- Espaces industriels en reconversion
- Espaces agricoles modernes et exportateurs
- Espaces ruraux peu ou pas attractifs
- Littoraux touristiques

Des facteurs d'intégration

- Métropole mondiale
- Métropoles régionales
- Autres pôles urbains
- Technopôles et/ou pôles de compétitivité

Des réseaux de transports structurants

- Axes de transports majeurs
- Autres axes importants
- Aéroports internationaux
- Principaux ports maritimes

LEXIQUE D'HISTOIRE

Accords de Genève : traité ratifié en 1954 à Genève entre la République française et la République démocratique du Viêt-Nam et qui met fin à la guerre d'Indochine.

Accords d'Évian : accords négociés entre le gouvernement français et le Gouvernement provisoire de la République algérienne (GPRA) pour mettre fin à la guerre d'Algérie. Signés le 18 mars 1962 à Évian-les-Bains, ils débouchent sur un cessez-le-feu immédiat. Ils mettent fin à 132 ans d'occupation militaire et de colonisation, et à près de huit ans de guerre.

Capitalisme : système économique fondé sur la propriété privée des moyens de production et la recherche de l'intérêt privé (bénéfice). Le capitalisme peut être organisé de façon plus ou moins libérale (laisser faire les acteurs économiques ou encadrer leur activité).

CECA (Communauté Européenne du Charbon et de l'Acier) : institution communautaire destinée à moderniser l'appareil productif du charbon et de l'acier dans les pays signataires du traité de Paris de 1951 (France, Italie, RFA, Belgique, Luxembourg et Pays-Bas).

CEI (Communauté des États indépendants) : alliance composée de 10 des 15 anciennes républiques soviétiques de l'URSS qui a pour but essentiel l'intégration économique et militaire de ces pays au sein d'un espace commun.

CNR (Conseil National de la Résistance) : organisme fondé en 1943 par Jean Moulin pour coordonner tous les courants de la résistance intérieure française. Il met au point un programme commun à tous ces courants en vue de réorganiser la démocratie après la libération du pays.

Collaboration : dans le cadre de la Seconde Guerre mondiale, activité visant à apporter un soutien (politique, militaire, économique ou culturelle) au gouvernement de l'Allemagne nazie.

Communisme : au XXe siècle, système politique visant à supprimer le profit et la propriété privée des moyens de production par un contrôle total de l'État sur la vie économique, en outrepassant les règles démocratiques libérales. Le but utopique est d'aboutir à une société d'égalité parfaite, sans classes sociales.

Conférence de Bandung : conférence qui s'est tenue en avril 1955 à Bandung, en Indonésie, et qui réunit pour la première fois les représentants de vingt-neuf pays africains et asiatiques décolonisés. Elle marqua l'entrée sur la scène internationale d'un « tiers monde » qui refuse d'intégrer les deux blocs opposés de la guerre froide et qui choisit le non-alignement.

Conférence de Belgrade : conférence qui s'est tenue en 1961 qui apparaît comme une prolongation de la conférence de Bandung car elle réaffirme le mouvement des non-alignés.

Conférence de Bretton Woods : conférence monétaire et financière des Nations-Unies rassemblant en juillet 1944 les délégués de nations alliées à Bretton Woods (États-Unis), pour réguler le système monétaire international après la fin de la Seconde Guerre mondiale. Elle donne naissance à la BIRD (Banque internationale pour la reconstruction et le développement) et au FMI.

Conférence de Yalta : conférence réunissant les trois principaux représentants des États alliés de la Seconde Guerre mondiale (Staline, Churchill, Roosevelt) en février 1945 en Crimée. Des décisions importantes y sont prises au sujet du sort de l'Europe après la défaite espérée de l'Allemagne. Les fondements d'un nouvel ordre mondial y sont aussi jetés.

Crime contre l'Humanité : crime de masse défini lors du procès de Nuremberg (1945-1946) comme « l'assassinat, l'extermination, la réduction en esclavage, la déportation et tout autre acte inhumain inspirés par des motifs politiques, philosophiques, raciaux ou religieux et organisés en exécution d'un plan concerté à l'encontre d'un groupe de population civile. »

Critères de convergence : critères économiques, financiers et budgétaires établis par le *Traité de Maastricht* que doivent respecter les pays membres de l'Union européenne pour intégrer la zone euro.

Dérégulation : suppression de certains des règlements encadrant une activité. Dans le domaine de la finance, cela consiste par exemple en une levée de diverses barrières sur les activités bancaires entre États.

Fascisme : doctrine ultranationaliste et antidémocratique, défendue par B. Mussolini à la tête de l'Italie de 1922 à 1943. Cette idéologie survalorise le rôle de l'État comme moyen d'unifier et promouvoir le peuple italien, au besoin par la violence.

Fédéralisme : principe d'organisation institutionnelle où chaque entité territoriale dispose d'une certaine autonomie mais délègue une partie de ses pouvoirs à une entité politique plus large.

FLN (Front de Libération Nationale) : parti politique algérien créé en octobre 1954 pour rendre l'Algérie, alors divisée en départements français, indépendante.

FMI (Fonds Monétaire International) : institution internationale chargée de promouvoir la coopération monétaire entre États, garantir la stabilité financière, faciliter les échanges internationaux, contribuer à la stabilité économique et faire reculer la pauvreté.

Génocide : extermination systématique et intentionnelle d'un peuple par un autre pour des raisons politiques, ethniques et/ou religieuses.

Glasnost : réforme menée par Gorbatchev consistant à accorder une liberté de parole aux citoyens et assurer une transparence sur les difficultés rencontrées par l'URSS.

Gouvernance mondiale : dans le contexte de la mondialisation, mise en œuvre à l'échelle internationale d'institutions et d'organisations qui cherchent à coordonner leurs décisions et les dispositifs d'actions.

Guerre asymétrique : type particulier de guerre qui oppose une armée régulière d'un État à des combattants irréguliers, rarement structurés et pas toujours identifiés comme les terroristes ou les guérilleros.

Guerre civile : lutte violente qui oppose des forces armées officielles à des groupes armés du même État dont l'objectif est de prendre le pouvoir ou de faire sécession.

Guerre froide : période de tension et d'hostilité qui oppose au cours de la seconde moitié du XXe siècle les États-Unis et l'URSS, ainsi que leurs alliés respectifs structurés en deux blocs (de l'Ouest et de l'Est). Elle est caractérisée par une bipolarisation du monde et par la peur de l'emploi de l'arme atomique qui entraînerait une Troisième Guerre mondiale.

Islamisme : idéologie politique qui veut organiser et soumettre l'organisation et la société d'un État à la loi religieuse musulmane (*charia*).

Krach boursier : effondrement brutal et important de la valeur des actions cotées en bourse. Les propriétaires d'actions (individus, mais aussi banques, entreprises, etc.) se trouvent ainsi ruinés en peu de temps, ce qui peut entraîner un effet de contagion économique.

Laïcité : la neutralité de l'État et l'indépendance vis-à-vis des religions.

Multilatéralisme : politique internationale d'un État basée sur la coopération internationale. S'oppose à l'unilatéralisme.

Nazisme : doctrine ultranationaliste, antidémocratique et raciste, défendue par Hitler à la tête de l'Allemagne de 1933 à 1945. Le nazisme justifie une lutte biologique entre les Allemands dits purs (race aryenne présentée comme supérieure) et des races jugées inférieures (Juifs, Slaves, etc.), par des moyens de discrimination, de répression violente, puis de mise à mort de masse à partir de 1941.

OLP (Organisation de Libération de la Palestine) : mouvement politique et paramilitaire créé en 1964 à Jérusalem-Est, qui prône originellement la destruction d'Israël. Il a recours à la lutte armée.

OPEP (Organisation des pays exportateurs de pétrole) : organisation intergouvernementale de pays producteurs de pétrole qui influence le cours de ce produit sur les marchés, et donc son prix de vente auprès du consommateur.

OTAN (Organisation du Traité de l'Atlantique Nord) : organisation politico-militaire de sécurité et de défense collectives mise en place depuis 1949 par les pays signataires du traité de l'Atlantique nord rassemblant essentiellement les États-Unis et les pays d'Europe de l'Ouest.

Perestroïka : série de réformes économiques lancées par Gorbatchev entre 1985 et 1991 en URSS et dont l'objectif est de rattraper certains retards économiques et technologiques rencontrés par le pays.

Plan Marshall : (du nom du général George Marshall, secrétaire d'État des États-Unis) programme américain accordant des prêts aux États européens qui le souhaitent pour permettre la reconstruction des villes et des installations détruites suite aux bombardements de la Seconde Guerre mondiale.

Planification : dans le domaine économique, le terme désigne l'organisation de la production de biens et services par l'État, garant de l'intérêt général. Elle peut être impérative (modèle communiste soviétique) ou indicative (modèle des démocraties européennes des années 1950-1970).

Protectionnisme : ensemble des pratiques d'un gouvernement visant à protéger la production économique dans son territoire, par des mesures limitant les importations (droits de douane plus élevés, contingentements, etc.).

RDA (République Démocratique Allemande) : dénomination de l'ancienne Allemagne de l'Est durant la période de scission du pays en deux entre 1949 et 1990. Sa capitale était Berlin-Est.

RFA (République Fédérale Allemande) : dénomination de l'ancienne Allemagne de l'Ouest durant la période de scission du pays en deux entre 1949 et 1990. Sa capitale était alors Bonn.

Sioniste : partisan de la création d'un foyer national juif en Palestine. Le mouvement sioniste est à l'origine de la création de l'État d'Israël.

Spéculation : attitude consistant à faire des hypothèses sur l'avenir. Dans le domaine financier, il s'agit d'acheter massivement des actions en anticipant une hausse de leur valeur, dans l'espoir de les revendre avec bénéfice. Ce mouvement favorise la hausse globale des valeurs boursières.

Totalitarisme : système politique qui recherche un contrôle total des individus, dans le domaine public comme dans le domaine privé.

Unilatéralisme : politique internationale d'un État qui ne recherche pas l'accord d'autres États pour agir. S'oppose au multilatéralisme.

Vichy (régime de) : gouvernement français de 1940 à 1944, dirigé par le maréchal Pétain et installé dans la ville de Vichy, en dehors de la zone occupée par l'Allemagne nazie. Antidémocratique, il symbolise la collaboration française avec le nazisme, contestée par les mouvements de résistance.

LEXIQUE DE GÉOGRAPHIE

Aire de puissance : vaste ensemble régional, composé de pays ou de territoires jouant à l'échelle mondiale un rôle de commandement économique, politique, militaire et culturel.

Archipel métropolitain mondial (AMM) : réseau planétaire constitué par les villes mondiales qui sont reliées entre elles par des flux intenses et variés.

BRICS : acronyme désignant les cinq puissances émergentes : Brésil, Russie, Inde, Chine et Afrique du Sud (South Africa).

Collectivité territoriale : dans le cadre de la décentralisation, nom donné aux territoires de proximité ayant une autonomie de décision que sont les régions, les départements et les communes.

Conteneur : caisse métallique de taille standardisée, utilisée pour le transport de marchandises.

Désindustrialisation : recul de l'activité industrielle qui se traduit par la destruction d'emplois industriels et/ou d'unités de production.

Déterminisme géographique : aussi appelé déterminisme naturel, c'est l'idée que l'occupation d'un espace par des habitants est lié à son milieu physique.

Détroit : étroit passage maritime naturel entre deux terres.

Économie bleue : expression qui désigne les activités liées à l'exploitation des espaces maritimes.

Enclavement : situation d'un espace qui est mal relié au reste du territoire. Terme utilisé aussi pour désigner les États sans accès direct à la mer.

Espace productif : ensemble des activités de production sur un territoire.

Espace rural : espace avec une faible densité des habitants et des activités économiques où l'activité agricole reste importante dans un paysage où le végétal demeure visuellement conséquent.

Espace Schengen : depuis 1995, la libre circulation des personnes et la suppression des contrôles aux frontières (terrestres, aériennes et maritimes) pour les ressortissants des États de l'UE et d'autres pays européens signataires.

Espace urbain : espace aux densités supérieures aux espaces environnants avec un habitat serré et vertical et aux activités socio-économiques diversifiées.

Façade maritime : littoral qui concentre un grand nombre de ports et des villes importantes.

Firme transnationale (FTN) : entreprise implantée dans de nombreux pays par l'intermédiaire de filiales et dont le chiffre d'affaires se constitue majoritairement en dehors de son pays d'origine.

Flux : Déplacement de personnes, de marchandises, de capitaux, d'informations entre deux territoires.

Fragmentation socio-spatiale : coupure géographique souvent visible dans un espace (urbain) sur les plans économiques et sociaux.

Frontière : limite administrative et juridique séparant deux États. Elle ne se traduit pas toujours dans le paysage.

Ghetto : en géographie, désigne un quartier qui concentre des populations avec d'importantes difficultés socio-économiques.

Goulet d'étranglement : passage étroit qui occasionne un ralentissement des flux.

G 20 : groupe de discussion qui réunit les 19 premières économies mondiales plus l'UE, et qui se retrouve tous les ans pour aborder les problèmes de la planète.

Halieutiques : ressources vivantes (animales et végétales) des milieux marins exploitées par l'homme.

Investissements directs à l'étranger (IDE) : capitaux investis par des entreprises dans un pays étranger.

IDH (indicateur de développement humain) : selon l'ONU, une mesure du niveau moyen atteint dans les trois dimensions clés du développement humain : vivre une vie longue et en bonne santé (espérance de vie à la naissance), acquérir des connaissances (taux de scolarisation) et jouir d'un niveau de vie décent (PIB par habitant).

Isthme : espace resserré de terre entre deux mers.

Littoralisation : processus de concentration des populations et des activités humaines le long ou à proximité des littoraux.

Macrocéphalie : hypertrophie de la ville la plus peuplée et souvent la plus riche d'un territoire. On parle ainsi, pour la France, de « macrocéphalie parisienne ».

Marché unique : aussi appelé « marché intérieur », désigne depuis les années 1990 les quatre libertés au sein de l'Union européenne, à savoir la libre circulation des personnes, des biens, des services et des capitaux.

Maritimisation : les littoraux prennent une part de plus en plus importante dans l'économie des États.

Mégalopole : vaste région urbaine de plusieurs dizaines de millions d'habitants, s'étendant sur des centaines de kilomètres, composée de nombreuses métropoles et exerçant une influence mondiale. Outre les mégalopoles américaine (de Boston à Washington) et japonaise (la ceinture pacifique), on considère qu'il existe aussi une mégalopole européenne de Londres à Milan en passant par la vallée rhénane.

Métropolisation : mouvement de concentration de la population, de la richesse mais surtout des activités économiques, financières, culturelles, scientifiques, politiques dans les territoires urbains les plus dynamiques

Mille nautique ou marin : unité de mesure des distances en mer, un mille nautique est égal à 1 852 mètres.

Mondialisation : dans la logique capitaliste, mise en relation de différentes parties du monde mais de manière hiérarchisée.

Nodule polymétallique : roche très riche en minerais se trouvant sur le fond de certains océans.

Northern range : désigne la façade maritime qui s'étend du port du Havre à celui de Hambourg au nord-ouest de l'Europe.

Nouveaux pays Industrialisés (NPI) : États ayant connu une industrialisation rapide et une forte croissance économique dans les années 1970.

Nouvelle Triade : nom donné aux trois pôles qui dominent l'économie mondiale que sont l'Amérique du Nord, l'Europe et l'Asie-Pacifique (Japon, Corée du Sud, Chine littorale).

Paradis fiscal : territoire dans lequel la fiscalité et la réglementation sont favorables aux capitaux.

Pays développé : pays disposant des niveaux de développement les plus forts.

Pays émergent : pays en développement qui connaît une forte croissance économique et une amélioration des conditions de vie de sa population. Les écarts de richesse et de développement y sont très importants. La forte croissance économique attire les investisseurs étrangers.

Pays en développement : pays ayant un niveau de développement faible voire très faible.

Pays les Moins Avancés (PMA) : pays défini par l'ONU avec les plus importantes difficultés en termes de développement.

Plateau continental : partie sous-marine de faible profondeur, moins de 200 mètres, qui constitue le prolongement du continent.

PIB (produit intérieur brut) : ensemble des richesses produites par les agents économiques sur le territoire d'un pays.

Offshore : terme utilisé pour désigner un gisement ou une exploitation située en mer.

Organisation Mondiale du Commerce (OMC) : organisme international, qui succède au GATT en 1995, chargé de réglementer le commerce international et de favoriser le libre-échange.

Pôle de compétitivité : réseau, à l'échelle d'un territoire de proximité, d'entreprises, de centres de recherche et d'universités autour d'une thématique économique considérée comme innovante.

Route maritime : itinéraire emprunté par les navires, qui relie les ports entre eux.

Ségrégation socio-spatiale : séparation territoriale d'un groupe social défavorisé.

Seuil : point de passage qui relie deux espaces maritimes différents.

Solde migratoire : différence entre le nombre de personnes entrant (immigrants) et le nombre de personnes sortant (émigrants) sur un territoire donné et pour une période donnée. Il peut être positif ou négatif.

Solde naturel : différence entre le taux de natalité (nombre de naissances pour 1 000 habitants) et le taux de mortalité (nombre de décès pour 1 000 habitants) sur un territoire donné et pour une période donnée. Il peut être positif ou négatif.

Surpêche : désigne une pêche qui ne permet pas le renouvellement des espèces et conduit à l'appauvrissement de la ressource.

Technopôle : territoire regroupant des universités, des laboratoires de recherche et des entreprises innovantes.

Territoire : portion de l'espace terrestre appropriée par des hommes et aménagée en vue de satisfaire leurs besoins.

Territoire de proximité : territoire qui correspond au quotidien des habitants, du quartier à la région, et à leurs activités de travail et de loisirs.

Territoire transfrontalier : territoire qui dépasse les frontières dans la mesure où il engendre des phénomènes qui ont des répercussions des deux côtés de la frontière.

Tourisme balnéaire : tourisme qui se pratique sur les littoraux.

Ville mondiale : ville qui exerce des fonctions dont le rayonnement et l'influence ont une dimension planétaire.

Vrac : marchandises qui ne sont pas emballées et qui voyagent dans la soute des navires.

Zone Économique Exclusive (ZEE) : zone maritime dont un État riverain peut exploiter toutes les ressources économiques. La largeur maximale de cette zone maritime ne peut excéder 200 milles marins.

Zone franche : espace délimité dans lequel les activités économiques bénéficient de dispositions fiscales favorables (impôts et taxes réduits ou inexistants) pour attirer les investisseurs.

La France occupée (1940-1944)

Zone annexée

Zone interdite au retour des réfugiés (réservée à la colonisation allemande)

Zone rattachée au commandement allemand de Bruxelles

Zone interdite aux non-résidents

Zone occupée

Zone non occupée jusqu'en novembre 1942

Ligne de démarcation

Zone occupée par l'Italie à partir de novembre 1942

La structuration des blocs durant les années 1970

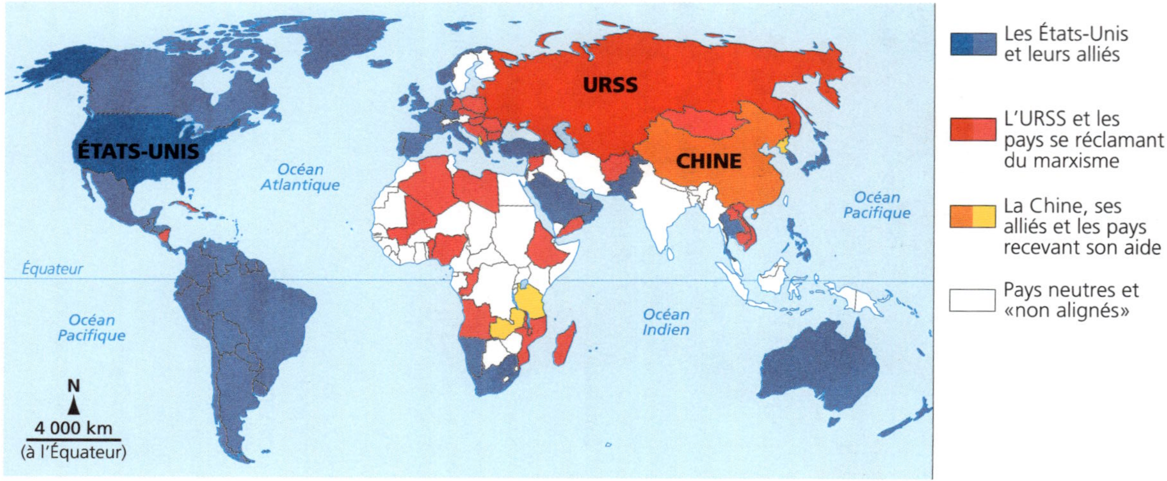

Le monde en 2020 : un désordre mondial

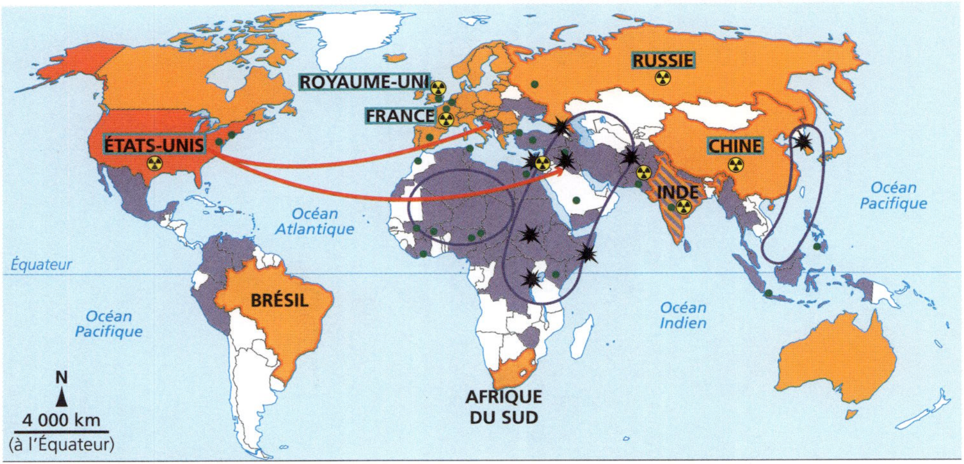

Les puissances mondiales en 2020

- Les États-Unis, une hyperpuissance ?
- Les autres pôles de puissance
- Les grandes puissances émergentes (BRICS)
- Pays membres permanents du Conseil de Sécurité de l'O.N.U.
- Pays possédant l'arme nucléaire

Les facteurs d'instabilité depuis les années 1990

- Zones de fortes tensions à l'échelle régionale
- Attentats islamistes
- Territoires touchés par des conflits
- Conflits importants
- Interventions militaires américaines

Carte des inégalités de richesse (PIB par habitant) dans l'Union européenne, Eurostat, chiffres de 2017.

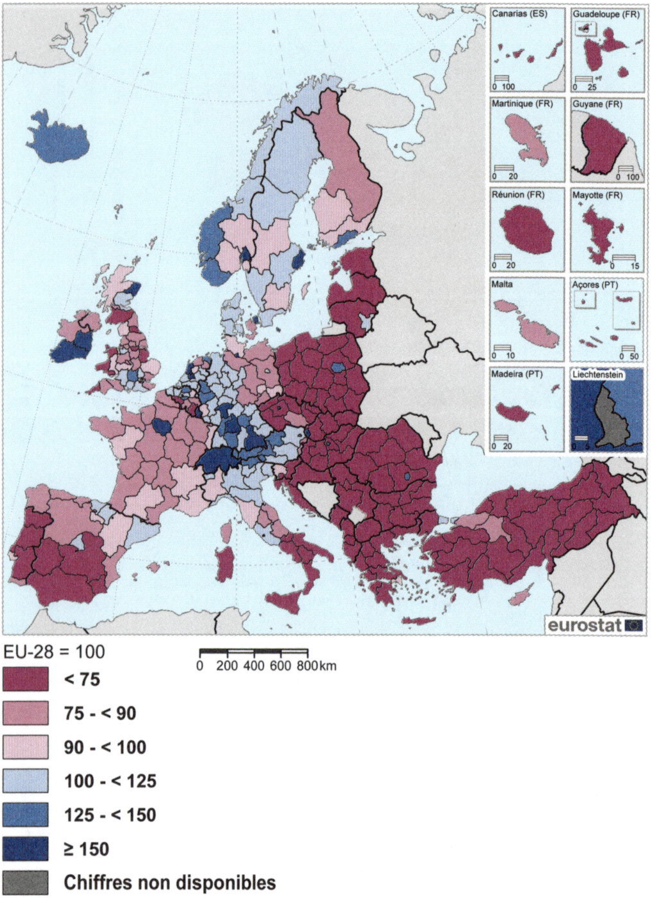

N.B. : À des fins statistiques,certains pays, qui ne sont pas dans l'Union européenne (Albanie, Islande, Liechtenstein, Macédoine, Norvège, Suisse, Serbie, Turquie), sont analysés. Il en est de même pour le Royaume-Uni, pays membre au moment de la réalisation de la carte.

ENSEIGNEMENT SCIENTIFIQUE

SOMMAIRE

UNE HISTOIRE DU VIVANT

Méthode

À revoir
OK

1

1 DESCRIPTION DE L'ÉPREUVE

- En terminale, l'épreuve d'enseignement scientifique se déroule dans le courant de l'année, entre avril et juin. Elle a pour objectif d'évaluer les connaissances et les compétences figurant au programme, en lien avec trois objectifs généraux de formation :
– comprendre la nature du savoir scientifique et ses méthodes d'élaboration ;
– identifier et mettre en œuvre des pratiques scientifiques, notamment à travers l'utilisation de savoirs et des savoir-faire mathématiques ;
– identifier et comprendre les effets de la science sur les sociétés et sur l'environnement.

- Il s'agit de l'une des épreuves communes de contrôle continu et son organisation relève donc de chaque établissement scolaire. Le sujet est issu de la banque nationale des sujets, les copies sont anonymes et corrigées par d'autres professeurs que les vôtres. La moyenne des notes obtenues aux deux épreuves d'enseignement scientifique en première et en terminale donnera la note finale du bac dans cette matière, avec un coefficient 5.

2 CONTENU DE L'ÉPREUVE

- L'épreuve ne porte que sur deux thèmes parmi les trois étudiés pendant l'année de terminale. Elle a une durée de 2 heures et comporte 2 exercices interdisciplinaires comptant pour 10 points chacun. Chaque exercice présente une cohérence thématique, il porte sur un ou deux thèmes du programme et évalue une ou deux des compétences suivantes :
– exploiter des documents ;
– organiser, effectuer et contrôler des calculs ;
– rédiger une argumentation scientifique.

- Le sujet mentionne si l'usage de la calculatrice est autorisé. Toute formulation des questions est envisageable, du questionnaire à choix multiples (QCM) jusqu'au problème assez complexe avec des questions ouvertes. Dans ce cas, la réponse comporte différentes étapes et vous devez donc construire un raisonnement. Le correcteur peut ainsi évaluer si vous avez compris comment fonctionne une démarche scientifique.

3 SE PRÉPARER

- Bien que le programme fasse partie du tronc commun, il n'est pas si facile à aborder. Certains sujets nécessitent une démarche scientifique rigoureuse, et peuvent donc paraître difficiles, surtout si vous n'avez pas un profil scientifique. Il est nécessaire de travailler régulièrement, apprendre son cours en prenant soin de vérifier que chaque point, chaque notion est bien compris. Comme pour toutes les épreuves du baccalauréat, il est indispensable de s'organiser à l'avance et de commencer tôt les révisions.

4 LE JOUR DE L'ÉPREUVE

- Prenez le temps de bien lire l'énoncé dans son intégralité. Identifiez le travail à réaliser. Repérez les données utiles et reliez-les aux connaissances permettant de trouver la réponse. Rédigez correctement, justifiez les réponses. Dans le cas d'un calcul, donnez l'expression littérale en respectant les notations de l'énoncé et réalisez les conversions nécessaires avant de faire l'application numérique. Donnez le résultat dans l'unité adaptée. Soyez attentif aux résultats absurdes, réfléchissez à la pertinence de vos résultats.

L'atmosphère primitive

À revoir
OK

2

1 LA FORMATION DE LA TERRE

- Depuis l'époque de sa formation, quasi concomitante avec celle du Soleil et des autres planètes du système solaire, la Terre a connu une évolution spécifique de sa surface et de la composition de son atmosphère.

- La Terre s'est constituée à la suite de l'agglomération de gaz et d'éléments de toutes tailles qui entrent en collision, fusionnent et augmentent progressivement de taille. C'est l'accrétion. S'en suit un fort bombardement météorique libérateur de chaleur à l'origine de sa fusion initiale. Son refroidissement entraîne la formation de la croute dont l'âge est estimé à 4,6 Ga (Ga ou giga année = 10^9 ans) et du manteau solide. La roche la plus ancienne a été datée d'un peu plus de 4 Ga. C'est le dégazage du manteau, lié à un volcanisme intense, qui est à l'origine de l'atmosphère terrestre primitive réductrice qui sera retenue grâce à la gravité terrestre. Le bombardement de chondrites et de comètes qui continue jusqu'à environ – 3,9 Ga continue à enrichir l'atmosphère en différents gaz, et notamment en eau.

2 L'ATMOSPHÈRE PRIMITIVE

- L'étude des chondrites, qui représentent la majeure partie des météorites tombant actuellement sur Terre, a permis de déterminer la composition de l'atmosphère terrestre primitive. Elles sont du même âge que la Terre et leur composition en gaz reflète donc celle de ceux initialement libérés il y a plus de quatre milliards d'années suite au dégazage de notre planète.

	Composition des gaz contenus dans les chondrites	Composition des gaz volcaniques	Composition supposée de l'atmosphère primitive
H_2O	80 %	60 à 90 %	≈ 80 %
CO_2	12 %	10 à 20 %	≈ 15 %
N_2	5 %	0,02 à 2 %	≈ 5 %
O_2	0 %	0%	0 %

- Elle était initialement composée de CO_2, N_2, H_2O et dans une moindre mesure de gaz acides, d'ammoniac et de méthane. Le dioxygène y était totalement absent. La forte concentration en CO_2 crée un effet de serre important d'où une température élevée à la surface qui devait avoisiner les 300 degrés.

3 L'APPARITION D'EAU À L'ÉTAT LIQUIDE

- La cessation du bombardement météorique qui survient à cette époque provoque une baisse de la température, permettant ainsi la condensation de la vapeur d'eau. Des pluies acides tombent en abondance et vident l'atmosphère de son eau gazeuse (on passe d'une concentration initiale de 80% d'eau dans l'atmosphère à 0,1 à 4% actuellement). Cette formation d'eau liquide entretient le mécanisme de refroidissement, qui aboutit à la formation de l'hydrosphère vers – 4,2 Ga. La découverte d'un minéral de zircon, daté de – 4,4 Ga, qui ne peut se former que dans un magma riche en eau est une preuve de la présence d'eau à l'état liquide à cette époque.

- La formation des océans à cette période fait que la Terre est la seule planète actuellement connue qui possède de l'eau sous ses trois états.

- En parallèle, le dioxyde de carbone se fixe dans les roches, entraînant une diminution de l'énorme effet de serre qui régnait à l'origine sur notre planète ce qui contribue à la baisse de la température (100 °C vers 3,5 milliards d'années).

Des relations étroites entre l'atmosphère et le vivant

À revoir
OK

3

1 L'APPARITION DU DIOXYGÈNE DANS L'ATMOSPHÈRE

● Les premières formes de vie sont apparues dans les océans car les UV, nocifs en surface, sont arrêtés par l'eau. Dans ce milieu réducteur, les procaryotes anaérobiques se développent avant – 3,8 Ga.

● Un accroissement en carbone 12 dans les sédiments archéens datés de – 3,7 Ga prouve la présence de microorganismes photosynthétiques producteurs de dioxygène. Des microfossiles de cyanobactéries (bactéries photosynthétiques), responsables de formations carbonatées, les stromatolithes, confirment leur présence. Aujourd'hui, de telles formations existent toujours, notamment en Australie.

● Cette apparition d'O_2 est à l'origine de la diminution progressive d'uraninite (document), un minerai se formant sur les continents qui est stable dans un milieu réducteur, sans oxygène mais très soluble en présence d'O_2. L'arrêt brutal de leur formation il y a 2,4 Ga montre que l'atmosphère qui était réductrice, devient oxydante.

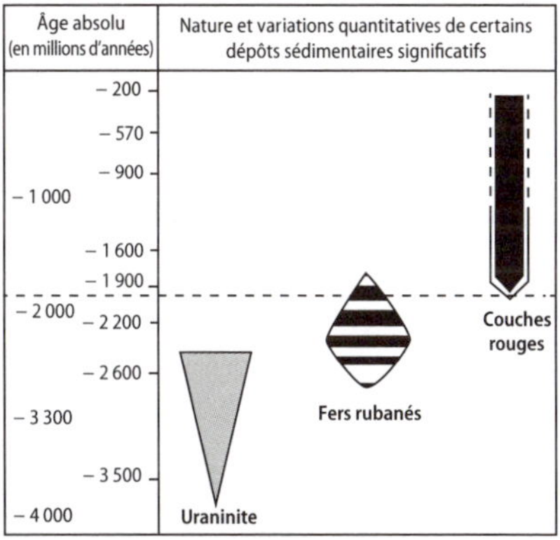

Les marqueurs géologiques visualisant les changements liés à l'apparition du dioxygène

En parallèle, ce rejet de dioxygène par photosynthèse oxyde le milieu aqueux, comme le montre le passage progressif de fer réduit Fe^{2+} soluble dans l'eau à des fers oxydés Fe^{3+} entre – 2,2 et – 1,9 Ga et sera à l'origine de la formation des fers rubanés (document). D'abord les sédiments marins sont oxydés, quand il n'y a plus de possibilité de fixer ce dioxygène, celui-ci s'accumule dans l'eau. Lorsque le taux de solubilité est arrivé à saturation, le dioxygène s'échappe dans l'atmosphère. Les couches rouges (document) de sédiments oxydés à partir de – 2 Ga confirment la présence de dioxygène atmosphérique.

● Les organismes au métabolisme respiratoire se développent au détriment de ceux qui n'utilisent pas le dioxygène. Or ce métabolisme est bien plus rentable au niveau énergétique que les fermentations. Vers – 1,5 Ga, des êtres eucaryotes commencent à apparaître.

2 LA FORMATION DE LA COUCHE D'OZONE

- L'action des UV sur le dioxygène est à l'origine de la formation de la couche d'ozone, à environ 30 km d'altitude. Cette couche d'ozone protège la surface terrestre des effets mutagène des UV. Grâce à cela, la vie commence à s'installer sur Terre vers – 440 Ma (Ma ou million d'années = 10^6 ans).
- Le trou de la couche d'ozone : vers 1930, on a mis sur le marché des gaz, les CFC (chlorofluorocarbures), très appréciés dans l'industrie. À partir de 1985, entre août et octobre, les satellites indiquent une réduction de 50% de l'ozone en Antarctique, qualifié de trou dans la couche d'ozone. Sa superficie est maximale en 2006. Pourtant, dès 1999, de nombreux pays signent l'arrêt de la fabrication de CFC et en 2009, toute la planète avait cessé leur production. Mais l'inertie est importante et encore aujourd'hui on estime que 40% des CFC émis, existent toujours dans la stratosphère. De plus, le chlore issu de l'activité de micro-organismes planctoniques a beaucoup augmenté en 20 ans et son action sur la destruction de l'ozone n'est plus négligeable, sans oublier le comportement irresponsable de certains industriels. Malgré ces signaux inquiétants, en 2019, le trou dans la couche d'ozone n'a jamais été aussi faible et sa décroissance est régulière.

3 L'ATMOSPHÈRE ACTUELLE

Évolution de l'atmosphère terrestre au cours des temps géologiques

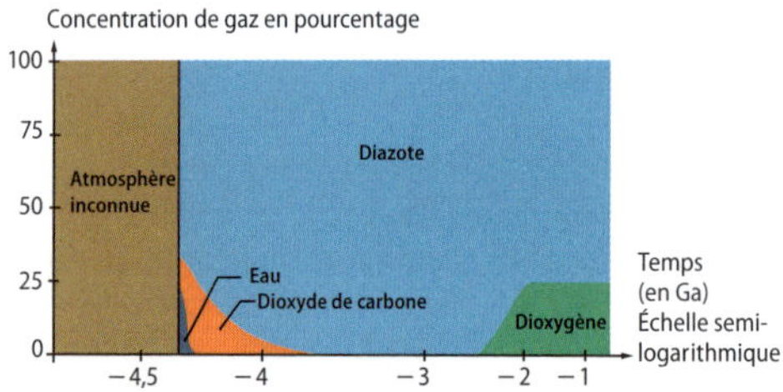

Il y a 500 Ma environ, la concentration atmosphérique actuelle de 21 % en dioxygène a été atteinte. Le CO_2 dominant dans l'atmosphère terrestre primitive, a été dissout dans les eaux et intégré par divers mécanismes dans les roches carbonatées et chez les êtres vivants (coquilles, squelettes...). En plus du CO_2, l'atmosphère se compose d'une concentration de 78% de diazote, et de traces d'autres gaz (dont la vapeur d'eau, le dioxyde de carbone, l'argon).

Un équilibre fragile

À revoir
OK

4

1 LES RÉSERVOIRS DE CARBONE

- La lithosphère est le plus important des réservoirs de carbone. En profondeur, le stockage se fait sous forme de roches sédimentaires ($CaCO_3$ et $MgCO_3$ = roches calcaire et assimilées) et sous forme de roches carbonées fossiles (charbon, pétrole...). En surface, issu de la dégradation de la matière organique, il y a l'humus.

- L'eau des océans permet de solubiliser le dioxyde de carbone atmosphérique, mais des relargages vers l'atmosphère ont lieu, en fonction de la température de l'eau. Ces relargages augmentent du fait du réchauffement climatique.

- La biosphère est le troisième grand réservoir principalement grâce aux végétaux qui utilisent le CO_2 atmosphérique pour fabriquer leur matière organique lors de la photosynthèse.

- De concentration modeste, le dernier réservoir est l'atmosphère. Par ses actions anthropiques, l'homme augmente le carbone de ce réservoir (combustion des sources fossiles...).

- Dans un cycle de la matière, on parle de source pour un producteur de l'élément concerné. Ainsi, par sa photosynthèse, un végétal chlorophyllien est une source d'oxygène. De même, un feu de forêt est une source de carbone. Un puits est un lieu où arrive la matière. Par exemple, un animal qui respire est un puits d'oxygène. Lorsque la matière séjourne dans un lieu, on qualifie ce site de réservoir. Ainsi, le charbon et le pétrole sont des réservoirs de carbone.

2 DES ÉCHANGES ENTRE RÉSERVOIRS

- Les échanges annuels de carbone entre ces réservoirs sont des flux.

- La quantité de carbone mise en jeu dans ces flux varie beaucoup selon le mécanisme qui l'engendre. Ainsi, il y a des flux rapides comme la respiration ou la photosynthèse entre la biosphère et soit l'atmosphère, soit l'hydrosphère. D'autres sont plus lents, comme l'altération de la lithosphère par les agents atmosphériques. Enfin, certains sont très lents comme la formation de roches carbonées telles que le pétrole et le charbon. C'est pour cette raison que ces sources d'énergies, utilisées par l'Homme ne sont pas renouvelables.

● Si ces échanges préservent des taux constants, le cycle du carbone est équilibré. Mais actuellement, par ses actions, l'homme agit en déséquilibrant ce cycle. Ainsi, les combustibles fossiles stockés depuis des millions d'années sont libérés dans l'atmosphère. Leur flux de formation est si lent par rapport à leur exploitation, qu'on considère que ces sources ne sont pas renouvelables, même si les réserves sont énormes.

3 SCHÉMA DU CYCLE DU CARBONE

Le cycle du carbone

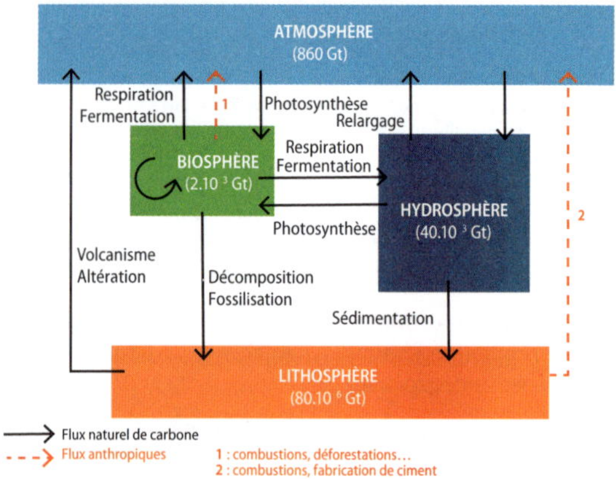

Il y a 4 réservoirs dans le cycle du carbone : l'atmosphère, la biosphère, l'hydrosphère et la lithosphère.

Respiration et fermentation permettent de récupérer de l'énergie. La photosynthèse assure l'autotrophie par synthèse de matières organiques à partir de matières minérales. Dans l'eau, le CO_2 se dissout mais peut être relargué dans l'atmosphère. Le volcanisme émet du dioxyde de carbone comme l'altération des roches par l'eau. Par la sédimentation, le carbone retourne à la lithosphère (coquilles, squelettes, carbonates).

La décomposition assure le retour à l'état minéral de la matière organique et la fossilisation conserve des traces de cette matière organique transformée.

Par les actions humaines (anthropiques), ce cycle est perturbé avec un retour vers l'atmosphère (pointillés). Les autres flèches sont des processus naturels.

Les valeurs chiffrées proposées (en Gt, 1 giga tonne de carbone = 10^9 tonnes) permettent de comparer les stocks, les vitesses des flux, les quantités concernées.

Météorologie et climatologie

À revoir
OK

5

Il ne faut pas confondre météorologie et climatologie.

1 PRINCIPES DE LA MÉTÉOROLOGIE

- Les études météorologiques prévisionnelles sont sur le court terme et dépassent rarement la semaine. Elles se définissent au niveau local, en s'appuyant surtout sur la prédiction de la température, de l'ensoleillement donc de la nébulosité et des précipitations.
- Ceci est rendu possible par les données de stations météorologiques de mesure situées au sol, de satellites, de ballons-sondes.
- Les prévisions reposent sur des paramètres atmosphériques tels que la mesure des vents, des pressions atmosphériques qui sont ensuite exploités par des modèles informatiques simulant l'évolution de l'atmosphère dans les jours à venir. Les prévisionnistes analysent ensuite les simulations obtenues pour produire des cartes météorologiques prévisionnelles et produire pour le grand public des bulletins ou figureront l'ensoleillement, les précipitations, les températures et lorsque cela est nécessaire la force des vents.
- À cause de l'instabilité locale des systèmes météorologiques, leur fiabilité décline au cours du temps car plus l'échéance visée est lointaine, plus elle est incertaine et donc moins elle peut être détaillée.
- Toutefois, les prévisions du type de temps tels que la présence d'un anticyclone hivernal, d'un régime de perturbation en provenance de l'ouest de la France ou des températures minimales et maximales peuvent être réalisées jusqu'à une quinzaine de jours. Cet allongement des échéances est dû aux progrès de l'observation, de la modélisation et des moyens de calcul.

2 PRINCIPES DE LA CLIMATOLOGIE

- Le climat s'étudie sur une durée longue, après des observations de plusieurs dizaines d'années, sur de grandes surfaces voire à l'échelle planétaire. Ainsi, au niveau d'une zone donnée, le climat peut être étudié sur une durée à l'échelle du siècle.

- Les climatologues déterminent trois paramètres principaux qui influencent les climats. Il s'agit de l'insolation (répartition annuelle de l'ensoleillement), des paramètres de précipitations (pluviosité) dont on utilise les valeurs moyennes et les mouvements d'enveloppes fluides (hydrosphère et atmosphère). On étudie aussi les grandes associations végétales et animales ou biomes, et leurs variations à long terme.

- La température moyenne de la Terre, calculée à partir de mesures in situ et depuis l'espace par des satellites, est l'un des indicateurs du climat global. Il en existe d'autres : volume des océans, étendue des glaces et des glaciers...

- La climatologie analyse de nombreux paramètres et de nombreuses disciplines scientifiques sont impliquées :
  – les chimistes étudiant la composition de l'air ;
  – les physiciens s'intéressant aux échanges d'énergie entre les différentes couches de l'atmosphère et à la quantité d'énergie solaire reçue par la Terre ;
  – les biologistes analysant l'évolution de la faune et la flore ;
  – les volcanologues regardant l'influence d'éruptions majeures sur les climats ;
  – les glaciologues, les océanographes...

- Au cours des temps géologiques, les climats ont beaucoup changé. Ils sont en effet soumis aux variations de l'orbite terrestre et aux modifications de la circulation des courants océaniques et atmosphériques liée à des phénomènes géologiques (tectonique des plaques, composition de l'atmosphère...).

- Actuellement, la production de modèles climatiques numériques par les climatologues permet d'anticiper les changements du climat que l'on peut ainsi prévoir à plus ou moins long terme.

Connaissance des climats du passé

À revoir
OK

6

1 DE TRÈS LOINTAINS CHANGEMENTS CLIMATIQUES

- En appliquant le principe d'actualisme qui énonce que des événements anciens ressemblant à des événements actuels ont les mêmes causes et les mêmes effets, on pense qu'entre – 145 et – 66 Ma, au Crétacé, le climat était plus chaud qu'aujourd'hui.
- En pétrologie, la richesse des évaporites, des bauxites, des charbons indique des conditions tropicales.
- L'importance des dépôts de calcaire (craie/crétacé) confirme une très forte teneur en CO_2 atmosphérique qui favorise la précipitation des carbonates :
$CO_2 + Ca(OH)_2$ (hydroxyde de calcium) $\rightarrow CaCO_3$(calcaire) $+ H_2O$.
- L'effet de serre de cette époque a fait disparaître les calottes polaires et le niveau des mers est monté (transgressions marines).
- La faune dominante des dinosaures est associée à une végétation luxuriante qui s'adapte bien à ce climat. On explique ces modifications de la biosphère par une tectonique des plaques très active.
- L'albédo est le rapport entre le rayonnement solaire reçu et réfléchi par une surface. La valeur va de 1 si la surface est totalement réfléchissante à 0 pour une surface totalement absorbante. Sur un glacier, l'albédo proche de 1 fait que les températures restent basses car le rayonnement solaire est très réfléchi. Au Crétacé, l'albédo est beaucoup plus faible car le climat est chaud et les glaciers sont rares. Les océans, en recouvrant les continents, favorisent une baisse de l'albédo donc un réchauffement.
- La mesure de $\delta^{18}O$ par exemple dans des carottes de glace polaire permet de caractériser les températures du passé.

2 MODIFICATIONS CLIMATIQUES DEPUIS 800 000 ANS

- Un glacier laisse des traces d'érosion dans le paysage : vallée en auge (U), moraines (débris rocheux striés, transportés par les glaciers) et tillites (moraines consolidées), roches erratiques (blocs rocheux isolés, de nature géologique différente des roches environnantes). La présence de ces traces indique que la région a connu un climat très froid.

• Les cristaux de glace piègent l'air de l'époque de leur formation. Grâce à ces bulles, on peut connaître l'évolution de la composition de l'atmosphère, dont les gaz à effet de serre, au cours de ces 800 000 dernières années. Leur évolution confirme les changements climatiques révélés par d'autres observations.

• Dans les carottes de glace, on dose aussi un isotope de l'oxygène, le ^{18}O. Plus il fait froid, plus le rapport $\delta^{18}O/^{16}O$ est faible. Ces mesures confirment les changements climatiques récents avec une périodicité d'environ 10 000 ans (variation des paramètres de l'orbite terrestre).

• Les fossiles aussi témoignent du climat du lieu de dépôt.

Diagramme pollinique à Rogers Lake, aux USA, dans le Connecticut

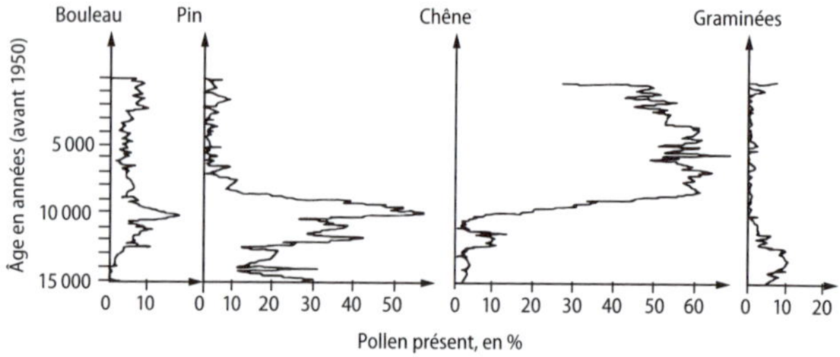

Ainsi, chaque végétal possède un pollen aux formes caractéristiques. Chaque pollen fossile est donc un bioindicateur du climat. Par exemple, la présence de pollen de graminées, indique un climat froid. Celle de pollen de pins puis de bouleau un climat un peu plus chaud et le réchauffement est ensuite confirmé par la présence de pollen de chêne.

• C'est le cas également de la coquille calcaire de certains foraminifères, animaux planctoniques, qui ont des exigences climatiques précises. L'un des intérêts de ces microfossiles c'est qu'ils sont nombreux donc une étude statistique est faisable et la précision est excellente.

De récentes modifications du climat

À revoir
OK

7

1 LES GAZ À EFFET DE SERRE

- Depuis un siècle et demi, on mesure un réchauffement climatique global (environ +1°C). Celui-ci est la réponse du système climatique à l'augmentation du forçage radiatif (différence entre l'énergie radiative reçue et l'énergie radiative émise) dû aux émissions de gaz à effet de serre (GES) dans l'atmosphère : CO_2, CH_4, N_2O et vapeur d'eau principalement. On estime que, même en cas de forte diminution des émissions de ces gaz, la température moyenne augmentera de 0,5°C d'ici 2050.

- La surface de la Terre absorbe l'énergie lumineuse et s'échauffe. Elle réémet alors un rayonnement infrarouge. Ce dernier peut à son tour être absorbé par certains gaz de l'atmosphère, les gaz à effet de serre. Ces gaz réchauffent l'air et le sol en absorbant le rayonnement infrarouge émis par la Terre. Les principaux gaz à effet de serre sont la vapeur d'eau, le CO_2, le méthane et le protoxyde d'azote.

- Depuis la fin du XIXe siècle, la concentration atmosphérique des gaz à effet de serre augmente et cette augmentation s'accélère depuis 1970 conduisant à des valeurs jamais observées depuis 800 000 ans.

Variation du CO_2 atmosphérique mesuré puis estimé au cours du temps

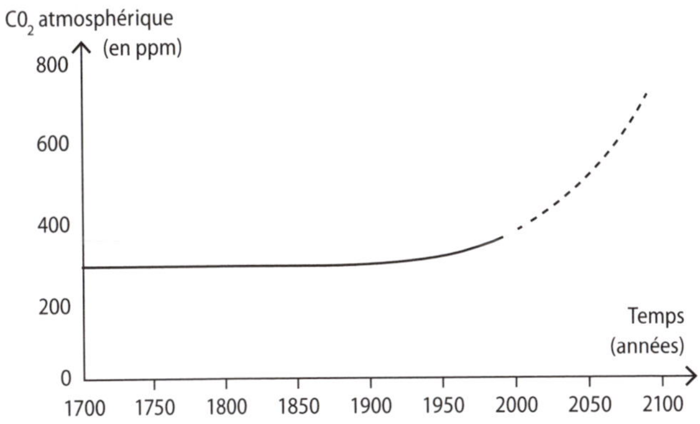

2 LES RÉTROACTIONS POSITIVES

- L'équilibre radiatif est perturbé malgré un stockage de carbone dans les océans, dans la biosphère et dans les sols. L'augmentation de la température terrestre moyenne provoque une dilatation des océans, une fonte des glaciers (donc un albédo qui baisse). Ceci entraîne un dégel partiel du permafrost, sol gelé en permanence, ce qui libère du CO_2 et du CH_4. D'autres rétroactions positives favorisent cette hausse des températures comme l'acidification des océans qui limitent leur rôle amortisseur dans la dissolution du carbone. Ainsi, ces modifications anthropiques influencent les conditions de vie de notre planète malgré un accroissement de la végétalisation de notre Terre qui forme un puits de CO_2 en le consommant lors de la photosynthèse ayant une rétroaction négative sur ces hausses.

- L'océan a un rôle amortisseur dans cette augmentation de la température, en absorbant à sa surface une fraction importante de l'apport additionnel d'énergie. Cela conduit à une élévation du niveau de la mer causée par la dilatation thermique de l'eau. L'eau chaude étant moins dense que l'eau froide, pour une même quantité d'eau, elle occupe un volume plus important. À celle-ci s'ajoute la fusion des glaces continentales. Cette accumulation d'énergie dans les océans rend le changement climatique irréversible à des échelles de temps de plusieurs siècles.

- Cette augmentation de la température déclenche des mécanismes qui vont l'amplifier. On parle de rétroaction positive.

Exemple de rétroaction positive

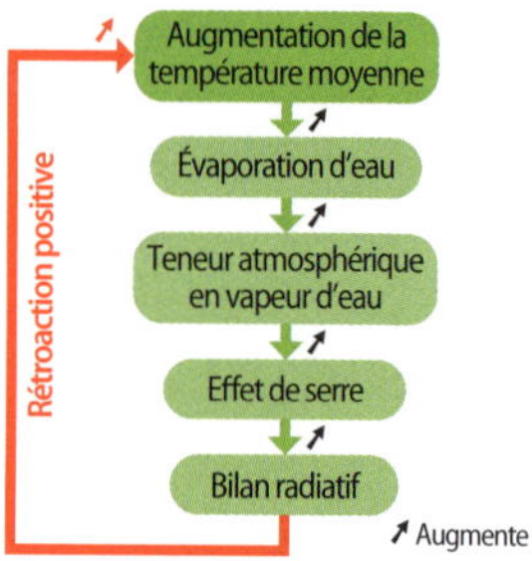

- Au début de l'année 2020, l'épidémie de coronavirus a provoqué une forte chute des transports aériens, une baisse mondiale des activités industrielles (dont celles de la Chine) et est à l'origine d'une baisse de plus de 30 % du CO_2 rejeté dans l'atmosphère. Mais il ne faut pas souhaiter une catastrophe pour réveiller l'humanité. Il est alarmant que dès le 5 mars 2020, la France était en dette de carbone par rapport à son objectif d'être neutre en 2050.

Modèles numériques et analyse du climat

- [ ] À revoir
- [ ] OK

8

1 L'ÉVOLUTION DES CLIMATS

● De nombreux paramètres interviennent dans l'évolution des climats :
– l'effet de serre : après avoir traversé l'atmosphère, une partie du rayonnement solaire arrive à la surface du sol qu'il réchauffe. Cette chaleur est réémise sous forme de rayonnements infrarouges dont une partie est piégée par les gaz de l'atmosphère tels que la vapeur d'eau ou le CO_2. Le réchauffement issu de ce mécanisme est à l'origine de l'effet de serre.
– la puissance solaire reçue et absorbée,
– la température,
– l'albédo : pouvoir réfléchissant d'une surface. Le noir qui ne réfléchit quasiment pas a un albédo très faible (les objets noirs se réchauffent très vite au soleil) alors que le blanc possède un albédo élevé d'où son utilisation dans les pays chauds pour peindre les bâtiments afin d'éviter une trop forte élévation de la température dans les habitations.
– l'humidité de l'air,
– la pression atmosphérique.

● La densité de la végétation (liée à la déforestation, l'urbanisation, l'agriculture) qui intervient sur l'humidité de l'air, l'albédo peut aussi jouer un rôle important à l'échelle régionale ou continentale mais l'effet reste faible à l'échelle globale.

● L'utilisation de logiciels de simulation permet de mettre en évidence le rôle de chaque paramètre ainsi que les interactions existantes.

2 L'INTERPRÉTATION DES MODÈLES NUMÉRIQUES

● La mise en équations des mécanismes essentiels qui agissent sur le système Terre et des méthodes numériques de résolution permettent de construire des modèles numériques dont les résultats sont comparés avec les données actuelles récoltées sur le terrain et par les satellites spécialisés (météorologiques, de surveillance des glaciers et des océans...) mais également les paléoclimats. Ainsi, l'analyse d'un système climatique repose sur des mesures et des calculs faisant appel à des lois physiques, chimiques et biologiques connues.

● Les modèles numériques simulent les interactions entre l'atmosphère, l'océan et les surfaces continentales. Grace à eux, les chercheurs ont des représentations numériques de la répartition géographique de différents paramètres, tels que la répartition des vents, des nuages, des masses d'eau. Représentant une simplification d'une réalité beaucoup plus complexe, ils doivent toutefois être analysés avec du recul.

- Ils ont permis d'anticiper l'évolution des dernières années, notamment au niveau des modifications de la température et, actuellement, ils estiment les variations climatiques globales et locales à venir sur des décennies ou sur plusieurs siècles. Ce sont des prévisions climatiques.

- L'étude de l'évolution du CO_2 atmosphérique et de la température à la surface de la Terre durant le dernier million d'année établit une corrélation claire entre les deux facteurs. Cela montre l'importance de la teneur de ce gaz dans l'atmosphère, mais aussi de tous les facteurs pouvant augmenter l'effet de serre, sur l'évolution des climats.

Comparaison de l'évolution de la température et de la concentration en CO_2 depuis les 800 000 dernières années

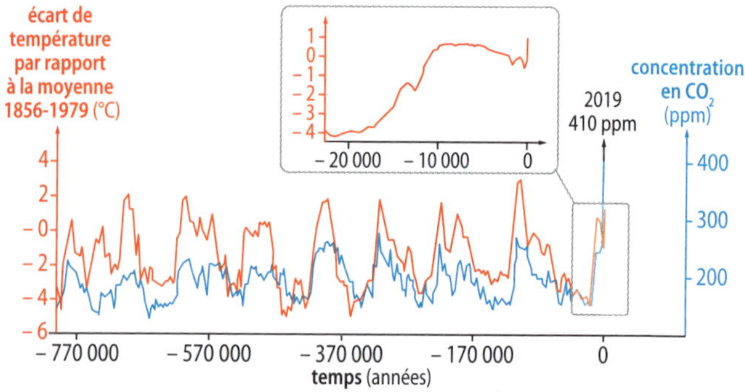

L'Homme, à l'origine de l'augmentation de la température sur Terre

À revoir
OK

9

1 LES GAZ À EFFET DE SERRE

- Les gaz à effet de serre (GES) sont naturellement produits dans l'atmosphère. Ainsi, la vapeur d'eau est responsable à elle seule de la grande majorité de l'effet de serre naturel. Mais c'est l'excédent de gaz libérés par les activités humaines qui est la principale cause d'un effet de serre additionnel à l'origine de l'élévation des températures.

- Les principaux GES sont :
– le $\mathbf{CO_2}$ produit par la combustion d'énergies fossiles (pétrole, gaz, charbon notamment pour l'industrie, le chauffage et les transports), la déforestation et les incendies de forêts, la production de ciment (issu de la transformation du calcaire en chaux, constituant principal du ciment = 6 % du CO_2 mondial) ;
– le $\mathbf{CH_4}$ produit par les fuites de gaz naturel, le processus de fermentation dans les décharges, certaines activités agricoles (fermentation liée à la digestion des animaux, déjections des animaux, culture du riz) ;
– le $\mathbf{N_2O}$ (protoxyde d'azote) issu des déjections animales et de l'utilisation des engrais ;
– dans une moindre mesure, l'ozone de basse atmosphère ($\mathbf{O_3}$) libéré par l'industrie et la circulation automobile (à ne pas confondre avec l'ozone de la haute atmosphère qui nous protège des rayonnements ultra-violets).

Contribution des différents gaz à effet de serre aux émissions globales en 2010 (IPCC - 2014)

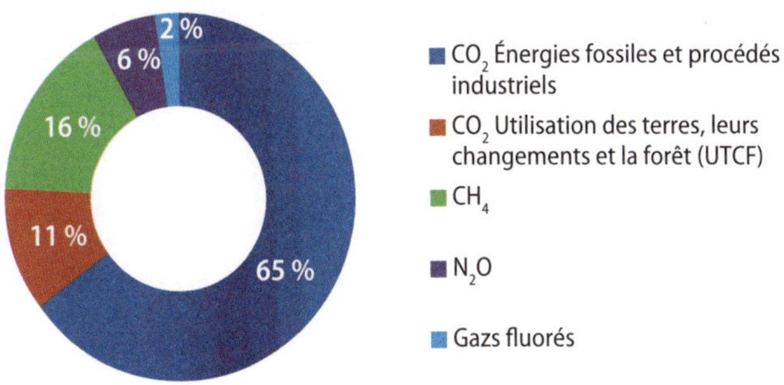

2 L'ÉLÉVATION DE LA TEMPÉRATURE S'ACCÉLÈRE

- Certains mécanismes s'auto-entretiennent ou en active d'autres, ce qui provoque une accélération de l'augmentation des températures :
– La vapeur d'eau, qui joue un rôle important dans l'effet de serre naturel, a un effet de rétroaction important sur le changement climatique. La température augmentant suite à l'action de l'Homme, l'évaporation augmente et la quantité de vapeur d'eau relâchée dans l'atmosphère aussi, accélérant encore le réchauffement.
– Les incendies géants constatés par exemple en Australie durant l'été 2019-20 sont le plus souvent d'origine naturelle (déclenchés par la foudre) mais leur ampleur est due à une sécheresse intense, de très grosses chaleurs et des vents violents. La réunion de ces conditions pourrait devenir de plus en plus fréquente avec le réchauffement climatique et donc accélérer la production de CO_2 liée aux incendies. De plus, ils ont formé de gigantesques nuages de fumée et de cendre qui sont allés jusqu'en Nouvelle Zélande et ont recouvert d'une teinte brunâtre les glaciers. Leur albédo ayant baissé, il est fort probable que leur fonte va être grandement accélérée.

- Les observations réalisées sur le terrain combinées aux éléments théoriques et les modélisations numériques montrent clairement l'influence de l'Homme, depuis la révolution industrielle et l'utilisation intensive du charbon, sur l'augmentation de la température et donc l'évolution des climats.

- En 2019, la concentration de CO_2 dans l'atmosphère dépassait les 410 ppm (parties par million), contre 280 ppm au début de l'ère industrielle. Cette augmentation est à l'origine d'environ deux tiers de l'effet de serre additionnel accumulé depuis 1750.

- La production de modèles climatiques permettant de visualiser l'évolution de la température avec ou sans activité humaine établissent clairement le lien entre l'action de l'Homme et l'élévation de la température.

Les prévisions des modèles

À revoir
OK

10

1 LA PROJECTION CLIMATIQUE

● Les modèles permettent, grâce aux prévisions climatiques, d'évaluer l'évolution des climats localement et au niveau de la planète. Si l'on se base, en plus, sur différentes estimations de l'action de l'Homme (évolution des rejets en CO_2, intensité de la déforestation...), il est possible de proposer des hypothèses sur l'évolution future des climats : on parle de projection climatique.

● Ces modèles s'affinent au cours du temps et leurs prévisions sont de plus en plus pessimistes. Il y a 40 ans, ils prévoyaient une augmentation de 1,5 à 5 °C de la température d'ici à 2100. En 2014, on estimait que le réchauffement climatique devrait être compris entre 2,3 et 4,5 °C. Deux modèles publiés en 2019 prévoient qu'avec une telle augmentation des niveaux de CO_2 dans l'atmosphère, dans le pire des cas, la hausse de température moyenne globale atteindra 6,5 à 7 °C en 2100.

● Ainsi, en fonction de l'évolution de l'émission des GES dans l'atmosphère, les modèles s'accordent à prévoir :
– une élévation importante de la température ;
– une élévation du niveau des océans entre le début du XXIe siècle et 2100 pouvant atteindre le mètre.
– des modifications des régimes de pluie et des événements climatiques extrêmes ;
– une acidification des océans : le pH des océans passerait de 8,1 en 2018 à seulement 7,8 en 2100 ce qui, par exemple, affectera la capacité à se renouveler du plancton car de nombreuses espèces ont besoin d'un pH spécifique pour se reproduire, fragilisera de nombreux animaux à coquille ainsi que les coraux qui se fixeront plus difficilement sur le calcaire...
– un impact majeur sur les écosystèmes terrestres et marins.

2 LA BIODIVERSITÉ EN DANGER

● Dans le futur, la biodiversité risque d'être profondément bouleversée. La désertification, les inondations, l'exploitation intensive de la planète vont bouleverser les écosystèmes en entraînant la disparition, la migration ou la modification de la répartition de nombreuses espèces végétales et animales. Les barrières de corail et les mangroves vont dépérir.

● En parallèle, les ressources agricoles et en eau potable vont diminuer et le développement de maladies infectieuses augmenter.

● Les conditions de vie des populations les plus fragiles, de celles vivant en bord de mer risquent d'être grandement affectées. D'ici 2050, des zones côtières abritant 300 millions de personnes seront touchées par la montée des océans.

● Les experts du GIEC estiment qu'il faudrait limiter la hausse des températures à 2 °C d'ici 2100 pour éviter des catastrophes écologiques majeures.

Ouverture

Le GIEC (**Groupe d'experts intergouvernemental sur l'évolution du climat**) est un organisme intergouvernemental et scientifique dont la mission est d'évaluer le changement climatique, ses effets potentiels sur l'environnement et la société, ainsi que les solutions envisageables pour y remédier.

Évolution du nombre de jours échaudants en France

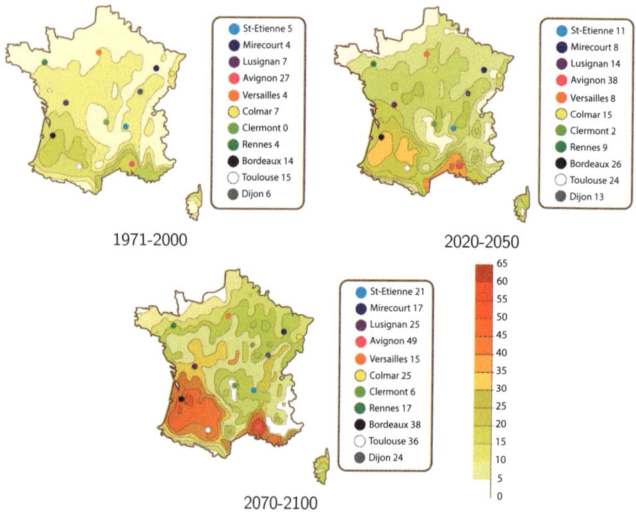

Ici, la projection prévoit l'évolution du nombre de jours échaudants (dont la température maximale est supérieure à 25 °C) au printemps (avril-mai-juin). À titre indicatif, les valeurs sont données pour certaines villes.

Futur proche : au niveau du nombre de jours échaudants au printemps, le scénario montre une augmentation significative de l'ordre de 10 jours.

Futur lointain : accroissement important du nombre de jours échaudants au printemps, avec plusieurs régions, au sud-ouest et au sud-est, présentant des jours échaudants sur quasiment la moitié de la période printanière. Ces résultats peuvent ensuite être exploités pour étudier par exemple les conséquences de ces prévisions sur un écosystème ou sur les cultures, par exemple.

Sources et utilisations de l'énergie dans le monde

À revoir
OK

11

1 UNITÉS DE MESURE DE L'ÉNERGIE

- L'unité officielle de l'énergie est le joule (J) mais on utilise aussi d'autres unités, comme, par exemple, le kilowatt-heure (kWh) pour la consommation électrique d'un foyer ou la tonne équivalent pétrole (TEP) à l'échelle de la consommation d'énergie d'un pays.

Les équivalences sont les suivantes :
– 1 kWh = $3{,}60 \times 10^6$ J ;
– 1 TEP (tonne équivalent pétrole) = $4{,}1868 \times 10^{10}$ J ;
– 1 TW (terawatt) = 10^{12} watts.

- La puissance correspond à l'énergie utilisée en une seconde et s'exprime en Watt. La chaleur d'un humain au repos dégage une puissance de 80 à 100 W, un grille-pain 1 000 W, une centrale nucléaire 1 800 à 5 400 MW (10^6 W) et le flux radiatif solaire $1{,}74 \times 10^{17}$ W.

2 ÉNERGIE PRIMAIRE ET SECONDAIRE

- L'énergie primaire est l'énergie totale nécessaire, disponible dans la nature, pour fournir l'énergie finale ou énergie secondaire directement utilisable par le consommateur. Par exemple, la production d'un kilowatt-heure d'électricité (énergie finale) dans une centrale nucléaire à partir d'uranium nécessite 2,5 kWh d'énergie primaire car il existe des pertes liées à la transformation, la production, au transport de cette énergie.

- La transformation d'une énergie primaire en énergie secondaire consomme donc une partie de l'énergie primaire.

3 LES SOURCES D'ÉNERGIE

- Les sources d'énergies primaires sur Terre sont diverses. Elles sont disponibles :
– sous forme de stock : énergies fossiles, uranium pour le nucléaire ;
– sous forme de flux : flux radiatif solaire pour l'éolien et le photovoltaïque, flux géothermique (chaleur de la Terre), puissance gravitationnelle à l'origine des marées, de biomasse (concentration d'énergie solaire en carbone dans un végétal).

- Les sources d'énergie sont toutefois essentiellement issues du pétrole, du charbon et du gaz, combustibles fossiles qui sont non renouvelables (85,2 % en 2017).

- Elles sont utilisées, en moyenne mondiale, à parts à peu près égales, par l'industrie, le transport et l'habitat et dans une moindre mesure pour l'agriculture. Leur consommation a doublé durant les 40 dernières années. La croissance de la consommation globale est directement liée au modèle industriel de production et de consommation des sociétés.

Répartition par secteurs de la consommation mondiale d'énergie finale en 2017

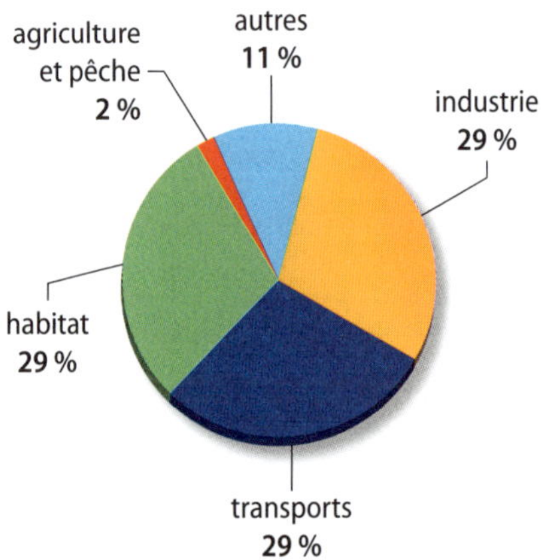

- La consommation d'énergie est très inégalement répartie selon la richesse des pays, mais aussi des individus. L'impact de chacun sur notre environnement peut donc être très variable.

- En 2013, la consommation de kg de pétrole par habitant et par an était de 269 kg au Sénégal, 3 834 kg en France et 17 266 kg au Qatar.

La combustion des carburants

À revoir
OK

12

1 DÉFINITION

Une combustion consomme un combustible et du dioxygène, rejette du dioxyde de carbone et de l'eau tout en produisant de l'énergie. Cette réaction chimique est rarement complète et émet d'autres produits chimiques tels que du protoxyde d'azote (N_2O), de l'ozone (O_3), des suies et des produits soufrés qui sont polluants.

2 CALCULS

- Le calcul de la masse de dioxyde de carbone produite par unité d'énergie dégagée par un combustible permet d'évaluer son impact sur l'effet de serre et donc sur l'environnement.

Le calcul se déroule en deux étapes :

a Calcul de la masse de dioxyde de carbone dégagé par la combustion d'un gramme de combustible

- Il faut calculer le nombre de molécules dans un gramme de combustible et utiliser l'équation de combustion pour en déduire le nombre de molécules de dioxyde de carbone formé, puis la masse correspondante.

- Exemple, la combustion du méthane :

$$CH_4 + 2\ O_2 \rightarrow CO_2 + 2\ H_2O.$$

Masses atomiques : $m_C = 1{,}99 \times 10^{-23}$ g, $m_O = 2{,}66 \times 10^{-23}$ g, $m_H = 1{,}67 \times 10^{-24}$ g.

La masse d'une molécule de méthane CH_4 est :

$m_C + 4\ m_H = 1{,}99 \times 10^{-23} + 4 \times 1{,}67 \times 10^{-24} = 2{,}658 \times 10^{-23}$ g.

Dans un gramme, il y a : $\dfrac{1}{2{,}658 \times 10^{-23}} = 3{,}76 \times 10^{22}$ molécules de méthane.

D'après l'équation, une molécule de méthane produit une molécule de CO_2, il y a donc $3{,}76 \times 10^{22}$ molécules de CO_2 produites.

La masse d'une molécule de CO_2 est :

$m_C + 2\ m_O = 1{,}99 \times 10^{-23} + 2 \times 2{,}66 \times 10^{-23} = 7{,}31 \times 10^{-23}$ g

La masse de CO_2 produite est de :

$7{,}31 \times 10^{-23} \times 3{,}76 \times 10^{22} = 2{,}75$ g.

b Calcul de la masse de CO_2 produite par kilojoule

- L'énergie massique de combustion E_m du méthane est de 50 kj/g. Pour produire 50 kj, la combustion du méthane émet 2,75 g de CO_2.

Pour produire 1 kj : $\frac{2,75}{50} = 0,055$ g.

La combustion du méthane émet 0,055 g de CO_2 par kj produit.

- Ce calcul pouvant être réalisé pour chaque type de combustible, il est ainsi possible de calculer par exemple le rejet de CO_2 d'un véhicule en fonction de sa consommation.

3 LES EFFETS SUR L'ENVIRONNEMENT

- La combustion augmente l'effet de serre, à l'origine du réchauffement climatique, en produisant notamment du CO_2. Elle émet aussi de nombreux autres produits polluants :
  – le protoxyde d'azote N_2O (un oxyde d'azote, gaz à effet de serre qui est aussi à l'origine de la destruction de la couche d'ozone, protectrice de la vie sur Terre) ;
  – l'ozone O_3 de basse altitude ;
  – les produits soufrés qui sont irritants ;
  – les particules fines. Les particules fines (PM = Particulate Matter) sont des poussières en suspension dans l'air, issues d'une combustion incomplète qui en affecte sa qualité.

- Les biocarburants issus directement de l'agriculture ou de produits secondaires (huile de friture, marc de raisin...) sont beaucoup plus écologiques que les combustibles fossiles car le CO_2 dégagé, lors de leur combustion, est compensé par le CO_2 absorbé par les végétaux, lors de la photosynthèse.

- L'empreinte carbone d'une personne ou d'une activité est la masse de dioxyde de carbone CO_2 produite directement ou indirectement par sa consommation d'énergie et/ou de matière première. Elle est, par exemple, plus faible pour une personne empruntant les transports en commun plutôt que sa voiture. En France, ce sont les transports qui impactent le plus l'empreinte carbone du pays.

Les conséquences de la pollution

À revoir
OK

13

1 LES DANGERS DE LA POLLUTION

- Les conséquences sur la santé peuvent être :
– à effets immédiats : ils font suite à une courte exposition. Les effets surviennent rapidement après des variations journalières des niveaux ambiants de pollution atmosphérique. Cela peut se manifester par des irritations oculaires ou des voies respiratoires, des crises d'asthme, une exacerbation de troubles cardio-vasculaires et respiratoires pouvant conduire à une hospitalisation, et dans les cas les plus graves au décès.
– à effets sur le long terme : ils font suite à des expositions répétées aux polluants durant la vie. Ils favorisent le développement de maladies et/ou leur accroissement, induisant une surmortalité et une baisse de l'espérance de vie.

- 48 000 décès par an en France sont attribuables aux particules de taille. On estime que si on arrivait sur tout le territoire à une concentration en PM2,5 (particules fines de 2,5 µm) équivalente aux communes les moins polluées, la mortalité en France diminuerait en moyenne de 7 % et 9 mois d'espérance de vie seraient gagnés pour une personne de 30 ans. Une diminution des taux de particules fines dans l'air améliorerait donc notre espérance de vie et diminuerait la mortalité.

2 LA PRÉVISION DE L'AVENIR GRÂCE AU PASSÉ

- Des scénarios évaluent les changements liés à la pollution et à notre surconsommation d'énergie. L'analyse des climats anciens a par exemple montré qu'il y a 56 millions d'années, un intense réchauffement lié à une brusque libération d'énormes quantités de CO_2 (dont on ignore actuellement l'origine), a fait passer la température moyenne à la surface de la Terre à 23 °C soit 7 degrés au-dessus de la valeur actuelle. Aujourd'hui, l'humanité rejette du CO_2 dans l'air à une vitesse 10 fois supérieure à celle de cette période. De plus, on estime qu'il a fallu 4000 ans pour purger l'excès de carbone produit durant cette période.

- Des projections prévoient une augmentation importante du niveau de la mer à la suite de la fonte de la banquise et des glaciers. Les conséquences sur les écosystèmes (diminution de la taille des populations de végétaux et d'animaux, chute de la biodiversité) et sur les conditions de vie des habitants (disparition des habitats côtiers actuels), notamment les plus fragiles, seraient importantes.

● Les projections fournies permettent de définir les aléas et peuvent orienter les prises de décision.

Évolution du niveau de la mer en fonction de l'intensité du réchauffement climatique

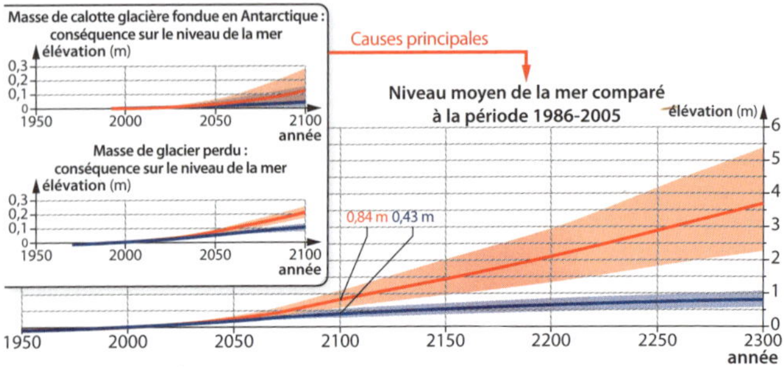

3 LA TRANSITION ÉCOLOGIQUE

● La transition écologique est le passage de notre mode actuel de production et de consommation vers un modèle répondant aux enjeux suivants : le changement climatique, la rareté des ressources, la diminution de la biodiversité et l'augmentation des risques sanitaires et environnementaux. Elle prône un principe d'égalité entre les générations et au sein d'une même génération, selon lequel tous les êtres humains devraient pouvoir bénéficier d'un environnement et de conditions de vie satisfaisants.

● Elle nécessite une transformation profonde, mais progressive de nos économies et de nos sociétés conduite par différents acteurs (pouvoirs publics, citoyens, associations, entreprises...) pour réduire l'empreinte des activités humaines sur l'environnement et parvenir à un développement durable. À l'échelle du citoyen, nous pouvons donc tous agir, grâce à des gestes simples : effectuer le tri des déchets, privilégier les moyens de transports verts, construire un logement peu énergivore...

● Les principaux objectifs de cette transition sont :

– la diminution de notre empreinte carbone en privilégiant les énergies renouvelables et en diminuant notre consommation d'énergie afin de réduire la pollution (réduction de la production des déchets, des déplacements motorisés...) et de lutter contre le changement climatique.

– une meilleure gestion et répartition des ressources : limiter l'utilisation des stocks de ressources naturelles non renouvelables ; mise en œuvre de modes de production et de consommation responsables.

– la protection des écosystèmes et de la biodiversité.

Carte mentale

14

Sciences, climat et société

L'atmosphère terrestre et la vie

- La couche d'ozone, protège des UV mutagènes
- Le cycle du carbone permet la formation des combustibles fossiles
- Composition de l'atmosphère aujourd'hui : 78 % de N_2, 21 % de O_2, traces d'autres gaz.

La complexité du système climatique

- Climat = température, hygrométries, pression, pluviométrie
- L'effet de serre crée une augmentation de la température qui entraîne une modification du climat.

Quel climat pour le futur ?

Les prévisions des modèles numériques :
- Augmentation de la température
- Élévation du niveau des mers
- Événements climatiques extrêmes
- Acidification des océans
- Bouleversement des écosystèmes

Énergie, choix de développement et futur climatique

- Énergies fossiles
- Énergies renouvelables
- Contrôler et diminuer les variations de paramètres
- Protection des écosystèmes
- Gestion des ressources
- Diminution de l'empreinte carbone

Transition écologique

Mots-clés

Climat : ensemble des conditions météorologiques moyennes (température, pluviométrie, hygrométrie, ensoleillement, pression atmosphérique) mesurées dans une région précise. Exemples de climats : désertique, tropical, tempéré...

Combustible fossile : produit riche en carbone, issu de la fossilisation de matière organique enfouie dans le sol depuis plusieurs millions d'années et dont la combustion émet de la chaleur. Ce sont essentiellement des hydrocarbures tels que le pétrole, le charbon, le gaz naturel.

Combustion : réaction chimique consommant un combustible et du dioxygène, rejetant du dioxyde de carbone et de l'eau tout en produisant de l'énergie. Cette réaction chimique est rarement complète et émet d'autres produits chimiques.

Effet de serre : mécanisme à l'origine du réchauffement planétaire. Il est dû naturellement au gaz à effet de serre (GES) tels que le CO_2 ou l'eau présents dans l'atmosphère. L'Homme en produisant en masse ces GES, notamment le CO_2 est à l'origine de son augmentation.

Empreinte carbone : la masse de dioxyde de carbone CO_2 produite directement ou indirectement par sa consommation d'énergie et/ou de matière première. Elle peut être mesurée pour une personne ou une activité.

Énergie primaire : énergie totale nécessaire pour fournir l'énergie finale ou énergie secondaire directement utilisable par le consommateur. Elle est directement disponible dans la nature (pétrole, uranium...).

Eucaryotes : ensemble des organismes unicellulaires ou pluricellulaires possédant un noyau contenant leur information génétique.

Procaryotes : microorganismes unicellulaires ne possédant pas de noyau comme les bactéries, par exemple.

Transition écologique : passage de notre mode actuel de production et de consommation vers un modèle plus responsable. Il répond aux enjeux suivants : le changement climatique, la rareté des ressources, la diminution de la biodiversité et l'augmentation des risques sanitaires et environnementaux.

Je me teste sur...

SCIENCES, CLIMAT ET SOCIÉTÉ

1 L'atmosphère actuelle... :

- ☐ **a.** est quasiment identique à celle d'il y a 500 millions d'années.
- ☐ **b.** contient environ 21 % de N_2 et 78 % de O_2.
- ☐ **c.** contient du dioxygène issu du dégazage de la planète.

2 Un climat... :

- ☐ **a.** est défini par un ensemble de moyennes de grandeurs atmosphériques observées sur l'ensemble de la surface de la Terre.
- ☐ **b.** est étudié par un météorologue.
- ☐ **c.** peut changer à long terme.

3 La température à la surface de la Terre est amplifiée par :

- ☐ **a.** le dégel du permafrost qui entraîne une absorption plus importante des rayons infrarouges.
- ☐ **b.** une augmentation de la libération de dioxygène.
- ☐ **c.** l'augmentation de la vapeur d'eau dans l'atmosphère.

4 Les modèles numériques... :

- ☐ **a.** permettent de prévoir les climats du passé ou paléoclimats.
- ☐ **b.** utilisent différents paramètres comme l'albédo, la température, l'humidité de l'air.
- ☐ **c.** prévoient une diminution du niveau des océans.

5 L'augmentation du CO_2 atmosphérique... :

- ☐ **a.** est principalement due à des causes naturelles.
- ☐ **b.** est à l'origine de l'effet de serre, cause principale de la diminution de la température sur Terre.
- ☐ **c.** entraîne une augmentation de la température en absorbant les rayonnements infrarouges.

6 Les sources d'énergies sous forme de flux sont :

- ☐ **a.** le soleil, la géothermie et l'uranium.
- ☐ **b.** le plus souvent des énergies fossiles.
- ☐ **c.** renouvelables.

7 L'empreinte carbone d'une personne... :

- ☐ **a.** est la masse de CO_2 consommée par une personne pour sa production d'énergie et/ou de matière première.
- ☐ **b.** augmente lorsqu'elle emprunte le bus plutôt que sa voiture pour se déplacer.
- ☐ **c.** diminue si elle se déplace à bicyclette plutôt qu'en autobus.

Corrigés au verso

Corrigés

1 L'atmosphère actuelle… :

> **a.** L'atmosphère primitive contenait 80 % de HO_2, 15 % de CO_2 et 5 % de N_2. Il n'y avait pas d'O_2. Il y a 500 Ma environ, la concentration atmosphérique actuelle de 21 % en dioxygène est atteinte.

Voir **Fiches 2** et **3**

2 Un climat… :

> **c.** À la suite à l'action de l'humanité qui entraîne un réchauffement global, les climats sur Terre qui sont étudiés par les climatologues, risquent de changer à long terme.

Voir **Fiche 8**

3 La température à la surface de la Terre est amplifiée par :

> **c.** La vapeur d'eau est un gaz à l'origine de l'effet de serre, mécanisme qui en bloquant les infrarouges réfléchis par la Terre entraîne une augmentation globale de la température.

Voir **Fiche 9**

4 Les modèles numériques… :

> **b.** Les modèles numériques qui utilisent différents paramètres permettent de prévoir l'évolution des climats à la suite de l'augmentation des températures qui sera, par exemple, à l'origine de l'augmentation du niveau des océans.

Voir **Fiche 5**

5 L'augmentation du CO_2 atmosphérique… :

> **c.** L'augmentation du CO_2 atmosphérique, essentiellement provoquée par l'action de l'Homme, est due à l'effet de serre qui entraîne une augmentation de la température.

Voir **Fiche 7**

6 Les sources d'énergies sous forme de flux sont :

> **c.** Les sources d'énergies sous forme de flux (le soleil) sont renouvelables contrairement à celles qui sont sous forme de stock (le pétrole).

Voir **Fiche 11**

7 L'empreinte carbone d'une personne… :

> **c.** L'empreinte carbone, qui est la masse de CO_2 produite par une personne pour sa production d'énergie, est très faible si elle se déplace à bicyclette car sa source d'énergie est produite par la respiration.

Voir **Fiche 12**

Conversion d'énergie mécanique en énergie électrique

À revoir
OK

15

1 L'INDUCTION ÉLECTROMAGNÉTIQUE

- Le physicien Hans Christian Orsted remarque en 1819 que l'aiguille d'une boussole placée au voisinage d'un fil parcouru par un courant électrique dévie : le fil électrique se comporte comme un aimant, il crée autour de lui un champ magnétique.

- Réciproquement, un courant induit apparaît dans une bobine soumise à un champ magnétique variable. C'est le phénomène d'induction électromagnétique découvert par Faraday au XVIIIe siècle et modélisé au XIXe siècle par James Clerk Maxwell, un physicien écossais, avec quatre équations qui sont aujourd'hui des lois fondamentales de la physique.

- Un champ magnétique variable peut être produit par un aimant en mouvement ou par une bobine parcourue par un courant continu en mouvement.

2 LES ALTERNATEURS

- La plupart des centrales électriques (hydroélectriques, nucléaires, éoliennes…) produisent de l'électricité grâce à un alternateur.

- Un alternateur est un dispositif électrique qui fournit à ses bornes une tension variable et alternative (c'est-à-dire alternativement positive puis négative).

Exemple de l'alternateur de bicyclette (appelé aussi dynamo)

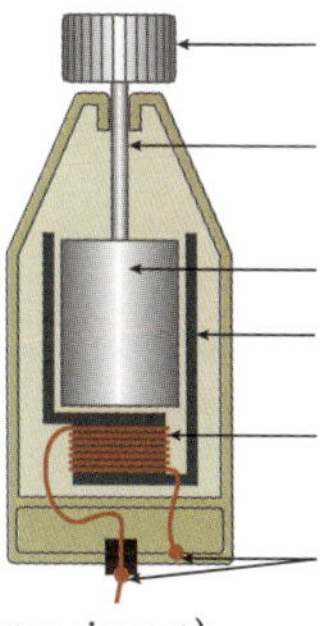

- Un alternateur est toujours constitué de deux éléments essentiels :
– une partie fixe, le stator ;
– une partie mobile, le rotor.
En général, le stator est une bobine de fil de cuivre. Le rotor est une source de champ magnétique (un aimant ou un électroaimant).

- Le déplacement de l'aimant (ou de l'électroaimant), donc de son champ magnétique, induit une tension aux bornes de la bobine.

● Un alternateur permet d'obtenir de l'énergie électrique à partir d'un mouvement, il convertit donc une énergie mécanique en énergie électrique.

3 LE RENDEMENT D'UN ALTERNATEUR

● Le rendement d'un alternateur, noté η, est une grandeur sans dimension qui reflète son efficacité énergétique. C'est le rapport entre la puissance électrique produite et la puissance mécanique utilisée. En raison des pertes inévitables, il est nécessairement inférieur à 1.

$$\eta = \frac{P_{\text{électrique}}}{P_{\text{mécanique}}} = \frac{E_{\text{électrique}}}{E_{\text{mécanique}}}$$

$P_{\text{électrique}}$ et $P_{\text{mécanique}}$ en Watts (W)
$E_{\text{électrique}}$ et $E_{\text{mécanique}}$ en Joules (J)
η : sans unité

● La chaine de puissance d'un alternateur peut être schématisée de la manière suivante :

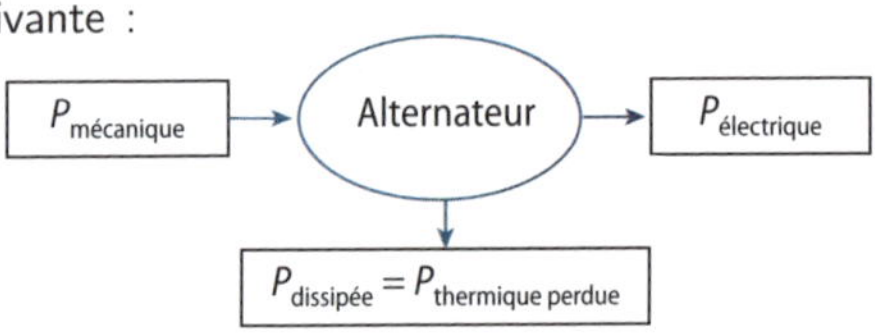

La puissance (comme l'énergie) se conserve : $P_{\text{mécanique}} = P_{\text{électrique}} + P_{\text{dissipée}}$
La dissipation de l'énergie est due à l'effet Joule.

● Le rendement d'un alternateur dépend de nombreux facteurs, dont la vitesse de rotation du rotor. Lorsqu'un alternateur fonctionne de manière optimale, son rendement est proche de 1.
Exemple : La puissance mécanique d'un alternateur de voiture est 1270 W, sa puissance électrique est de 1170 W. Son rendement est

$$\eta = \frac{1170}{1270} = 0{,}92$$

Le rendement peut aussi être exprimé en pourcents : $\eta = 92\ \%$.

Les matériaux semi-conducteurs

- [ ] À revoir
- [ ] OK

16

1 LA VISION QUANTIQUE

- Antoine Becquerel a découvert, en 1839, l'**effet photoélectrique** : un faisceau de lumière atteignant un métal peut lui arracher des électrons. Afin d'expliquer l'effet photoélectrique, Einstein postule en 1905 que la lumière est constituée de particules individuelles quantiques : des **photons**. Seuls les photons ayant une énergie suffisante sont capables d'arracher des électrons.

- Un gaz excité émet de la lumière dont le spectre est composé de raies colorées sur fond noir, c'est un **spectre de raies d'émission**. Chaque raie est caractérisée par sa **longueur d'onde** notée λ et exprimée généralement en nanomètre (nm). À une longueur d'onde donnée correspond un photon ayant une énergie donnée. Les raies sont caractéristiques de l'élément chimique qui émet la lumière.

Exemple : Spectres de raies d'émission d'un atome de mercure

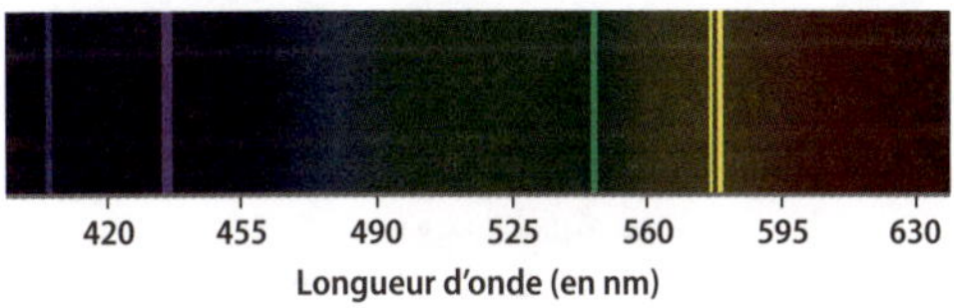

- C'est la mécanique quantique qui parviendra au XXe siècle à expliquer l'origine de ces spectres de raies : l'énergie d'un atome ne peut prendre que des valeurs bien déterminées : on dit que les niveaux d'énergie d'un atome sont **quantifiés**. Les sauts d'un niveau d'énergie à un autre entraînent l'émission ou l'absorption de photons d'énergie bien précise ayant une longueur d'onde bien particulière.

Précision : L'électron-volt (eV) est l'unité d'énergie utilisée en physique des particules : 1 eV = $1{,}6 \times 10^{-19}$ J.

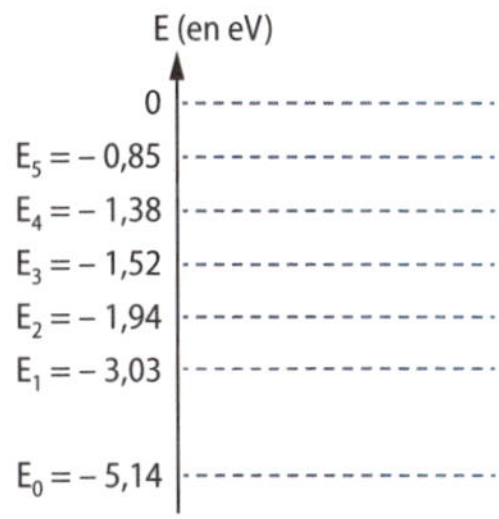

Diagramme de niveaux d'énergie du sodium

- Un atome de sodium peut absorber ou émettre un photon d'énergie 2,11 eV car 2,11 eV correspond à la différence d'énergie entre l'état E_1 et l'état E_0 de l'atome : $-3{,}03 - (-5{,}14) = 2{,}11$.

Par contre, un atome de sodium ne peut pas émettre ou absorber un photon d'énergie 2,38 eV par exemple.

2 LA CONDUCTIVITÉ ÉLECTRIQUE

- Dans les solides, qui peuvent être considérés comme un ensemble d'atomes, on ne trouve pas des niveaux d'énergie mais des bandes d'énergie. On distingue en particulier la bande de valence et la bande de conduction. Dans un semi-conducteur, ces deux bandes sont séparées d'une énergie E_g appelée gap, caractéristique du matériau. Des électrons peuvent passer de la bande de valence à la bande de conduction en absorbant un photon d'énergie supérieure à E_g. Ces électrons peuvent alors se déplacer d'un atome à l'autre. Ce déplacement est à l'origine d'un courant électrique continu.

- Les photons d'énergie inférieure à E_g ne permettent pas la transition des électrons vers la bande de conduction.

Le silicium cristallin est un semi-conducteur pour lequel E_g = 1,12 eV

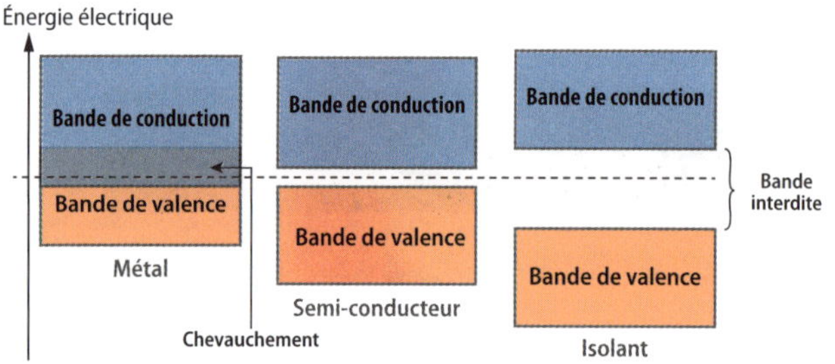

Métal : La bande de valence et la bande de conduction se chevauchent.
Semi-conducteur : La bande interdite est moins large que dans le cas des isolants. Les électrons peuvent la franchir à condition de recevoir de l'énergie.
Isolant : La bande interdite est trop large pour que les électrons puissent la franchir.

- La conductivité électrique d'un semi-conducteur est améliorée si l'on remplace certains atomes du réseau par des atomes ayant un électron de plus ou de moins. On désigne sous le nom de dopage le fait d'introduire des impuretés dans le cristal.

Exemple : en introduisant des atomes de phosphore (15 électrons) dans un cristal de silicium (14 électrons), on crée un semi-conducteur ayant un surplus d'électrons libres : c'est le dopage de type N.

Les capteurs photovoltaïques

☐ À revoir
☐ OK

17

1 DÉFINITION D'UNE CELLULE PHOTOVOLTAÏQUE

Une cellule photovoltaïque absorbe l'énergie radiative du soleil (énergie de rayonnement) et la convertit en énergie électrique.

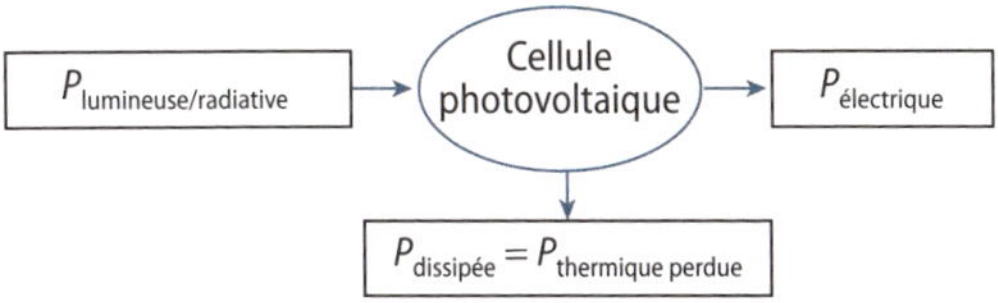

Chaîne de puissance d'une cellule photovoltaïque

2 MATÉRIAUX SEMI-CONDUCTEURS

- Les cellules photovoltaïques sont constituées de matériaux semi-conducteurs. Le soleil émet de la lumière dont le spectre est présenté ci-dessous. La comparaison entre le spectre d'absorption d'un matériau semi-conducteur et le spectre solaire permet de déterminer s'il est envisageable de l'utiliser pour fabriquer un capteur photovoltaïque. Les cellules photovoltaïques les plus répandues sont constituées de silicium cristallin. Les cellules en silicium amorphe ($E_g = 1{,}77$ eV) sont moins chères, mais ont une durée de vie moins élevée. Depuis quelques années, certaines entreprises recourent au tellurure de cadmium (CdTe) en tant que composé semi-conducteur, à la place du silicium.

Énergie utilisable dans le spectre solaire pour un capteur au silicium monocristallin

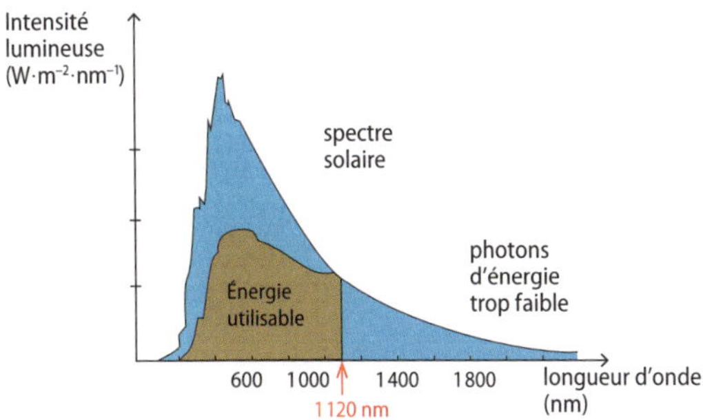

Pour aller plus loin

Depuis 2014, en France, le recyclage des panneaux photovoltaïques est une obligation légale. Les panneaux constitués de silicium représentent 80 % du marché et sont recyclables à 85 %.

3 UNE CELLULE PHOTOVOLTAÏQUE

- L'intensité du courant I qui traverse une cellule photovoltaïque est mesurée pour différentes valeurs de la tension U à ses bornes.

La courbe $I = f(U)$ représente la caractéristique de la cellule photovoltaïque. L'intensité du courant de court-circuit est noté I_{CC} : c'est le courant qui traverse la cellule lorsque la tension à ses bornes est nulle : $I_{CC} = 1{,}6$ mA. La tension à vide Uc_0 est la tension aux bornes de la cellule lorsque celle-ci est en circuit ouvert, c'est-à-dire quand le courant la traversant est nul : $Uc_0 = 5{,}0$ V.

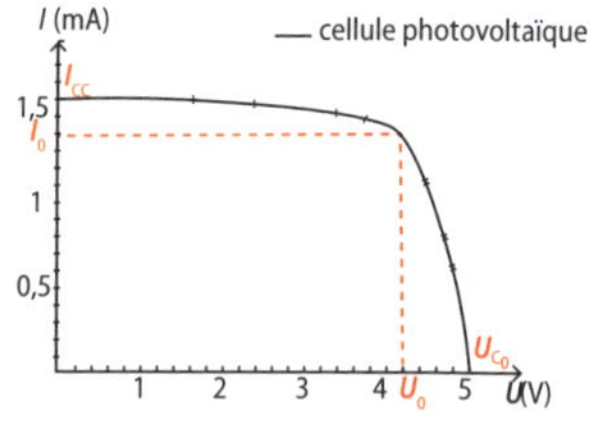

4 RÉSISTANCE MAXIMISANT LA PUISSANCE

- En courant continu, la puissance électrique fournie ou reçue par un dipôle est $P = U \times I$. P en Watts, U en Volts (V) et I en ampères (A).

- Une cellule photovoltaïque doit être utilisée dans des conditions telles que la puissance qu'elle délivre soit maximale. Le graphique ci-contre donne la puissance P en fonction de la tension U. La puissance est maximale pour $U_0 = 4{,}2$ V, ce qui correspond à $I_0 = 1{,}4$ mA.

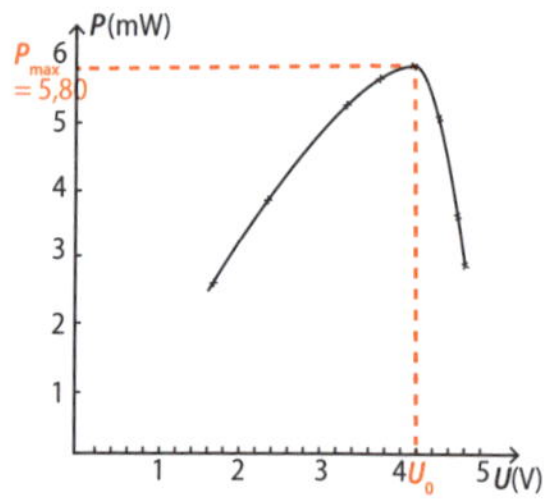

$$\frac{P_{max}}{U_0} = 1{,}4 \text{ mA}$$

- La tension U aux bornes d'un conducteur ohmique de résistance R est proportionnelle à l'intensité I du courant électrique qui le traverse. Ce dipôle suit la loi d'Ohm : $U = R \times I$
U en Volts (V), R en Ohms (Ω), I en ampères (A).

- L'utilisation de la loi d'Ohm permet de déterminer la valeur de la résistance optimale :

$$R = \frac{U_0}{I_0} = \frac{4{,}2}{1{,}4 \times 10^{-3}} = 3{,}0 \times 10^3\,\Omega.$$

Obtention d'énergie électrique à partir d'énergie mécanique

À revoir
OK

18

1 CONVERSION INDIRECTE

• Dans une centrale thermique à flamme, la combustion du fioul, du gaz, du charbon (sources d'énergies fossiles) ou encore de la biomasse (déchets ménagers ou végétaux) permet de produire de la vapeur d'eau qui met en rotation une turbine reliée à un alternateur. Il existe cependant d'autres modes de production d'énergie électrique qui ne nécessitent pas de combustion, la plupart repose sur la conversion d'énergie mécanique en énergie électrique.

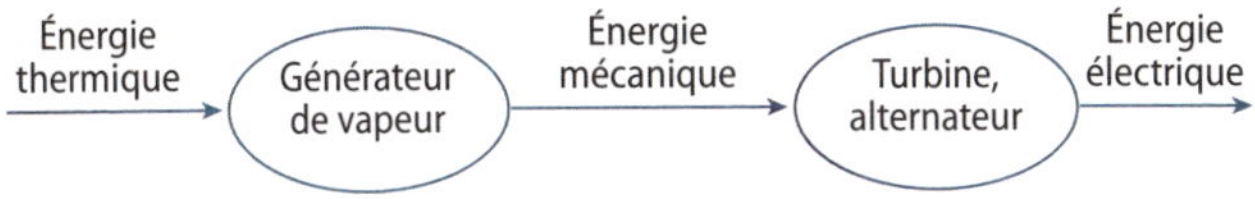

• Dans une centrale nucléaire, des noyaux d'uranium remplacent le combustible fossile. Le cœur du réacteur d'une centrale nucléaire contient des pastilles d'uranium 235. Lorsqu'un neutron vient heurter un noyau d'uranium, celui-ci se casse en libérant d'autres neutrons et de l'énergie sous forme de chaleur. Les neutrons libérés vont percuter d'autres noyaux d'uranium et ainsi de suite : la réaction s'auto-entretient, on parle de réaction en chaîne. La chaleur dégagée par la fission est utilisée pour transforme l'eau en vapeur dans le générateur de vapeur. De la même manière que dans les centrales thermiques à flamme, c'est cette vapeur qui entraîne une turbine et son alternateur pour produire l'électricité. La vapeur d'eau est ensuite refroidie, elle se condense et elle est renvoyée dans le générateur de vapeur.

• Les centrales solaires thermiques se servent de la chaleur du soleil, reçue et concentrée par des miroirs, pour produire elles aussi de la vapeur d'eau. Exemple : La première centrale solaire thermodynamique d'Amérique du Sud a été officiellement inaugurée en 2019. Elle a été construite au cœur du désert d'Atacama au Chili. Elle est constituée de 10 600 héliostats, des miroirs plans mobiles qui réfléchissent et concentrent les rayons du soleil vers une tour centrale, culminant à 250 mètres de haut. La concentration des rayons chauffe un fluide caloporteur (des sels fondus). Ce sel fondu atteint des températures supérieures à 500 °C pour ensuite transférer cette chaleur à de l'eau (grâce à des échangeurs thermiques) afin de produire de la vapeur à haute pression et générer de l'électricité. Mais cette chaleur peut aussi être stockée dans les sels pour une utilisation ultérieure, ce qui permet la production d'électricité même en l'absence de soleil.

- Une centrale géothermique produit de l'électricité grâce à la chaleur de la terre qui transforme l'eau contenue dans les nappes souterraines en vapeur d'eau.

- Toutes ces centrales ont un point commun : la vapeur sous pression produite fait tourner une turbine qui entraîne un alternateur.

2 CONVERSION DIRECTE

- Certaines sources d'énergie mécanique peuvent directement actionner les turbines : l'eau (dans les barrages hydroélectriques), le vent (dans les éoliennes), les courants marins ou des marées (dans les hydroliennes).

- Par exemple, le barrage d'Aussois, en Savoie, forme une retenue d'eau de 4 millions de m^3, qui permet de stocker l'énergie de l'eau sous forme d'énergie potentielle de pesanteur : $E_p = 3{,}4 \times 10^{13}$ J. Lorsque les vannes sont ouvertes, l'eau subit une chute de 861 m, son énergie potentielle se transforme en énergie cinétique, ce qui fait tourner une turbine qui actionne un alternateur.

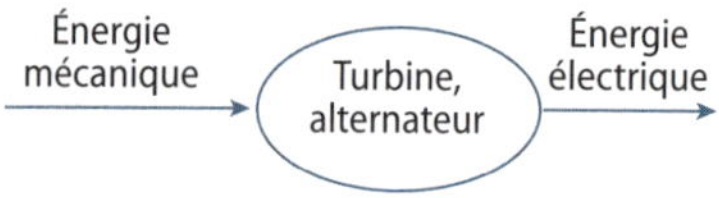

L'énergie électrique produite si la retenue d'eau est entièrement vidée est $E_{él} = 2{,}3 \times 10^{13}$ J. Le rendement global de cette centrale peut être calculé :

$$\eta = \frac{E_{exploitable}}{E_{entrée}}$$

L'énergie exploitable est ici l'énergie électrique et l'énergie d'entrée est l'énergie potentielle de pesanteur de l'eau. $\eta = \frac{E_{él}}{E_p}$

$$\eta = \frac{2{,}3 \times 10^{13}}{3{,}4 \times 10^{13}} = \frac{2{,}3}{3{,}4} = 0{,}68$$

Le rendement de cette centrale est de 68 %.

Conversion d'énergie radiative et chimique

À revoir
OK

19

1 LA CONVERSION D'ÉNERGIE RADIATIVE

- La production directe d'électricité à partir de l'énergie radiative reçue du soleil est effectuée par des panneaux photovoltaïques.

- Exemple : Située à quelques kilomètres de Bordeaux, la centrale solaire de Cestas, dont la mise en service a eu lieu en octobre 2015, développe une puissance de 300 MW, ce qui en fait la plus importante d'Europe. Elle est constituée de 983 500 modules photovoltaïques occupant une surface de 2,0 km². Dans cette région, l'énergie du rayonnement solaire est d'environ 1,35 MWh/m² par an.

- L'énergie électrique produite et la puissance sont liées par la relation :

$$E_{él} = P \times \Delta t$$

avec $E_{él}$ en MWh, P en MW et Δt en heures
Dans la région de Bordeaux, on compte environ 2100 heures d'ensoleillement par an :
$\Delta t = 2\ 100$ h
Pour la centrale de Cestas, $P = 300$ MW
$E_{électrique} = 300 \text{ MW} \times 2\ 100 \text{ h} = 630\ 000 \text{ MWh} = 6{,}3 \times 10^5 \text{ MWh}$

- Le rendement énergétique d'une centrale solaire photovoltaïque est donné par la relation :

$$\eta = \frac{E_{électrique}}{E_{radiative}}$$

Les panneaux solaires de la centrale de Cestas occupent une surface de 2,0 km² soit $2{,}0 \times 10^6$ m².
L'énergie radiative reçue par l'ensemble des panneaux solaires est alors :
$E_{radiative} = 1{,}35 \text{ MWh/m}^2 \times 2{,}0 \times 10^6 \text{ m}^2 = 2{,}7 \times 10^6 \text{ MWh}$

Le rendement de cette centrale est :

$$\eta = \frac{6{,}3 \times 10^5}{2{,}7 \times 10^6} = 0{,}23 \text{ soit } 23\ \%$$

2 LA CONVERSION ÉLECTROCHIMIQUE

- C'est le physicien italien Alessandro Volta qui a inventé la première pile électrique en 1800. Il a réussi à produire de l'électricité en empilant successivement des disques de cuivre et de zinc séparés par du carton imbibé d'eau salée. Le principe de la pile actuelle est basé sur ce modèle mais l'eau salée est remplacée par un gel conducteur et les métaux cuivre et zinc sont remplacés par d'autres métaux.

- Dans une pile, se produit une transformation chimique qui entraîne un mouvement d'électrons d'un métal à l'autre. Une partie de l'énergie chimique des réactifs est convertie en énergie électrique et une autre partie est transférée à l'extérieur sous forme d'énergie thermique. La consommation des réactifs entraîne « l'usure » de la pile.

- Une batterie ou accumulateur, fonctionne sur le même principe mais il est rechargeable. Son fonctionnement est réversible : en appliquant une tension à ses bornes, on force la transformation chimique à se dérouler dans l'autre sens, les réactifs sont régénérés.

- Dans une pile à hydrogène, c'est la réaction chimique entre le dihydrogène H_2 et le dioxygène O_2 qui produit de l'énergie électrique.

Principe de fonctionnement d'une pile à hydrogène

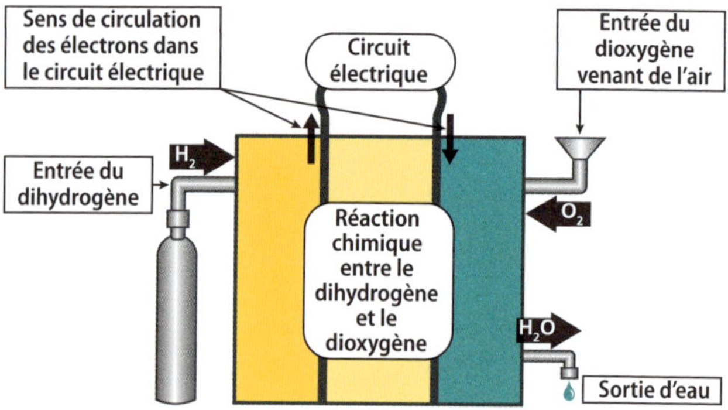

Impacts environnementaux de la production d'électricité et stockage

À revoir
OK

20

1 IMPACTS SUR L'ENVIRONNEMENT

- Si les méthodes pour obtenir de l'énergie électrique sans combustion ont l'avantage de ne pas produire directement de dioxyde de carbone, elles ont néanmoins des impacts sur l'environnement, la biodiversité, et présentent des risques spécifiques.

- Les éoliennes, par exemple, sont à l'origine de nuisances sonores et visuelles ; elles ont une durée de vie de 20 ans seulement et ont un impact sur les oiseaux. Elles nécessitent des alternateurs renfermant des aimants de forte puissance. C'est pour cela que les aimants de certaines éoliennes contiennent du néodyne, un métal appartenant au groupe des terres rares, et ayant des propriétés magnétiques remarquables.

- Cependant, les conditions d'exploitation et de production des terres rares sont sujettes à controverse car elles font appel à des procédés complexes et polluants : rejets d'acides, de bases, de solvants, de métaux lourds ou de déchets radioactifs et utilisation de quantités importantes d'eau. Les normes environnementales, les coûts de production élevés et les faibles concentrations en métaux rares de certains gisements ont conduit des pays industrialisés à abandonner progressivement cette production. Ils ont laissé le monopole à la Chine qui produit actuellement plus de 90 % des terres rares.

> **Remarque**
> Les éoliennes ne contiennent pas toutes des terres rares, certaines par exemple, utilisent des électroaimants à la place des aimants permanents, et donc pas de terres rares.

- Les batteries au lithium représentent actuellement les batteries les plus utilisées (téléphones portables, ordinateurs, voitures électriques...). Les batteries du type lithium-ion ont une densité énergétique environ dix fois plus grande qu'une batterie au plomb et une durée de vie plus longue. Bien que le lithium soit abondant sur terre, son extraction n'est pas sans impact sur l'environnement : assèchement de la zone, contamination des sols, destruction de la biodiversité locale...

2 STOCKAGE DE L'ÉNERGIE ÉLECTRIQUE

L'électricité doit pouvoir être stockée afin d'ajuster production et consommation énergétiques, et de faire face à d'éventuelles pénuries. L'électricité ne se stocke pas directement, mais elle peut être convertie en d'autres formes qui sont stockables : il s'agit d'un stockage indirect.

a Sous forme chimique

● Dans le cas d'un accumulateur ou d'une pile à hydrogène, l'énergie est stockée sous forme chimique pour être restituée ultérieurement sous forme électrique.

● Le dihydrogène n'existe pas à l'état brut dans la nature, il est produit industriellement en apportant de l'énergie. Le principe consiste à séparer l'hydrogène de l'oxygène d'une molécule d'eau (formule H_2O) grâce à un courant électrique, au sein d'un électrolyseur. Le dihydrogène obtenu est stocké sous pression.

Chaine énergétique de l'électrolyseur

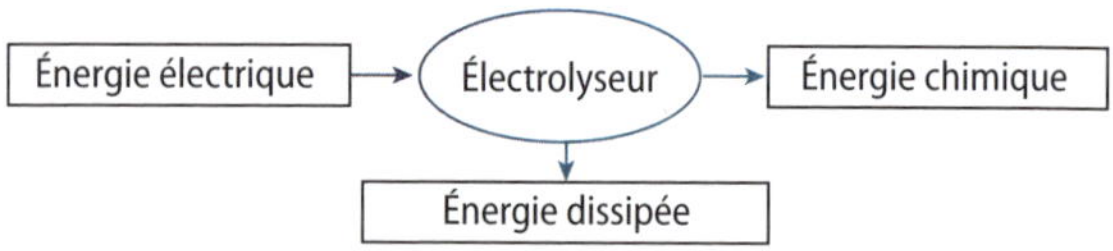

Puis, en fonction des besoins des consommateurs, le dihydrogène stocké est recombiné avec le dioxygène de l'air au sein d'une pile à combustible pour produire de l'électricité et exclusivement de la vapeur d'eau.

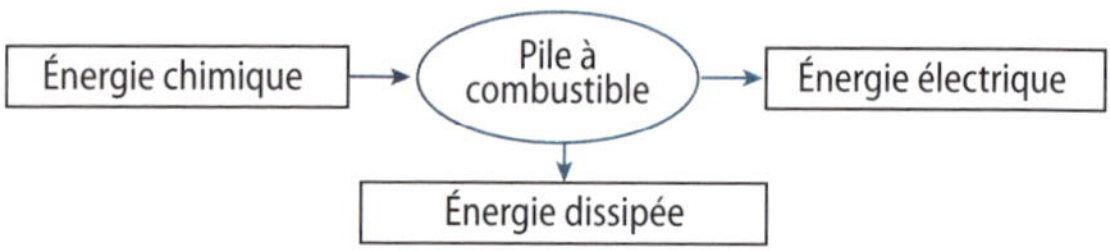

Chaine énergétique de la pile à combustible

b Sous forme potentielle

L'eau en haut d'une chute ou celle retenue dans un barrage possède de l'énergie potentielle de pesanteur du fait de son altitude. Une station de transfert d'énergie par pompage comprend un lac supérieur et une retenue d'eau inférieure. En période de faible demande d'électricité, l'usine fait fonctionner des pompes qui remontent l'eau. En période de forte demande d'électricité, l'eau redescend en passant par la turbine et l'usine produit de l'énergie électrique.

c Sous forme électromagnétique

Un super condensateur est constitué de deux électrodes séparées par un isolant. L'application d'une tension permet l'accumulation de charges, positives d'un côté, négatives de l'autre. Un supercondensateur est un réservoir d'énergie électrique.

Le transport de l'électricité

À revoir
OK

21

1 DE LA PRODUCTION À LA DISTRIBUTION

- Des sites de production (centrales thermiques, éoliennes...) jusqu'aux sites de consommation (entreprises, particulier...), l'électricité est acheminée grâce à un réseau électrique constitué de lignes électriques.

- En France, le réseau de grand transport utilise des lignes à très haute tension (225 kV et 400 kV) pour transporter de grandes quantités d'énergie électrique sur de longues distances.

Remarque
Le préfixe « kilo » correspond à 1000 ou 10^3 : 400 kV = 400 000 V.

- Ces tensions élevées ne sont adaptées ni à la production de l'électricité, ni à sa consommation. Elles nécessitent donc des dispositifs capables d'augmenter ou d'abaisser la tension : des transformateurs ou postes de transformation.

- Le réseau de répartition utilise des lignes à haute tension (entre 63 kV et 90 kV).

- Le réseau de distribution utilise exclusivement des lignes à moyenne tension (20 kV) et à basse tension (230 V).

Remarque
En France, la tension domestique est de 230 V. Mais tous les pays n'ont pas fait le même choix, elle varie entre 100 V (Japon) et 240 V (Australie ...).

2 LA LIGNE À HAUTE TENSION

- Une ligne électrique à haute tension peut être modélisée de manière simple par un circuit électrique composé d'un conducteur ohmique, de résistance R.

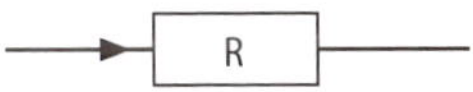

- La résistance R d'un câble électrique de longueur L, de section S et de résistivité ρ est $R = \rho \times \frac{L}{S}$.

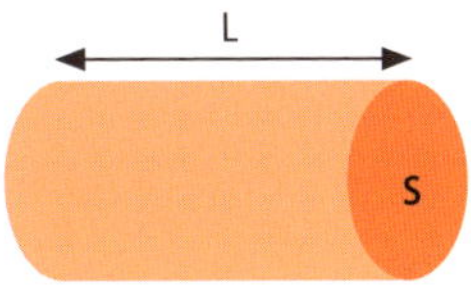

L la longueur du conducteur exprimée en m.
S la surface en m^2 appelée section ;
ρ est la résistivité du matériau exprimée en $\Omega \cdot m$.
R résistance en ohms (Ω)

- On peut déduire de cette relation que :
– plus la longueur L du câble augmente, plus sa résistance R est grande.
– plus la section S est grande, plus la résistance R est faible.
– plus la résistivité ρ du matériau est grande, plus la résistance R est grande.

	argent	cuivre	aluminium	fer
Résistivité ρ (W · m) à 300 K	$1{,}6 \times 10^{-8}$	$1{,}7 \times 10^{-8}$	$2{,}8 \times 10^{-8}$	$1{,}0 \times 10^{-7}$
Masse volumique ($g \cdot cm^{-3}$)	10,5	9,0	2,8	7,9
Prix de 1 kg (euros)	492	4,56	1,49	0,081

- Le cuivre et l'aluminium sont les matériaux les plus fréquemment utilisés pour les câbles électriques en raison de leur faible résistivité (et donc de leur excellente conductivité). L'argent a une résistivité encore plus basse, mais il est bien plus cher.

- Le cuivre est un meilleur conducteur que l'aluminium. Cependant l'aluminium est moins cher et plus léger, il est donc privilégié pour les câbles de grande taille et pour les lignes aériennes.

L'effet Joule

À revoir
OK

22

1 DÉFINITION

- Au cours du transport, une partie de l'énergie électrique, dissipée dans l'environnement par effet Joule, ne parvient pas à l'utilisateur.
- On appelle « effet Joule » le dégagement de chaleur qui accompagne le passage d'un courant électrique dans un matériau conducteur lui opposant une résistance. L'effet Joule correspond à la transformation d'énergie électrique en énergie thermique.
- La puissance dissipée par effet Joule dans un conducteur électrique est $P_J = R \times I^2$.

P : en watts (W)
R : résistance du conducteur électrique en ohms (Ω)
I : intensité du courant en ampères (A)

2 DIMINUTION DES PERTES PAR EFFET JOULE

- Pour diminuer les pertes par effet Joule, il faut minimiser I. Or la puissance électrique est égale au produit de la tension U par l'intensité I du courant : $P = U \times I$

U en volts (V)
I en ampères (A)

- Si on veut diminuer I, à puissance constante, il faut augmenter la tension U.

Exemple : On considère un appareil électrique de puissance $P = 2{,}8$ kW alimenté par un câble électrique de résistance $r = 1{,}1$ Ω.

Tension U	230 V	1,5 kV = 1500 V
Intensité I	$I = \frac{P}{U} = \frac{2{,}8 \times 10^3}{230} = 12$ A	$I = \frac{P}{U} = \frac{2{,}8 \times 10^3}{1{,}5 \times 10^3} = 1{,}9$ A
Puissance P_J dissipée par effet Joule dans le câble	$P_J = r \times I^2 = 1{,}1 \times 12^2$ $P_J = 1{,}6 \times 10^2$ J	$P_J = r \times I^2 = 1{,}1 \times 1{,}9^2$ $P_J = 4{,}0$ J
	$1{,}6 \times 10^2 > 4{,}0$	

Plus la tension est élevée, plus les pertes par effet Joule sont faibles.

● L'utilisation de lignes à très haute tension (400 000 V soit 400 kV en France) pour le transport de l'électricité permet donc de diminuer les pertes par effet Joule.

● Le réseau électrique en France est parcouru par du courant alternatif. Cependant, pour transporter de l'électricité sur de très longues distances ou lorsque les câbles sont enterrés, les pertes en lignes sont moins importantes avec des câbles à courant continu.

● La Chine, par exemple, a besoin de transporter l'électricité sur des milliers de kilomètres car sa production énergétique est essentiellement située dans les régions désertiques de l'Ouest et du Nord, où se trouvent les mines de charbon et les gisements d'énergies renouvelables, alors que 80 % de la population habite à l'est et au sud. Elle s'appuie donc sur la technologie dite CCUHT (courant continu ultra haute tension ou UHVDC en anglais) et met en service des lignes avec une tension de 800 kV, voire 1 100 kV.

Optimisation du réseau électrique

- [ ] À revoir
- [ ] OK

23

1 LE RÉSEAU ÉLECTRIQUE

● L'énergie électrique produite et consommée varie à chaque instant et dépend de nombreux paramètres : la période de l'année, le jour de la semaine, l'heure, la météo, l'activité économique... L'électricité produite par les centrales ne se stockant pas, il est donc nécessaire d'équilibrer en permanence, en temps réel, l'offre et la demande. En France, le gestionnaire de réseau de transport est RTE et le réseau s'appuie sur des centres de dispatchings.

● Un réseau de distribution électrique comporte de nombreuses sources distributrices. Une source distributrice est une source qui alimente en électricité les particuliers et les industries, c'est une centrale de production. Un réseau comporte également de nombreux destinataires ou cibles destinatrices.

2 MODÉLISER UN RÉSEAU ÉLECTRIQUE

● On peut modéliser mathématiquement un réseau par un graphe orienté dont les arêtes représentent les lignes électriques et dont les sommets représentent les sources de distribution, les cibles destinatrices (les consommateurs) et les nœuds intermédiaires du réseau.

Un réseau comprenant deux sources distributrices S_1 et S_2, un nœud intermédiaire N, et deux cibles destinatrices C_1 et C_2 et son graphe orienté associé.

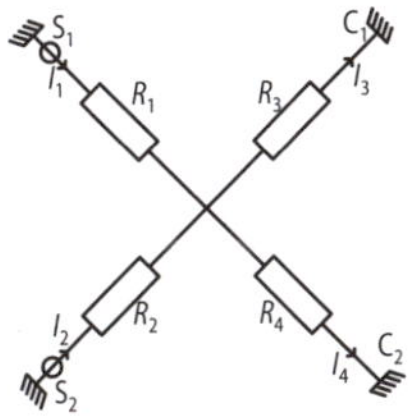

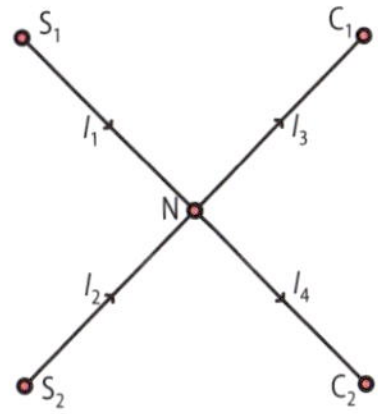

3 OPTIMISER LE TRANSPORT DE L'ÉNERGIE

● Dans ce modèle, l'objectif est de minimiser les pertes par effet Joule sur l'ensemble du réseau sous les contraintes suivantes :

– la somme des intensités des courants qui arrivent à un nœud est égale à la somme des intensités des courants qui en repartent : c'est la loi des nœuds.

– l'intensité totale sortant d'une source est limitée par la puissance maximale distribuée.
– l'intensité totale arrivant à chaque cible est imposée par la puissance qui y est utilisée.
Exemple :
On considère le circuit électrique précédent où $R_1 = 0{,}2\ \Omega$, $R_2 = 0{,}3\ \Omega$, $R_3 = R_4 = 0{,}1\ \Omega$, $I_3 = 3$ A et $I_4 = 7$ A. Les sources S_1 et S_2 fournissent chacune 7 ampères au maximum. Le but est de déterminer les intensités I_1 et I_2 de façon à ce que la puissance dissipée par effet Joule P_J soit la plus faible possible.

- D'après la loi des nœuds, on a
$I_1 + I_2 = I_3 + I_4 \Leftrightarrow I_1 + I_2 = 3 + 7 \Leftrightarrow I_1 + I_2 = 10$. On a donc $I_2 = 10 - I_1$
- Les sources fournissant au maximum 7 ampères, $I_1 \leqslant 7$ A et $I_2 \leqslant 7$ A. Comme $I_2 = 10 - I_1$ on a $10 - I_1 \leqslant 7$ ce qui équivaut à $-I_1 \leqslant -3$ et donc $I_1 \geqslant 3$.
Finalement, on a $3 \text{ A} \leqslant I_1 \leqslant 7 \text{ A}$.
- L'expression de la puissance dissipée par effet Joule dans l'ensemble de ces lignes électriques est $P_J = R_1 I_1^2 + R_2 I_2^2 + R_3 I_3^2 + R_4 I_4^2$

$$= 0{,}2I_1^2 + 0{,}3(10 - I_1)^2 + 0{,}1 \times 3^2 + 0{,}1 \times 7^2$$
$$= 0{,}2I_1^2 + 0{,}3(100 - 20I_1 + I_1^2) + 5{,}8$$
$$= 0{,}2I_1^2 + 30 - 6I_1 + 0{,}3I_1^2 + 5{,}8$$
$$= 0{,}5I_1^2 - 6I_1 + 35{,}8.$$

Rappel

$(a - b)^2 = a^2 - 2ab + b^2$

- Les valeurs obtenues à la calculatrice ou la représentation graphique de cette fonction permettent de déterminer son minimum.

I_1 (A)	3	3,5	4	4,5	5	5,5	6	6,5	7
P_J (W)	22,3	20,925	19,8	18,925	18,3	17,925	17,8	17,925	18,3

Le minimum de la puissance dissipée semble être atteint pour $I_1 = 6$ A et valoir 17,8 W.
Comme $P - 17{,}8$ est positif ou nul, P est supérieure ou égale à 17,8 W. 17,8 W est bien un minimum. La conjecture est donc bien exacte. On a aussi $I_2 = 10 - 6 = 4$ A.

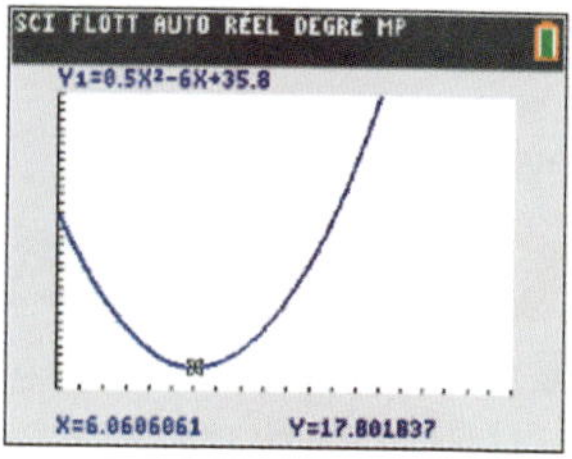

- La résolution exacte des problèmes d'optimisation sous contraintes est souvent très difficile et constitue un secteur de recherche important.

Le mix énergétique

À revoir
OK

24

1 DIVERSIFIER LES RESSOURCES ÉNERGÉTIQUES

- Les choix énergétiques doivent tenir compte de nombreux critères et paramètres. Il faut d'abord évaluer les besoins, puis faire le bilan des ressources disponibles afin de les mettre en adéquation.

- Les impacts climatiques, écologiques, sanitaires, agricoles sont pris en compte, ainsi que les conséquences économiques et sociales (création d'emploi par exemple).

- Les risques liés aux choix énergétiques effectués doivent être identifiés, évalués, traités.

- L'analyse de tous ces éléments conduit le plus souvent à une recherche de diversification des ressources énergétiques, que ce soit au niveau local ou national. Cette diversification est appelée mix énergétique.

2 DEUX CHOIX DE MIX ÉNERGÉTIQUE

Production d'électricité en France en 2018

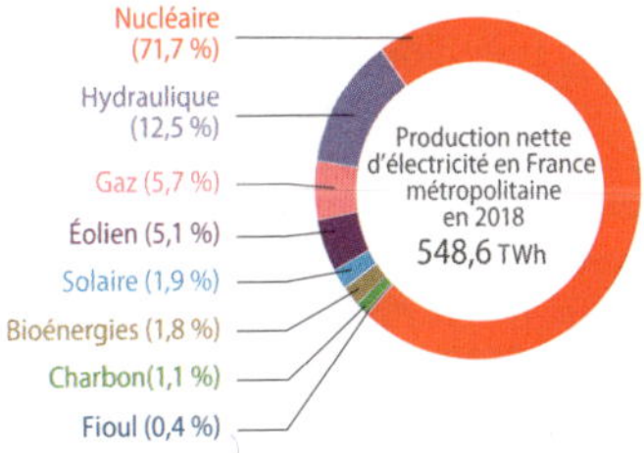

Production d'électricité en Allemagne en 2018

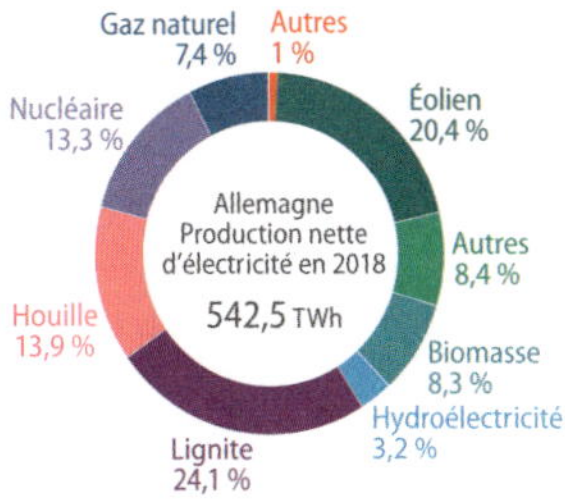

- Les choix historiques français et allemand ont conduit à des mix de production électriques très différents entre les deux pays. Alors que la

France a choisi de s'orienter vers la technologie nucléaire, l'Allemagne a privilégié la houille et le lignite (sortes de charbon), dont elle dispose en abondance. Si la France est mieux dotée que l'Allemagne en ce qui concerne ses ressources et ses moyens de production hydrauliques (12,5 % du mix de production électrique en 2018), l'Allemagne quant à elle a fait le choix de développer massivement les technologies renouvelables : biomasse, photovoltaïque et éolien, qui ont représenté, en 2018, 37,1 % de sa production d'énergie électrique.

- En conséquence l'empreinte carbone de l'électricité en France est inférieure à celle de l'Allemagne. En tenant compte des émissions de CO_2 liées à la mise à disposition de l'énergie primaire à la centrale électrique (lors de l'extraction, de la transformation, du transport...) et des émissions engendrées par la construction des infrastructures (voir tableau ci-dessous), la masse de CO_2 générée par la production de 1 kWh d'électricité en France est de 52 g alors qu'en Allemagne elle est de 459 g.

Masse « en équivalent CO_2 » d'un kWh électrique selon le mode de production.

Nucléaire	Gaz	Charbon	Fioul	Éolien	Photo-voltaïque	Hydro-électrique	Biomasse
10	406	1038	704	9	56	13	230

3 LA NÉCESSAIRE TRANSITION ÉNERGÉTIQUE

- Malgré l'urgence requise pour agir, la transition énergétique nécessite des durées longues. En effet, elle engendre le plus souvent la construction d'infrastructures lourdes qui s'étale sur de nombreuses années. Certains projets engagent nos sociétés sur plusieurs générations. Si par exemple le projet ITER de fusion nucléaire (voir fiche suivante) date de 1986, la construction des bâtiments n'a démarré qu'en 2010, la phase d'assemblage du tokamak a commencé en juillet 2020, le premier plasma débutera en décembre 2025, les premières opérations au deutérium-tritium ne sont pas attendues avant 2035 et il faudrait attendre 2060 pour accéder à la fusion nucléaire commerciale...

Le choix du nucléaire en France et ses impacts

À revoir
OK

25

1 L'ÉNERGIE NUCLÉAIRE

- Dès les années 1960, la France a fait le choix du « tout nucléaire ». Le nucléaire permet d'économiser les ressources fossiles de la planète tel que le pétrole, le gaz, le charbon et émet très peu de CO_2. En effet, l'énergie ne provient pas d'une réaction de combustion, mais de la fission d'un noyau d'uranium 235 selon une réaction d'équation :

$^{235}_{92}U + ^{1}_{0}n \rightarrow ^{94}_{38}Sr + ^{139}_{54}Xe + 3\ ^{1}_{0}n$ où $^{1}_{0}n$ est le symbole d'un neutron

- Un gramme d'uranium 235 fournit la même énergie que 3,5 tonnes de charbon.

- Cependant, l'industrie nucléaire présente des risques spécifiques, liés aux substances radioactives qu'elle utilise. Les accidents ont des conséquences majeures. La plus grande catastrophe nucléaire est celle survenue le 26 avril 1986 à Tchernobyl en Ukraine. L'explosion a entraîné d'importants rejets radioactifs dans l'atmosphère, qui ont contaminé une région immense (une zone de 100 km autour de la centrale a dû être évacuée) et qui se sont dispersés au gré du trajet des masses d'air, couvrant une bonne partie de l'Europe. Les retombées radioactives au sol ont entraîné la contamination des végétaux (plantes cultivées, forêts...) et, par conséquent, la contamination des denrées alimentaires. Si le nombre de décès dénombrés sans ambiguïté et survenus peu de temps après l'accident est faible (moins de 50), le bilan humain reste l'objet d'âpres débats car les décès par cancers surviennent des années après une exposition à la radioactivité. Un autre accident nucléaire majeur s'est produit à Fukushima au Japon en mars 2011 suite à un tremblement de terre et à un raz de marée.

- De plus, ce mode de production d'électricité nécessite d'extraire le minerai contenant de l'uranium (en général dans des gisements à ciel ouvert), de l'enrichir en uranium 235, et cela n'est pas sans impact environnemental.

- Parmi les problèmes suscités par l'énergie nucléaire figurent les déchets nucléaires qui contiennent de nombreux noyaux radioactifs. Ces déchets sont classés en fonction de leur activité radioactive exprimée en becquerel par gramme (haute, moyenne, faible ou très faible) et en fonction de leur temps de demi-vie. Les noyaux radioactifs contenus dans les déchets nucléaires peuvent avoir des temps de demi-vie très longs

(16 millions d'années pour l'iode 129 par exemple). Ces déchets doivent être conditionnés, transportés, stockés dans des conditions garantissant, dans le temps, la protection de l'homme et de l'environnement. Les déchets à moyenne ou haute activité et à vie longue sont les plus compliqués à gérer. Ils sont vitrifiés, c'est-à-dire emprisonnés dans une pâte de verre solidifiée, placés dans des conteneurs en acier, et stockés provisoirement au centre de retraitement de la Hague. À long terme, l'option envisagée est de les stocker à grande profondeur (500 m sous terre). Le projet, qui a pour nom CIGEO (Centre Industriel de Stockage Géologique), est controversé.

Rappel

Le temps de demi-vie est la durée nécessaire pour que la moitié des noyaux d'un échantillon radioactif se soient désintégrés.

2 LE PROJET ITER

- Le **projet ITER** est un projet de recherche scientifique dont les bâtiments sont situés à Cadarache (en France dans les Bouches-du-Rhône). 35 pays sont engagés dans la construction du plus grand tokamak jamais conçu. C'est une machine qui doit démontrer que la **fusion nucléaire** peut être utilisée comme source d'énergie à grande échelle, non émettrice de CO_2, pour produire de l'électricité. La fusion nucléaire est une réaction au cours de laquelle deux noyaux légers fusionnent pour former un noyau plus lourd. Dans le soleil comme dans toutes les étoiles, ce sont des réactions de fusion qui sont à l'origine de l'énergie. Le potentiel énergétique des réactions de fusion est supérieur à toutes les autres sources d'énergie actuellement exploitées sur Terre. Cependant les noyaux des atomes sont chargés positivement. Pour permettre leur fusion, il faut vaincre la répulsion naturelle entre charges positives. Une température extrêmement élevée est donc nécessaire, température à laquelle les électrons sont séparés des noyaux : la matière est alors sous forme de plasma. L'ambition d'ITER est de porter à une température d'environ **150 millions de degrés** un plasma de deutérium et de tritium, deux isotopes de l'hydrogène.

Remarque

Le **deutérium** comporte 1 proton et 1 neutron, le tritium comporte 1 proton et 2 neutrons. La réaction donne naissance à un noyau d'hélium comportant 2 protons et 2 neutrons.

$$\underset{\text{deutérium}}{{}^{2}_{1}H} + \underset{\text{tritium}}{{}^{3}_{1}H} \rightarrow \underset{\text{hélium}}{{}^{4}_{2}He} + \underset{\text{neutron}}{{}^{1}_{0}n}$$

- Ce projet exige des investissements très lourds, une coopération internationale et de longues années de travail. Il n'y a aucune garantie que la fusion soit un jour maîtrisée.

La transition écologique des sociétés

À revoir
OK

26

1 LA CRÉATIVITÉ SCIENTIFIQUE

- La transition écologique des sociétés repose d'une part sur la créativité scientifique et technologique.

- Le dihydrogène, par exemple, apporte de nouvelles solutions pour stocker l'électricité, se déplacer plus proprement. Le recours au dihydrogène s'articule en deux étapes :
– La production de dihydrogène. Le procédé d'électrolyse permet de produire du dihydrogène par décomposition de la molécule d'eau à partir d'un courant électrique. Si celui-ci est d'origine renouvelable (éolien, solaire, hydraulique), le dihydrogène permet alors de stocker, transporter et distribuer cette électricité intermittente. Cependant, le dihydrogène est un gaz inflammable, son stockage et son transport sont problématiques.
– L'utilisation du dihydrogène. Lorsque cela est nécessaire, on peut produire de l'électricité pour alimenter un moteur ou tout autre usage électrique à partir d'une pile à hydrogène. La combustion du dihydrogène ne produit que de l'eau.

- À Paris, depuis 2017, ont été installés des puits de carbone. Ce sont des colonnes remplies d'eau et de microalgues éclairées par des LED. Les microalgues croissent et se multiplient en captant le dioxyde de carbone et en rejetant du dioxygène par le biais de la photosynthèse. Ces algues vont faire donc le même travail que les arbres.

2 L'ÉVOLUTION DES COMPORTEMENTS

- La transition écologique repose également sur l'évolution des comportements individuels et collectifs. Elle nous invite à repenser notre modèle de consommation, de déplacement. Le consommateur apparaît comme l'un des acteurs décisifs du développement durable, à la fois parce que ses modes de consommation ont des effets environnementaux, mais aussi parce qu'il peut, par ses achats, orienter les activités en amont vers des processus moins néfastes pour l'environnement :
– Recourir aux modes actifs de transport (le vélo, par exemple) aux transports collectifs, à des véhicules moins consommateurs et moins polluants... En France, les transports représentent 28 % des émissions de CO_2.
– Diminuer son empreinte carbone en modifiant son alimentation : réduire la part de protéines animales au profit des protéines végétales, limiter

sa consommation de fruits et légumes hors saison, limiter sa consommation de produits importés par avion.

– Maîtriser sa consommation d'électricité en choisissant ses équipements. Par exemple, les deux ampoules dont les caractéristiques sont données ci-dessous ont le même flux lumineux, c'est-à-dire qu'elles émettent la même quantité de lumière. Elles fonctionnent toutes les deux sous une tension de 220 V et ont la même durée de vie. Par contre, elles n'ont pas la même puissance électrique et donc une consommation électrique différente, ce qui justifie leur classe énergétique différente et leur différence de prix.

	Ampoule A	**Ampoule B**
Flux lumineux (lumen)	1055	1055
Classe énergétique	A++	A+
Tension (V)	220	220
Température de couleur (K)	2700	4000
Puissance (W)	8	9,2
Durée de vie (heures)	15000	15000
Prix (euros)	8,00	5,90

Rappel

$E = P \times \Delta t$ ou E est l'énergie consommée en kWh, P la puissance électrique de l'appareil en kW et Δt la durée de fonctionnement en heures

L'énergie électrique par l'ampoule A pour 15 000 h de fonctionnement est : $E_A = P_A \times \Delta t$ avec $P_A = 8$ W = 0,008 kW soit $E_A = 0{,}008 \times 15\ 000 =$ 120 kWh.

En prenant 0,16 euros comme prix moyen du kWh en France, le coût lié à la consommation électrique de cette ampoule est de $120 \times 0{,}16 =$ 19,2 euros. Le coût global est $P_A = 19{,}2 + 8{,}0 = 27{,}2$ euros.

Pour l'ampoule B on trouve :

$E_B = 0{,}0092 \times 15\ 000 = 138$ kWh, soit $P_B = 138 \times 0{,}16 = 22$ euros, soit un coût global de $22 + 5{,}90 = 27{,}9$ euros.

Il vaut mieux choisir l'ampoule A, mais la différence de prix est peu marquée. Néanmoins, c'est une démarche responsable.

Carte mentale

Le futur des énergies

Deux siècles d'énergie électrique

- Depuis le XIXe siècle : L'alternateur, transforme l'énergie mécanique en énergie électrique.
- Depuis le XXe siècle : Les capteurs photovoltaïques, absorbent l'énergie radiative et la convertissent en énergie électrique.

Optimisation du transport de l'électricité

- Le réseau électrique comporte des sources et des cibles.
- Le réseau doit minimiser les pertes par effet Joule.
- Les lignes haute tension transportent l'électricité, mais nécessitent des transformateurs pour abaisser la tension sur le réseau de distribution.

Les atouts de l'électricité

- Les différentes conversions d'énergie : mécanique, radiative et chimique.
- Les différentes formes de stockage de l'énergie : chimique, potentielle, électromagnétique.

→ Contrepartie : Impacts négatifs sur l'environnement

Choix énergétiques et impacts sur les sociétés

- Le mix énergétique : diversification des ressources.
- L'industrie du nucléaire permet d'économiser les ressources fossiles mais comporte des risques spécifiques.
- La transition écologique repose sur : la créativité scientifique et technologique et l'évolution des comportements individuels et collectifs.

Mots-clés

Biomasse : matière organique fabriquée par les êtres vivants.

Combustible fossile : combustible issu de la décomposition très lente d'êtres vivants (principalement des végétaux) durant des millions d'années ; les combustibles fossiles principaux sont le charbon, le pétrole ou encore le gaz naturel.

Empreinte carbone : masse de gaz à effet de serre produit directement ou indirectement par la consommation d'énergie et /ou de matière première par une personne ou une activité.

Électroaimant : bobine qui produit un champ magnétique et qui se comporte donc comme un aimant lorsqu'elle est alimentée par un courant électrique.

Fission nucléaire : transformation d'un noyau de numéro atomique élevé en au moins deux noyaux de numéros atomiques plus faibles.

Fusion nucléaire : transformation au cours de laquelle deux noyaux atomiques légers s'assemblent pour former un noyau plus lourd.

Gaz à effet de serre (GES) : espèce chimique présente dans l'atmosphère absorbant une partie du rayonnement infrarouge émis par la surface terrestre.

Induction électromagnétique : phénomène au cours duquel un courant induit apparaît dans une bobine placée dans un champ magnétique variable.

Effet Joule : échauffement d'un conducteur parcouru par un courant électrique.

Mix énergétique : diversification des sources d'énergie utilisées.

Photon : particule élémentaire constituant la lumière, de charge et de masse nulle.

Ressources d'énergie renouvelable : ressource dont la durée de reconstitution est inférieure à la durée d'exploitation.

Transition écologique : modification de nos façons de consommer, de produire, de travailler, de vivre ensemble, dans le but d'évoluer vers un nouveau modèle économique et social de manière à répondre aux grands enjeux environnementaux de notre siècle (changement climatique, réduction de la biodiversité, diminution des ressources naturelles...).

Je me teste sur...

LE FUTUR DES ÉNERGIES

1 Un alternateur permet de... :

- ▢ **a.** transformer une énergie électrique en une énergie mécanique.
- ▢ **b.** transformer une énergie mécanique en une énergie électrique.
- ▢ **c.** fournir une tension variable et alternative.

2 Les cheminées des centrales nucléaires rejettent :

- ▢ **a.** de la vapeur d'eau.
- ▢ **b.** du dioxyde de carbone.
- ▢ **c.** des produits de fission de l'uranium.

3 L'énergie dans une centrale nucléaire est obtenue grâce à une réaction de :

- ▢ **a.** fusion nucléaire.
- ▢ **b.** combustion nucléaire.
- ▢ **c.** fission nucléaire.

4 L'énergie est produite grâce au phénomène d'induction électromagnétique dans :

- ▢ **a.** une centrale photovoltaïque.
- ▢ **b.** une centrale nucléaire.
- ▢ **c.** une éolienne.

5 L'électricité d'origine éolienne... :

- ▢ **a.** est une énergie renouvelable.
- ▢ **b.** a un bilan carbone nul si l'on considère uniquement son fonctionnement.
- ▢ **c.** peut avoir localement un impact environnemental négatif.

6 Les pertes par effet Joule sont... :

- ▢ **a.** nulles dans les lignes électriques à basse tension.
- ▢ **b.** plus importantes dans les lignes électriques à basse tension.
- ▢ **c.** plus importantes dans les lignes électriques à haute tension.

7 D'après la loi des nœuds, l'intensité totale du courant électrique entrant dans chaque nœud intermédiaire d'un réseau de distribution est :

- ▢ **a.** égale à l'intensité totale du courant qui en sort.
- ▢ **b.** nulle.
- ▢ **c.** inférieure à l'intensité totale du courant qui en sort.

8 La source d'énergie qui émet le moins de gaz à effet de serre par kWh produit est :

- ▢ **a.** le charbon.
- ▢ **b.** le gaz naturel.
- ▢ **c.** le nucléaire.

Corrigés au verso

Corrigés

1 Un alternateur permet de... :

> **b** et **c.** transformer une énergie mécanique en une énergie électrique. Le déplacement d'un aimant (rotor) induit une tension aux bornes d'une bobine (stator).

Voir **Fiche 15**

2 Les cheminées des centrales nucléaires rejettent :

> **a.** De la vapeur d'eau. La chaleur dégagée par la fission est utilisée pour transformer l'eau en vapeur dans le générateur de vapeur.

Voir **Fiche 18**

3 L'énergie dans une centrale nucléaire est obtenue grâce à une réaction de :

> **c.** Fission nucléaire.

Voir **Fiches 18** et **25**

4 L'énergie est produite grâce au phénomène d'induction électromagnétique dans :

> **b** et **c.** Dans une centrale nucléaire et dans une éolienne. Ce phénomène désigne l'apparition d'un courant induit dans une bobine soumise à un champ magnétique variable.

Voir **Fiche 18**

5 L'électricité d'origine éolienne... :

> **a**, **b** et **c.** est une énergie renouvelable, a un bilan carbone nul si l'on considère uniquement son fonctionnement et peut avoir localement un impact environnemental négatif.

Voir **Fiche 20**

6 Les pertes par effet Joule sont... :

> **b.** plus importantes dans les lignes électriques à basse tension. L'effet Joule correspond à la transformation d'énergie électrique en énergie thermique.

Voir **Fiche 22**

7 D'après la loi des nœuds, l'intensité totale du courant électrique entrant dans chaque nœud intermédiaire d'un réseau de distribution est :

> **a.** Égale à l'intensité totale du courant qui en sort.

Voir **Fiche 23**

8 La source d'énergie qui émet le moins de gaz à effet de serre par kWh produit est :

> **c.** Le nucléaire. Néanmoins, son impact environnemental est important.

Voir **Fiche 24**

Mesurer la biodiversité

À revoir
OK

28

1 LES TECHNIQUES D'ÉCHANTILLONNAGE

- Les techniques d'échantillonnage (spécimens ou ADN) permettent d'estimer la biodiversité dans différents milieux en y mesurant le nombre d'espèces présentes (richesse spécifique).

- Parmi ces techniques, on trouve notamment, la spectranomique qui utilise des capteurs installés par exemple sur des drones ou des avions, afin de capturer des images à haute résolution de la végétation. Par la suite, en analysant ces images, les chercheurs peuvent identifier les différentes espèces de plantes de la forêt.

- On peut ainsi évaluer :
– l'abondance d'une population, c'est à dire le nombre d'individus présents pour une même espèce dans un écosystème donné ;
– la richesse spécifique de cet écosystème qui correspond au nombre d'espèces qui y sont présentes.

- Les composantes de la biodiversité peuvent aussi être décrites par l'abondance (nombre d'individus) d'une population, d'une espèce ou d'un plus grand taxon.

2 « CAPTURE-MARQUAGE-RECAPTURE »

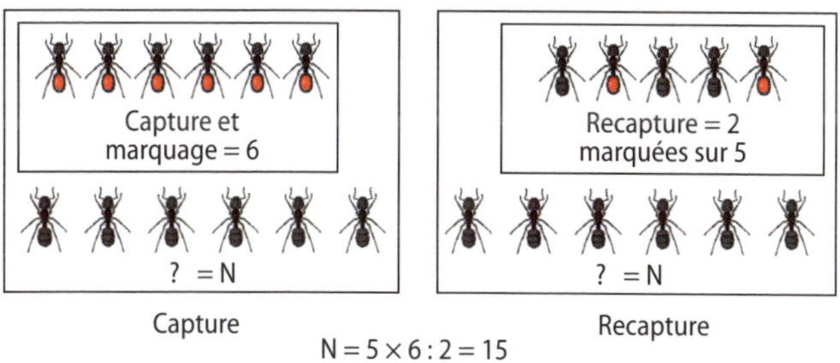

La technique de « capture-marquage-recapture »

- Pour déterminer la population d'une espèce, on utilise la technique de « capture-marquage-recapture » qui consiste à capturer un échantillon d'animaux, à les marquer puis, dans un second temps, dans le même lieu, à recapturer un autre échantillon de ces animaux. Elle suppose que la proportion d'individus marqués d'un échantillon de départ est identique dans l'échantillon de recapture et dans la population totale. On peut ainsi déterminer son effectif N, en un lieu donné, par le calcul de la quatrième proportionnelle.

3 L'INTERVALLE DE CONFIANCE

- En utilisant un intervalle de confiance, l'effectif d'une population peut aussi être déterminé à partir d'un seul échantillon. Plus la taille de l'échantillon est grande, plus l'estimation sera précise.

- Un intervalle de confiance permet de déterminer la marge d'erreur d'un échantillon, afin d'estimer ce qu'aurait été le résultat réel, en l'encadrant dans une fourchette.
Pour un niveau de confiance de 95 %, si l'effectif de l'échantillon est de n et la fréquence du caractère étudié de f, l'intervalle, exprimé en % est situé entre $f-\dfrac{1}{\sqrt{n}}$ et $f+\dfrac{1}{\sqrt{n}}$.

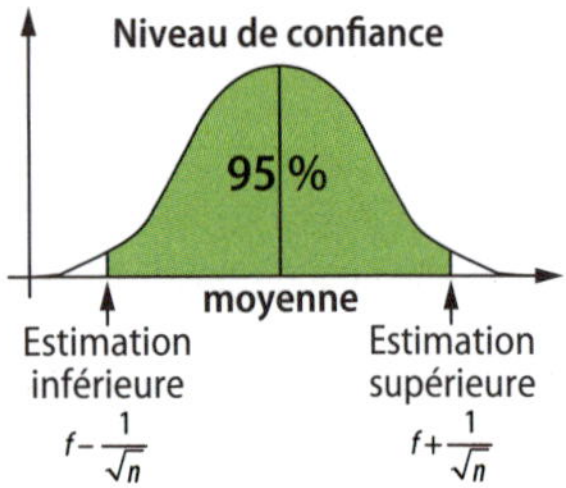

4 À LA DÉCOUVERTE DE LA BIODIVERSITÉ

- On estime le nombre d'espèces animales et végétales sur Terre à environ 8 millions et seulement 1,7 million ont été décrites et nommées. Il semblerait toutefois que le nombre d'espèces de microorganismes soit beaucoup plus élevé que prévu. En fonction des études, on parle de 100 millions à 1 000 milliards d'espèces.

- Des expéditions sont programmées régulièrement dans diverses régions du monde (Amazonie, Antarctique, Méditerranée...) afin d'évaluer la diversité mais aussi l'écologie des espèces. Elles permettent leur suivi, la description de leur habitat, la compréhension de la dynamique de leur population, l'étude de leur diversité génétique, ceci afin de mieux les comprendre et de les protéger ou de les éradiquer s'il s'agit d'espèces envahissantes.

La stabilité génétique d'une population

À revoir
OK

29

1 LE MODÈLE D'HARDY-WEINBERG

- Au cours de l'évolution biologique, la composition génétique des populations d'une espèce change de génération en génération.
- Le modèle mathématique d'Hardy-Weinberg utilise les probabilités pour décrire le phénomène lié au hasard de transmission des allèles dans une population. En assimilant les probabilités à des fréquences pour des effectifs de grande taille (loi des grands nombres), le modèle prédit que la structure génétique d'une population de grande importante est stable d'une génération à l'autre sous certaines conditions (absence de migration, de mutation et de sélection). Cette stabilité théorique est connue sous le nom d'équilibre de Hardy-Weinberg.

Le modèle d'Hardy-Weinberg

Génotype	Fréquence
$a^+//a^+$	p^2
$a//a$	q^2
$a^+//a$	$2pq$

Fréquence des génotypes d'un gène dans une population (a^+ et a, deux allèles du gène de fréquences respectives p et q). La somme de ces fréquences est égale à 1.

2 LES MÉCANISMES ÉVOLUTIFS

- Des écarts existent toutefois entre les fréquences calculées par le modèle et les mesures réalisées au sein de populations naturelles. Ils sont dus essentiellement à des mécanismes évolutifs. En perturbant la stabilité génétique d'une population donnée, ces mécanismes écartent la structure génétique d'une population donnée de l'équilibre de Hardy-Weinberg.

a Les mutations

En modifiant la séquence d'ADN d'un gène par addition, substitution ou délétion, les mutations font apparaître de nouveaux allèles. Mais étant rares et souvent létales, leur impact reste faible.

b La sélection naturelle

- Sous la pression du milieu, les individus possédant les caractères les mieux adaptés ont plus de chance de survivre et de transmettre les allèles qui leur confèrent un avantage. Cela modifie la structure génétique d'une population au cours du temps.

• La sélection naturelle ne se fait pas au hasard, mais sous l'influence de différents facteurs, qui exerceront une pression de sélection, tels que le milieu (température, pollution...), la compétition (pour les ressources alimentaires, la reproduction)...

• Cependant, un allèle peut être défavorable dans certaines conditions et favorable dans d'autres. C'est pourquoi la fréquence allélique n'est pas la même au sein de populations vivant dans des milieux différents. La sélection naturelle peut ainsi contribuer à éloigner différemment plusieurs populations d'une même espèce de l'équilibre Hardy-Weinberg.

• Charles Darwin distingue la sélection sexuelle qui concerne la sélection des allèles favorisant l'accès aux partenaires sexuels, ce qui confère un avantage reproductif, de la sélection naturelle qui confère un avantage de survie.

c La dérive génétique

• De nombreux allèles ne sont pas soumis à la sélection naturelle car ils ne donnent pas d'avantages ou de désavantages à l'individu. Ils vont donc se répandre de manière aléatoire dans la population et peuvent augmenter ou disparaître. C'est la dérive génétique. Elle contribue ainsi à éloigner génétiquement différentes populations d'une même espèce. Elle s'observe d'autant mieux que la population comprend un faible effectif.

d Les migrations

• Lorsqu'un petit groupe d'individus quitte une population et migre, les allèles qu'ils vont emporter avec eux ne vont pas être représentatifs de la fréquence des allèles de la population dont ils sont issus. Par exemple, si le hasard fait que sur 50 migrants, 4 individus possèdent un allèle rare (0,5 % dans la population initiale) celui-ci va se retrouver surreprésenté dans ce petit groupe par rapport à sa fréquence de départ : 8 %, soit 16 fois plus. De plus, si à la suite de sa migration, il se mélange à une autre population, qui sera porteuse d'une information génétique différente, le brassage va mélanger l'ensemble des allèles dont la fréquence va être obligatoirement modifiée.

L'action de l'Homme sur la biodiversité

À revoir
OK

30

1 L'ACTIVITÉ HUMAINE NUIT À LA PLANÈTE

- L'Homme interagit de manière négative avec sa planète :

– en polluant son atmosphère (pollution liée entre autres à la combustion des énergies fossiles) ce qui entraîne une modification profonde des climats, et en polluant les sols.

– en surexploitant les espèces pour son alimentation et son industrie. Par exemple, le déclin du nombre de poissons dans les océans est pour plus de 50 % dû à une surexploitation liée à la pêche intensive.

– en important des espèces invasives et des maladies : la mobilité de l'Homme à travers le monde est à l'origine de l'importation de nombreuses espèces invasives qui déstabilisent les écosystèmes d'origine. On estime que 72 % des maladies infectieuses émergentes transmises par les animaux à l'homme sont propagées par des animaux sauvages (les zones déboisées augmentent le contact entre la faune sauvage et l'homme et influencent la transmission d'agents pathogènes par ces animaux en liberté). Certains spécialistes considèrent que le pangolin serait à l'origine de la transmission du SARS-CoV-2, le coronavirus responsable de la pandémie de Covid-19.

– en dégradant les habitats : la déforestation, l'urbanisation, la pollution, la disparition des haies afin d'augmenter les surfaces agricoles sont des actions qui dégradent les écosystèmes et parfois les font disparaître totalement.

– en provoquant le changement climatique.

Les principaux facteurs à l'origine du déclin des espèces actuelles

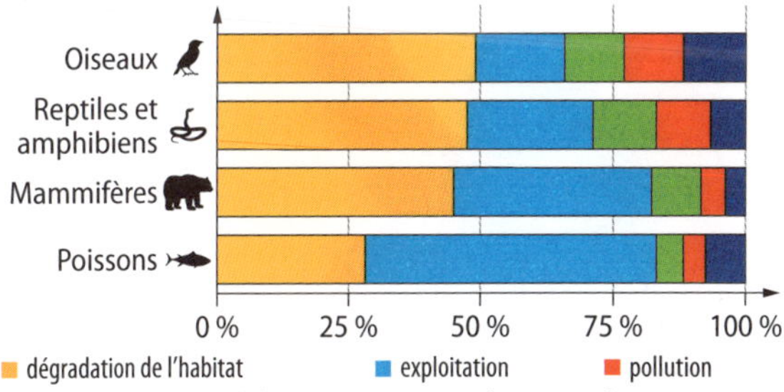

D'après WWF, 2018.

2 LA BIODIVERSITÉ EN DANGER

- Les activité humaines ont de graves conséquences sur la biodiversité : forte diminution des populations animales et végétales, extinction d'espèces, destruction d'écosystèmes.

- L'expansion agricole est l'un des principaux facteurs de la déforestation. Les plantations de palmiers à huile et de canne à sucre et le développement des cultures pour nourrir les animaux d'élevage (soja), sont les causes majeures de déboisement tout comme l'exploitation minière de métaux et de minéraux précieux et l'extraction des combustibles fossiles. On estime que 80 % de la couverture forestière mondiale originelle à été abattue ou dégradée durant ces 30 dernières années.

- En fragmentant certains écosystèmes tels que les forêts tropicales, l'Homme divise la taille des populations des espèces qui les habitent. Cela entraîne, par dérive génétique, un appauvrissement de la diversité de ces populations car plus l'effectif d'une population est bas plus les allèles vont disparaître rapidement ce qui peut accélérer la disparition de l'espèce concernée en la rendant plus vulnérable. Par exemple, les orangs-outans sont victimes de la fragmentation de leur habitat pour la production d'huile de palme.

- Mieux connaître et gérer les écosystèmes permettra de prendre des mesures adéquates (limitation de la consommation de certaines ressources, sanctuarisation de certaines zones...) et d'y préserver la biodiversité.

- Une meilleure gestion de notre « action écologique » est aussi indispensable afin d'éviter certaines incohérences. Par exemple, des hectares de forêts sont abattus en Amazonie pour la culture de la canne à sucre qui permettra la production de bioéthanol.

L'origine d'une structure anatomique : l'œil

☐ À revoir
☐ OK

31

1 ANATOMIE DE L'ŒIL HUMAIN

- Certains organes présentent une étonnante complexité. L'œil humain possède des structures sophistiquées permettant :
– d'absorber et transformer la lumière en message nerveux : la rétine qui est constituées de deux types de photorécepteurs, les cônes, cellules sensibles aux différentes couleurs, et les bâtonnets, cellules sensibles à l'intensité lumineuse.
– de s'adapter à la luminosité : l'iris dont le diamètre peut varier en fonction de l'intensité lumineuse ;
– de s'adapter à l'éloignement de l'objet regardé : le cristallin qui joue le rôle de lentille en changeant sa courbure en fonction de la distance entre l'œil et l'objet;
– de faire converger la lumière sur le cristallin : la cornée qui est une lentille convergente.

- Ces adaptations évolutives permettent à l'œil humain d'être en concordance avec le rôle qu'il joue.

2 L'ŒIL HUMAIN ET L'ŒIL DE LA PIEUVRE

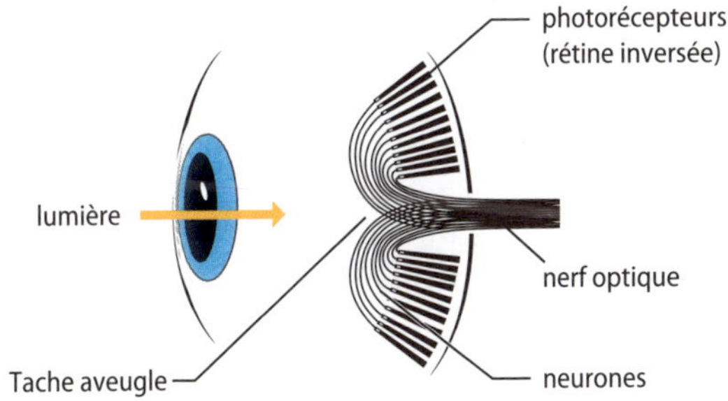

L'œil humain

- L'œil présente aussi des particularités surprenantes qui n'optimisent pas son fonctionnement. Les photorécepteurs de la rétine sont situés vers l'intérieur de l'œil et les neurones véhiculant l'information forment plusieurs couches qui la recouvrent. La lumière est donc obligée de traverser l'ensemble avant de stimuler les cellules réceptrices ce qui diminue ses performances. Pour aller vers le nerf optique, les prolongements des cellules nerveuses se rassemblent en un point de la rétine où il ne peut pas y avoir de photorécepteurs ce qui forme une tache aveugle, zone où aucune perception n'est possible. Ce problème est toutefois compensé par la vision binoculaire.

- L'œil de la pieuvre, par exemple, ne présente pas ces contraintes. Sa rétine est normale. Ses cellules ne sont pas recouvertes par les neurones et seront donc en contact direct avec la lumière.

- La conséquence de cette organisation est que les neurones sont derrière la rétine et il n'y aura donc pas de tache aveugle au niveau du nerf optique. Et la lumière n'aura pas à traverser la rétine puisqu'elle n'est pas inversée.

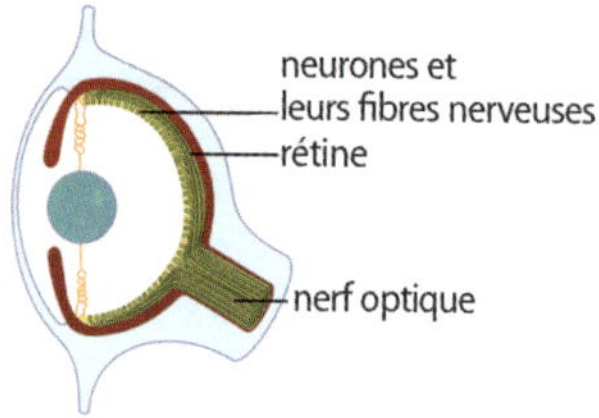

L'œil de la pieuvre

3 LES ÉVOLUTIONS DE LA STRUCTURE DE L'ŒIL

- Les mutations de l'ADN liées au hasard, en subissant la sélection naturelle lorsqu'elles sont avantageuses, sont à l'origine des structures anatomiques plus ou moins complexes formant les êtres vivants. Leur apparition résulte donc d'une longue histoire évolutive ou interviennent aussi adaptations, contingences et compromis.

- On pense qu'à son stade initial, l'œil était constitué de trois couches aplaties de cellules :
  – une couche de cellules superficielles transparentes permettant de laisser passer la lumière,
  – une couche intermédiaire de cellules photoréceptrices capables de créer un message nerveux suite à leur stimulation ;
  – une couche de cellules pigmentaires tapissant le fond de l'œil.

- Le creusement de l'œil primitif a été une étape importante dans l'évolution de l'œil. Le sens de ce creusement s'est fait au hasard. Les cellules photoreceptrices dont les axones partent vers l'intérieur chez l'homme ce qui est à l'origine de la tache aveugle, cellules photoreceptrices dont les axones partent directement vers l'extérieur chez la pieuvre.

- Des chercheurs ont estimé que le nombre total de générations nécessaire à l'élaboration de l'œil humain par rapport au stade initial est de 1829 !

Caractères anatomiques hérités de l'histoire évolutive

À revoir
OK

1 LES CARACTÉRISTIQUES ANATOMIQUES

- De nombreuses caractéristiques anatomiques présentent des « accidents » d'adaptation s'avérant inutiles ou gênants mais qui sont liés à leur évolution. Ces accidents sont dus à plusieurs contraintes.

a Les contraintes historiques

- Apparu chez un vertébré ancestral dépourvu de cou, le nerf innervant le larynx passait sous la crosse aortique. Avec l'apparition du cou chez certains vertébrés, le cœur s'est éloigné du cerveau. Le nerf n'a pas pu « rebrousser chemin » et a du faire un détour puisque passant toujours sous la crosse aortique. Il atteint ainsi plus de quatre mètres chez certains animaux comme la girafe.

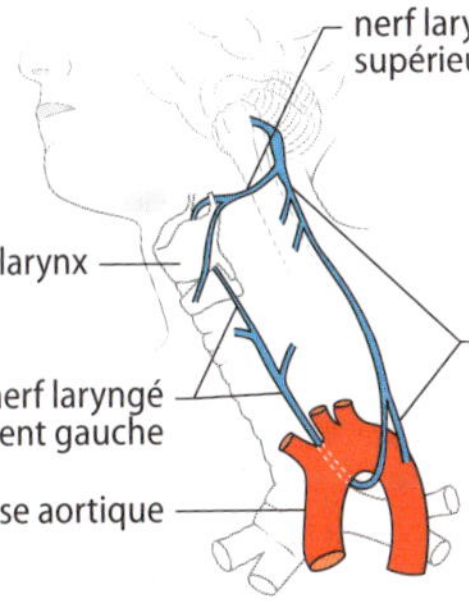

Trajet du nerf laryngé chez l'espèce humaine

- Un autre exemple de mal-adaptation est le croisement des voies respiratoires et digestives qui se fait au niveau du cou et peut être à l'origine de « fausses routes ». Le plus simple aurait été que l'œsophage soit situé devant pour être en lien direct avec la bouche et la trachée derrière pour que l'air passe plus directement du nez vers les poumons. Mais, à l'origine, les premiers poumons n'étaient qu'une invagination du tube digestif permettant aux poissons la possédant de venir respirer ponctuellement en surface en cas de sécheresse. C'est cette solution qui a entrainé des millions d'années plus tard les problèmes de fausse route...

b Les contraintes de construction

Mis en place très tôt lors du développement embryonnaire, les tétons, par exemple, sont présents chez l'homme alors qu'il n'allaite pas.

c Les compromis sélectifs

- Pour marcher, il faut un bassin étroit, mais pour accoucher il doit être large. La largeur du bassin chez la femme est issue de ces deux pressions de sélection opposées et représente un compromis entre ces deux contraintes.

- Chez le chimpanzé, le bassin est beaucoup plus large car il n'a pas été soumis à ce compromis ce qui rend l'accouchement beaucoup plus rapide et facile que chez l'espèce humaine où l'on voit bien que la taille du bassin laisse très peu de marge pour le passage de la tête du bébé.

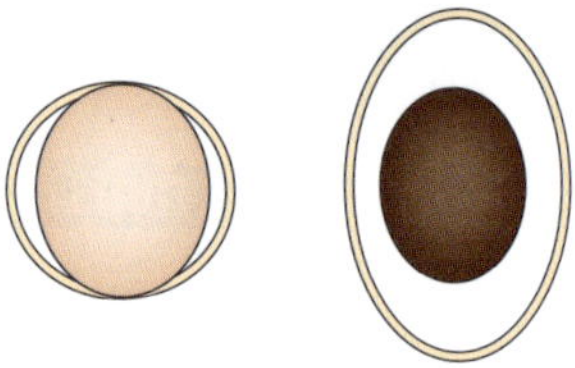

Relation entre la taille du bassin maternel (double trait) et la taille de la tête du bébé chez les humains et le chimpanzé.

d Les régressions en cours

- On constate que la taille de notre mâchoire est en diminution alors que nous possédons toujours 32 dents. Elles ont donc de moins en moins d'espace pour se mettre en place, ce qui pose de nombreux problèmes devant être résolus lorsque cela est possible, par des soins ortho-dentaires. Dans de nombreux pays, ces dents sont arrachées afin de les éviter.

- Environ 20 % de la population ne possèderait pas les quatre dents de sagesse ce qui devient un avantage pour les individus possédant cette spécificité. Il est fort probable que ce caractère subisse au cours du temps la sélection naturelle et qu'il y ait une régression du nombre de dents chez l'Homme qui passerait de 32 à 28.

2 L'HISTOIRE ÉVOLUTIVE

- Chez de nombreuses espèces les relations proies prédateurs ont entrainé des évolutions parallèles entrainant l'apparition de caractères qui utiles à un moment peuvent devenir ensuite inutiles.

- La salamandre Taricha granulosa est capable de produire des toxines très puissantes, les TTX, à des concentrations plus de 100 fois supérieures à la quantité nécessaire pour tuer un homme. Ces concentrations impressionnantes deviennent toutefois inutiles face à son principal prédateur, une couleuvre, qui a développé une résistance aux toxines TTX.

- Certaines théories concernant l'histoire évolutive de caractères sont parfois critiquables et peuvent être l'objet d'une étude épistémologique en philosophie. Par exemple, de nombreuses théories existent pour expliquer le rapport entre les difficultés pour accoucher chez la femme et la largeur de son bassin.

- Les caractères anatomiques peuvent être le résultat de la sélection naturelle mais certains sont mieux expliqués par l'héritage de l'histoire évolutive que par leur fonction.

Une sélection artificielle involontaire et risquée

À revoir
OK

33

1 LA SÉLECTION ARTIFICIELLE PAR L'HOMME

- En exerçant une sélection artificielle sur les espèces qu'il veut éliminer car nocive pour sa santé ou ravageuses de cultures, l'Homme crée des résistances, qui peuvent avoir de graves conséquences.

- Les antibiotiques deviennent de moins en moins efficaces. Ils permettent d'éliminer les bactéries à l'origine de maladies. Utilisés à grande échelle pour soigner l'Homme mais aussi les animaux d'élevages, leur prescription trop importante a entrainé des résistances et ils deviennent de moins en moins efficaces.

- Les bactéries peuvent muter très rapidement au sein d'une même population. Si elles sont soumises à un antibiotique, certaines, dont le hasard des mutations va permettre de développer une résistance, vont subir l'action de la sélection naturelle et survivre. Au cours du temps, l'utilisation régulière d'un même antibiotique va permettre de les sélectionner et provoquer une augmentation de la résistance au sein de la population de bactéries, il deviendra moins efficace et les doses prescrites devront être de plus en plus importantes pour l'obtention d'un résultat identique.

- L'évolution permet de comprendre des phénomènes biologiques ayant une importance médicale. L'évolution rapide des organismes microbiens nécessite d'adapter les stratégies prophylactiques, les vaccins et les antibiotiques. Par exemple, pour optimiser l'efficacité à long terme d'un antibiotique, il faut :
  - cibler la bonne maladie : vérifier qu'elle est d'origine bactérienne et non virale ;
  - respecter le traitement prescrit par le médecin ;
  - utiliser l'antibiotique le mieux adapté ;
  - éviter les antibiotiques récemment découverts afin d'augmenter leur durée d'exploitation en retardant la sélection artificielle ;
  - éviter d'utiliser les antibiotiques à spectre large.

2 DES INDIVIDUS DE PLUS EN PLUS RÉSISTANTS

- L'utilisation intensive, notamment en agriculture, de produits phytosanitaires permet d'éliminer plantes et ravageurs indésirables, mais elle crée aussi une sélection naturelle des individus les plus résistants.

- Par exemple chez le moustique, si des populations différentes sont exposées à des doses croissantes d'un insecticide, la perméthrine, le taux de mortalité des populations (ici A, B et C) de moustiques sera différent en fonction du traitement appliqué. La population C se situe dans une région infestée de moustiques qui a régulièrement été traitée à la perméthrine. La population B est en bordure de cette région. La population A provient d'une zone qui n'a jamais été traitée avec cet insecticide. Les individus de la population C ayant été régulièrement traités ont subi la sélection naturelle. Ceux porteurs d'allèles permettant une meilleure résistance à l'insecticide ont été sélectionnés. Le nombre d'individus résistants va donc augmenter au cours des générations et il faudra donc des doses de plus en plus importantes pour les éliminer.
Moins les populations sont traitées, moins la sélection naturelle s'applique (population A) et plus les doses nécessaires pour être efficaces sont faibles.

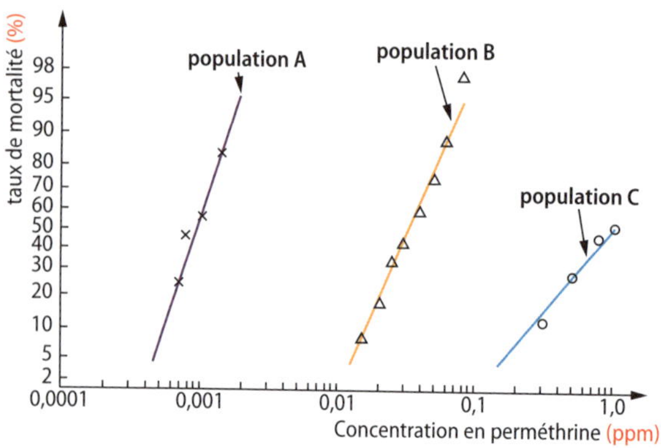

Taux de mortalité de 3 populations A, B et C de moustiques mesuré en fonction de la dose d'insecticide qu'elles reçoivent

- Ce mécanisme est le même pour les plantes et les ravageurs (insectes, champignons...) vis-à-vis des produits phytosanitaires (herbicides, insecticides...).

- On comprend donc l'intérêt d'utiliser avec parcimonie les produits phytosanitaires. Cette sélection naturelle due à l'humain peut s'exercer de la même manière chez les insectes ravageurs ou les « mauvaises herbes » et toutes les maladies (champignons, bactéries...) que l'on cherche à éliminer des cultures. On parle de sélection artificielle.

- Depuis la révolution agricole, la pratique intensive de la monoculture, la domestication et l'utilisation de produits phytosanitaires ont un impact sur la biodiversité et son évolution en permettant par exemple le développement de ravageurs des cultures qui y sont résistants.

Homo sapiens, un primate apparenté aux grands singes

À revoir
OK

34

1 LES CRITÈRES DE CLASSEMENT DES ESPÈCES

● Les espèces sont classées entre elles en fonction des caractères morpho-anatomiques qu'elles partagent et de leur proximité génétique :
– des innovations évolutives sont à l'origine de l'apparition de caractères morphologiques dérivés qui sont utilisés par les scientifiques, pour ce classement. Plus deux espèces vont avoir de caractères dérivés communs, plus elles seront apparentées et plus leur ancêtre commun sera récent.
– au cours du temps, pour un même gène, suite aux mutations, des différences s'accumulent entre les espèces. Plus les différences sont faibles, plus l'ancêtre commun entre deux espèces est proche.

2 LES ARBRES PHYLOGÉNÉTIQUES

a Les données anatomiques

● Ces données sont utilisées pour élaborer des arbres phylogénétiques permettant de classer les espèces les unes par rapport aux autres. Les données anatomiques sont présentées le plus souvent dans un tableau. La construction de l'arbre est basée sur le partage de caractères dérivés. Deux espèces partageant un même caractère dérivé possèdent un ancêtre commun plus proche.

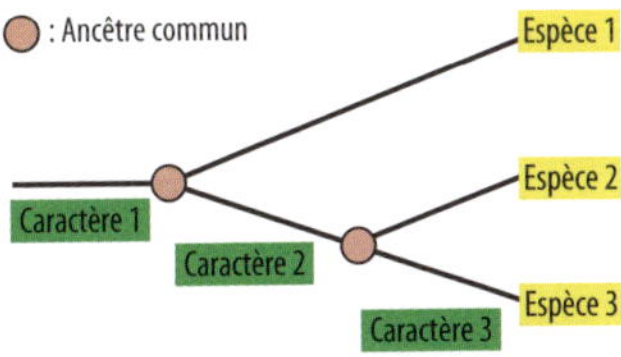

	Espèce A	Espèce B	Espèce C
Caractère 1	État ancestral	État ancestral	État ancestral
Caractère 2	État ancestral	État dérive	État dérivé
Caractère 3	État ancestral	État ancestral	État dérivé

Le tableau de données ci-dessous regroupe des données anatomiques de certains primates dont l'Homme.

	Terminaisons des doigts	Pouce	Queue	Orbites	Narines
Tarsier	Ongles	Opposable	Présente	Ouvertes	Ecartées
Macaque	Ongles	Opposable	Présente	Fermées	Rapprochées

	Terminaisons des doigts	Pouce	Queue	Orbites	Narines
Gorille	Ongles	Opposable	Absente	Fermées	Rapprochées
Chimpanzé	Ongles	Opposable	Absente	Fermées	Rapprochées
Homme	Ongles	Opposable	Absente	Fermées	Rapprochées

Son exploitation permet de tracer leur arbre phylogénétique.

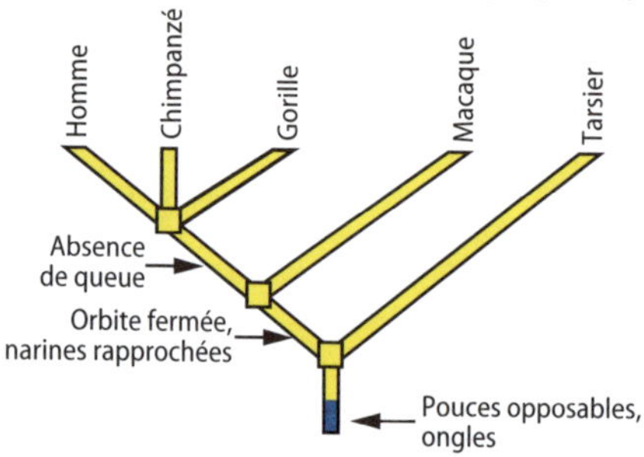

b Les données génétiques

● Si ce sont des données génétiques, la comparaison de séquences d'ADN d'un même gène permet de construire une matrice des distances dans laquelle figurent les différences au niveau de la séquence d'ADN entre les espèces étudiées. Son exploitation permet de tracer l'arbre. Plus deux espèces vont présenter une proximité génétique (forte identité des séquences d'ADN) plus elles seront proches sur l'arbre phylogénétique.

● Au cours du temps, pour un même gène, le nombre de mutations augmente entre deux espèces. Ainsi, plus ce nombre est important, plus leur ancêtre commun est éloigné.

● Les critères génétiques permettent ici d'affiner la classification. Avec les seuls critères anatomiques nous n'arrivions pas à classer l'Homme, le chimpanzé et le gorille les uns par rapport aux autres, alors que la comparaison de leur ADN le permet. L'arbre obtenu est donc plus précis.

● L'exploitation de ces techniques a permis une classification précise de l'espèce humaine. La présence des caractères dérivés « ongle » et « pouce opposable » permet de positionner l'Homme parmi les primates. La présence d'un coccyx (pas de queue) l'apparente aux grands singes. Les analyses génétiques montrent une similitude de 98,79 % avec le chimpanzé avec qui Homo sapiens partage donc l'ancêtre commun le plus proche (daté entre 8 et 10 millions d'années).

L'histoire de nos origines

À revoir
OK

35

1 LES FOSSILES D'HOMINIDÉS

- Des arguments scientifiques issus de l'analyse comparée de fossiles d'Hominidés permettent de reconstituer l'histoire de la lignée humaine.
L'étude des fossiles datés de 3 à 7 millions d'années montre des innovations caractéristiques qui sont des critères d'appartenance à la lignée humaine. Elle regroupe des espèces fossiles (Australopithèques, Homo habilis, Home erectus, Homo neanderthalensis pour les principaux) et l'Homme actuel. La bipédie prolongée, caractérisée par un trou occipital centré, un bassin large et étroit et une colonne vertébrale à plusieurs courbures, est l'un de ces critères.

- Les représentants du genre Homo sont naturellement bipèdes mais, ils possèdent une aptitude à la course contrairement aux représentants plus anciens de la lignée. Leur développement cérébral est plus important, leur mandibule est parabolique, leur face est plus aplatie. Les trois principales espèces sont Homo habilis (2,4 à 1,5 millions d'années), Homo erectus (1,9 à 0,1 million d'années) et Homo sapiens (–300 000 à actuel).

- Le genre humain, même s'il a cohabité dans le passé avec d'autres espèces d'Homo n'est aujourd'hui représenté que par une seule espèce, Homo sapiens.

2 L'AFRIQUE, BERCEAU DE L'HUMANITÉ

- Le berceau de l'homme se situe en Afrique dans un environnement probablement arboricole contrairement à ce que laissait penser la découverte de Lucy au XXe siècle.
En effet, mise à jour en 1974 en Ethiopie au niveau du rift est-africain, Lucy est une Australopithecus afarensis datée de 3,2 millions d'années. Son squelette montre une bipédie certaine, critère d'appartenance à la lignée humaine. Elle est à l'origine de la théorie de l'« East side story » proposée par Yves Coppens l'un de ses découvreurs. À son époque, la formation du rift est-africain crée une barrière contre les précipitations venues de l'ouest et entraîne un changement climatique important. La région devient plus sèche et les forêts humides sont remplacées par une savane. Avantagés par leur bipédie, car ils peuvent voir au-dessus des hautes herbes leurs proies et les prédateurs, les « ancêtres » de l'Homme s'y développent contrairement aux ancêtres des grands singes qui évoluent de manière indépendante à l'ouest de l'Afrique.

3 LES NOUVELLES DÉCOUVERTES

- On considère donc la savane de l'est africain comme le berceau de la lignée humaine. Cette théorie est confortée par le fait qu'au XXe siècle, la quasi-totalité des fossiles d'australopithèques trouvés est mise à jour à l'est du rift.
- Néanmoins, la découverte au XXIe siècle, de fossiles tels qu'Orrorin en dehors du rift est-africain met à mal ces arguments. Cette théorie, encore enseignée il y a une dizaine d'année, n'est donc plus d'actualité !
- La reconstitution de l'histoire de l'évolution de l'Homme est donc délicate car continuellement remise en cause par de nouvelles découvertes.
- C'est le cas, par exemple, des fossiles d'Australopithecus sediba qui présente des caractéristiques d'Australopithèque mais aussi d'Homo : dents de petites taille, bassin large…) et d'Homo naledi qui présente des caractéristiques d'Homo mais aussi d'Australopithèque (petit cerveau de 500 cm^3, articulation de la hanche d'Australopithèque…), découverts en 2008 et 2013 en Afrique du sud.

Crâne d'*Australopithecus sediba*

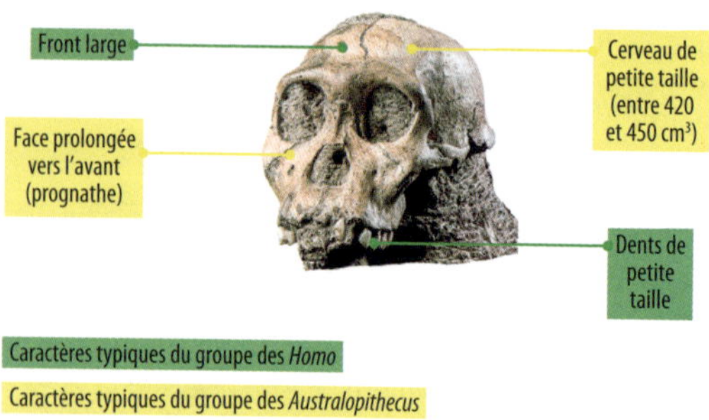

Australopithecus sediba (1,9 Ma) montre certains caractères primitifs, mais aussi d'autres plus évolués que chez Lucy.

- La paléoanthropologie est la science qui, à travers l'étude des fossiles, a permis de reconstruire l'histoire de la lignée humaine.

Notre histoire récente

☐ À revoir
☐ OK

36

1 LE GENRE HOMO

- Homo sapiens est le seul représentant actuel du genre Homo, mais il a cohabité avec deux autre espèces : les Néandertaliens (– 130 000 à – 40 000 ans) en Europe et dans la partie ouest de l'Asie, les Dénisoviens (? à – 40 000 ans) dans la partie est de l'Asie.

- La possibilité d'extraire et d'analyser de l'ADN de ces fossiles récents (Homo denisovensis dont on ne connait qu'une molaire et une phalange doit sa découverte et son classement à cette seule analyse) a permis la construction de leur arbre phylogénétique.

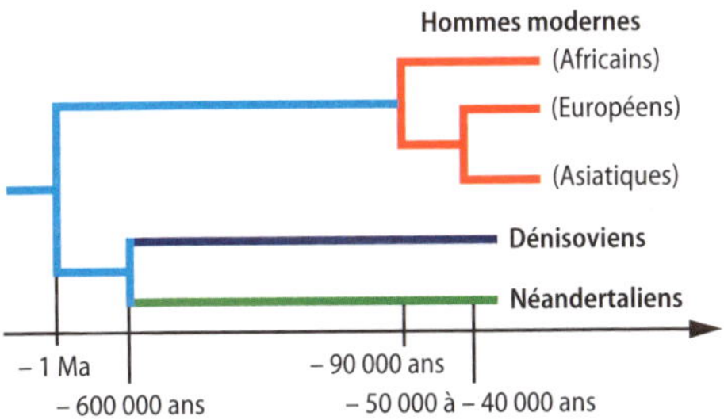

Arbre phylogénétique des représentants les plus récents du genre Homo, construit à partir de la comparaison de leur génome

- Le genre Homo Erectus est apparu en Afrique il y a 2 millions d'années. Il y a 600 000 ans certains de ses descendants quittent l'Afrique et colonisent l'Europe et l'Asie. Selon certains chercheurs, 100 000 à 150 000 années plus tard leurs descendants forment les Néanderthaliens en Europe et au Moyen Orient et les Dénisoviens en Asie. En Afrique, le genre Homo continue son évolution et les premiers Homo Sapiens apparaissent il y a 300 000 ans. Il y a 60 000 ans, Homo Sapiens quitte l'Afrique pour coloniser l'Europe et l'Asie où ils sont amenés à rencontrer Néanderthalien et Dénisovien au moins jusque 40 000 ans. Puis Homo Sapiens colonisent l'ensemble du monde et en parallèle Néanderthaliens et Dénisoviens disparaissent.

- Des caractères non génétiques sont aussi utilisés pour réaliser notre phylogénie : fabrications d'outils, apparition de l'art et du langage, étude du microbiote...

- Le microbiote représente l'ensemble des bactéries intestinales, des muqueuses et de la peau de notre corps. Il constitue un véritable écosystème indispensable au bon fonctionnement immunitaire et digestif de notre organisme

2 NÉANDERTHALIENS, DÉNISOVIENS ET SAPIENS

- L'étude des microbiotes, des habitudes alimentaires associées et des comportements appris (langage, art, rites funéraires, outils) montrent que Néanderthaliens, Dénisoviens et Sapiens ont cohabité durant plusieurs milliers d'années.
- Des études génétiques ont montré qu'un métissage entre ces espèces a probablement eu lieu entre ces différents groupes d'Homo. L'analyse de l'ADN d'hommes actuels montre ainsi la présence d'ADN d'origines néanderthalienne et dénisovienne.
- Les causes de la disparition des Néanderthaliens et Dénosiviens restent encore inconnues mais sont probablement multiples : conflits avec Sapiens, famines, maladies, changement climatique...
- Une grande capacité à coopérer et l'invention d'armes de jet efficaces ont peut-être permis à Homo sapiens de s'imposer face aux autres espèces.

3 REPÈRES TEMPORELS

- Quelques repères dans l'histoire de l'évolution de l'Homme :
  - – 2 300 000 d'années : premiers outils = galets aménagés (galet taillé archaïquement sur une seule face)
  - – 1 000 000 d'années : bifaces = outil de pierre, souvent un silex, taillé sur les deux faces
  - – 750 000 années : premières habitations
  - – 500 000 années environ : usage du feu
  - – 100 000 années : utilisations d'éclats pour fabriquer des outils plus fins et spécialisés
  - – 35 000 à -5 000 années : outils fins et précis = grattoirs, pointe de flèches, couteaux, haches polies...
  - – 35 000 années : premières peintures
  - – 9 000 années : pratique de l'élevage
  - – 6 000 années : premières céramiques
- Les paléontologues ont construit un récit de nos origines proches à partir de l'étude anatomique des fossiles mais aussi, lorsque cela est possible de leur ADN et de caractères non transmis génétiquement.

Démographie et modélisation mathématique

À revoir
OK

37

1 ÉTUDE DES POPULATIONS

a La démographie

La démographie (du grec *demos* qui signifie *peuple*, et *graphein* qui signifie *écrire, décrire*) est l'étude de la dynamique des populations, de leurs effectifs, de leurs compositions, de leurs mouvements, souvent dans le but de prédire leur évolution.

b Quelques caractéristiques d'une population

- Pour étudier l'évolution d'une population, on peut observer :
  – son taux de variation global ;
  – son taux de natalité, c'est-à-dire le rapport entre le nombre annuel de naissances et la population totale moyenne sur cette même année ;
  – son taux de mortalité, c'est-à-dire le rapport entre le nombre annuel de décès et la population totale moyenne sur cette même année.
- Les taux de natalité et de mortalité sont souvent exprimés en pour mille (ce qui se note ‰).

2 MODÈLES DÉMOGRAPHIQUES DISCRETS

a Modèles mathématiques

- Un modèle mathématique est une relation mathématique reliant deux grandeurs (ou plus) qui permet de rendre compte de l'évolution de l'une en fonction de l'autre, qui est souvent le temps.
- Lorsque l'évolution d'un phénomène est étudiée par paliers, à intervalles de temps (réguliers) plutôt que de manière continue sur tout un intervalle, on parle de modèle discret.

b Cas des modèles démographiques

- Un modèle démographique est une fonction numérique reliant l'effectif d'une population au temps.
- On considère ici des modèles discrets : on évalue l'effectif d'une population donnée à intervalle de temps réguliers.
- En mathématiques, ces modèles sont des exemples de suites, c'est-à-dire des fonctions définies sur l'ensemble des entiers naturels.

- L'image de l'entier n par la suite u est noté $u(n)$ ou encore u_n. On dit que $u(n)$ est le terme de rang n (ou d'indice n) de la suite u.
- On appelle variation absolue de la suite u la différence $u(n+1) - u(n)$.
- On appelle variation relative, ou taux d'accroissement, ou encore taux de variation de la suite u le quotient $\dfrac{u(n+1) - u(n)}{u(n)}$.
- Pour représenter graphiquement l'évolution d'une population ou un modèle démographique, on peut placer dans un repère du plan les points de coordonnées $(n\ ;\ u(n))$. Ces points forment alors un nuage de points dont la forme donne une première indication sur l'évolution de la population.

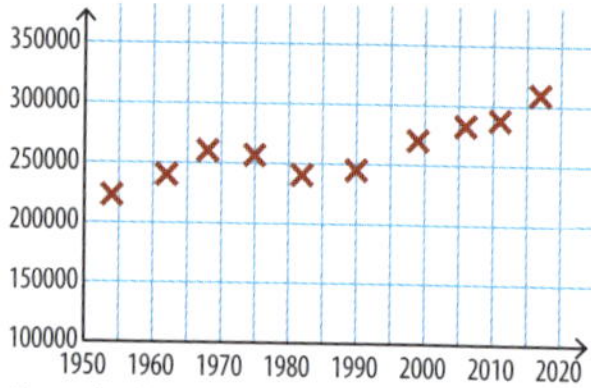

Exemple de représentation par un nuage de points de la population nantaise de 1954 à 2017.

- Un modèle démographique n'est valable que sur une certaine période et rarement à long terme. On parle de domaine de validité.
- En 2020, la population humaine comptait un peu plus de 7,5 milliards d'individus. Des modèles démographiques récents prévoient que la population mondiale atteindra environ 10 milliards d'humains en 2050.
- Ces prévisions, même incertaines, jouent un rôle fondamental pour des questions d'ordres économiques, humanitaires ou sanitaires comme la gestion des ressources naturelles, alimentaires ou en eau potable.

3 FORMULES SUR LES TAUX D'ÉVOLUTION

- Le taux d'évolution d'une quantité initiale y_1 à une quantité finale y_2 est donné par : $t = \dfrac{y_2 - y_1}{y_1}$. On l'exprime souvent en pourcentage.
- Augmenter une quantité de $t\,\%$ revient à la multiplier par $1 + t\,\%$. Diminuer une quantité de $t\,\%$ revient à la multiplier par $1 - t\,\%$.
- La quantité par laquelle on multiplie une valeur initiale y_1 pour trouver une valeur finale y_2 est appelée coefficient multiplicateur. Par exemple, le coefficient multiplicateur associé à une hausse de 2 % est égal à 1,02 et celui associé à une baisse de 3 % est 0,97.
- Dans le cadre d'une étude démographique, on a la relation $t = t_n - t_m$ où t est le taux d'évolution annuel, t_n le taux de natalité et t_m le taux de mortalité (on ne tient pas compte des migrations).

Modèle de croissance linéaire

À revoir
OK

38

1 SUITES ARITHMÉTIQUES, MODÈLE LINÉAIRE

a Description mathématique

- Une suite u est arithmétique si sa variation absolue $u(n+1)-u(n)$ est constante pour tout entier naturel n.
- La valeur constante de la variation absolue entre deux paliers consécutifs est la raison r de la suite.
Ainsi, on a : $u(n+1)=u(n)+r$ pour tout entier naturel n.
- Si u est une suite arithmétique de raison r, alors on a, pour tout entier naturel n, $u(n)=u(0)+nr$.
- Dans ce cas, les points de coordonnées $(n\ ;\ u(n))$ sont alignés sur une droite d'équation $y=u(0)+rx$.
- Dans la réalité, on utilise ce modèle pour une population dont la variation absolue observée est presque constante. On peut alors ajuster le nuage de points représentant l'évolution de cette population par une droite. On parle alors de modèle linéaire.

b Cas d'utilisation fréquents

- Le modèle linéaire est inadapté pour représenter l'évolution d'une grandeur dont la variation absolue change trop fortement.
- Ce modèle est souvent peu adapté pour représenter l'évolution d'une population, sauf sur un domaine de validité plutôt court.
- Le modèle linéaire peut s'avérer réaliste pour l'évolution de certaines ressources, notamment alimentaires.

2 EXPLOITATION D'UN MODÈLE LINÉAIRE

- Le tableau ci-dessous donne la production de patates douces du Gabon en tonnes.

Année	2010	2011	2012	2013	2014	2015	2016	2017	2018
Production	3219	3345	3500	3700	3907	3816	3963	4097	4215

On peut représenter ces données sous la forme d'un nuage de points.

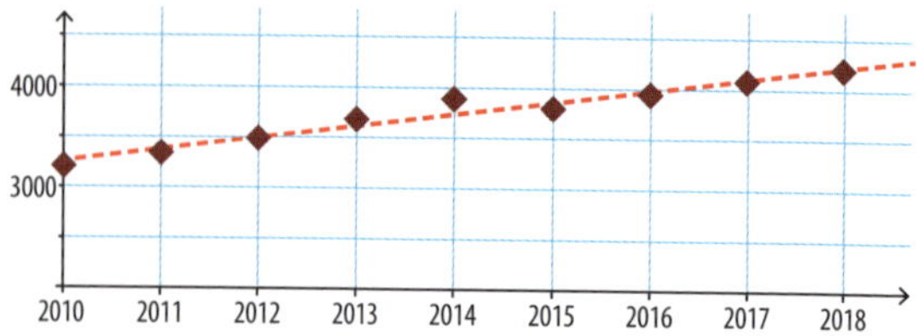

Production de patates douces au Gabon, en tonnes.

Les points semblent presque alignés donc on peut décrire la situation à l'aide d'un modèle linéaire, c'est-à-dire d'une suite arithmétique u.

- On a figuré en rouge sur le graphique une droite d'ajustement. On peut obtenir une équation d'une droite d'ajustement à l'aide de la calculatrice.
– Sur Casio : On saisit les données dans le menu STAT, on appuie sur CALC, on procède aux réglages si besoin dans SET, puis on appuie sur REG, X, et ax+b.
– Sur TI : On appuie sur stats, EDIT, Modifier... puis on saisit les données. On appuie ensuite sur stats, CALC, RégLin(ax+b) et on effectue les réglages si besoin.
On trouve alors comme équation $y = 121{,}37x - 240\ 681$.

- Si on choisit de décrire la situation par une suite arithmétique u où $u(0)$ donne la production en tonnes en 2010, $u(1)$ celle de 2011, etc. alors on a $u(0) = 131{,}37 \times 2010 - 240\ 681 = 3\ 272{,}7$ et $r = 121{,}37$.
On a donc $u(n) = 3\ 272{,}7 + 121{,}37n$.

- Ce modèle permet de faire des prévisions : la production de patates douces au Gabon en 2030 (soit 2010 + 20) sera d'environ : $u(20) = 3372{,}7 + 121{,}37 \times 30 \approx 5\ 700$ tonnes.

- Remarque : on peut aussi choisir de travailler avec le rang de l'année depuis l'année de départ de l'étude (ici 2010) pour construire le nuage de points et déterminer l'équation réduite d'une droite d'ajustement.

- On peut estimer l'année à partir de laquelle la production de patates douces dépassera un certain seuil. Par exemple, pour déterminer en quelle année la production dépassera les 6000 tonnes, on résout l'équation : $3\ 272{,}7 + 121{,}37n = 6\ 000$.
On trouve alors $121{,}37n = 2\ 727{,}3$ puis $n \approx 22,\ 47$.
Il faut donc attendre au moins 23 ans, soit 2033.

Modèle de croissance exponentielle

☐ À revoir
☐ OK

39

1 SUITES GÉOMÉTRIQUES, MODÈLE EXPONENTIEL

a Description mathématique

- Une suite u est dite géométrique si le quotient $\dfrac{u(n+1)}{u(n)}$ est constant pour tout entier naturel n. Ce quotient q est la raison de la suite.

- Dans ce cas, on a $u(n+1) = u(n) \times q$ pour tout entier naturel n. On en déduit aussi que $u(n) = u(0) \times q^n$ pour tout entier naturel n.

- On dit qu'une suite géométrique u varie de manière exponentielle. Sa variation absolue $u(n+1) - u(n)$ est proportionnelle à sa valeur courante $u(n)$. Sa variation relative $t = \dfrac{u(n+1) - u(n)}{u(n)}$ est constante. Si on note q sa raison, on a : $q = 1 + t$.

b Le modèle de Malthus

- Le modèle démographique de Malthus est un modèle exponentiel. Selon ce modèle, la population finit par s'éteindre si le taux de mortalité t_m est supérieur au taux de natalité t_n et croît vers l'infini si le taux de natalité est supérieur au taux de mortalité.

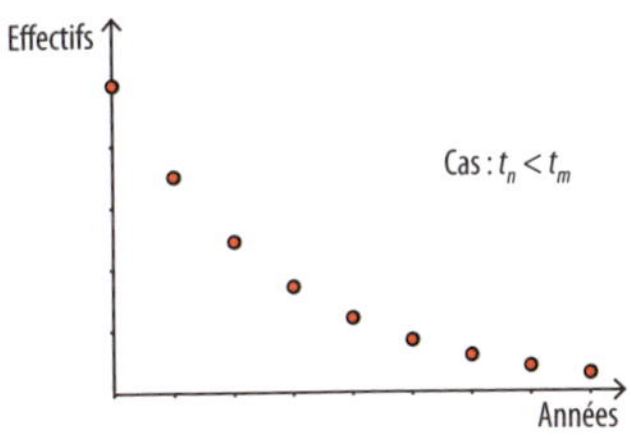

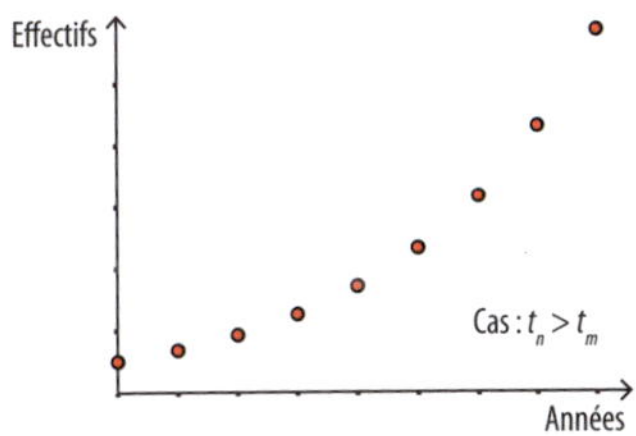

- Ce modèle a été décrit pour la première fois par Thomas Malthus (1766-1834) en 1798 dans son *Essai sur le principe de la population*. Dans ce texte, il émet aussi l'hypothèse d'une croissance arithmétique des ressources ce qui aboutirait à des pénuries et nécessite donc la recherche de solutions.

- Ce modèle est souvent efficace sur une échelle de temps courte mais s'avère faux sur le long terme car beaucoup d'autres paramètres entrent en jeu (limitation des ressources, conditions sanitaires, conflits, etc.)

● À titre d'exemple, d'autres mathématiciens comme Pierre-François Verhulst (1804-1849) ont proposé des modèles présentant un comportement exponentiel au début puis un plafonnement de la population.

2 EXPLOITATION D'UN MODÈLE EXPONENTIEL

● Le graphique ci-dessous indique l'évolution de la population du Nigeria depuis 1960 en millions d'habitants sous forme de nuage de points. On admet que l'effectif de la population était de 45,1 millions en 1960 et 204,4 millions en 2020.

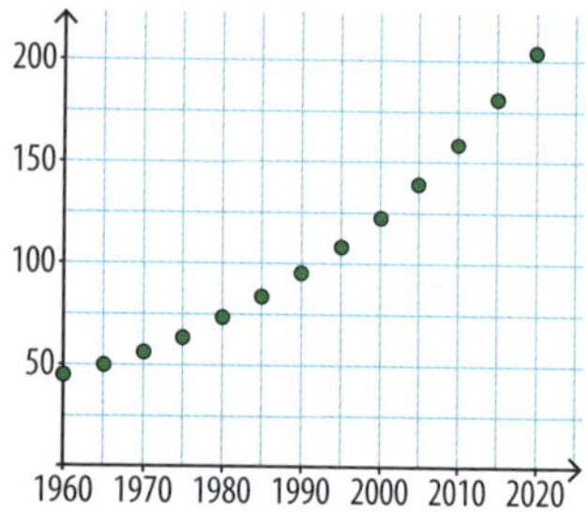

● Les points ne sont pas alignés et la variation absolue est de plus en plus forte. On peut donc penser à un modèle exponentiel.
On note $u(n)$ la population du Nigéria en $1\,960+n$ en millions d'habitants. On a $u(0)=45{,}1$ et $u(60)=204{,}4$.
On suppose que cette suite est géométrique de raison q.

On a $u(60)=u(0)\times q^{60}$ donc $q^{60}=\dfrac{u(60)}{u(0)}=\dfrac{204{,}4}{45{,}1}$.

Ainsi, on a : $q=\sqrt[60]{\dfrac{204{,}4}{45{,}1}}=\left(\dfrac{204{,}4}{45{,}1}\right)^{\frac{1}{60}}\approx 1{,}025\,5$.

● On peut déterminer le temps de doublement de la population à l'aide de ce modèle. On cherche le plus petit entier n tel que $u(n)$ soit supérieur au double de $u(60)$, soit environ 408,8.
On peut dresser un tableau de valeurs à la calculatrice en saisissant l'expression $Y=45.1\times 1.0255^x$ ou bien mener une recherche par tâtonnements. On trouve alors $u(87)\approx 403{,}3$ et $u(88)\approx 413{,}5$.
Selon ce modèle, la population aura doublé en 88 ans par rapport à son effectif de 1960, soit en 1960 + 88 = 2048. Le temps de doublement est de 28 ans et ne dépend pas de la population initiale.

Machines et programmes

À revoir
OK

40

1 APERÇU HISTORIQUE

- Les origines de l'informatique sont anciennes. Dès la fin du XVIIe siècle, le philosophe et mathématicien Gottfried Leibniz défend l'existence d'une langue formelle universelle permettant de transcrire tous les discours rationnels et tente d'imaginer des machines pouvant résoudre des problèmes de façon mécanisée. Après Blaise Pascal en 1642, il conçoit aussi une machine à calculer en 1673.
- Jusqu'au début du XXe siècle, les machines construites permettent de traiter des tâches prédéterminées. Par exemple, Joseph Marie Jacquard crée un métier à tisser configurable en 1801 : cette machine permet de produire des tissus présentant des motifs complexes en suivant les instructions codées sur des cartes perforées.
- On considère souvent que c'est à Ada Lovelace (1815-1852), une mathématicienne britannique, que l'on doit le premier véritable programme informatique. Il était destiné à la *machine analytique* conçue par Charles Babbage, mais qui ne fut jamais construite de son vivant.
- En 1936, Alan Turing (1912-1954) est le premier à proposer un concept de machine universelle. Cette machine est dotée d'une mémoire.
- Les idées de Charles Babbage et surtout d'Alan Turing sont mises en œuvre par John Von Neumann en 1945.

Biographie

Alan Turing est un mathématicien britannique, pionnier de l'informatique, qui est aussi connu pour avoir joué un rôle majeur dans le déchiffrement des transmissions codées nazies contribuant ainsi à raccourcir la seconde guerre mondiale. Condamné à suivre un traitement chimique en raison de son homosexualité, il se suicide par empoisonnement. Il a été réhabilité par la reine Elisabeth II en 2013.

2 TRAITEMENT DE L'INFORMATION

a Architecture d'un ordinateur et données informatiques

- L'organisation générale d'un ordinateur, connue sous le nom d'architecture de Von Neumann, n'a pas changé depuis la fin des années 1940. Elle est composée d'un processeur et d'une mémoire.

- Les fichiers de données informatiques permettent de stocker des informations après un processus de numérisation. Ils sont de différents types et peuvent être reconnus à leur extension (.doc, .odt ou .txt pour du texte, .mp3 ou .wav pour du son, .jpg ou .png pour des images, .avi ou .mov pour des vidéos, etc.).
- Un programme décrit des calculs à effectuer sur des données. Il est codé dans la mémoire au même titre que les autres données.
- Les programmes peuvent être transformés en fichiers exécutables. L'extension d'un fichier exécutable peut différer suivant le système d'exploitation (.exe ou .app par exemple).
- Le chargement d'un fichier exécutable entraîne la création d'un processus dans le système d'exploitation et l'exécution du programme.
- La mémoire est composée de milliards de dispositifs électroniques permettant de maintenir deux états (souvent représentés par 0 ou 1). Cette unité de mémoire à deux états est un bit.
- Un octet est un mot de 8 bits. Chaque bit pouvant prendre deux valeurs, un octet permet de coder $2^8 = 256$ valeurs différentes.
- Lorsque un texte est écrit en ASCII non compressé, chaque caractère (lettres, espaces, ponctuation...) est stocké sur un octet de mémoire. La taille du fichier (en octets) est donc égale dans ce cas au nombre de caractères.

Unité	Valeur en octets	Ordre de grandeur approximatif
Ko : kilooctet	1 000	fichier texte
Mo : mégaoctet	1 000 000	fichier image
Go : gigaoctet	1 000 000 000	fichier vidéo
To : téraoctet	10^{12}	Capacité d'un disque dur
Po : pétaoctet	10^{15}	

b Correction des programmes

- Un programme informatique peut être constitué de milliers, voire de millions de lignes de codes. Les programmes peuvent donc présenter des erreurs appelées bogues (ou bugs).
- Les bugs peuvent être de natures différentes, de la faute de frappe à l'erreur de conception souvent plus difficile à déceler car elle ne dépend pas de la traduction de l'algorithme en programme.
- Pour éviter les bugs dans un programme donné, on peut utiliser un jeu de données d'entrée permettant d'en tester toutes les lignes.

L'intelligence artificielle

À revoir
OK

41

1 DÉFINITION ET ENJEUX DE L'IA

- D'après Yann Le Cun (prix Turing 2019), l'intelligence artificielle est un ensemble de techniques permettant à des machines d'accomplir des tâches et de résoudre des problèmes normalement réservés aux humains et à certains animaux.

- L'intelligence artificielle peut viser à reproduire des activités humaines comme :
– reconnaître ou localiser un objet dans une image,
– jouer à un jeu de stratégie,
– conduire une voiture,
– traduire des textes,
– établir un diagnostic,
– prévoir des comportements de consommateurs, etc.

- Attention, aucun ordinateur ne peut pour autant être qualifié de machine « intelligente ». La machine ne fait que suivre des instructions décrites par un ou des êtres humains.

- Les techniques mises en œuvre dans le cadre de l'intelligence artificielle s'appuient souvent sur un très grand nombre de données d'entraînement.

- L'intelligence artificielle suscite de nombreuses questions éthiques sur plusieurs points :
– la possession et le traitement de nombreuses données personnelles par des entreprises ou des États ;
– les questions de responsabilité lors d'une erreur, dans le cadre d'un diagnostic médical par exemple (revient-elle aux concepteurs de l'IA ou au médecin qui l'utilise ?) ;
– la résolution de dilemmes, par exemple dans le cadre de la sécurité routière pour les voitures autonomes, etc.

2 APPRENTISSAGE AUTOMATIQUE

a Principe global de l'apprentissage automatique

- L'apprentissage automatique est une branche commune de l'IA et des statistiques. Il consiste en des programmes capables d'ajuster leur comportement à des données d'entraînement.

- Par exemple, pour apprendre à une machine à reconnaître une image de chat, on lui fournit un grand nombre d'images en lui indiquant si elles représentent un chat ou non : c'est la phase d'apprentissage. Les méthodes mathématiques utilisées permettent alors de détecter des tendances (des corrélations ou des similarités).
- Une fois la machine entraînée, on lui demande si une nouvelle image est celle d'un chat ou non : c'est la phase d'inférence.

L'apprentissage supervisé

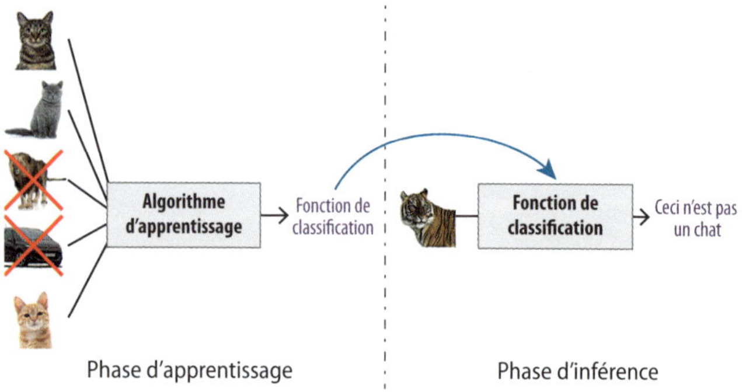

- Là où moins d'une dizaine d'images suffisent à un enfant pour effectuer cette tâche, il en faut plusieurs milliers pour une machine.
- L'apprentissage automatique nécessite le traitement de très grandes quantités de données ; c'est ce qu'on appelle le big data.

b Qualité des données utilisées

- Les jeux de données utilisés peuvent contenir des biais, c'est-à-dire des tendances ou défauts systématiques qui rendent les données utilisées moins représentatives que ce que l'on pense.
- Les biais peuvent être dus au choix de l'échantillon ou à la façon de collecter des données.
- La qualité et la représentativité des données d'entraînement est essentielle car un biais dans les données va entraîner une erreur systématique dans les prédictions et se retrouver ainsi amplifié.
- L'existence de biais pose des questions d'ordre éthique. Les réponses données par une intelligence artificielle peuvent par exemple paraître racistes ou sexistes dans certains contextes sans qu'il n'y ait eu de telles intentions de la part de ses créateurs. Diversifier les profils des créateurs et créatrices d'IA peut aider à palier cette difficulté.

L'inférence bayésienne

À revoir
OK

42

1 DÉFINITION ET PRINCIPE

- L'inférence bayésienne est une méthode de calcul des probabilités des causes à partir des probabilités de leurs effets. Elle est utilisée en apprentissage automatique pour détecter des anomalies à partir d'un test imparfait. Cela peut s'avérer utile dans la détection de spams ou l'établissement d'un diagnostic médical par exemple.
- Dans le cas d'un test médical, on souhaite que le test soit positif pour une personne malade et négatif pour une personne saine.
- On appelle sensibilité du test la probabilité S_e qu'une personne malade réagisse positivement au test.
- On appelle spécificité du test la probabilité S_p qu'une personne non malade réagisse négativement au test.
- La valeur prédictive positive d'un test dans une population donnée est la probabilité VPP qu'un individu de cette population qui réagit positivement au test soit effectivement malade.
- La valeur prédictive positive d'un test ne dépend pas que de sa sensibilité et de sa spécificité mais aussi de la proportion de malades dans la population.
- On a la formule de Bayes :

$$\text{VPP} = \frac{pS_e}{pS_e + (1-p)(1-S_p)}$$

où p est la probabilité qu'une personne de la population soit malade.

- La valeur prédictive négative d'un test dans une population donnée est la probabilité VPN qu'un individu de cette population qui réagit négativement au test soit effectivement sain.
  – Un vrai positif est un sujet de l'échantillon qui est malade et qui réagit positivement au test.
  – Un faux positif est un sujet de l'échantillon qui n'est pas malade et qui réagit positivement au test.
  – Un vrai négatif est un sujet de l'échantillon qui n'est pas malade et qui réagit négativement au test.
  – Un faux négatif est un sujet de l'échantillon qui est malade et qui réagit négativement au test.

2 UTILISATION D'UN TABLEAU DE CONTINGENCE

- On considère ici un test permettant de détecter les porteurs du VIH. On sait que :
  - sur 10 000 patients infectés, 9 803 ont un test positif ;
  - sur 100 000 personnes non infectées, 260 on un test positif.
  - au Lesotho, la proportion de porteurs du VIH est de 25 %.

- La sensibilité de ce test est : $S_e = \dfrac{9\ 803}{10\ 000} = 98{,}03\ \%$.

- Sur 100 000 personnes non infectées, 260 ont un test positif donc 99 740 ont un test négatif.

La spécificité de ce test est : $S_p = \dfrac{99\ 740}{100\ 000} = 99{,}74\ \%$.

- On peut représenter ces informations sous forme d'un tableau de contingence. On peut fixer arbitrairement la valeur de la population totale pour effectuer les calculs (ici, à 1 000 000).

	Test positif	**Test négatif**	**Total**
Malades	245 075	4 925	250 000 (b)
Non malades	1 950	748 050	750 000 (c)
Total	247 025	752 975	1 000 000

On complète les différentes cases du tableau à l'aide des données dont on dispose :
- la proportion p de malades permet de compléter les cases (b) puis (c) ;
- Le nombre de vrais positifs est donné par : $250\ 000 \times S_e = 245\ 075$.
- On en déduit le nombre de faux négatifs : $250\ 000 - 245\ 075 = 4\ 925$.
- Le nombre de vrais négatifs est donné par : $750\ 000 \times S_p = 748\ 050$.
- On en déduit le nombre de faux positifs : $750\ 000 - 748\ 050 = 1\ 950$.
- On obtient finalement le nombre de tests positifs et négatifs.

- La valeur prédictive positive du test est : $\text{VPP} = \dfrac{245\ 075}{247\ 025} \approx 99{,}21\ \%$.

On retrouve cette valeur avec la formule de Bayes :

$$\text{VPP} = \frac{0{,}25 \times 0{,}9803}{0{,}25 \times 0{,}9803 + (1 - 0{,}25)(1 - 0{,}9974)} \approx 99{,}21\ \%$$

- Si on considère un pays où la proportion de porteurs du VIH n'est que de 0,6 %, on trouve une VPP d'environ 69,5 %.

Carte mentale

Une histoire du vivant

La biodiversité et son évolution

- Évaluation de la biodiversité grâce à l'échantillonnage
- Population stable : équilibre d'Hardy-Weinberg
- Modification de ces équilibres à cause de mutations, dérive génétique...
- La pollution et la surexploitation entraîne la disparition d'écosystèmes

L'évolution, grille de lecture du monde

Hasard et sélection naturelle provoquent :

- des adaptations évolutives
- des accidents d'adaptation : (contraintes historiques, compromis sélectif, régression en cours)

L'évolution humaine

- L'Homme est un grand singe parmi les primates.
- L'Homme est un Homo (aptitude à la course, gros cerveau, aplatissement de la face...)

L'intelligence artificielle

- Pensée algorithmique et automatisation du traitement de l'information
- Données d'entraînement
- Risque de biais, limite de la représentativité

Test et inférence bayésienne

Estimations et courbes de tendance → Questions éthiques

Les modèles démographiques

- Modèle linéaire : variation absolue constante et ajustement linéaire
- Modèle exponentielle : variation relative constante

Mots-clés

Adaptation évolutive: structure biologique en adéquation avec la fonction qu'elle réalise et apparue sous l'effet de la sélection naturelle.

Arbre phylogénétique: arbre montrant les relations de parenté entre espèces. Il peut être construit à partir de données morpho-anatomiques ou de la comparaison de séquences d'ADN.

Biais: tendance ou défaut présent dans un ensemble de données non représentatif et entraînant des erreurs de prédiction.

Compromis sélectif: le fait que certains caractères soient soumis en même temps à des pressions de sélection antagonistes.

Contrainte évolutive: mécanisme qui limite les possibilités d'évolution. Elles peuvent être historiques ou de construction.

Droite de régression: droite permettant d'approcher au mieux un nuage de points dont les points semblent alignés. On parle alors d'ajustement linéaire.

Équilibre de Hardy-Weinberg: équilibre théorique de la structure génétique d'une population de taille infinie où tous les individus se reproduisent aléatoirement et qui ne subit aucune force évolutive.

Intelligence artificielle: ensemble de techniques permettant à des machines d'accomplir des tâches et de résoudre des problèmes normalement réservés aux humains.

Intervalle de confiance: intervalle de valeurs contenant la fréquence ou la proportion recherchée, pour un niveau de confiance donnée.

Modèle exponentiel: modèle (démographique) dans lequel la variation relative est constante. On parle aussi de suite géométrique, chaque terme s'obtient en multipliant toujours le précédent par la même raison (ex: le modèle de Malthus).

Modèle linéaire: modèle (démographique) dans lequel la variation absolue est constante. On parle aussi de suite arithmétique, chaque terme s'obtient en ajoutant toujours au précédent la même raison.

Primates: groupe de mammifères présentant un certain nombre d'états dérivés en commun (pouces opposables, ongles).

Tableau de contingence: tableau d'effectifs présentant simultanément deux caractères observés sur une même population.

Je me teste sur...

UNE HISTOIRE DU VIVANT

1 Dans les conditions de l'application de la loi de Hardy et Weinberg, si p est la fréquence de l'allèle A et q est la fréquence de l'allèle B... :

- ▢ **a.** la fréquence des homozygotes AA est q^2.
- ▢ **b.** la fréquence des homozygotes AA est pq.
- ▢ **c.** la fréquence des homozygotes AA est p^2.

2 La présence de tétons chez l'homme est :

- ▢ **a.** Un compromis sélectif.
- ▢ **b.** Une contrainte de construction.
- ▢ **c.** Une régression en cours.

3 La résistance d'une bactérie à un antibiotique... :

- ▢ **a.** est due au hasard.
- ▢ **b.** est due à la sélection naturelle d'une mutation favorable.
- ▢ **c.** est due à une mutation provoquée par l'antibiotique.

4 Homo sapiens... :

- ▢ **a.** est le seul représentant du genre Homo.
- ▢ **b.** appartient au genre Homo car il possède une aptitude à la course, un développement cérébral important et une mâchoire en V.
- ▢ **c.** est apparenté aux grands singes car il ne possède pas de coccyx.

5 La probabilité qu'une personne malade réagisse positivement à un test médical est :

- ▢ **a.** La sensibilité du test. ▢ **b.** La fiabilité du test.
- ▢ **c.** La valeur prédictive positive du test.

6 Le seul facteur qui n'intervient pas sur la valeur prédictive positive d'un test médical est :

- ▢ **a.** Sa sensibilité. ▢ **b.** Sa spécificité.
- ▢ **c.** La taille de la population.

7 Parmi les affirmations suivantes, laquelle est fausse ?

- ▢ **a.** Un modèle exponentiel décrit une hausse spectaculaire.
- ▢ **b.** On peut appliquer un modèle exponentiel si la variation relative est quasiment constante.
- ▢ **c.** Le modèle de Malthus est un modèle exponentiel.

Corrigés au verso

Corrigés

1 Dans les conditions de l'application de la loi de Hardy et Weinberg, si p est la fréquence de l'allèle A et q est la fréquence de l'allèle B... :

> c. la fréquence des homozygotes AA est p^2.

Voir **Fiche 29**

2 La présence de tétons chez l'homme est :

> b. Une contrainte de construction. Ils sont mis en place très tôt lors du développement embryonnaire, alors que l'homme n'allaite pas.

Voir **Fiche 32**

3 La résistance d'une bactérie à un antibiotique... :

> b. est due à la sélection naturelle d'une mutation favorable. L'utilisation régulière d'un même antibiotique va provoquer une augmentation de la résistance au sein de la population de bactéries.

Voir **Fiche 33**

4 Homo sapiens... :

> b. appartient au genre Homo car il possède une aptitude à la course, un développement cérébral important et une mâchoire en V.

Voir **Fiche 34**

5 La probabilité qu'une personne malade réagisse positivement à un test médical est :

> a. La sensibilité du test.

Voir **Fiche 42**

6 Le seul facteur qui n'intervient pas sur la valeur prédictive positive d'un test médical est :

> c. La taille de la population. La valeur prédictive dépend de la sensibilité et de la spécificité et de la proportion de malades dans la population.

Voir **Fiche 42**

7 Parmi les affirmations suivantes, laquelle est fausse ?

> a. Un modèle exponentiel peut aussi décrire une baisse si le taux de variation constant est négatif.

Voir **Fiche 39**

LANGUES

SOMMAIRE

L'épreuve de Langue au Bac

À revoir
OK

1

- L'évaluation se déroule en deux temps.
- La note globale est sur 20 points, chaque partie étant évaluée sur 10 points.

1 PREMIÈRE PARTIE : ÉPREUVE ÉCRITE DE 1h30

Elle est composée de deux parties, l'une consacrée à l'évaluation des compétences de compréhension de l'oral et de l'écrit, l'autre à l'évaluation des compétences d'expression écrite. Les candidats reçoivent l'intégralité du sujet dès le début de l'évaluation.

a La compréhension de l'oral

Elle est évaluée à partir d'un document audio ou vidéo dont la durée n'excède pas 1 minute 30. Le document est écouté trois fois, les écoutes étant espacées d'une minute. Le candidat peut prendre des notes pendant les écoutes, c'est même conseillé. À l'issue de la troisième écoute, le candidat utilise le temps dont il dispose comme il le souhaite pour rendre compte du document oral, en français, de manière libre ou guidée, puis pour traiter la compréhension de l'écrit et le sujet d'expression écrite (voir fiche 2).

b La compréhension de l'écrit

- Elle est évaluée à partir d'un ou deux documents. Le candidat en rend compte en français ou en langue cible, selon la consigne indiquée, de manière libre ou guidée. Il peut notamment lui être demandé de répondre en français ou en langue cible à une question portant la compréhension de l'ensemble du dossier constitué par les documents supports de l'évaluation de la compréhension de l'oral et de l'écrit.

- La longueur cumulée des textes est comprise entre 2 500 et 4 300 signes, blancs et espaces compris (voir fiche 3).

c L'expression écrite

Elle est à traiter en langue cible et se fonde sur une ou deux questions, en lien avec la thématique générale du document support de l'évaluation de la compréhension de l'oral et de l'écrit. Le sujet peut prendre appui sur un document iconographique (voir fiche 4).

2 DEUXIÈME PARTIE : ÉPREUVE ORALE DE 10 min + 10 min DE PRÉPARATION

Le candidat a le choix entre trois axes culturels du programme proposés par l'examinateur.

- En tenant compte du choix du candidat, l'examinateur propose des pistes de discussion : deux documents iconographiques, ou deux citations, ou un document iconographique et une citation.
- Le candidat explique en langue cible pendant cinq minutes maximum quel document ou quelle citation illustre, selon lui, le mieux l'axe qu'il a choisi et pourquoi.
- L'entretien est élargi à des questions plus générales, portant par exemple sur le travail réalisé par le candidat sur l'axe choisi (voir fiche 5).

Compréhension orale

À revoir
OK

2

Au cours de cette épreuve, vous écouterez à trois reprises un document audio ou vidéo d'1 minute 30, entrecoupées de pauses d'une minute chacune afin de prendre des notes. À l'issue de cette étape, vous rédigerez un compte-rendu en français du document en question.

1 COMPRENDRE UN DOCUMENT ORAL

- Avant l'écoute : faire des hypothèses à partir du titre et de la source, donnés sur le sujet. S'il s'agit d'une vidéo, s'appuyer sur les images (le nom des intervenants est parfois écrit). Les bruits de fonds peuvent vous aider à déterminer le contexte.

- Indiquer les changements d'intervenants s'il y en a plusieurs (mettre A au début, puis si quelqu'un d'autre intervient B, C, etc.). Essayer de saisir leur identité, soit en notant leur nom, soit en notant leur profession ; cela facilitera la restitution et permettra d'attribuer les propos de façon précise à une personne particulière.

- Noter les mots transparents, répétés ou faciles à comprendre pour saisir le sens général du document. En anglais par exemple, le repérage des syllabes accentuées permet de retrouver les mots-clés, mots lexicaux nécessaires à la bonne compréhension du message. Comme le montrent les télégrammes, la présence de quelques mots (adjectifs – noms – verbes – adverbes) suffit à rendre compte d'un long message.

Exemples :
Singapore = move easily public space → privately-owned public space (POPS). Boundary = blurred → deeply integrated POPS (pedestrian pathways, stations, parks) = characteristic of city-state.
La mujer, la huelga, trabajar, pararse.
Die sozialen Netzwerke – die digitalen Spuren – verwenden – weitergeben (a,e ;i)

- Pour la prise de notes : utiliser des abréviations que vous connaissez.

Exemples :
system → syst; government → gvt;
mujer → M. Femenino → f. Administración → admón.
Recursos Humanos → RR. HH.
sozial → soz. – digital → dig. – jemand → jn – privat → priv.

● La syllabe finale peut aussi être abrégée : terminaison en *-tion* → *-°*, comme *communicat°*, ou mot terminé en *-ment* → *-ᵗ*, comme *improvemᵗ*.

● S'entraîner à utiliser des symboles ou signes mathématiques pour gagner du temps : augmenter = ↗ et femmes, hommes = ♀♂.

● L'essentiel est d'être efficace dans la prise de notes : ne pas copier des phrases entières mais se focaliser sur les informations en elles-mêmes.

Exemples : l'information suivante,

"co-housing is expected to grow strongly in the forthcoming years" figurera simplement comme *"co-housg = ++ ↗ in the future"*.
"La igualdad de las mujeres, el 8 de marzo." figurera simplement comme *"La = de las M., el 8 de mzo."*
Globalisierung kann entweder als eine Chance oder als eine Gefahr betrachtet werden. → *Glob. = entw. Chance od. Gefahr betrachtet.*

● À l'issue de la première écoute, relire ses notes et essayer de les organiser : indiquer plus précisément ce que l'on sait des différents interlocuteurs et identifier les informations manquantes à saisir lors de la 2e et 3e écoute. En présence de listes incomplètes par exemple, dans le cas où seuls les premiers éléments de la liste ont pu être pris en notes faute de temps : mettre des tirets devant les informations manquantes pour indiquer où focaliser son attention lors des écoutes suivantes.

2 RESTITUER LE SENS EN FRANÇAIS

● Trois niveaux de restitution sont attendus :
– la situation d'énonciation : Qui parle ? Quels sont les rapports entre les intervenants, s'il y en a plusieurs ? Où est(sont)-il(s) ? ;
– la finalité : Quelle est la nature du document ? Son objectif ? Sa cible ? Exprime-t-il un point de vue subjectif ou une réalité neutre ? ;
– le contenu informatif : il s'agit de toutes les informations factuelles et l'organisation générale du message (présentation d'un problème, de ses causes puis de ses conséquences ; expression d'un point de vue puis d'arguments pour le justifier, etc.).

● En LVA, rendre compte de l'implicite : le ton de l'intervenant ou des propos saccadés peuvent trahir une émotion, un débit rapide peut révéler une certaine excitation ou un danger, etc.

Compréhension écrite

À revoir
OK

3

La compréhension de l'écrit est évaluée à partir d'un ou deux documents. Les candidats en rendent compte en français ou en langue cible, selon la consigne indiquée, de manière libre ou guidée.

Il peut en outre leur être demandé de répondre en français ou en langue cible à une question portant la compréhension de l'ensemble du dossier constitué par les documents supports de l'évaluation de la compréhension de l'oral et de l'écrit.

1 EFFECTUER LES PREMIERS REPÉRAGES

- La compréhension de l'écrit peut prendre appui sur deux textes. Dans ce cas, avant de commencer la lecture, regarder le paratexte ou les sources des deux documents pour saisir leur nature et leur contexte. La finalité des documents en découle : un article de presse traitera souvent de l'actualité, l'objectif étant informatif. En revanche, un extrait de roman, étant une œuvre fictive, n'offrira pas le même rapport à la réalité, à moins qu'il ne se veuille prémonitoire ou préventif.

- La date de publication permet de situer chaque document l'un par rapport à l'autre.
Par exemple, si les deux documents à étudier sont constitués d'un article de presse, et d'un extrait de roman, et si l'article a été écrit bien après le roman et en offre une critique à plus de 30 ans d'intervalle, il est essentiel de comprendre ce décalage.

- Lors de la lecture de chaque document, saisir le (les) personnage(s) mentionnés, leurs relations, les lieux et les actions. Pour cela, il est utile de considérer les verbes et les temps auxquels ils sont conjugués, ce qui permet de saisir la chronologie.

- Une fois le repérage de base effectué et les différents éléments mis en relation, l'étape suivante repose sur l'explication de l'implicite. Quels sont les états d'esprit, les sentiments, les intentions du ou des personnages et de l'auteur notamment ?

2 COMPARER LES PERSPECTIVES, RESTITUER LE SENS

- Le ou les documents ont été choisis pour offrir une vision différente sur une thématique commune. L'enjeu de l'épreuve de compréhension de l'écrit est de souligner leurs similitudes et leurs différences.

- Dans le cas d'un extrait littéraire, le type de narrateur est important puisqu'il a une incidence sur le point de vue, qu'il conviendra de comparer d'un document à l'autre également. Le narrateur est-il le rédacteur ? S'agit-il d'un observateur ? etc.

Exemples :

First-person, third-person narrative, witness, stakeholder, investigator, etc.

Narrador en primera, en segunda y en tercera persona, testigo, interesado, investigador, etc.

Der Verfasser/die Verfasserin, der Ich-Erzähler/die Ich-Erzählerin, die narrative Instanz

- Afin de comparer les perspectives, il est nécessaire de maîtriser les structures permettant d'exprimer les points communs et les différences.

Exemples :

Both documents reveal... Document A and document B share the same...
Like document A, document B...

Contrary to document A, document B... Document A shows... On the contrary, document B...

Ambos documentos muestran... El documento A y el documento B comparten el mismo... De la misma manera que el documento A, el documento B ...

La diferencia entre los dos documentos es... Lo que opone uno al otro es...
In beiden Texten kann man feststellen, dass... - Dasselbe Thema wird im Text A und im Text B behandelt.
Wie im Text A handelt der Text B von...

Expression écrite

À revoir
OK

4

Au cours de cette épreuve, vous serez amené(e) à composer en langue cible à partir d'une ou deux questions en lien avec la thématique de générale du dossier constitué par les documents supports de la compréhension de l'oral et de l'écrit accompagnés éventuellement d'une iconographie.

1 LES DIFFÉRENTS FORMATS D'EXPRESSION

- Pour aborder sereinement l'épreuve d'expression écrite, connaître les caractéristiques des principaux formats d'expression guidée comme :

– l'**article de presse** : penser à un titre accrocheur, une date et un nom de journal, des informations factuelles présentées en paragraphes ;

– le **discours** : penser à convaincre et à adapter le registre de langue à l'auditoire ; les figures de style seront utiles, comme la répétition, l'alternance de phrases longues et courtes et une progression dans ce qui est dit pour clore sur un message fort.

– les **courriers électroniques** : respecter la présentation : expéditeur – destinataire – objet avant de rédiger le message. Varier les registres de langue en fonction du destinataire et connaître les formules-types.

Exemples :

Look forward to hearing from you. Take care. XXX
Querido/a/os, Hola, Estimado/a/os/as señor/a/es/as, Un fuerte abrazo, Con cariño, ¡Hasta pronto! Muy atentamente, Reciba un saludo cordial.
Mit freundlichen Grüßen – Herzlichst – Mit bestem Gruß – Bis bald.

- Les sujets de discussion doivent se présenter sous la forme d'une très courte introduction, d'un développement en plusieurs paragraphes, et d'une courte conclusion qui devrait se terminer par une ouverture. Les idées doivent être ordonnées, la progression clairement marquée par des liens logiques, et les arguments explicités par des exemples.

2 UTILISER UN VOCABULAIRE RICHE

- Jouer sur les synonymes pour éviter les répétitions.

Exemples :

To celebrate, to acclaim, to salute, to pay tribute/your respects, etc.
El recuerdo, recordar, acordarse de, pensar en, el olvido, la amnesia, etc.
Feiern – loben – huldigen – ehren – umjubeln – würdigen – jmdm Dank zollen

- Penser aux mots et aux expressions idiomatiques.

Exemples :

To remind someone of something, to recall memories, to remember the good old days, to have no recollection of something, etc.
Caer en el olvido. Cerrar un capítulo de la historia. Una historia de nunca acabar. Refrescar la memoria. Perdono pero no olvido.
jmdn erinnern an – gedenken – ehren – an jmdn zurückdenken – wieder in Erinnerung bringen (a,a) – die Erinnerung an jmdn für immer wachhalten (ie,a;ä).

- Utiliser un lexique précis.

Exemples :

*He was **very sad** during the **very long** ceremony → he was **heart-broken** during the **endless ceremony**.*
*La familia estaba **muy triste**. → La comitiva familar estaba **apenada**.*
*Sie waren **traurig** während der **langen Feier**. → Sie waren **zutiefst betrübt**, als sie der **endlosen Erinnerungsfeier** beiwohnten.*

- Penser aussi à enrichir avec des adjectifs et des adverbes.

Exemples :

*Veterans Day is something important for the people in the army → Veterans Day is a **significantly meaningful** commemoration for servicemen.*
*La familia de Franco pudo ir a la ceremonia. → Los parientes de Franco estaban autorizados a asistir a la **suntuosa** ceremonia.*
*Der Gedenktag der Mauerfalls ist für die Deutschen etwas Wichtiges. → Der **jährliche** Gedenktag der Mauerfalls ist für **alle** Deutschen eine **besonders** wichtige **Angelegenheit**.*

3 UTILISER DES STRUCTURES PLUS COMPLEXES

Utiliser des structures plus complexes à l'écrit en évitant de simplement juxtaposer des phrases simples et en préférerant imbriquer deux phrases simples pour en construire une seule, en recourant à la subordination.

Exemples :

*Our individual memory is a parcel of a collective memory, **which is passed on from one generation to the next**.*
*Los hombres **que fueron encarcelados no sobrevivieron**.*
*Ein Nationalfeiertag entspricht einem wichtigen historischen Ereignis, **das für die ganze Nation eine Bedeutung hat**.*
*Some commemorations have given rise to controversies, **as everybody does not accept to share the official version of history**.*
*Algunas conmemoraciones han dado lugar a conflictos, **ya que cada individuo tiene una visión diferente de la historia**.*
***Obwohl nicht alle mit dieser Entscheidung einverstanden waren**, ist der 3. Oktober seit der Vereinigung als „Tag der Deutschen Einheit" Nationalfeiertag.*

Expression orale

À revoir
OK

5

Au cours de l'épreuve d'expression orale, l'examinateur propose des pistes de discussion en lien avec l'axe choisi par le candidat parmi les trois proposés : deux documents iconographiques ou deux citations, ou encore un document iconographique et une citation. Il vous sera demandé d'expliquer en langue cible et pendant 5 minutes maximum quels documents illustrent le mieux selon vous l'axe choisi et pourquoi.
Puis, s'ensuit un entretien plus général de 10 minutes sur le travail réalisé par le candidat sur l'axe choisi.

1 PRÉPARER LE CONTENU DE L'ÉPREUVE ORALE

- Les supports de l'épreuve d'expression orale seront *a priori* des documents inconnus (iconographie(s) et/ou citation(s)). La qualité de la présentation orale dépendra donc de la préparation en amont, notamment la compréhension des enjeux liés à la thématique et la connaissance du lexique utile associé.
- Pour chaque axe, il est souhaitable de réaliser une synthèse des enjeux et problématiques possibles (à partir de ce qui a été vu en première et en terminale et en élargissant la réflexion).
- Il s'agit de recenser, par exemple sous forme de carte mentale, les arguments et contre-arguments de chaque problématique, de connaître acteurs et événements liés à ces thèmes, et d'apprendre le lexique transférable utile.
- Avoir anticipé les idées essentielles et le vocabulaire pour les exprimer lève un obstacle essentiel le jour J.

2 S'ENTRAÎNER À LA PRÉSENTATION ORALE

- Seul un entraînement régulier permet de ne pas improviser le jour J.
- Il faut prendre l'habitude de parler à haute voix de façon cohérente, le plus longtemps possible et à partir de supports trouvés par exemple sur Internet (articles notamment).

3 L'ENTRETIEN

a Exprimer ses idées et les justifier

- Avant de donner un point de vue, il est préférable d'utiliser des structures explicites.

Exemples :

To me..., I (do) believe..., personally I think..., in my opinion..., to my mind...
Para mí..., creo que..., pienso que..., en mi opinión...
Meiner Meinung nach... – Ich bin der Ansicht, dass... – Persönlich meine ich, dass...
Ces dernières annoncent le caractère subjectif de votre affirmation.

- Toute prise de position doit être argumentée et justifiée par une mise en contexte ou des exemples. L'essentiel dans cette épreuve n'est pas l'opinion du candidat, mais la qualité de son argumentation.

Exemples :

Personally, I think hashtag activism alone is not really making a change in people's lives. Indeed, I do believe it is a superficial form of activism, not powerful enough to change our laws.
Pienso que las noticias falsas o los fake news perjudican y desinforman.
Ich bin überzeugt, dass man mit den Sozialen Netzwerken sehr vorsichtig vorgehen muss, weil man nie weiß, wie alles interpretiert wird.

b Interagir de façon efficace

- Pour se donner le temps de réfléchir, on peut par exemple formuler la question à laquelle on s'apprête à répondre. En phase d'interaction, on peut aussi de reprendre la question de l'examinateur au style indirect.

Exemples :

You are asking me if social media is giving people more control over their lives or not? It is a real question, now that we spend so much time online.
Le pidió a los jóvenes de la generación Z que le explicaran cómo usaban las redes sociales, cuáles preferían y a quiénes copiaban e imitaban.
Ob die Neuen Medien mehr Freiheit geben oder im Gegenteil die individuelle Freiheit gefährden? Dies ist eine sehr wichtige Frage, die eine überlegte Antwort verdient.

- Lors de la phase d'interaction avec l'examinateur, il faut savoir saisir les perches qui sont lancées et ne pas nécessairement rester sur ses positions. Il est tout à fait normal de reconnaître une erreur, ou de souligner le caractère un peu contestable d'une affirmation auparavant énoncée. Il faut donc veiller à bien rester ouvert aux suggestions de l'examinateur.

- La conversation doit être aussi naturelle que possible, c'est-à-dire plutôt un échange d'idées qu'un interrogatoire. Si l'examinateur exprime son désaccord, prenez-le comme une opportunité de préciser, de développer ou d'améliorer une idée, et non comme une remise en cause radicale.

ANGLAIS

SOMMAIRE

REPÈRES CULTURELS ET LEXIQUE ASSOCIÉ

ÉTUDE DE LA LANGUE

Identités et échanges

☐ À revoir
☐ OK

6

- *To what extent has the world become americanised?*
- *Is globalisation threatening local identities?*
- *Does mass tourism endanger indigenous communities?*

1 LE RÔLE DE LA MONDIALISATION

a Problématiques

- La mondialisation induit deux réactions contradictoires : affirmation de particularités locales et homogénéisation vers une culture unique.
- Se pose ainsi la question de l'insertion des migrants au sein des sociétés d'accueil, parfois réussie, parfois problématique.

b Synthèse

Today, with ***globalisation*** *(= the creation of a global network of exchanges) and the* ***widespread*** *influence of some Americanised culture, people have started to fear for the diversity of the world's cultures. Cultural* ***uniformity*** *would indeed* ***threaten*** *local traditions and deprive our society of one of its main assets.*

In the early XXth century, people in the U.S. thought that immigrants had to adapt to mainstream society and get rid of their cultural heritage. This process of assimilation started to be criticised in the 1960s, when the policies of multiculturalism (= cultural pluralism) encouraged each ethnic and national group to preserve their cultural identities.

2 LA MOBILITÉ DES BIENS ET DES PERSONNES

a Problématiques

- Cette thématique soulève aussi le rôle des frontières avec la mobilité croissante des biens et des personnes, entre ouverture et fermeture des frontières nationales, entre libéralisme (libre-circulation des biens, base du capitalisme) et protectionnisme.
- L'impérialisme culturel des États-Unis est ainsi le pendant de l'hégémonie économique de cette Super Puissance tiraillée entre esprit d'ouverture et repli nationaliste.

b Synthèse

*The massive influx of **legal and illegal immigrants** has caused stark reactions of opposition to newcomers. Some think that large-scale Latino immigration is even threatening American identity, which led racist groups like **white supremacists** to defend anti-immigration policies.*

The whole debate about the "Great Wall" along the Mexican border is a clear example of today's tensions regarding immigration.

3 REPÈRES CULTURELS

a Les politiques (*policies*) : assimilation ou reconnaissance de la différence ?

- ***Melting-pot***: *Metaphor used in the U.S. to describe the full assimilation of immigrants (early 20th century).*
- ***Salad bowl***: *Cultural mosaic formed by different ethnic groups keeping their identity.*
- ***Hyphenated-identity*** /ˈhaɪfəneɪtɪd aɪˈdentɪti/: *People with a dual identity* (*ex. Mexican-American*).

b La protection des frontières (*borders*)

- ***Protectionism***: *Use of tariffs on competing* /kəmˈpiːtɪŋ/ *products from abroad to help national companies sell their goods.*
- ***Minutemen*** /ˈmɪnɪtmen/, ***Militia*** /məˈlɪʃə/: *Coalition of volunteer civilians who want to secure the border.*

c Le racisme /ˈreɪsɪzəm/ (*racism*)

- ***Xenophobia*** /ˌzenəˈfəʊbiə/: *Fear and distrust of foreigners (belief of white-supremacist groups like the **Ku Klux Klan**).*
- ***Nativism*** /ˈneɪtɪvɪzəm/: *Policy promoting the interests of native inhabitants as opposed to those of immigrants.*

4 LEXIQUE ASSOCIÉ

- *be in fierce* /fɪəs/ *compe**ti**tion with somebody* = ***cha**llenge somebody*
- *ex**ert*** /ɪgˈzɜːt/ *one's **po**wer **o**ver somebody* = *spread one's **in**fluence on somebody*
- *flock **in**to a **coun**try* = *ar**rive** as a **mas**sive group*
- *a homo**ge**neous* /hɒməʊˈdʒiːniəs/ *population* = *group of similar people*
- *pre**serve*** /prɪˈzɜːv/ *in**di**geneous* /ɪnˈdɪdʒənəs/ *tra**di**tions* = *keep **lo**cal **ha**bits*
- *sup**press** **lo**cal i**den**tities* = *e**li**minate singu**la**rities*
- ***cul**tural di**ver**sity* (= diversité culturelle)

Espace privé et espace public

À revoir
OK

7

- ***To what extent has social media changed our vision of privacy?***
- ***Is gender equality a reality?***
- ***Do new work arrangements upset people's private lives?***

1 L'ÉVOLUTION DES REPÈRES

a Problématiques

● La vie en société nous amène à concilier notre espace privé (*privacy*, /ˈprɪvəsi/ ou /ˈpraɪvəsi/) avec l'espace public : comment évolue cette relation, entre la sphère privée et la sphère sociale ? Un besoin est né, celui de mieux concilier vie privée et vie professionnelle.

● Pour ce faire, de nouveaux arrangements sont en train de voir le jour, impliquant la mutation de la nature du travail et des échanges. Les espaces de travail eux-mêmes ne sont-ils pas en train d'être repensés pour devenir plus flexibles ?

b Synthèse

With most people's ***homes set apart from their workplaces, commuting*** *is a reality for many. However, with the development of new technologies, the* ***boundaries* between work and private life*** *are not clear, with a rising number of people working from home (=* ***teleworking****).*

Digital nomads *are extreme examples, who have* ***given up a clearly identified workspace*** *and the comfort of their hometown to elect some distant destination from where they can both live and work.*

* Faux-amis : *Boundary* /ˈbaʊndri/ = *une limite.*

2 LES FEMMES DANS LE MONDE DU TRAVAIL

a Problématiques

● Dans les sociétés occidentales, comme partout ailleurs, les femmes font partie intégrante des actifs, gagnant non seulement leur autonomie financière, mais aussi une reconnaissance sociale.

- Pour autant, l'inégalité entre les hommes et les femmes, notamment salariale, le harcèlement (*sexual harassment*) ou les discriminations et obstacles invisibles qui les empêchent d'avoir une carrière accomplie, sont aujourd'hui autant de sujets de débat.

b Synthèse

Another major evolution in Western societies has ***disrupted former family arrangements****: women /'wɪmɪn/ have massively entered the workforce, either preferring* ***part-time jobs*** *to find some* ***work-life balance*** *more easily, or reaching* ***full-time managing positions*** *with a lot of responsibilities. However, their* ***social recognition*** *has not come smoothly and is an* ***ongoing*** *process.*

This drive towards equality has been ***reflected in the language****, with the* ***replacement of some words*** *by others, like chairperson instead of chairman, or police officer instead of policeman.*

3 REPÈRES CULTURELS

- ***Suffragettes****: Name given to the women who fought for women's right to vote (granted in Great Britain in 1918, after New Zealand in 1893 or Australia in 1902). Emmeline Pankhurst was the most famous Suffragette in the UK.*
- ***20th amendment****: A change in the U.S. Constitution in 1920 finally gave women the right to vote.*
- ***Gender gap****: Difference between men and women in their conditions and treatments, especially in terms of wages. It has been reduced since legislation was passed in the 1960s in the U.S. (1964 Civil Rights Act) and early 1970s in Great Britain but is still a hot issue.*
- ***Glass ceiling****: Women still find it hard to advance beyond a certain point in their careers, complaining about an invisible barrier that prevents them from having high-level jobs.*

4 LEXIQUE ASSOCIÉ

- *achieve work-life balance* /ˌwɜːk laɪf ˈbæləns/ *= have a harmonious combination of work, family and leisure*
- *break the glass ceiling* /ˌglɑːs ˈsiːlɪŋ/ *= to overcome invisible obstacles*
- *hold back from equal participation = prevent* /prɪˈvent/ *from participating equally*
- *tackle gender* /ˈdʒendə(r)/ *inequality = try to promote gender equality*

Art et pouvoir

À revoir
OK

8

- ***Should art be used to convey political messages?***
- ***Is art independent from people's reality?***
- ***To what extent can art be used to promote minority groups?***

1 ART ET POUVOIR : UNE RELATION AMBIVALENTE

a Problématiques

- Les personnes au pouvoir ont toujours entretenu des liens ambivalents avec les artistes, entre protection et rejet.

- En effet, l'art est à la fois une richesse dont les puissants se réclament pour accroître leur légitimité, et une forme d'expression subversive qui, parfois, dénonce les excès de la société et de ses dirigeants.

b Synthèse

*As a **popular form of expression**, art has traditionally been used by **people in power** to reinforce their **legitimacy**. Former kings and queens knew how to surround themselves with the right people – those they would protect for **shedding a positive light on** them (writing apologies, drawing flattering portraits or sculpting impressive statues, etc.).*

2 L'ART COMME FORME DE CONTESTATION

a Problématiques

- S'affranchissant des anciens mécènes, les artistes chérissent de plus en plus leur autonomie et revendiquent leur liberté d'expression, même si cela rend parfois leur condition plus précaire.

- La recherche esthétique peut alors se doubler d'un message politique et devenir un contre-pouvoir, aussi efficace qu'il est populaire.

b Synthèse

*Artists tend to have become **more and more critical of canonical** (= conformist) **art** sponsored by people in power. Even if **art as a form of protest** has always existed, this **criticism** is now **more widespread*** *as it is being **expressed in the streets**, Bansky's irreverent portrait of the Queen or Illma Gore's disadvantageous portrait of Donald Trump being cases in point.*

3 REPÈRES CULTURELS

a L'art canonique

- ***Royal Academy of Arts**: Art institution led by illustrious artists and architects, which gained royal patronage in 1768, but now receives no fund from the state or the Crown.*
The Royal Academy Schools which is part of the institution has been giving professional training to promising artists.
- ***Shepard Fairey**: American artist who created one of the most iconic pictures of Barack Obama, used for the 2008 presidential campaign, featuring below the portrait the words "Hope", "Progress" and "Change".*
- ***Art commission**: Artworks used to be commissioned or ordered by patrons (they could be private individuals, organisations or the government). This particular form of sponsorship still exists today, alongside spontaneous creations.*

b L'art comme contre-pouvoir

- ***William Hogarth**: 18th century British painter and engraver, whose satirical caricatures attacked his contemporaries from both the upper and lower class.*
- ***Banksy**: Anonymous English street artist, who delivers a strong anti-war, anti-capitalist and anti-establishment message with striking and usually humorous artworks.*

4 LEXIQUE ASSOCIÉ

- *con**vey** a **mess**age* /ˈmesɪdʒ/ = *ex**press** an **i**dea*
- ***coun**terculture* /ˈkaʊntəkʌltʃə(r)/ = *noncon**for**mist* /ˌnɒnkənˈfɔːmɪst/
- *de**nounce** poli**ti**cians' a**buse*** /əˈbjuːs/ *of **po**wer*
- *hold an art exhi**bi**tion* /ˌəksɪˈbɪʃn/ = *dis**play*** /dɪˈspleɪ/ *a col**lec**tion of **art**works*
- ***i**solated from **e**veryday life = cut off from re**a**lity*
- *a **spe**cially com**mis**sioned **art**work* /ˈɑːtwɜːk/ = *a work of art **or**dered by **so**meone in **po**wer*
- *take on = ac**cept** (a po**li**tical role)*
- *a tool for self-ex**pre**ssion* /ˌself ɪkˈspreʃn/ = *a means of ex**pre**ssion*

Citoyenneté et mondes virtuels

À revoir
OK

9

- *Is social media empowering ordinary citizens?*
- *Has social media changed the way people interact?*
- *Is hashtag activism useful?*

1 DE NOUVEAUX POUVOIRS POUR TOUS

a Problématiques

- À l'ère numérique et des réseaux sociaux, les rapports de pouvoir entre citoyens et gouvernement ont évolué. L'accès et le partage d'informations se sont démocratisés, donnant au citoyen une réelle liberté d'expression, un accès aux connaissances et aux informations.
- Ce nouvel espace permet aussi à tous de devenir de véritables militants jouant un rôle actif dans l'organisation de cette nouvelle société.

b Synthèse

The development of a ***cyberspace*** /ˈsaɪbəspeɪs/ *has given ordinary citizens a remarkable* ***collaborative platform****, where people can easily* ***have access to*** *information or share it. The rise of* ***digital media*** *or* ***online activism*** *may shift the traditional* ***balance of power****, changing the nature of human relationships in society, potentially turning every one of us into* ***activists*** *or* ***citizen journalists****.*

2 DE NOUVEAUX DANGERS

a Problématiques

Cette masse d'informations disponibles en continu engendre de nouveaux problèmes : comment démêler le vrai du faux ? Comment être actif en ligne sans perdre pied avec la vie réelle ? Comment déjouer les risques du harcèlement en ligne *(cyber-bullying)*, du piratage *(hacking)*, ou de la censure *(censorship)* pour bénéficier sereinement de la plate-forme participative qu'offre le monde virtuel ?

b Synthèse

*The **Information Age** offers new challenges. Even if the use of **social media** may **empower** the individuals and increase their **connectivity**, it also comes with some dangers. Indeed, **telling fact from fiction*** is becoming increasingly difficult with the spread of **fake news**; **hashtag activism** may just be an illusion for people who only superficially **get committed** to some causes. More precisely, should the **virtual world** we are creating compete with our **real world**?*

**to tell fact from fiction* = discerner le vrai du faux

3 REPÈRES CULTURELS

a L'activisme citoyen en ligne

- ***Hashtag activism***: *Name given to activism on Twitter, using hashtags (ex.: **#BlackLivesMatter**, **#MeToo**). The idea is for ordinary citizens to get committed and raise awareness to certain causes by sharing these issues with friends or followers.*
- ***Netizen prize***: *Annual prize granted by Reporters without borders for an individual or a group of people promoting freedom of speech on the Internet.*

b Le rôle des médias

- ***The First Amendment***: *The statement in the U.S. Constitution (part of the Bill of Rights) that protects freedom of speech and religion and the right to meet in peaceful groups. It is often used by journalists to protect their sources.*
- ***The fourth estate*** /ɪ'steɪt/: *Reference to the watchdog role of the press, keeping in check the three branches of government (legislative, executive and judicial) by informing the public.*
- ***New Power***: *21st century model of power, based on social media, which is participatory and open to everybody as opposed to more traditional and institutional forms of power.*

4 LEXIQUE ASSOCIÉ

- ***dai**ly inte**ra**ction = ex**chan**ge* /ɪks'tʃeɪndʒ/ *on a day-to-**day*** /ˌdeɪ tə'deɪ/ ***ba**sis*
- *de**fy*** /dɪ'faɪ/ ***peo**ple in **po**wer = re**fuse** to o**bey** them*
- *em**po**wer* /ɪm'paʊə(r)/ ***ci**tizens = give **peo**ple more au**tho**rity and con**trol o**ver their lives*
- *take part in grass**roots*** /ˌgrɑːs'ruːts/ ***mo**vements = be a **mem**ber of an associ**a**tion with **or**dinary **peo**ple*

Fictions et réalités

À revoir
OK

10

- *What should we learn from dystopian movies?*
- *To what extent do fiction and reality interact?*
- *Can fiction predict the future?*

1 CRÉATION DE MONDES IMAGINAIRES

a Problématiques

- L'imaginaire a une place de choix dans le patrimoine culturel anglo-saxon.

- Le réel, dans les œuvres littéraires, tantôt cohabite, tantôt disparaît derrière des mondes futuristes ou époques révolues, chargées de références technologiques ou mythologiques, univers merveilleux ou effrayants.

b Synthèse

*Our **literary heritage** is divided into **different genres and sub-genres** which may **overlap** to offer a wide range of **distinctly unique works of fiction**. In Anglo-American literature, the writers' particular use of **imagination** has been a key element to reckon with. Indeed, if some novels offer a clever **mix of reality and fiction**, others wholeheartedly **reject realism** for the sake of pure **fantasy**.*

2 ENTRE FICTION ET RÉALITÉ

a Problématiques

- Ces récits s'appuient parfois sur des mythes ou légendes qui permettent au lecteur de s'évader du quotidien, souvent pour mieux l'appréhender.

- La fiction nourrit alors une réflexion morale sur l'organisation de nos sociétés et le sens que l'on veut leur donner.

b Synthèse

*The **creation of imaginary worlds** should not just be regarded as the representation of naïve minds nostalgic for fairy tales. It may also inspire our current society, as what is only science fiction may become reality in the future.*

*Besides, by **anticipating some dangers**, science-fiction novels are like **cautionary tales**, giving the reader a **warning sign** of what may be in store if the right choices are not made.*

3 REPÈRES CULTURELS

a Utopies et dystopies en littérature

- ***Utopia**: Representations of a place or society which is ideally perfect, following the model of the genre written by Thomas More.*
- ***Dystopias**: Futuristic societies under the rules of oppressive states suppressing people's very humanity. Some works represent the dangers of mass media and state-based censorship (Ray Bradbury's* Fahrenheit 451*), others the fear of totalitarianism (George Orwell's* 1984*), or the dehumanizing power of technology (*Brave New World*, by Aldous Huxley).*

b La veine du fantastique

- ***Gothic novels**: Novels written in the late 18th century, which inspired future works belonging to "the fantastic" with themes like fear and distress.*
- ***"The fantastic"**: Sub-genre in which the intrusion of supernatural forces into a realistic setting destabilizes the reader eager to find a rational explanation for it. Bram Stoker's* Dracula, *Mary Shelley's* Frankenstein *or Oscar Wilde's* The Picture of Dorian Gray *are well-known examples from English literature.*

c Les « nouveaux » sous-genres

- ***Fantasy**: Type of novels like* Harry Potter *or* The Lord of the Rings, *which presents a purely imaginary world, distinct from our contemporary society.*
- ***Climate-fiction ("cli-fi")**: A sub-genre engaging with the local and global impact of climate change and man-made global warming.*

4 LEXIQUE ASSOCIÉ

- *act as a **cau**tionary* /ˌkɔːʃənəri/ ***ta**le = a **sto**ry **gi**ving a **war**ning*
- *be out of touch* /tʌtʃ/ *with the real world = be discon**nec**ted* /ˌdɪskəˈnektɪd/ *from re**a**lity*
- *blur the lines bet**ween fi**ction and re**a**lity = make the **di**fference less dis**tinct***
- *head in the wrong di**rec**tion = go the wrong way*
- *run a po**ten**tial risk* = courir un risque potentiel
- *pose a threat* /θret/ *to = represent a danger* /ˈdeɪndʒə(r)/ *for*

Innovations scientifiques et responsabilité

À revoir
OK

11

- *Should we promote scientific progress at all costs?*
- *To what extent can science solve the climate crisis?*
- *Should scientists respect ethical considerations?*

1 DE NOUVEAUX POUVOIRS POUR TOUS

a Problématiques

- Le siècle des Lumières, puis la révolution industrielle ont couronné une nouvelle foi en l'humain et en ses capacités d'inventivité.

- Cet optimisme a engendré un progrès technologique et scientifique quasi ininterrompu, qui a révolutionné la société (inventions permanentes, essor d'une société de consommation, etc.) et amélioré les conditions de vie de la population.

b Synthèse

***Medical, scientific and technological progress** has changed our society for the better, raising people's **comfort** and **standards of living**, thus increasing our **life expectancy**.*

2 DE NOUVEAUX DÉFIS

a Problématiques

- L'impact de ces avancées sur l'environnement a généré une vague de contestations, dénonçant le réchauffement climatique, l'extinction de centaines d'espèces et la surexploitation des ressources naturelles. De nouvelles habitudes ont alors vu le jour pour diminuer l'impact de l'homme sur la nature : covoiturage, recyclage, etc.

- Chacun (consommateur, chercheur, politique) a une nouvelle part de responsabilité à prendre et un rôle à jouer. Le développement de la science s'accompagne de considérations éthiques.

b Synthèse

*Scientific and technological **progress** offers new opportunities (like extra jobs) and challenges. But who should **take responsibility** for the **potential dangers** created by new inventions?*
*The negative impacts on the planet of population and urban growth, which makes the effects of industrialisation, overconsumption and globalisation worse, have led people to **question the path** taken by Western societies.*

3 REPÈRES CULTURELS

- ***Freecycling / Free recycling***: *Nonprofit movement of people who are giving away their unwanted but reusable items for free to people who can use them in their own towns.*
- ***Homesteading***: *Lifestyle with a commitment to self-sufficiency. This can encompass growing and preserving food; providing your own electricity with solar, wind or water; and even making your own clothing.*
- ***Organic food***: *Food grown without chemical products (fertilisers, pesticides, etc.).*
- ***Veganism*** /ˈviːgənɪzəm/: *Movement created in England in 1944, gathering people who do not eat any animal product, to protest against animal exploitation and live more sustainably.*
- ***Minimalism***: *Movement founded by two Americans rejecting overconsumption and the accumulation of goods in order to focus on the meaningful aspects of our lives.*
- ***Eco-housing***: *Environmentally low-impact homes, using renewable energies (like solar panels and wind turbines) and new building material. **BedZED** (South London, 2002) was the UK's first eco-community.*
- ***Zero-waste***: *set of principles focusing on waste prevention. Originally referring to local initiatives aiming at sustainable waste management, it has inspired a consumer-led, grassroots movement whose members try to consume differently to create as little garbage as possible.*

4 LEXIQUE ASSOCIÉ

- *blame **so**meone for something = hold res**pon**sible*
- ***ca**rry out some re**search** /rɪˈsɜːtʃ/ ex**pe**riment /ɪkˈsperɪmənt/ = com**ple**te it*
- *im**prove peo**ple's standard of **li**ving /ˌstændəd əv ˈlɪvɪŋ/ = make con**di**tions **be**tter*
- *in**fringe** u**pon peo**ple's **pri**vacy /ˈprɪvəsi/ or /ˈpraɪvəsi/ = **li**mit somebody's **le**gal rights*
- *solve **glo**bal **i**ssues /ˈɪʃuːz/ = find an **an**swer to a **ge**neral **pro**blem*

Diversité et inclusion

À revoir
OK

12

- ***Has our society become more integrated?***
- ***Are minority groups better recognised in our society?***
- ***Has people's workplace become more diversified?***

1 VERS UNE SOCIÉTÉ INCLUSIVE

a Problématiques

Alors que notre société occidentale reconnaît davantage la diversité de sa composition, il convient de passer outre les formes de discriminations et les préjugés traditionnels à l'encontre de groupes minoritaires, pour donner à chacun une place dans la société.

b Synthèse

Our Western society has become more willing than ever to ***fight against all sorts of discrimination*** *and* ***prejudices*** *on the grounds of age, gender, sexual orientation, race or religion. To increase* ***social cohesion****, all* ***minority groups*** *should be given recognition, just like* ***all gaps*** *– the gender gap or the generation gap for example – should be* ***bridged****.*

As a consequence, our laws have been evolving, in some countries faster than in others, to ***grant legal protection to minorities*** *or specific groups, and even* ***extend their rights****.*

2 L'ÉVOLUTION DE LA LANGUE

a Problématiques

- La volonté de s'affranchir des connotations négatives ou discriminatoires derrière certains mots explique l'adoption de nouveaux mots politiquement corrects.
- La langue joue donc un rôle dans ce processus d'intégration, notamment pour la minorité hispanique aux États-Unis, où le *Spanglish* ne cesse de se développer.

b Synthèse

*The **actual laws** which have been passed by the different countries **differ** from one place to another. It probably reflects the **unequal pressure** exerted by the population on their governments, the **different priorities** or visions they may have for their people.*

***Change** is undeniably **under way**, with a **greater recognition** of some groups, previously isolated, both in terms of **respect and value**.*

3 REPÈRES CULTURELS

a Variétés linguistiques

- ***Spanglish**: Combination of English and Spanish used in parts of the United States with large Hispanic communities, such as those near the Mexican border, in Florida and in New York city.*
- ***Standard British English**: Also called "the Queen's English" and recognised as the norm.*
- ***Official multilingualism**: Policy adopted by some countries of recognising multiple languages as official and producing all official documents in these languages.*

b Des lois inclusives

- ***1990 Americans with Disabilities Act**: The most extensive disability rights legislation in the U.S., giving civil rights protection to disabled people and a better access to workplaces, commercial facilities, public accommodations and transportation.*
- ***2010 Equality Act**: It came into force in the U.K. in October 2010, bringing together different laws that cover discrimination into one, supporting the rights of disabled people.*
- ***Same-sex marriage**: Officially recognised in Canada in 2005, South Africa in 2006, England, Wales and New Zealand in 2013, Scotland the next year. Ireland and all 50 states of the U.S. finally passed the law in 2015. Same-sex marriage in Northern-Ireland has been legal since January 2020.*

4 LEXIQUE ASSOCIÉ

- *be **bias**ed* /ˈbaɪəst/ ***against** = be **pre**judiced* /ˈpredʒədɪst/ ***against***
- *be dis**cri**minated* /dɪˈskrɪmɪneɪtɪd/ ***against** = **su**ffer from discrimi**na**tion*
- *be on an **e**qual* /ˈiːkwəl/ ***foo**ting* /ˈfʊtɪŋ/ *= be **trea**ted in the same way*
- *en**tren**ched* /ɪnˈtrentʃt/ ***cul**tural **ste**reotypes* /ˈsteriətaɪps/ *= deep-**roo**ted* /ˌdiːpˈruːtɪd/ *bias*
- ***fu**lly **in**tegrated* /ˈɪntɪgreɪtɪd/ ***in**to **main**stream so**cie**ty*
- *tran**scend ra**cial **bar**rier* /ˈbæriə(r)/ *= go be**yond** race*

Territoire et mémoire

- À revoir
- OK

13

- ***Should we still commemorate past events?***
- ***Is a nation's collective memory a recreation of the past?***
- ***How do minority groups keep their culture alive?***

1 MÉMOIRES INDIVIDUELLES ET COLLECTIVES

a Problématiques

- Un individu se forge à partir d'une mémoire collective transmise par ses proches et par la société, grâce à des repères physiques et symboliques.

- Préservation du patrimoine national, multiplication des commémorations et de lieux de mémoire soulignent l'importance du souvenir pour se construire à la fois en tant que société et individu.

b Synthèse

*People's own destinies are inscribed in a more general whole, their **individual memory** being part of a **collective memory** which is passed on from one generation to the next.*

*The past and its **legacy** are preserved and celebrated thanks to **physical monuments** like **war memorials** or **statues**, but also thanks to **symbolic acts** like festivities or **commemorations**. To some extent, it is also to be **socially constructed** depending on the messages and values a given society wants its citizens to defend.*

2 VERS UNE MYTHOLOGIE NATIONALE

a Problématiques

- Pour exister et se donner un sens, les sociétés entretiennent le souvenir d'événements particuliers, et de certaines personnes. Les nations font de même pour perpétuer une mythologie qui agit comme un ciment unificateur sur la population.

- Cette célébration et (ré)écriture de l'histoire donne parfois lieu à différentes versions tantôt complémentaires, tantôt contradictoires.

b Synthèse

*Remembering is essential for a given society: it contributes to the creation of a **national identity**. It reminds citizens of their **roots** and symbolically links people with a common past. The idea is often to give **stability** and continuity while creating **a shared culture**.*

***Nation-state building** has sometimes required the **use and misuse of history and heritage**, giving rise to **controversies**, as all the population does not always accept to share mainstream version/vision, turning **memorial narratives** into **highly charged issues**.*

3 REPÈRES CULTURELS

a Fêtes nationales et commémorations

- ***Remembrance Day or "Poppy Day" (in Commonwealth member states) = Veterans Day (U.S.)**: Names given to the commemoration for the victims of World War I on November 11th.*
- ***Independence Day = Fourth of July**: Federal holiday in the U.S., commemorating the declaration of independence (July, 4, 1776).*
- ***Youth Day = June 16th**: A national public holiday in South Africa since 1995, commemorating the Soweto Uprising in 1976 and recognising the sacrifices and contributions of the youth in the struggle against apartheid.*

b Hommage aux Afro-Américains

- ***Martin Luther King's Day**: Federal holiday marking the birthday of Martin Luther King Jr., the leader of the civil rights movement who was assassinated in 1968.*
- ***Juneteenth**: Commemoration of the emancipation of all those who were enslaved in the United States on June 19.*
- ***George Floyd**: African American whose death in May 2020 followed the high-profile cases of Michael Brown in Ferguson, and Eric Garner in New York among others, which have driven the Black Lives Matter movement. George Floyd's death reignited the fight against police brutality and sparked a worldwide protest movement.*

4 LEXIQUE ASSOCIÉ

- *__du__ty of re__mem__brance* /rɪˈmembrəns/ *= obli__ga__tion not to for__get__*
- ***na**tional **her**itage* /ˈherɪtɪdʒ/ *site = place **re**cognised for its **cul**tural sig**ni**ficance*
- *pass on from gene**ra**tion to the next = **trans**fer from gene**ra**tion to gene**ra**tion*

Phrasal verbs et verbes prépositionnels

☐ À revoir
☐ OK

14

1 PHRASAL VERBS

a Généralités

- Si certains verbes sont intransitifs (employés sans complément), ou transitifs directs (avec un complément direct), d'autres sont transitifs indirects, c'est-à-dire qu'ils s'emploient avec une préposition.
- De plus, de nombreux verbes en anglais se combinent avec une particule adverbiale pour produire un verbe dont le sens s'écarte souvent radicalement de la simple combinaison du sens du verbe et de celui de la particule. Ex. : *to put off* = remettre à plus tard
- Ces verbes sont plus courants dans la langue orale et plus informels que leur équivalent d'origine latine.
Ex. : *to give out* = *to distribute, to go on* = *to continue*
- Certains de ces verbes sont intransitifs (*to grow apart* = se disputer), d'autres transitifs directs (*to let someone down* = laisser tomber quelqu'un) ; d'autres encore se construisent avec un complément prépositionnel. Ex. : *to get on with someone* = bien s'entendre avec quelqu'un, *to put up with someone* = supporter quelqu'un, ou *to make up for something* = compenser quelque chose
- Parfois, le même verbe peut avoir plusieurs constructions en conservant le même sens (*to give up* = abandonner et *to give something up* = abondonner quelque chose). Dans d'autres cas, le sens est différent entre le verbe intransitif (*to make up* = se maquiller ou se réconcilier selon les contextes), et le verbe transitif (*to make up a story* = inventer une histoire).
- Contrairement au cas des verbes prépositionnels, la particule des *phrasal verbs* forme un bloc avec le verbe et est accentuée.

b Ordre des mots

- Lorsque le verbe est transitif direct, le complément peut souvent se mettre soit entre le verbe et la particule, soit après la particule. En revanche, si le complément est un pronom personnel, il doit se placer avant la particule adverbiale.
*In the past, some monarchs **backed up** artists* = *they **backed** them **up**.*
- Si le complément est assez long, la particule se place avant celui-ci.
*The artist **gave away** all the money he had been offered by the prince.*

2 VERBES PRÉPOSITIONNELS

a Généralités

- Il y a souvent une concordance entre le français et l'anglais, un verbe prépositionnel étant utilisé pour véhiculer la même action dans les deux langues. Ex. : *depend on something* = dépendre de quelque chose.

- Parfois, au contraire, des verbes prépositionnels en anglais correspondent à des verbes transitifs directs en français, et inversement.
Ex. : *look at something* = regarder quelque chose ; *listen to someone* = écouter quelqu'un ; *to obey somebody* = obéir à quelqu'un.

- Le sens de base des verbes et des prépositions est souvent maintenu (*over* → sur, *at* → à, *for* → pour, *with* → avec, etc.) et la préposition est rattachée au syntagme nominal qu'elle introduit (on peut reprendre son souffle entre le verbe et la préposition, mais pas entre la préposition et son complément). Ce sont les deux points principaux qui différencient les verbes prépositionnels des *phrasal verbs* dont la particule, collée au verbe, modifie le sens complet de ce dernier et forme un bloc avec (voir ci-dessus).

b Ordre des mots

- Dans une phrase affirmative ou négative, la préposition suit normalement le verbe et précède le complément.
Economically-speaking, many countries ***depend on*** *the U.S.*

- À la forme interrogative, il ne faut pas oublier cette préposition, souvent en fin d'énoncé.
Which country do they ***depend on****?*

- Dans les propositions subordonnées relatives qui portent sur le complément prépositionnel, la préposition peut se placer soit avant le pronom relatif en *wh-* (*which* pour un antécédent inanimé et *whom* pour un antécédent animé), soit en fin de phrase.
The multiplication of culture clashes, [which people don't like ***talking about****]/[****about*** *which people don't like* ***talking****], is worrying.*

Expressions de l'habitude et du futur

À revoir
OK

15

1 L'HABITUDE

a Used to et would : généralités

- Pour parler d'une action récurrente dans le passé (qui en vient presque à caractériser le sujet), il faut employer *would*. À l'idée de fréquence, *would* ajoute parfois une idée de volonté ou d'obstination.
*In the 19th century, the disabled **would accept** to be excluded from mainstream society without questioning it.*

- Pour parler d'une action qui avait lieu dans le passé, mais qui a cessé aujourd'hui et donc souligner l'opposition nette entre passé et présent ou le caractère révolu de l'action, il faut employer *used to* + infinitif (à la forme négative : *did not use to* + infinitif).
*Gay politicians **used to hide** their true selves in public = they **did not use to reveal** their sexual orientation in public.*

- Un simple prétérit avec un complément de temps indiquant une certaine période peut suffire à exprimer une habitude.
***For years**, people **did not question** discrimination.*

b Confusions à éviter

- L'expression *used to* est source de nombreuses erreurs, dans la mesure où existent deux structures très proches mais de significations différentes :
– la structure conjuguée qui est en fait le verbe "*use*" au prétérit, suivi comme indiqué ci-dessus d'un infinitif avec *to*.
*He **used to be** very active in politics.*
– l'emploi de *get used to* ou *be used to* + *V-ing*. Cette forme peut s'employer à tous les temps pour exprimer une habitude.
*In the future, people will have to **get used to** work**ing** from home and hav**ing** flextime work arrangements.*

- L'utilisation de *would* pour véhiculer une caractérisation du sujet par ses habitudes ne doit pas être confondue avec l'utilisation de ce même modal pour exprimer le conditionnel.
*She **would say** nothing when she was harassed* = elle restait muette face au harcèlement (= c'était presque dans sa nature).
*If you were harassed, you **would say** something* = à supposer que vous soyez harcelée, vous diriez quelque chose (= simple hypothèse).

2 LE FUTUR

a L'expression du futur

● Un simple présent simple peut être utilisé pour renvoyer à une action qui se répète habituellement au même moment (horaires de train, plannings ou programmes). Il est utilisé pour exprimer une information neutre.
*The boat **leaves** at 8.00 a.m. from next week on.*

● Pour une action organisée à l'avance, lorsque des dispositions ont été prises, on utilise plutôt le présent en *be* + *V-ing*.
*Her train **is leaving** tonight at 9 p.m.*

● L'expression *be going to* exprime plutôt un futur dont le présent de la situation d'énonciation porte les signes (d'où l'idée d'une action imminente ou l'emploi de cette forme pour exprimer une forte conviction).
*It **is going to** rain (I can see the clouds in the sky).*

● Il est possible d'employer des locutions pour renvoyer au futur, comme *be about to* pour exprimer l'imminence, *be bound to* le caractère inévitable, ou la certitude avec *be due to*.

● Sinon, pour renvoyer de façon neutre au futur, il convient d'utiliser *will* + base verbale. Ex. : *The surveillance state **will reduce** our freedom.*

● Pour envisager l'action en cours de développement dans le futur, employer *will* + *be* + *V-ing*.
*In the future, people **will** still **be working** when they turn 70.*

● Utiliser *will* + *have* + participe passé pour se concentrer sur le résultat d'une action au futur.
*As we can see in many dystopian novels, everybody **will have lost** their hopes before adulthood.*

b Subordonnées avec *if* et *when*

● Pour exprimer une condition pleinement réalisable, employer *if* + un verbe au présent, et *will* dans la proposition principale.
***If you imagine** the worst-case scenario, you **will** hopefully avoid it.*

● Pour réaliser une projection dans l'avenir, il est possible de recourir à une subordonnée de temps introduite par *when*, *while*, *as soon as*, *as long as*, etc. Attention à bien employer un présent simple dans la subordonnée, là où le français utilise le futur.
*Individuals **will be** powerless **when** dictatorial government **take over**.* (= quand un gouvernement dictatorial prendra le contrôle).

● Attention à ne pas confondre avec les questions : dans les interrogations directes et indirectes, il est possible d'employer *will*.
*I don't know **when** the government **will be overthrown**.*

Les différents types de phrase

À revoir
OK

16

En plus des phrases déclaratives (dont le rôle est d'affirmer ou de constater quelque chose) et impératives (qui donnent un ordre ou un conseil, expriment un souhait ou servent à faire agir) – la première se terminant par un point et la seconde par un point d'exclamation – il existe deux autres types de phrase dont la structure s'écarte du français et sur lesquels il est donc intéressant de s'appesantir.

1 LA FORME EXCLAMATIVE

Une phrase exclamative permet de véhiculer un sentiment (colère, surprise, joie, etc.) ou d'exprimer un jugement.

a Exclamation portant sur un adjectif ou un adverbe

- Ces exclamations nécessitent l'usage de *how* qui précède l'adjectif ou l'adverbe en tête de phrase, ou de *so* qui se place aussi avant l'adjectif ou l'adverbe mais en cours de phrase.

How determined *students are! Students are* ***so determined****!*

- Il est possible d'omettre *be* et son sujet dans les structures qui commencent par *how*. La tournure avec *so* correspond aussi à une structure tronquée (*so... that...*).

How incredible *(it is)! It is* ***so incredible*** *(that I can't believe it!)*

- Une phrase interro-négative peut aussi exprimer un sens similaire.

Aren't *students determined!*

b Exclamation portant sur un nom

- Le nom sur lequel portent ces exclamations peut être seul ou accompagné d'un adjectif. Il convient d'employer *what* ou *such* suivis :

– de l'article indéfini et d'un nom dénombrable au singulier

What a liar *this politician is! This politician is* ***such a liar****!*

– du nom dénombrable au pluriel ou du nom indénombrable sans article (à l'exception de certaines structures figées dans lesquelles le nom indénombrable est utilisé comme un nom dénombrable et suit donc la 1re construction, ex. : *What a pity!* ou *What a shame!*)

What distrustful men!

This topic is of ***such importance*** *it should be dealt with now.*

- Pour exprimer l'indignation, il est possible de n'employer que l'article défini suivi du nom. Ex. *The cheek!* (= Quel toupet !)

2 LA FORME INTERROGATIVE

a Forme interrogative directe et indirecte

- La phrase interrogative sert à poser une question. Il en existe deux types :
– les « questions fermées » : auxquelles on peut répondre par oui ou non. Ces questions commencent par l'auxiliaire et ont une intonation ascendante ;
Have you signed the petition?
– les « questions ouvertes » : auxquelles on ne peut pas répondre par oui ou non car la réponse doit comporter une précision. L'intonation est descendante.

- Le schéma de base d'une question, qu'elle soit ouverte ou fermée et lorsque le mot interrogatif n'est pas le sujet, est le suivant :

(Mot interrogatif)	Auxiliaire	Sujet	Verbe et complément
(Where)	*did*	*the activists*	*meet before the march?*

Lorsque le mot interrogatif est le sujet, il est directement suivi du verbe conjugué. Ex. : *Who **started** the movement?*

- En plus des mots interrogatifs courants comme *how*, *what*, *who*, *which*, *when*, *where*, etc., il existe des mots interrogatifs composés qui porte sur : le prix (*how much*), la quantité (*how much* / *many*), la fréquence (*how often*), la distance (*how far*), la largeur / taille / profondeur (*how wide* / *tall* / *deep*), la longueur ou la durée (*how long*).

- Au style indirect, toutes les questions reprennent l'ordre des mots d'une phrase affirmative, soit (mot interrogatif) – sujet – verbe conjugué – complément.
*I don't know **where the activists met**.*

b Les *question-tags*

- Ces structures permettent de transformer une affirmation en une question pour inviter l'interlocuteur à réagir. Prononcé avec une intonation montante, le *tag* demande une réelle confirmation à l'interlocuteur. En revanche, un *tag* prononcé avec une intonation descendante n'attend pas de réelle réponse.

- Le *tag* est composé d'un des auxiliaires (*be*, *do* ou *have*) en fonction de la phrase principale et est suivi du sujet. On reprend le même auxiliaire que celui de la phrase principale.
*Many young students in Florida have joined the #WhatIf movement, **haven't they**?*

Les adjectifs : ordre des mots et comparaison

À revoir
OK

17

1 LES ADJECTIFS

a Généralités

- Il y a différents types d'adjectifs, mais ils partagent les mêmes caractéristiques : ils sont invariables et se placent avant le nom s'ils sont employés pour le qualifier.
*He is a **strong-willed** person.*

- Une différence de sens majeure est à connaître pour distinguer les adjectifs terminés en *–ed* de ceux qui se terminent en *–ing* : dans le 1er cas, l'adjectif a un sens passif alors que dans le 2e cas, il a un sens actif. Ex. : *bored* (ennuyé → qui subit l'action) ≠ *boring* (ennuyant → qui cause l'action).

- Lorsque plusieurs adjectifs sont utilisés pour qualifier le même nom, il convient de respecter un ordre précis. Un moyen mnémotechnique simple existe pour s'en souvenir : TACOM (taille – âge – couleur – origine – matière). Ex. : *Here is the **largest recently-built** statue.*

- Sinon, les adjectifs les plus subjectifs sont employés en premier, et les adjectifs les plus inhérents au plus proche du nom.
*I have never seen this **impressive wooden** structure.*

b Les adjectifs composés

- Il s'agit d'une combinaison d'au moins deux mots qui est utilisée comme un adjectif. Employés devant le nom, ces mots sont reliés par un tiret. Plusieurs constructions sont possibles :

– adjectif / nom / adverbe + *V-ing* ;
*A **good-looking** place, a **thought-provoking** exhibition, a **never-ending** pain.*

– adverbe + *V-ed* ;
Le verbe peut être régulier (*a **widely-recognised** historian*) ou irrégulier (*a **brightly-lit** memorial, a **well-known** event*).

– nom + nom-*ed* / *V-ed* ;
*An **iron-fisted** leader, a **heart-broken** soldier.*

– adjectif + nom-*ed*.
*A **narrow-minded** revisionist.*

● Il est aussi possible de former un adjectif composé à partir d'un nombre, souvent pour exprimer une distance ou une durée.
*He attended a **two-hour** seminar.*

● Dans ce cas, puisque l'expression fonctionne comme un adjectif, alors de même, le nom ne prend pas de *-s* ou la marque du pluriel.

2 LE COMPARATIF ET LE SUPERLATIF

a Généralités

● Alors que le comparatif permet de mettre en rapport deux éléments, le superlatif situe cet élément dans un groupe, pour dire que c'est «le plus...» ou «le moins...». Il faut alors utiliser la règle des adjectifs dits «courts» ou «longs» pour savoir s'il faut ajouter le suffixe *–er* (comparatif) / *–est* (superlatif) apposé à l'adjectif court, ou utiliser *more / less* (comparatif) ou *the most / the least* (superlatif) devant les autres.
*White people have traditionally been **richer** and **more privileged than** African-Americans.*

● Il est possible de doubler la structure comparative pour exprimer une évolution. Pour les adjectifs «longs», on ne doublera que *more*.
*Buildings are **higher and higher**. They are also **more and more sophisticated**.*

● Il faut connaître les comparatifs et superlatifs irréguliers très fréquents (*good → better (than)... → the best; bad → worse (than...) → the worst; far → farther / further (than...) → the farthest / furthest*).

b Structures particulières

● Lorsque l'on se réfère à l'élément qui est «le plus + adjectif» dans un groupe de deux seulement, employer le comparatif précédé de *the*. Attention à l'adjectif *old*, qui devient *elder*.
*He is **the elder** son* (on comprend qu'il s'agit d'une fratrie de 2) ≠ ***the oldest** son* (on comprend qu'il y a au moins 3 garçons).

● Un autre cas particulier concerne la traduction de «d'autant plus...». Utiliser alors *all the* + comparatif + *since / because*.
*They felt **all the more tired** in the morning **since** they hadn't slept all night.*

● Il est aussi possible de combiner un comparatif de supériorité avec un comparatif d'infériorité introduit par *the less*.
***The less I work, the more tired** I feel.*

Les modaux

À revoir
OK

18

1 L'EXPRESSION DE LA PROBABILITÉ

a Modaux et degrés de probabilité

- Certains modaux sont utilisés pour exprimer un degré de probabilité, *must* exprimant le plus probable ou une action quasi certaine, *may* une probabilité moyenne et *might* une faible probabilité.
*Uncontrolled technological progress **may have caused** damage.*

- Il est possible d'estimer le degré de probabilité d'une action présente, passée ou future:
– modal + base verbale = action future ou présente;
*The development of technology **might imply** more controversial challenges in the future.*
– modal + *be* + *V-ing* = action en cours dans le présent;
*They **must be working** on AI.*
– modal + *have* + participe passé = action passée;
*Medical, scientific and technological progress **may have changed** our society for the better.*

- La forte probabilité qu'une action n'ait pas eu lieu s'exprime par le modal *cannot*. Cela peut se traduire par: « Il est impossible que... ».
*European researchers **can't have cloned** a baby.*

b Les expressions lexicales « équivalentes »

- On peut utiliser des adverbes comme *perhaps*, *maybe*, *possibly*, *presumably* ou *probably* (probabilité moyenne). *Maybe* est plus familier que *perhaps*, et tous deux se placent en tête de phrase.
***Perhaps** gene editing will bring a solution to all cancers.*

- L'expression *be likely to* indique qu'une action a des chances de se produire.
*In the future, police officers **are likely to resort** to facial recognition more often than today.*

- Pour indiquer une forte probabilité, il est possible d'employer:
– des adverbes comme *certainly* ou *surely*;
– des locutions comme *in all likelihood*, *as likely as not*, *for certain*, *for sure* ou *no doubt*;
– des structures verbales comme *be sure to* ou *be certain to*.
*Biologists **are sure to find** a cure to all deadly diseases.*

2 LA MODALITÉ RADICALE

a Expression de la permission et de la capacité

- *May* et son équivalent passé *might* expriment souvent l'idée de permission, dans une langue plus soignée que *can* et *could* qui peuvent également être employés dans ce sens. Dans les autres cas, *can* et *could* traduisent la capacité physique ou faculté intellectuelle.
*You **may not get in**. You **can read** English books.*

- Il existe des expressions lexicales pour exprimer la permission (*be allowed to*) et la capacité (*be able to*). La principale différence réside dans le fait que le modal traduit une capacité théorique permanente du sujet alors que la locution est davantage ancrée dans un contexte, qui peut être passé, présent ou futur.
*When people visited the lab, they **were able to** see how sophisticated the machines were.*

- Il existe donc une différence au passé entre l'emploi de *could* qui parle d'une aptitude générale et *was/were able to* qui est nécessaire pour exprimer un cas particulier ou une action ponctuelle.
*When I was young, I **could work** for long hours.*
*When I studied with him, I **was once able to work** all night long.*

b Expression de l'obligation et de l'interdiction

- *Must* s'utilise lorsque l'énonciateur s'implique personnellement pour poser une obligation et exprimer ce qu'il juge nécessaire ou très important, au temps de l'énonciation (donc le présent).
*Scientists **must bear** in mind ethical considerations.*

- *Have to* au contraire permet d'exprimer une contrainte extérieure qui ne dépend pas du locuteur.
*If scientists want to make greater progress, they **have to work** together.*

- Au passé, on emploie *had to* pour exprimer une obligation ponctuelle, de même qu'au futur on utilisera *will have to*.
*They **had to stop** the virus. In the future, they **will have to keep** testing people.*

- Attention à la différence de sens à la forme négative, entre *must not* (= obligation de ne pas faire ou interdiction), et *do not have to*/*need not* (= caractère non obligatoire d'une action, absence de nécessité).
*People **mustn't underestimate** the dangers of the virus. They **do not have to stay** at home all the time but they **must respect** certain rules when they go out.*

ESPAGNOL

SOMMAIRE

REPÈRES CULTURELS ET LEXIQUE ASSOCIÉ

ÉTUDE DE LA LANGUE

Identités et échanges

À revoir
OK

19

- *La Conquista del Nuevo Mundo ¿primera forma de mundialización de la lengua española?*
- *¿El crecimiento de la lengua española en el mundo globalizado?*
- *¿Cómo afecta la globalización en la identidad lingüística? ¿Y la diversidad lingüística en la discriminación del español?*

1 LE RÔLE LINGUISTIQUE DE LA CONQUÊTE ESPAGNOLE

a Problématiques

Cette thématique nous amène à analyser le rôle de la Conquête espagnole comme point de départ de la mondialisation linguistique de l'espagnol, ainsi que la menace de l'extinction des langues précolombiennes. Cet événement interroge sur l'influence liée aux interactions entre les peuples et les conséquences de l'acculturation, de l'intégration, de l'adaptation, de l'inclusion et de l'hégémonie d'une langue sur les autres.

b Synthèse

El proceso de ***colonización española*** *en América, efectuada por la Corona de Castilla hacia finales del siglo XVᵉ, implicó desde el principio la* ***unidad de la lengua****, la* ***coexistencia*** *con otras y la primacía del español en el futuro. Este acontecimiento histórico formó parte de uno más amplio denominado* ***mercantilismo****. La supremacía de la lengua española en los* ***territorios conquistados*** *supone en la actualidad un hecho real, siendo ahora la* ***segunda lengua del mundo*** *por el número de* ***hablantes nativos****.*

2 LA CROISSANCE DE LA LANGUE ESPAGNOLE

a Problématiques

Les enjeux politiques, économiques, sociaux et culturels sont très importants dans la mondialisation. La situation géographique est aussi un atout pour l'expansion de la langue espagnole. De nos jours, l'espagnol est une langue officielle dans 21 pays, dont 18 d'entre eux sur le continent américain. 580 millions de personnes parlent espagnol dans le monde entier.

b Synthèse

*Los **hispanohablantes** ocupan territorialmente un gran espacio geográfico lo que implica una **continuidad lingüística** que facilita el **intercambio** tanto comercial como cultural. **El crecimiento** de la población hispanohablante seguirá **aumentando** especialmente en Estados Unidos, donde la lengua española es la más estudiada. El primer país hispanohablante es **México** que cuenta con **125 millones de habitantes**.*

3 REPÈRES CULTURELS

a Le rôle de personnages emblématiques pour établir le dialogue entre les peuples ?

- ***Hernán Cortés de Monroy y Pizarro Altamiro** (1485-1547): conquistador español que lideró a principios del siglo XVI la conquista de México. Tuvo un hijo con doña Marina, la Malinche.*
- ***Malinalli Tenépatl** (nació hacia el año 1500, problablemente cerca de la región actual de Veracruz): indígena náhuatl. Jugó un papel importante en la conquista de México Tenochtiltán y realizó un excelente trabajo de intérprete, consejera e intermediaria entre los españoles y los mexicas.*

b Lexique

- *La política lingüística: es la actuación de la Administración que promueve o contiene el uso de un idioma concreto o de un conjunto de los mismos.*
- *La diversidad cultural y lingüística: la UNESCO desde la creación de su Constitución en 1945 promueve los derechos culturales y lingüísticos de los pueblos indígenas.*

4 LEXIQUE ASSOCIÉ

- ***Náhuatl**: Lengua yutoazteca meridional que en la actualidad se habla en diversas zonas de México y que antiguamente fue la lengua del Imperio azteca.*
- ***El dialecto**: variedad de un idioma que no alcanza la categoría social de lengua.*
- ***El bilingüísmo**: uso habitual de dos lenguas en una misma región o por una misma persona.*
- ***El plurilingüísmo**: multilingüismo.*

Espace privé et espace public

- À revoir
- OK

20

- *¿Cuáles son las consecuencias principales de la no emancipación de la mujer en la sociedad?*
- *¿Cómo ha conseguido la mujer la emancipación y el acceso al espacio público?*
- *¿Cómo operan estos cambios sociales tanto en el espacio privado como en el público? ¿La evolución de las mujeres en el espacio público conlleva cambios en el ámbito familiar?*

1 LE RÔLE DES FEMMES : TRADITION ET MODERNITÉ

a Problématiques

Les différentes configurations d'espaces privés et publics, leurs fréquentations et leurs transformations permettent de mieux comprendre comment se structure une société. Quel était le rôle consacré à la femme ? Était-il réduit aux tâches ménagères, au fait de former de bonnes épouses et maîtresses de maison ?

b Synthèse

Hoy en día, el proceso de ***emancipación*** *de la mujer ha permitido que pueda participar activamente en las actividades económicas, políticas, científicas y culturales, consagradas años antes únicamente a los hombres. A pesar de estos avances por conseguir la* ***igualdad de derechos*** *entre hombres y mujeres las* ***desigualdades*** *persisten. La* ***discriminación*** *de la mujer en una sociedad que permanece* ***machista*** *incluye desgraciadamente en su manifestación más brutal la* ***violencia de género****.*

2 LES CHANGEMENTS DANS LA FAMILLE

a Problématiques

L'homme a toujours occupé une place définie dans l'espace privé et public. En revanche, l'évolution de la femme dans l'espace privé a provoqué des transformations sociétales importantes et de nouvelles règles au sein de la famille. Quels ont été ces changements, ses conséquences législatives et ses implications ? Le concept de famille a-t-il été modifié ? Comment concilier vie professionnelle et vie familiale ?

b Synthèse

*Los **cambios en la familia** han sido profundos durante los últimos 40 años. La **familia tradicional** se ha diversificado en un gran número de **modelos familiares**. En el mundo tradicional, la casa y la mujer eran principios fundamentales de la **organización familiar y social**. La función de la mujer se asociaban con el **papel de madre y esposa**. La **concepción jerárquica familiar** se rompe igualando los **derechos** de los progenitores y las **responsabilidades** en relación a los hijos.*

3 REPÈRES CULTURELS

a Quelle est la définition de « famille » ?

***Familia**: Del latín* familia. *Grupo de personas emparentadas entre sí que viven juntas.*

- *El 3 de julio de 2005 se legalizó en España el matrimonio y la adopción entre parejas del mismo sexo.*
- *El gobierno español ha incluido la ampliación progresiva del permiso de paternidad a 16 semanas en 2021.*

b Lexique sur la famille

- *La familia nuclear (clásica).*
- *La familia extensa.*
- *La familia monoparental.*
- *La familia homoparental.*
- *La familia ensamblada.*
- *La familia numerosa.*
- *La familia biológica.*
- *La familia adoptiva.*
- *La familia de acogida.*
- *La familia sin hijos por elección.*

4 LEXIQUE ASSOCIÉ

- *Los lazos, los vínculos familiares:* les liens de famille
- *La pareja:* le couple
- *El parentesco:* le lien de parenté
- *La desigualdad:* l'inégalité
- *La emancipación:* l'émancipation
- *Reivindicar:* revendiquer
- *Combatir = luchar:* lutter
- *La baja por maternidad:* le congé maternité
- *El permiso de paternidad:* le congé paternité
- *Asumir:* assumer
- *Compartir las tareas:* partager les tâches
- *Encargarse:* prendre en charge
- *Involucrarse:* s'investir

Art et pouvoir

À revoir
OK

21

- *¿El arte es un medio para legitimar el poder? ¿Puede estar al servicio del poder o, por el contrario, actuar como un contrapoder ?*
- *¿El arte es un arma puramente estético, instructivo o ideológico? ¿El artista pretende transmitir un mensaje y concienciar al público? ¿El artista comprometido se puede convertir en icono del marketing?*
- *¿El arte puede cambiar el rumbo de la historia?*

1 LE RAPPORT ENTRE L'ART ET LE POUVOIR

a Problématiques

L'art peut aborder des époques, des lieux et des personnages emblématiques du pouvoir en les traitant de différentes manières en fonction des tendances, des idéologies et des objectifs de l'artiste. Comment le rapport entre l'art et pouvoir définit-il chaque époque ? Comment ce rapport à l'art a évolué dans l'histoire ?

b Synthèse

El ***arte*** *es una actividad humana que conlleva un conjunto de* ***habilidades, técnicas*** *o principios con el fin de* ***crear obras culturales****. El* ***artista*** *tiene la* ***capacidad*** *y la* ***destreza*** *para interpretar lo* ***real*** *o lo* ***imaginario*** *a través de* ***recursos plásticos****. El* ***poder*** *es la* ***jurisdicción*** *que alguien o un gobierno tiene para* ***mandar*** *o* ***ejecutar*** *algo. Ambas nociones están estrechamente vinculadas desde hace siglos en nuestra sociedad. Los ejemplos son múltiples en que los* ***políticos censuran*** *tanto a los artistas como a sus obras o, por el contrario, en los que los artistas* ***hacen apología*** *del* ***régimen****.*

2 LE POUVOIR DE L'ART

a Problématiques

Le pouvoir s'est toujours appuyé sur l'art et les artistes pour être célébré, légitimé ou renforcé. L'art peut être au service du pouvoir ou, au contraire, peut représenter un contre-pouvoir. Lorsque l'artiste dépend du pouvoir économique ou politique, son œuvre peut-elle faire l'objet de dénonciation ou doit-elle être simplement un outil de propagande ? L'artiste engagé peut-il devenir une icône marketing malgré ses opinions politiques ?

b Synthèse

En todas las épocas, el arte ha sido una forma de expresión en la que ***se ensalza*** *o* ***se instrumentaliza*** *al* ***poder económico, social y político*** *en vigor. Por el contrario, el arte puede ser también una* ***herramienta para argumentar, protestar o luchar*** *por unos ideales. La* ***misión del artista*** *de* ***transmitir un mensaje*** *a través del arte y su* ***influencia en el público*** *hacen del arte un* ***medio artístico poderoso****. Los artistas y los* ***grupos compromidos*** *son múltiples como, por ejemplo, Federico García Lorca, Pablo Neruda, Pablo Picasso, Diego Rivera, Pablo Milanés, Silvio Rodríguez, Bebe o Calle 13.*

3 REPÈRES CULTURELS

Quels sont les mythes et les images exploités à des fins politiques ou économiques ?

- *El retrato fotográfico del cubano Alberto Díaz Gutiérrez, conocido por su seudónimo de Alberto Korda, el 5 de marzo de 1960 en La Habana, convirtió al revolucionario Ernesto Guevara en un icono del pop y del marketing capitalista. El cliché simboliza en la actualidad la revuelta.*
- *El pintor Pablo Picasso con su apellido da nombre a un modelo de coche, el monovolumen C4 Picasso. La rúbrica del malagueño está presente en más de dos millones de vehículos de la marca Citroën gracias al acuerdo entre los herederos del artista y el constructor automóvil francés.*
- *La imagen de la pintora Frida Kahlo es recurrente en múltiples objetos comerciales.*

4 LEXIQUE ASSOCIÉ

- *La paz ≠ la guerra*
- *El respeto:* le respect
- *La crueldad:* la cruauté
- *La tortura:* la torture
- *La resistencia:* la résistance
- *Obedecer:* obéir
- *Torturar:* torturer
- *El/la dictador/a:* le dictateur
- *La dictadura:* la dictature
- *La protesta:* la protestation
- *La opresión:* l'oppression
- *El himno:* l'hymne
- *Protestar:* protester
- *Imponer:* imposer
- *Denunciar:* dénoncer
- *Prohibir:* interdire
- *Reprimir:* réprimer
- *Comprometerse:* s'engager
- *Luchar:* lutter
- *Estar preso/a:* être prisonnier/ère
- *La libertad de expresión:* la liberté d'expression
- *Lavar el cerebro:* laver le cerveau
- *La canción revolucionaria:* la chanson révolutionnaire
- *Defender una causa:* défendre une cause

Citoyenneté et mondes virtuels

À revoir
OK

22

- *¿Cómo es y qué comportamiento tiene un ciudadano del siglo XXI en el mundo digital en el que vive?*
- *¿El uso actual de las nuevas tecnologías modifican y ponen en peligro nuestras vidas o la utilización adecuada de las mismas favorece el saber, el intercambio cultural y la libertad de expresión?*

1 LES RAPPORTS DU CITOYEN AUX ESPACES VIRTUELS

a Problématiques

L'expansion des espaces virtuels contribue au progrès. Elle permet, en effet, de partager rapidement des informations, ainsi que d'accéder à une certaine liberté d'expression. L'utilisation massive du numérique conduit, cependant, à s'interroger sur ses conséquences, que ce soit sur le plan individuel ou collectif.

b Synthèse

*En estos momentos en el que las fronteras geográficas desaparecen gracias a los **espacios virtuales**, la **información** se transmite muy rápidamente en todo el mundo. La velocidad con la que se han ido incorporando en nuestra sociedad induce a reflexionar sobre si los individuos han tenido tiempo de adaptarse. El **uso excesivo** de los **medios de comunicación** lleva a plantarse si se utilizan de una **manera responsable** o **indiscriminada** tanto en el plano individual como colectivo.*

2 L'INDIVIDU ET LA DÉMOCRATISATION VIRTUELLE

a Problématiques

La nature des rapports humains a été profondément modifiée par le monde numérisé et ultra-connecté. Aujourd'hui, les gens ont également changé leurs comportements ainsi que leurs manières de concevoir la vie. Comment évoluent les relations entre les citoyens et les informations ? Les individus, surtout les jeunes, sont-ils capables de discerner les vraies informations des fausses ? L'éducation à l'utilisation de ces nouveaux moyens de communication est-elle fondamentale ? Comment éviter l'usurpation d'identité, le cyber-harcèlement ou l'addiction ?

b Synthèse

Al mismo tiempo que los medios de comunicación pueden ser una buena ***fuente de comunicación, de información y de entretenimiento****, también representan diversos* ***riesgos****. Las informaciones o los* ***contenidos falsos*** *pueden también* ***influir*** *en las personas que no tienen aún un espíritu crítico. Por todo ello, cabría plantearse el* ***papel de la sensibilización*** *y* ***de la educación****. Así como el* ***impacto*** *y la* ***influencia*** *que ejercen los medios de comunicación en los ciudadanos para evitar, por ejemplo, la* ***usurpación de identidad****, el* ***ciberacoso o*** *la* ***adicción****.*

3 REPÈRES CULTURELS

Quels sont les mots et les expressions du monde virtuel employés dans l'actualité ?

- *Las noticias falsas o los* fake news *consisten en un tipo de bulo difundido a través de los medios de comunicación con el fin de perjudicar y de desinformar.*
- *El ciberacoso es el uso de los medios digitales para acosar a una persona.*
- *La nomofobia o la adicción al móvil consiste en el miedo irracional a salir de casa sin el celular.*
- *La adicción a los videojuegos.*

4 LEXIQUE ASSOCIÉ

- *Un blog:* un blog
- *El internauta:* l'internaute
- *El buzón:* la boîte mail
- *Hackear, piratear:* pirater
- *Conectarse:* se connecter
- *El peligro:* le danger
- *El riesgo:* le risque
- *Arriesgado/a:* risqué/e
- *La contraseña:* le mot de passe
- *Crear su perfil:* créer son profil
- *El móvil:* le téléphone portable
- *Un/a seguidor/a:* un/e follower
- *El buscador:* le moteur de recherche
- *Borrar una cuenta:* effacer un compte
- *Las redes sociales:* les réseaux sociaux
- *Un/a bloguero/a:* un/e blogueur/euse
- *La vida privada:* la vie privée
- *El ciberacoso:* le cyber-harcèlement
- *El ordenador, la computadora:* l'ordinateur
- *El correo electrónico:* le courrier électronique
- *El pirata informático:* le pirate informatique
- *Colgar en internet:* naviguer sur internet, surfer

Fictions et réalités

À revoir
OK

23

- **_¿Cuáles son los modelos históricos, sociales o artísticos que cada población ha heredado y cuáles son los que busca en la actualidad?_**
- **_¿Cómo dialogan la realidad y la ficción en las creaciones históricas, sociales y artísticas?_**
- **_¿Las figuras del pasado siguen siendo fuente de creación y de inspiración? ¿Qué valores encarnan los iconos modernos?_**

1 MODÈLES MYTHIQUES ET HÉROÏQUES

a Problématiques

Qu'ils soient réels ou fictifs, les modèles historiques, sociaux ou artistiques ont-ils un rôle à jouer au sein du patrimoine culturel et nourrissent-ils encore l'imaginaire individuel et collectif ? Les histoires, les croyances, les légendes et les figures du passé et du présent, demeurent-elles des sources d'inspiration et de création ? Comment se véhiculent-elles dans l'actualité et sous quelles formes ?

b Synthèse

¿Los modelos históricos, sociales o artísticos siguen participando en la creación de la identidad nacional y alimentando la imaginación individual o colectiva? ¿Las historias, las creencias, las leyendas y las figuras del presente y del pasado, continúan siendo fuente de inspiración y de creación? ¿Cómo se representan en la actualidad? ¿Cómo se puede romper con los estereotipos? ¿Hasta dónde puede llegar la ficción y en qué medida puede reflejar la realidad?

2 LA FRONTIÈRE ENTRE LA RÉALITÉ ET LA FICTION

a Problématiques

Les rêves et les univers imaginaires offrent à chacun l'opportunité de s'évader de la réalité tout en s'inspirant du monde réel. Quelle est la limite entre le monde fictif et celui de la réalité ? Les mythes et les héros espagnols et hispano-américains inspirent-ils uniquement la culture hispanique ? Qu'est-ce qui caractérise un héros et un anti-héros ?

b Synthèse

Al ser, en muchas ocasiones, la realidad insoportable, el hombre intenta evadirse y sueña gracias a la ficción. ¿Narrar una historia es contar la historia? ¿Puede la realidad alimentar la ficción o al contrario? ¿Las figuras históricas, sociales o artísticas pueden, deben ser o son modelos de conducta? ¿Qué diferencia un héroe de un antihéroe? ¿Qué función tienen?

3 REPÈRES CULTURELS

Quelles sont les figures réelles ou fictives qui représentent la culture hispanique ?

- *Rodrigo Díaz de Vivar nació en 1048 y murió en Valencia en 1099. Conocido como El Cid Campeador o El Cid, fue un líder militar que conquistó Valencia del 17 de junio de 1094 hasta su muerte. Su mujer Jimena Díaz también tuvo un papel fundamental. Rodrigo Díaz representa una figura histórica y legendaria de la Reconquista, su vida inspiró el poema épico el* Cantar del mío Cid.
- *Tanto en Hispanoamérica como en España se cruzan leyendas, creencias, dioses y mitos diversos como, por ejemplo, el dios del Maíz, el dios Maximón, la leyenda del Rey Blanco, las Meigas o la leyenda del Camino de Santiago.*
- *Otros ídolos en las artes son, entre otros, Don Quijote de la Mancha, Don Juan Tenorio, Carmen, Pablo Picasso, Rafael Nadal, Fernando Alonso, Mortadelo y Filemón, o Anacleto.*

4 LEXIQUE ASSOCIÉ

- *La mitología:* la mythologie
- *Mitológico/a:* mythologique
- *Mítico/a:* mythique
- *Mitificar:* mystifier
- *La divinidad = la deidad*
- *La creencia:* la croyance
- *La magia:* la magie
- *El mago:* le magicien
- *La brujería:* la sorcellerie
- *El realismo:* le réalisme
- *El/la brujo/a:* le/la sorcier/ère
- *La fantasía:* la fantaisie
- *La ciencia ficción:* la science-fiction
- *La mitificación:* la mystification
- *Fantástico/a:* fantastique
- *Natural ≠ sobrenatural*
- *Ficticio/a:* fictif/ve
- *Encarnar:* incarner

Innovations scientifiques et responsabilité

- À revoir
- OK

24

- *¿En la actualidad ¿cómo afectan en los diferentes campos, los cambios tecnológicos y científicos? ¿Se pueden controlar?*
- *El progreso científico ¿avance o derivas?*
- *¿Qué medidas deben tomar los ciudadanos y los científicos?*

1 INNOVATIONS SCIENTIFIQUES

a Problématiques

Les progrès scientifiques et technologiques génèrent de remarquables avancées pour l'humanité. Toutefois, quelles sont leurs conséquences ? Quels sont les effets sur la planète ? Concernent-ils le réchauffement climatique, la réduction de la biodiversité, les techniques de manipulation génétique et embryonnaire ou l'épuisement des ressources naturelles ? Devons-nous nous tourner vers la décroissance ? Quels sont les secteurs qui en tirent le plus de profits ?

b Synthèse

*El **progreso científico** evoca el **desarrollo** de los **conocimientos de la ciencia** y el **progreso técnico** depende, en buena medida, de él. Aunque el progreso científico evoluciona y es capaz de resolver muchos problemas. Cabe preguntarse sobre las consecuencias de la actividad humana. ¿Cuál es la diferencia entre el progreso científico y el **progreso social**? ¿La **ideología científica emite valores éticos**? ¿Qué fin tiene hoy el progreso científico?*

2 QUEL SERA LE MONDE DU FUTUR ?

a Problématiques

La prise de conscience des dangers éventuels liés à ces innovations scientifiques suscite des peurs liées à l'éthique. Les scientifiques doivent-ils apporter des réponses morales ou bien est-ce le rôle du politique ? La robotisation va-t-elle faire disparaître totalement la main d'œuvre ? Quels rôles les citoyens vont-ils jouer dans ce monde-ci ? Quels seront les nouveaux modes de consommation ?

b Synthèse

La ***mutación acelerada del mundo*** *gracias al progreso científico provoca* ***incertidumbre*** *y* ***miedo****. Las* ***nuevas tecnologías*** *ayudarán a* ***superar mayores retos*** *pero también pueden* ***crear*** *un* ***mundo*** *cada vez más* ***desigual****. Pronosticar el futuro es un trabajo complejo y crítico para muchas áreas de la economía, de la medicina o del clima. ¿Dónde están los* ***límites*** *de la* ***innovación científica*** *y quién debe ponerlos?*

3 REPÈRES CULTURELS

Pourquoi Valence est une ville innovante et responsable ?

- *Los objetivos de la Valencia para ser Capital Europea de la Innovación en 2030 consisten en una estrategia por misiones centrada en la salud, la sostenibilidad, la reducción de la desigualdad y el emprendimiento. Todas estas medidas están recogidas en el documento «Missions València 2030».*
- *El proyecto europeo FlowPhotoChem empleando energía solar concentrada y catalizadores avanzados, el agua y el CO_2 se convertirán en productos químicos valiosos y reducirán el impacto medioambiental de la industria química.*
- *En 2018, construyen en Valencia la primera casa en España hecha con una impresora 3D.*

4 LEXIQUE ASSOCIÉ

- *El desarrollo sostenible:* le développement durable
- *La transformación urbana:* la transformation urbaine
- *La ecociudadanía:* l'éco-citoyenneté
- *La arquitectura innovadora:* l'architecture innovatrice
- *Los medios de transportes sostenibles:* des moyens de transports écologiques
- *La ética:* l'éthique
- *El calentamiento global/climático:* le réchauffement climatique
- *El medio ambiente:* l'environnement
- *La contaminación = la polución*
- *La deforestación:* la déforestation
- *La escasez de agua:* la pénurie d'eau
- *El impacto medioambiental/en el medioambiente:* l'impact environnemental
- *El factor humano:* le facteur humain
- *La extinción de especies:* l'extinction des espèces

Diversité et inclusion

À revoir
OK

25

- *¿Cómo conciliar la diversidad y la inclusión generacional?*
- *Cambios generacionales ¿tradición o modernidad? ¿Cómo se comportan ahora las diversas generaciones?*
- *Ser joven y llegar a viejo a toda costa ¿un verdadero progreso?*

1 COMMENT ÉVOLUENT LES SOCIÉTÉS ?

a Problématiques

Les questions de la diversité et de l'inclusion peuvent être abordées à travers les arts, les sciences, le droit, la géopolitique et la sociologie. Les éléments politiques et culturels jouent un rôle fondamental pour l'inclusion et la cohésion sociale. Par rapport à la diversité familiale et son inclusion dans la société, est-il nécessaire de s'interroger sur son évolution sociétale ? Comment évoluent les modèles familiaux ? Peut-on comparer différents types de familles ? La crise de la société et la perte de repères obligent-elles à retourner vers un modèle traditionnel, passéiste ?

b Synthèse

*La **sociedad evoluciona** siendo cada vez más **diversa** y **compleja**. ¿Cómo se organizan los individuos? Aunque a primera vista la **modernidad** es sinónimo de **libertad** y de **independencia** en el seno de la familia, con respecto a la tradición, en ciertas ocasiones, esta evolución solamente sirve para **destructurar** la **unidad familiar**. ¿Cómo se definiría la **familia ideal**? ¿Existen **minorías invisibles**? ¿La sociedad tiende hacia un modelo tradicional? ¿Es necesario aceptar nuestras **diferencias** e **incluir** a todas las personas para vivir mejor?*

2 COMMENT VIVRE ENTRE GÉNÉRATIONS ?

a Problématiques

Il est fondamental de voir l'évolution entre les générations et d'en dégager les différences. Exposer les avantages et les inconvénients de ces types d'échanges. Comment évoluent les relations intergénérationnelles ? Comment décrire le comportement des jeunes vis-à-vis des personnes plus âgées ? Est-il de plus en plus difficile d'émanciper les jeunes et de les intégrer dans le monde du travail ? Existe-t-il un culte du jeunisme ?

b Synthèse

*El **comportamiento** de las **nuevas generaciones**, el **culto** a la **juventud** y los **avances tecnológicos** conducen a la **diversidad** y la **inclusión** entre las **generaciones**. ¿Los **valores sociales** y las **relaciones intergeneracionales** varían los **comportamientos de la sociedad**? ¿El culto al cuerpo y el **individualismo** se ve reflejada en la actitud hacia las **personas** más **vulnerables**? Hoy en día ¿el respeto y la admiración hacia las **personas mayores** se ha perdido?*

3 REPÈRES CULTURELS

Quels sont les types de générations ?

- *La generación perdida*
- *Baby boom*
- *La generación X (nacidos globalmente entre 1966 y 1976)*
- *La generación Y, generación del milenio o milénica (nacidos globalmente entre 1980 y 2000)*
- *La generación Z (nacidos globalmente entre 1995 y 2015)*
- *La generación T (nacidos globalmente entre 2010 y 2025)*
- *La generación «ni-ni» (ni estudia ni trabaja): tienen entre 16 y 29 años. Viven con sus padres y pasan mucho tiempo en casa. No tienen ningún tipo de motivación.*

4 LEXIQUE ASSOCIÉ

- *El/la joven:* le/la jeune
- *La juventud:* la jeunesse
- *El/la adulto/a* = l'adulte
- *La vejez:* la vieillesse
- *La belleza ≠ la fealdad*
- *El sufrimiento ≠ el alivio*
- *Las arrugas:* les rides
- *Rejuvenecer ≠ envejecer*
- *La ayuda:* l'aide
- *Ayudar:* aider
- *La exclusión:* l'exclusion
- *Excluir:* exclure
- *Discriminar:* discriminer
- *Despreciar:* mépriser
- *La fraternidad:* la fraternité
- *El compromiso:* l'engagement
- *La solidaridad:* la solidarité
- *La tolerancia:* la tolérance
- *Ser joven ≠ ser mayor, ser viejo*
- *Quitarse años, edad:* se rajeunir
- *El/la anciano/a:* la personne âgée
- *El/la descendiente ≠ el/la ascendiente*
- *El árbol genealógico:* l'arbre généalogique
- *La discriminación:* la discrimination

Territoire et mémoire

- À revoir
- OK

26

- *¿Es necesario recuperar la memoria para no olvidar la historia?*
- *¿Cómo llevar a cabo el deber de memoria en nuestra época sin cometer injusticias con el presente?*
- *¿Por qué es importante que las políticas del estado se impliquen en el deber de memoria?*

1 LA MÉMOIRE HISTORIQUE

a Problématiques

Les espaces régionaux, nationaux et transnationaux offrent des repères marquant (dates, périodes, lieux, événements, figures emblématiques, etc.) et permettent de s'interroger, de construire et de transmettre un héritage collectif. La mémoire historique est-elle une obligation ou une contrainte ? Faut-il se souvenir ou oublier le passé pour affronter et construire l'avenir ?

b Synthèse

*La **memoria histórica colectiva** se ha vuelto una **obligación moral de la humanidad**. Sin embargo, ¿qué hacer con el pasado? ¿Qué ocurre si se abren las **heridas**? ¿Si los individuos y la memoria histórica, tal como la emplean las comunidades y las naciones, caen en los extremos? ¿Si solamente tienen en mente la **guerra**, el **dolor**, el **odio** y el **rencor** más que la **reconciliación** y el **perdón**?*

2 LES FIGURES REPRÉSENTANT LE MAL

a Problématiques

Les personnages fictifs ou historiques traduisent le besoin d'établir et d'exprimer des mémoires individuelles et collectives. La notion d'héritage et les histoires culturelles aident-elles à mieux comprendre la réalité actuelle ? Peut-on échapper à l'interprétation historique ? Les monuments et les lieux sont-ils un vrai témoignage du passé ? Contribuent-ils à la compréhension de l'histoire ?

b Synthèse

*Tanto los personajes ficticios como los históricos traducen la necesidad de establecer la memoria individual y colectiva. ¿Quiénes deben contar la historia y de qué manera? ¿Es obligatorio recordar **grupos armados** o **figuras emblemáticas** que mancharon la memoria histórica de un país? ¿Se pueden considerar héroes y mitos los grupos o las figuras más sanguinarias de la historia?*

3 REPÈRES CULTURELS

Espaces, dates, événements et figures emblématiques pour ne pas oublier l'histoire

- *El mayor atentado de la banda terrorista ETA fue el 19 de junio de 1987 en el centro comercial de la empresa Hipercor en la ciudad de Barcelona. En él murieron 21 personas y 45 fueron heridas.*
- *El 24 de febrero de 2019, el presidente del gobierno español Pedro Sánchez realizó un discurso en Argèles-sur-Mer para homenajear a Manuel Azaña, a Antonio Machado y a todos los ciudadanos anónimos que se vieron obligados a exiliarse de España en 1939.*
- *La exhumación y reubicación del cadáver de Francisco Franco del Valle de los Caídos al cementerio de Mingorrubio en el Pardo, donde reposa su mujer Carmen Polo, se llevó a cabo el 24 de octubre de 2019.*

4 LEXIQUE ASSOCIÉ

- *El recuerdo:* le souvenir ≠ *el olvido:* l'oubli
- *El deber de memoria:* le devoir de mémoire
- *El memorial:* le mémorial
- *Los crímenes:* les crimes
- *Un hecho clave ≠ anecdótico:* un fait marquant ≠ anecdotique
- *Un acontecimiento histórico:* un événement historique
- *Una figura emblemática:* une figure emblématique
- *El monumento a los Muertos:* le monument aux Morts
- *El monumento conmemorativo:* le monument commémoratif
- *La dominación = la sumisión = la opresión*
- *Recordar = acordarse:* se rappeler, se souvenir
- *Aprender del pasado:* apprendre du passé
- *Homenajear:* rendre hommage
- *El homenaje:* l'hommage
- *La herencia:* l'héritage
- *El traumatismo:* le traumatisme
- *La herida:* la blessure
- *Olvidar:* oublier

Imparfait du subjonctif. *Como sí*. Conditionnel

- À revoir
- OK

27

1 L'IMPARFAIT DU SUBJONCTIF DES VERBES RÉGULIERS ET IRRÉGULIERS

a L' imparfait du subjonctif des verbes réguliers

- Il y a deux formes à l'imparfait du subjonctif des verbes réguliers, une forme en « ***-ra*** » et une autre en « ***-se*** ».

- Les deux se forment à partir de la troisième personne du pluriel du passé simple, en enlevant la dernière syllabe et en ajoutant les terminaisons de l'imparfait du subjonctif. La première et la troisième personne du singulier sont les mêmes.

- *Cantar: cantara / cantase, cantaras / cantases, cantara / cantase, cantáramos / cantásemos, cantarais / cantaseis, cantaran / cantasen*

Me encantaría que me ***compraras*** *un robot aspirador.*

b L'imparfait du subjonctif des verbes irréguliers

- Les verbes qui étaient irréguliers au passé simple conserveront cette irrégularité à toutes les personnes du subjonctif imparfait.

- Les verbes comme « ***pedir*** », « ***sentir*** » et « ***dormir*** » changent la voyelle du radical à la troisième personne du singulier et du pluriel [*e* > *i*], [*o* > *u*].

- Le verbe « ***dar*** » se conjugue comme un verbe du deuxième et du troisième groupe.

Attention : le verbe « ***ser*** » et le verbe « ***ir*** » ont le même imparfait du subjonctif.

- Certains verbes changent de radical.

– *Tener: tuviera, tuvieras, tuviera, tuviéramos, tuvierais, tuvieran.*

- Même si « ***andar***, ***caber***, ***estar***, ***haber***, ***hacer***, ***poder***, ***poner***, ***querer***, ***saber***, ***tener***, ***venir*** » et leurs composés ont un radical irrégulier, les mêmes terminaisons de « ***tener*** » se retrouvent dans les verbes.

– ***Andar***: *anduviera, anduvieras, anduviera, anduviéramos, anduvierais, anduvieran*

Aunque ella ***viniera*** *no iría al parque tecnológico.*

- Les verbes en « ***-ducir***, ***traer***, ***decir*** » et leurs composés font :

Traducir: tradujeron → tradujera.

Es posible que vosotras ***dijerais*** *toda la verdad sobre el comercio electrónico.*

Attention : ces verbes ne portent pas d'accent à la première personne du pluriel.

2 *COMO SÍ* + IMPARFAIT

La **proposition subordonnée** introduite par «***como si***» énonce une situation non réalisable. Elle est donc toujours suivie du **subjonctif imparfait ou du plus-que-parfait**.

Estamos viviendo en este planeta ***como si existiera*** *otro que* ***pudiera*** *remplazarlo.*

3 LE CONDITIONNEL

- Le **conditionnel** se forme avec l'**infinitif** et les **terminaisons de l'imparfait de l'indicatif** du verbe «***haber***». Le conditionnel a le même radical que le futur de l'indicatif. N'oubliez pas de mettre les accents sur les «***-i***».

– ***Cantar:*** *cantaría, cantarías, cantaría, cantaríamos, cantaríais, cantarían*

– ***Comer:*** *comería, comerías, comería, comeríamos, comeríais, comerían*

– ***Vivir:*** *viviría, vivirías, viviría, viviríamos, viviríais, vivirían*

Nosotras ***nos grabaríamos*** *cantando y bailando.*

- Les **conditionnels irréguliers** sont classés suivant les modifications de l'infinitif.

– Il manque le «***-e***» du radical de la terminaison de l'infinitif dans les verbes «***caber***, ***haber***, ***saber***, ***poder***, ***querer***».
Ellos ***podrían*** *realizar viajes virtuales.*

– Il manque le «***-c***» du radical et le «***-e***» ou le «***-i***» de la terminaison de l'infinitif dans les verbes «***hacer***» et «***decir***».
Vosotros le ***diríais*** *que no jugara a los videojuegos.*

– Un «***-d***» remplace le «***-e***» ou le «***-i***» de la terminaison de l'infinitif dans les verbes «***poner***, ***tener***, ***venir***, ***salir***, ***valer***».
Ella ***tendría*** *que darle el móvil al director.*

Leurs composés suivent la même irrégularité.

Lo. Pourcentages et proportions. Style direct et indirect. Gérondif. Action en cours et enclise. « Passer son temps à ». Simultanéité

À revoir
OK

28

1 L'ARTICLE NEUTRE « *LO* »

● ***«Lo»* + adjectif ou participe passé** exprime une caractéristique et se traduit par un substantif ou par « ce qui est ». Il équivaut à « ***lo que es*** » **+ adjectif ou participe passé**.
Lo importante *es que la gente tome conciencia del problema.*
● ***«Lo»* + adjectif + *«que»*** signifie « combien, à quel point, tellement + verbe conjugué + adjectif ».
Lo increíble *es* ***que*** *nadie se responsabilice.*
● ***«Lo de»*** « ce qui concerne, ce qui arrive, l'histoire de ».
Lo de *hoy no me ha gustado nada.*

2 LES POURCENTAGES ET LES PROPORTIONS

● Les **pourcentages** sont précédés de l'article singulier indéfini « ***un*** » ou défini « ***el*** ».
El noventa por ciento *de la población española conoce la vida de Ernesto Guevara.*
● Pour indiquer une **proportion**, d'autres tournures sont possibles : « ***uno de cada dos*** » (un sur deux), « ***tres de cada diez*** » (trois sur dix), « ***la mitad de*** » (la moitié de), « ***la tercera / cuarta / quinta... parte de*** » (un tiers, un quart, un cinquième...)
Tres de cada diez *españoles no cree en las brujas.*

3 LE STYLE DIRECT ET LE STYLE INDIRECT

● Dans le **style direct**, le discours est transcrit tel qu'il a été rapporté. Dans le **style indirect**, le discours permet de transformer le dialogue en récit.
● Si la phrase dialoguée est une phrase déclarative, elle est introduite par les verbes : « ***anunciar***, ***avisar***, ***comentar***, ***contestar***, ***decir***, ***explicar*** [*qu*], ***pretender***... » + « ***que*** » + **indicatif**.
El joven ***dice****: « mi abuelo* ***participó*** *a la guerra civil ». El joven* ***dice que*** *su abuelo* ***participó*** *a la guerra civil.*
● Si la phrase dialoguée est une phrase interrogative, elle est introduite par les verbes : « ***cómo***, ***cuándo***, ***preguntar si***, ***quién***... » + **indicatif**.
*¿****Vas a ir*** *a la ceremonia en honor a las víctimas de la explosión?*
Pregunta si vas a *la ceremonia en honor a las víctimas de la explosión.*
● Si la phrase dialoguée est une phrase impérative, elle est introduite par les verbes : « ***aconsejar***, ***decir***, ***exigir*** [*j*], ***pedir*** [*i*]... » + « ***que*** » + **subjonctif**.
Le aconsejó que votara *la Ley de Memoria Histórica.*

Attention : Au style indirect, certains signes de ponctuation disparaissent. Il faut respecter la concordance des temps.
Lorsque l'on passe du style direct au style indirect, et vice versa, il faut être attentif aux pronoms et parfois aux adverbes et locutions temporelles.
Dans les questions au style indirect, les mots interrogatifs conservent l'accent.
L'impératif devient subjonctif dans le style indirect.

4 LE GÉRONDIF

- Les verbes en « *-ar* » se forment avec le radical du verbe « + ***ando*** ».
- Les verbes en « *-er* » et en « *-ir* » se forment avec le radical du verbe « + ***iendo*** ».
- Quelques **gérondifs irréguliers** :

– modifications orthographiques. Les verbes dont le radical se termine par une voyelle prennent un « **y** ». Par exemple, *ca**y**endo* (*caer*), ***y**endo* (*ir*), *le**y**endo* (*leer*), *o**y**endo* (*oír*).
*El joven está **leyendo** un libro.*
– les verbes à affaiblissement. Par exemple, *p**i**diendo* (*pedir*), *s**i**ntiendo* (*sentir*), *v**i**stiendo* (*vestir*).
*Las mujeres estaban **sintiendo** lo mismo que la protagonista.*
– les verbes à alternance en « ***-o*** » prennent un « ***-u*** » au gérondif. Par exemple, *d**u**rmiendo* (*dormir*), *m**u**riendo* (*morir*), *p**u**driendo* (*podrir*).
*Nosotros estamos **durmiendo** cuando pasan esta serie.*

5 LE DÉROULEMENT DE L'ACTION ET L'ENCLISE

Le **déroulement de l'action** se construit, entre autres, avec le verbe « ***estar*** », « ***llevar*** », « ***seguir*** », « ***continuar*** » + **gérondif**. Quand le verbe est au gérondif, à l'impératif ou à l'infinitif, le pronom réfléchi ou complément est collé à la fin du verbe, c'est qu'on appelle l'enclise. Il ne faut pas oublier l'accent graphique.
*Me paso el día **llamándolo** para que venga a ver el programa.*

6 L'EXPRESSION « PASSER SON TEMPS À »

« **Passer son temps à** » : « ***pasarse*** » + **indication de temps** + **gérondif**. L'adjectif possessif français est traduit par un article défini.
***Me paso el tiempo viendo** la televisión.*

7 LA SIMULTANÉITÉ

Pour exprimer la simultanéité de deux actions, on utilise les tournures « ***al*** » + **infinitif** ou « ***cuando*** » + **verbe conjugué**.
***Al saber** que iba a ver la ópera Carmen, se emocionó mucho.*

Voseo. Tutoiement et vouvoiement. « On ». Marqueurs temporels. Concordance des temps

À revoir
OK

29

1 LE « *VOSEO* »

Le terme « ***voseo*** » désigne l'emploi du pronom « *vos* » à la place du pronom « ***tú*** » et on vouvoie avec « ***usted*** ».
Lorsqu'on utilise le « ***voseo*** », le verbe est, la plupart du temps, conjugué à la 2e personne du pluriel. Cette forme est répandue dans les pays d'Amérique Centrale, dans une grande partie de l'Argentine, au Mexique, au Venezuela, au Pérou, au Chili, en Colombie, en Équateur, en Bolivie, en Uruguay et en Paraguay.
*Y **vos** ¿qué **habláis**?*

2 LE TUTOIEMENT ET LE VOUVOIEMENT

- On emploie « ***tú*** » et « ***vosotros***, ***vosotras*** » pour le tutoiement.

– Pour une personne, « ***tú*** » + **verbe à la 2e personne du singulier**.
***Tú hablas** muy bien el vasco.*
– Pour plusieurs personnes, « ***vosotros***, ***vosotras*** » + **verbe à la 2e personne du singulier**.
***Vosotras tenéis** la costumbre de comunicaros en catalán.*

- On emploie « ***usted*** » et « ***ustedes*** » pour le vouvoiement.

– Pour une personne, « ***usted*** » + **verbe à la 3e personne du singulier**.
***Usted debería** aprender otra lengua.*
– Pour plusieurs personnes, « ***ustedes*** » + **verbe à la 3e personne du pluriel**.
***Ustedes son** políglotas.*
Attention : les pronoms (sujets, compléments, réfléchis et possessifs) doivent être adaptés en fonction de la personne.

3 LA TRADUCTION DE « ON »

L'espagnol ne possède pas de pronom personnel « **on** ».
Il peut s'exprimer de quatre façons en espagnol.

- « **On** » = **troisième personne du pluriel** (le locuteur ne s'inclut pas dans le « on »). Le pronom « **on** » peut être remplacé par « **les gens** » ou par « **quelqu'un** ».

***LLaman** por teléfono.*

- « **On** » = « ***se*** » + **verbe à la troisième personne du singulier ou du pluriel** (le locuteur peut être inclus dans le « on »). Il exprime une généralité, une possibilité, une recommandation, une obligation ou une habitude.

***Se necesita una autorización** para sacar el cuadro del país.*

Attention : le verbe devra s'accorder avec le complément d'objet direct.
- « **On** » = « ***uno, a*** » + **verbe à la troisième personne du singulier** (le locuteur s'inclut dans le « on »).

__Uno__ no __pudo__ cantar ciertas canciones durante la dictadura militar argentina.

- « **On** » = **la première personne du pluriel** (le locuteur s'inclut dans le « on »). On peut remplacer « on » par « nous » dans la phrase française.

Ya no __podemos soportar__ el ruido de las bombas.

4 LES MARQUEURS TEMPORELS

Ils sont indispensables pour établir la chronologie et organiser le discours argumentatif.

- *Para empezar* : « ***primero, al principio, al inicio, en primer lugar, inicialmente, en los años, en el siglo*** » (au début, d'abord, en premier, dans les années, dans le siècle).

Pour les contes : « ***érase una vez*** » (il était une fois).

__En los años 70__, en Chile y en Argentina hubieron regímenes dictatoriales.

- *Para continuar* : « ***en segundo lugar*** » (deuxièmement, en second lieu) ; « ***después (de), luego, a continuación*** » (après, ensuite) ; « ***antes (de)*** » (avant) ; « ***además*** » (de plus) ; « ***entonces*** » (alors) ; « ***más tarde*** » (plus tard).

__Luego__ lucharon por la democracia en América Latina.

- *Sacar conclusiones* : « ***al final, finalmente, para terminar*** » (à la fin). Pour les contes : « ***y colorín, colorado, este cuento se ha acabado*** » (ils se marièrent et eurent beaucoup d'enfants).

__Para terminar__ se debe escuchar a las víctimas.

5 LA CONCORDANCE DES TEMPS

En espagnol, la ***concordance des temps*** est beaucoup plus rigoureuse qu'en français.

Proposition principale	Proposition subordonnée
Présent de l'indicatif	Présent du subjonctif
Impératif	
Futur	
Passé composé	

Los padres __desean que__ sus hijos __tengan__ más estudios.

Proposition principale	Proposition subordonnée
Imparfait de l'indicatif	Imparfait du subjonctif
Passé simple	
Conditionnel présent	
Plus-que-parfait	

Los padres __deseaban que__ sus hijos __tuvieran__ más estudios.

Ser / Estar. Haber / Tener. Apprendre. Devenir. L'obligation

À revoir
OK

30

1 LES VERBES *SER / ESTAR*

- Le verbe **être** se traduit soit par le verbe « ***ser*** », soit par le verbe « ***estar*** ».

Le verbe « ***ser*** » s'emploie pour décrire les caractéristiques essentielles d'un être, d'une chose ou d'une situation, devant un nom, un pronom, un infinitif, un numéral, un adjectif ou un participe (pour indiquer l'origine, le sexe, la profession, la couleur et la matière).

*Yo **soy la hermana** mayor.*

- Le verbe « ***estar*** » s'emploie pour situer dans l'espace et dans le temps, pour exprimer un aspect circonstanciel ou subjectif et pour exprimer le résultat d'une action.

*Mi hermano **está divorciado**.*

Attention : Certains adjectifs changent de sens selon qu'on les emploie avec « ***ser*** » ou « ***estar*** ».

Ser / estar lista = être intelligente / prête.

2 LES VERBES *HABER / TENER*

Le verbe **avoir** possède deux traductions « ***haber*** » et « ***tener*** ».

- Le verbe « ***haber*** » s'emploie comme auxiliaire aux temps composés à la forme active (participe invariable), au sens de **il y a** (« ***hay*** » + **3e personne du singulier**) ou dans les expressions impersonnelles (« ***hay*** » + « ***que*** » + **infinitif**).

Attention : L'auxiliaire « ***haber*** » ne peut pas être séparé du participe passé en espagnol. Contrairement au français, l'adverbe devra donc être placé avant ou après le verbe.

*Las mujeres **han trabajado mucho** para alcanzar sus objetivos.*

- Le verbe « ***tener*** » s'emploie lorsque le verbe **avoir** indique la possession (sens propre ou figuré) ou dans la forme personnelle (« ***tener*** » + « ***que*** » + **infinitif**).

*Ahora las mujeres **tienen hijos** cada vez más tarde.*

3 LA TRADUCTION DU VERBE « APPRENDRE »

- **« Apprendre » (enseigner) / *« enseñar »***

Lorsque le verbe « apprendre » est synonyme d'enseigner à un ou plusieurs personnes, la traduction en espagnol est « enseñar ».

***La profesora enseñará** el español a los alumnos.*

- **«Apprendre» / «*aprender*»**

Quand le verbe «apprendre» signifie acquérir des connaissances, il se traduit en espagnol par «*aprender*».

Los alumnos aprenden *el catalán y el castellano.*

- **«Apprendre une nouvelle» / «*enterarse de*»**

«Apprendre une nouvelle» équivaut à «*enterarse de*».

Nosotros ***nos enteramos del*** *acontecimiento en clase de historia.*

4 LA TRADUCTION DU VERBE «DEVENIR»

Le verbe «**devenir**» possède plusieurs équivalents en espagnol.

- «***Convertir(se) en***» + **nom** indique un changement long.

La solución era convertirse *en un cristiano.*

- «***Hacerse***» + **adjectif, nom ou adverbe** indique un changement progressif et/ou volontaire.

La Malinche ***se hizo traductora****.*

- «***Llegar a ser***» + **adjectif ou nom** insiste sur la notion de difficulté et sur l'idée d'aboutissement.

Los mexicanos ***han llegado a ser numerosos*** *en Estados Unidos.*

- «***Poner(se)***» + **adjectif ou adverbe** indique un changement accidentel et involontaire.

Los niños ***se ponen rojos*** *cuando tienen que traducir el texto.*

- «***Volver(se)***» + **adjectif, nom ou adverbe** désigne un changement radical et définitif.

El español ***se ha vuelto una lengua*** *muy importante.*

5 L'OBLIGATION PERSONNELLE ET IMPERSONNELLE

- Le destinataire est identifié dans l'**obligation personnelle**.

Il se construit avec «***tener que***» + **infinitif** et «***deber***» + **infinitif**. D'autres formes sont : «***es necesario que***» + **subjonctif**, «***es preciso que***» + **subjonctif**, «***es menester que***» + **subjonctif**, «***hace falta que***» + **subjonctif** et «***haber de***» + **infinitif**.

Yo ***debo conectarme*** *una hora por la mañana.*

Attention : il faut faire la concordance des temps si le verbe «***ser***» est au passé.

- Le destinataire est général dans l'**obligation impersonnelle**.

Il se construit avec «***hay que***» + **infinitif**, «***es necesario***» + **infinitif**, «***es preciso***» + **infinitif**, «***es menester***» + **infinitif**, «***hace falta***» + **infinitif**, «***se debe***» + **infinitif** et «***es de***» + **infinitif**.

Es necesario cambiar *la contraseña.*

Condition. Supposition. But. Concession. Opposition. Opinion. Volonté

À revoir
OK

31

1 LA CONDITION

La **condition** est introduite par la conjonction « ***si*** ».

- **La condition réalisable : *si* + présent de l'indicatif → futur.**

__Si__ nadie __hace__ nada, la sociedad __se destructurará__.

- **La condition irréalisable : *si* + imparfait du subjonctif → *conditionnel.***

__Si enseñáramos__ ciertos valores, __seríamos__ mejores personas.

- **La condition qui ne peut pas se réaliser : *si* + plus-que-parfait du subjonctif → conditionnel passé.**

__Si hubieran aprendido__ la diversidad como algo normal, no __habrían hablado__ de inclusión.

2 L'EXPRESSION DE LA SUPPOSITION

Pour **exprimer une supposition**, on peut employer diverses expressions.

- « ***A lo mejor*** » + **indicatif** (peut-être).

__A lo mejor suprimen__ la estatura del dictador.

- « ***Acaso, tal vez, quizá(s)***... » + **subjonctif** (peut-être).

__Tal vez sea__ una buena decisión para el país.

- « ***Es posible que***... » + **subjonctif** (il est possible que).

__Es posible que__ el presidente __venga__ para constatar los deterioros.

Attention : il faut respecter la concordance des temps.

3 L'EXPRESSION DU BUT

« ***Para que, a que, porque, a fin de que, de modo que*** » + **subjonctif**.

Te lo __digo para que__ el acto se lleve a cabo.

Attention : à la concordance des temps.

4 L'EXPRESSION DE LA CONCESSION

- La **subordonnée de concession** exprime une opposition à la réalisation du fait émis dans la principale.
- La subordonnée de concession peut être à l'indicatif ou au subjonctif.

« ***Aunque*** » + **indicatif** = bien que + subjonctif.

« ***Aunque*** » + **subjonctif** = même si + indicatif.

__Aunque no tengan__ la misma opinión, trabajan juntos.

5 L'EXPRESSION DE L'OPPOSITION

- « ***Contra*** » (contre) ≠ « ***por*** » (pour).

Por *mi compañero de piso haría lo que fuera.*

- « ***En contra (de)*** » ≠ « ***a favor (de)*** ».

Estoy en contra de *tu manera de pensar.*

- « ***Ya no*** » + **verbe** (ne… plus).

Ya no quiero *que venga a ayudarme.*

- « ***En vez de, en lugar de*** » (au lieu de, à la place de).

En vez de *estar contenta se pone a llorar porque no ha venido acompañado.*

- « ***Pero*** » (mais).

Pero *ya no me interesa la opinión de mi primo.*

- « ***Sin embargo, no obstante*** » (cependant) s'emploient pour nier la suite logique attendue.

Sin embargo *siempre lo querré.*

- « ***Mientras que*** » (tandis que), « ***en cambio*** » (en revanche), « ***por el contrario, al contrario*** » (au contraire) s'utilisent pour opposer deux sujets différents.

Mi padre es un muy alto ***mientras que*** *mi madre es muy baja.*

- « ***No… sino*** » (« ***que*** » + **verbe**) (ne… pas, mais) sert pour nier d'abord et affirmer après le contraire.

No *le tengo odio* ***sino*** *compasión.*

6 L'EXPRESSION DE L'OPINION

Pour **donner son opinion** :

- « ***Pienso que… / creo que…*** » : je pense que… / je crois que…

Creo que *la generación de antes dialogaba más con sus hijos.*

- « ***(A mí) me parece que…*** » : (moi) il me semble que…

Me parece que *la chica no quiere ponerse a trabajar.*

- « ***En mi opinión… / para mí… / a mi parecer…*** » : à mon avis…

En mi opinión *las personas cada vez son más solidarias.*

- « ***Me cuesta creer que…*** » : j'ai du mal à croire que…

Me cuesta creer que *los jóvenes no ayuden a las personas mayores.*

7 L'EXPRESSION DE LA VOLONTÉ

Les verbes « ***desear, querer que, esperar…*** » + **subjonctif** expriment un souhait, une volonté ou une envie.

Tú querías *que la joven* ***ayudara*** *a la abuelita.*

ALLEMAND

SOMMAIRE

REPÈRES CULTURELS ET LEXIQUE ASSOCIÉ

ÉTUDE DE LA LANGUE

Identités et échanges

À revoir
OK

32

- *Globalisierung: Gefahr oder Erweiterung der Chancen und Möglichkeiten?*
- *Welche Migrantenpolitik für Deutschland in einer globalisierten Welt?*

1 LE RÔLE DE LA MONDIALISATION

a Problématiques

S'interroger sur la mondialisation consiste à se demander quelles en sont les conséquences pour chaque pays, pour chaque culture et pour chaque personne. S'agit-il d'un danger menaçant l'identité et les particularités locales, voire les choix personnels, ou bien d'un enrichissement et d'un accroissement des chances ?

b Synthèse

__Globalisierung__ verwischt die __Grenzen__ zwischen den Staaten und Kulturen. Konsequenzen sind einerseits die __Gefahr__ eines einzigen – nordamerikanischen – Modells für alle, andererseits die __Möglichkeit__ vieler internationalen Kontakte und Kontakte. Dabei entsteht ein __Gefühl der Weltbürgerschaft__. Innerhalb eines Landes werden aber neue – soziale, kulturelle – Grenzen sichtbar. Materielle sowie intellektuelle __Mobilität__ wird immer wichtiger für alle.

2 LA POLITIQUE D'IMMIGRATION EN ALLEMAGNE

a Problématiques

Cette thématique soulève aussi le problème de l'immigration, notamment dans l'espace Schengen. L'Allemagne qui avait largement ouvert ses frontières en 2015 a repensé sa politique migratoire. L'afflux de migrants a entraîné de nombreuses tensions, mais aussi de nombreuses prises de conscience. La question de l'insertion des migrants dans les sociétés d'accueil pose divers problèmes.

b Synthèse

*Zum Thema Globalisierung gehört auch die Migration. Sogenannte **Wirtschaftsmigranten** und **Flüchtlinge** oder **Asylbewerber** wurden in Europa, insbesondere in Deutschland 2015 massiv empfangen. Nach diesem Moment der Solidarität wurde in den folgenden Jahren die **Migrantenpolitik** neu definiert.*

3 REPÈRES CULTURELS

a Les frontières : un sujet sensible

- *die innerdeutsche Grenze: die ehemalige Grenze zwischen DDR und BRD*
- *die Mauer in den Köpfen: die unsichtbare Grenze zwischen den alten und den neuen Bundesländern*
- *die „Vorintegration": die Vorebereitung der Einwanderer auf das Leben in Deutschland*

b Le choc (ou la rencontre) des cultures

- *Auswirkungen der Globalisierung: Begegnung von Menschen unterschiedlicher Herkunft, Religion, Sprache und verschiedener Traditionen*
- *Kulturelle Vielfalt und soziale Mischung: interkulturelle und sprachliche Verständigung sind notwendig*
- *Rassismus und Ausländerfeindlichkeit: negative Vorurteile gegen die Ausländer und Hass gegen Fremde (oder Fremdenhass)*
- *Solidarität mit den Asylanten: Protest gegen die Migrantenlager*

4 LEXIQUE ASSOCIÉ

- *sich mit Leuten austauschen: den Standpunkt des anderen hören und seinen eigenen Standpunkt geben, Meinungen ausdrücken, diskutieren*
- *fremde Kulturen kennenlernen: andere Modelle, Gewohnheiten und Kunstwerke entdecken*
- *sich verständigen: sich verständlich machen (die Sprache des anderen verstehen und vom anderen verstanden werden)*
- *ausländischer Herkunft sein: aus einem anderen Land kommen*
- *die eingewanderte Bevölkerung: die Leute, die ihr Land verlassen, um sich in Deutschland niederzulassen*
- *die deutsche Staatsangehörigkeit erwerben (a,o;i): offiziell zu einem deutschen Bundesbürger werden*
- *in Konflikt geraten (ie,a;ä) mit (+ Dat): Schwierigkeiten haben mit etwas oder jdm*

Espace privé et espace public

À revoir
OK

33

- ***Sind Frauen und Männer in der Privatsphäre und im öffentlichen Raum gleichgestellt?***
- ***Soziale Netzwerke: Grenzverwischung zwischen öffentlich und privat?***

1 HOMMES ET FEMMES

a Problématiques

- Ces dernières décennies ont donné lieu à une visibilité accrue des femmes dans l'espace public. Toutefois, certains domaines restent largement dirigés par des hommes. La discrimination salariale persiste dans beaucoup d'entreprises.
- Dans l'espace privé, le partage des tâches domestiques devient une évidence. Mais les études statistiques montrent que les femmes assument la charge principale du foyer, y compris lorsqu'elles exercent une activité professionnelle.

b Synthèse

*Obwohl mehr Frauen in den letzten Jahrzehnten **höhere Ämter bekleidet haben** (bestes Beispiel dafür ist die Wahl der ersten Bundeskanzlerin 2005), gibt es immernoch viele Unternehmen, die von Männern dirigiert werden. **Die Gleichstellung von Frauen und Männern** bleibt eine Herausforderung, damit alle Menschen **die gleichen Chancen** erhalten.*

*Im Privatleben sind meistens Frauen für **die familiären Aufgaben** verantwortlich, obwohl bei den jungen Generationen **die traditionelle Rollenverteilung** aufgegeben wurde.*

2 MUTATIONS LIÉES AUX RÉSEAUX SOCIAUX

a Problématiques

Les réseaux sociaux brouillent les frontières entre espace public et espace privé. Des messages, photos et documents destinés à des proches peuvent parfois être lus et vus par des millions d'individus. Inversement, la connexion permanente à Internet ne permet pas toujours d'établir une séparation entre la vie publique et la vie privée.

b Synthèse

__Soziale Netzwerke__ sind das Ergebnis eines technischen Fortschritts, der die zwischenmenschliche Kommunikation leichter macht. Dabei gibt es Gefahren: __virtuelle Gemeinschaften__ bestehen nicht immer aus einem engen __Kreis von Freunden und Bekannten__, so dass das Private manchmal ungewollt öffentlich wird, was peinlich werden oder schlimme Folgen haben kann.

3 REPÈRES CULTURELS

a L'égalité homme-femme

- *die berufliche Gleichstellung: die gleichen Chancen für Frauen und Männer bei der Arbeit*
- *frauenfreies Topmanagement: eine Leitung, die ausschließlich aus Männern besteht*
- *Frauen bekleiden politische Ämter: Frauen werden für ein politisches Amt gewählt*
- *„mental load": die mentale Belastung der Frauen wegen der Arbeit im Haushalt*
- *die traditionelle Aufteilung der Arbeit in private und öffentliche Sphäre*

b La communication publique et les échanges privés

- *digitale Spuren oder Datenspuren in den sozialen Medien hinterlassen (ie,a;ä)*
- *die Grenze zum Privaten überschreiten (i,i): den privaten Bereich nicht mehr respektieren*
- *die Verschmelzung von Beruf und privatem Leben*
- *Alles beruht auf die Vorsicht des Senders und die Verantwortung des Empfängers*
- *Das Handy mit dauerhaftem Internetzugang: ein Mobiltelefon, das permanent online ist*

4 LEXIQUE ASSOCIÉ

- *für einen Lohn arbeiten: für seine Arbeit bezahlt werden*
- *der Frauenanteil in einem Gremium: die Zahl der Frauen in einem Expertenkomitee*
- *die Antidiskriminierungsstelle des Bundes: eine unabhängige offizielle Institution für Menschen, die von Diskriminierung betroffen sind*
- *die Privatheit und die Öffentlichkeit im digitalen Raum (= im Internet)*
- *Datenspuren werden verwendet und weitergegeben*
- *Das allgemeine Persönlichkeitsrecht schützt die persönliche Eigensphäre.*

Art et pouvoir

À revoir
OK

34

- *Kann der Staat die Kunst unterstützen, ohne sie zu instrumentalisieren?*
- *Wie engagiert dürfen KünstlerInnen sein, die vom Staat finanziert werden?*
- *Ist Kunst politisch?*

1 L'ART AU SERVICE DU POUVOIR

a Problématiques

Autrefois, les artistes dépendaient entièrement des princes et des mécènes. De nos jours, les régimes politiques tendent souvent à instrumentaliser l'art pour le mettre au service de leur programme politique. Le nazisme a montré comment le pouvoir pouvait décréter un art officiel et anéantir les artistes qui représentaient un danger pour l'idéologie fasciste.

b Synthèse

Dichter, Musiker, Maler standen im Dienste der Kirche oder waren ***Diener*** *der Fürsten, wie Michelangelo, Ronsard oder Mozart. Ihre Werke sollten die* ***Macht*** *der Mäzenen verstärken. Später versuchten politische Regimes ihre eigene* ***Ideologie*** *durch eine* ***offizielle Kunst*** *zu befestigen und nutzten sie zur* ***Propaganda****. So wurde im Nazi-Deutschland der Bildhauer Arno Breker zum* ***offiziellen Künstler*** *im Gegensatz zu der sogenannten „****entarteten Kunst****".*

2 L'ART COMME CONTRE-POUVOIR

a Problématiques

De tout temps, l'art a ouvert un espace de liberté individuelle et collective. L'artiste qui donne la priorité à l'humain peut aller à l'encontre des idées dominantes de la société ou remettre en cause certaines règles. Dans les régimes totalitaires, des artistes sont poursuivis et emprisonnés en raison de leur œuvre engagée. Pour beaucoup, l'art permet de penser autrement et d'essayer de rendre notre société plus humaine.

b Synthèse

***Engagierte Künstler** kämpfen durch ihre Werke für die **Freiheit** und die **Gerechtigkeit**. So Heine, der Deutschland 1830 verlassen musste und nach Paris kam, oder Wolf Biermann, der 1976 von der DDR **ausgebürgert** wurde. Heute noch werden Dichter oder Sänger durch **autoritäre politische Regimes** wegen ihrer Werke **verfolgt** und **verhaftet**.*

3 REPÈRES CULTURELS

a La célébration du pouvoir par l'art

- *die Kunst als Inszenierung der Macht: die Instrumentalisierung der Kunst durch die Macht*
- *Patriotische Kunst hat das Identitätsbewusstsein der Nationen im 19. Jahrhundert gefördert*
- *Totalitäre Ideologien suchen nach einer Legitimation in der Kunst und durch die Kunst*
- *Offizielle Kunst kann leicht zur Propaganda werden*

b La contestation du pouvoir par l'art

- *engagierte Kunst: eine Kunst, die politische, soziale oder wirtschaftliche Missstände kritisiert*
- *Kunst als Widerstand: Künstler schaffen Kunstwerke als geistige Waffen*
- *Gegen die Macht der Akademien entstehen Avant-garde-Bewegungen*
- *Gegen Autorität und Despotie spielen die Karikatur und die Satire eine wichtige Rolle*
- *Viele Kunstwerke wurden beschlagnahmt und verbrannt*

4 LEXIQUE ASSOCIÉ

- *Kunst als Apologie der Macht vs. Kunst als Satire der Regierung*
- *sich durch die Kunst ausdrücken*
- *die Kunst als Hoffnung und Möglichkeit einer Befreiung*
- *Die Kunst als Darstellung des Schönen*
- *Die Kunst als Darstellung des Wahren*
- *Kunst als menschliches Kulturprodukt soll das menschliche Leben verbessern.*
- *Künstler wollen die Welt zu einem besseren Ort machen.*
- *die verschiedenen Künste: Architektur, Bildhaurerei (= Skulptur), Malerei, Tanz, Musik (Orchestermusik, Gesang, Lied, Oper, Chansons...), Dichtung (= Literatur), Fotographie, Film und Comics*

Citoyenneté et mondes virtuels

À revoir
OK

35

- ***Welches sind die Folgen der Ausweitung einer digitalisierten Welt?***
- ***Bedeutet freier Zugang zum Wissen und zur Information im Internet wahre Demokratisierung?***

1 LES RELATIONS HUMAINES

a Problématiques

- L'avènement de l'ère numérique représente un changement que l'on peut comparer aux bouleversements qu'ont représenté l'invention de l'imprimerie moderne ou l'arrivée des médias audiovisuels. Dans quelle mesure les relations interhumaines s'en trouvent-elles modifiées ?
- Le gain de rapidité dans l'accès à l'information s'accompagne-il d'un enrichissement ou d'un appauvrissement des relations humaines ?

b Synthèse

Heutzutage kann man Zeitungen und Zeitschriften ***online lesen*** *und sich somit ganz allein eine* ***politische Meinung*** *bilden. Man kann auch* ***per Internet*** *wählen, sein Auto anmelden,* ***ohne Kontakt zu anderen Menschen*** *alle wichtigen offiziellen Schritte unternehmen.*

Im Netz *ist es auch möglich, alle Informationen über die Regierung und die politischen Programme zu lesen. Das alles ändert grundsätzlich* ***die zwischenmenschlichen Beziehungen****.*

2 LA CULTURE DE LA RÉALITÉ VIRTUELLE

a Problématiques

L'abondance de l'information disponible sur Internet est souvent ordonnée en fonction de la chronologie et non d'une hiérarchisation tenant compte de l'importance à donner à chaque élément.
L'apparente facilité de la consultation conduit ainsi à la difficulté d'opérer des choix – comment distinguer avec certitude le vrai du faux, déceler les *fake news*, ne pas devenir conspirationniste ou servir de relais à des informations douteuses ?

b Synthèse

*Internet ermöglicht es, viel schneller und viel leichter **an Informationen zu gelangen**. Doch werden alle Nachrichten und Tatsachen als **gleichwertig** angegeben. Die Schwierigkeit besteht also in der **Hierarchisierung der Information** und in der Unterscheidung zwischen falschen und richtigen Information. Dabei muss man darauf achten, keine **Fake News** oder sogenannte **Hoaxes** ungewollt weiterzuverleiten.*

3 REPÈRES CULTURELS

a Le tout-numérique : chance ou danger ?

- *Dank Internet sollen alle Behördengänge (= amtliche Schritten) leichter gemacht werden.*
- *Firmenwebsites sammeln personenbezogene Daten (= persönliche und vertrauliche Daten)*
- *Werbemarketing im Internet*
- *die Angst vor dem „Großen Bruder" (= Anspielung auf „Big Brother" im Roman 1984 von George Orwell, als Metapher der Überwachung der BürgerInnen)*
- *Internet trägt zur Demokratisierung des politischen Lebens bei.*

b L'accès au savoir dans un monde connecté

- *Internet bietet die Möglichkeit an, eine große Gemeinschaft zu bilden.*
- *Gemeinschaftliche Enzyklopädien und andere Projekte werden als „kollaborativ" bezeichnet.*
- *freien Zugang zu kultureller Bildung haben*
- *Im Internet kann jeder die meisten Kunstwerke der Kultur entdecken, wenn er weiß, wie man dazu kommt.*
- *das Wahre vom Falschen unterscheiden können*
- *überall zu jeder Zeit Informationen nachprüfen können*
- *mit anderen seine Ideen austauschen und seine Erfahrungen teilen können*
- *die Gefahr einer standardisierten Interpretation der Tatsachen statt der Bildung einer eigenen Meinung*

4 LEXIQUE ASSOCIÉ

- *Fast jeder besitzt in Deutschland einen Computer oder einen Laptop oder ein Smartphone.*
- *virtuelles Engagement vs. wirkliches Engagement*
- *die Gefahr einer Zurückgezogenheit (= wenn man sich zurückzieht, also die anderen Menschen nicht mehr sieht)*
- *Im Internet und bei Facebook kann es Zensur geben.*
- *der Identitätsdiebstahl im Internet*

Fictions et réalités

À revoir
OK

36

- *Welche Rolle spielen die Mythen, Legenden und Märchen jedes Landes?*
- *Wie wurden historische oder fiktive Figuren (Faust, die Lorelei) je nach Epoche interpretiert?*

1 LA MÉMOIRE CULTURELLE

a Problématiques

Toute civilisation repose sur des mythes fondateurs, transmis sous forme d'histoires, contes et légendes. Chaque culture célèbre des figures du passé, parfois communes à plusieurs pays. Quelle est la part d'authenticité, quelle est la part d'imaginaire et d'idéologie dans leurs représentations ? Si Charlemagne est une référence culturelle franco-allemande, la réception de la Réforme était différente en RFA et en RDA.

b Synthèse

Für jede Kultur sind ***historische Vorbilder*** *wichtig. Geschichte(n), Märchen und Legenden* ***vermitteln eine Darstellung*** *der großen Figuren der Vergangenheit, die für jedes Land und in jeder Sprache verschieden ist. So beansprucht sowohl Frankreich wie Deutschland* ***das Erbe*** *Karls des Großen. In der BRD und in der DDR hat man verschiedene Figuren als* ***Hauptvertreter*** *der Reformation angesehen, Martin Luther einerseits, der die Macht der Fürsten unterstüzte, und Thomas Müntzer andererseits, der Bauernaufstände führte.*

2 LES FIGURES DE RÉFÉRENCE

a Problématiques

La question du patrimoine culturel est centrale dans la constitution d'une identité collective. Tout pays est attaché à la transmission d'une mémoire historique dont les supports (écrits ou audiovisuels) font une large part à la subjectivité et à la réception changeante des événements. Comment et pourquoi certains personnages historiques et/ou fictifs résistent au temps et aux divers traitements qu'ils subissent ? Comment expliquer le besoin de figures de référence, modèles ou contre-modèles ?

b Synthèse

*Was man **kollektive Identität** nennt, beruht auf der **Vermittlung von Geschichte** und von **Geschichten**. Historische Figuren werden durch ihre Darstellung in der **Kunst und Literatur** oft zu fiktiven Figuren. So hat man den Germanen Herrmann (Arminius) seit dem 16. Jahrhundert mehrmals **neu dargestellt und interpretiert**, genauso wie den mittelalterlichen Kaiser Barbarossa, oder auch Faust, der zu einem **Mythos** geworden ist.*

3 REPÈRES CULTURELS

a Les récits fondateurs

- *die Hermannsschlacht bei Teutoburg im Jahre 9 nach Christo (der Kampf der Germanen unter der Führung des Arminius gegen die römischen Legionen des Varus)*
- *der Anfang der Reformation mit Luthers 95 Thesen*
- *die Erzherzogin Maria Theresia von Österreich als erste Frau auf dem Thron des Kaiserreichs*
- *der König Friedrich der Große von Preußen als Aufklärer und Philosoph*
- *die Rolle des Kanzlers Otto von Bismarck und die Gründung des wilhelminischen Reiches*

b Le rôle de l'imaginaire

- *Kulturmodelle rezipieren: Kulturgut aufnehmen (a,o;i), interpretieren*
- *die Einbildungskraft: was man sich ausdenkt, ausmalt, vorstellt ⇒ die Fantasie*
- *alte, neue Werte verkörpern*
- *historische Romane schreiben (ie,ie)*
- *historische Filme drehen*
- *die Rezeption der Geschichte bei KünstlerInnen: DichterInnen / SchriftstellerInnen, Film- und TheaterregisseurInnen, MalerInnen, BildhauerInnen, MusikerInnen, SängerInnen…*

4 LEXIQUE ASSOCIÉ

- *das Kulturdenkmal, das Nationaldenkmal, das Literaturdenkmal*
- *jm ein Denkmal errichten / aufstellen*
- *die Wechselwirkung zwischen Wirklichkeit und Fiktion*
- *die Fiktion als Bewältigung der Vergangenheit*
- *der Einfluss der Fiktion auf die Wirklichkeit*
- *die Utopie als Möglichkeit einer besseren Zukunft*

Innovations scientifiques et responsabilité

- À revoir
- OK

37

- *Kann der technisch-wissenschaftliche Fortschritt dem Wohl der ganzen Menschheit dienen?*
- *Sind WissenschaftlerInnen für ihre Erfindungen verantwortlich?*

1 LE PROGRÈS TECHNIQUE ET SCIENTIFIQUE

a Problématiques

- Il s'agit de réfléchir aux enjeux et aux conséquences du progrès technique et scientifique, qui est au service de l'humanité tout entière. Son but est d'améliorer notre existence. Toutefois, ce progrès a souvent des conséquences néfastes pour l'environnement.
- L'Allemagne est à la fois l'un des pays les plus pollueurs et pour lequel une conscience écologique s'est manifestée très tôt, tant au niveau collectif (associations, partis politiques) qu'au niveau individuel (pratiques « vertes », usage de la bicyclette...).

b Synthèse

Es gehört zu den ***Paradoxen des Fortschritts****, dass er auch negative Konsequenzen haben kann. Was einerseits der ganzen Menschheit dienen soll,* ***schadet*** *andererseits einem Teil der Menschheit. Heutzutage erkennt man die* ***Gefahren*** *des raschen technologischen Forschritts. In Deutschland gibt es seit langem* ***Umweltschutzorganisationen*** *und grüne Parteien. Weil Deutschland als* ***Umweltsünder*** *gilt (2019 auf Platz 4 der Umweltsünder), versuchen viele Deutsche, ihren* ***Lebensstil*** *zu ändern.*

2 RESPONSABILITÉS PARTAGÉES

a Problématiques

Le scientifique est-il responsable, ou co-responsable, de ses inventions ? La responsabilité est partagée entre l'inventeur et le commanditaire, qu'il s'agisse d'une entreprise privée ou de l'État. Parfois, le contrôle échappe à l'inventeur. Les médias et, plus récemment, les réseaux sociaux jouent un rôle déterminant en permettant aux citoyens de faire entendre leur voix. On peut ainsi songer au scandale des moteurs Diesel dont le logiciel avait été truqué par Volkswagen pour tromper le contrôle anti-pollution.

b Synthèse

*Die **Ambivalenz** des Fortschritts sieht man am Beispiel des sogenannten „**Dieselgate**" mit dem Dieselbetrug von VW oder im Prozess gegen den Pharmakonzern Merck. In beiden Fällen gibt es **negative Folgen** eines technologischen oder wissenschaftlichen Fortschritts.*

3 REPÈRES CULTURELS

a L'écologie, enjeu sociétal et politique

- *Deutschland: ein Vorreiter (= Pionier, Influencer) beim Klimaschutz?*
- *die Verringerung von Lärm, Abgasen und Feinstaub im Straßenverkehr*
- *Umwelt- und Klimaschutz sind eine prioritäre Herausforderung.*
- *Der Staat hat eine große Einflussmöglichkeit für eine umweltfreundlichere Industrie und Landwirtschaft.*
- *Deutschland hat einen Klimaschutzplan entwickelt und kooperiert mit anderen Ländern im Klimaschutz.*

b Les modes de vie alternatifs

- *das Recycling = die Wiederverwendung bereits benutzter Rohstoffe*
- *Der heutige Massenkonsum überschreitet die Kapazitäten der Erde.*
- *Der Einfluss des Menschen auf seine Umwelt ist in den letzten Jahrzehnten besonders groß geworden.*
- *Viele Umweltprobleme sind die Konsequenz der herrschenden Konsummuster.*
- *Das Recycling unserer Abfälle (der Abfall = der Müll) kann nicht mehr allein der Natur überlassen werden.*
- *Immer mehr Leute entscheiden sich für eine vegane Ernährung.*
- *Ist das Ziel, innerhalb kurzer Zeit zu einer nachhaltigen Lebensweise zu gelangen, eine völlige Überforderung?*

4 LEXIQUE ASSOCIÉ

- *das nachhaltige Engagement / die Nachhaltigkeit ⇒ die Nachhaltigkeitsdebatte (nachhaltig = nachhaltend, dauerhaft)*
- *das grüne Wachstum = ein wirtschaftliches Wachstum innerhalb der ökologischen Grenzen unseres Planeten*
- *die erneuerbare Energie*
- *den Klimawandel stoppen*
- *der CO_2-Fußabdruck / der ökologische Fußabdruck*
- *der Weltüberlastungstag (oder Erdüberlastungstag): der Jahrestag, an dem die natürlichen Ressourcen der Erde für dieses Jahr aufgebraucht sind*
- *die gerechte Teilhabe an den natürlichen Lebensgrundlagen*

Diversité et inclusion

À revoir
OK

38

- *Warum ist interkulturelle Kommunikation heutzutage so wichtig geworden?*
- *Ist kulturelle Vielfalt mit dem Begriff einer homogenen Nation vereinbar?*

1 COMMUNICATION INTERCULTURELLE

a Problématiques

- L'évolution des médias, les progrès des moyens de transport et la mondialisation contribuent à une plus grande diversité de nos cultures et de nos sociétés. Le terme de cosmopolitisme met en évidence la pluralité des langues vivantes et la nécessité d'une communication interculturelle.
- De même, les échanges entre diverses formes de culture au sein d'un même groupe linguistique deviennent de plus en plus importants. On parle à ce sujet d'hybridation ou de métissage.

b Synthèse

Interkulturalität *und* ***Hybridisierung*** *der Kulturen sind eine direkte Folge der Globalisierung.* ***Kosmopolitismus*** *heißt* ***Weltbürgertum****, auch wegen politischer und sozialer Konflikte oder Kriege. Dabei ist die Rolle der Fremdsprachen wichtig: Um die Kultur des anderen zu verstehen, muss man seine Sprache verstehen. Um sich in einem Land* ***integrieren*** *zu könnnen, muss man die Sprache dieses Landes lernen.*

Auch innerhalb einer ***Sprachgemeinschaft*** *wird die Hybridisierung der Kulturen immer größer.*

2 QUELLE UNITÉ DANS LA DIVERSITÉ ?

a Problématiques

La reconnaissance de l'autre comme semblable et différent entre en conflit avec la conception traditionnelle des cultures nationales et des identités collectives. Comment concilier toutes les formes d'inclusion avec le maintien d'une unité – sociale, politique, culturelle – de l'État ? À la devise européenne, « Unie dans la diversité », certains proposent d'ajouter : « semblables dans la différence ».

b Synthèse

*Gibt es „**Nationalkulturen**"? Jeder Staat ist das Ergebnis einer langen Geschichte, während der **fremde Einflüsse** eine wichtige Rolle gespielt haben, wie die **Etymologie** vieler Wörter zeigt.*

*Kann man die **Integration** fremder Kulturen mit der **kulturellen Einheit** eines Staates verbinden? In Deutschland gibt es z. B. viele Einwohner **türkischer Herkunft**, die als deutsche Bürger in allen Bereichen (Literatur, Kunst, Finanz, Unternehmen, Politik...) wirken und die **multikulturelle Dimension** der BRD zeigen.*

3 REPÈRES CULTURELS

a Les formes de l'intégration culturelle

- *Multikulturalität: keine Verschmelzung der Kulturen, sondern verschiedene Kulturen existieren nebeinander*
- *Interkulturalität: das Aufeinandertreffen von Kulturen mit gegenseitiger Beeinflussung*
- *Plurikulturalität: das Aufeinandertreffen von verschiedenen Kulturen innerhalb eines Kulturraums*
- *Hybridisierung der Kulturen: z. B. die Elitenkultur nimmt Elemente der Volkskultur an, die Volkskultur eignet sich Zuge der Elitenkultur an. Oder es entstehen neue Formen der Kultur, wie die deutsch-türkische Kultur*

b La lutte contre les discriminations

- *der Kampf gegen die Vorurteile (= vorgefasste Meinungen) und die Klischees*
- *der Fremdenhass = der Hass auf Fremde, die Fremdenfeindlichkeit*
- *die Gesetzgebung (= das Schaffen von Gesetzen) gegen rassistische Diskriminierung*
- *intergenerativ = intergenerationnel = generationenübergreifend*
- *Zivilcourage zeigen = der Mut, menschliche und demokratische Werte zu vertreten*

4 LEXIQUE ASSOCIÉ

- *das Grundrecht für Asyl = das Asylrecht ist im Grundgesetz verankert*
- *xenophob = ausländerfeindlich*
- *der Rassismus / der Fremdenhass*
- *der interkulturelle Dialog*
- *(die) Vielfalt und (die) Einbeziehung = Diversität und Inklusion*
- *die Fähigkeit, kulturelle Veränderungen zu akzeptieren*
- *die Chancengleichheit und die Parität des Menschen*

Territoire et mémoire

À revoir
OK

39

- *Inwiefern kann ein historischer Ort als Ausdruck eines kollektiven Gedächtnisses erscheinen?*
- *Braucht die Menschheit Erinnerungsorte und Jubiläumsfeiern?*

1 LIEUX DE MÉMOIRE ET HÉRITAGE CULTUREL

a Problématiques

Certains lieux conservent la mémoire des événements qui s'y sont déroulés et en deviennent le symbole. Il s'agit de réfléchir au poids culturel des villes et endroits qui constituent l'héritage culturel d'une communauté. On songera pour l'Allemagne à la ville de Berlin, à la porte de Brandebourg, à la ville de Weimar ou celle de Leipzig, à la forteresse de la Wartbourg ou au camp d'Auschwitz.

b Synthèse

Historische Orte können als ***Erinnerungsorte*** *bezeichnet werden. So findet man in der Stadt Berlin viele* ***Spuren der Vergangenheit****, vom 18. bis zum 20. Jahrhundert. Das Brandenburger Tor war sowohl* ***Symbol der Größe*** *Preußens wie der Teilung Deutschlands zwischen 1949 und 1989. Andere deutsche Orte wie Lübeck als Hansestadt und auch als* ***Geburtsstadt*** *von Heinrich und Thomas Mann, Weimar als Goethe-Stadt und später als Ort der Ausrufung der Weimarer Republik 1919, Auschwitz (heute in Polen) wegen des Konzentrationslagers, sind* ***deutsche Erinnerungsorte****.*

2 FONCTIONS DE LA COMMÉMORATION

a Problématiques

En commémorant l'anniversaire de personnes ou d'événements historiques (souvent des batailles ou des guerres, ou la paix qui s'ensuivit), tout peuple tente de relier le sens des vies individuelles à celui d'une existence collective fondée sur un passé commun. L'héritage culturel peut renforcer la cohésion sociale ou susciter des interprétations divergentes. La commémoration s'exprime par des manifestations officielles et par des productions artistiques individuelles. La notion de « devoir de mémoire » répond à la volonté de respect d'un héritage.

b Synthèse

Jahrestage *wie das Luther- oder Reformations****jubiläum*** *2017 oder die Erinnerung 2013 an die Völkerschlacht bei Leipzig (= das Ende der „Befreiungskriege" gegen Napoleon), das Jubiläum 2019 für den Fall der Berliner Mauer oder der 75.* ***Jahrestag*** *der Befreiung des Konzentrations- und Vernichtungslagers Auschwitz-Birkenau 2020 sind Beispiele für* ***die Bedeutung der Gedenktage****.*

3 REPÈRES CULTURELS

a Formes et expressions de la commémoration

- *gemeinsame Werte teilen: dieselben Werte haben*
- *durch Erinnerungsfeiern ein kollektives geschichtliches Bewusstsein schaffen*
- *Kunstwerke (historische Romane, Gemälde und Zeichnungen, Opern) als Möglichkeit eines Zugangs zum Verständnis der Geschichte*
- *Der historische Roman ist eine Form der geschichtlichen Erinnerung.*
- *Ein Nationalfeiertag entspricht einem für das ganze Volk wichtigen Jubiläum oder einem Erinnerungstag (z. B. die französische Revolution am 14. Juli / der 3. Oktober als Tag der deutschen Einheit in der BRD).*

b Célébrer et/ou assumer collectivement le passé

- *die Vergangenheitsaufarbeitung: die Auseinandersetzung mit der Vergangenheit*
- *die Vergangenheitsbewältigung: die Auseinandersetzung einer Gemeinschaft mit einem negativen oder problematischen Aspekt ihrer Geschichte*
- *die Wechselwirkung zwischen erlebter Geschichte und offizieller Darstellung der Geschichte*
- *Die Erinnerung an die Vergangenheit gibt der Gegenwart Sinn und bereitet die Zukunft vor.*

4 LEXIQUE ASSOCIÉ

- *einer Sache (génitif) gedenken = sich erinnern an + acc.*
- *das Jubiläum (die Jubiläen): die Erinnerungsfeier (n), der Jahrestag (e)*
- *ein Zeugnis für die Vergangenheit = was für die Vergangenheit zeugt, was an vergangene Ereignisse erinnert*
- *die Gedenkfeier (n) = die Erinnerungsfeier (n)*
- *das Holokaustdenkmal*
- *die Siegessäule im Berliner Tiergarten*
- *die Gedächtniskirche in Berlin*

Ordre des mots et verbes à particule

À revoir
OK

40

1 L'ORDRE DES MOTS DANS LA PHRASE

- Dans un énoncé autonome énonciatif ou une proposition principale, le verbe est toujours en position 2.

*Mythen **spielen** in jeder Kultur eine wichtige Rolle.*

La position 1 peut être occupée par plusieurs termes s'ils forment un tout ou s'il s'agit de compléments de même nature.

*In jeder Kultur **spielen** Mythen eine wichtige Rolle.*

Si l'élément 1 de la phrase est une dépendante (proposition subordonnée), le verbe de la principale se place immédiatement après la dépendante (il est alors généralement précédé d'une virgule).

*Dass die Lorelei ein Gedicht von Heinrich Heine ist, **wissen** viele Leute.*

- Dans les interrogatives directes et les injonctives utilisant l'impératif, le verbe est en position 1.

***War** die Lorelei eine historische Figur oder eine Legende?*

- Dans toute dépendante (conjonctive, relative, infinitive), le verbe occupe la dernière position.

*Wussten Sie, dass Faust der Name eines Menschen **ist**, der wirklich existiert **hat**?*

Exception :

– Attention au cas particulier des dépendantes non introduites par une conjonction de subordination, comme le discours indirect libre (avec subjonctif I). Dans ce cas, le verbe reste en position 2 dans la dépendante sans *dass* utilisant le subjonctif I.

*Er behauptet, er **habe** alle Märchen der Brüder Grimm gelesen.*

2 LES VERBES À PARTICULE(S) : GÉNÉRALITÉS

Un grand nombre de verbes comportent en allemand une particule (ou un préverbe) qui en indique le sens principal. Par exemple, le verbe *aufmachen* signifie « ouvrir » (il résulte de la combinaison de *machen*, qui, utilisé seul, signifie « faire », et de la particule *auf*, qui désigne l'ouverture). À l'inverse, *zumachen* (formé avec le même verbe de base) veut dire « fermer », conformément au sens de la particule *zu*.

3 LES VERBES À PARTICULE SÉPARABLE

- Les particules séparables sont toujours accentuées (dans les dictionnaires, on les indique souvent à l'infinitif par un soulignement ou par une barre oblique : *auf/machen, zu/machen*).
- Rattachées au radical de l'infinitif, elles se placent en fin de proposition quand le verbe est conjugué à un temps simple, et elles précèdent l'augment *ge-* au participe II.

*Was **stellt** dieses Bild **dar**?* (= Que représente cette image ?)
*Auf diesem Bild hat der Künstler die Stadt Berlin im 18. Jahrhundert **dargestellt**.*

- Dans une infinitive complément, la préposition *zu* s'intercale entre la particule séparable et le radical du verbe.

*Er versuchte, die Stadt mit vielen Details **darzustellen**.*

- Certaines particules comportent plusieurs syllabes (*hinzufügen* = ajouter ; *jdm entgegenkommen* = venir au-devant de qqn).

*Er **fügte hinzu**, dass es andere Möglichkeiten gibt.*
*Er hat noch manche Argumente **hinzugefügt**.*
*Haben Sie noch etwas **hinzuzufügen**?* (= Avez-vous quelque chose à ajouter?) (Attention, ici le *zu* de l'infinitive s'intercale entre *hinzu* et *fügen*.)

4 LES VERBES À PARTICULE INSÉPARABLE

- Les particules inséparables (***be – emp – ent – er – ge – miss – ver – zer***) ne sont jamais accentuées. On peut les retenir par un moyen mnémotechnique en pensant au chien de la mythologie grecque : Cerbère gémit en enfer ⇒ *zer – be – er – ge – miss – ent – emp – ver.* Elles sont toujours rattachées au radical du verbe et le participe II se forme sans *ge-*.

*Die Gleichstellung von Mann und Frau **betrifft** viele Bereiche.*

- Dans le groupe infinitif, le *zu* précède l'ensemble du verbe.

*Es ist wichtig, die Bedeutung dieser Problematik zu **verstehen**.*

5 LES VERBES À PARTICULE TANTÔT SÉPARABLE TANTÔT INSÉPARABLE

Certaines particules sont séparables ou inséparables selon leur sens. C'est le cas par exemple de ***durch***, ***über***, ***unter***, ***um***, ***wider***, ***wieder***.
*In vielen Ländern **unterstützt** der Staat die Kunst. (unterstützen =* soutenir*) / Schon früher haben Fürsten die Kunst **unterstützt**. / Kulturpolitik besteht auch und vielleicht vor allem darin, die Kunst **zu unterstützen**.*

Régimes de verbes et d'adjectifs

À revoir
OK

41

1 RÉGIMES DE VERBES

Il faut retenir les régimes des verbes les plus courants lorsqu'ils diffèrent de l'usage français.

- **Verbes régissant un complément à l'accusatif :**

fragen (questionner qqn), *etwas* ***genießen*** *(o,o)* (apprécier, jouir de qqch), *jn etwas* ***lehren*** (enseigner qqch à qqn – ici double accusatif), ***sprechen*** *(a,o;i)* (parler à), *etwas* ***vermissen*** (regretter l'absence de qqn / qqch).

- **Verbes régissant un complément au datif :**

begegnen (rencontrer), ***danken*** (remercier), ***dienen*** (servir), ***drohen*** (menacer), ***fluchen*** (maudire), ***folgen*** (suivre), ***es gelingt mir*** *(a,u)* (je réussis à), ***glauben*** (croire qqn), ***gratulieren*** (féliciter), ***helfen*** *(a,o;i)* (aider), ***misstrauen*** (se méfier de, se défier de), ***schmeicheln*** (flatter) ***trotzen*** (défier), ***widersprechen*** *(a,o;i)* (contredire), ***zuhören*** (écouter attentivement), ***zusehen*** *(a,e;ie)* (regarder), ***zustimmen*** (approuver)

- **Verbes à régime prépositionnel :** verbes obligatoirement suivis d'une préposition (et d'un cas précis).

an **+ accusatif** *(sich wenden an,* se tourner vers, s'adresser à*)*, ***an*** **+ datif** *(teilnehmen (a,o;i) an,* participer à*)*, ***auf*** **+ accusatif** *(anspielen auf,* faire allusion à*)*, ***auf*** **+ datif** *(bestehen (a,a) auf,* persister à, tenir à*)*, ***aus*** (toujours suivi du **datif**) *(bestehen (a,a,) aus,* se composer de*)*, ***für*** (toujours suivi de l'**accusatif**) *(sorgen für,* s'occuper de*)*, ***in*** **+ accusatif** *(sich verlieben in,* tomber amoureux de*)*, ***in*** **+ datif** *(bestehen (a,a) in,* consister en*)*, *mit* (toujours suivi du **datif**) *(sich beschäftigen mit,* s'occuper de*)*, ***nach*** (toujours suivi du **datif**) *(sich erkundigen nach,* se renseigner sur*)*, ***über*** **+ accusatif** *(klagen über,* se plaindre de*)*, ***um*** **+ accusatif** *(sich kümmern um,* s'occuper de*)*, ***unter*** **+ datif** *(leiden (i,i) unter,* souffrir de*)*, ***von*** (toujours suvi du **datif**) *(abhängen (i,a) von,* dépendre de*)*, ***vor*** **+ datif** *(sich fürchten vor,* avoir peur de*)*, ***zu*** (toujours suivi du **datif**) (*beitragen (u,a;ä) zu,* contribuer à).

2 RÉGIMES D'ADJECTIFS

De même, il faut apprendre les régimes des adjectifs les plus courants, surtout lorsqu'ils diffèrent de l'usage français.

Exemples :

- avec complément à l'accusatif : *müde* (fatigué(e) de), *satt* (las(se) de).

- avec complément au datif : *böse* (fâché(e) contre), *dankbar* (reconnaissant(e) à, envers), *gleichgültig* (indifférent(e) à), *nahe* (proche de), *treu* (fidèle à), *überlegen* (supérieur(e) à).
- avec complément au génitif : *bewusst* (conscient(e) de), *würdig* (digne de).
- adjectifs à régime prépositionnel **:** *eifersüchtig auf + acc.* (jaloux de), *verantwortlich für + acc.* (responsable de), *erstaunt über + acc.* (étonné(e) de), *bereit zu + dat.* (prêt(e) à).

3 DIRECTIF ET LOCATIF

a Généralités

- Le directif répond à la question *wohin?* C'est le lieu où l'on va.

*Viele Menschen möchten **in die** Schweiz auswandern.*

D'une manière plus générale, le directif correspond à la notion de déplacement d'un lieu à un autre.

*Er legt das Buch **auf den** Tisch.* (= Il **pose** le livre sur la table.)

- Le locatif répond à la question *wo ?* C'est le lieu où l'on est.

***In der** Schweiz lebten Ende 2019 rund 2,2 Millionen Ausländer.*

D'une manière plus générale, le locatif correspond à la localisation dans un endroit donné d'une personne, d'un objet ou d'une action.

*Das Buch liegt **auf dem** Tisch.* (= Le livre **est** sur la table.)

Le locatif n'exclut pas le mouvement, considéré dans son déroulement en un seul lieu.

*Wenn man **in Berlin spazieren geht**, kann man viele Denkmäler sehen.*

b Les prépositions à utiliser

Trois cas de figure se présentent :

- Noms de villes et de pays sans article : *nach* pour le directif et *in* pour le locatif.

*Hunderttausende Flüchtlinge fliehen **nach** Deutschland. / **In** Deutschland leben viele Migranten.*

- Noms de personnes ou de professions, lieux et institutions : *zu* (+ datif) pour le directif et *bei* (+ datif) pour le locatif.

*Nächste Woche gehe ich **zu** Ludwig. / Gestern war ich **bei** Ludwig.*

- Groupes nominaux : préposition spatiale suivie de l'accusatif pour le directif, du datif pour le locatif. Il y a 9 prépositions spatiales : *an, auf, in, hinter, vor, unter, über, zwischen, neben.*

*Sie treten **in das** Beethovenhaus ein. / Sie gehen **im** Beethovenhaus hin und her.*

Modalité et modalisation Le passif

À revoir
OK

42

1 LES VERBES DE MODALITÉ ET LE VERBE *WISSEN*

Sept verbes se caractérisent au présent de l'indicatif par une absence de terminaison à la 1re et la 3e personne du singulier. Ce sont les six verbes de modalité (ou auxiliaires de mode) et le verbe *wissen* (qui n'est pas un verbe de modalité). Leur pluriel est parfaitement régulier.

	wollen	**mögen**	**können**	**dürfen**	**müssen**	**sollen**
ich	*will*	*mag*	*kann*	*darf*	*muss*	*soll*
du	*willst*	*mag*	*kannst*	*darfst*	*mussst*	*sollst*
er, sie, es	*will*	*mag*	*kann*	*darf*	*muss*	*soll*

wissen: *ich weiß, du weißt, er/sie/es weiß*

On peut regrouper les six verbes de modalité selon trois axes :

a Expression de la possibilité

können (avoir la possibilité matérielle de... ; savoir [au sens d'un savoir-faire]) / *dürfen* (avoir la permission de..., être autorisé à...).
Kann *man den Medien vertrauen?* (= Peut-on faire confiance aux médias ?) ***Darf*** *man eine Kritik ausüben?* (= Est-on autorisé à émettre une critique ?)

b Expression de la volonté

wollen (vouloir, avoir l'intention de...) / *mögen* (aimer bien, vouloir bien).
Ich ***will*** *die Informationen dieser Internetseite nicht lesen. /* ***Magst*** *du jetzt eine Papierzeitung lesen?*

Remarque : *ich möchte* (subjonctif II de *mögen*) signifie « je voudrais, j'aimerais... ».

c Expression de l'obligation

müssen (être obligé(e) de... [sentiment intérieur d'une obligation à laquelle on adhère]) / *sollen* (avoir l'obligation morale de..., se sentir tenu de... [sentiment d'une obligation extérieure à laquelle on n'adhère pas nécessairement]).
Ich ***muss*** *jetzt die Information einordnen.* (= Il faut maintenant que je hiérarchise les informations.) – ***Sollst*** *du nicht deinen Bericht zu Ende schreiben?* (= Ne dois-tu pas terminer ton rapport ?)

2 LES MODALISATEURS

Les verbes de modalité peuvent être utilisés comme modalisateurs, pour indiquer une nuance ou un jugement portant sur une action.

- ***dürfen*** indique une présomption, une forte probabilité (généralement au subjonctif II).
*Diese Meldung **dürfte** wahr sein.*
- ***können*** exprime une éventualité.
*Diese Information **kann** wahr sein.*
- ***sollen*** sert à rapporter une opinion ou à indiquer une hypothèse.
*Sie **soll** weggereist sein.*
- ***müssen*** sert à indiquer une très forte probabilité.
*Sie **muss** falsch verstanden haben.*
- ***wollen*** indique que l'on met en doute le propos d'un tiers.
*Er **will** alles vorher gewusst haben.*
- ***mögen*** exprime une supposition.
*Dieser Politiker **mag** einige Details vergessen haben.*

3 LE PASSIF

a Généralités

- Le passif se forme à l'aide de l'auxiliaire *werden* et du participe II du verbe, placé en fin de proposition (dans la proposition autonome).
*Politische Ämter **werden** von Frauen und Männern **bekleidet**.*

- Il ne faut pas confondre la structure du passif avec celle du **futur** : ce dernier se construit à l'aide de l'auxiliaire *werden* et de l'**infinitif** du verbe.
*Dieses Gesetz **wird angenommen*** (passif). (= Cette loi est adoptée.)
*Der Bundestag **wird** dieses Gesetz **diskutieren**.* (futur) (= Le Bundestag discutera cette loi / va discuter cette loi.)

b Le futur du passif

L'auxiliaire *werden* servant à la fois à la formation du passif et à la formation du futur, on l'utilise deux fois pour former le futur du passif : une fois comme verbe conjugué (c'est l'auxiliaire du futur), une fois à la forme infinitive (il s'agit de l'infinitif passif : participe II du verbe + *werden*).
*Das neue Gesetz **wird** heute nachmittag **diskutiert werden**.*
(= La nouvelle loi sera discutée cet après-midi.)

c Le parfait et le plus-que-parfait du passif

Au passif parfait et plus-que-parfait, *sein* est l'auxiliaire de l'auxiliaire *werden*, dont le participe II est *worden* (à la différence de la forme régulière du participe II du verbe *werden*, qui est *geworden*).
*Dieses Gesetz **ist** vor drei Jahren **angenommen worden**.*
*Das ältere Gesetz **war** vor zwanzig Jahren **angenommen worden**.*

Expression de la cause et de la finalité, La négation

À revoir
OK

43

1 L'EXPRESSION DE LA CAUSE

a *Weil* et *denn*

- ***Weil***, conjonction de subordination (= parce que), introduit le motif, la cause, la raison, l'explication. Ex.: *Die Wissenschaftler sind besorgt, **weil** die globale Erwärmung schlimme Folgen hat.*
- ***Denn***, conjonction de coordination (= car), introduit une constatation, un argument. Ex.: *Die globale Erwärmung muss wohl schlimme Folgen haben, **denn** die Wissenschaftler sind besorgt.*

Attention :
– dans la subordonnée conjonctive (introduite par ***weil***), le verbe est en dernière position ;
– dans la proposition coordonnée (introduite par ***denn***), le verbe est en deuxième position.

b *Da*

La conjonction de subordination ***da*** a un sens causal (= puisque, comme). Le verbe est en dernière position. Ex.: ***Da** die globale Erwärmung katastrophale Folgen haben kann, sind die Wissenschaftler besorgt.*

c *Deshalb* et *nämlich*

Deshalb et ***nämlich*** sont des adverbes : ***deshalb*** reprend l'expression de la cause exprimée précédemment (= c'est pourquoi), ***nämlich*** accompagne l'expression de la cause ou l'explication (= en effet).
*Politik spielt eine große Rolle. **Deshalb** stellt sich die Frage nach dem politischen Bewusstsein der Wissenschaftler.*
*Es stellt sich die Frage nach dem politischen Bewusstsein der Wissenschaftler. Politik spielt **nämlich** eine große Rolle.*

2 L'EXPRESSION DE LA FINALITÉ

On dispose en allemand de deux structures :
– ***um... zu...*** + infinitif (= pour, afin de...).
– ***damit***, conjonction de subordination (= afin que...).
*Mann muss sich Mühe geben, **um** die Gleichstellung der Geschlechter weiter **zu** befördern.*
*Man muss sich für die Gleichstellung der Geschlechter engagieren, **damit** sie im Alltagsleben selbstverständlich wird.*

a Quand utiliser *damit* ou *um... zu...* ?

- ***damit*** est une conjonction de subordination (verbe en dernière position). Le sujet est généralement différent dans les deux propositions (principale et dépendante), mais il peut être le même.
*Die Wissenschaftler müssen vorsichtig sein, **damit** ihre Erfindungen nicht missbraucht werden.*
*Die Wissenschaftler sollen neutral bleiben, **damit** sie nicht bestochen werden.*

- On ne peut utiliser ***um... zu...*** que si le sujet est le même dans la principale et dans la dépendante.
*Die Wissenschaftler sollen neutral bleiben, **um** nicht bestochen **zu** werden.*

b La virgule

Elle précède obligatoirement *um* (dans l'utilisation de *um... zu...* avec l'infinitif) et *damit* dans le cas de la subordonnée conjonctive.

3 LA NÉGATION

- On utilise ***kein***, ***keine***, ***kein*** pour la négation d'un groupe nominal indéfini ou sans article.
*Heutzutage gibt es **keine** Berliner Mauer mehr.*

- On utilise ***nicht*** pour la négation d'un groupe nominal défini, d'un adverbe ou d'un adjectif, ainsi que pour la négation globale de la phrase.
*So alt ist der Status von Berlin als Hauptstadt **nicht**.*

- Dans le cas d'une négation partielle, ***kein*** ou ***nicht*** précède immédiatement l'élément nié, et la rectification éventuelle est introduite par ***sondern***.
***Nicht** Berlin, **sondern** Bonn war von 1949 bis 1989 Hauptstadt der BRD.*
*Friedrich der Große war **kein** Habsburger oder Wittelsbacher, **sondern** ein Hohenzollern.*

- La déclinaison de l'adjectif qui suit éventuellement *kein, keine, kein* est forte au singulier (comme avec *ein, eine, ein*) et faible au pluriel (comme avec *die*).
*Das ist kein groß**er** Platz. / Das sind keine groß**en** Häuser.*

Condition, hypothèse, irréel Comparatif et superlatif

À revoir
OK

44

1 CONDITION, HYPOTHÈSE, IRRÉEL

- L'hypothèse s'exprime au moyen de la conjonction de subordination *wenn* (= si) et de l'indicatif lorsque l'action ou l'événement envisagé est une éventualité, un potentiel et non un irréel. Le temps et le mode sont les mêmes dans la principale et dans la subordonnée.

***Wenn** wir im Juli nach Berlin **reisen**, dann **lerne** ich vorher ein wenig Deutsch.* (potentiel)

- Pour l'irréel, on utilise le subjonctif II, dans la principale **et** dans la subordonnée.

***Wenn** ich in Deutschland **wohnen müsste**, dann **würde** ich Deutsch **lernen**.* (= Si je devais vivre en Allemagne, j'apprendrais l'allemand.)

Remarque : en français, on utilise l'imparfait dans la subordonnée et le conditionnel dans la principale ; en allemand, on utilise le subjonctif II dans les deux propositions.

- **Formation du subjonctif II présent :**

– pour les verbes forts, radical du prétérit (infléchi pour les voyelles *a, o, u*) + *e* + terminaisons du prétérit *([], st, [], nt, t, n)*.

*kommen (prétérit : er kam) ⇒ Wenn du nach Frankreich **kämest**, würde ich mich freuen.* (= Si tu venais en France, je me réjouirais.)

– pour les verbes faibles réguliers, en suivant la règle précédente, le subjonctif II est rigoureusement identique au prétérit. On a donc généralement recours à une forme composée : auxiliaire *werden* conjugué au subjonctif II et infinitif du verbe.

lernen subjonctif II présent : *er lernte*, forme semblable au prétérit. On utilise donc, pour le différencier, la forme : *er **würde lernen**. Er **würde** gern Italienisch **lernen**.* (= Il aimerait bien apprendre l'italien.)

- **Formation du subjonctif II passé :**

– auxiliaire *haben* ou *sein* conjugué au subjonctif II présent et participe II du verbe.

*<u>aus</u>wandern ⇒ er **wäre ausgewandert**. / lernen ⇒ er **hätte gelernt**.*
***Wenn** er nicht nach Deutschland **gekommen wäre**, dann **hätte** er nie Deutsch **gelernt**.*

- **Le participe II à forme d'infinitif :**
Lorsque l'on utilise un verbe de modalité avec un infinitif (comme dans la proposition « *er kann kommen* »), la forme du participe II du verbe de modalité, au parfait et au plus-que-parfait, est semblable à l'infinitif.
*Er hat kommen **können**.* (= Il a pu venir.)
Dans une subordonnée conjonctive, l'auxiliaire précède alors ce « double infinitif ».
*Wenn ich in Italien **hätte wohnen müssen**, dann hätte ich Italienisch gelernt*

2 COMPARATIF ET SUPERLATIF

a Le comparatif

- Le comparatif de supériorité se forme à l'aide du suffixe ***-er*** (suivi, pour les adjectifs épithètes, de la marque de déclinaison).
*Dieses Argument ist wichtig**er**. / Ich möchte ein wichtig**eres** Argument nennen.*

- Certains adjectifs-adverbes monosyllabiques prennent une inflexion (¨) : *alt – arm – dumm – groß – hart – jung – klug – krank – kurz – lang – nah – schwach – stark – warm*. Ainsi, «plus chaud» se dit *«**wärmer**»*.

- Attention aux formes irrégulières : *gern* ⇒ ***lieber*** / *gut* ⇒ ***besser*** / *hoch* ⇒ ***höher*** / *viel* ⇒ ***mehr***

- Lorsqu'on utilise un comparatif de supériorité, le second terme de la comparaison est introduit par ***als***.
*Ist die Verantwortung der Politiker **größer als** die der Wissenschaftler?*

- Le comparatif d'égalité s'exprime à l'aide de l'adverbe ***so*** qui précède l'adjectif. Le second terme de la comparaison est introduit par *wie*.
*Ist die Verantwortung der Wissenschaftler **so groß wie** die der Politiker?*

b Le superlatif

- Le superlatif se forme à l'aide du suffixe ***-st*** (suivi, pour les adjectifs épithètes, de la marque de déclinaison).
*Vielleicht ist das Brandenburger Tor das berühmt**este** Monument in Berlin.*

- Certains adjectifs-adverbes monosyllabiques prennent une inflexion (¨) : *alt – arm – dumm – groß – hart – hoch – jung – klug – krank – kurz – lang – schwach – stark – warm*. Ainsi, «le plus chaud, la plus chaude» se dit *„**der wärmste, die wärmste, das wärmste**"*.

- Attention aux formes irrégulières : *gern* ⇒ ***liebst*** / *gut* ⇒ ***best*** / *nach* ⇒ ***nächst*** / *viel* ⇒ ***meist.***